Nos quieren muertos

AF873113

Novela

Javier Moro

Nos quieren muertos

ESPASA

PEFC Certificado

Este libro procede de bosques gestionados de forma sostenible

PEFC

PEFC/14-38-00305 www.pefc.es

La lectura abre horizontes, iguala oportunidades y construye una sociedad mejor. La propiedad intelectual es clave en la creación de contenidos culturales porque sostiene el ecosistema de quienes escriben y de nuestras librerías. Al comprar este libro estarás contribuyendo a mantener dicho ecosistema vivo y en crecimiento.
En **Grupo Planeta** agradecemos que nos ayudes a apoyar así la autonomía creativa de autoras y autores para que puedan seguir desempeñando su labor.
Dirígete a CEDRO (Centro Español de Derechos Reprográficos) si necesitas fotocopiar o escanear algún fragmento de esta obra. Puedes contactar con CEDRO a través de la web www.conlicencia.com o por teléfono en el 91 702 19 70 / 93 272 04 47

© Javier Moro, 2023
© Editorial Planeta, S. A., 2023
Espasa, un sello editorial de Editorial Planeta, S. A.
Avda. Diagonal, 662-664, 08034 Barcelona (España)
www.espasa.com
www.planetadelibros.com

Créditos fotográficos: p.1, cortesía familia López-Tintori; p. 2, Javier Moro; p. 3, © Carlos García Rawlins / Reuters / ContactoPhoto, © Carlos Javier / EFE y Javier Moro; p. 4, cortesía familia López-Tintori; p. 5, cortesía familia López-Tintori y © Miguel Gutiérrez / EFE /Album; p. 6, cortesía familia López-Tintori; p. 7, cortesía familia López-Tintori; p. 8, cortesía familia López-Tintori y © Europa Press / ContactoPhoto; pp. 9 y 10, cortesía familia López-Tintori; p. 11, © Cristian Hernández / AFP / ContactoPhoto y cortesía familia López-Tintori; p. 12, © Carlos García Rawlins / Reuters / ContactoPhoto, cortesía familia López-Tintori y © Boris Vergara / Avalon / ContactoPhoto; p. 13, © The White House / Diario de las Américas, cortesía familia López-Tintori y Javier Moro; p. 14, cortesía familia López-Tintori, © Carlos García Rawlins / Reuters / ContactoPhoto y cortesía familia López-Tintori; p. 15, Javier Moro y cortesía familia López-Tintori; p. 16, Javier Moro y cortesía familia López-Tintori.

Iconografía: DAU/Grupo Planeta

Adaptación de la cubierta: Booket / Área Editorial Grupo Planeta a partir de la idea original de © Lookatcia.com
Fotografía de la cubierta: © Yuri Cortez y Ronaldo Schemidt / AFP / Getty Images y © Miguel Gutiérrez / EPA / EFE
Primera edición en Colección Booket: octubre de 2024

Depósito legal: B. 14.357-2024
ISBN: 978-84-670-7492-5
Impresión y encuadernación: CPI Black Print
Printed in Spain - Impreso en España

Biografía

Javier Moro es uno de los autores más queridos por los lectores y mejor valorado por la crítica del panorama literario en español. Periodista y escritor, entre sus libros destacan *Senderos de libertad* (1992), *El pie de Jaipur* (1995), *Las montañas de Buda* (1997), *Era medianoche en Bhopal* (2001), en colaboración con Dominique Lapierre, *Pasión india* (2005), *El sari rojo* (2008), *El Imperio eres tú* (Premio Planeta 2011), *A flor de piel* (2015), *Mi pecado* (Premio Primavera 2018), *A prueba de fuego* (2020) y *Nos quieren muertos* (2023).

País mío,
quisiera
llevarte una flor sorprendente.

RAFAEL CADENAS, *Islas*.

Prólogo

Puerto Cabello, Venezuela, 1925

Dos guardias le abrieron el portón. Nada más salir, el doctor Eudoro López cerró los ojos para protegerse de la luz cegadora del trópico. Acababa de pasar cuatro años encerrado en una mazmorra en uno de los fuertes de la ciudad que, después de haber servido para defender la costa de los ataques de los piratas, había sido convertido en prisión por el dictador Juan Vicente Gómez, su acérrimo enemigo contra el que llevaba luchando casi dos décadas.

Eudoro López tardó unos segundos en abrir los ojos. Abajo, en el puerto —el mayor del país—, vio los barcos fondeados en el mar azul brillante. Pegado al dique estaba el astillero y un poco más allá la ciudad de casas blancas desparramadas en la costa. Reconoció el edificio del Teatro Municipal donde un día asistió con su mujer Rafaela a un recital de Carlos Gardel.

Salir de la cárcel era como volver a la vida, y también al combate. Unos compañeros del Partido Liberal Nacionalista, que él mismo había fundado, le esperaban junto a un coche de caballos. Hicieron ademán de agarrar el hato que llevaba al hombro, pero el doctor se negó, se bastaba a sí mismo. Deseaba regresar a Caracas lo antes posible, a su casa, donde le esperaban sus siete hijos y su esposa a los que tanto había echado de menos. Tenía la intención de retomar su actividad de profesor de medicina en la Universidad Central de Venezuela donde había ingresado después de graduarse de médico en la Sorbona.

Pero la convulsa vida política venezolana lo había absorbido, en detrimento de su vocación. Su compromiso con las ideas de libertad le llevó a liderar un movimiento para instaurar la democracia que en 1926, meses después de abandonar su encarcelamiento, terminó fracasando. Amenazado de muerte, tuvo que pasar a la clandestinidad durante más de un año, tiempo que aprovechó para mandar a su familia a Estados Unidos. En 1928 consiguió huir del país para reunirse con ellos en el exilio. Nunca más volvió a Venezuela. El *The New York Times* del 13 de julio de 1934 publicó su necrológica. El doctor Eudoro López había fallecido en su domicilio neoyorquino de la calle 156 a los sesenta y siete años de edad. Su historia, y la de su viuda Rafaela que luchó para sacar a su prole adelante, se transmitió como una fuente de inspiración a generaciones posteriores de la familia.

Sin embargo, su destino no fue excepcional. Desde siempre, en Venezuela, la cárcel y el exilio habían sido moneda corriente entre los que se arriesgaban a luchar para construir un país moderno. Sus vidas eran una metáfora de lo que había sido Venezuela desde su independencia en 1811, un país sumido en un clima de guerra civil perpetuo cuya historia política se caracterizó por la intranquilidad, la permanente vigilia y el desasosiego. Nada menos que treinta y nueve revoluciones se sucedieron desde 1830 hasta 1903. En un lugar así, conmocionado, pobre, con una población mayoritariamente analfabeta, solo gobernaban caudillos militares y dictadores.

El descubrimiento de ingentes cantidades de un líquido negro y viscoso cambió para siempre el destino del país. Si en 1912 la producción petrolera alcanzó los sesenta barriles, diez años después comenzaba la explotación del campo de Santa Rosa donde en solo nueve días se extrajeron un millón de barriles. A partir de 1936 la economía petrolera se incrustó en la estructura agraria. En la Segunda Guerra Mundial, casi el cien por cien del petróleo usado por Inglaterra en su guerra contra Alemania provenía de los pozos venezolanos.

Ese maná alimentó las arcas de un Estado que pronto se hizo rico y poderoso, aunque tuviera una población con necesidades elementales. Modernizar Venezuela pasaba por abrazar un sistema que garantizase la seguridad jurídica y las libertades. En las elecciones generales de febrero de 1948 ganó la opción democrática, pero de nuevo, como si se tratase de una maldición histórica, una junta militar no respetó los resultados y se hizo con el Gobierno. En 1952, el coronel Marcos Pérez Jiménez asumió el poder en solitario y ejerció una feroz represión que acabó con los partidos políticos. Al igual que Eudoro López unos años antes, los líderes opositores, en la clandestinidad o en el exilio, siguieron trabajando con la intención de derrocar al régimen, que se distinguió por la crueldad de sus persecuciones y el enriquecimiento ilícito del círculo más cercano al dictador.

No fue hasta el 23 de enero de 1958 que un alzamiento militar consiguió derrocarle, apoyado por el pueblo que lo secundó con huelgas y manifestaciones, abriendo paso a una época de democracia representativa que duró cuarenta años.

Nadie pensó que el país pudiese involucionar, volver al pasado de asonadas militares y caudillos, porque los primeros veinte años de democracia fueron años de progreso. Los indicadores sociales y económicos se dispararon. El Estado instauró un eficaz sistema público y gratuito de educación y sanidad. La alternancia en el poder de los dos grandes partidos garantizaba la estabilidad. Aunque la justicia siempre estuvo cooptada por grupos de poder y la corrupción era rampante, Venezuela poco a poco se convirtió en el país más rico de Sudamérica. Un país que era la envidia de sus vecinos y que pisaba fuerte en la OPEP, en los foros internacionales y, por ende, en la economía mundial.

Yo conocí Venezuela en esa época, en los años setenta, cuando mi padre fue contratado para trabajar en la nueva aerolínea nacional, Viasa. Íbamos mucho, invitados por sus amigos, que eran los pilotos y ejecutivos de la compañía, así como por familiares lejanos que habían emigrado y prosperado a orillas del Caribe. A ellos les dedico este libro en reconocimiento por haberme proporcionado los momentos más emocionantes de mi juventud, marcada por viajes en los que recorrí todo el país, desde Mérida en los

Andes hasta la desembocadura del Orinoco. La gran aventura fue pasar tres meses en una tribu de indios yanomami cuando tenía dieciocho años y luego regresar en lancha, río abajo, hasta Los Llanos. Me enamoré de aquellos paisajes y de sus gentes, ricos y pobres, siempre hospitalarios y divertidos, a quienes rindo homenaje.

Al morir mi padre en 1982, dejé de viajar a Venezuela. Más adelante, las noticias que me iban llegando por los amigos eran preocupantes. Decían que la vida cotidiana se degradaba, la inseguridad aumentaba y el día a día se les hacía imposible. Muchos fueron emigrando hasta que dejé de tener un contacto directo. A partir de entonces, solo contaba con la información que transmitían los medios de comunicación, pero no era clara. ¿Qué estaba pasando?

El petróleo le había jugado una mala pasada al país. Su brusca bajada de precio provocó el descalabro de los ingresos del Estado. En 1983, la estabilidad del bolívar, la moneda venezolana, se evaporó. La población, sometida a un mal manejo de la economía, perdió su capacidad de ahorro. En ocho años, la pobreza se multiplicó por diez.

Para equilibrar las cuentas del Estado y salir de la crisis, el Gobierno surgido de las elecciones de 1988 planteó una serie de drásticas medidas económicas, como subir el precio de la gasolina y el transporte urbano. Pero, en un país acostumbrado a no pagar por el combustible, el malestar provocó una reacción violenta. Miles de personas salieron a las calles a protestar y emprendieron una revuelta que culminó en diez días de saqueos y violencia. El «caracazo» dejó cientos de muertos y millones de dólares de pérdidas materiales. A río revuelto, ganancia de pescadores: los enemigos de la democracia, siempre al acecho, vieron su oportunidad.

Primero fue la Noche de los Tanques, el 26 de octubre de 1988, cuando una columna de veintiséis vehículos blindados se movilizó hacia el palacio presidencial de Miraflores, en lo que se consideró un golpe de Estado frustrado. Uno de los conspiradores era un joven teniente llamado Hugo Chávez Frías.

Hijo de unos maestros de escuela primaria del interior de Venezuela, mestizo como la mayoría de sus compatriotas —su padre era negro y su madre blanca—, charlatán, dotado de una memoria prodigiosa, de niño fue enviado a vivir con su abuela a una ciudad cercana donde había escuela secundaria, en una casa de techo de palma y suelo de tierra. De pequeño sobresalió en canto y en béisbol e ingresó pronto en la academia militar, la vía más directa para salir de la pobreza. El día de su graduación, recibió su sable de manos del presidente de la república Carlos Andrés Pérez.

Dos décadas más tarde, en 1992, intentó derrocar a ese mismo mandatario en un golpe de Estado, pero hubo filtraciones y el levantamiento terminó en un rotundo fracaso. Chávez apareció en televisión para decir que los objetivos no se habían cumplido, «por ahora», e ingresó en la cárcel. Ese «por ahora», muy celebrado en Venezuela, fue realmente el inicio de su campaña electoral. Cuando dos años después salió de prisión, indultado por el siguiente presidente Rafael Caldera como parte de un acuerdo político con sectores de izquierda, ya era un hombre muy popular. Se dedicó a recorrer el país de arriba abajo. Jocoso, sedujo a las clases populares y también a los empresarios y a una parte importante de la élite que se dejó embaucar por su labia y que pensó que podría controlarle. Afirmó que no era socialista, que no habría expropiaciones, que consideraba que Cuba era una dictadura y que tendría las mejores relaciones con los medios de comunicación. Todo mentira: nada más acceder al poder, se volvió contra las élites que le auparon al poder y se dedicó a destruir los pilares de la democracia de manera sistemática. Empezó por modificar la Constitución a su favor, disolvió el Congreso, despidió a jueces y reemplazó a las personas que encabezaban los poderes públicos. Cambió hasta el huso horario y el nombre del país, que pasó a llamarse República Bolivariana de Venezuela. En los diez años siguientes prosiguió con su labor de dinamitar la democracia: acabó con la libertad de expresión silenciando a periodistas y a medios de comunicación; manipuló el sistema de justicia para perseguir a sindicalistas, empresarios, políticos y estudiantes; y politizó la fuerza pública. Chávez fue hábil a la hora de engañar al mundo, que miraba lo que ocurría en Venezuela con benevolencia, no como un país que perdía la libertad, sino como una democracia folclórica, a la caribeña. El propio presidente Aznar lo recibió en Madrid con todos los honores.

Tampoco dentro de Venezuela la gente entendía bien lo que estaba ocurriendo, porque de nuevo el petróleo —ese falso amigo— jugó una mala pasada al pueblo. Esta vez gracias a que en 2004 el barril subió de quince a ciento cincuenta dólares, lo que permitió a Chávez darse una fiesta de populismo. En lugar de blindar un fondo soberano como hizo Noruega, otro país petrolero, se dedicó a repartir prebendas y a dilapidar el maná. De pronto en las chabolas distribuían dentaduras a las señoras mayores, prótesis a los lisiados, regalaban casas y electrodomésticos a las familias afines, motos y vehículos todoterreno a los jóvenes para convertirlos en milicias del régimen. Las estanterías de las tiendas rebosaban de pollo, de harina Pan para hacer arepas, de cerveza, de pernil... El comandante era una presencia constante, las calles se cubrieron de carteles de «¡Viva Chávez! ¡Adelante, comandante!». Hablaba diariamente en televisión, en directo y sin guion, a veces durante nueve horas. Carecía del más mínimo sentido del ridículo e hizo del histrionismo su manera de gobernar.

Pero su intervención en la economía provocó un aumento de la inflación y quebró la cadena de aprovisionamiento. La leche, el azúcar y el papel higiénico empezaron a escasear y, en diciembre de 2007, Chávez perdió el referéndum con el que buscaba perpetuarse en el poder. La oposición, enfurecida por el cierre de Radio Caracas TV, movilizada por los estudiantes y galvanizada por un grupo de jóvenes líderes entre quienes destacaba el carismático Leopoldo López, se plantó ante el comandante, que aceptó la derrota a regañadientes. El espejismo del chavismo empezaba a disiparse.

Por parte de madre, Leopoldo —como se le conoce popularmente— es tataranieto de una sobrina de Simón Bolívar. Por parte de padre, bisnieto de Eudoro López, aquel médico convertido en adalid de la libertad contra el dictador Gómez a principios del siglo XX. Ahora parecía que la historia se repetía. Al igual que su antepasado, cuya trayectoria admiraba como un niño es capaz de admirar a un héroe, Leopoldo había fundado un partido, Voluntad Popular, para devolver la libertad a su país. Un partido de orientación centroizquierda, afiliado a la Internacional Socialista, cuyo lema era: «Todos los derechos para todas las personas». Un partido compuesto esencialmente de estudiantes y gente joven: la edad media de sus miembros era de veinticuatro años, y Leopoldo, a sus cuarenta, era el mayor. Su meta más inmediata era arrebatar el poder al nuevo tirano en que, en la más pura tradición venezolana, se había convertido Chávez.

Como alcalde de Chacao, el distrito más rico de Caracas, Leopoldo López se había distinguido por una gestión transparente y eficaz. Gran orador, se hizo rápidamente muy popular, tanto que las encuestas le daban ganador a la alcaldía de la gran Caracas y le colocaban como rival de Chávez en unas eventuales elecciones. El comandante olió el peligro y echó mano del director del Tribunal de Cuentas, un dócil aliado, que inhabilitó a su adversario para cargos públicos bajo la falsa acusación de uso indebido de fondos estatales. Así fue como le cortó las alas. Ya Venezuela había dejado de ser una democracia.

En 2011 Chávez enfermó de cáncer y aceptó la oferta de su amigo Fidel Castro de tratarse en La Habana. Ambos habían desarrollado una estrecha amistad desde que Fidel lo hechizó al recibirle con honores de jefe de Estado en 1994, recién salido de prisión. Aquella relación se tradujo en un intercambio por el que Venezuela proporcionaba petróleo a la maltrecha economía cubana a precio preferencial a cambio de asistencia en los programas de sanidad, educación y seguridad. El acento cubano se empezó a escuchar en toda Venezuela, en los dispensarios médicos y en los cuarteles, en las oficinas de la policía y en las prisiones. El país se convirtió en una extensión del proyecto revolucionario cubano.

El 5 de marzo de 2013, Nicolás Maduro, sucesor designado por Hugo Chávez, anunció el fallecimiento del dictador, aunque luego se supo que había muerto tres meses antes, a principios de año. El secretismo, tan propio de las dictaduras, sirvió para que Maduro y sus secuaces manipulasen papeles y preparasen las trampas necesarias para asegurarse el poder. Maduro, un hombre alto con un espeso bigote oscuro y pelo negro, sin educación ni formación (excepto la proporcionada por los cubanos), era hábil para el ascenso. Tan inculto como Chávez, seguidor de Sai Baba, había trabajado de guardaespaldas, luego de inspector del metro de Caracas para acabar siendo conductor de autobús durante siete años. Justificó una discapacidad para conseguir un certificado médico, lo que le posibilitó seguir una carrera alternativa en el sindicato sin dejar de cobrar el salario de la empresa. Su actividad sindical le permitió conocer a Chávez y se convirtió en su discípulo más leal al obedecer ciegamente sus directrices. Fue gracias a su obediencia instantánea que Chávez le aupó al poder hasta convertirlo en su ministro de Asuntos Exteriores, a pesar de que no hablaba ningún idioma extranjero. Y luego en su sucesor, al contar con apoyo de facciones militares y civiles, y sobre todo de los cubanos.

Maduro ganó las primeras elecciones presidenciales por un margen tan estrecho que la oposición lo acusó de fraude y se echó a la calle, encabezada por el movimiento estudiantil. Un año después, en 2014, ante la situación cada vez más degradada por la que atravesaba el país, Leopoldo López impulsó junto a otros líderes opositores una campaña con el fin de lograr «encontrar una salida pacífica, democrática y constitucional al Gobierno de Nicolás Maduro». Lo llamaron La Salida.

Primera parte
En la boca del lobo

1

Quizás Lilian Tintori presentía que su vida estaba a punto de dar un vuelco, que ya nunca sería la misma. O, quizás, era simplemente el miedo. Pero la mañana del 12 de febrero del 2014 se despertó inquieta en su casa del barrio acomodado de Los Palos Grandes, donde vivía con su marido y sus dos hijos pequeños. Había dormido mal y le esperaba un día intenso. Cuando abrió los ojos, él ya estaba en la terraza, concentrado en sus sentadillas y sus abdominales. A ella le hizo gracia ver que hacía sus ejercicios como si nada, como si todos los días fuesen iguales, a pesar de lo que se le venía encima. Su marido, Leopoldo López, el líder político más perseguido de Venezuela, había desafiado de nuevo al régimen al sumarse a la protesta estudiantil de ese día en treinta y ocho ciudades del país. Y ahí estaba: uno dos, uno dos, uno dos. Como si nada. Como si las amenazas no le hiciesen mella. Esos ejercicios eran su meditación, su rutina en una jornada que se anunciaba poco rutinaria.

Lilian se desperezó, recogió su cabello rubio con una goma y, aún en pijama, se unió a él. Para una deportista de fondo, capaz de correr maratones de cuarenta y dos kilómetros o ganar un campeonato de kitesurf, hacer ejercicio nada más levantarse era una necesidad, más aún después de una mala noche. No solo ayudaba a mantenerse en forma, también relajaba la mente. Y si era con su marido, mejor. Llevaba siete años casada y estaba más enamorada que nunca. Esa mañana terminaron saltando a la comba —él era un gran aficionado al boxeo— hasta que, chorreando sudor y entre risas, les interrumpió el timbre de la puerta de entrada.

Era Carlos Vecchio, el segundo de Voluntad Popular, el partido que fundaron en 2009. Como buen descendiente de italianos, disfrutaba del café que Lilian, otra hija de italiano, le preparaba a su gusto. Inteligente y jocoso, fino estratega, era un magnífico imitador capaz de hacer reír a carcajadas a los que le rodeaban, aunque hacía tiempo que el ambiente no permitía relajarse, y ese 12 de febrero su mirada grave dejaba traslucir su preocupación.

Pronto llegaron los demás. Más que compañeros, eran amigos, como Alberto Losada, un abogado jovial y enérgico, responsable de las juventudes del partido. Esa mañana venían a reunirse para coordinar la estrategia de la jornada. La reivindicación principal de las manifestaciones que habían convocado consistía en reclamar a la fiscal general la liberación de unos estudiantes detenidos en las protestas del mes anterior. Ese era el pretexto, pero barruntaban que la gente estaba dispuesta a salir a la calle para protestar contra el desabastecimiento de bienes esenciales que alcanzaba ya a la sanidad, o contra la inflación y la creciente pobreza, o contra la impunidad de los «colectivos», esas bandas paramilitares que formaban parte de la estructura del Gobierno, o contra el robo de veinticinco mil millones de dólares perpetrado por los jerarcas del régimen, como había denunciado Leopoldo en el vídeo que grabó para la convocatoria. Todos sabían que la opinión pública estaba especialmente irritada por el fraude electoral que en la última convocatoria aupó a Nicolás Maduro, el heredero de Hugo Chávez, a la presidencia. Ahora buscaban capitalizar ese descontento para acabar con el régimen.

Lilian pasaba tanto tiempo con los compañeros de Voluntad Popular que los consideraba una extensión de su propia familia. Se sentía muy unida a Lara Ortiz, el brazo derecho de Leopoldo, una joven odontóloga reconvertida a la lucha política. Alta, corpulenta y sonriente, llevaba gafas de pasta que agrandaban sus ojos negros y brillantes. «La mujer que más tiempo pasa con mi marido», le dijo al abrazarla. Se rieron. No era un tema de celos, Lara, que hacía labores de secretaria y coordinadora, se había hecho amiga de la familia. Quería mucho a los niños, por lo que obligaba a Leopoldo a pasar un cierto número de horas con ellos, y Lilian se lo agradecía de corazón. Además de ser inteligente y leal, tenía otra cualidad, que para otros podía ser un defecto, pero que era de capital importancia en la vida del matrimonio López: era desconfiada, y eso la hacía especialmente valiosa en cuestiones de seguridad personal. También Leopoldo valoraba su habilidad para poner en práctica las ideas que surgían como fuegos artificiales en las reuniones. Lara, práctica, rápida y organizada, siempre con su libreta Moleskine a mano, tenía una capacidad especial para convertir las ideas en hechos.

Lilian preparó un termo de café y, según su costumbre, salió primero a la calle a ofrecer una taza a los escoltas, encargados del primer nivel de seguridad. Pasaban tantas horas juntos que también eran como de la familia.

El responsable de giras del partido se llamaba Julio Betania, y desplegaba un mapa de Venezuela en la mesa cuando Lilian se le acercó con el termo. Era un hombre corpulento, con algún resto de picadura de viruela en la cara y los ojos achinados. Conocido como Pegaso —la contraseña que utilizaba para comunicarse—, era una pieza clave en el aparato de seguridad.

—No olvides que te he pedido unos días en Semana Santa para que los niños puedan ir de vacaciones con su papá...

A Lilian no le gustaba tener que pedir algo que consideraba un derecho, pero Pegaso no pensaba en la familia, solo en el partido.

—Todavía falta mucho, Lilian... A saber dónde estaremos en Semana Santa.

Pegaso intentaba complacerla, pero no siempre era posible. Él veía que proteger las vidas de los líderes, cada vez más amenazados, exigía sacrificios, y cada cual tenía que asumir los suyos.

Antiguo jefe de seguridad de una empresa petrolera, Leopoldo lo conoció cuando se disponía a hacer campaña a las elecciones a alcalde de Caracas. «Si algún día vamos a gobernar este país —le dijo Leopoldo cuando se sumó a su causa—, tenemos que saber lo que hay debajo de la mesa».

—Yo sé lo que hay del otro lado —le contestó Pegaso.

En efecto, resultó ser un buen conocedor de las tripas del Estado, de los servicios secretos, y tenía contactos en la inteligencia militar. Aquello le confería una autoridad incontestable en temas de seguridad. Ahora le llevaba la agenda y le acompañaba en las giras. Lilian pensaba que mandaba demasiado sobre su marido y los choques eran inevitables.

2

—Lo de ayer fue fuerte —dijo Lara—. Nunca he visto un ataque tan directo.

—Hoy puede pasar cualquier cosa —dijo Pegaso.

No eran frases para que Lilian se tranquilizase. Al contrario, tuvieron el efecto de apretar un poco más el nudo que le oprimía el estómago. Se referían a las amenazas que la víspera Nicolás Maduro había lanzado en los medios de comunicación: «¡Leopoldo va preso!», había repetido con saña. Lilian se había quedado petrificada ante el televisor: una cosa era saber que tu marido está perseguido, y otra ver al mismísimo presidente de la república amenazarle en directo... Si hubiera recibido una bofetada, le habría dolido menos. ¿Cómo dormir, cómo descansar con esas palabras retumbando en la cabeza? ¿Preso, mi marido? ¿Y los niños en todo esto? ¿Y la familia? ¿Y nosotros? No era fácil ser la esposa del hombre en el que millones de venezolanos tenían puesta la esperanza de cambio.

Para serenarse, cerró sus grandes ojos marrones que contrastaban con la pálida lisura de su piel y respiró hondo, una y otra vez, como hacía cuando se sentía flaquear en las pruebas deportivas de alto nivel en las que participaba desde pequeña. Era preciso calmar la mente para ahuyentar a los fantasmas. No dejarse vencer por el desasosiego. Disimular ante los demás, mantener la moral alta, como tan bien sabía hacer Leopoldo.

—Bueno, no es la primera vez que me amenazan —dijo él, quitándole hierro al asunto—. Maduro ya lo hizo en diecisiete ocasiones, en la cadena nacional, en radio y televisión, ¿no lo recuerdan?

Lilian conocía bien el temple de su marido, que nunca dejaba traslucir sus temores. Quizás había sido educado para no tenerle miedo a la vida, o quizás es que no sentía el miedo, convencido como estaba de la bondad de su lucha. Para él, lo importante era infundir seguridad en su equipo, aun a costa de ningunear el peligro.

Pero todos recordaban la penúltima amenaza pública de Maduro, hacía justo un año, después de perder dieciocho alcaldías en las elecciones municipales a manos de Voluntad Popular. Fue el resultado de una campaña que durante meses Leopoldo y sus compañeros llevaron a cabo en los feudos tradicionales del Gobierno, poblados de gente muy pobre, muchos de ellos adoradores de Chávez. Se atrevieron a adentrarse en territorio enemigo y la hicieron a pie, en lancha y en todoterreno. Caminando por un pueblo del estado de Apure, en la frontera con Colombia, sin escoltas y acompañados de un fotógrafo, del alcalde y de una turba de gente, llegaron a la plaza de la iglesia.

—¿Cómo se llama esta plaza? ¿No es la plaza Bolívar como en todos los pueblos de Venezuela? —preguntó Leopoldo.

—Sí, así se llama —dijo el alcalde.

—¿Entonces por qué hay una estatua de Manuel Marulanda y otra de Fidel Castro?

—Ya sabes, hermano, aquí la guerrilla está muy presente, ya sabes..., las FARC.

—Esto no puede ser. ¿Por qué Marulanda tiene que tener su estatua aquí? Esta es la plaza Bolívar. Hay que botar eso de ahí.

—Sí, estamos pensando cómo hacemos para quitarlo..., pero, ya sabes, hermano, es complicado.

En ese momento, al calor de la discusión apareció en la plaza una señora con una cuerda acompañada de un hombre con un mazo. Leopoldo agarró la herramienta y Pegaso le detuvo:

—¿Qué haces? ¿Tú estás loco?

Leopoldo le apartó. Se acercó a la estatua y asestó tal golpe a la cabeza de Marulanda que esta rodó por el suelo. Luego le tocó el turno a Fidel. La plaza se llenó de gente. Pegaso temía la irrupción de la guerrilla en cualquier momento.

—Si no demostramos que se puede quebrar eso, ¿quién lo va a demostrar? —le dijo Leopoldo—. Tenemos que dar ejemplo.

Luego se subió a lo que quedaba de la estatua para que el fotógrafo le retratase para la posteridad.

Así era Leopoldo López, un político sin miedo, magnético, «con una magia muy arrecha, muy dura», como diría Pegaso. Su juventud, su diploma de Harvard, su fama de excelente gestor cuando fue alcalde del municipio de Chacao, su aspecto de actor de cine y su manera incendiaria de hablar y de tuitear —en una ocasión, dijo que el presidente no tenía las agallas para detenerle— contrastaban con un Maduro un poco pesado, grueso, nueve años mayor, que intentaba imitar —sin éxito— la oratoria de Chávez. «La gente quería saber quién era Leopoldo por la fama que le precedía, y si era un adversario, quería verle, aunque fuera de lejos. Suscitaba una enorme curiosidad», diría Pegaso.

En un momento de la gira, un simpatizante puso a disposición de Leopoldo su avioneta monomotor para llegar a los últimos rincones de la geografía. A cada regreso a Caracas, le contaba a Lilian la magnificencia de los paisajes, hechos de ríos sinuosos, llanuras fértiles, cascadas gigantescas y densas selvas... Una naturaleza soberbia e intensa que desde hacía siglos alimentaba el mito de El Dorado, el de una tierra que albergaba una riqueza sin límite abierta a los más codiciosos, un mito que seguía tan vivo como los que ahora estaban esquilmando sus recursos. ¡Qué contraste el de esa sociedad que se descomponía sin remedio con la belleza del país que se veía desde el aire! Compartía con Lilian sus descubrimientos y también le contaba cómo disfrutaba aprendiendo a volar, cómo despegaba y aterrizaba en pistas clandestinas, y lo feliz que le hacía recorrer los lugares más recónditos, abrazarse a los campesinos agradecidos por la visita porque nunca nadie iba a verlos, descubrir nuevos líderes, tejer redes de apoyo, derribar estatuas de Marulanda. Decepcionados y abandonados por la revolución, aquellos pobres veían en él una luz de esperanza. Por eso, antes de la fecha de la votación, Leopoldo supo que iban a ganar, y también que aquella victoria le costaría cara.

Lara se lo dijo:

—Esos tipos del Gobierno saben que los vas a joder.

—Lo sé.

Los candidatos de Voluntad Popular arrasaron.

«Todos estaban muy felices, pero a mí me empezó a entrar miedo, miedo por él —recordaría Lara—. Era mi amigo y Lilian era como mi hermana. Ese día, para mí empezó el gran problema. Me imaginé que los del régimen se reunirían para decir: este tipo es una amenaza real». Por lo pronto, nada más conocerse los resultados de las elecciones, el Gobierno mandó requisar la avioneta, que desde entonces se pudre en un hangar del aeropuerto de Maturín.

Aquellas amenazas de Maduro, furioso por la derrota en las municipales, no se materializaron. Quizás fuese solo una manera de intimidar, de asustar, de intentar frenarles, pensaba Lilian en esa mañana soleada de febrero. Quizás ahora tampoco se atreviese Maduro, quiso creer. Oscilaba así entre la esperanza y el desconcierto. Luego recapacitaba: «Pero, en el fondo, ¿no estaré engañándome a mí misma?», se preguntó de golpe. ¿No intentaron la semana pasada detener a su marido y a Carlos Vecchio, en el aeropuerto de San Cristóbal, cuando regresaban de una campaña de protesta por el encarcelamiento de los mismos estudiantes por los que ese día, 12 de febrero, el país iba a salir a la calle? Si no los arrestaron entonces, fue porque la gente, dentro de la terminal, los rodeó e impidió que la policía se les acercase. Pero aquello significaba que ya no podían volar a su antojo, una limitación más a su libertad de movimiento. Significaba que en cualquier momento podría producirse una detención arbitraria. A Lilian, como a los demás compañeros reunidos aquella mañana en la terraza, no les quedaba más remedio que admitir que el cerco contra Leopoldo López se estrechaba inexorablemente.

3

Cuando sus hijos se despertaron, Lilian abandonó la reunión. Se dirigió a la cocina a darles el desayuno. Manuela, la mayor, tenía cuatro años y Leosan —una contracción de Leopoldo y Santiago—, un año. No quería perderse ese momento de intimidad familiar, paréntesis de tranquilidad en medio de tanta inquietud. Disfrutó preparándoles el jugo de naranja y las arepas, y más en un día como aquel, en el que tenía que dejarlos con una amiga que haría de niñera y no los vería hasta la tarde. Mientras pelaba los huevos sin quemarse los dedos, echó un vistazo a la terraza. Ahí seguían reunidos, convencidos de que el Gobierno iba a tenderles una trampa, pero sin saber cuál, ni cuándo ni dónde.

—Mamá, hoy vamos contigo a la playa, ¿no? —preguntó Manuela.

Los niños siempre tienen la habilidad de devolver a los adultos a la realidad más prosaica. A Lilian se le encogió el corazón. Le hubiera gustado decirle que sí, porque eso hubiera sido lo habitual en un día como ese, con un sol espléndido, pero ya nada era normal en Venezuela.

—Hoy no puedo, tengo que ir con papá a la marcha.

—Pero me lo prometiste...

—Sí, mi amor, pero tendrá que ser en fin de semana.

La niña no entendía lo que era un fin de semana porque todos los días sin colegio se parecían. Era difícil, por no decir imposible, explicarles la situación. ¿Cómo contarles que el país donde habían nacido se estaba deshaciendo y envileciendo?

¿Que no había colegio porque la ciudad estaba paralizada por las protestas? ¿Que millones de personas lo esperaban todo de su papá?

Desde la terraza, su marido le hizo señas. Era hora de ir a la marcha. Lilian terminó de untarles las arepas, cuestión de arrancar unos instantes más de «vida normal». Luego aupó a su hijo y lo estrechó fuertemente contra el pecho.

—En un ratico estaré de vuelta —le dijo sonriendo, pero desgarrada por dentro.

Cuando estaban a punto de partir, llegaron los padres de Leopoldo. Iban camino de la manifestación. También ellos estaban preocupados. Acababan de tener una discusión antes de salir de casa, algo insólito en una pareja que en cuarenta y siete años de matrimonio no se había peleado nunca. «Fue absurdo, producto de la tensión», recordaría Antonieta Mendoza. Vestida con un pantalón de lino y una blusa de seda blanca y calzada con zapatillas de deporte, la madre de Leopoldo escondía sus ojos cansados detrás de unas gafas de sol enormes. Alta y delgada, vivaz, desprendía una distinción que la sencillez de su vestimenta no hacía más que resaltar. A sus sesenta y siete años, esta heredera de los Mendoza, cuyo linaje se remontaba directamente a Simón Bolívar y cuyo padre fue el ministro más joven de la historia del país, era conocida en ambientes corporativos como la mujer venezolana que más alto llegó en el organigrama de PDVSA, la empresa petrolera que durante décadas fue el florón de la industria nacional. Cuando el Gobierno chavista consiguió arruinar a PDVSA, Antonieta no tardó en encontrar un puesto como responsable de comunicación del Grupo Cisneros, una multinacional privada. Pero hacía tiempo que la fama no le venía por sus méritos, ni por su carisma, sino únicamente por ser «la madre de Leopoldo López».

Habían venido a hablar con su hijo, a darle un consejo.

—No me gusta esta manifestación —dijo el padre, que también se llamaba Leopoldo, negando con la cabeza.

—¿Por qué dices eso, papá?

—Hay demasiados convocantes: los estudiantes, el alcalde, otros partidos... Eso implica desorden.

—No sabemos si vendrá mucha gente, es la primera vez que la convocatoria se ha hecho exclusivamente a través de las redes sociales.

En efecto, no habían podido anunciar la movilización en los periódicos ni en la mayoría de las cadenas de televisión porque el Gobierno, en su afán de ahogar la crítica, presionaba a los escasos medios de comunicación que seguían siendo independientes para que no diesen espacio a los partidos de oposición. Como expropiaban a los que desobedecían, la orden se cumplía.

—Tengo miedo de que esto acabe mal —dijo Leopoldo padre.

Su voz templada, que nunca alzaba, desprendía autoridad. Empresario a ratos, había sido un servidor público muy respetado en el país, con una intachable reputación de probidad, ganada a pulso en los años setenta del pasado siglo como presidente de la fundación encargada de otorgar becas gracias a los recursos que proporcionaba un petróleo por las nubes. Pero aquellos eran otros tiempos —casi otro país—, y ahora el doctor Leopoldo López Gil, hijo de médico y nieto de Eudoro López, aquel facultativo que había sufrido la persecución y el exilio, se había convertido en un activista más. De aquel pasado le había quedado una mirada que dejaba traslucir un deje de nostalgia.

Antonieta, que también quería decirle algo a su hijo —porque a eso habían venido, a intentar protegerlo—, le apuntó con su dedo índice.

—¡Ojo aquí! —dijo en un tono perentorio—. Si hay un herido, si pasa algo, si hay un muerto, te van a culpar a ti, Leo.

—No se me alarmen. Somos conscientes. Llevamos tres horas dando instrucciones a nuestros piquetes para mantener el control de la multitud en todo momento.

Su padre alzó la vista, en un movimiento casi imperceptible que daba a entender que no creía en los piquetes. Tampoco en los «chicos del partido», que tenían mucha voluntad y arrojo, pero, a su juicio, escasa capacidad organizativa por ser demasiado jóvenes. Lilian se dio cuenta de lo que pensaba su suegro, pero no podía decir nada, porque, en el fondo, compartía esa inquietud. Curtidos en el enfrentamiento con el régimen, no eran gente fácil de asustar. Si estaban preocupados, era porque de verdad barruntaban el peligro.

4

El grupo se dividió en varios coches que bajaron por calles empinadas, flanqueadas de casas rodeadas de vegetación tropical. Olía a tierra húmeda y a flores silvestres. Como siempre, no hacía ni frío ni calor en esa ciudad engarzada en un valle a novecientos metros de altura, rodeada de verde y dominada por el impresionante monte Ávila.

Eran las once de la mañana cuando Lilian y Leopoldo llegaron a la avenida Francisco de Miranda, que atraviesa la ciudad de este a oeste. ¡Qué de recuerdos les traía esa gran calle, cuna de tantas y tantas protestas! Menos de un mes antes habían salido a marchar por la muerte de una popular actriz, la modelo y antigua reina de la belleza Mónica Spear, colega y amiga de Lilian, cuyo asesinato a manos de unos delincuentes, mientras esperaba junto a su marido en el coche averiado la llegada de una grúa, conmocionó a la población. Todo un hito en un país cuyo índice de violencia figuraba en lo más alto de las estadísticas mundiales. Aquel crimen fue la gota que colmó el vaso. Haciéndose eco de la indignación popular, la de Lilian y la suya propia, Leopoldo se lanzó a una campaña contra el Gobierno que culminó en su plan de La Salida. «¡Basta de asesinatos! ¡Basta de muertos inocentes! ¡Hay que sacar a esta gente del Gobierno, el Estado es incapaz de proteger a sus ciudadanos!», clamaba con furor. De todos los crímenes, el de Mónica Spear y otro cometido ocho años antes, el de los hermanos Faddoul, habían servido de detonantes de la movilización de la gente. Aquel fue especialmente horrendo porque se trató del secuestro de tres niños y un conductor a manos de una banda de extorsionadores, cuyo jefe, se descubrió más tarde, era un oficial de policía. Los cuerpos fueron descubiertos en un descampado, maniatados y ajusticiados de un balazo. Era la víspera del Domingo de Ramos de 2006, Leopoldo y Lilian bajaban del Ávila junto a los palmeros de Chacao, cumpliendo la tradición de subir a por hojas de palma. La noticia les impactó mucho, como a todo el país. Ciertos crímenes especialmente atroces marcan un antes y un después; el de los hermanos Faddoul catalizó la indignación popular. «No podemos quedarnos de brazos cruzados», decía Leopoldo. Entonces se le ocurrió a Lilian organizar una actividad que llamaron «acostados por la vida» inspirada en la foto que publicó el periódico de los cadáveres silueteados con tiza. Convocaron a estudiantes de varias universidades y esa avenida, la Francisco de Miranda, se llenó de jóvenes que respondían a la llamada de Leopoldo: «¡Para que no mueran más niños en Venezuela, todos al suelo!», y entonces se tumbaban y dejaban su huella dibujada con tiza. Miles y miles de personas acudieron a esa convocatoria, no había un metro cuadrado libre en la calzada, fue una reacción tan masiva como la que hoy se fraguaba en ese mismo lugar.

Ríos de gente, muchos vestidos de blanco, bajaban por las calles y se unían a los que venían de la otra Caracas, la de los ranchitos que se veían a lo lejos, las chabolas desparramadas por las laderas. Gente que abandonaba sus casuchas de ladrillo con techo de latón y rejas oxidadas, colgadas en un cerro, y descendían por escaleras estrechas y sinuosas entre cables rotos y basura para sumarse a la gran marcha y gritar su hartura. La convocatoria a través de las redes sociales, un miércoles y no un fin de semana, estaba siendo un éxito colosal.

Otros venían de más lejos, como Bassil Da Costa, un joven carpintero que vivía en Guatire, una ciudad dormitorio a veinte minutos de Caracas por la autopista. «No vayas a esa marcha —le dijo su madre—. Esas cosas terminan mal». Era la primera vez que el chico iba a una manifestación, y no quería perdérsela. «Quédate tranquila, mamá. Es solo un rato». La víspera, antes de acostarse, había escrito en su muro de Facebook: «Este que está aquí sale a marchar mañana sin miedo de nada y con la esperanza de encontrar un futuro mejor». No podía sospechar que sería su último *post*. La foto de su página revelaba un rostro sonriente, ojos negros y risueños, el pelo corto y rizado y la piel cetrina con algunas manchas de acné, tardías para sus veintitrés años. Único varón entre tres hermanas, era el ojito derecho de su madre, que estaba enferma y llevaba cuatro meses esperando una operación. Pero faltaban insumos, nunca había habitación disponible o, si no, el quirófano estaba inservible. Su hijo iba a las farmacias a buscarle medicamentos, pero eran cada vez más difíciles de conseguir. Por eso y por el deterioro general de las condiciones de vida, ese día se metió en un autobús con su primo en dirección al centro.

En el este de Caracas, Roberto Redman, de treinta y un años, también se disponía a participar. Optó por no ir en su moto, y así eliminar el riesgo de que acabase incendiada o robada. Vivía solo con su padre, y ambos eran fervientes detractores del régimen. En su cuenta de Twitter se describía a sí mismo como piloto privado y demócrata liberal. Tuitero empedernido, como todos los jóvenes de Venezuela que no contaban más que con las redes sociales para informarse de lo que ocurría en el país, su intención era documentar la marcha. Ejercer de periodista callejero le hacía sentirse útil, a la espera de poder dedicarse a su vocación profunda, la de volar. Ansiaba colocarse de piloto en alguna aerolínea, pero ese plan de futuro se hacía cada vez más imposible visto que el sector, como todos los demás en Venezuela, estaba en plena decadencia. Y no disponía de dinero para irse a los Estados Unidos a sumar horas de vuelo. Las marchas, para él, eran un antídoto a su frustración.

A medida que avanzaban por la avenida, se unía más y más gente. Solo los escoltas dejaban traslucir su nerviosismo. A Lilian se le quitó esa sensación de congoja que la había atenazado por la mañana: tantos pidiendo lo mismo contagiaban optimismo. Amigos y conocidos la saludaban efusivamente o le pedían un selfi...

Su rostro era conocido. La gente la recordaba de su época de periodista y estrella mediática en Televen, cuando protagonizaba campañas publicitarias contra beber alcohol y conducir, por ejemplo, o cuando fue modelo de Nike, imagen de Movistar, o dirigía programas educativos o el famoso *Muévete*, en el que hacía deportes extremos por todo el país. Lo que nadie olvidó fue su participación en el programa *Robinson, la gran aventura*. El país entero se quedó boquiabierto al verla cortar la cabeza de una anaconda para luego guisarla y compartirla con los demás concursantes. Dejaba traslucir un carácter de hierro. Luego, al casarse, se convirtió en «mujer de Leopoldo López», y ella tan feliz, porque era como ser la esposa de Venezuela, se casó con un hombre que era a la vez un hombre y una causa. Pero su amor le valió ser vetada en los medios, por presiones de arriba, del Gobierno. A pesar de todo, permanecía en el imaginario popular como aquella mujer guapa y de apariencia frágil, el rostro enmarcado en rubias trenzas de espiga y cocinando una serpiente gigantesca.

Llegados a la plaza de Venezuela, núcleo de la convocatoria, los líderes de otras dos organizaciones* invitaron a Leopoldo a decir unas palabras. Era tal la muchedumbre que a los de seguridad les costó izarle hasta la tribuna. Una vez arriba, pidió a Lilian y a sus compañeros que se unieran a él. No quería estar solo. Pensaba que nadie era indispensable, ni siquiera él mismo. Uno de los que subió era Juan Guaidó, cofundador del partido, un joven aplomado que se complementaba bien con Leopoldo. Hijo de un taxista de Tenerife, Juan Guaidó se había formado como ingeniero y lideraba una de las facciones estudiantiles de la organización. Era conocido tanto por su mala oratoria como por su coraje y valentía a la hora de enfrentarse a las huestes del régimen.

---

* Aparte de los seguidores de Voluntad Popular, el partido liderado por Leopoldo López, estaban en la plaza el alcalde de Caracas Antonio Ledezma y los seguidores de su partido, así como la líder opositora María Corina Machado y los suyos.

Desde su posición aventajada, él y Leopoldo comprobaron con una mezcla de asombro, inquietud y admiración que los ríos de gente que habían visto bajar por las calles ahora formaban un océano donde ondeaban banderas naranjas y amarillas. La propia Lilian llevaba un pañuelo alrededor del cuello con los colores de la bandera nacional. Allá donde alcanzaba la mirada, veía una abigarrada muchedumbre. La gente encaramada en las ramas de los árboles o de pie en el techo de los automóviles hacía pensar que todo el país estaba en la calle. Lilian se debatía entre el entusiasmo por el éxito de la convocatoria y un poso de angustia: «¿Y si hay algún colectivo escondido, apuntándoles?». No podía evitar pensar que un tiro perdido entre tanta multitud apenas se oiría.

Al igual que los convocantes a la marcha, el mundo entero, a través de la señal de televisión, era testigo de aquella enorme demostración de descontento popular que parecía presagiar el final inminente de la aventura revolucionaria. «¡Esta es una lucha del pueblo contra el Estado! —clamó Leopoldo en su discurso—. ¡Esta es una lucha de millones contra los que han secuestrado el poder! Os estamos invitando a la lucha, y no es una invitación ajena de riesgo...». En ese momento, la multitud enfebrecida le interrumpió y al unísono corearon: «¡No tenemos miedo! ¡No tenemos miedo!». También Lilian vociferaba, pero consciente de que mentía, porque ella sí tenía miedo.

Los padres de Leopoldo oían el discurso de lejos, mientras regresaban al lugar donde habían aparcado su coche. Decidieron volver a casa y seguir los acontecimientos desde la televisión y las redes sociales. Había demasiada gente y Leopoldo padre seguía convencido de que en cualquier momento aquello podía degenerar en un desorden peligroso. Conocía lo correoso que era el régimen, e intuía lo irritados que debían sentirse en las altas esferas del poder con el éxito de la marcha. Sabía por experiencia que el Gobierno, en su perversidad, aprovecharía cualquier oportunidad para sabotearla.

El padre de Leopoldo no iba desencaminado. A dos kilómetros de allí, un individuo llamado Juancho Montoya, responsable de la coordinación de los colectivos, esas temibles bandas armadas compuestas de policías civiles, pero también de criminales sueltos, lideraba una caravana de hombres y mujeres en moto, vestidos de civiles, algunos con cascos, otros con pasamontañas, todos armados. Se dirigían hacia la Fiscalía, el lugar adonde también se encaminaba el grueso de la manifestación encabezada por su hijo.

Juancho Montoya era un individuo curioso. Antiguo miembro de la policía de Caracas, había hecho carrera a la sombra de Hugo Chávez, a quien idolatró desde la primera vez que lo escuchó en un discurso. Dos décadas después, seguía siendo un ferviente revolucionario que vivía en la barriada 23 de Enero, de la que era uno de sus líderes sociales. Tocado de una gorra con la visera hacia atrás, la barba medio crecida, decían de él que era más chavista que Chávez, porque en una ocasión se atrevió a denunciar la corrupción del Gobierno y llegó a pedirle al mismísimo comandante, en un acto de sumo desafío, que encarcelase a sus ministros enviciados. Era un purista de la revolución que no dudaba en denunciar sus excesos, aun a riesgo de enfrentarse a algunos de sus correligionarios que lo veían como una amenaza.

Nada más enfilar la avenida de la Universidad, Leopoldo y los suyos notaron algo sospechoso: no había policía ni en los márgenes ni en las calles adyacentes. También les sorprendió que el edificio de la Fiscalía no estuviese acordonado por la Guardia Nacional, como hubiera sido habitual. Al fin y al cabo, el Ministerio Público era un bastión del Gobierno. ¿No lo defendían?

«Aquello tenía tufo a emboscada», recordaría Leopoldo.

Ni la fiscal general ni nadie esperaba a los estudiantes para recibir su escrito. Estos, enrabietados, colgaron una sábana que rezaba: «Libertad para los presos políticos», mientras la gente coreaba el himno nacional, cuya música retransmitía un altavoz desde una camioneta abierta. Luego Leopoldo pidió sentarse a esperar la llegada de la fiscal y la gente cumplió, de manera pacífica, excepto algunos estudiantes que colocaron una cadena alrededor de la empuñadura del portón de entrada.

—No hagan eso, no saben si hay personas dentro —les dijo Lilian.

—¿Son del Gobierno o qué? —le espetaron los estudiantes, antes de que interviniese un miembro del piquete:

—¡No digas pendejadas, hermano! ¡Ojo con provocar!

La sentada transcurrió de manera pacífica, y durante más de una hora no ocurrió nada, hasta que de pronto sonó un tiro: «¡Coño, ¿qué pasa aquí?!», «¿Quién está disparando?», preguntaba la gente, sobresaltada. Siguieron más tiros que provenían de las inmediaciones. Leopoldo, que esperaba la llegada de la policía, vio a lo lejos individuos en moto, fuertemente armados: eran los temibles «colectivos». En ese momento se le acercó un individuo delgado y fibroso llamado Gilber Caro, un personaje singular que profesaba por Leopoldo una admiración y una lealtad sin límites. Vitalista, gracioso, un punto histriónico, era un expresidiario que, después de purgar una pena de diez años de cárcel por homicidio, se había reconvertido a la vida política y se había transformado en un militante activo y muy útil por su conocimiento del mundo de las cárceles y del hampa. Los reconoció como miembros de los Tupamaros, el grupo más violento y peligroso, del que Juancho Montoya era uno de los jefes.

Lara agarró a Lilian y se parapetaron detrás de un automóvil.

—¡A cubierto, ponte a cubierto!

—¿Y Leo?

Enseguida la voz de uno de los manifestantes apaciguó sus temores: «Parece que son disparos al aire», oyó decir. Más tranquilas, se abrieron camino hacia donde estaba Leopoldo. Al verla, él suspiró aliviado:

—Voy a desconvocar —les dijo—. Esto se está poniendo feo.

—Mejor me voy ya —respondió Lilian—. Me voy a casa.

—¿Por qué no pasan un ratico por la sede...? Para organizarnos.

—Ok, nos vemos allí —dijo Lara—. Voy con Lilian.

—Yo iré en metro con la gente.

Lilian alcanzó a ver cómo Leopoldo volvió a subirse a la camioneta, micrófono en mano. Buscaba desmarcarse de la violencia de la manera más contundente posible. Mientras se alejaban, oían su voz: «Vamos a retirarnos —dijo—. Y nos retiramos en paz, todos a nuestras casas, la marcha terminó, el objetivo está cumplido. No estamos por la violencia, estamos por la libertad y la democracia». Luego, junto a sus compañeros y escoltas, se dirigieron hacia la estación de metro, siempre rodeados de simpatizantes que pedían hacerse un selfi o que le felicitaban por ser el próximo presidente de Venezuela, lo que provocaba en Leopoldo una sonrisa de vergüenza ajena. En broma, señalaba al responsable de organización del partido que caminaba junto a él, sin imaginarse que un día Juan Guaidó, en efecto, sería nombrado presidente.

5

En la exigua sede del partido Voluntad Popular del barrio de Chacao, Leopoldo, Lilian, Lara, Pegaso, Carlos Vecchio y los demás colaboradores se reunieron para evaluar los resultados de la jornada. Pero nada más hincarle un mordisco a la *pizza* que habían encargado, llamó Gilber Caro, el expresidiario, y lo que les dijo les dejó con el trozo en la boca. Contó que los tiros que oyeron en la Fiscalía no habían sido fortuitos ni disparos al aire, sino que habían acabado con la vida de Juancho Montoya, el coordinador de los «colectivos», el purista de la revolución. Era una gravísima noticia porque no se sabía quién había disparado.

—¿Puede haber sido alguien nuestro, algún descontrolado? —preguntó Leopoldo.

—Seguro que no, los piquetes han hecho bien su trabajo.

Sabían que ningún estudiante armado habría sido autorizado a permanecer en la marcha. Quedaba otra posibilidad, aunque difícil de imaginar.

—A Montoya lo han asesinado los suyos, los Tupamaros —dijo Gilber, convencido—. Para cargarnos ese muerto.

Lo decía un hombre que conocía bien esa mezcla de policías y delincuentes que conformaban el mundo de los «colectivos». Leopoldo pensó en la advertencia que le había hecho su madre unas horas antes: «Si hay un muerto, te lo van a endosar a ti». Sintonizaron la emisora BBC Mundo, donde un entrevistado aseguraba haber estado al lado de Montoya en los disturbios: «El comandante Juancho siempre iba delante de la caravana de motorizados. En lo que llegamos a la Esquina Monroy, sonaron unos disparos». Eran los tiros que se habían oído en la Fiscalía: la esquina Monroy se encontraba a solo dos calles de distancia. En efecto, a Montoya lo habían matado los suyos. ¿Por qué? Gilber Caro no tardaría en averiguarlo.

La cacofonía de los teléfonos BlackBerry no les dejaba hablar. Periodistas, compañeros de otras organizaciones, emisoras de radio, televisiones..., todos pugnaban por recabar la opinión de los líderes del partido. En cada entrevista, Leopoldo insistía en desmarcarse de cualquier acto violento.

De pronto surgió otra noticia que precipitó los acontecimientos: un joven acababa de morir nada más llegar al hospital Vargas, a consecuencia de un tiro en la cabeza. «Mierda», dijo Leopoldo. A Lilian se le heló la sangre; sintió pena de aquel inocente, uno que quizás esa tarde había estado marchando junto a ella. Quizás uno de los que le habían pedido un autógrafo. Y se temió lo peor.

Se hizo el silencio, interrumpido por las llamadas de los móviles y los pitidos de las notificaciones. Siguieron pegados a las noticias, sin hablar porque eran los acontecimientos los que lo hacían. Y no decían nada reconfortante. Escuchaban de fondo la televisión, que era la voz del Gobierno, pero tenían los ojos clavados en Twitter, que les daba información de lo que acontecía en la calle en tiempo real. Así fueron sabiendo que un oficial del SEBIN*, la policía secreta del régimen, había sido el autor del disparo que mató al joven manifestante. El vídeo, filmado por un periodista y que ya circulaba en las redes, despejaba cualquier duda al respecto. Mostraba a un hombre grueso, con gorra, pantalones caqui y botas altas, apuntando y luego, parapetado en una esquina, disparando contra ese joven, que fue identificado como Bassil Da Costa, de veintitrés años y sin afiliación política conocida.

El carpintero de Guatire pagó caro el haber desoído los consejos de su madre. Él y su primo habían disfrutado mucho de la

---

* SEBIN: Servicio Bolivariano de Inteligencia Nacional.

jornada. Pero cuando Leopoldo llamó a disolverse cometieron el error fatal de permanecer en la zona porque no tenían prisa. De pronto, llegaron en moto hombres identificados por los vecinos como «colectivos» y miembros del SEBIN, y las calles se convirtieron en una ratonera. Vestidos de civil, esgrimieron sus armas y dispararon al aire para hacerse los dueños del lugar, mientras un último reducto de estudiantes arremetía contra ellos. Gritos, insultos, pedradas. Dos jóvenes tumbaron una moto de uno de los agentes, lo que provocó la avanzada de los efectivos a tiro limpio. Varias detonaciones rasgaron el aire de la tarde y hombres de negro accionaron armas cortas y escopetas de perdigones.

Bassil y su primo, con el miedo en las entrañas, corrieron hacia una calle lateral para guarecerse, sin saber que entraban en la línea de tiro. Justo detrás de ellos corría Roberto Redman, el piloto de aviación de treinta y un años que había estado todo el día en la calle, informando en su canal de Twitter sobre el desarrollo de las marchas. Llevaba una gorra volteada y una bandera tricolor amarrada al cuello. Vio claramente cómo un individuo vestido de civil les estaba apuntando. Lo miró fijamente una fracción de segundo. Redman debió de pensar que estaba viviendo sus últimos segundos, pero cuando sonó el disparo, no fue él, sino Bassil Da Costa, que corría justo delante, quien se desplomó sobre la acera, a la altura de un restaurante que hacía esquina. Eran las tres y trece de la tarde. Como buen piloto, tenía nociones de primeros auxilios y en lugar de escapar o buscar cobijo, se precipitó sobre el cuerpo inerte de su compañero. Un hilo de sangre fluía por la comisura de los labios. Le palpó la muñeca: todavía tenía pulso. «¡Hay que llevarle al hospital, rápido!», gritó. Varios manifestantes retrocedieron y, arriesgando la vida, ayudaron a Redman a cargar con el herido. Llegaron hasta donde estaba aparcado un *jeep* de la policía que les llevó a él y a su primo al hospital. Bassil murió a los pocos minutos.

Roberto Redman vio cómo apareció en el lugar del tiroteo una moto grande, una Kawasaki 1000, conducida por un individuo grueso, vestido de civil y una radio de onda corta en la mano derecha. Lo reconoció como el hombre que había disparado contra Bassil. Se miraron fijamente. Luego el hombre lanzó unas órdenes a los suyos, gesticulando, y aceleró hacia donde le esperaba un jefe de la banda de colectivos.

6

Muy alarmante fue la noticia que saltó a las cuatro menos diez de la tarde, solo cincuenta minutos después del asesinato de Bassil Da Costa. Apareció en todas las cadenas de televisión el rostro orondo de Diosdado Cabello, el hombre con más poder después del presidente Maduro. Dijo: «Este es el país de todos los venezolanos», pero no mencionó al carpintero de Guatire, solo a Juancho Montoya, el líder tupamaro: «Desafortunado el asesinato de un cuadro combatiente de la revolución bolivariana, allá en plaza Candelaria. Fue asesinado vilmente por el fascismo. Esto para nosotros es doloroso». Luego culpó directamente a Leopoldo López y a la líder opositora María Corina Machado por los hechos de violencia. «Responsables, son ellos los responsables. Irresponsables, vagabundos, sinvergüenzas». ¿Cómo podía conocer los detalles del fallecimiento de Montoya y desconocer la muerte del estudiante? ¿Cómo podía saber a escasos minutos del homicidio quién, según él, era el causante? Acabó diciendo: «Todo el peso de la ley debe caerle a los responsables. Ellos solo tienen un objetivo: apoderarse de la patria y de sus recursos naturales para entregárselos al imperio estadounidense. El pueblo les queda grande y nunca, nunca van a gobernar este país, se lo juramos».

Gilber Caro conocía bien ese lenguaje; exponer así a Leopoldo era dar carta blanca a los Tupamaros para que fuesen a por él. «El cobarde de Leopoldo López se esconde detrás de unos jóvenes, detrás de unos estudiantes», remachó Cabello en otra rueda de prensa. Era la señal de que empezaba una persecución a muerte.

Pegaso lo entendió de la misma manera y no perdió un segundo:

—¡Vámonos de aquí! ¡Rápido!

El jefe de los escoltas, un individuo afable y muy próximo a Leopoldo llamado Wilmer, les recordó que a partir de entonces la policía podía allanar el local y detenerlos a todos.

—Así que vamos, vamos...

A Lilian le atravesó un ramalazo de pánico. «Allanarán también la casa», pensó de repente. Estaba desencajada.

—Voy a por los niños.

—Sí, rápido, y váyanse de la casa —le dijo Leopoldo.

—Me los llevo donde tus papás.

Lara estaba al teléfono:

—Hay una rueda de prensa donde el alcalde Ledezma. Leo, ¿quieres ir?

Leopoldo estaba en una llamada por Skype con el corresponsal de la CNN en español, y asintió con la cabeza. Siguió explicando al periodista los pormenores de la jornada y cómo, en ningún momento, incitó a la violencia, más bien al contrario. Mientras los demás compañeros cargaban ordenadores y carpetas de documentos, los escoltas metían prisa al líder.

—Vámonos, jefe, vámonos, deje eso ya...

Leopoldo no parecía alterado. Tardó unos minutos en acabar la entrevista.

—Wilmer, prefiero ir en moto. Nos vemos allá.

—Eso es muy arriesgado, jefe, mejor lo escondemos, no ande por ahí.

—Esa rueda de prensa es importante, hermano. Es más seguro que vaya solo, de verdad.

Wilmer hizo una mueca de desaprobación. Leopoldo agarró su casco y se dirigió a Lara.

—Voy para el despacho de Ledezma, torre Exa.

Esa noche, Gilber Caro volvió a casa preocupado, no tanto por el hecho de que pudiesen arrestar a Leopoldo, sino porque era consciente de la magnitud de la trampa que le habían tendido. Sabía que, a partir de ese momento, los «colectivos» pondrían precio a la cabeza del hombre acusado por el Gobierno de haber asesinado a uno de los suyos. Conocía la saña que los animaba y la violencia que eran capaces de desplegar. Nunca la vida de Leopoldo había corrido tanto peligro como en ese instante.

En Los Palos Grandes, Lilian aparcó el coche frente a su casa y, antes de salir, con las manos agarradas al volante, respiró profundamente. Estaba muy nerviosa. Se habían desencadenado fuerzas que parecían destruirlo todo a su paso, y dudaba de que la cascada de acontecimientos se detuviera. ¿Cuál sería el próximo golpe? ¿De dónde vendría? ¿Sería otro muerto, un atentado, un secuestro, un arresto, un ataque? ¿Alguna atrocidad? Le costó sosegarse, estaba asustada, pero necesitaba aparentar tranquilidad para no alarmar a los niños.

—Nos vamos a casa de los abuelos —les dijo nada más entrar, con falsa cara de felicidad.

Su hermana Patricia, que había escuchado las noticias, había venido a echar una mano y había llenado ya varias bolsas con ropa. Era previsora, muy lista.

—¿Lilian, los visto de calle?

—No hace falta, que vayan en pijama.

A los niños aquella mudanza a deshora les pareció una aventura divertida. Lilian vació los armarios y con ayuda de Patricia llenaron apresuradamente el coche con bolsas y juguetes y abandonaron la casa. «¿Cómo me la encontraré la próxima vez que venga?», se preguntó, de nuevo al volante. Por el camino, la radio desgranaba noticias de la manifestación y de los muertos, y unas declaraciones de Elías Jauá, ministro de Exteriores, acusando a Leopoldo de ser el autor intelectual de la muerte y de los heridos en Caracas. «El Estado no tiene más excusas para castigar a este criminal asesino», añadió. Lilian cambió el dial, pero ya era tarde. Manuela, en el asiento de atrás, preguntó:

—Mamá, ¿qué quiere decir *micrinal*?

—*Micrinal*, no, será criminal.

—Han dicho que papá es un criminal. ¿Qué es eso?

Lilian no sabía cómo zafarse.

—No es nada, un criminal es alguien..., pues es alguien que hace crímenes.

—¿Y qué son crímenes?

—Pues... crímenes son... —Dudaba cómo explicarlo, hasta que se lanzó—: Son unos pastelitos muy ricos, los hay de chocolate, de vainilla y de fresa.

—Yo quiero de limón.

—Pues te compraré uno.

Lilian suspiró, aliviada de haber superado la prueba. Pero vendrían más en el futuro, estaba segura, y no serían tan fáciles como esta. Por ahora, no quería agobiarse más, cada cosa a su tiempo.

Manuela volvió a la carga.

—¿Y papá? ¿Dónde está papá? ¿No viene con nosotros?

—Papá está trabajando y se va a tener que ir unos días de viaje. Mientras, nosotros vamos a vivir en casa de los abuelos.

—Biennn... —dijo la niña.

La casa de los abuelos era grande, tenía jardín, perros y hasta crímenes de limón..., ¿qué más necesitaba una niña para ser feliz?

En el nuevo dial surgió la voz de la fiscal general, esa que no se había dignado recibir a los estudiantes. Se llamaba Luisa Ortega Díaz, era una mujer rubia de mediana edad y con fama de haberse dejado corromper por el régimen. Cuando dijo en la radio: «¡Esto no va a quedar impune!», a Lilian se le erizó la piel. La idea de tener a esa mujer de enemiga le provocó una honda desazón.

El trayecto hasta la casa de sus suegros duraba unos quince minutos. Vivían justo debajo de la Cota Mil, una zona muy boscosa, en una vivienda de una planta, toda de ladrillo, construida en diferentes niveles con un patio central y un jardín. Una casa con mucho cristal, y por lo tanto vulnerable, edificada en los años setenta, cuando Venezuela era el país más rico de América del Sur y no conocía tanta inseguridad. Al casarse, don Leopoldo se la había encargado a un primo suyo, el arquitecto Wilmer Alcock, responsable de las construcciones más emblemáticas de la capital venezolana. Aunque carecía de cochera y por fuera se veía pequeña, era amplia, de buen gusto, nada ostentosa y muy bonita. Le pusieron el nombre de La Atrevida, porque en aquella época era una casa aislada en medio del monte. Desde entonces habían surgido otras viviendas alrededor hasta formar una urbanización.

Lilian condujo por una calle sin salida hasta la entrada. En el quicio del portalón de madera les estaba esperando Antonieta. Mientras los niños bajaban del coche, habló con su suegra: «Ven conmigo a la rueda de prensa, por favor. No me gusta el ambiente, está todo muy feo, en la radio están acusándolo de asesino, así, directamente».

—Sí, lo hemos oído nosotros también. Vamos, pues.

—Yo me quedo con los niños —dijo el padre de Leopoldo, visiblemente turbado.

7

A pesar de haber ganado la alcaldía, Antonio Ledezma pagaba de su bolsillo el alquiler de las oficinas de la torre Exa, porque el Gobierno, furioso por haber perdido las municipales, incitó a los colectivos a ocupar la sede oficial. Eran las seis de la tarde cuando Lilian y Antonieta llegaron, abriéndose paso entre una nube de simpatizantes y periodistas enredados entre cámaras, micrófonos, trípodes y bolsas de material diverso. Hacía calor por la luz de los focos. Leopoldo, sentado entre sus aliados María Corina Machado y Antonio Ledezma, se defendía alto y claro de las acusaciones de haber instigado la violencia: «Los estudiantes se han manifestado en todo el país de una manera extraordinaria y pacífica. Quien tiene armas son los cuerpos de seguridad del Estado, policía y militares y los cuerpos delictivos, los que llaman colectivos, que disponen de armas de guerra y que el Estado no ha sido capaz de desarmar». Como para confirmar sus palabras, otra noticia vino a excitar los ánimos en la rueda de prensa. Las redes sociales y los medios anunciaban un muerto más, un muchacho asesinado a quemarropa al salir del metro, lejos de donde habían tenido lugar los últimos enfrentamientos. Testigos hablaban de que había sido acribillado desde una moto por un presunto «colectivo». Se trataba de un piloto de aviación de treinta y un años llamado Roberto Redman. El joven que había arriesgado la vida para intentar salvar al carpintero de Guatire había sido, a su vez, ajusticiado.

En La Atrevida, el padre de Leopoldo seguía las noticias por NTN24, el único canal independiente que quedaba en Venezuela. Cuando empezó a retransmitir la rueda de prensa, y sin previo aviso, la señal se apagó. Sintonizó otro canal, esta vez del Gobierno, que informó que la cadena de noticias colombiana NTN24 era considerada una amenaza para la revolución y, por lo tanto, se la retiraba definitivamente de las ondas. Asimismo, su página web, donde muchos venezolanos se nutrían de información, quedaba bloqueada. El argumento esgrimido era: «Promovieron la violencia». De esa manera abrupta, el último reducto de televisión independiente dejaba de emitir.

Minutos más tarde, caía otra bomba informativa, la noticia que iba a sellar el destino de Leopoldo, de toda su familia, de sus escoltas y amigos más cercanos y de su partido. El Tribunal de Justicia acababa de emitir una orden de arresto, firmada por la fiscal general Luisa Ortega Díaz: «El tribunal ordena al Servicio Bolivariano de Inteligencia Nacional aprehender a Leopoldo López bajo cargos que van desde instigación a delinquir, intimidación pública y daños a la propiedad pública hasta homicidio intencional calificado ejecutado por motivos fútiles e innobles». Esa orden le acusaba de haber sido el autor material de las muertes de Bassil Da Costa y Juancho Montoya.

Antonieta estaba paralizada, Lilian reprimía las lágrimas. Sonó el teléfono de Leopoldo. Era Pegaso: «¿Qué haces ahí, Leopoldo, te van a agarrar como un huevón? Le he dicho a Lara que te saque de ahí ya». No había colgado aún y los escoltas lo arrancaron de la silla para llevárselo. Él se mostraba tranquilo, llevaba muchos años sabiendo que ese momento llegaría. Pero los demás en la sala estaban indignados. Entre el vocerío, los escoltas avisaron de que se estaba formando un revuelo de gente abajo en el portal. Había que darse mucha prisa, la policía no tardaría en llegar. Josefina lo acompañó al ascensor de servicio y bajaron juntos. Estaban solos. Tantas veces se había hablado en el partido de la posibilidad de tener que esconderse o huir de repente de la persecución del Gobierno que habían esbozado varios planes de contingencia.

—De los cinco planes, hay dos que podemos ejecutar —le propuso ella.

—No, ninguno, no quiero ninguno de esos planes. Decide tú.

—¿Cómo?

—Decide adónde vamos.

Lara no entendía. El indicador de las plantas retrocedía rápidamente: sexto, quinto, cuarto...

—¿Tú eres loco? —le dijo.

—Vamos, decide, Lara, decide tú. Ya mismo.

Tercero, segundo... «Mierda», se dijo a sí misma. «Yo tenía veinticinco años y debía decidir adónde llevar al líder para esconderle de toda la policía del país». Pensó a la velocidad del rayo, sacó su BlackBerry y con sus dedos ágiles se puso en contacto con una persona muy cercana. «Jamás pensé que me iba a tocar a mí decidir todo esto —recordaría Lara—. No era mi papel». Primero, entreplanta, *lobby*... Antes de que se abriese la puerta del ascensor, Leopoldo agarró su casco integral y se lo embutió en la cabeza. Parecía un mensajero o un repartidor, y no el líder que tenía al país en vilo. Se cruzó con los policías que subían a detenerle, orden judicial en mano. No lo reconocieron, había tanta gente en el vestíbulo y tanto caos que logró escabullirse, por los pelos.

Lara se dirigió hacia su coche, iba a recoger a Antonieta y a Lilian para llevarlas al apartamento. «Fui a por ellas porque sabía que sería la despedida», recordaría.

Leopoldo arrancó su moto. Wilmer, su escolta, no quería dejarle marchar.

—Ahora son ustedes los que tienen que protegerse —le dijo—. Es a ustedes a quienes van a perseguir... Irán a allanar sus casas, los detendrán. Escóndanse como puedan.

—Aguantaremos, jefe. Viva Venezuela.

Leopoldo levantó el puño en señal de amistad y le ofreció su amplia sonrisa. La lealtad y el coraje de sus escoltas le conmovían. Temía por ellos, tan entregados, idealistas y jóvenes, mucho más que por sí mismo. Le dolía pensar que iban a sufrir por haberle defendido, pero era parte del precio que pagaba por ser el líder. Le dio un abrazo y fuertes palmadas en la espalda.

—Adiós, Wilmer.

—No me gusta verle marchar solo, jefe.

—Ahora es la soledad lo que me protege, amigo. No iré muy lejos. En cuanto pueda, te mandaré un mensaje.

Aceleró y desapareció por las calles de Caracas. Era fiel a su instinto, que le decía que el único plan capaz de salvarle era la ausencia de plan. Tenía tres o cuatro personas listas para ayudarle, pero temía comprometerles. Por eso había insistido a Lara para que ella decidiese, en un abrir y cerrar de ojos, un lugar adonde ir. Improvisar era lo mejor porque, ¿cómo cerciorarse de que los planes preconcebidos no hubiesen sido infiltrados? «Siempre tenía en mi cabeza la idea de que lo más seguro era tomar una decisión en caliente y borrar así todos mis rastros», diría.

A esa hora no había ruido de tráfico, las calles estaban vacías y a oscuras, solo se oía la cacerolada de los vecinos que, desde sus terrazas, protestaban contra este enésimo apagón. En su bolsillo vibraba su BlackBerry, tuvo la tentación de responder, pero el móvil se había vuelto un peligro.

8

Al final, llegó solo al apartamento concertado en la calle Los Dos Caminos. Pertenecía a su tocayo Leo, que había formado parte de la dirigencia del partido en sus comienzos. Pegaso lo había elegido porque en el mismo edificio, pero en un piso superior, vivían los padres de Leo, un matrimonio mayor. Pensó que entre ambas viviendas podría esconderle unas horas. Allí estaban los que habían venido por la mañana a su casa, el núcleo duro: Alberto Losada y Carlos Vecchio, el segundo de a bordo.

Al poco tiempo llegó la familia. Lilian recordaba aquel apartamento por haber estado en alguna otra ocasión. Encontró a Leopoldo sereno, quizás demasiado, como si ya hubiera tomado una decisión sobre su futuro, y eso la escamó. Él estaba a punto de grabar un vídeo, y quiso que Lilian estuviera a su lado. Ella aparecía triste, abatida, la mirada perdida mientras él, con una camisa blanca impoluta que le había prestado el dueño de la casa, la mano sobre la rodilla de ella, decía: «Si están viendo este vídeo, es porque ya se ejecutó un abuso más por parte del Gobierno. Como en la manifestación del 12F, apelo a la no violencia, porque la violencia es la herramienta de quienes no tienen la razón, no permitamos que nos quiebren la esperanza. Estamos en el lado correcto de la historia, os invito a que luchemos, a que mantengamos la fuerza y la irreverencia». El vídeo concluyó con un abrazo de Lilian a Leopoldo.

Cuando terminaron de grabar, Lara les dijo que había que trasladarlo a un lugar más seguro.

Lilian atrajo a Leopoldo a la cocina, quería hablar en privado. De todo lo que él había dicho en el vídeo, ella no había sacado nada en claro.

—Leo, ¿qué vas a hacer? —le preguntó, casi en voz baja. Él tardó unos segundos en contestar, así que ella le lanzó otra pregunta—: ¿Qué decisión has tomado, dime? Después de la clandestinidad, ¿qué?

Él carraspeó. Sabía que su respuesta no iba a ser de su agrado.

—Lo he pensado mucho, Lilian. No solo ahora, llevo pensando desde hace tiempo que si esto pasaba...

Le costaba encontrar las palabras.

—¿Si esto pasaba...? —repitió ella.

Leopoldo la miró fijamente a los ojos. Le pareció más guapa que nunca. En el fondo, no quería comunicarle su decisión, no lo hubiera querido hacer nunca. No quería herirla.

—Voy a dar la cara, Lilian, me voy a entregar.

Ella se llevó las manos a la cabeza.

—Por favor, Leo, ¡no!

—Es lo mejor, mi bella, de verdad.

—Será lo mejor para el Gobierno, pero no para nosotros. ¿Te vas a entregar a una justicia que es falsa, que no es justa? Leo, si no has hecho nada malo...

—Lo sé.

—Piénsatelo, Leo, por favor, piénsalo.

—Lo he pensado mucho, Lilian.

—¿Has pensado en los niños?

—Sí, y en ti, y en mis padres.

—Pues entonces huye del país, te lo ruego. Ponte a salvo. Vayámonos todos.

—No puedo, Lilian, eso sería... sería traicionar todo por lo que hemos luchado. Sería traicionarme a mí mismo.

—Si no lo quieres hacer por ti, hazlo por nosotros. Vámonos lejos de aquí, a llevar una vida corriente en un país donde podamos vivir sin miedo.

Hubo un silencio que se hizo largo.

—No, Lilian, no. Sería dar muy mal ejemplo.

—Tenemos derecho a ser felices, Leo, ya hemos hecho todo lo posible para... —Notó que con ese argumento no iba a convencerle, así que cambió de tema—: Piensa en los niños, ellos se merecen tener una infancia normal.

—En un futuro, prefiero contarles lo que hice para salvar a su país que tener que contarles que dejé de luchar. Lilian..., ¿qué tipo de persona sería si eligiese la huida? ¿Cómo le contaría eso a los niños, dentro de unos años?

—La gente lo entendería. La gente no está tan loca como tú.

—¿Entenderían que les abandone? ¿De verdad crees que lo entenderían...? ¿Y yo, que les he empujado a ser valientes e irreverentes, a dar la cara, a que tengan la fuerza de quebrar el sistema? No, Lilian, no, jamás lo entenderían. ¡Ni yo lo entendería!

Ella se debatía entre la tristeza y la rebeldía. Pero era una rebeldía contra el destino, contra su suerte, contra sí misma también.

—¿Te acuerdas del día en que te pedí que te casaras conmigo? —le preguntó Leopoldo. Lilian asintió con la cabeza. Adivinó lo que venía después—. ¿Recuerdas que te dije que, si te casabas conmigo, te casabas con Venezuela?

¿Cómo olvidar aquello? Todos los días desde que le conoció habían sido un recordatorio en vivo de aquellas palabras. Como tampoco olvidó lo que le dijo su padre, Franco Tintori, cuando le anunció el compromiso. «¡Piénsate mucho lo de casarte con un político!». ¿Cómo iba a imaginar ella, en aquel entonces, tan enamorada, tan mimada por la vida, el alcance de aquellas palabras? ¿Cómo imaginar que un día se vería condenada a tener que elegir entre el bienestar de su familia y la lucha política de su marido, aunque ella la hubiera asumido también?

Intentó otro argumento, pero lo hizo a la desesperada, sin creer de verdad que le haría recapacitar. Sabía lo terco que era —casi tanto como ella— y lo difícil que resultaba hacerle cambiar de opinión. Pero debía intentarlo todo, lo que estaba en juego era demasiado importante, era la propia vida de su marido y la supervivencia de la familia.

—Todo el mundo ha oído hablar de la Tumba, el Helicoide o los tigritos, solo nombrar esas cárceles me dan escalofríos. Tú sabes por Gilber Caro que las condiciones son... espantosas. Hay ratas y... suciedad y...

Lo dijo esgrimiendo una muesca de asco. Enseguida se arrepintió de haberle recordado el horror de las cárceles en ese preciso momento, y se odió por ello. La información que empezaba a filtrarse a la opinión pública sobre los malos tratos a los presos políticos hablaba de celdas inmundas, de prisiones administradas por reclusos extorsionadores y de tortura psicológica tutelada por oficiales cubanos.

—No le temo a la prisión, de verdad —dijo él.

No lo decía para calmarla, o por hacerse el fuerte. Eso era lo peor, que Lilian sabía que lo decía de verdad.

—Dios mío, no quiero que te hagan daño. —Se abrazaron. Él la apretó fuertemente contra su pecho—. Estoy muy asustada, Leo.

Se mantuvieron así unos segundos eternos y a la vez demasiado cortos. ¿Cuándo volvería a estar en sus brazos?, se preguntó ella, temblando como una hoja. ¿Volvería a estarlo algún día? Se abandonó al impulso de besarlo, y lo hizo en la boca, largamente. Quizás era la última vez que le besaba, pensó.

—Tienes que estar preparada, Lilian.

—No quiero —dijo entre sollozos.

Él soltó una carcajada. Hasta en los momentos más dramáticos encontraban un hueco para la risa. Le acarició el pelo y la miró a los ojos:

—Primero voy a ir a la clandestinidad, luego me entregaré.

—Te matarán, Leo, te matarán. ¿Has oído lo que dicen de ti en la televisión?

—Prefiero no oírlo, pero me lo han contado.

—Sonará un tiro en el momento en que te entregues, entre el bullicio ni siquiera se sabrá quién habrá disparado, y se acabará todo. Ya lo han intentado... ¿cuántas veces, Leo?

—Dos.

—Dos, y un secuestro. Leo, por favor, date cuenta de que quieren eliminarte.

—Lo sé, pero lo voy a hacer bien, ten confianza, voy a planificar la entrega.

—Piénsalo, te lo suplico.

—Vamos a estar comunicados, no tomaré ninguna decisión sin decírtelo antes. —Ella asintió con la cabeza—. Necesito que seas fuerte, Lilian.

—Y yo te necesito a ti. —Se dio cuenta de que no le haría cambiar de decisión, así que se sorbió los mocos, cambió de tono y le preguntó—: Bueno, dime qué cosas quieres que te haga llegar.

—Ropa, un par de camisas blancas, una muda y algo de chimó.

El chimó era tabaco de mascar, muy utilizado por los jugadores de béisbol en Venezuela.

—¿Algo más?

—Sí, consígueme una cuerda de saltar, quizás puedas pedir alguna prestada.

Lilian sonrió: que pensase en saltar a la cuerda en esas circunstancias era muy de él.

En ese momento, Antonieta entró en la cocina. Tenía los ojos manchados de rímel, pero estaba entera. El tiempo apremiaba, Lara necesitaba llevarse a Leopoldo a otro escondite.

—Leo, vengo a despedirme —le dijo su madre, con esa voz un poco ronca que le salía de las entrañas. No sabía cuándo iba a volver a ver a su hijo, ni siquiera si lo volvería a ver. Pero no quería trasmitirle su congoja—. ¿Lo has pensado bien, hijo?

—Sí, mamá.

—¿Vas a estar seguro de tu decisión?

—Sí, lo he pensado mucho. Tenías razón: me endosaron los muertos.

—Te lo dije.

—... Ya ves, mamá, estoy como el bisabuelo —añadió Leopoldo, guiñándole el ojo—. La historia se repite.

Antonieta esbozó una tímida sonrisa. Su hijo creció arrullado por historias de la familia, como la de ese bisabuelo heroico

—por parte de padre— que había conocido la prisión y luego el exilio. O la del abuelo Eduardo Mendoza —por parte de ella—, el ministro más joven de la historia de Venezuela que contribuyó al derrocamiento del dictador Marcos Pérez Jiménez. Era cierto, la historia se repetía, y ahora Leopoldo emulaba a sus antepasados. Hombres íntegros, cuyas vidas habían marcado a la familia y cuya sombra se proyectaba ahora sobre los nietos. El hijo de su única hermana, Hilda, un joven llamado Thor Halvorssen, había fundado antes de cumplir los treinta la ONG The Human Rights Foundation, dedicada a salvaguardar los derechos humanos en los países de América. Ambos primos hermanos eran idealistas, luchadores, desprendidos, habían heredado lo mejor del abuelo. A Antonieta se le mezclaba el orgullo de hija con el de madre, y con una pena profunda.

—¿Te acuerdas de que no entendía que se pudiera ir a la cárcel por defender unas ideas? —le dijo Leopoldo—. ¿Recuerdas que te pedía que me lo explicases?

—Claro que me acuerdo. —Antonieta entendía la decisión que había tomado Leopoldo, y a la vez hubiera preferido que fuera otra—. Cuídate mucho, hijo —dijo, mordiéndose el labio.

—Nos tenemos que ir —les interrumpió Lara. Abrió la puerta de servicio y le indicó la salida, por el hueco oscuro de las escaleras.

—Dame tu celular, te conseguiré uno seguro.

Lo sacó de su bolsillo y se lo entregó. «Vi a Leopoldo subir algunos peldaños —recordaría Lilian—. Se dio la vuelta y me dijo adiós con la mano. Y luego desapareció escaleras arriba. Fue la última vez que lo vi en libertad».

9

Quebrantada, necesitada de calor y consuelo, Lilian fue a ver a su mejor amiga, Silvia, casada con Luis Daniel, que era también íntimo amigo de Leopoldo. Eran de esas amistades sólidas, en las que tanto los maridos como las esposas se querían mucho. Amistades forjadas por el destino, porque Luis Daniel fue el artífice de que Lilian y Leopoldo se conociesen y, a su vez, Lilian le presentó a Silvia. El resultado de esas conexiones eran los cuatro niños que sumaban ambas parejas, y que tenían la misma edad. Las dos familias pasaban las vacaciones juntos.

Como no quería ir sola, pidió a Lara y a Antonieta que la acompañasen. Silvia les ofreció una infusión, pero apenas conseguía mantener una conversación con ellas, estaban demasiado impresionadas por los acontecimientos de aquella jornada inacabable.

—¿Está bien Leo? —preguntó Luis Daniel.

—Sí, está bien.

—¿Dónde está?

—Por tu bien, mejor no saberlo.

Ahora le tocaba el turno a Lilian de romper en sollozos: «Me puse a llorar, llorar y llorar...». Antonieta luchaba por contenerse. Por mucho que supiesen desde hacía muchos años que este momento llegaría, nunca se estaba totalmente preparado para semejante zarpazo. «Él va a estar bien porque las tiene a ustedes», les decía Luis Daniel. Pero eran palabras, solo palabras, un pobre consuelo para una esposa y una madre desesperadas.

La realidad seguía golpeando, con tozudez, y fueron las noticias de ese fin de jornada las que les devolvieron algo de aplomo.

Salió en televisión el rostro de un señor mayor, el padre de Roberto Redman, llorando la pérdida de su hijo. Mirando a cámara, el hombre recordaba cómo su vástago, de jovencito, participó en el auxilio a los damnificados de la tragedia de Vargas, un alud de barro que causó un número ingente de víctimas. «Les llevaba agua y comida, no descansó en días. Él era así, por eso cargó a Bassil Da Costa cuando estaba herido, sin ni siquiera conocerle». El padre siguió contando cómo su hijo, sucio de sangre, regresó a casa después de dejar al herido en el *jeep* de la policía; cómo, antes de volver a salir, aprovechó para ducharse y publicar en su cuenta de Twitter las fotos del día y un último mensaje: «Hoy me pegaron una pedrada en la espalda, un cascazo por la nariz, tragué bomba lacrimógena, cargué al chamo que falleció, ¿y tú qué hiciste?». Poco después de volver a la calle, informó que lo habían herido en el brazo con un «perdigón de plomo», aunque no dio detalles de la gravedad. Minutos más tarde, un usuario publicó una foto donde se le veía tirado en la calle cerca de una tapa de alcantarilla, boca arriba, las manos sobre el cuerpo, todavía con la bandera a modo de pañoleta en el cuello y un hilo de sangre saliendo de su cabeza. Los testigos entrevistados contaban que Roberto fue alcanzado por una ráfaga disparada por un hombre que iba en la parte de atrás de una moto negra sin identificación, una Kawasaki 1000, y que un balazo certero le destrozó el cráneo. Desde las terrazas los vecinos tiraban botellas y objetos contundentes a los policías de la Guardia Nacional al grito de: «¡Asesinos!».

El relato de lo acontecido con Redman era terrible, pero les sirvió para poner las cosas en su justa perspectiva y sosegar un poco. Ellas, por lo menos, tenían a Leopoldo con vida. Todavía. Y mientras había vida, había esperanza.

Bien entrada la noche y temerosas de que alguna otra noticia luctuosa las mantuviera en vela, decidieron recogerse. Lilian rechazó la invitación de su suegra de ir a dormir a La Atrevida, donde estaban los niños. Necesitaba volver a su casa, volver al decorado que había compartido con su marido, esta vez sin él.

«Necesitaba tocar tierra», diría ella. Además, aprovecharía para cargar ropa y demás enseres que no había tenido tiempo de llevarse. A la mañana siguiente iría a reunirse con el resto de la familia.

—No es una buena idea que duermas sola en la casa. A partir de hoy —le dijo Lara—, soy la encargada de velar por ti y por los niños por indicación expresa de tu marido. Así lo ha acordado con Pegaso, de modo que no te vas a librar de mí tan fácilmente.

Lilian esbozó una sonrisa, pero en el fondo quería estar sola. Era mayor la necesidad de encontrarse consigo misma que el miedo a que de pronto entrase la policía a allanar la casa. ¿No decía Luis Daniel que solo manteniéndose fuertes, tanto física como anímicamente, podrían aguantar lo que se les venía encima? Los próximos días habría que tomar decisiones, no siempre fáciles. Tendrían que aprender a vivir de otra manera; ya nunca nada iba a ser igual. Era muy consciente de que su vida entraba en una nueva fase. Por lo pronto debía abandonar su negocio, Pura Energía, una empresa de asesoramiento deportivo que había montado con su hermana y que iba viento en popa, con miles de seguidores, la mayoría corredores de fondo y deportistas venezolanos. Tenían un equipo de seis entrenadores de deportes extremos y les iba tan bien que habían pedido un crédito para mudarse a un local más amplio en Chacao. Ahora tocaba cancelar el crédito. Tocaba hacer acopio de fuerzas para enfrentarse al vendaval que se avecinaba.

Cuando Antonieta llegó a La Atrevida, agotada de tantas emociones y tanta tensión, tiró el bolso en un sillón y su chaqueta sobre la cama y, mirando a su marido que tenía los ojos rojos, le dijo con la voz rota: «Leo... Se acabó, está en la clandestinidad», como diciendo: «Lo hemos perdido, ya no está con nosotros».

No necesitó decirle que se iba a entregar. Sin que nadie se lo mencionara, Leopoldo padre sabía la decisión que había tomado su hijo porque conocía su integridad. Desde el punto de vista político, era lo más coherente, la única decisión viable por muy dolorosa que fuese para él y para la familia. Desde un punto de vista personal, era una catástrofe capaz de engendrar un sinfín de sufrimiento, no solo para él, sino a todos los que le rodeaban.

El padre de Leopoldo era un hombre sentimental. Lloraba porque la idea de que su vástago hubiese decidido compartir el destino de los prisioneros políticos en las cárceles le espantaba. ¿Le tratarían como trataban a otros, al general Baduel por ejemplo, encerrado en una mazmorra con la luz siempre encendida y la temperatura glacial? ¿Intentarían quebrarle, a ese hijo que no hacía tanto tiempo disfrutaba saltando del altillo al sofá del salón dando volteretas? ¿Cuántas miles de veces había saltado, a pesar de que se lo prohibían? Siempre pudo más la excitación de lanzarse al vacío que el miedo al castigo. Los recuerdos de la niñez se mezclaban con la angustia ante lo que estaba por venir. De pronto apareció en la pantalla del televisor el progenitor de Roberto Redman. Antonieta interrumpió su aseo nocturno. En otra entrevista, el padre del piloto decía que habría preferido que no fuese un héroe antes que perderlo de esa manera. Eran palabras que dolían. También ellos tenían un hijo con madera de héroe, dispuesto a sacrificarse por ser consecuente consigo mismo y por la libertad de su país, y que temían perder.

Los medios decían que a Redman lo mató el mismo miembro del colectivo que disparó contra Bassil Da Costa, un escolta del «ministro del Poder Popular», el que montaba una Kawasaki 1000. Don Leopoldo estaba convencido de que, al sentirse reconocido, aquel asesino montó un dispositivo para seguir al joven piloto y lo eliminó de un tiro al salir del metro, como se hace con los testigos incómodos.

Lilian entró sola en su casa de Los Palos Grandes. Tuvo el reflejo de santiguarse al pasar delante de la estatuilla de la Virgen de Coromoto que estaba en la mesilla de entrada, a guisa de bienvenida. Pero qué grande y vacía le pareció. Qué extraño darles a los interruptores, encender la luz y que no hubiera nadie. Qué profundo el silencio. La terraza estaba como la habían dejado al irse por la mañana, con las tazas y la cafetera desperdigadas encima de la mesa. Recorrió las habitaciones como si fuese la primera vez que lo hacía. Y, en realidad, era la primera vez que entraba en su condición de mujer sola. Abrió la puerta de su vestidor y se miró al espejo. Sí, era ella, con unas ojeras horrendas, el pelo revuelto y la camiseta manchada. Seguía teniendo un buen tipo, se dijo para consolarse. Ni un gramo de grasa, todo músculo. No era cuestión de abandonarse, a él le gustaba así, delgada, fuerte y recia. Amante y compañera. Sí, había que seguir siendo todo eso. La vida continuaba. De otra manera, pero seguía. A partir de ahora, tendría que tomar decisiones sola. Tendría que navegar por aguas que nunca antes había surcado. El miedo a lo desconocido le provocaba vértigo.

Y cuando pensaba en él, se le hacía un nudo en la garganta: ¿cómo estaría en ese momento? ¿Tendría hambre? ¿Ganas de dormir? ¿Le habrían localizado los de la Guardia Nacional? ¿Le habrían arrestado? ¿Seguiría a salvo, escondido en aquel piso? ¿O se lo habrían llevado a otro lugar? Le echaba tanto de menos, y eso que no habían pasado más que unas horas. Agarró sus camisas, las dobló y las metió en una bolsa. Luego fue a su despacho, donde guardaba el chimó. Ver las fotos enmarcadas de la familia reunida la conmovió. Fotos de cuando eran felices, hacía tan poco tiempo, y que, sin embargo, parecían pertenecer a otra vida. También las guardó en la bolsa; no iba a darles ese gusto a los esbirros que tarde o temprano vendrían a allanar la casa.

De pronto un ruido en la calle la hizo sobresaltarse. Pensó que llegaban los policías, pero no, era Lara.

—¿Cómo está Leo? —le preguntó enseguida.

—Él está bien... La que no está bien eres tú.

Lara la vio desencajada. En ese estado de tensión no iba a conciliar el sueño, ni siquiera por unas horas. No obstante, dormir era una imperiosa necesidad para abordar el futuro inmediato en las mejores condiciones posibles. Permanecieron un rato en el salón, pegadas a las noticias, respondiendo llamadas de conocidos y familiares, de todos los que se interesaban por la suerte del hombre más buscado del país. Poco a poco, los teléfonos dejaron de sonar. Se hizo tarde. A Lilian le daba miedo el silencio, pero también el ruido. Se pusieron el pijama, se lavaron los dientes y se tumbaron en la cama del cuarto principal, cuestión de estar juntas. Apagaron la luz. Se oían de fondo los ruidos de la ciudad, un lejano runrún, el tubo de escape de alguna moto. De pronto oyeron unos ladridos. Lara agarró con fuerza el brazo de Lilian: le daban pavor los perros. Luego un ruido de motor.

—Es un carro del SEBIN —anunció Lara.

Ahora le tocaba a Lilian aferrarse a la mano de Lara.

—No tengas miedo.

—No es miedo..., es...

—¿Terror?

Se rieron. El sentido del humor servía para aflojar. Pero, a los pocos minutos, otra sirena rasgó el aire de la noche y Lilian se puso tensa.

—¿Vienen acá?

—Lilian, ahora siempre va a haber ruido... Con la casa vacía, todo se oye más. —Era un pobre argumento, pero Lara no sabía cómo calmarla—. No puede ser que el miedo nos dé miedo.

Y volvieron a reírse.

De repente, a Lara se le ocurrió soltar una mentira piadosa:

—Te voy a contar dónde está Leo. Lo hemos llevado a una finca muy grande, no muy lejos de Caracas, en el valle del Tuy, y lo está cuidando una gente muy chévere, gente que le admira y le quiere... Fíjate si está bien que mañana va a montar a caballo... todo el día.

Aquellas palabras surtieron un efecto inmediato. Lilian se relajó, «colocó una sonrisa», como recordaría Lara, y se dejó llevar por la ensoñación. Sabía que a Leo le encantaba montar, y ahora se lo imaginaba sobre un corcel a galope tendido por un llano inmenso, de esos que le describía en sus recorridos por el país.

Y con ese sueño de libertad consiguió dormirse.

10

Pero no había ni llano ni caballos, y Leopoldo no galopaba, estaba acurrucado en el maletero de un utilitario que de madrugada lo trasladó fuera de la ciudad. Una pareja de compañeros del partido había organizado el desplazamiento, pero cuando lo planearon no imaginaron que fuese tan peligroso. La ciudad estaba tomada por la policía y el ejército, como si hubiera habido un golpe de Estado o algo mucho más gordo que la simple huida de un político. El hombre conducía solo e iba delante, y avisaba por teléfono a su mujer, que en otro coche llevaba a Leopoldo escondido en el maletero, disimulado detrás de unas plantas: «En la calle Perdomo hay un retén —le decía—. Sal por la avenida de Venezuela». Ella, nerviosísima, fue esquivando los controles. A él lo pararon varias veces, le pidieron la documentación y examinaron su vehículo con el barrido de las linternas, pero a ella la dejaron pasar, quizás porque era mujer, o quizás porque era un coche tan pequeño que no podían imaginarse que allí dentro cupiera un hombre. De ese modo lograron sacarlo de la ciudad, y llevarlo a una casa en el campo ocupada por familiares de la pareja, un matrimonio de ancianos.

A Leopoldo le dolían las articulaciones cuando salió del vehículo. Se desperezó y respiró hondo. Olía a hierba y a libertad. Era una sensación placentera, sencilla, que, en aquellas circunstancias, le supo a gloria. Sabía que llenarse los pulmones de aire del campo era algo que iba a añorar. Por las ramas de un tamarindo caminaban unas guacamayas de color azul y naranja, que le recordaron a las que tuvo en su casa unos años atrás. Siempre le gustaron los pájaros. Los viejecitos eran muy amables y, al contrario de sus parientes más jóvenes, no parecían en absoluto alterados. Se mostraban orgullosos de acoger a ese héroe perseguido. Le dieron agua de coco y queso de mano con pan. Leopoldo se tumbó en una hamaca en el porche de la vivienda donde correteaban las gallinas. Al fondo, casi en el horizonte, unos vaqueros a caballo guiaban el ganado por los pastos. La visión de aquella escena apacible, pastoral, le recordaba a su infancia en la finca de su abuelo, y se quedó dormido.

Cuando despertó, rezó, porque era un hombre religioso, e hizo sus ejercicios porque era metódico. Estaba cansado, no se había repuesto de la tensión de la víspera ni de la del traslado. Desde un teléfono que pertenecía a los dueños de la casa, mandó un mensaje a Lilian para decirle que se encontraba bien, que a las once de la mañana convocaría una reunión con el partido para comunicarle su decisión. Luego le llegaron noticias dolorosas: durante la noche, quince casas de compañeros habían sido allanadas por la Guardia Nacional. Y también las viviendas de sus escoltas, una tras otra, con brutalidad y saña. Tal y como había vaticinado, varios de sus guardaespaldas estaban detenidos y sometidos a interrogatorios duros. En su afán de conseguir su presa, la policía no se andaba con remilgos.

Estuvo pendiente de los medios de comunicación y de las redes, a la espera de que Lara le hiciese llegar un teléfono seguro para poder comunicarse. Los medios independientes lo apoyaban y esperaban su decisión. Los otros, los del Gobierno, lo descalificaban de una manera tan grosera que le habría hecho reír de no ser por lo dramático de la situación: le tildaban de asesino maquiavélico, de monstruo a abatir, de loco que no debería estar libre; Maduro dijo que era la encarnación del diablo.

En Caracas, Lilian y Lara durmieron poco y mal. Al levantarse, decidieron que los niños se quedasen donde los abuelos, para evitar que les hiciesen preguntas o que escuchasen comentarios en el colegio. Vaciaron la casa de los objetos más personales (álbumes de fotos, cuadernos, libretas), cargaron el coche y Lilian fue a La Atrevida. Quedaron en verse más tarde en el Centro Plaza, donde estaba la sede del partido.

En medio del caos de la víspera, Lara destruyó el chip del teléfono de Leopoldo cortándolo en pedacitos con unas tijeras. El aparato lo entregó a una amiga que carecía de vínculos con el mundo de la política, para que lo escondiese. Pegaso le indicó el nombre de un simpatizante que era dueño de una agencia de publicidad, y Josefina fue a pedirle que adquiriese para su empresa terminales BlackBerry. Luego recurrió a otro amigo para que contratara las líneas, de manera que no tuvieran nada que ver con los teléfonos. «Después, a otro contacto que trabajaba lejos de la política, le pedí que comprase en Farmatodo unas cajas que son como neveritas, que fuese a recoger los teléfonos a la agencia de publicidad, que los colocara en el fondo y que los cubriese con helados». Esas neveras, las entregó a un abogado afiliado al partido que, a su vez, las llevó a un punto donde mandó a otra persona a recogerlas. Esta las transportó a otro punto y de allí se repartieron a las tres casas.

Eran BlackBerry de color blanco. Lara llamó a Leopoldo:

—Te mando el teléfono y varios chips. Ojo, si te comunicas con otro terminal que no sea este, nos van a agarrar.

—Ok. Entendido.

—Puedes comunicarte con tu esposa, pero por mensajes escritos, no por voz, es demasiado arriesgado. Y cambia de chip después de una conversación de voz.

—Ok.

—Otra cosa, Leopoldo, habrá que volverte a trasladar dentro de unos días...

—No será necesario, me voy a entregar —la interrumpió Leopoldo.

—¿Seguro?

—Sí, seguro.

Lara recorrió el largo pasillo y accedió a las oficinas donde habitualmente trabajaban más de quinientas personas. Leopoldo había mandado decorar las paredes de la entrada con retratos de gente a la que admiraba, de modo que todos los que entraban, especialmente los militantes de Voluntad Popular, lo hacían bajo la mirada de Gandhi, Mandela, Martin Luther King y Rómulo Gallegos. «Ese día, esas imágenes, que llevaban colgadas varias semanas, adquirieron un significado especial para mí —recordaría Lara—. Todos eran presos políticos. Al verlas, sentí una punzada en el estómago».

Lara había convocado a los abogados, que la estaban esperando. «Les pregunté cómo veían el asunto, y me dieron dos visiones distintas. Juan Carlos Gutiérrez era un gran abogado, muy duro en su análisis y pesimista en su pronóstico. Él tenía claro que iban a hacerle a Leopoldo un juicio muy político cuya sentencia estaba decidida de antemano. Hacía tiempo que se había desengañado de la justicia. Pensaba que el sistema estaba podrido desde antes de que llegase Chávez al poder, y por eso fue fácil desmantelarlo. Conocía bien el sistema porque había empezado a trabajar en los tribunales a los catorce años; era el chico de los cafés. Luego hizo la carrera de abogado de la que se graduó muy joven, a los veintiún años. Era un individuo brillante, con una educación exquisita, producto de la formación que había recibido de su padre adoptivo, el escritor venezolano Juan Liscano. Aficionado a la música y a la literatura, le gustaban las motos, como a Leopoldo. Eran amigos desde el año 2000, cuando el líder empezó a necesitar asesoría legal de calidad para enfrentar los innumerables casos penales que le montaba el chavismo. El otro, Bernardo Pulido, siempre más ligado al tema de los derechos humanos, pensaba que había espacio para defenderle en el juicio. O, por lo menos, para defender sus derechos básicos y evitar la tortura y el maltrato. Eran visiones complementarias de dos abogados que, a su vez, eran amigos».

—¿Qué decisión va a tomar él? —preguntó Juan Carlos.

—Se va a entregar.

—Es una operación muy peligrosa, hay que garantizar su integridad física.

—Más difícil es esconderse. Te pueden rastrear el teléfono, y estamos enfrentados a una dictadura a la que no le importa agarrar preso a un hijo de cualquier escolta, de cualquier amigo y torturarlo para que diga dónde está... La clandestinidad no es una opción a largo plazo, solo para unos días.

—¿Cuándo tiene pensado entregarse? ¿Cómo?

—No sabemos. Leopoldo se lo está pensando.

—Dile que mejor esperar a que baje la presión, que de momento no se entregue. Esperaría dos o tres meses.

—Eso puede ser demasiado tiempo —dijo Bernardo Pulido—. En ese intervalo lo pueden detener, inventar cualquier película, sembrarlo de droga, por ejemplo, manipularlo o meterlo en cualquier sitio indebido para destruir su reputación.

—Mi recomendación es que no se entregue todavía, que se vaya del país y después regrese a ponerse a derecho, cuando tengamos un poco el control jurídico.

—Mejor es que lo hables con él —dijo Lara—. Puedo organizarte un encuentro.

—No, ese es el peor error que podemos cometer —la interrumpió Juan Carlos—. En este tipo de situación, al primero que siguen es al abogado, y luego a la familia.

A las once de la mañana, llamó Leopoldo para reunirse telefónicamente con la plana mayor del partido. Habló de las tres opciones que contemplaba: esconderse, huir al extranjero o entregarse. No dijo cuál sería su decisión; quería sondear la opinión de sus compañeros. Abrieron un debate sobre el destino del líder antes de que él les dijese cuál era su intención. Fue una reunión tensa. Las fuerzas del SEBIN estaban abajo y en cualquier momento podían allanar la sede. Si todavía no lo habían hecho, era porque el Gobierno quería dejar una puerta abierta al diálogo con el partido, a la espera de dar con el paradero de Leopoldo.

En eso llegaron Lilian y Antonieta, los ojos protegidos por gafas de sol. Escucharon las distintas opiniones. No convenía que la conversación se alargase, de modo que Leopoldo concluyó: «No voy a abandonar el país, no voy a huir de un crimen que no cometí».

Cuando le preguntaron a Lilian qué pensaba, no lo dudó un segundo: «Yo voy a hacer lo que Leopoldo López quiere que hagamos». Era importante saber que la esposa le apoyaba. Antonieta respondió lo mismo: «Apoyaré siempre y sin vacilaciones la decisión que tome mi hijo». Leopoldo no quería alargar el debate y acabó diciendo que su decisión era entregarse pronto. «De esa manera, el régimen quedará expuesto, es una manera de mostrar a los venezolanos y al mundo entero que esto es una dictadura», declaró. Era una razón política, y de peso, pero cuestionada por cierto sector del partido que pensaba que era hacerle el juego al Gobierno. Carlos Vecchio, su amigo y segundo de a bordo, zanjó la discusión: solo quedaba respetar la decisión del líder. Leopoldo se despidió: «Necesito que se resguarden todos, y que mantengan el partido organizado». Y colgó.

Inmediatamente Lara le mandó un mensaje: «Ahora quítale el chip al teléfono y destrúyelo». Había comenzado una carrera contrarreloj. El Gobierno necesitaba dar con el paradero de Leopoldo y este tenía que establecer su estrategia sin que lo capturaran y lo exhibieran como un trofeo. De pronto, alguien dijo que los del SEBIN estaban subiendo, cundió el pánico, pero una voz lo desmintió. Lara sacó a Lilian de entre la gente y se la llevó a su despacho. Cerró la puerta. Quería decirle algo a solas. Fuera, se oía el barullo.

—Lilian, tú tienes que ser la voz de Leopoldo —le dijo—. Con mucha firmeza, tendrás que decir las cosas. Nadie que no seas tú puede hablar por él, si no, va a ser un caos total.

Lilian la miró con cara de sorpresa.

—¿Qué me estás queriendo decir?

—Que no creo que nadie pueda hacer esto mejor que tú.

Lilian se la quedó mirando.

—¿Me toca a mí ese papel?

—Sí.

—¿A nadie más...? Antonieta sabrá hacerlo mejor que yo.

—No, lo tienes que hacer tú, créeme, es mejor, eres la mamá de sus hijos, comunicas bien y nos conoces a todos.

—¿Tú crees que yo podré?

—Tú puedes, Lilian, tú puedes hacerlo mejor que nadie.

Agarró la mano de Lara y la apretó. Dudaba, estaba temerosa de la situación, de no estar a la altura, de lo que se le venía encima. De pronto, aquella responsabilidad parecía pesar mucho. Lara vio el vértigo en los ojos de Lilian.

—No temas, yo te voy a acompañar hasta que termine todo esto —le dijo a modo de consuelo.

11

La madre de Bassil Da Costa, el joven asesinado el día de la gran manifestación, supo enseguida que nunca se haría justicia. Una estudiante que participó en las protestas junto a su hijo grabó con su móvil al autor de los disparos, y ahora su identidad se confirmaba y se difundía por las redes. Se trataba de Jonathan Rodríguez Duarte, identificado por periodistas como escolta del ministro de Interior y Justicia, el general Miguel Rodríguez Torres, un tipo turbio de aspecto anodino, que pronto sería sancionado por Estados Unidos por violación de derechos humanos. Nada menos que un pistolero protegido por un ministro: la esperanza de obtener justicia se desvaneció, y solo quedó la tristeza invalidante. «Dios, te entrego a mi hijo con todo el dolor», clamó en llanto cuando sacaban el cuerpo de Bassil de la funeraria en el municipio de Guatire para llevarlo al cementerio. Por la mañana, la mujer había asistido junto a familiares y compañeros a un homenaje en el estadio de fútbol donde su hijo solía jugar en el equipo local, el Virgen de Fátima. Fútbol y surf, esas habían sido sus pasiones. Ahora se preguntaba quién iba a ocuparse del taller de carpintería, cómo iba a sobrevivir sin el hijo que aseguraba el sustento de la familia. En eso pensaba, y en cosas nimias como que al chico le gustaba el olor a serrín, mientras oía el ruido de la tierra cayendo a paladas sobre la madera del féretro.

Más tarde, un grupo de jóvenes del municipio se dirigió al centro de Caracas a rendirle un homenaje. En el pavimento donde cayó el cuerpo escribieron con tiza: «Tu bala lleva mi nombre, el nombre de todos nosotros. Bassil». Hicieron fotos con sus teléfonos para que el mensaje volara a las cuatro esquinas del país.

Mientras, en el cementerio del Este, un centenar de personas se despedían de Roberto Redman, entre llantos y aplausos. Su padre había pasado la mañana en su casa reuniendo figuras de santos y flores para hacerle un altar. En el sepelio, demasiado abatido para hablar, cedió la palabra a una amiga, abogada y madre de familia, que dio un pequeño discurso en representación de todas las madres de Venezuela. En la más visible de las pancartas que junto a las coronas de flores y los ramos adornaban el lugar, se podía leer: «Roberto Redman y Bassil Da Costa son los nuevos héroes de nuestra libertad». El joven piloto fue enterrado a pocos metros de donde reposaban los restos de la exreina de la belleza Mónica Spear, cuyo asesinato a principios de año había dado lugar a la oleada de protestas que culminaba de esa forma, en ese día aciago.

Muy diferente fue el entierro de la tercera de las víctimas, Juancho Montoya, bajo el picante sol de Caracas. Su féretro, cubierto con la bandera de Venezuela y retratos del Che, estaba rodeado de hombres fornidos que portaban esposas, pistolas y chalecos antibalas. La caravana del funeral comenzó donde estaban los restos de Hugo Chávez, en la histórica base militar del Cuartel de la Montaña, en la parroquia del 23 de Enero, una zona de cien mil habitantes en el oeste de Caracas donde los colectivos y paramilitares ejercían más poder que en cualquier otra parte de la ciudad. Tras las oraciones y las consignas de «Chávez vive, la lucha sigue», el ataúd fue introducido en un coche fúnebre decorado con flores en el techo, al ritmo del himno de Venezuela. En ese momento, más de cien motocicletas y unos veinte vehículos, entre ellos una camioneta de la Guardia Nacional Bolivariana, arrancaron sus motores para dar comienzo a una multitudinaria caravana cuyo recorrido fue interrumpido varias veces por encapuchados que disparaban al barranco con sus pistolas, fusiles de asalto y subametralladoras. En el cementerio de El Junquito, una parroquia a las afueras, estaba Ernesto Villegas, ministro de Comunicación del Gobierno, quien no dudó, exhibiendo la orden de detención, en responsabilizar a Leopoldo López del asesinato de quien ahora estaban enterrando. Pero ni el hermano ni los familiares de Montoya pensaron por un momento que eso era cierto. «Hay circunstancias extrañas en su muerte —dijo en su intervención Johnny, el hermano de Montoya, también exmiembro de la policía metropolitana—. O hubo un error humano o un acto maquiavélico en su contra». Dirigió la mirada hacia los que se arremolinaban alrededor del foso, como buscando al autor de ese «acto maquiavélico». Luego bajó la vista hacia el féretro: «Moriste en combate, con las botas puestas», dijo con la voz quebrada.

Johnny ignoraba que a pocos metros se encontraba el autor de la muerte de su hermano. De pie, ataviado con una chaqueta de cuero negra de motorista y justo detrás del ministro Villegas, estaba un conocido líder «colectivo» llamado Hermes Barrera. En las dependencias del Ministerio Público, desde que empezó la investigación, o sea, desde el 13 de febrero, ya lo sabían los fiscales, los jueces, los abogados, los apoderados y los policías, porque la escena de los disparos en la manifestación había sido grabada en vídeo por periodistas que, en un alarde de profesionalidad y civismo, pusieron nombre y apellido a todos y cada uno de los que aparecían en las imágenes. Colmo del cinismo y de la infamia, el asesino acudió a la funeraria y se mantuvo pegado al ministro, el aire grave como si estuviera apenado. Para Gilber Caro, el expreso convertido en militante de Voluntad Popular, y para tantos otros, esa era la demostración palpable de la emboscada que los poderes del Gobierno habían tendido a Leopoldo.

12

Lilian pasó el 14 de febrero con sus hijos y sus suegros en La Atrevida, pendiente de las noticias, de las redes sociales y de la BlackBerry. Pendiente de minimizar el impacto que todo ese desorden podía implicar en la vida de los niños. Pendiente, como el resto de la familia y del país, de la suerte del fugitivo. Era el día de los enamorados, y no podía evitar recordar los años anteriores cuando Leopoldo la despertaba con un ramo de flores. Hoy no había repartidores, solo camionetas negras de la Guardia Bolivariana rodeando la vivienda, por debajo de la Cota Mil, como cucarachas gigantescas con las antenas desplegadas.

En el fondo de su corazón, todavía albergaba la esperanza de que Leopoldo reflexionase y optase por huir al extranjero. No entendía por qué sus suegros no compartían la misma idea, por qué no le empujaban a tomar esa decisión. ¿No era más sensato irse todos fuera? ¿No era más lógico elegir vivir en lugar de sufrir? Los niños correteaban por la sala, ajenos al drama, y su alegría parecía afianzar su argumento.

«Vengo de una familia donde mi abuelo se pasó la vida entre la cárcel y el exilio, siempre perseguido —contaría el padre de Leopoldo—. Mi padre también pasó muchos años en el exilio. Para mí, no era impensable que mi hijo se entregara». Antonieta estaba convencida de que, si se marchaba de Venezuela, su carrera política se truncaría definitivamente.

—¿Y qué? —decía Lilian—. Pues hará otra cosa. ¿No ha estudiado en Harvard? Puede dedicarse a los negocios, no sé..., a algo que no sea la política.

—Ese no es él —respondía Antonieta—. Leo no es así.

Bien lo sabía su madre. Desde niño, Leopoldo había mostrado una total ausencia de ambición personal. Al contrario que sus compañeros, nunca había soñado con dedicarse a aumentar el patrimonio familiar o en llegar a ser un alto ejecutivo. En la universidad, después de graduarse *cum laude* en Kenyon College, eligió proseguir sus estudios en la Escuela de Gobierno John F. Kennedy de la Universidad de Harvard, donde obtuvo un máster en políticas públicas en 1996. Al terminar su formación, rechazó una suculenta oferta de una banca de inversión y otra como consultor financiero, ambas en Estados Unidos. Los sueños que alimentaron su infancia tenían que ver con su país, con la diferencia abismal entre ricos y pobres, con los sacrificios que los miembros de su familia habían soportado, y con los que él estaba dispuesto a asumir. Su abuelo había inculcado en él un profundo sentido del deber y de amor a su patria. Aunque Leopoldo jamás se vanaglorió de ser descendiente directo de Juana Bolívar, hermana de Simón el Libertador, y de Cristóbal Mendoza, autor de la declaración de independencia de Venezuela, nunca lo mencionó en público. Pero era muy consciente de pertenecer a una familia cuya historia estaba inextricablemente ligada a la de su tierra. La vocación de servicio la llevaba en lo más profundo de su alma. Tanto era así que, al empezar un doctorado de teología en Harvard, su madre temió que abrazase la vida religiosa.

Lilian vacilaba. Pasaba de verlos como suegros protectores a adversarios que empujaban a su hijo a un martirio inútil. Le vino el recuerdo de cómo su suegro insistió en que bautizara a su hijo recién nacido con el nombre de Leopoldo, como el padre, el abuelo, el bisabuelo, el tatarabuelo... Lilian se negó. Pensaba que, en las condiciones actuales, poner a su bebé Leopoldo era marcar demasiado su futuro. Quería llamarle Santiago, liberarle así de la presión política. El abuelo perseveró, y al final Lilian, que tuvo que librar esa batalla desde su cama de hospital mientras se recuperaba del parto, tuvo que ceder cuando su marido se lo pidió.

Llegaron al compromiso de llamarle Leopoldo Santiago. Y ahora el niño era Leosan, que sonaba a personaje de cómic coreano.

—¿Pero no pueden insistirle a Leo? —dijo de nuevo.

—Lilian, tiene cuarenta años.

—¡Pero son sus padres!

—Yo tampoco veo claro lo de entregarse, Lilian —admitió don Leopoldo—. Es muy peligroso. Por una parte, él ya ha dicho que no se va a ir del país, y, por otra parte, es muy arriesgado que se quede. Los del partido no están organizados para mantenerlo en la clandestinidad mucho tiempo, y su vida va a correr peligro. Él lo sabe, por eso... no tiene otra alternativa.

«Lilian tenía una cierta ingenuidad, por su edad, basada en el deseo de que nada de eso sucediera —recordaría su suegro—. Para ella, todo se podía arreglar».

Por la tarde llamó Leopoldo y Lilian, nerviosa, le volvió a decir que reconsiderase su decisión. La idea de que fuese a meterse en la boca del lobo la espantaba. Antonieta, que lo tuvo unos instantes al teléfono, le dijo:

—No pienses en mí, piensa en Lilian y en tus hijos pequeños.

Lilian se lo agradeció. Antonieta accionó el altavoz del teléfono para que se oyera, alto y claro, la respuesta:

—Mamá, ni el exilio ni la clandestinidad son opciones para mí, sería prisionero de mi alma —dijo.

Al caer la noche, Lilian recibió una llamada de una vecina de su casa en Los Palos Grandes que le dijo que la calle estaba invadida de camionetas y motos de la policía. Iban a allanarla. Colgó y llamó al abogado Juan Carlos Gutiérrez.

—Tranquila, Lilian. Voy para allá, aunque solo sea para levantar acta y limitar los daños.

«Qué sensación más rara era dar de cenar a los niños como si nada, sabiendo que unos policías estaban registrando mi casa, probablemente destrozando aquel lugar donde habíamos sido tan felices».

Al abogado, cuya autoridad emanaba de su distinción natural y su voz aterciopelada, lo dejaron entrar sin poner obstáculo.

Tuvo una conversación cordial con un sargento y luego con un comandante. El sargento tenía una carpeta con papeles de Leopoldo, notas de su puño y letra en las que expresaba su concepto de democracia y de derecho al voto.

—Estas son las notas de un político que cree en la democracia —dijo Juan Carlos—. Por favor, incáutelas.

El militar le miraba incrédulo.

—Mire, aquí hay más, llévenselas, y sobre todo léanlas. —Había materiales de procesos electorales, propaganda política y artículos de prensa—. Me parece genial que las incauten —siguió diciendo—, eso demuestra que es un hombre que ha intervenido en procesos democráticos. A efectos del caso, esto juega a nuestro favor.

Luego, los soldados subieron al piso de arriba y Juan Carlos pudo oír como desplazaban muebles, abrían cajones y vaciaban estanterías. A los pocos minutos bajó el sargento y le pidió que contactara con Lilian para que ella autorizara la apertura de una caja fuerte. El abogado intentó llamarla, pero no respondió al teléfono. Estaba acostando a los niños.

—Bueno, voy a tener que romper la pared —dijo el sargento.

—Usted haga lo que tenga que hacer.

A los quince minutos, apareció el comandante. Venía corriendo desde su camioneta, resoplaba y estaba sudando.

—Tengo órdenes de suspender el procedimiento.

Juan Carlos se quedó estupefacto. Le devolvieron las libretas y hasta un trapo tricolor, de los que se ponía Lilian en la cabeza, como si fuera una prueba de culpabilidad. «Salieron de la casa y no se llevaron nada. El procedimiento quedaba suspendido por una orden abrupta. No entendía lo que estaba pasando, hasta que el comandante me dijo que estaban allanando la casa de los padres de Leopoldo. Entonces me fui directo para allá».

13

En el interior de La Atrevida, Lilian charlaba con Antonieta en el salón mientras Leopoldo padre, en la biblioteca, no daba crédito a lo que veía en televisión, un programa de entrevistas con fuerte carga política llamado *Zurda conducta,* en el que atacaban, insultaban y ridiculizaban a su hijo sin piedad. Le achacaban su origen social y se mofaban de sus aspiraciones. Tanta agresividad le alarmó: «Era como si estuvieran barriendo el suelo con la figura de mi hijo».

Fue al salón a comentarlo con su mujer y con Lilian:

—Aquí va a pasar algo, están preparando el monigote para llevarlo a juicio. Lilian, ¿cuántos guardaespaldas tenemos?

—Uno.

—Llámalo ya y dile que pida refuerzos, porque aquí va a pasar algo.

Ya era tarde. Por la ventana del salón entró una luz intermitente azulada. Se asomaron: La Atrevida estaba rodeada de camionetas negras de la policía política con sirenas encendidas. Una treintena de hombres encapuchados y armados con fusiles de asalto saltaban las verjas, cruzaban el jardín y se apostaban en las vallas y hasta en los árboles. Sonó el teléfono: eran los vecinos, asustados.

—¿Qué pasa?

—Vienen a allanarnos. Tranquilos, vienen a nuestra casa. Mejor no se muevan.

Lara, que salía de La Atrevida, se encontró con una caravana de camionetas de la policía. Se metió discretamente en su Mazda negro aparcado en el callejón mientras veía llegar a otros compañeros del partido, entre los que se encontraba Carlos Vecchio. Ninguno fue autorizado a entrar y tuvieron que esperar afuera. Lara sacó el móvil de su bolso.

En el interior de la casa, retumbaban con fuerza los golpes en el portón de entrada. Era antiguo y a punto estuvieron de derribarlo. «Los niños se van a despertar», pensó Lilian, aterrada.

—Que no las vean —dijo Leopoldo padre—. Les abriré yo.

Con sus dedos diligentes, Lilian mandó un SMS al abogado Juan Carlos Gutiérrez: «Aquí hay dos militares con armas largas que están aporreando el portón principal... ¿Qué hago?». «No les dejes pasar si no llevan orden de allanamiento —le respondió—. Gana tiempo. Graba todo lo que puedas. No los dejes solos, que los pueden sembrar. Voy para allá».

Al abrir el portón, el padre de Leopoldo se encontró frente a dos hombres de negro, con pasamontañas y fusiles de asalto. Su primer reflejo fue cerrarlo, pero quedó entreabierto porque uno de ellos metió el pie:

—¿Quién es usted?

—General Hernández Dala. Queremos ver a la señora López.

Leopoldo padre tragó saliva. Ese militar acababa de asumir la Dirección General de Contrainteligencia Militar (DGCIM). Era un hombre de confianza del presidente Maduro.

—La señora López está durmiendo.

—Queremos ver a la señora Lilian Tintori de López.

Cuando, desde el fondo del salón, Lilian oyó su nombre, le temblaron las piernas. Antonieta también estaba asustada. No sabían a lo que se enfrentaban, si a militares o colectivos, si a policías o bandidos.

—La señora Lilian Tintori de López está durmiendo —repitió.

—Tenemos una orden.

Leopoldo padre no se movió ni contestó. Quería ganar tiempo hasta la llegada del abogado, para que hubiera algún testigo.

—Tenemos una orden de captura para Leopoldo López.

—Soy yo.

Sacó su documento de identidad, el militar lo leyó y se lo devolvió:

—No. Usted es Leopoldo López Gil. Buscamos a Leopoldo López Mendoza.

En ese momento apareció Lilian:

—Señores, ¿por qué no se quitan esos pasamontañas y les vemos las caras? ¡A mí me dan ustedes mucho miedo así!

Lo dijo con una naturalidad desconcertante. Leopoldo padre se quedó boquiabierto, y hasta se rio. Hernández Dala se bajó el pasamontaña, descubriendo su mirada incisiva, los ojos negros ligeramente saltones. También a él la intervención de Lilian le hizo gracia. Con su insolencia, la mujer había conseguido relajar el ambiente.

—Saben ustedes perfectamente que Leopoldo no está aquí —dijo Lilian.

—Llevan tres días vigilando la casa y el barrio —añadió su suegro—, y aquí no está.

—Pero tenemos una orden y tenemos que cumplirla.

Leopoldo padre se mantuvo firme.

—Déjeme ver la orden.

El militar le entregó los papeles. El hombre la leyó sin prisa y se la pasó a Lilian:

—Léela tú.

Lilian estaba demasiado nerviosa para concentrarse, pero disimuló. Habló de lo que más le importaba en ese momento:

—Aquí hay unos niños.

—Tenemos que entrar.

Se acababa el tiempo.

—Puede pasar —dijo Leopoldo padre—. Pero son bebés, por favor, no me los asuste.

—Entonces, voy a entrar con dos personas solamente.

De los que había afuera, todos encapuchados, entraron tres. Lilian se pegó al militar y su suegro acompañó a los otros dos por la cocina y el resto de la casa. Como dijo el abogado, había que evitar que les sembraran, es decir, que les colocaran droga o armas para después denunciarles. Todo era posible en aquella Venezuela.

Llegaron frente al cuarto de los niños. Leopoldo padre dijo:

—Aquí duermen ellos, con una señora que los cuida y que ya tiene sus años. Si usted aparece con esa arma, se va a montar una gritadera que va a despertar a todo el vecindario, y la señora se va a levantar y quizás tengamos que llevarla al hospital con un infarto.

El hombre abrió sigilosamente la puerta, escuchó los ronquidos de la cuidadora y vio que los niños dormían plácidamente. Paseó el haz de su linterna por debajo de las camas, detrás del armario y por el techo. Comprobó que Leopoldo López no estaba allí. Nada más cerrar la puerta, se escuchó por su radio portátil: «Viene llegando el abogado del doctor Leopoldo López...».

Juan Carlos Gutiérrez se bajó del coche con las manos en alto, entregó su identificación y también aquí le dejaron pasar sin problema. Vio que había una treintena de hombres rodeando la casa. Fue al encuentro de la familia, que le recibió con alivio. Él les puso al día de cómo había ido el otro registro y lo raro que le pareció que lo hubieran suspendido de golpe.

—Quieren negociar la cabeza de Leo —les dijo en voz baja, para que no lo oyera Hernández Dala, que en la otra esquina del salón estaba inmerso en una larga conversación telefónica.

Cuando terminó, el policía se dirigió hacia ellos y dijo:

—Ok, nos vamos ya.

Qué extraño. También aquí se iban de manera abrupta después de haber realizado un registro «blando». ¿Buscaban intimidar? Obviamente, sabían que Leopoldo no estaba escondiéndose en casa de sus padres. ¿A qué habían venido entonces? ¿A qué venían esos allanamientos?

Antes de marchar, el policía se acercó a Lilian y le pidió su número de teléfono, por si tuviera que comunicarle algo.

La noche no había hecho más que empezar.

Juan Carlos permaneció un buen rato exponiendo las implicaciones legales de la situación, y las medidas que habrían de tomar si Leopoldo confirmaba su entrega. Él seguía viendo en ello un riesgo muy grande. Temía que, en la confusión del momento, el poder del Estado, por medio de los colectivos, atentase contra la vida de Leo. El mismo temor que sentía el padre.

A la una y media de la madrugada, vibró el teléfono de Lilian. Era Hernández Dala.

—Mi jefe quiere venir a hablar con ustedes.

—¿Quién es su jefe? —Hubo un silencio. El militar no aclaró quién era el jefe, solo que iba a venir alguien muy importante, que estuvieran preparados—. ¿Pero quién va a venir? —insistió Lilian—. ¿Maduro?

No le respondió.

14

—Quédate con nosotros, por favor, quédate —le pidieron a Juan Carlos.

—No creo que deba estar presente en su reunión, sea con quien sea.

Estuvieron discutiendo los pros y los contras de que el abogado formase parte del encuentro. Luego, poco a poco les invadió el cansancio. El misterioso individuo no llegaba. Lilian preparó un termo de café. Recostados en el sofá, el tiempo pasaba con exasperante lentitud. ¿Quién iba a aparecer por ese portón? ¿Quién vendría a hablar? Alguien del Gobierno, seguramente, pero ¿quién? Era difícil acertar.

A las tres de la madrugada, oyeron el ruido de un vehículo que entraba por el callejón. Un Jeep Grand Cherokee negro aparcó en la entrada. Lara, desde su coche, vio bajar del lado del conductor a Diosdado Cabello, presidente de la Asamblea Nacional, la segunda persona más importante en el Gobierno revolucionario bolivariano después del presidente Maduro. Bajo de estatura, fornido, aquel individuo de unos cincuenta años acumulaba tanto poder que todos le conocían por su nombre, hasta sus enemigos: Diosdado. Vestía un chándal con los colores de la bandera de Venezuela, zapatillas deportivas y una gorra de béisbol. Venía solo. Saludó con la mano a los policías apostados en la entrada. Se cuadraron.

Inmediatamente, Lara mandó un SMS a Leopoldo: «Diosdado está entrando en casa de tus padres».

Sorprendidos por la envergadura del personaje, Juan Carlos Gutiérrez dio rápidamente algunas recomendaciones legales a la familia. Llegaron a la conclusión de que no debía estar presente.

—Pero quédate cerca, Juan Carlos —le pidió Lilian, temerosa de que no hubiera testigos si se torcía el encuentro.

—Métete en la biblioteca —sugirió Antonieta—, por si tenemos que consultarte algo.

—Ok. Pero lo ideal —les dijo— es que sea una conversación muy familiar. No discutan de política, que sea una charla lo más distendida posible entre ustedes.

A Diosdado lo llamaban el Pulpo porque sus tentáculos llegaban a todas partes. Esa noche llegaron a La Atrevida. Tenía el don de alimentar alianzas, de influir en las instituciones, de colocar a sus fieles en lugares clave, de crear redes de patrocinio que incluían a militares, funcionarios y milicias civiles. De hacer y deshacer a su antojo.

El padre de Leopoldo le recibió con sorna.

—¡Caramba! Qué bueno volverlo a ver —le dijo.

Le recordó la última vez que estuvieron juntos. Unos años antes, Diosdado, en representación de Maduro, fue a entregar un donativo de tractores y ordenadores a la sede de Colegios del Mundo, organización que entonces dirigía el padre de Leopoldo. Diosdado lo había olvidado.

—Pero despreocúpese —siguió diciendo don Leopoldo—, esa donación ya ustedes la volvieron a recuperar porque expropiaron el colegio y se quedaron con los tractores y las computadoras... Pase, pase.

Fuera, dentro de su coche, Lara recibió una llamada de Leopoldo. Le pareció una imprudencia, y se lo dijo:

—No me llames, manda SMS.

—¡No dejes que ese cabrón entre en mi casa! —le respondió gritando, fuera de sí—. ¡No quiero que toque a mis hijos! ¡No quiero que los vea!

—Cálmate, Leo, están tus papás adentro.

«Perdió los estribos por completo. Le dije que Juan Carlos, escondido en la biblioteca, me iría narrando todo lo que sucediese, pero seguía gritando: "¡No dejes que ese cabrón entre en mi casa!". Jamás lo había visto así».

—Tus padres están ahí, no va a pasar nada, tus hijos están durmiendo —le repitió.

«Él me dijo que abandonaba el escondite y se venía para acá. Entonces, me asusté». Lara llamó a Pegaso, y este a los compañeros encargados de la guardia y custodia de Leopoldo y les pidió que por favor le convencieran de quedarse donde estaba.

—Si sale va a ser peor, si aparece por allí, se lo llevan y se acabó la vaina.

Para aquella familia acorralada, recibir a Diosdado era como recibir al diablo en persona. Pero un diablo que sabía ser afable, que parecía preocuparse por el bienestar del hijo que él mismo había colaborado a linchar. El pelo corto y canoso, la mirada traviesa, a Antonieta le recordó a su carnicero del mercado cuando despedazaba un costillar con sonrisa bondadosa y aire profesional. Sabía que el Gobierno, cuando se encontraba con una turbulencia económica o disconformidad en sus filas, cuando había que apagar algún incendio, se volvía hacia Diosdado. Era el «fontanero» del palacio de Miraflores. Los López conocían perfectamente el gran poder que amasaba, y cómo había acumulado una fortuna privada a través de la intimidación entre bastidores. Se daba la paradoja de que ese individuo, que había pedido públicamente una orden de arresto contra Leopoldo —basada en una acusación sin pruebas—, no podía salir al extranjero por tener en su contra una orden de captura emitida por la DEA, la agencia antidrogas norteamericana, esa sí, basada en pruebas que le vinculaban con el cártel de los Soles, integrado principalmente por militares venezolanos. Diosdado era el cinismo personificado.

El hombre tomó asiento en el sofá y se recostó, como si estuviera en su casa.

—Tú sabes que mi familia estuvo en la cárcel —empezó diciendo.

Leopoldo padre le cortó en seco llamándole de usted.

—Mire usted, teniente... —le dijo.

Era la graduación oficial que Diosdado tenía al salir de la escuela militar, antes de que Maduro le ascendiese a capitán, lo que hizo de forma arbitraria e ilegal. Al recordárselo de esa manera, lo ponía en su sitio. Diosdado acusó el golpe y pasó a llamarle de usted. Pero a las mujeres las siguió tuteando, de modo que Antonieta hizo lo mismo con él:

—¿Tú quieres un café? —le propuso.

Lo cortés no quitaba lo valiente. Lilian no se atrevió a tutearle. Ella estaba impresionada porque tenía delante al hombre cuyo poder podía salvar la vida de su marido y de su familia. Y ese hombre insistía en lo mucho que respetaba a Leopoldo y a su gente y a todo el movimiento nacional de oposición.

—Pero dile que no publique tanto en Twitter —le dijo a Lilian—, que se deje de llamar a tanta marcha; si sigue así, va a tener muchos problemas... Díselo, porque esto que ha pasado lo podemos arreglar, pero que no siga armando barullo.

Lilian vio el cielo abierto. «Lo podemos arreglar»: la frase reverberaba en su cerebro. Diosdado era hábil a la hora de decir lo que los demás querían escuchar.

Luego contó su paso por la cárcel, después de participar junto a Hugo Chávez en la intentona de golpe de Estado contra Carlos Andrés Pérez, el último presidente de la democracia. Narraba con todo lujo de detalles, como para instilar miedo en la familia. Hablaba del sufrimiento de los suyos cuando iban a visitarle, de las malas condiciones de las prisiones, de lo duro que le fue sobrevivir en aquel penal, de la promiscuidad y de los malos tratos. Interpretaba tan bien su papel que Lilian pensó que no se parecía en nada al tipo que salía casi diariamente en televisión. No llegaba a ser cálido, pero se mostraba tranquilo y, sobre todo, convincente.

Diosdado volvió a insinuar que lo de Leopoldo se solucionaría muy pronto. Lilian abrió los ojos. Quería creerle.

—Yo les pongo el avión y ustedes deciden adónde quieren ir.

—Sabemos lo que es el exilio —intervino Leopoldo padre—, mi familia lo sufrió mucho. Pero no creo que mi hijo se quiera ir.

—Debería plantearse un asilo —replicó—. Ahí se va al extranjero a vivir y a disfrutar de la vida..., ¿no piensas, Lilian?

Estaba paralizada. Que el diablo quisiese lo mismo que ella la desconcertaba. Dijo que iba a por una jarra de agua y aprovechó para mandar un mensaje a su marido contándole la conversación. La respuesta no tardó en llegar: «No le creas nada. ¡Que se vaya de la casa!».

Diosdado seguía con su plan:

—Eso lo hablamos con una embajada y se arregla. ¿Dónde quiere asilarse? ¿Con los chinos? Yo hablo con ellos, tenemos excelentes relaciones.

—Con los chinos no creo que vaya a querer... —dijo el padre.

—¿Con los americanos?

«O era ignorante o se lo hacía para probar cuanto sabía yo», pensó Leopoldo padre.

—Los americanos nunca dan asilo. De manera excepcional, dieron algunos visados durante la guerra fría a individuos de los países de Europa del Este, pero no sé si Venezuela está incluida en ese epígrafe en este momento.

—Sería cuestión de hablarlo con ellos.

Insistió mucho en la idea de que Leopoldo saliese del país. Estaba dispuesto a dar todas las facilidades. Para acabar de convencerles, se sacó un as de la manga:

—El Gobierno está preocupado por la vida de Leo —volvió a decir. Cambió el tono de voz, y puso un aire grave y circunspecto—: Nos ha llegado información de inteligencia de que hay un plan para matarlo. Un grupo vinculado a la extrema derecha busca eliminarlo. Tenemos pruebas. Les digo esto porque yo también soy padre. Lo digo con el corazón en la mano.

Hizo el gesto de llevarse la mano al pecho.

—¿Y quién iba a querer acabar con Leo sino ustedes? —dijo Antonieta.

Diosdado hizo como que no había oído.

—Lo que nosotros queremos es protegerle. —Colocó sobre la mesa una carpeta llena de papeles con el sello de la Dirección General de Inteligencia. No valía la pena leerlos, podían ser falsos. Pero... ¿y si eran auténticos?—. Por eso es mejor que se vaya, y vengo a decirles que estamos dispuestos a darles todas las facilidades.

Lilian estaba quebrantada. Su suegro, aunque respetaba la decisión de su hijo, cada vez estaba más en desacuerdo con la idea de que se entregase. Antonieta se levantó, agarró el termo de café como para ir a la cocina y se metió en la biblioteca.

—A eso ha venido —le susurró a Juan Carlos—. A que convenzamos a Leo de que salga del país.

—No tienen interés en que se entregue y se enfrente a la justicia, está claro.

—Lo del plan para matarle, ¿tú te lo crees?

—No sé, pero todo es posible.

Diosdado siguió hablando hasta bien entrada la madrugada, como para que calase bien el mensaje que había venido a transmitir, untado en una mezcla de miedo y esperanza. Habló de lo mucho que los padres sufrían por los hijos. Mencionó el *bullying* que le hacían a su hija en el colegio, y ahí fue cuando Antonieta, indignada, le interrumpió:

—Mira, Diosdado, ¿sabes qué? —le dijo—. Tú me hablas de tu hija que sufre, ¿cómo crees que me siento yo cuando dices en televisión que he robado los reales de PDVSA para financiar la carrera política de mi hijo? ¿Cómo crees que me siento cuando hablas mal de mi hijo? Que sepas que siento lo mismo que tú por tu hija cuando le hacen *bullying*.

Leopoldo padre y Lilian pensaron que esa vehemencia podía hacer descarrilar la conversación. Pero el jerarca venía en son de paz. Había conseguido sembrar la duda en el padre y en Lilian, porque, en el fondo, ninguno quería que Leopoldo viviese la cárcel. La opción del avión que los llevaba a todos a una nueva vida, sin peligro ni persecución, era demasiado atractiva como para descartarla sin más.

—Bueno, a mí también me atacan —dijo—. Atacan a mi hija, y yo amo a mi hija, yo tengo una familia bella, como la de ustedes.

Por eso me preocupa la seguridad de Leopoldo, y a todo el Gobierno también... Pero está bien, me comprometo con ustedes a que no voy a hablar más de la familia López en los próximos meses, yo en lo personal. —Y añadió—: No puedo hacerlo en nombre de los demás compañeros del partido.

Era de día cuando Diosdado por fin abandonó La Atrevida. Los dejó a todos exhaustos. La familia, acompañada de Juan Carlos Gutiérrez y de los amigos que habían estado esperando fuera, trataron de analizar el significado de aquella visita. ¿Era un mensaje válido o había otra autoridad detrás que él no controlaba? ¿Era verdad lo del atentado contra Leo? Si era cierto, ¿no era entonces la máxima prioridad salvar la vida del hijo, del marido? Para Gutiérrez la propuesta que había hecho el jerarca chavista era ilegal. «Si había una orden de captura, lo jurídico, lo honesto, lo justo era ser consecuente para hacer frente a esa situación y solicitar la entrega ante la justicia, no proponer ayuda para huir... ¿Qué garantías comportaba eso? ¿Cómo pensar que no se trataba de un diabólico plan para simular un atentado durante la huida y acabar con Leopoldo?».

—Cuando no tienes nada institucional —dijo Antonieta, la mente nublada por el cansancio—, no puedes creer lo que te dicen, cualquier cosa es válida. Estás hablando con unos gánsteres.

Lilian recordaría: «Ahí es cuando nos dijimos: este país se fue al carajo, del todo».

15

Para Leopoldo, nada de lo dicho por Diosdado era creíble. Estaba convencido de que la amenaza de muerte era un farol para convencer a la familia de la necesidad de huir. Cuando Lara le llamó para relatarle los pormenores del encuentro, ella le dijo la verdad, que el jerarca había conseguido sembrar dudas en Lilian y, en menor medida, en su padre. Dudas lógicas y razonables, precisó, que tenían que ver con su seguridad. Leopoldo se mostró intranquilo. Necesitaba el apoyo incondicional de los suyos para asumir el destino que había elegido.

Habló con Lilian y le comunicó que necesitaba ver a Carlos Vecchio, su compañero de lucha. Como la logística de ese transporte era especialmente complicada porque si caía su segundo, el partido quedaría descabezado, Lilian y Lara dedicaron toda la tarde a organizar un recorrido en seis coches diferentes que entraron y salieron de aparcamientos distintos, coches que luego se metían en el garaje de una casa, y del que Vecchio salía escondido en otro. Así hasta que llegó al nuevo refugio de Leopoldo, un apartamento en un barrio periférico de Caracas.

Se dieron un gran abrazo, como correspondía a dos viejos amigos que se apreciaban mucho. Vecchio lo encontró sereno y en buena forma física. A pesar de haber nacido en extremos opuestos de la sociedad venezolana, había cierto paralelismo en sus vidas. Vecchio, hijo de una maestra de escuela pública y de un padre agricultor cuya meta en la vida era que su hijo estudiase, no salió del pueblo de Caripe hasta que terminó el colegio. «Soy hijo de la educación pública de mi país», solía jactarse. Después de terminar la carrera de derecho en la universidad pública, obtuvo una beca Fullbright y, al precio de enormes esfuerzos, consiguió graduarse con excelencia en algunas de las mejores universidades del mundo, Georgetown y Harvard. Al igual que Leopoldo, que rechazó dos ofertas tentadoras para trabajar en Estados Unidos, Vecchio tuvo la oportunidad de entrar en el sector privado. La empresa ExxonMobil le ofreció una retribución de seiscientos mil dólares anuales para ir a trabajar a Catar, pero la desestimó para gran disgusto de su familia, que vio con frustración y desengaño cómo su vástago optó por regresar a Venezuela a dedicarse al servicio público. Cuando visitaba los sectores populares siempre preguntaba a la gente qué es lo que les quitaba el sueño. Invariablemente la respuesta era: que mi hijo eche para adelante; quiero lo mejor para él. Una frase que le recordaba a su padre. «Quería devolver algo de lo que mi país me había dado en términos de educación». Cuando, al conocerle, Leopoldo le preguntó por qué había elegido la política, él le respondió: «Si la gente buena, honesta y preparada no se mete en política, se la dejamos a los peores». Leopoldo no podía estar más de acuerdo. Ahora los amigos se encontraban en circunstancias difíciles que les llevaron a realizar un ejercicio de autocrítica. ¿Dónde habían fallado?, se preguntaban, sentados en la terraza de aquel apartamento que daba a otros bloques de pisos. ¿Cómo habían llegado a ese punto? ¿Había fallado la estrategia, esa famosa «Salida» que iba a sustituir el régimen dictatorial?

—No ha fallado la idea, nuestra equivocación es haberles subestimado —dijo Vecchio—. La idea sigue siendo válida: si estos siguen en el poder, la crisis va a tener consecuencias aún más trágicas.

—Nuestro error fue que no les creímos capaces de saltarse todas las reglas y de retorcer la ley como lo han hecho. Si nos hemos equivocado en algo, ha sido en eso.

Estuvieron largo rato analizando los hechos y repasando las opciones que tenían frente a la orden de captura. De pronto, Leopoldo saltó de la silla y se metió rápidamente en el salón. Le hizo una seña a Vecchio indicándole que había alguien vigilándoles desde otra terraza en otro inmueble. En efecto, un individuo estaba mirándolos, apoyado en la barandilla de su balcón. Vecchio entró en la casa y se mantuvieron inmóviles, a la expectativa, en silencio. Cada ruido del ascensor les provocaba un sobresalto; cada coche que pasaba por la calle, un susto.

Poco a poco, se tranquilizaron, bebieron sendos vasos de agua y retomaron la charla.

—Me voy a entregar, tú lo sabes —le dijo Leopoldo.

—¿Estás seguro? —le preguntó Carlos.

—Completamente seguro. No he cometido ningún delito, y si esto sirve para que el mundo despierte a la realidad de lo que está ocurriendo en Venezuela, es el precio que me toca pagar, y estoy dispuesto a asumirlo.

—La historia te ha colocado en primera línea... Coño, hermano, te tocó.

—Son millones, Carlos, los que comparten nuestros sueños. No los podemos dejar solos. Por favor, quiero que transmitas bien a los compañeros del partido este mensaje: que no entren en ningún tipo de negociación, que no acuerden nada con esa gente porque no lo voy a aceptar.

—Está bien, lo comunicaré. Nadie intentará nada por su cuenta, tranquilo.

—Te lo pido por favor. Mi decisión es firme.

—Después de ti irán a por mí —dijo Carlos.

—Puedes estar seguro. Aquí nos la estamos jugando y hacemos lo correcto, pero si van por ti, escóndete y no te entregues. Ten mucho cuidado.

—Me quedaré en la clandestinidad todo lo que pueda.

—El problema es que, si se prolonga la clandestinidad, te pueden encontrar, te pueden matar, te pueden sembrar y entonces tu lucha se desvirtúa.

—Nuestra lucha.

—Sí, nuestra lucha. Tenemos que pensar, si yo voy a ir preso, ¿quién se va a ocupar del partido? No podemos estar los dos en la cárcel.

Carlos Vecchio estaba pensativo. Se daba cuenta de que sus vidas estaban a punto de cambiar para siempre.

Leopoldo prosiguió:

—Por eso, Carlos, creo que debes exiliarte. Vete pensando en irte. Necesitamos que alguien haga política afuera. Yo me puedo entregar, tú no.

—Vamos a ver cómo se desarrolla todo, Leo. Si es necesario irme, pues me iré. Que no hayan allanado la sede del partido y que Diosdado visite a tus padres me hace pensar que puede haber una solución que ni tú ni yo hayamos contemplado.

—No existe esa solución, Carlos. Todavía seguimos vivos, pero intentarán desmantelarnos y aniquilarnos, ten la seguridad. Quieren nuestra piel, quieren sacarnos de la política como sea, nos quieren muertos para la vida pública.

Por la tarde, Carlos Vecchio, arriesgándose mucho, consiguió llegar a La Atrevida, escondido en el maletero de un coche. Traía un mensaje de Leo: mandaba decirles que se entregaría dentro de dos días, el martes próximo, 18 de febrero. Que iba a preparar un vídeo convocando a todos los simpatizantes a acompañarle durante la entrega. Que ese día contaba con ellos.

Su familia acusó el mensaje como un duro golpe, porque era un adiós definitivo a salir del país, a una nueva vida y, sobre todo, significaba la imposibilidad de salvar a Leo de la cárcel. Un portazo en la cara de Diosdado, que, sin duda, se vengaría. Sí, era muy valiente plantar cara al Estado. Pero ¿no era una locura desafiar a los matones que estaban deseando eliminarle? Para la familia, el mensaje que les transmitió Carlos Vecchio equivalía a decirles que el día 18 asesinarían a Leo.

Su padre estaba lívido.

—Leo quiere entregarse ante los tribunales controlados por el Gobierno en un acto multitudinario que ponga en evidencia su apoyo popular y el rechazo a la dictadura —les dijo Vecchio.

—Eso es un peligro enorme —dijo su padre—. No, no me gusta.

—Políticamente, es lo acertado.

—¡Lo pueden matar!

—No, si mantenemos el control de la entrega.

El padre lanzó un bufido y alzó los hombros. No le creía. Lilian apretó a Leosan contra su pecho.

—Yo no voy —dijo—. No puedo poner en riesgo mi vida porque soy la madre de estos dos niños.

Antonieta preguntó por los planes que tenía el partido para proteger la vida de su hijo, y Vecchio habló del servicio de seguridad, de los escoltas que tendría, pero, en realidad, no había ningún plan porque el propio Leopoldo no daba información de cómo quería entregarse, solo que deseaba hacerlo rodeado del mayor número posible de personas. Eso les daba miedo. «Reaccionamos malísimo», recordaría Antonieta. «No era fácil decirles a un padre y una madre que a su hijo lo iban a meter preso o, como decía Diosdado, que lo podían matar —contaría Carlos Vecchio—. Esa visita fue dura, fue una de las gestiones más difíciles que me tocó hacer en aquellos días».

Una vez fuera, Vecchio llamó a Leopoldo para contarle la reticencia de los suyos a aceptar la decisión de entregarse. De pronto, la seguridad y el aplomo del líder se vinieron abajo. Al haber insistido en que su vida corría peligro, Diosdado había conseguido sembrar el terror en la familia y en Lilian, y fracturar una postura que debía ser común. Y esa fisura, ese flaquear, le debilitaba y le dolía.

Necesitaba enderezar la situación. No podía seguir contando con Vecchio, porque, al salir de La Atrevida, Pegaso lo recogió en un coche y lo llevó a uno de los pisos clandestinos que controlaba por la ciudad. Vecchio no volvería a pisar su casa nunca más.

Entonces, Leopoldo pensó que Lara era la más indicada para hablar con sus padres y con Lilian.

—Lo que quieren esos tipos es que tú no te entregues —le dijo Lara—, y también que dejes de twittear y de incendiar las redes.

Bastaron esas palabras para que Leopoldo reaccionase:

—Ah, ¿sí? Pues ahora mismo voy a grabar un vídeo en el que voy a anunciar los detalles de mi entrega. Quiero que lo difundamos por nuestros canales habituales. Pero antes...

—¡No tenía que haberte dicho nada!

—... Pero antes, Lara, necesito que convenzas a mi familia, en especial a Lilian, de que esta es la decisión acertada.

—Eres un tonto —le dijo Lara—. No conozco a nadie más dedicado a la causa de tu lucha que ella.

—Necesito que esté muy convencida.

—Mira, Leo, tú metiste a Lilian en este rollo, ella no estaba decidida a esta vida, ¿y ahora tú la presionas? Yo no cuestiono tus razones políticas, pero el tema familiar está siendo muy *heavy*.

Era adicta a la expresión «*heavy*». Leopoldo se quedó mudo, no esperaba esa reacción airada.

—Están todos contigo —siguió diciendo Lara—, pero son humanos, tienen sus dudas. Tu papá está muy afectado, le da mucho miedo lo de la entrega, piensa que es una excusa para matarte, y tiene lógica. Dice que no cree que valga la pena que pases por la cárcel... Él preferiría que se fuesen todos a vivir al extranjero. Lilian también. No soportan la idea de verte en prisión. ¿No te parece normal? Lo pasan mal, tu padre me pregunta gritando: «¿Dónde está?». Y es bien difícil para mí decirle que no puedo precisarlo. Tu madre te apoya en todo, aunque le duela como si le clavasen un cuchillo. Así que todos estamos contigo, ¿ok?

—Ok, Lara, tranquila. Habla con Lilian, yo te hago llegar el vídeo, pero no lo difundas hasta que te lo indique. Si Lilian y mi familia no están de acuerdo al cien por cien con que esta es la decisión acertada, no puedo seguir adelante.

—Ok, cuenta conmigo. Hablaré con ellos.

Lara volvió a La Atrevida, y se encontró con varias camionetas de la Guardia Nacional que ahora estaban permanentemente aparcadas en el callejón. La dejaron pasar. Lilian estaba en el salón con los niños. Tenía ojeras, y el aire tristón e inquieto. Las dos amigas se sentaron alrededor de la mesa del comedor.

—Se va a entregar, pero me dice que, si tú no le apoyas, no puede hacerlo.

Lilian estaba abrumada por la responsabilidad de saber que tenía el poder de cambiar el rumbo de los acontecimientos. Tenía la capacidad de forzar la situación, aceptar el avión de Diosdado y salvar a Leo, pero ¿podía de verdad ejercer ese poder? ¿Salvarlo a su pesar? La cabeza le daba vueltas. ¿Qué significaba la salvación para alguien como Leo? Seguramente no consistía en pasarse el resto de la vida exiliado en Miami, tumbado en la playa. Estaba desgarrada. No era fácil sentir la presión de su marido mientras veía a sus hijos jugar en el sofá.

—Sé que puedo hacer que él no vaya a la cárcel.

—Tú puedes conseguir irte para otro país y todo lo que tú quieras —Lara no se anduvo con rodeos—, pero vas a tener el matrimonio más desgraciado del mundo, porque ese carajo de tu marido no va a ser feliz si no hace lo que piensa que tiene que hacer.

A veces Lara era irritante porque era franca y les enfrentaba a todos, no contra todos, sino consigo mismos.

—¿Tú crees que esta situación... puede durar mucho? —preguntó Lilian.

—Te va a tocar sufrir, pero vas a apoyar a la persona que tú elegiste en lo que más quiere en la vida. Es horrible para mí decirte que tus hijos y tú van a pasarlo mal, pero no te quiero engañar. Lo único que te puedo asegurar es que no los dejaré solos ni un momento.

Lilian estaba hecha un mar de lágrimas. Respiró hondo, consiguió serenarse y, al final, claudicó:

—Dile que sí, que lo voy a apoyar.

«Me emocioné y las dos lloramos durísimo —recordaría Lara—. Se haría la voluntad de Leo, pero, en el fondo, no estábamos del todo convencidas, desde un punto de vista familiar y no político, de que aquella fuese la solución más inteligente. Solo el tiempo lo diría».

16

Leo grabó su vídeo en la salita del apartamento y se lo envió a Lilian para recabar su opinión. Ella lo visionó en su teléfono: «Este martes 18 quiero convocarlos a todos a que caminemos juntos al Ministerio de Interior y Justicia a llevar peticiones muy concretas; primero, que se aclare la responsabilidad del Estado en los homicidios ocurridos el día 12, allí están las fotos, los vídeos, las pruebas... irrefutables». Lilian quiso creer que esas pruebas le absolverían. Necesitaba agarrarse a un clavo ardiente, a lo que fuese con tal de no perder la esperanza.

«Segundo, que se liberen a todos los ciudadanos que siguen estando presos y que siguen siendo torturados; tercero, que cese la represión de lo que es un derecho de todos los venezolanos, el derecho a protestar; cuarto, que se asuma de una vez por todas el desarme de los grupos paramilitares y colectivos, responsables de homicidios, inseguridad y de azotar a nuestro pueblo bajo la mano impune del Estado venezolano». Lilian pensó que ese vídeo iba a sacar de quicio a Diosdado. Eran las peticiones de siempre, pero esta vez parecían tener más peso, porque las exigía un hombre acorralado dispuesto a todo con tal de luchar por lo que creía correcto. Siguió viendo el vídeo en su teléfono cuando Leo, mirando fijamente a la cámara, dijo: «Y finalmente estaré allí para dar la cara». Hizo una pausa, antes de proseguir: «Los invitaré a caminar hasta un punto y de allí en adelante iré yo solo a entregar estas peticiones al Ministerio del Interior. Y luego me entregaré».

A Lilian se le puso la carne de gallina. El magnetismo de su marido no había disminuido con la huida, al contrario, se magnificaba. La gente sabía intuitivamente que ese hombre tenía la habilidad de transformar las palabras en hechos. De ahí su fuerza. Lilian pensó entonces que si todos vestían de blanco, el mensaje de paz calaría aún más. Se lo comentó, y a él le pareció una buena idea.

La reacción del Gobierno no se hizo esperar. Al día siguiente de la difusión del vídeo, Lara fue a la oficina, como todas las mañanas, a una reunión con Carlos Vecchio y los asesores de estrategia del partido, a la que se sumaría la familia de Leo. «Normalmente, en la entrada del edificio identificaba a la señora que limpiaba, al vendedor de cigarrillos en las escaleras, al limpiabotas..., y ese día no estaban. Se respiraba un ambiente extraño. Pegaso subió en el mismo ascensor que yo. Tenía el aire sombrío, había pasado la noche al teléfono distribuyendo responsabilidades, organizando la estrategia de cómo iban a comunicarse y decidiendo los distintos lugares donde esconderse. Le incumbía la misión especial de cuidar de Carlos Vecchio, de quien era pariente y con quien había pasado parte de la infancia en Caripe. A Alberto Losada y a mí nos tocó ocuparnos de la familia, y a mí de Lilian. Él coordinaba la operatividad de Leopoldo en la entrega: "Hoy nos van a allanar", me dijo. "Sí —le dije—, va a ser hoy"».

Fue un día de tensión, no se hablaba de otra cosa que de la entrega del líder. En previsión de un eventual allanamiento, Alberto Losada consiguió que un hotel situado casi enfrente les prestase un par de habitaciones. Organizó el traslado de los papeles y documentos más comprometedores donde aparecían los donantes del partido, la estructura interna y toda la información que pudiera ser utilizada en su contra.

A media mañana, llegaron Lilian y sus suegros. «Vi al papá de Leopoldo muy afectado —diría Alberto—. Le torturaba la idea de que torturasen a su hijo. Quería lo imposible: hacer de la entrega una operación cien por cien segura, casi privada. Por eso, estaba en contra de todos nuestros planteamientos».

—No hay que hacerlo como ellos quieren, es como nosotros queremos —dijo Carlos Vecchio.

El padre lo entendía, pero no quería entregar a su hijo sin que hubiera un mediador, alguien de cierta envergadura que sirviese de testigo. Estaba angustiado porque no encontraba a esa persona: se lo había pedido a unos curas de la parroquia de Altamira, pero, para su gran sorpresa, se negaron a colaborar, les entró miedo. Luego fue a ver al cardenal arzobispo de Caracas, un hombre al que consideraba su amigo:

—Lo único que le pido, eminencia, es que nos acompañe en el momento de la entrega. Dar fe de que mi hijo está en buenas condiciones, físicamente bien, vestido correctamente, para luego poder exigir que aparezca en las mismas condiciones en el juicio.

Era una petición sensata, pero el cardenal se zafó y el padre se sintió de pronto muy solo. «Qué cobardes fueron —recordaría años más tarde—. Todavía me arrecha».

El problema era que los del partido estaban traduciendo la voluntad de Leopoldo, que no quería mediador de ningún tipo. «Todo lo que proponíamos, el papá nos lo tumbaba. No nos tenía mucho respeto, para él éramos un grupo de jóvenes desorganizados que ponía en peligro la vida de Leo. La forma de la entrega era el conflicto. El cómo. No creía que nuestro servicio de seguridad sirviera de algo». Antonieta hizo de mediadora. Lilian todavía albergaba la lejana esperanza de que en algún momento se calmaría la situación y que la entrega no se haría. Todavía pensaba que pronto despertarían de ese mal sueño que estaban viviendo.

De repente, tocaron a la puerta. Era una secretaria:

—Hay alguien aquí afuera que pregunta por Carlos Vecchio.

—Dile que espere un poco.

Pero la mujer regresó a los pocos segundos:

—Dice que no espera, es muy insistente.

Vecchio hizo ademán de salir, pero Pegaso le indicó que se quedase. Se dirigió a la puerta de entrada, donde esperaba un muchacho moreno, con camisa negra, vaqueros y botas militares. Con un corte de pelo muy común entre los jóvenes de los barrios chavistas.

—¿Usted es Carlos Vecchio? —le preguntó.

A Pegaso le extrañó que ese hombre lo tomase por Vecchio. Obviamente, no le conocía. Señalando a Alberto, que salía del despacho, dijo:

—Ese es Carlos Vecchio.

El muchacho se le acercó y le puso literalmente un sobre en las manos. Abrieron el sobre que contenía un manual de coche Nissan.

Alberto corrió hacia el ascensor.

—¿Quién eres tú? —preguntó.

—Me tengo que ir —repitió el joven sin contestarle—. Tenía que darle eso en mano a Carlos Vecchio.

Las puertas se cerraron. Alberto se llevó las manos a la cabeza; de pronto, cayó: «Coño, están asegurándose de que Vecchio está aquí».

—Hermanos, vinieron a marcar a Vecchio —gritó Pegaso, mientras suspendía todas las reuniones incluida la prevista para planificar la entrega del líder.

Sabía que vendrían a allanar. Como no conseguían la cabeza del número uno del partido, venían a por el segundo. Se llevó a Carlos Vecchio por la puerta de atrás y desaparecieron en las tripas del edificio.

Justo entonces se presentaron en la puerta unos encapuchados con pistolas. Les recibió otro militante, Juan Guaidó; un asesor llamado Pedro Paúl y un grupo de mujeres que trabajaban en las oficinas. En efecto, venían a por Vecchio.

—¿Dónde está la orden de arresto?

No tenían orden de arresto, pero insistían en entrar. Guaidó se les enfrentó:

—Sin orden, ustedes no van a pasar.

Forcejearon, pero las mujeres —secretarias, simpatizantes, limpiadoras— les plantaron cara con un coraje inaudito.

—¿Quiénes son ustedes? —preguntaron—. ¿Por qué están encapuchados?

Se enzarzaron en una discusión a gritos, hubo empujones y golpes, encañonaron a Guaidó y a Pedro Paúl, pero estos resistieron. Era fundamental ganar tiempo para asegurarse de que Pegaso ponía a Vecchio a salvo.

17

Lara decidió escapar. Sabía que los compañeros no podrían forcejear eternamente con aquellos esbirros y que vendría la policía con una orden e irrumpirían en las oficinas. Huyó por la puerta de servicio, bajó al garaje y se fue al hotel donde habían puesto los documentos a salvo. Mientras tanto, más civiles armados subían a las oficinas de Voluntad Popular, seguidos de militares. Ante el desequilibrio de fuerzas, los defensores de la entrada se vieron obligados a ceder. Los uniformados derribaron la puerta y entraron sin contemplaciones. Requisaron los ordenadores, las carpetas, las cámaras, vaciaron los armarios y rompieron los muebles. Fue un allanamiento especialmente violento. Que los cuerpos de seguridad del Estado no consiguiesen dar con Leopoldo, ni siquiera con su segundo, les enfurecía. A falta de Vecchio, se llevaron detenidos a dos escoltas, un concejal y al general Rivero, el primer disidente del chavismo de peso al que Leopoldo convenció para que se sumase a las filas del partido cuando era alcalde de Chacao. ¿Por qué ellos? Nadie lo sabía, probablemente lo hacían para intimidar, para meter miedo. Leopoldo, a quien informaban en tiempo real de lo que acontecía, vista la agresividad con la que allanaron las casas de sus escoltas y ahora la sede de partido, pensó que, en un intento de dar con él, fácilmente podría acabar muerto.

«Pasaron las horas —recordaría Lara—. Nosotros en el hotel creíamos que estaban buscando a Vecchio, pero vino Pegaso y me dijo: "Acaban de soltar a los escoltas, los del SEBIN ya no preguntan por Vecchio, ahora lo hacen por ti". "Coño, eso es que saben que soy yo la que conoce dónde está Leo"».

A Lara la invadió una sensación de agobio, como si no llegase aire a sus pulmones, y empezó a temblar. Sufría un ataque de pánico porque pensó que tenían un infiltrado dentro del equipo.

—Mejor vete y escóndete, porque esto es muy raro —le dijo Pegaso.

Se tomó un tranquilizante y esperó a que hiciera efecto. Cuando sintió que se relajaba, y que se adormilaba, abandonó el hotel. Ese día, su Mazda negro lo había aparcado en la calle y no en el garaje, en previsión de lo que pudiera ocurrir. Lo arrancó y puso rumbo a un hotel del centro, que era un escondite seguro. A la altura de las Colinas de San Román, un barrio de casas acomodadas que evocaba los tiempos en los que Caracas era la ciudad más rica de Sudamérica, se dio cuenta por el retrovisor de que una Ford Runner la estaba siguiendo. Ella frenaba y la camioneta frenaba, pero no la adelantaba. Lo primero que pensó fue que eran delincuentes. Esa paranoia era un signo común a muchos caraqueños, donde cada año una de cada mil personas moría asesinada. Decidió acelerar y se entabló una persecución. La camioneta le pisaba los talones. De pronto, entró por una bocacalle otra Ford Runner, delante. Reducía la velocidad e impedía que ella adelantase. Se dio cuenta de que estaba entre dos camionetas iguales, que la forzaron a frenar hasta detenerse.

Enseguida se percató de que no eran hampa común. «Eran ellos», dijo, al ver salir hombres con el uniforme de la DGCIM (Dirección General de la Contrainteligencia Militar). La rodearon sin dejar de apuntarla con sus fusiles.

—Sal del carro despacio y con las manos en alto.

Solo hablaba el jefe, un policía que Lara reconoció por haberlo visto en las fotos y en televisión detrás de Nicolás Maduro.

Mientras tres de ellos se dedicaban a registrar el coche metódicamente, el jefe la llevó a un pequeño terraplén.

—Lara Ortiz, ¿dónde está? —le preguntó.

—¿Quién?

—Mírame a los ojos. ¿Dónde está?

—¿Quién? —volvió a decir ella.

En ese momento el hombre sacó su pistola, le quitó el seguro, la amartilló y le colocó el cañón en la sien. Ya no hablaba, vociferaba.

—¡¿Dónde está?!

Lara mantuvo la sangre fría. Que hubiera tomado un tranquilizante la ayudó a soportar el interrogatorio. Los coches pasaban por la calle, sin detenerse. Pensó que la iban a matar, pero no sentía nada; estaba anestesiada por el pánico.

—¡¿Que digas dónde está?!

—¿Quién? —repetía como en un mantra.

—Lara, ¡¿dónde está?!

—¿¿Quiééén??

Fueron tantas las veces que aquel policía preguntó lo mismo, y tantas las veces que Lara contestó lo mismo que acabó perdiendo la noción del tiempo. No sabía si había pasado una hora o varias, pero de pronto fue ella quien gritó:

—¡No te voy a decir dónde está!

—¿Dónde está?

Lara se le encaró. Le dolía la sien por la presión del revólver.

—No sé si me vas a matar, pero no te voy a decir nada.

El hombre no movió el arma, siguió apretando. «Pero yo estaba preparada», recordaría Lara, que repetía como un mantra:

—No sé, no sé, no sé, no sé...

«No me explico cuántas veces dije "No sé"».

—Por eso te eligió a ti, porque sabía que no ibas a decir nada, ¿cierto? ¡Vuelve a tu carro! —le ordenó.

Cuando oyó esa frase por boca de su torturador, Lara asumió dos cosas: que aquel interrogatorio se acababa y que la iban a matar.

El hombre la apuntaba mientras ella caminaba hacia el Mazda. De pronto, sintió calor entre las piernas y se dio cuenta de que se estaba orinando. Esperaba el tiro, y luego caer en un charco de sangre. Dentro de muy poco se acabaría todo, pensó. Empapada, incómoda y aterrada, se sentó en el coche. Tardó en meter la llave, tenía el corazón al galope y temblaba. Pero no sonó ningún disparo, ni la detuvieron ni tampoco observó que la siguiesen. No se lo creía.

Estuvo circulando sin rumbo fijo, como una autómata, esperando que los latidos de su corazón amainasen, emergiendo de aquel pozo de terror como un buceador sale del agua en busca de aire. Llegó al barrio de la Trinidad y acabó en un McDonald's, un lugar anodino que le pareció seguro. Se preguntó quién vivía cerca. Se acordó de una amiga con la que llevaba varios días sin hablar. A una señora le pidió el favor de dejarla hacer una llamada, para no utilizar su número por si estuviera pinchado. Debía de tener una voz rara, porque ella adivinó la angustia y llegó a los pocos minutos. Dejaron el Mazda aparcado y fueron juntas a su casa. Lara permaneció todo el día en el apartamento de su amiga.

Llamó a Leopoldo y le contó lo sucedido, sin los detalles:

—Leo, tenemos algún infiltrado. Los tipos saben que yo sé dónde estás.

En ese momento, Leopoldo decidió cambiar la estrategia de la entrega. Lo haría solo, sin acompañantes, siguiendo su máxima de que la mayor seguridad era la improvisación. Ni siquiera pensaba decírselo a Pegaso, que se pasaba el día elaborando planes de manera que, si atrapaban a uno, este no supiera dónde estaban los demás.

18

Su padre acariciaba otra idea. El rector de la universidad había aceptado su petición de acompañar a Leo durante la entrega, prevista para el día siguiente, martes 18. De alguna manera, era una garantía de cierta formalidad que oficializaba el acto.

Por la tarde, llamó a Alberto Losada, el amigo y compañero de su hijo en el partido:

—Vente para acá y nos explicas qué decidieron para la entrega de Leo.

Alberto llegó a las nueve de la noche.

—El partido ha quedado desintegrado —contó—. Nadie da la cara, están todos escondidos, no consigo hablar con nadie.

—¿Así que no tienen nada cuadrado? —preguntó, con una punta de inquina.

«El padre nos exigía mucho, pero no se daba cuenta de que aquel día habían destrozado nuestra organización, que ya solo funcionaba, y a duras penas, desde las habitaciones de un hotel», diría Alberto. Pero a Leopoldo padre no le importaba tanto el partido como la vida de su hijo, por eso los espoleaba. Quería planificar lo que únicamente su hijo —y nadie más— podía hacer y no aceptaba que la decisión estuviese únicamente en sus manos. El instinto de protegerle era más fuerte que todo lo demás.

—Intenta que Leo no se presente en público para evitar que le disparen —le rogó Lilian.

—Lo puedo intentar, pero ya conoces a tu marido. Cuando se le mete algo en la cabeza...

No pudo terminar la frase porque sonó el móvil de Lilian. Era Hernández Dala, el militar. Al colgar, alzó los ojos al cielo.

—Diosdado está de camino —les dijo.

—¿Otra vez? —soltó Antonieta, visiblemente enervada.

El padre se dirigió a Alberto.

—No te vayas —le pidió—. Queremos que estés por aquí por si pasa algo y tú avises.

—Ok, yo esperaré fuera.

A las once de la noche llegó de nuevo el jerarca al volante de su Grand Cherokee negro, ataviado con el mismo chándal con la bandera de Venezuela. Alberto le recibió en el portón, se presentó como un amigo de la familia, le abrió la puerta y le hizo pasar.

Al cerrarla y al darse la vuelta, vio una caravana de coches armados. De un Hummer H3 se bajó el general Miguel Rodríguez Torres, ministro del Interior y jefe de la Inteligencia del Estado, el más vociferante contra Leopoldo, el hombre cuyo escolta había sido identificado como autor del disparo contra Bassil Da Costa, aquel joven carpintero de Guatire. Iba rodeado de individuos vestidos de civil con botas negras. Alberto los reconoció: eran los que habían allanado las oficinas del partido, esa misma mañana. ¿Harían lo mismo con La Atrevida?

El general ministro permaneció fuera junto a sus hombres mientras Alberto se encerró en su coche desde donde veía el trajín de los uniformados en el callejón. Agarró su BlackBerry y se puso en contacto con Leopoldo, quien ya sabía, por un SMS de Lilian, que esta vez Diosdado venía a imponer una entrega controlada. La presencia intimidatoria del general Rodríguez Torres era, según él, un medio de presión más.

Dio instrucciones a Alberto para que le acompañara en el momento de la entrega. Le pidió que le trajese un casco y una camisa blanca. «Coordinamos con Pegaso que yo me iba a encontrar con él en moto en un lugar de Chacao, él se montaría conmigo e iríamos al punto de encuentro».

—Necesitamos que vayan unas cuatrocientas o quinientas personas —le dijo Leopoldo—. ¿Tú lo ves posible?

—Creo que vendrán muchas más.

—¿A pesar del miedo?

—Pienso que sí, Leo.

En paralelo, Alberto se puso en contacto con exescoltas del líder de cara a organizar el servicio de seguridad. Y a la lista de peticiones añadió un chaleco antibalas.

En el interior de La Atrevida, Diosdado ya no hablaba de salir del país, solo insistía en que tenía que controlar la entrega. El Gobierno no quería un escándalo y su afán era evitar cualquier acto propagandístico, exactamente lo contrario de lo que deseaba Leopoldo.

—Elegimos un lugar específico... —decía el jerarca, soñando en voz alta—. Él llega, nosotros le recibimos... con cordialidad. Ustedes pueden poner el medio de comunicación que deseen para que registre la entrega..., pero, claro, sin gente. Con control.

El padre insistió en que debía estar presente el rector de la universidad que se ofrecía como testigo.

—Sin problema, Leopoldo, de lo que se trata es de la seguridad de tu hijo. Eso es lo que nos preocupa a todos. A nadie le interesa un atentado en este momento.

—Si es así —añadió el padre—, le pido un único compromiso, que no se dispare un solo tiro ni una sola bomba lacrimógena.

Diosdado accedió, pensando que vendrían un centenar de personas. Luego se volvió hacia Lilian, y le repitió lo que le había dicho en la primera visita:

—A Leo lo sacan en tres días, ya verás.

Pasaron a barajar los lugares que les parecían «seguros», y Diosdado mostró preferencia por el estacionamiento del Country Club, fácilmente controlable. Allí, él mismo lo recogería en su *jeep*. El jerarca se erigía así no solo en juez y fiscal, aparte de alguacil y comisario político, sino además en chófer personal del político opositor.

Quedaba todo organizado, excepto que les faltaba la pieza esencial: Leopoldo López.

Lilian fue la encargada de hablar con él.

—Mira, Leo, aquí está Diosdado, me dice que te van a matar, por favor, entrégate de otra manera, busca una entrega controlada.

El militar, don Leopoldo y Antonieta afinaban el oído para intentar escuchar la respuesta.

—Mira, bella, al final, ellos me van a matar donde quieran, pueden hacerlo en una calle oscura o en un aparcamiento. Y no te creas que me van a soltar en tres días; hay que estar preparados porque van a ser años. No creas nada de lo que te dice. Vuelve a decirle que se vaya de la casa.

Lilian intercambió una mirada con Diosdado y se encogió de hombros como diciendo: «No puedo hacer más».

Era cierto, no tenía mayor capacidad de influencia en la decisión de su marido. Pero sí podía hacer algo más: rezar. Y rezando se acordó de una cruz de madera que Leopoldo compró en Roma en marzo de 2007 en un viaje con motivo del nombramiento de un cardenal venezolano a la curia romana. Había sido invitado en su calidad de alcalde de Chacao, el único miembro de la oposición entre una delegación compuesta por representantes de la dictadura como Maduro, Cilia Flores o Freddy Bernal... Le había contado a Lilian que una noche habían cenado juntos, que al día siguiente se había levantado a las cinco de la mañana para correr la maratón de Roma y que los del grupo bromearon sobre lo dura y resistente que era la oposición.

Eran otros tiempos.

Lilian sabía que aquella cruz de los franciscanos significaba para Leopoldo el poder de la fe con desprendimiento, y pensó en hacérsela llegar. Si el mundo de los hombres no lo amparaba, siempre podía contar con la protección divina. Sola ante el abismo, encontraba refugio en la religión, convencida de que Dios no les abandonaría.

19

A las cinco de la mañana del 18 de febrero, Leopoldo llegó de su último escondite en el maletero de un automóvil que se introdujo en el garaje de un edificio de apartamentos donde vivía un amigo muy cercano, Alfonso García, cuya esposa era también amiga de Lilian.

A ambos les impresionó el temple de Leopoldo. En lugar de mostrarse nervioso por lo que le esperaba aquel día en el que fácilmente podía ser el blanco de un «colectivo» y caer abatido en un charco de sangre, estuvo hablando con Alfonso del tema que les apasionaba: la economía del petróleo.

—¿Cómo que el petróleo es una maldición? ¿Cómo es eso?

—Es una bendición, todo depende de cómo se gestione.

—Vamos a escribir un libro sobre esto, Alfonso, ahora que voy a tener tiempo... El título podría ser *Venezuela energética*, ¿no te parece?

Alfonso asintió. Luego le preguntó:

—¿Cuánto tiempo crees que vas a estar preso...? ¿Unos días? ¿Una semana?

Leopoldo se quedó pensativo.

—Creo que por lo menos cuatro años.

Lo dijo tranquilamente, como si no fuese con él.

—Eso da para más de un libro —aseguró Alfonso, disimulando la impresión de ver lo rápido que su amigo había asimilado su suerte.

Pegaso y Alberto habían montado todo un dispositivo para recogerle y llevarle hasta el Ministerio de Interior y Justicia donde

Leopoldo tenía previsto dar un discurso antes de entregarse. Diosdado tuvo que despedirse de su idea de recogerle en el aparcamiento del Country Club, solo y en *petit comité.* La víspera, el periodista de la CNN en español Fernando del Rincón había entrevistado a Carlos Vecchio en la clandestinidad y este ratificó ante la cámara que Leopoldo no se iría del país y que se enfrentaría a la «justicia injusta» en un acto público. Lo que hizo Diosdado fue dar orden a la policía de desmontar la tarima y la instalación de sonido en la plaza, de modo que Alberto mandó llevar un camión con unos altavoces en el remolque. Había pasado parte de la noche dando indicaciones precisas a sus militantes motorizados y a los escoltas de civil sobre la ruta a seguir. Iban a posicionarse cada cien metros en sus motos. Con Leopoldo acordó recogerle en casa de Alfonso e ir juntos hasta el lugar de la entrega.

Pero, al amanecer, Leopoldo se asomó al balcón del apartamento y vio gente abajo en la calle, unos de negro, otros de blanco. Podían ser tanto militantes que tomaban posición para protegerle como colectivos que buscaban matarle. «A mí me parecía una piscina llena de pirañas», recordaría. Mandó un mensaje a Alberto: «No vengas a por mí, esto no lo vamos a hacer así».

Luego se giró hacia Alfonso.

—Mira, yo me voy solo. ¿Me prestas tu moto? —le pidió.

—¿Estás seguro de que quieres ir solo?

—Sí... ¿Y tu casco? Te lo devolveré todo, tranquilo. —Entonces se dio cuenta de que llevaba la misma camisa de cuando grabó el vídeo, que era azul—. Coño, no tengo nada blanco, y quedé con Lilian en que vamos a ir todos de blanco. ¿Me puedes dejar una franela* también?

Alfonso abrió un armario y sacó sus franelas. Una de ellas tenía impreso en la parte de atrás: «El que se cansa pierde».

—¡Esta! —dijo Leopoldo.

---

* Camiseta.

Estaba feliz, porque además conocía a las muchachas que las hacían y las vendían en el mercado de Chacao, el municipio donde había sido alcalde. Le encantaba la idea de hacerles publicidad.

Se despidió de aquella pareja de amigos con los que disfrutó de sus últimos momentos de libertad. Sabía perfectamente que hasta la vista desde aquel apartamento era un lujo que pronto no estaría a su alcance. Caracas se desparramaba alrededor del edificio; en cada barrio Leopoldo tenía recuerdos: al fondo divisaba el centro comercial Las Mercedes, el más antiguo, adonde le llevaban a merendar cuando era niño y que estaba junto al hotel Tamanaco, un icono de la ciudad; luego, el jardín botánico que visitaba con sus compañeros de clase; al fondo, el pico Naiguatá, que escaló en solitario a los quince años, el más alto de la sierra, y justo debajo, la avenida Cota Mil que pasaba cerca de La Atrevida... Se imaginaba que, a esa hora, Lilian y sus padres dejaban a los niños para acudir al lugar de la entrega, a ser testigos de su sacrificio. Pensó en sus hijos, cerró los ojos y se concentró en el recuerdo de sus rostros durmiendo, la respiración acompasada, el olor a galleta, el peluche en los brazos, y reflexionó que se entregaba también por ellos, para que un día pudiesen vivir en libertad. Luego se fijó en un edificio lejano que se alzaba sobre una colina rodeada de chabolas, y cuya cúpula plateada encerraba, como si fuese un cascarón, a presos políticos, a gente como él. El Helicoide era una metáfora del país. Concebido en los años cincuenta como un centro comercial de lujo diseñado para albergar trescientas veinte tiendas, un hotel de cinco estrellas, cines y un auditorio, descrito por Pablo Neruda como «una de las creaciones más exquisitas surgidas de la mente de un arquitecto», se había convertido en una gran cárcel de presos comunes y políticos de Venezuela, un lugar donde los custodios de la inteligencia militar sometían a los reos a interrogatorios con corriente. ¿Le encerrarían en el Helicoide?, se preguntó mientras tomaba conciencia de que el espacio y el tiempo, los recuerdos y los sueños, todo lo que un ser libre daba por hecho pronto dejaría de existir para él.

20

Montado en el escúter de su amigo, enfiló la avenida vacía de tráfico hacia la cita que tenía con su destino. Qué vivificante sentir el aire de la mañana, rodar a máxima potencia de acelerador, ver pasar las copas de los árboles, los edificios, los carteles descoloridos de «Chávez vive», esquivar los baches... Nada como la moto para emborracharse de libertad, para saborear cosas nimias que adquirían un valor extraordinario porque sabía que ya no podría disfrutarlas.

Se detuvo en un primer control y no lo reconocieron, nadie esperaba que el hombre más buscado por el régimen fuese el conductor de ese escúter coreano que petardeaba. Ningún policía le detuvo, de nuevo el casco integral le salvó como cuando salió de la torre Exa después de la rueda de prensa con el alcalde Ledezma. A medida que se acercaba al punto de encuentro, veía gente vestida de blanco caminando en la misma dirección. Eran más de lo que esperaba, no iba a estar solo.

De repente, al doblar la avenida, tropezó con un último control. No tuvo tiempo de rodearlo ni de huir por las calles adyacentes porque unos agentes le dieron el alto. Reconoció el uniforme de los policías municipales de Chacao, jóvenes con los que siempre tuvo una relación estrecha por su empeño en hacer de la seguridad la prioridad de su gestión. En sus años de alcalde entrenaba con ellos, corrían juntos por las calles; en las madrugadas, las plazas se convertían en centros de adiestramiento con los aspirantes a policía. El resultado fue que Chacao se convirtió en una isla de seguridad en medio de la ciudad más peligrosa del mundo. Tanto éxito tuvo su gestión que, al presentarse a candidato para la alcaldía de la gran Caracas, el setenta por ciento de los encuestados le daban como ganador. Entonces Chávez, sabedor de que no había manera de ganarle con los votos, consiguió inhabilitarle. «Mataron al gato para que no se convirtiera en tigre», decía Leopoldo, que entonces ofreció la candidatura a Antonio Ledezma, que la ganó.

¿Cómo reaccionarían hoy sus guardias municipales? ¿Le entregarían a la Guardia Nacional o, peor, a los del SEBIN? No tuvo tiempo de pensar, ya los tenía encima.

«Aquí me la juego», se dijo. Y se quitó el casco.

Los policías le miraron como si se les hubiera aparecido Jesucristo en persona. En lugar de arrestarle, se cuadraron en firme:

—¡Adelante, alcalde! —exclamaron, abochornados por haberle parado.

Él les tendió la mano y los saludó uno a uno. Qué bueno era sentir la confianza de los suyos. Emocionado, prosiguió su camino hasta encontrarse con Alberto, que manejaba un escúter Outlook, prestado por un simpatizante. Él, tan grandote, parecía ridículo en esa moto tan pequeña, con bolsas demasiado grandes que le estorbaban. Dentro llevaba una camisa blanca, que ya era innecesaria, y el chaleco antibalas, que Leopoldo rechazó colocarse.

—Sígueme —le dijo el líder.

En lugar de enfilar por la ruta preestablecida, esa que estaba vigilada por los escoltas apostados cada cien metros, Leopoldo tomó la dirección opuesta. Alberto protestó:

—Pero, chico, vale que no te pongas el chaleco, pero Pegaso y yo te preparamos una ruta con la seguridad necesaria...

—Esta es más segura porque nadie sabe que existe... ni siquiera nosotros —dijo riéndose—. Quiero llegar en moto hasta donde podamos.

Siguieron avanzando, serpenteando entre la gente. Un motorizado frenó y se colocó justo al lado de Leopoldo, que se asustó. O era un policía de civil o algún escolta. Entonces hizo un quiebro y se metió de lleno en la avenida Francisco de Miranda. Alberto le siguió y luego le adelantó, abriéndose paso entre la multitud. Tocaba el claxon y gritaba: permiso, permiso..., permiso. Avanzaban muy lentamente, a la velocidad de un hombre al paso, hacia la plaza Brion, donde estaba el camión del sonido en el que ya esperaba María Corina Machado. Pero eran tantos que le fue imposible seguir de incógnito. Un hombre se acercó a pocos centímetros del casco y le dio una palmada en el hombro. Al sentirse reconocido, Leopoldo se lo quitó.

Y fue la locura. Se corrió la voz: «¡Ahí está! ¡Leopoldo López, ahí está!». La gente pugnaba por acercarse, por hablarle, por tocarle, como si ese contacto fuese capaz, por sí solo, de devolverles la libertad secuestrada. Por lo pronto, lo que sí les devolvía era la ilusión, porque si había en el mundo gente capaz de sacrificarse como Leopoldo se disponía a hacerlo, es que no todo estaba perdido, es que había esperanza.

Dejaron las motos allí mismo. El líder reconocido y expuesto avanzaba a trompicones escoltado por militantes de su partido. Uno de ellos era Gilber Caro, el expresidiario, que venía a proteger al hombre que le había permitido rehabilitarse y rehacer su vida, que le había dado una nueva oportunidad. Por nada del mundo se habría perdido este momento; le habría acompañado hasta el infierno si su presencia hubiera servido para salvarle. Quien seguía los acontecimientos por televisión era Lara Ortiz, desde su escondite en casa de una amiga, el corazón en vilo, temerosa de que en cualquier momento un tiro acabase con la vida de su protegido. En Madrid, un viejo amigo de Leopoldo que ahora trabajaba de asesor para Iberoamérica de Mariano Rajoy, presidente del Gobierno de España, también seguía muy de cerca la actualidad venezolana desde el televisor de su casa. Estaba escandalizado: «Espero que no se entregue —le dijo Gonzalo Fournier a su novia—. No puedes dejar tu vida en manos de esta gente». Se había hecho muy amigo de Leo y de su familia en los años en los que estuvo de consejero cultural de la embajada de España en Caracas. Conocía bien el país y sabía de lo que eran capaces los «colectivos». Aquello le parecía una locura que solo podía terminar mal.

El gentío repetía: «¡Sí, se puede!». Y el grito invadía la plaza y las calles adyacentes como un murmullo que emanaba de la tierra. Tan densa era la multitud que Leopoldo se dio cuenta de que no alcanzaría a llegar al camión y dar allí su discurso. Alberto se deshizo de la camisa blanca y del chaleco antibalas dándoselo a un compañero. Entonces Leopoldo recordó que, siendo alcalde, había colocado en un lugar un poco relegado de la plaza una estatua que representaba a José Martí: «Una figura manipulada por la revolución, pero demócrata en el corazón —precisaría—. El lugar tenía su simbolismo porque decidí hablar a la sombra de un héroe de Cuba con la bandera cubana en el pedestal. Era el único sitio donde vi que podía decir unas últimas palabras antes de ir preso». Era una manera de situar su lucha fuera del contexto ideológico: no se trataba de derechas contra izquierdas, sino algo mucho más esencial, de libertad contra tiranía.

Antes de que Gilber y otros tres compañeros lo izasen hasta la estatua que ahora concentraba la atención de todos, un desconocido le puso una bandera en la mano. La intensidad de la devoción popular y el alud de vítores y palabras de apoyo hizo que se le saltasen las lágrimas.

Desde la altura de la estatua donde apenas cabían él y sus tres compañeros, el paisaje era sobrecogedor. No, no eran quinientas personas las que venían a despedirse de su libertad, como había pensado; eran ochocientas mil. Y coreaban con fuerza: «¡Sí, se puede!». Leopoldo desplegó la bandera que le habían entregado y se cubrió el cuerpo con el símbolo de su patria, mientras un compañero le acercó un megáfono, y más tarde un micrófono conectado a unos altavoces. Entonces se hizo el silencio, tanto más sobrecogedor que era el de un pueblo expectante ante el espectáculo insólito de un líder que iba a entregarse a sus captores voluntariamente. Un gesto nunca visto en la política del país. Leopoldo rompió ese silencio con su voz potente, algo ronca, como la de su madre:

—Si mi encarcelamiento sirve para el despertar de un pueblo, habrá valido la pena —empezó diciendo, y el público entró en delirio. Tuvo que dejar pasar unos segundos antes de continuar.

21

Mientras, su familia le oía de lejos. Llegaron a los alrededores de la plaza Brion en un SUV prestado por un amigo del padre de Leopoldo que aparcaron cerca de dos tanquetas blancas de la Guardia Nacional. Ante las inciertas condiciones de la entrega, acordaron prescindir del rector de la universidad que debía servir de testigo. Estaban nerviosos porque Leopoldo hubiera desafiado de tal manera a Diosdado, cuyas palabras sobre las amenazas de atentado planeaban sobre la plaza y las calles atiborradas. «Suelo ser frío y contenido —recordaría el abogado Juan Carlos Gutiérrez, que se había ajustado un chaleco antibalas debajo de la camisa—, pero sentí mucho estrés al caminar por la parte de atrás del centro comercial Único, tomado por guardias nacionales. Miraba los edificios, preocupado por si hubiera un francotirador. Hablé con los escoltas y tratamos de medio proteger a la familia en esa caminata de cien metros».

Al fondo, oía a Leopoldo despedirse de la libertad. Su discurso lo interrumpían constantemente los pitidos, los gritos y los vivas. Se desató la euforia cuando dijo: «Ahora voy a ir al piquete donde está la guardia, donde está la policía...».

—¡No te entregues, *webón**! —dijo uno que se acercó al micrófono, y su grito quedó grabado para la posteridad por una televisión.

—¡No te entregues! —corearon otros.

---

* En Venezuela, la palabra «huevón» no es un insulto, más bien denota camaradería.

Leopoldo esperó a que dejasen de chillar para retomar la palabra. Apenas se le escuchaba bajo el clamor general. Gilber Caro escrutaba la plaza, a la espera de detectar cualquier movimiento sospechoso entre la multitud. Él también temía que un francotirador estuviera en ese momento al acecho. Carlos Vecchio no se había acercado para no caer en las garras de la policía y permanecía escondido, pero estaba en espíritu con sus compañeros, deslumbrado por esa manifestación que superaba todas las expectativas y que mantenía paralizada a la ciudad de Caracas.

Leopoldo continuaba con su discurso cuando vio a su familia avanzar paso a paso hacia la estatua, escoltados por compañeros del partido, los padres temerosos por lo expuesto que veían a su hijo y a la vez conmovidos por semejante demostración de apoyo.

«Quiero agradecerles a todos, pero en especial a una persona que hoy representa mi mayor pilar para estar aquí con ustedes, a mi esposa Lilian, que esta acá...». En ese momento, a Lilian la llevaron en volandas al zócalo de la estatua desde donde la izaron hasta que Leopoldo la agarró en sus brazos. Se fundieron en un abrazo largo, el último que se darían en mucho tiempo, arriba en la estatua, aclamados por una muchedumbre enfebrecida, mientras Antonieta y Leopoldo padre permanecían abajo. La foto de esa despedida entre lágrimas resultó ser una poderosa imagen en las redes sociales, una imagen que le consolidó como la cara de la oposición al Gobierno.

Leopoldo se había colocado la bandera alrededor del cuello. Lilian estaba a su lado, toda de blanco, la mirada grave, la expresión angustiada, asintiendo con la cabeza el discurso de su marido. Llevaba en la mano un collarcito con una sencilla cruz de madera, la cruz de los franciscanos que había ido a recoger a su casa pronto por la mañana, esa que Leopoldo había comprado en las calles de Roma. «No dejemos la calle, sigamos con la protesta no violenta de almas y de corazones, pero sin dañar al prójimo, les pido que no perdamos la fe». En ese momento, Lilian le pasó el collarcito con la cruz alrededor del cuello. El ruido de la muchedumbre era atronador. Gilber les ayudó a bajar de la estatua. «Había tanta gente que parecía que los iban a aplastar».

22

Lilian vio cómo su marido era engullido por la masa. Rodeado de su gente, entre los que estaba el abogado Juan Carlos Gutiérrez, se abría camino hacia los efectivos de la Guardia Nacional para entregarse. A su lado ya no estaban Gilber Caro o dirigentes políticos, ahora de cada brazo lo sujetaba un efectivo militar. Y gente, gente por todas partes: «¡No te entregues, mano!».

Leopoldo estaba alerta porque temía una provocación de los guardias usando su parafernalia antidisturbios. El mismo temor lo compartía la familia, que, desde el interior de su vehículo, aparcado cerca de las tanquetas, seguía la escena. Vieron cómo el guardia que sujetaba del brazo izquierdo a Leopoldo se quitaba el casco y le ordenaba que se lo pusiese, y como este se negó. El guardia insistía, y se enzarzaron en una discusión, pero al final Leopoldo no le obedeció. Antes muerto que entrar en una de las tanquetas blindadas del ejército tocado de un casco de la Guardia Nacional.

A las doce veintitrés exactamente, entre empujones y gritos, vieron a Leopoldo intercambiar unas palabras con altos militares. Uno de ellos era un general que su padre reconoció por ser hermano de una antigua colaboradora suya. Se trataba de Benavides; «Un tipo malísimo», según recordaba. No era un buen augurio, pensó. Luego vio cómo una mujer anónima apareció como por encanto cuando Leopoldo se introducía en la tanqueta blanca y le entregaba un ramo de flores. Su hijo lo alzó como un trofeo, entre vítores y vivas. Nunca antes nadie, reclamado por la justicia, se había entregado de manera tan clamorosa.

Ningún otro dirigente del partido podía sentir lo mismo que Gilbert Caro. A medida que se acercaba a la tanqueta, le entraban ganas de llorar. Llorar de impotencia. Sabía por experiencia lo que le esperaba a Leopoldo, la soledad de la cárcel y un interminable cortejo de humillaciones y privaciones. En su afán de proteger a su amigo, al que siempre llamaba «líder», se acercó a un coronel apostado junto a la tanqueta: «Cuídalo mucho», le dijo. El militar le levantó el dedo gordo en señal de complicidad.

Lara Ortiz, en su escondite, se echó a llorar, como tantas otras mujeres, madres, jóvenes y niños en todo el país. No eran lágrimas de pena por el desenlace, porque estaba previsto. Era el llanto de alivio de quien se sentía responsable de la seguridad de su amigo, de la supervivencia del líder. Que no hubieran matado a Leo en la clandestinidad era un triunfo personal. «Fue como quitarme un peso de encima», diría.

En el interior del SUV, el padre de Leopoldo preguntó a Juan Carlos:

—¿Adónde lo llevarán?

—Lo correcto es que lo trasladen al Palacio de Justicia —respondió el abogado—, pero quizás lo lleven a alguna instalación militar.

Vieron cómo la gente rodeaba la tanqueta. Unos veinte simpatizantes, sentados justo delante, impedían su avance. Cada vez llegaba más gente. Golpeaban contra los cristales blindados y contra el techo metálico. Un guardia nacional se acercó al vehículo de la familia y tocó en el cristal.

—Esto va a acabar mal —dijo.

El padre se giró hacia el abogado.

—Juan Carlos, ¿por qué no te acercas a ver lo que está pasando?

El abogado salió del coche y se abrió paso hacia la tanqueta. Leopoldo, apoyado en la puerta, pedía a sus seguidores que dejasen el paso libre, pero la puerta se rompió y Juan Carlos tuvo que agarrarle por el pantalón para impedir que cayese al suelo.

Dentro del blindado se encontraron al general Noguera, la mayor autoridad de la Guardia Nacional, encargado del procedimiento, a una fiscal del Ministerio Público y a algunos efectivos de la Guardia Nacional. El abogado preguntó dónde pensaban llevar a su representado y dónde debían encontrarse con él.

—Lo vamos a entregar directamente a Diosdado Cabello —dijeron.

—No, no, yo no tengo nada que hablar con él, que me lleven a los tribunales —saltó Leopoldo. Se giró hacia su abogado—: Juan, ¿adónde me tienen que llevar?

—Procesalmente, te tienen que poner a la orden del Tribunal de Control que dictó la orden de captura para iniciar el trámite, y nos tienen que presentar ante el juez. Así lo ordena la ley.

«Entonces —recordaría Juan Carlos Gutiérrez—, se inició una discusión entre Leopoldo, que veía innecesaria una conversación con Diosdado Cabello en ese momento, y un general que tenía al mismísimo Cabello dándole la orden de entregarle al reo». Mientras, los manifestantes seguían bloqueando la tanqueta y daban golpes cada vez más fuertes que retumbaban en el interior.

Leopoldo estaba nervioso: una cosa era morir a manos de la dictadura y otra, nada gloriosa, a causa del celo desmedido de sus simpatizantes. Al final, intercedió su abogado:

—Mira, Leo, vamos a tranquilizarnos, vamos a exigir que nos lleven a los tribunales, y si Diosdado quiere hablar contigo, pues que hable... Ustedes son políticos y saben cómo conversar, aun encontrándose en bandos contrarios.

En el interior de su automóvil, Leopoldo padre no entendía por qué no regresaba el abogado. Apremió a Lilian.

—Intenta interceder tú —le dijo—. Ve y convence a Leo y a los militares de que vengan con nosotros, yo le llevo adonde decidan.

Lilian no se lo pensó dos veces, salió del vehículo y se dirigió entre empujones hacia la tanqueta. Pidió a los manifestantes que dejasen de zarandear el vehículo:

—¡Alto ahí!

De pronto, la presencia de aquella mujer rubia vestida de blanco calmó los ánimos. En el interior hacía calor y olía a gasolina y a sudor. Su marido, agobiado, le decía al general que la situación se estaba yendo de las manos.

—Voy a dar la orden de liberar la vía.

—¡No haga eso! —le dijo Leopoldo, sabiendo que «liberar» la vía significaba el uso de bombas lacrimógenas—. Yo me comprometo a calmar a la gente.

La aparición de Lilian fue providencial. Les convenció de que lo más práctico era que Leopoldo padre llevase a su hijo hasta el punto de entrega: era lo más seguro porque la turba respetaría el vehículo familiar, mucho más que una tanqueta de la Guardia Nacional. El abogado añadió:

—General, vámonos en un vehículo particular porque este no lo van a dejar mover de aquí.

El militar se puso al habla por teléfono con un superior, que pudo ser Diosdado o el propio Maduro, y le explicó la situación. El interlocutor le hizo esperar antes de confirmarle la respuesta: ok. Accedía a la insólita petición; al régimen no debía de interesarle un estallido de violencia en un día tan señalado, con las calles llenas de periodistas, cámaras de televisión y medios extranjeros.

Leopoldo no sabía muy bien dónde había más peligro, si rodeado dentro de la tanqueta o fuera. Lilian le miro fijamente a los ojos, como siempre cuando requería su atención plena.

—Mira, Leo, tu padre te dice que te vengas. —Luego se volvió hacia el militar—: Y usted, mi general, lo ve como la manera más lógica de salir de aquí, ¿correcto?

El general puso una condición:

—Ok, vamos en el carro familiar, pero yo tengo que cumplir con las normas, y la fiscal nos tiene que acompañar. ¿Hay sitio?

—Sí, nos apretaremos un poco, pero hay lugar.

Afuera, los manifestantes, irritados, aporreaban la tanqueta y la zarandeaban.

—Salgamos de aquí —dijo el general.

Ahora Leopoldo tenía que asumir el liderazgo de su entrega con sus captores, una situación insólita. Salieron de la tanqueta y se dirigieron hacia el vehículo de la familia, a empujones.

—¡Cálmense! ¡Apártense, déjennos pasar, esta es mi decisión, somos gente de paz, no les demos la razón!

23

«Estábamos todos apretujados —contaría el abogado—. Delante íbamos el conductor, Leopoldo López y yo, y detrás, Lilian, los papás de Leo, el general Noguera y la fiscal doctora Berté. En la parte del maletero, los escoltas. Ah, y encima del SUV, en el techo, ¡iba el general Benavides!». El vehículo no se movía, a pesar de las advertencias del militar que, megáfono en mano, buscaba que la multitud cediese. En vano. Alberto Losada consiguió acercarse al vehículo e intentó liberar la calzada. A un manifestante tumbado le dijo:

—Es voluntad de Leopoldo entregarse, por favor, levántate.

El joven le miró con rabia.

—¿Tú eres del Gobierno o qué?

—No, hermano, eso es lo que él quiere.

Leopoldo sacó el torso por el techo abierto, y continuó con su discurso conciliador, llamando a la cordura:

—Ya me entregué voluntariamente —decía—. Me estoy sometiendo a la justicia, no tengo nada que esconder. Les pido que me ayuden, que me acompañen a los tribunales para que se haga justicia.

Luego salió el mismo Juan Carlos Gutiérrez a pedir paso, pero todo era inútil. Harto, el general Noguera le dijo a su colega Benavides:

—¡Tira una bomba lacrimógena!

—¡No, no, no! —gritó Leopoldo.

—¡Si usted tira una bomba aquí va a haber muertos! —añadió Gutiérrez.

La situación estaba tan fuera de control que Leopoldo tuvo que volver a salir a dirigirse a la multitud. De nuevo el mismo mensaje: «¡Les pido que me ayuden, que me acompañen a los tribunales para que se haga justicia!».

Era la única voz que escuchaba la gente, la única autoridad, mal que les pesase a los militares. Muy poco a poco el coche se fue abriendo camino por el bulevar de Sabana Grande. Al sentirse reconocido, el padre de Leopoldo les decía a los manifestantes: «Va conmigo, va conmigo...», y señalaba a su hijo. Avanzaban centímetro a centímetro, con dos militares de alto rango, uno en el interior y otro en el techo, hablando por sus móviles con el presidente Maduro y dando órdenes que nadie acataba. Antonieta, aterrada, pensaba que si en ese momento hubiese un muerto, su hijo nunca más saldría de la cárcel. De pronto, un muchacho con síndrome de Down se tiró delante de las ruedas del vehículo obligándolo a detenerse, lo que provocó un brote de pánico. Lo hizo varias veces, añadiendo estrés a una situación ya de por sí explosiva.

En el interior, el comandante Noguera daba órdenes al chófer:

—¡Por aquí!

—No, mire usted, mi comandante, por aquí no vamos a ninguna parte, vamos a terminar en el río.

—Obedezca.

—¿Es usted caraqueño?

A Noguera la pregunta le pareció insolente:

—¿Tú cómo te llamas?

—Jaime, señor.

—Tú estás conscripto en las fuerzas armadas, el único que da órdenes aquí soy yo.

Leopoldo, estrujado atrás entre Lilian y su padre, callaba. La entrega se estaba convirtiendo en un esperpento. Su padre intervino:

—Mire, comandante, si Jaime sigue sus instrucciones, terminamos en el río Guaire. Propongo que tomemos esta ruta que nos llevará hacia el único sitio donde creo que nos podremos quitar a la gente de encima, porque no nos van a dejar ir por donde usted dice. Vayamos a La Carlota. Tenemos buen acceso desde aquí.

Al padre lo respetaban los militares, y estos consultaron con sus superiores la sugerencia de encontrarse en La Carlota, el antiguo aeropuerto de avionetas situado en el centro de la ciudad y convertido en base militar y centro recreativo. De nuevo, accedieron. Los Leopoldos pilotaban la entrega.

El vehículo dio la vuelta por el barrio de El Rosal, la antigua zona financiera de Caracas, y cuando parecía que ya circulaba con algo de desahogo, surgieron un centenar de motorizados, como si todas las motos de Caracas hubieran venido a sabotear la entrega. Eran simpatizantes que querían liberar a uno de los suyos, aficionado como ellos a las motos. Pero ¿y si había entre ellos algún colectivo?

Leopoldo asomó de nuevo la cabeza y pidió paso: «¡Lo que queremos es la libertad para Venezuela, vamos a mostrar nuestra disciplina, nuestro compromiso! ¡Abran paso! ¡Dejen pasar!».

La gente bajaba corriendo y, como dijo Leopoldo padre, «la cosa se puso muy fea». Estaban de nuevo rodeados e inmovilizados. Coreaban consignas y entorpecían el avance del coche. El general Noguera, a piñón fijo, propuso lo mismo:

—¡Prepare una lacrimógena! —le ordenó a Benavides, que seguía en el techo.

—¡No lo haga! —clamaron los pasajeros al unísono.

Por precaución, el general hizo una llamada para solicitar permiso. Antonieta se tapó la cara con las manos y se dijo: «¡Esto se acabó!». Lilian se santiguó. Leopoldo padre pensó que los primeros muertos, en caso de lanzar la bomba, serían ellos. Pero aún no habían pasado cinco segundos cuando Noguera dio la contraorden. Su interlocutor, el propio Maduro, le había denegado el permiso.

—¡No lance nada!

Maduro no quería que muriese su presa convertida en mártir. Lo necesitaba bien vivo: solo así podría acabar con esa aura de víctima y de inmolado que ponía en jaque al poder.

Leopoldo pidió el megáfono y volvió a sacar la cabeza, no tenía otra opción que la de intervenir en apoyo de sus carceleros. «¡Apártense, déjenme pasar, me estoy entregando!».

El automóvil fue encontrando una salida en medio de ese denso y sinuoso laberinto humano hasta conseguir acelerar. Su padre pensó que la entrada principal de La Carlota podía estar obstruida por la muchedumbre. Los generales se pusieron en contacto por radio con sus superiores y recibieron instrucciones para entrar por una puerta de servicio.

24

El SUV se adentró rápidamente por una verja metálica y dos soldados la cerraron de inmediato. Al fondo, un par de vehículos blindados de la Guardia Nacional, aparcados frente a un hangar que antaño servía para albergar avionetas, esperaban al hombre más buscado por el chavismo. A Leopoldo lo recibió un oficial de la Guardia Nacional con un chaleco antibalas en la mano, que este rechazó ponerse. Lilian y su madre salieron del automóvil y respiraron, aliviadas de tanta tensión. Su padre se fijó en tres helicópteros situados un poco más lejos. Sintió miedo. ¿Y si le llevan a Cuba?, pensó de repente. Todo era posible en ese oscuro mundo bolivariano. Al ver que la camiseta «El que se cansa pierde» estaba sucia y rota, Juan Carlos Gutiérrez se quitó su camisa y se la dio a Leopoldo; pensó que su cliente debía estar presentable ante el tribunal. También le entregó su chaleco antibalas porque los guardias insistían en que debía ponerse uno. Esta vez, Leopoldo se lo colocó.

—Bueno, ¿y ahora que hacemos? —preguntó.

—Esperar —dijo el guardia nacional.

Antonieta recordó la cantidad de veces que venía a La Carlota a embarcar en los aviones de PDVSA cuando debía desplazarse por trabajo a Maracaibo o a San Tomé, en el Oriente, donde los pozos de petróleo bombeaban noche y día. En aquella época era un hervidero de actividad, las avionetas despegaban y aterrizaban sin cesar hasta el atardecer cuando se cerraba el aeródromo. En 2014 las autoridades decidieron prohibir los vuelos, excepto en casos especiales, y dedicar el espacio a actos públicos, como conciertos o mítines políticos. Lilian se acordaba de las veces que vino a presentar conciertos de Hombres G y de Shakira, cuando trabajaba en la televisión.

De pronto apareció Diosdado Cabello caminando hacia el grupo. Esta vez no lucía la chaqueta de la bandera nacional, sino una de color blanco de la marca Adidas, vaqueros y zapatillas deportivas. No parecía contento, a pesar de que iba a cobrarse el trofeo tan largamente deseado. Al no conseguir imponer sus términos en la entrega, la victoria de su captura le dejaba un sabor agridulce. Era consciente de que el acto en sí, con afluencia masiva de gente y tanto ruido —lo contrario de lo que buscó—, había servido para encumbrar al líder opositor. Ahora tenía un mártir entre las manos. Ya se ocuparía de mancillar su imagen, de corroerle ante la opinión pública, de destrozarle poco a poco. Tenía los medios para conseguirlo.

Diosdado saludó a los presentes. Leopoldo le preguntó de sopetón:

—¿Y quién me iba a matar, Diosdado?

—Tenemos todas las pruebas...

—Pero ¿quiénes son...? Yo creo que son ustedes los que me iban a matar.

El militar fingió no haberle oído, se dirigió hacia los padres, a los que saludó como si fuese un viejo amigo. Su actitud tranquila y nada beligerante hizo que Lilian se sintiese serena. Esta vez le aseguró que en cuarenta días se resolvería el juicio y dejarían libre a su marido. El plazo parecía más creíble. No eran los tres días de antes, pero tampoco los cuatro años que pensaban el abogado o Leo.

—Bueno..., ¿qué hacemos? —dijo Diosdado.

—¿Cómo que qué hacemos si tú eres mi captor? —le respondió Leopoldo.

Diosdado sabía perfectamente lo que iban a hacer, pero esa manera de hablar era para él una forma de generar confianza.

—Vamos a ir en helicóptero hasta el Palacio de Justicia —les informó.

—Ok —dijo Leopoldo.

—¿Tienes miedo a volar en helicóptero?

—Para nada, me encantan estos aparatos. Algún día aprenderé a pilotarlos.

—Nosotros nos montamos —intervino su padre—, pero con él, no vaya a ser que se lo lleven a Cuba.

—A Cuba no vamos, tranquilo —se rio Diosdado—. Yo voy con ustedes y la fiscal en uno de los aparatos, los escoltas en el otro. Adelante.

Para los captores, llevar a la fiscal en el grupo equivalía a darse una pátina de legalidad, como si cumpliesen las leyes, aunque luego las retorciesen a su antojo. Diosdado y Leopoldo se sentaron juntos en la carlinga. Ahora el jerarca esgrimía un aire de satisfacción. Tenía el pájaro en la mano, dentro de nada lo metería en la jaula.

Juan Carlos Gutiérrez preguntó que adónde se dirigían exactamente.

—A Fuerte Tiuna.

Fuerte Tiuna era un complejo militar considerado el centro de poder de la Venezuela revolucionaria. Comprendía oficinas y miles de viviendas para el personal castrense.

—¿A Fuerte Tiuna a qué? ¿Acaso es esto un juicio militar? ¿Una corte marcial? —Como abogado defensor debía ser exigente con la información que le daban del procedimiento—. La orden de captura es un caso civil, ¿nos van a poner a la orden de la justicia militar?

—No, doctor, de allí nos vamos a los tribunales —le contestó uno de los guardias nacionales.

La conversación se interrumpió por el ruido del rotor al despegar. Uno de los helicópteros emprendió dirección oeste y ellos salieron hacia el noroeste.

Leopoldo miró hacia abajo. Qué bella le pareció su ciudad. «No hay capital en el mundo con tanto verde», se dijo. Aquel valle entre montañas tropicales contrastaba con los edificios, las autopistas y los parques de los años prósperos que ahora se veían gastados, comidos por el calor y las tormentas. Bella y decadente, así se mostraba Caracas, cuyas calles seguían atestadas de gente que reclamaba su liberación.

—No te puedes quejar. Te estoy llevando preso y encima te estoy dando un paseo en helicóptero.

—No te preocupes, que cuando a mí me toque llevarte preso a ti, también te daré un paseo en helicóptero.

Detrás, Lilian y sus suegros intercambiaron una mirada de perplejidad con el abogado. Les hubiera gustado decir a Leo que moderase el tono, que evitase provocar a su enemigo.

Mientras, Leopoldo se fijaba en el calzado de su captor y le lanzó, socarrón:

—Coño, Diosdado, tú no eres muy socialista, tienes unos zapatos Salomon muy costosos.

—Tengo derecho a trotar también, ustedes no son los únicos deportistas. —Y con una sonrisa maliciosa, señaló las botas de Leopoldo—: Y tú andas con esas botas coleando, maltratando a los toros.

—El coleo es noble, tú juegas peleas de gallos y los gallos matan gallos... —replicó Leopoldo—. Te la pasas llamándome violento por televisión cuando el violento eres tú...

Diosdado le miró de reojo y sonriendo le dijo:

—Tú tampoco me tiras flores a mí. —Luego le preguntó—: ¿Cómo te dio por colear, muchacho? No es una actividad de los señoritos de Caracas, y menos de los que salen en televisión como tú.

—En la campaña para esas elecciones municipales que le sentaron tan mal a tu jefe —le contestó Leopoldo, haciendo alusión a Maduro—, cuando ganamos dieciocho alcaldías en sus pueblos. Ahí aprendí de verdad a colear.

Leopoldo se había aficionado a este deporte nacional, que se remontaba al periodo colonial, en sus giras por el interior. Para marcar las reses se necesitaba la rapidez del caballo y la agilidad del jinete que galopaba tras el animal, le agarraba el rabo, aceleraba la marcha y así podía «tumbar» o «colear» al bovino. Durante siglos fue una forma de apuesta y entretenimiento practicada por los habitantes de las sabanas. Contó cómo, un día, estando de campaña electoral en pleno territorio chavista, aceptó la invitación a una manga de coleo y cómo, al anunciarse su turno, fue recibido por un sonoro abucheo. «¡Uhhh, se va a caer! ¡Va a comer tierra!», le gritaban. Diosdado, riéndose, aprovechó para lanzarle otro dardo:

—Ja, ja, ja... ¡El tipo de familia rica coleando! ¡No se lo podían creer!

—Mi jefe de campaña y yo nos pusimos nerviosos, íbamos a hacer el ridículo.

Siguió relatando que soltaron el toro y cómo lo tumbó en un coleo efectivo. El público lanzó un ¡uuuuhhhh! de admiración, fascinado por el hecho de que el famoso alcalde de Chacao, el universitario de Harvard, el descendiente de Bolívar derribase con brío un toro a caballo, como cualquier vaquero.

—Lo volví a hacer, cuatro veces.

Cada volteada era un punto ganado. Cuando acabó, los mismos que le habían abucheado le dispensaron una enorme ovación y la salva de aplausos retumbó hasta en los lejanos campamentos de las FARC.

—Esos campamentos llenos de guerrilleros que están socavando nuestra soberanía, pero que ustedes protegen —añadió.

La historia del coleo sirvió para que rompiesen el hielo y se pusieron a hablar del presente. Diosdado aprovechó para decir que él no tenía nada que ver con la orden de captura, que estaba ahí para salvarle la vida... El tono suyo era tan distendido que lo último que alguien externo a la escena hubiera imaginado era la situación real que vivían. Leopoldo aprovechó para airear sus reivindicaciones:

—Tienen que liberar a los estudiantes presos, están cometiendo una tremenda injusticia con ellos. Porque yo voy a seguir llamando a la calle, y lo haré desde la cárcel en la que me metas, Diosdado, hasta que no los liberen, no cejaré en la lucha.

—Los vamos a liberar, tranquilo. Vamos a pacificar el país que tú te empeñas en incendiar.

—Coño, ¡esa gente es inocente!

«Era surrealista, ahí estaba mi hijo hablando con Diosdado de los estudiantes presos, de la situación del país, de la economía del petróleo y de las irregularidades del Gobierno», diría el padre.

—Tú sabes que esto es insostenible —le dijo Leopoldo hablando de la situación política—, tú sabes que Maduro se robó la elección del 2013.

Diosdado no entraba al trapo, evadía esas cuestiones. Era sibilino y prefería ganarse a su interlocutor, algo muy propio de ese tipo de gente hábil y manipuladora, que seducen con una mano y con la otra encarcelan por unos crímenes que no se han cometido. Lejos de negar que la situación económica era desastrosa, confesó su gran preocupación:

—La culpa la tienen esos genios que pone Maduro para manejar la economía, los que siempre tienen respuestas para todo.

A Leopoldo le chocó la falta de pudor al exhibir las desavenencias dentro del régimen. Pero así de seguro se sentía Diosdado. Lilian estaba estupefacta.

25

En Fuerte Tiuna, les esperaban varios coches entre los que destacaba el *jeep* negro de Diosdado. El jerarca se acomodó en el asiento del conductor mientras Leopoldo ocupaba el contiguo, y los padres, Lilian y Juan Carlos Gutiérrez hacían lo propio en los asientos traseros. En otro auto iba la fiscal. Arrancaron, seguidos por una larga caravana de vehículos blindados.

Eran las siete de la tarde cuando llegaron al Palacio de Justicia, después de recorrer calles tomadas por el ejército y ya con menos gente. Los medios afines al Gobierno justificaban ese despliegue por la peligrosidad del reo, un incitador de crímenes, asesino y terrorista. Un comentarista de radio le tildaba de «Pablo Escobar de la política», otro de «comedor de niños». Todo valía para desprestigiar a ese loco que había desafiado al poder.

Las sirenas de los vehículos iluminaban de azul las puertas del Palacio de Justicia. Para sorpresa de todos, no había nadie para recibirles, solo periodistas y fotógrafos.

—¡¿Cómo es posible que esté cerrado?! —tronó Diosdado.

Inmediatamente, la fiscal que los acompañó en el trayecto, la doctora Berté, salió del coche y dio la vuelta al edificio para entrar por una puerta lateral. Salió a los cinco minutos y se acercó al *jeep*.

—No se va a hacer la audiencia hoy porque el expediente no está listo.

—¡¿No está listo el caso?! —explotó Diosdado.

Salió del vehículo, departió con ella y, enfurecido, se puso a teclear los números de su móvil. Juan Carlos escuchó como abroncaba a la fiscal general Luisa Ortega Díaz*, aquella que alentó en los medios la persecución de Leopoldo. «¡Cómo gritaba!», recordaría.

—¡Esto se tiene que resolver! —clamaba Diosdado.

Luego le tocó el turno a la presidenta del Tribunal de Justicia, Gladys Gutiérrez**, en otra demostración palpable de lo corrupto del sistema, en el que el poder judicial estaba sometido a las órdenes de un teniente enfurecido.

«¡Cómo perreó a esos funcionarios!», recordaría Leopoldo.

Cansado de la espera, el detenido salió del *jeep* y le preguntó:

—Pero ¿qué está pasando, Diosdado?

—Nadie ha pensado de verdad que te ibas a entregar, eso es lo que pasa.

¿Quién en su sano juicio hubiera elegido esa opción? Era simplemente inconcebible, por eso ningún funcionario judicial había preparado el expediente.

Decidido a poner orden, Diosdado se adentró en el edificio.

—Es la primera vez que piso este lugar —dijo.

«Pero no era la primera vez que llamaba a magistrados, a la fiscal y a la presidenta del Tribunal Supremo para ver cómo iban las cosas», pensó Leopoldo, que permaneció en el coche, junto a la familia, escoltados por efectivos policiales. Les hicieron esperar dos horas. Les invadía una desagradable sensación de inseguridad, la vaga impresión de que en cualquier momento podía surgir algún imprevisto, de que la tragedia estaba a la vuelta de la esquina. Por fin, vieron salir a la fiscal Berté y al militar.

—Ya llegó el expediente, vamos a entrar.

El Palacio de Justicia estaba ahora abierto. Leopoldo, su familia y Diosdado subieron las escaleras. Les siguió un fotógrafo de

---

* Luisa Ortega Díaz está refugiada en España y reside en Madrid desde el 2021.

** Gladys Gutiérrez es la flamante embajadora del Gobierno de Maduro ante La Haya para tratar de parar los procedimientos de la Corte Penal Internacional por violación de derechos humanos. Actualmente preside de nuevo el Tribunal Supremo.

un medio afín al régimen que dejó grabada para la posteridad la imagen de ese instante. Así como los miembros de la judicatura no se creían la entrega, mucha gente, al ver la foto de Diosdado acompañando a los padres de Leopoldo hacia la entrada del Palacio de Justicia —y sin escolta policial—, pensó que aquello estaba pactado. Fue una hábil estrategia del régimen para sembrar el desconcierto en la opinión pública y desmitificar al mártir nacional. En los días posteriores, los padres de Leopoldo y Lilian fueron blanco de feroces ataques en los medios de comunicación y en las redes sociales a causa de aquella foto.

Una vez arriba, Diosdado dijo que se retiraba. Se dirigió a la familia:

—Yo les aviso para que se despidan de Leopoldo cuando llegue el momento de llevármelo.

Era un gesto que tanto Lilian como los padres apreciaron. ¿El ogro tenía un lado humano? A Antonieta le costó creérselo.

Unos guardias nacionales les guiaron hasta la sala de audiencia del primer piso. Dos custodios acompañaron a Leopoldo a un cuarto donde le registraron y le obligaron a quitarse la ropa. Un médico militar le hizo un rápido chequeo. El régimen cuidaba las formas. De allí lo llevaron de vuelta a la sala de audiencia. Le mostraron los papeles de su expediente, y en un vistazo pudo ver una orden de captura contra Carlos Vecchio, cuyos delitos imputados eran aún más graves que los suyos. Cuando le devolvieron a la sala de espera, intercambió una mirada con Lilian. Ella se le acercó y él le dijo al oído que llamase urgentemente a Vecchio y le avisase de lo que había visto.

—Dile que no he alcanzado a ver los detalles, pero que se marche ya y que tome todas las precauciones para evitar que le capturen.

Luego miró a sus padres. Se acercaba el momento de la separación definitiva.

Esperaron hasta que llegó la jueza Ralenys Tovar, la misma que la noche del 12 de febrero había dictado la orden de captura. Se santiguó, lo que sorprendió a Antonieta, que se preguntó cómo podía ser tan hipócrita. Luego la jueza le hizo a Leopoldo unas preguntas de rigor y le leyó el acta.

—¿Tiene el acusado algo que alegar?

—Sí, señoría. Que soy inocente de todos los cargos que me imputan.

Acto seguido, la jueza entregó a Juan Carlos un grueso expediente, ese que no existía unas horas antes. Estaba compuesto de varias piezas, unas mil páginas.

—Para usted.

—¿Cómo es que no había expediente y de repente aparecen ocho piezas? —preguntó.

Juan Carlos lo hojeó. Parecía haber sido apañado por militares, pero notó la mano de la fiscal general Luisa Ortega Díaz. El expediente mezclaba el caso de varios ciudadanos que tenían órdenes de captura con el de cinco muchachos privados de libertad. Enseguida se dio cuenta de que habían unido diferentes expedientes para hacer ver que Leopoldo había influido en esos cinco chicos de modo que quemaran la Fiscalía, atacaran a las patrullas y cometieran todos esos daños a la propiedad. Aquello substanciaba la acusación de asociación criminal y destrucción de la propiedad pública. El abogado exhaló un largo suspiro.

—Mire, doctora —le dijo—, son las ocho de la noche, yo le pido que difiera esto para mañana. Leerse ocho piezas de doscientas páginas cada una y de inmediato no es serio. Lo correcto es que nosotros tengamos un conocimiento exhaustivo del expediente.

Impasible, la jueza aceptó la propuesta, no sin antes consultar con la Fiscalía, que no se opuso.

—Se aplaza la audiencia a las diez de la mañana de mañana, día 19 de febrero.

Entonces la jueza se volvió hacia Leopoldo y le dictó medida privativa de libertad en la cárcel militar de Ramo Verde.

—Queda usted detenido —añadió.

Inmediatamente, dos custodios militares le colocaron las esposas.

«Fue un momento horrible, no se lo deseo a ninguna madre —recordaría Antonieta—. A partir de ese momento, dejaba ya de estar con nosotros. Ya no podríamos protegerle más». Lilian, aferrada a la esperanza de que saldría pronto, se emocionó cuando le vio desaparecer escaleras abajo, esposado entre dos guardias.

26

Diosdado no pudo disimular una mueca de satisfacción al ver llegar a Leopoldo, esposado, a los sótanos del Palacio de Justicia, donde le estaba esperando. Una luz mortecina iluminaba aquel lugar inmundo. Los grafitis, como cicatrices en las paredes, hablaban del sufrimiento de los reos que habían pasado largas horas a la espera de las vistas. Junto a él se encontraban el general Iván Hernández Dala, el que fue a registrar La Atrevida, y el general Noguera, el hombre empeñado en tirar bombas lacrimógenas cada vez que se veía acorralado.

—Te llevamos a Ramo Verde.

Le metieron en el asiento de atrás del *jeep* negro con Noguera, mientras Hernández Dala iba delante y Diosdado conducía. El automóvil encabezaba una caravana de doce vehículos y diez policías motorizados que atravesó la noche de Caracas. Tardaron una hora en recorrer los treinta kilómetros hasta la prisión, situada al noroeste de la ciudad. Leopoldo miraba por la ventanilla las calles ahora desiertas y vacías de tráfico. Nadie hablaba; no había nada que decirse.

Mientras, en la audiencia, las horas pasaban lentamente a la espera de que Lilian y la familia se despidieran de Leopoldo, tal y como Diosdado les había prometido. Lilian aprovechó para transmitir el mensaje de alarma a Carlos Vecchio. Si no había huido ya, era porque su esposa estaba embarazada y temían perder el hijo. Vecchio llamó a Freddy Guevara, el tercero en la estructura directiva de la organización, que estaba en Estados Unidos haciendo un curso, le contó la situación y que no podían caer las dos primeras figuras del partido, y le adelantó que debía prepararse para regresar y asumir las riendas. Vecchio estaba cansado de la clandestinidad, tenía que desplazarse constantemente para su mayor protección. Ni era fácil salir ni era fácil quedarse.

Diosdado no cumplió con su palabra de permitir que la familia se despidiese de Leopoldo, iba ya camino de Ramo Verde. Dejó a la esposa y a los padres esperar indefinidamente. Un golpe bajo que no les sorprendió, pero que exasperó a Lilian. Si la palabra de Diosdado no valía nada, ¿cómo creer lo que dijo sobre lo rápido que saldría su marido?

A las diez de la noche, la caravana que llevaba a Leopoldo llegó a la zona montañosa y húmeda de Los Teques, municipio que aloja también el infame INOF*, la peor prisión de mujeres de Latinoamérica, según los organismos internacionales que vigilan la situación de los penales. Después de pasar por un mercado municipal, los vehículos subieron hacia lo alto de una colina. Franquearon varias vallas de seguridad hasta llegar a un edificio de seis pisos de color blancuzco con muros deslavados y desconchados. Ramo Verde era un antiguo colegio convertido en prisión. En el patio de entrada, la oficialidad y los ciento veinte custodios del penal les recibieron en formación. El coronel Humberto Calles, director de la cárcel, se cuadró frente a Diosdado mientras los custodios gritaban al unísono: «¡Chávez vive, la patria sigue!», el saludo que se repetía en todas las guarniciones. Fue la primera zambullida de Leopoldo en el mundo militar con el que conviviría los próximos años. «Me llamó la atención ese quiebro en la línea de mando: que un coronel se le cuadrara a un capitán —porque Diosdado era un capitán— dejaba en evidencia que la jerarquía militar no era importante: lo que de verdad contaba era la jerarquía política». Una cosa era saberlo, otra era encontrarse

---

* Instituto Nacional de Orientación Femenina. Según la adjunta al defensor del pueblo, la española María Luisa Cava de Llano, que recorrió gran parte de las prisiones para mujeres en Latinoamérica, el INOF supera en crueldad y maltrato a todas las demás.

en las entrañas del monstruo y ver hasta qué punto el estamento militar estaba secuestrado por la ideología chavista.

Después de ese recibimiento tan castrense, Diosdado hizo la entrega oficial de «su» preso al coronel Calles. «Me entregaron como si fuera una mercancía», recordaría Leopoldo. Los focos iluminaban los rostros de un fulgor blanquecino mientras lo escoltaban hacia el interior del edificio. Se fijó en esas cercas tan altas rematadas con concertina. Iba ser difícil escaparse, pensó. En el primer control le tomaron fotos de frente y de perfil, y le sometieron a un registro minucioso. Al devolverle la ropa, pidió que le dejasen quedarse con la cruz de madera que le había dado Lilian. Los custodios se la pasaron el uno al otro y la examinaron detenidamente para asegurarse de que no escondía nada prohibido o no fuese un arma disimulada. Eran jóvenes, y Leopoldo sabía ganárselos.

Luego, la comitiva, con el director de la cárcel al frente, seguido de Diosdado, Leopoldo y los demás, subió las escaleras de una torre anexa al edificio principal donde las antiguas habitaciones habían sido convertidas en «tigritos», como se llaman en la jerga del penal a las celdas de castigo. Solo una, en el cuarto y último piso, era una celda «normal», reservada para Leopoldo. Las demás estaban vacías, ahí no vivía nadie. Los enormes candados hacían un ruido seco, y el eco resonaba en esa torre que parecía abandonada.

Recorrieron un pasillo oscuro, con paredes quemadas y polvo en el suelo. En la puerta de la celda, un custodio le entregó una sábana y una pastilla de jabón. El coronel Calles le informó de que estaba en régimen de aislamiento absoluto y que, si el comportamiento lo merecía, dentro de unos días le concederían una hora de patio al día.

—En la mañana tiene audiencia —dijo a guisa de despedida.

Diosdado no se despidió. ¿Para qué? Su misión estaba cumplida. Un guardia cerró la puerta, que era una pesada reja de hierro con refuerzo de barrotes y una plancha con un pasador grueso de acero. ¡Clan! El ruido del cerrojo marcaba el final del último episodio de ese día tan intenso. Leopoldo estaba exhausto, había empezado el día despertándose a las tres de la madrugada y a las cuatro estaba en el maletero de un coche en dirección a Caracas. Eran las once de la noche. Se quedó oyendo a lo lejos los pasos de sus carceleros alejándose. Abrían una reja, luego otra, y así hasta cuatro veces. Cada candado que se cerraba le separaba del mundo de los hombres.

Se quedó solo, tiritando. Hacía mucho frío. Leopoldo miró hacia arriba, vio una ventana a cuatro metros de altura, que estaba cerrada con planchas de latón que quitaban toda la luz natural a la celda. Pensó que esa zona de Caracas, a mil cuatrocientos metros sobre el nivel del mar, estaba especialmente expuesta al relente de la noche. Se envolvió en la sábana.

La celda medía unos tres metros por dos, y contaba con un pequeño espacio adjunto con un inodoro y un caño del que salía un chorrito de agua. Todo mal instalado y medio roto. Las paredes estaban sucias y el suelo, reventado. Se sentó en el camastro militar cubierto de un colchón muy delgado manchado de lamparones. Era el único mueble, aparte de una mesita de madera desvencijada.

Poco a poco, fue dejándose invadir por el silencio. Un silencio que lo recubría todo como un manto espeso y que contrastaba con el ruido y la intensidad de los últimos días. Repasó mentalmente lo que había acontecido en esa semana aciaga: los allanamientos, la persecución y la presentación ante eso que llamaban justicia. Lo que le estaba ocurriendo no era ninguna sorpresa: estaba donde estaba por voluntad propia, «No es que me hubieran agarrado». Convencido de haber tomado la decisión correcta, la de enfrentar en todos los terrenos, y en especial en el moral, a la dictadura, era muy consciente de que estaba en el principio de una nueva etapa en su vida, y que sería larga.

Ese silencio le sirvió para asumir que su campo de batalla ya no era la calle, ya no era la gente, ya no era la arenga, ya no eran los discursos: era su cabeza. Y ese campo era más peligroso que la calle, por ser más vulnerable y delicado. Sabía que, si perdía el control sobre su mente, sería muy difícil sobrevivir. Esa noche —la más larga de su vida, como recordaría—, pensó que toda su existencia anterior no había sido más que un entrenamiento para esta prueba. El recuerdo de sus antepasados, más en concreto de su bisabuelo y de su abuelo, todo lo que había leído sobre personas que habían estado encarceladas por defender sus principios —Mandela, Gandhi, Van Thuan, testimonios de presos políticos venezolanos— le ayudaba a no sentir tristeza ni piedad por sí mismo ni rabia por la injusticia de la que era víctima. Le ayudaba a resistir y le daba la clave para conseguirlo: aferrarse a una rutina para mantenerse fuerte intelectual, espiritual y físicamente. Sus estudios de filosofía, sus lecturas de biografías de políticos, líderes y santos le habían enseñado que todos los días debía atender esas tres dimensiones de la persona, y que esa disciplina sería la herramienta más valiosa para resistir y vencer. Porque si un día no cuidaba con rigor su cuerpo, su intelecto y su espíritu, abriría la puerta a no hacerlo al día siguiente, y si no lo atendía dos días seguidos, abriría la puerta a que pasase una semana... y así hasta acabar en una peligrosa deriva. Sabía que la disciplina le haría indestructible.

Agarró la cruz de madera que esa mañana Lilian le había colocado en lo alto de la estatua de José Martí y rezó, como lo venía haciendo desde que era pequeño todas las noches de su vida. Dio las gracias al Señor por el privilegio de ponerle en la tesitura de vivir la injusticia como la vivía la gente más común y, sobre todo, por colocarle en sintonía con su propósito, porque, para él, esa satisfacción profunda daba sentido a su vida y le proporcionaba una sensación de auténtica dicha. Así, pensando que estaba donde tenía que estar, acabó durmiéndose.

Segunda parte
Salvar a Leo

27

A la misma hora tardía en la que Leopoldo concilió el sueño, su familia llegó a La Atrevida. Las vivencias de la jornada, el miedo y la incertidumbre, la esperanza traicionada y el recuerdo de la mirada de su marido antes de que se lo llevasen dejaron a Lilian en un estado de postración que solo la visión de sus hijos durmiendo, tan ajenos al drama general, consiguió aliviar. Se quedó observándoles en la semioscuridad, como si su presencia diese sentido a su dolor. Pensó en su propia infancia, extrañaba a los suyos, a los Tintori que no veía desde que se precipitaron los acontecimientos. Su madre estaba a punto de volver de los Estados Unidos, adonde había ido a acompañar a Valentina, su hermana mayor, a hacerse una operación de espalda. ¡Qué ganas de verlas y de abrazarlas!

Al salir del cuarto de los niños, se topó con Antonieta que buscaba ajustar planes para organizar la nueva vida en la casa. Cuando Lilian se dio cuenta de que su suegra daba por hecho que se quedaría a vivir en La Atrevida con los niños, reaccionó.

—Mañana volveremos a nuestra casa —le dijo.

—No, Lilian, eso es peligroso. Instálense con nosotros.

—Me voy a ir a mi casa, necesito entender que estoy sola.

—Tú no estás sola, deberías vivir con nosotros, los niños están bien aquí.

—No, Antonieta, me voy a ir —la interrumpió Lilian.

Tanta firmeza la hizo cambiar de tono.

—Lilian, es mejor que no lo hagas. Te puede pasar cualquier cosa, te pueden detener, te pueden sembrar, no estás segura en ningún lado, espera a que se tranquilice todo.

—Antonieta, necesito entender que esta es mi vida ahorita, no quiero estar en otra casa que no sea la mía.

Estaba cansada de la tensión que le producía cómo se estaban llevando los asuntos. No les había dado tiempo a organizarse, y se daba por hecho que Antonieta y su marido, por la edad y la experiencia acumulada, controlaban y manejaban la situación. Pero, sobre todo, le quedaba un poso de irritación por el hecho de que sus suegros no hubieran ejercido más influencia sobre su hijo para que este decidiese salir al extranjero.

—Me pasa lo mismo que el día 12, que tuve que dormir en casa, tocar tierra, lo necesito —le dijo a su suegra.

—Pero, Lilian, ahora tenemos que mantenernos muy unidos. Vamos a tener que coordinarnos mucho. Leo nos necesita a todos junticos.

—Lo sé, Antonieta.

—Vamos a estar intranquilos de saberte sola en la casa con los niños. No es una buena idea, créeme.

Lilian no quiso discutir. Volvió a su cuarto y se tumbó en la cama. Para conciliar el sueño se refugió en sus recuerdos, en la vida con sus padres cuando tenía la edad de su hija ahora. Necesitaba a su familia. Recordó las cenas navideñas en el piso del barrio de Chuao, las juergas con sus hermanos, los baños en el mar cálido de Playa Grande. Lo que hubiera dado por un consejo de su padre, por unas palabras suyas, por sentir de nuevo el calor de su presencia protectora. Le vino a la memoria el último abrazo que le pidió él, antes de partir al trabajo, en el pasillo de la casa familiar. «Me levanté de la cama y le abracé duro, le recordé que su cumpleaños sería el día siguiente, me metí con su tripa superdistendida, nos reímos, le olisqueé, me encantaba su olor a tabaco y a colonia de Vetiver. "Franco Tintori, cuídate esa barrigota", le dije».

Fue la última vez que le vio.

Cuando les anunció su compromiso con Leopoldo, su madre lo aceptó de buen grado, porque admiraba su lucha y era una ferviente seguidora del alcalde de Chacao, que además era un chico de «buena familia» y religioso: ¿qué más se le podía pedir a un futuro yerno? Pero su padre no mostró entusiasmo alguno. Dijo que casarse con un político en un país tan convulso como Venezuela era una locura, un pasaporte hacia la infelicidad. Se lo remachó a Lilian: «Piénsatelo, vas a sufrir mucho», pero ella estaba tan decidida que ningún consejo, aunque fuese de sus padres, le hubiera hecho cambiar de idea. Ahora, en aquella noche aciaga después de aquellos días tan intensos, le parecía oír la voz de su padre susurrándole desde la tumba: «¿Ves, Lilian? Te avisé».

A la mañana siguiente fueron de nuevo al Palacio de Justicia, donde a las diez debía celebrarse la vista. Lilian iba de blanco, con zapatillas de tela y la cara lavada, en contraste con su suegra, que vestía como una ejecutiva, con traje de chaqueta y gafas de sol enormes para esconder su pena. Cada cual llevaba la tristeza a su manera. La de Antonieta era no dejar traslucir sus sentimientos.

El recinto del Palacio de Justicia estaba tomado por el ejército, y tuvieron que franquear varios controles antes de acceder al interior. Se preguntaban cómo habría pasado la noche Leopoldo, qué cara tendría cuando se sentara en el banquillo, cómo se desarrollaría la primera audiencia con la jueza, esa que se santiguaba al llegar. Juan Carlos Gutiérrez, el abogado, apareció con ojos enrojecidos de no haber dormido; había pasado la noche leyendo el expediente y preparando la defensa. También a él le sorprendió lo militarizada que estaba la zona. Dedujo que el régimen tenía miedo de su cliente, lo que auguraba un juicio plagado de irregularidades y de golpes bajos.

Estuvieron esperando toda la mañana a que se iniciase la vista, pero no trasladaban a Leopoldo. Cada vez que se levantaban a mirar por la ventana, solo veían la calle cerrada con tanquetas y militares uniformados, algunos con pasamontañas y cascos negros, a pesar del calor. No dejaban que se acercara ningún coche. En las oficinas nadie decía nada; nadie sabía nada.

Así pasaron las horas. A las tres de la tarde seguían sin noticias de la audiencia o de Leo. A las cinco, es decir, ocho horas después de haber llegado, la jueza les comunicó que la vista iba a celebrarse en la cárcel de Ramo Verde. Por la seguridad del reo, añadió. Juan Carlos se opuso tajantemente: juzgar a su cliente dentro del recinto de una cárcel militar era una ilegalidad. No estaba dispuesto a aceptarlo.

—Una audiencia de esa naturaleza tiene que hacerse libre de prisión, de apremio, de coacción, esa audiencia en Ramo Verde es nula.

Se opuso ante la Fiscalía con tanta fuerza que al final la jueza zanjó:

—La comparecencia la vamos a hacer en Ramo Verde, pero fuera del recinto de la cárcel, está todo habilitado para ello.

—¿Cómo es eso, doctora?

—Nos vemos en Ramo Verde.

Una nube de periodistas esperaba a la salida del Palacio de Justicia. «Yo no quería hacer declaraciones públicas, no me pareció prudente —diría Juan Carlos Gutiérrez—, pero era tanta la presión —la prensa aguardaba desde las nueve de la mañana— que no tuve más remedio que hacerlas. Era fundamental mantener una relación fluida con los periodistas porque pensaba llevarlos como testigos en el juicio. Habiendo rodeado a Leopoldo durante la jornada del 12F, ellos tenían la prueba en sus vídeos de que él nunca promovió la acción violenta».

28

Juan Carlos había conseguido que dejasen a la familia visitar a Leopoldo para entregarle enseres personales e ir luego juntos a la vista. Para Antonieta, ver por primera vez a su hijo encarcelado fue uno de los peores momentos de su vida. «Yo nunca había puesto los pies en una cárcel, nunca en mi vida, ni siquiera de visita. Ver ese penal en la cima de una colina, ribeteado de concertinas, me dio escalofríos. Era oscuro, inmundo, terrorífico. Abrieron como ocho candados, y ese ruido no se me olvidará nunca». También a Lilian el edificio le pareció macabro mientras avanzaban por pasillos y escaleras sin luz. Por la mañana, se le había ocurrido llamar a Gilber Caro, el compañero de Leopoldo que había pasado años en prisión. Quería saber.

—Dime, Gilber, ¿cómo es esto?

—La cárcel es durísima —le contestó—, pero te enseña mucho. No te preocupes, tranquila. Leopoldo va a salir fortalecido de esta etapa, ya verás. La cárcel le va a enseñar cosas que ignora. Él va a saberse manejar, los presos desarrollamos una habilidad especial para sobrevivir.

«Gilber era un ángel —recordaría Lilian—. Me tranquilizó porque ese día yo era un manojo de nervios».

El padre de Leopoldo, en su fuero interno, estaba escandalizado. La injusticia de que su hijo estuviera encerrado en ese lugar le provocaba una mala sangre y una rabia difíciles de contener.

También Leo había estado esperando todo el día el traslado a la audiencia, y de repente que sus padres, Lilian y Diana, su compañera de juegos, su hermana artista, tan protectora, tan discreta, apareciesen le provocó una mezcla de asombro y desorientación. Le habían quitado el reloj y no sabía la hora. Ellos también mostraron cara de desconcierto, como diciéndose: «Ahora sí es verdad que está en la cárcel». Les costaba disimular los sentimientos que les removían por dentro. Aquella celda, iluminada por una sola bombilla colgada del techo, parecía una cueva. Leopoldo leía con dificultad. Señaló la ventana cerrada con planchas metálicas.

—Ya he pedido al custodio que la abra. Está esperando órdenes de arriba.

—Pídele a tu abogado que haga un escrito —le sugirió su padre—. Los presos tienen derecho a luz natural.

—Lo haré.

Leopoldo, obsesionado con la rutina, les contó que se había despertado muy temprano y había hecho una hora de ejercicio, que no podía perder un día porque «todos los días tenían que ser ganancia». Luego se quejó de un leve dolor de tripa, y le dijeron que pedirían permiso para traerle un infiernillo de manera que pudiese cocinar algo. Pero, en principio, era reacio a que le trajesen comida de fuera.

—Yo como rancho de la cárcel, que es lo que toca —les dijo.

Le entregaron ropa limpia, unos libros, y Lilian le dejó la estatuilla de la Virgen de Coromoto, patrona de Venezuela, que había sacado de su casa. Diana le dio unos carboncillos y cuadernos: «Te voy a enseñar a dibujar», lo animó con su sonrisa cálida, disimulando la tristeza.

Hablaron de cómo arreglar su celda para hacerla más acogedora, y de la rutina de visitas los fines de semana. Él pidió más libros para confeccionar una pequeña biblioteca. Nadie mencionó lo espantoso que les parecía todo aquello: el catre metálico y tan estrecho, las paredes desconchadas, el suelo reventado, la oscuridad y el frío. Pero al mal tiempo buena cara, no quedaba otro remedio.

Llegó la hora de ir a la audiencia. A las siete de la tarde unos custodios lo esposaron y le obligaron a ponerse un chaleco antibalas y un casco. Lilian y sus padres vieron cómo se lo llevaban escaleras abajo. En el patio le esperaba un despliegue del ejército. Lo metieron en un *jeep* negro, entre dos soldados armados y uno detrás con fusil. El conductor y el copiloto llevaban armas largas, cascos y chalecos. Les seguían tres camionetas y quince motos de la policía militar. «Ni que fuera el Chapo Guzmán», pensó Leopoldo. La caravana salió del recinto de la cárcel, pero, en lugar de enfilar hacia Caracas, se detuvo a unos pocos metros, a la altura de un autocar aparcado justo fuera del recinto carcelario. Ante la oposición que había hecho Juan Carlos Gutiérrez, la decisión del régimen había sido organizar un «tribunal móvil» para cumplir con la formalidad de ser juzgado fuera del penal militar. Pero, aun así, seguía siendo una ilegalidad: Juan Carlos argumentó que la jueza tenía jurisdicción en Caracas solamente, pero que la cárcel pertenecía al municipio de Los Teques, que tenía otros jueces. No le valió de nada.

Siguieron discutiendo hasta que llegó la magistrada y empezó la vista. Fuera estaban Lilian y la familia. Les dijeron que esa primera audiencia era a puerta cerrada y no les dejaron entrar. En lugar de irse, se quedaron esperando. ¿Y si la jueza de pronto decidía ponerle medidas cautelares y liberarle? Antonieta, Lilian y Diana nunca perdían la esperanza. El padre estaba convencido de que no le soltarían. Ellas argumentaban que si habían pasado el día entero esperando, ¿qué más daba unas horas más?

Al cabo de un momento, salió Juan Carlos del autocar.

—Mejor váyanse... Esto puede durar horas.

—¿No crees que la jueza pueda dictar medidas cautelares?

Juan Carlos negó con la cabeza.

Cuando se disponían a irse, llegó el coronel Calles, el director de la prisión.

—Es peligroso que vuelvan por esa carretera a Caracas, les voy a poner escolta.

—No necesitamos, gracias —dijo Leopoldo padre, que conducía. No querían ser objeto de la propaganda del régimen.

—Sí, sí, no quisiera que unos hampones les atracasen o les pasase algo. Esperen.

De modo que siguieron esperando a los escoltas, y llegaron cinco motorizados, los mismos que habían acompañado a Leopoldo desde la cárcel. En efecto, tal y como temían, la noticia del «trato exquisito dispensado a los padres de Leopoldo López» fue difundida por los medios afines al Gobierno.

Lilian insistió en que la llevasen a su casa, quería sentir que asumía el control de su vida y no sabía cómo hacerlo sin herir la susceptibilidad de sus suegros, que, lógicamente, temían por su seguridad y por la de sus nietos. Que no se mantuvieran juntos les hacía sentirse más vulnerables aún. Solo faltaba un atentado, un ataque o un susto para acabar de destrozarles. La decisión de Lilian de abandonar el núcleo familiar la vivía su suegro como un desgarro justo el día en el que la nueva realidad, la del hijo encarcelado y juzgado, se asentaba con toda su crudeza.

—Lilian, quedarte sola en tu casa con los niños puede ser una frivolidad —le dijo, siempre comedido y cauto.

Para ellos, que su nuera se empeñase en romper el bloque familiar no presagiaba nada bueno para la suerte de Leopoldo. Pero lo que veían como un capricho, para Lilian era una necesidad vital.

29

Aquella primera audiencia nocturna en el autocar duró doce horas. Olía al humo del escape que se infiltraba en la carlinga; para que hubiera luz, el motor del autobús debía estar encendido. Durante todo ese tiempo, los fiscales no miraron a Leopoldo a los ojos, como si estuvieran avergonzados de lo que estaban haciendo. El abogado Juan Carlos Gutiérrez consignó los documentos recabados en el programa de investigación *Últimas Noticias* sobre las manifestaciones del 12 de febrero, que demostraban que quienes dieron muerte a dos manifestantes el día de la marcha fueron un funcionario del SEBIN y un Policía Nacional. La secuencia de los hechos demostraba la inocencia de Leopoldo*. De modo que, ante la abrumadora evidencia, el fiscal Franklin Nieves no tuvo más remedio que desestimar los cargos de homicidio, lesiones y terrorismo. Fue una victoria pírrica porque le mantuvieron los dos últimos cargos: el de haber incitado al incendio del edificio del Ministerio Público, cuando, al final de la marcha, después de que Leopoldo la desconvocase, unos jóvenes lanzaron cócteles incendiarios contra el inmueble; y el de «asociación criminal», a pesar de que no existía prueba alguna: ¿asociación criminal con quién? Para la defensa, solo existía voluntad de encarcelarle, y nada más.

Le denegaron a Leopoldo cualquier medida cautelar y declararon que le mantenían preso. Entonces ocurrió algo perturbador, porque era la demostración fehaciente de que los fiscales estaban

---

* El reportaje de *Últimas Noticias* titulado «Sucesos del 12F» fue galardonado con el Premio Gabriel García Márquez de Periodismo.

coaccionados en su trabajo. Uno de ellos, Franklin Nieves, ojos claros, pelo al cero, se acercó a Leopoldo y le dijo en voz baja: «Lo siento mucho». Acto seguido, le ofreció una chocolatina y unos caramelos de menta. «Aquel hombre sabía que lo que estaba haciendo estaba mal, pero era prisionero del sistema, de la dictadura, tanto como lo podía ser yo», diría Leopoldo con indulgencia. Juan Carlos no era tan condescendiente en su juicio al fiscal: «Lo conocía desde hacía años. Era uno de los fiscales vinculados con el chavismo. Había sido ascendido a fiscal nacional y para llegar a ese puesto debías trabajar para el régimen de manera directa. Siempre fue respetuoso conmigo como colega, pero durante el proceso, fue un auténtico inquisidor».

En su casa de Los Palos Grandes, Lilian se abrazó a su madre que acababa de regresar de viaje. Desde la televisión de la habitación de hospital donde habían operado a su hermana Valentina habían seguido los acontecimientos en Caracas, con el corazón en vilo. Ahora la madre, que también se llamaba Lilian, se reencontraba con su hija, que no era la misma de antes. Tenía ojeras, las mejillas se le habían ahuecado y había adelgazado.

—Hemos pensado en ti día y noche.

—Te echaba tanto de menos, mamá.

—Dime, ¿cómo está Leo?

La mujer quería saberlo todo. Antes de conocer personalmente a Leopoldo, Lilian Parra ya le admiraba. Él era una estrella ascendente, popular por su manera transparente de hacer política y, sobre todo, por haber reducido la delincuencia y la pobreza durante su mandato en la alcaldía. Le gustaba su arrojo al decir las verdades a la cara de los jerarcas del régimen. Para ella, como para muchos caraqueños, Leopoldo López encarnaba la esperanza del cambio. «Yo siempre quise mucho a mi yerno —contaría—, y en todo momento apoyé su lucha. Por eso me afectó tanto cuando vimos que le habían metido preso. Pero tenía que disimular frente a Lilian, que estaba desconsolada».

—Él ya no está... no está con nosotros —le dijo su hija entre sollozos.

—¿No te dijeron que a los cuarenta días le soltarían? Cuarenta días no son nada.

—No sé cómo voy a aguantar cuarenta días... No nos podemos fiar de nadie, son unos canallas.

—Estamos en lo peor, pero esto pasará.

—Mamá, es que me siento..., cómo explicarte..., me siento como si fuese viuda. Leo no va a volver a dormir aquí, ni hoy ni mañana ni el lunes que viene.

—No digas eso, Lilian. Aquí la única viuda soy yo. Tú tienes suerte, Leo está vivo y volverá. Papá no.

Lilian Parra, la mamá de los Tintori, encontraba siempre las palabras justas para consolar a sus hijos. Era una mujer de muchos talentos, tocaba varios instrumentos musicales, pintaba, era odontóloga, deportista y muy religiosa. A Lilian le había enseñado a tocar el piano a base de paciencia, las dos sentadas en la banqueta, la niña repitiendo lo que interpretaba la madre, la madre diciéndole lo bien que lo hacía... Aquel piano, que había sido un regalo de la abuela materna, era un miembro más de la familia. Servía para mejorar la disciplina, para crear armonía y, en el caso de la pequeña Lilian, para serenarla porque era una niña intensa, muy vivaz e inquieta. Lilian Parra era una mujer pacífica, interesada en la espiritualidad, convencida de que había fuerzas en el mundo que nos sobrepasaban y con las que había que lidiar. Convencida, sobre todo, de que la misión más noble que le correspondía a un ser humano era la de cuidar del prójimo. Así había criado a seis hijos, y ahora atendía a su suegra que estaba a punto de cumplir el siglo. Lo hacía por amor a su marido, al que extrañaba siempre, en especial cuando la vida golpeaba a la familia como lo estaba haciendo ahora.

Para Lilian Parra, la culpa de todo la tenía la desintegración del país. Su marido Franco Tintori lo había sufrido en carne propia, y ahora su yerno era una víctima más de esa descomposición. Nadie sobrevivía impunemente al hundimiento de Venezuela. Desde la llegada de Hugo Chávez al poder, la empresa de su marido, dedicada a la fabricación y comercialización de termocuplas, unos sensores de temperatura adaptados a la industria del petróleo, había entrado en declive, paralelamente al resto de la industria. Menguaban los pedidos, los pagos se demoraban, la empresa estatal PDVSA estaba siendo desmantelada, todo se degradaba. Varios empresarios amigos hablaban ya de vender e irse de Venezuela. Su hija Valentina había tomado la decisión de mudarse a Miami: «Esto se va a echar a perder», repetía. Su hijo Alejandro se lo estaba pensando. Franco Tintori también podía emigrar porque conservaba la nacionalidad italiana, pero ¿cómo reinventarse a los sesenta años? No lo veía claro, de modo que no le quedó más remedio que luchar y esperar a que algún día el régimen cayese. Como muchos empresarios, carecía de afiliación política, era simpatizante de Acción Democrática, pero no creía que ese partido volvería a gobernar. La batalla por mantener su negocio a flote le desgastaba porque la mejoría no dependía de él, sino de unos señores en el poder que cuestionaban la propiedad privada, demonizaban a los empresarios, nacionalizaban las compañías y las arruinaban. Volvía desesperado de la fábrica porque le faltaba dinero para pagar la nómina de sus empleados o porque se retrasaba el último pedido de los proveedores. Todo eran problemas. Le angustiaba la idea de quedarse sin dinero para la educación de sus hijos. Fue entonces cuando Lilian dijo que se ponía a trabajar, y a los doce años encontró un puesto de vendedora los fines de semana en una papelería de Chuao, la urbanización donde vivían. Todos se movilizaron para ayudar al papá. Los mayores trabajaron para pagarse sus estudios. Lilian Parra se volcó en su gabinete de odontología. Con su carácter eternamente optimista, estaba convencida de que nunca les faltaría de nada. Así fueron capeando el temporal, pero Franco Tintori era un hombre tan quebrado como su empresa. Temía el espectro de la pobreza, ese que le había acompañado en su infancia y que olvidó al llegar a Venezuela, recién graduado en ingeniería metalúrgica por la universidad de Buenos Aires.

La necesidad la había conocido desde pequeño. Hijo de madre soltera, a los cuatro años abandonaron el pueblecito de Pavullo, cerca de Módena, para emigrar a Argentina en busca de una vida más digna. Madre e hijo se instalaron en El Tigre, una barriada popular en los alrededores de Buenos Aires donde vivía una prima lejana de la familia. La mujer empezó limpiando casas, y como no tenía con quien dejar al chico, lo llevaba con ella. Franco Tintori recordaba que durante mucho tiempo solo tuvo un par de zapatos, que después su madre encontró trabajo en una fábrica donde pasaba largas horas, que poco a poco la mujer reunió dinero y construyó su propia casa, ladrillo a ladrillo, en uno de los meandros del río. Cuando su madre se casó, las cosas mejoraron, y con mucho esfuerzo él consiguió estudiar. Encarnaba como pocos la historia del emigrante que triunfa, porque nada más llegar a Venezuela, en 1973, encontró su oportunidad en la floreciente industria del petróleo. Hizo carrera en la compañía Ingar hasta llegar a dirigirla. Luego se lanzó a montar su propia empresa. «A mi padre lo recuerdo todos los días despertándose a las cuatro de la mañana. Se duchaba, se ponía colonia, tomaba un café y se iba a trabajar». Esa misma rutina la hizo el 13 de marzo de 2007, no sin antes comentarle a su mujer que había dormido mal y que se encontraba cansado.

Ese día, Lilian fue con Leopoldo a casa de su hermana Valentina, la que se disponía a irse a Miami. Iban a ultimar detalles de la boda, que tenían previsto celebrar dentro de un mes. La lista de invitados se alargaba y había que ponerle coto. Antonieta quería una boda más formal y restringida —elaboró una lista de doscientos invitados—, y celebrarla en La Atrevida, como hizo en los casamientos de sus hijas. Lilian, que pertenecía al mundo del espectáculo, quería bulla, mucho merengue y mucho baile, y prefería un lugar ajeno a la casa para que cupiesen los más de quinientos invitados que entre ella y Leopoldo reunían. Además, quería hamacas por todas partes, y no sillas, hamacas blancas para que todos estuvieran bien cómodos a la manera venezolana. Antonieta lo veía como una excentricidad: en su casa la gente se sentaba en sillas. Pero Lilian insistía. Era una mujer pletórica, que estaba conociendo las mieles del éxito. Trabajaba en televisión y en radio, colaboraba con varias revistas, se acababa de graduar y era autosuficiente. Estaba a punto de casarse con el hombre al que quería y que, a su vez, era una celebridad, y pensaba que la celebración debía estar a la altura. Llevaba consigo un gran cuaderno donde anotaba los detalles: lista de invitados, flores, esbozos del traje de novia, presupuestos de hamacas, etc.

De pronto, sonó el teléfono. Al otro lado de la línea, un hombre, que dijo ser bombero, preguntó:

—¿Eres familiar de Franco Tintori?

—Soy su hija Lilian.

—Tu papá ha sufrido un accidente. Lo estamos trasladando al Hospital Periférico de Coche.

—¿Cómo está?

El hombre colgó. Jorge, el marido de su hermana, y Leopoldo salieron hacia el hospital en moto, mientras ellas fueron a avisar a su madre.

En urgencias de aquel hospital caótico, sucio y abarrotado, Leo encontró a su futuro suegro tumbado en una camilla, solo, inconsciente, pero aún vivo. Como necesitaba una transfusión sanguínea y faltaban insumos, buscaron una ambulancia para llevárselo a La Floresta, una clínica privada, la única esperanza de salvación. Llegó vivo.

Pero cuando Lilian y su hermana entraron en la clínica, se encontraron con Leopoldo que salía del ascensor. Por la expresión —negaba con la cabeza— adivinaron lo peor. No habían podido hacerle una transfusión de sangre y Franco Tintori había fallecido. La víspera de cumplir los sesenta y tres años.

Poco a poco averiguaron los detalles. Al volver de la fábrica a su casa, se había estrellado contra un camión. Quizás se distrajo o se durmió al volante. Quizás se habría salvado si no hubiera tenido que luchar tanto por mantener a flote su empresa. O si el hospital hubiera podido atenderle en el momento crítico. «Qué dolor, nunca imaginamos que aquello pudiera pasar. Mi papá era una roca, el sostén de la familia». Lilian recordaba cómo su padre le había enseñado a conducir, los fines de semana en carreteras de montaña. «Me decía: "No importa lo que hagas, yo siempre estaré contigo..."». Cómo le extrañaba en estos momentos duros, con su marido en la cárcel.

Al día siguiente, lo enterraron bajo un árbol en el cementerio del Este. Se abrazaron —los Tintori eran muy efusivos, era su lado italiano—, y Lilian Parra pidió un aplauso para su marido. No solo los Tintori despedían al padre de familia, también decían adiós a su infancia y juventud, y a una vida alegre en un país que había dejado de serlo. Pero quedaban los recuerdos.

—¿Te acuerdas de El Guapo? —le preguntó su madre.

—¿Cómo no me voy a acordar?

El Guapo era el nombre de un chiringuito de carretera conocido por vender las mejores arepas del mundo. También hacían unas tortillas de maíz llamadas cachapas, y casabe, un pan ácimo a base de harina de yuca. Era una parada obligada de camino al Oriente del país, a un pueblecito llamado Playa Grande, cerca de la ciudad de Carúpano, del que Franco Tintori se había enamorado y donde compró una casita modesta, con un tanque de agua dulce y un huertecito que sembró de guayabas, aguacateras y cambures. A la casa le puso el nombre de su madre, «Doña Valentina». Todas las vacaciones, y los fines de semana largos, cargaban el coche con bártulos y emprendían un recorrido de seis horas por una carretera relativamente buena, con gasolineras y estaciones de servicio, hasta llegar a Playa Grande.

—El Guapo ya no existe, y esa carretera es un desastre, es peligrosísima —dijo Lilian.

Su madre calló. Quería llevarla mentalmente de vuelta a aquel lugar paradisíaco y salvaje asociado a los mejores recuerdos de la infancia, cuando los niños disparaban con tirachinas a las gaviotas que respondían con graznidos escandalosos, o trepaban a por cocos para abrirlos y beberse el agua fresquita, imitando a los lugareños. Playa Grande olía a mar y a sal, y las palmeras ondulaban con el viento, y de noche los niños asaban en una fogata las gaviotas que habían cazado, y se las comían. Todas las vacaciones de su infancia las pasaron en esa playa silvestre, descalzos y bañándose durante horas en el mar cálido y agitado, procurando no pincharse con las espinas de los bagres* que se metían en el pie y que era doloroso extraer. Luego descubrieron otra playa, a cuatro kilómetros, y caminaban por la arena para surfear las mejores olas. Metían la mano en la arena y sacaban chipi chipis, unas almejitas que la madre cocinaba en una sopa deliciosa. De noche la mujer tocaba el cuatro bajo las estrellas, Franco Tintori jugaba a las cartas con sus hijos mientras los pequeños, agotados, dormían en las hamacas... «La felicidad de la infancia, eso fue Carúpano para nosotros», diría Lilian.

---

* También conocido como pez gato.

30

La primera reacción de Lilian fue cancelar la boda; no tenía ganas de fiesta.

—Tu papá no hubiera anulado nada —le dijo su madre.

—Pero, mamá..., ¿cómo voy a casarme ahora?

—Lo tienen todo organizado, han enviado las invitaciones, es un lío anularlo todo.

—Sí, mamá, pero... no sé.

—Mira, hija, la vida golpea duro, pero hay que levantar cabeza y seguir adelante. No anules la boda. Él hubiera querido que tú siguieras tu camino.

Se acordó de la frase que le repetía su padre: «Todos los pasos que des, yo siempre estaré a tu lado». Quizás su madre tuviera razón, pero estaba desganada. Se lo dijo a Antonieta también. «Ahora voy a ver si de verdad ellos quieren que me case con Leo», pensó. Pero Antonieta la sorprendió:

—¿Sabes qué? Adelante, yo te apoyo, no canceles la boda.

No le dijo «Vamos a suspenderla, vamos a esperar un poco para que estés más segura», etc., lo que Lilian hubiera interpretado como que no querían ese matrimonio. Antonieta la empujó a tomar la decisión, una muestra de cariño que Lilian le agradecería siempre. Lo que hicieron fue modificar el horario, se casarían por la mañana en lugar de hacerlo por la tarde, lo que implicaba menos música y menos parranda. Y, para felicidad de Antonieta, abandonó la idea de las hamacas blancas para los invitados.

El 21 de abril del 2007 la iglesia de Chacao, decorada con flores tropicales, estaba a rebosar: se casaba el alcalde y líder del municipio, la joven promesa de los venezolanos. Fiel a sí misma, elegante y un punto distante, Antonieta disimuló la emoción que la embargaba. Tampoco ese día lloró, a pesar de que llevaba al altar a su único hijo varón, la luz de sus ojos. La música y las voces del coro que sonaban como los ángeles conmovieron al padre que, él sí, dejó escapar unas lágrimas. Entre los invitados se encontraba un joven diplomático, Gonzalo Fournier, que se había hecho amigo de Leopoldo cuando asumía las funciones de consejero cultural de la embajada de España en Caracas. Ambos vivían la realidad de Venezuela con auténtica pasión. Al diplomático le interesaba disponer de una excelente fuente de información —Leopoldo le había abierto los ojos sobre la situación política—, y al alcalde no le venía mal contar con un aliado en la embajada española. Quizás presentía que un día podría necesitar la ayuda de España.

Ahora Gonzalo Fournier estaba destinado en Bogotá, pero extrañaba el clima de Caracas y los amigos que había dejado atrás. Por eso agradeció de manera muy especial la invitación a esa boda. Fue uno de los que lanzó puñados de arroz a los recién casados cuando salieron de la iglesia.

Antes de montarse en su moto, Leo y Lilian se dirigieron hacia una tarima, donde los empleados de la alcaldía y representantes de los movimientos vecinales brindaron con vino espumoso. «¡Viva el alcalde! ¡Vivan los novios!». En La Atrevida les esperaba Leopoldo padre, que abrazó a su nuera con ternura: «De ahora en adelante, yo seré tu papá en la tierra». Y le mostró la sorpresa que le había preparado: una hamaca blanca, clavada en la grama. Todo un detalle que le llegó al alma. El banquete tuvo lugar en el jardín donde comieron solomillo con patatas, pabellón criollo, ensaladas y tarta. ¿Quién hubiera imaginado que, en aquella casa tan bonita, tan alegre, tan llena de flores blancas, un día vivirían lo que les tocó vivir?

Aquella boda fue la culminación de una historia de amor que había empezado cinco años antes, en el 2002, en ese mismo sitio. Una mañana de domingo, Luis Daniel, un amigo de la infancia que se había hecho abogado, vino a recoger a Leopoldo para salir de excursión en bicicleta. Antes de partir, hojearon la prensa y les llamó la atención la portada del suplemento de *El Universal* que mostraba «las nuevas caras de la televisión venezolana». Eran siete retratos de chicas guapas, acompañados de un texto sobre cada una de ellas. A Leopoldo le atrajo el rostro de una mujer rubia con trenzas de espiga. Más todavía cuando leyó que era campeona de kitesurf, aficionada a los deportes extremos, graduada en educación infantil y que soñaba con fundar una familia tan unida como la que disfrutaba desde pequeña.

—Me gusta mucho... Lilian Tintori se llama.

—La conozco desde que éramos niños —le dijo Luis Daniel—. Vivimos cerca. También he tratado a sus hermanos.

Le contó la participación de Lilian en el *reality Robinson, la gran aventura*, en el que había cocinado una anaconda. Aquel programa le había dado popularidad, lo que le valió ser contratada para presentar un programa de deportes extremos que se llamaba *Muévete*.

—Preséntamela.

—No creo que quiera, tiene novio.

—Coño, hermano, mala suerte la mía.

—Esa es la mala noticia, que tiene novio, la buena es que se van a dejar.

—¿Hay esperanza entonces?

—Paciencia.

Lilian llevaba cinco años saliendo con un gran deportista que aunaba el amor a la naturaleza con la pasión por la aventura. Siempre pensó que estaban hechos el uno para el otro. Pero ella buscaba un compromiso serio y él no parecía dispuesto a cambiar de vida. No fue fácil romper porque tenían buenos recuerdos juntos y se llevaban bien, pero Lilian acabó pensando que él no estaba listo para fundar una familia y cortó la relación, con todo el dolor de su corazón. Cuando lo supo, Luis Daniel no perdió el tiempo:

—El alcalde te quiere conocer.

«No me dijo "Un amigo mío te quiere conocer", no. Quiso impresionarme diciendo "el alcalde". Entonces me hice la tonta».

—¿Quién? ¿Leopoldo López?

—Sí. Estuvimos viendo el suplemento de *El Universal* y le gustaste.

—Gracias, Luis Daniel, pero no me interesa.

Se encontraba en ese estado de melancolía en el que aún extrañaba a su novio. Pero Luis Daniel era insistente. «Se puso más intenso —recordaría Lilian—, me dijo: "Bueno, ya terminaste, conoce a Leopoldo". Le dije que no, que no me interesaba y no quería saber nada del mundo de la política».

—Pero conócelo, no pierdes nada... Además, le puedes ayudar con cosas de deporte en la alcaldía..., con actividades. Él necesita gente como tú.

—Gracias, pero no.

Estaba tristona y no quería saber nada del mundo. Pero el mundo conspiraba. Un día, unas amigas fueron a su casa y la sacaron prácticamente a la fuerza. Acabaron en el Siva, el bar de moda en Los Palos Grandes. La casualidad quiso que Luis Daniel estuviese allí. La atrajo hasta el fondo del bar, donde se encontraba Leopoldo.

—¡Vamos, ¡conózcanse! —les dijo, antes de dejarles solos.

Lilian se sintió cohibida, había caído en la trampa. Pero le sobraban tablas para lidiar con la situación. Se acordó de Adriana, la hermana de Leopoldo que había estudiado en su mismo colegio, y eso facilitó el deshielo. Luego hablaron de su pasión común, los deportes extremos. Leopoldo estaba pasmado por las proezas de Lilian, sus travesías en kitesurf, sus escaladas, sus cenas de gaviotas asadas en la playa cuando era pequeña y luego sus guisos de anaconda en islas desiertas... Entre risas y confidencias transcurrió gran parte de la noche. «Me habló mucho de su vida, de su trabajo, me dijo que le encantaba ser alcalde. Quiso saberlo todo sobre mis aficiones deportivas, admiraba esa parte mía, debí de parecerle original... Luego me habló de su madre, de lo importante que era en su vida, y que se abriese así, sin apenas conocerme, me llegó al corazón». En el apartado de gestas deportivas, Leopoldo no andaba a la zaga: a los quince años escaló el pico Naiguatá solo, sin ayuda. Estando en la universidad en los Estados Unidos, cruzó el país en moto durmiendo al raso. Otro año, escaló el Alpamayo, el Huascarán, el Pisco, algunos de los picos más altos de Sudamérica, y cuando se le acabó el dinero regresó en autostop desde Perú a Venezuela. Siempre solo. Le gustaba medirse consigo mismo. «Después de eso, se te quita el miedo a la vida».

El pavoneo de aquella primera cita funcionó, pero al final Lilian quiso someterle a la prueba del baile. Creía firmemente que no se conoce a un hombre hasta saber cómo baila. Para los Tintori, no era algo definitivo, pero sí importante. «Y si no sabe, nos aplicamos para que aprenda». De modo que sacó a Leopoldo a la pista, y el resultado fue decepcionante: «La verdad es que estaba un poco tieso, se veía que no bailaba mucho». Dedujo que le faltaba alegría en su vida, y no iba desencaminada, Leopoldo estaba volcado en su trabajo y desde que había roto con su antigua novia, no le dedicaba tiempo a la diversión. Esa noche Lilian se aplicó a enseñarle el merengue al son de las canciones de Juan Luis Guerra. Su mezcla de frivolidad y audacia, su encanto arrasador y su vitalidad terminaron de seducirle. A las seis de la mañana, cuando se despidieron, le pidió el teléfono y Lilian se lo anotó en una servilleta de papel.

Dos horas después, a las ocho de la mañana, la llamó y la despertó. Que si quería ir a la montaña a escalar Sabas Nieves, un recorrido espectacular por el Ávila, y Lilian le dijo que estaba muy cansada, que iba a dormir más, que hablarían luego. «Además, no le iba a decir que sí a la primera llamada», recordaría. Volvió a llamarla a mediodía para «subir cerro». Le dijo que no, que iba a almorzar con su familia. A las cinco de la tarde, telefoneó de nuevo: que si quería ir al cine a las ocho. «Me lo estuve pensando y al final dije: "Voy a probar, voy a darle la oportunidad". Me vino a buscar a mi casa y fuimos al cine del centro comercial Sambil. Pero la verdad, ninguno de los dos recordamos qué película era. Estábamos muy emocionados de estar juntos, más pendientes de hablar entre nosotros que de seguir la acción de la pantalla». A partir de ese momento, no se separaron más.

Pronto Leopoldo quiso presentarle a sus padres. Era delicado porque ellos se habían encariñado con su antigua novia, Rosana, rubia y deportista como Lilian, una chica inteligente cuya familia tenía vínculos con el mundo de la política y con la que su hijo estuvo saliendo cuatro años. El alcalde había tenido muchas aventuras, pero pocas novias formales, y hacía tiempo que no llevaba a una chica a la casa familiar. Lilian intuyó que iba a ser una prueba difícil, sentía que había mucha expectativa de parte de la familia hacia ella. Pero tenía muy claro que para estar bien con Leopoldo debía llevarse bien con su madre. Como era atrevida y se sentía segura de sí misma, tampoco se inquietó demasiado. «A mí que me quieran como soy», se dijo.

La Atrevida no la dejó indiferente: la arquitectura de ladrillo y cristal, los múltiples rincones, el jardín y la vista desde la ladera eran imponentes. Pero no se esperaba un encuentro tan rígido. «A ver a quién nos trae ahora», parecían decirse los padres, él encorbatado y Antonieta embutida en su traje de chaqueta. Lilian, acostumbrada a los efusivos Tintori, se sintió intimidada por ese recibimiento tan formal. Antonieta, por su parte, no sabía muy bien cómo conectar con esta nueva novia de su hijo: ¿sería una más, un capricho, flor de un día? ¿O había que tomársela en serio? Leopoldo ahorraba a sus padres sus aventuras fugaces, pero, como habían conocido una nutrida colección de novias supuestamente formales que al final no habían durado, tampoco se trataba de mostrarse excesivamente cariñosos para después acabar frustrados si la historia no prosperaba.

Lilian consiguió relajar el ambiente siendo ella misma, hablando con naturalidad. Se dio cuenta de que ganarse el respeto de la familia requeriría su tiempo. Su linaje no descendía de Bolívar, pero era un espíritu libre que podía presumir de haber ganado ese año el campeonato nacional de kitesurf. Entendió que Antonieta era una madre muy presente, que se involucraba mucho en el día a día de la vida de sus hijos. «Es una persona a la que le gusta estar enterada de todo —se dijo Lilian—. Pues bien, voy a bailarle el agua».

31

Lo primero que aprendió fue que ser novia de Leopoldo López requería paciencia. Al poco de conocerse, la llamó por teléfono desde la alcaldía para proponerle una excursión en el día:

—Prepara tu bolso, mete un traje de baño y un suéter, y te recojo a las siete.

—¿Adónde vamos?

—Es una sorpresa.

Mientras preparaba sus cosas, Lilian hacía conjeturas sobre el destino. Si le había pedido un traje de baño, iban obviamente a la playa. Pero ¿a cuál? A la hora acordada estaba lista, esperándole. Pasaron una, dos, tres horas... y no llegaba. Lilian se disponía a salir de casa cuando, a las once, sonó el telefonillo.

—Ya estoy, perdóname, no me dejaban salir de la alcaldía.

Estaba irritada por tanto retraso, pero entendió que era un hombre ocupado. Su hermana Valentina la previno:

—Prepárate, porque esto va a ser así toda tu vida. Ya sabes lo que te espera; si esto es lo que quieres, sigue con él, pero si no lo aguantas, mejor corta ya.

Leopoldo llegó en una Toyota Land Cruiser azul prestada, «la más guerrera de todas las camionetas». Lilian estaba de mal humor: «Si me vas a tratar así, mejor nos olvidamos», le dijo. Pero Leopoldo supo disculparse. Era obvio que su trabajo le absorbía: que si una reunión, que si una inauguración, que si un comité de vecinos... Alguien tan implicado en su actividad siempre andaba muy solicitado, y él se debía a su gente. Al final, Lilian recuperó la sonrisa cuando Leopoldo le puso una canción de Romeo Santos, el rey de la bachata, uno de sus cantantes favoritos. Salieron de Caracas y fueron carretera abajo, hacia la costa, coreando «No es amor lo que tú sientes..., es obsesión». Pronto la irritación del retraso dejó de ser un mal recuerdo, lejano. «Sentíamos mucha emoción los dos», recordaría Lilian.

Llegaron a Chichiriviche, un pueblecito con islotes tropicales de arena blanca y palmeras que llaman cayos, un pequeño paraíso.

—¿Nunca has buceado?

—No.

La invitó a un cursillo. «Así empecé mi relación de novia. Tengo grabada en la memoria la imagen de Leopoldo con su máscara, sus botellas y su traje bajando entre burbujas y, de pronto, le vi rodeado de un banco de jureles que daban vueltas a su alrededor. Luego esos peces me rodearon a mí y fue un momento muy mágico».

Ese hombre sabía hacerla feliz y lo recíproco también resultó cierto. Un fin de semana cercano a la Navidad fueron al pueblo donde más soplaba el viento, Adicora, para que Lilian le iniciara al kitesurf. Lo primero era familiarizarse con el manejo de la vela.

—Leo, recuerda que en Venezuela el viento siempre sopla de este a oeste.

Leopoldo se hundía, tragaba agua, se lo llevaba el viento y volvía a hundirse. Las olas ahogaban las carcajadas de Lilian.

—Te tienes que enamorar del viento —le decía—. Es como una persona con la que tienes que bailar, tienes que sentirlo.

Dos horas después, Leopoldo dijo que estaba listo para subirse a la tabla.

—¿Estás seguro?

—Pásamela.

Era una tabla Naish azul con la que Lilian había disfrutado muchas horas de surf. «Metió los pies, se levantó y salió navegando. A la primera. Me di cuenta de que estaba muy en forma y de que era un excelente nadador. Pero no sabía dirigirse, de modo que acabó lejísimos, en el muelle de los pescadores. Volvió caminando con ellos, la línea de kite enrollada, la tabla bajo el brazo y con cara de felicidad».

Leopoldo se enamoró de todo: de Lilian y del kitesurf. Salían a navegar siempre que él podía zafarse de la presión de la alcaldía. Ceñir, ir contra el viento, requería pericia. «Cuando uno sabe ceñir, se puede decir que ya domina el kite». Su primer aniversario de novios lo celebraron en Los Roques, un archipiélago rodeado de una barrera de coral, un lugar bellísimo de aguas turquesas y cabañas en la playa de una arena blanca como la nieve. Parecía que el futuro sería siempre así, una sana alternancia entre trabajo y ocio.

Pero esos fines de semana de aventura y deporte eran momentos únicos, que permanecían en el recuerdo como burbujas de felicidad en un océano de obligaciones. La realidad era que no iban a la playa tantas veces como ella quería, no veían tantos atardeceres como ella soñaba, no iban a fiestas porque Leopoldo estaba muy centrado en lo suyo y se cuidaba de no desviarse. «Yo lo entendía —qué remedio—, pero exigía un sacrificio por mi parte. Poco a poco fui dejando de ir a la playa, dejé de entrenar, dejé de subir cerro y de ir a fiestas». No fue a la boda de una de sus mejores amigas, Anastasia, porque ese día Leopoldo estaba demasiado agotado como para vestirse de esmoquin y salir. Estaba preocupado, no quería estar solo, y le pidió que se quedase. Sabía que sería objeto de represalias por las movilizaciones cada vez más numerosas que organizaba contra el Gobierno. «Debía haber ido yo sola al matrimonio —contaría luego—. Era una amiga a la que quería mucho, y todavía me pesa. Ese fue un ejemplo de los muchos sacrificios que tuve que hacer y que, obviamente, dejaron secuelas en mis amistades y relaciones. Poco a poco lo fui dejando todo por amor, lo di todo por esa relación». Entendía la hondura del compromiso de Leopoldo, que mantenía una actividad política infernal que le había costado varios intentos de asesinato con arma de fuego. Unos meses antes, en febrero del 2006, unos grupos armados afines a los colectivos lo habían secuestrado en una universidad y lo tuvieron de rehén unas seis horas, antes de soltarlo. Aun así, no perdía el entusiasmo: tenía la intención de presentarse a las elecciones para alcalde metropolitano de Caracas, los sondeos le daban una alta probabilidad de éxito. Soñaba con cambiar la ciudad, un primer paso para luego salvar el país. Pero entre la ambición de Leopoldo, la amenaza constante de violencia y la degradación política general, el tiempo para estar juntos encogía como piel de zapa.

«Fueron pasando los meses y, si nos íbamos de viaje, era maravilloso. Pero si nos quedábamos en Caracas, la vida se reducía a llenar mi bolso para ir a dormir a casa de Leopoldo, despertarme a las 5:30 de la mañana y volver a mi casa a las seis para que mi padre no se diera cuenta de que no había dormido en mi habitación. Y eso no me parecía bien. Yo quería que Leo se comprometiera conmigo, pero él lo esquivaba, no se quería casar. En ese momento él no veía la importancia de tener familia».

—Tú puedes hacer la mejor gestión del mundo, pero si luego vuelves a casa solo y a comer frío, pues eso no es vida.

—No, no lo es.

—Tenemos que casarnos y tener hijos, Leo. Mira nuestros políticos, son un desastre con sus esposas. Ninguno respeta el núcleo familiar.

—Me vas a acabar convenciendo.

En aquella época hicieron un viaje a Estados Unidos que recordarían como uno de los mejores de su vida. Alquilaron una moto Harley Fat Boy para recorrer la costa de California. La primera noche Lilian descubrió en la mochila de Leopoldo una cajita del color azul claro inconfundible de la joyería Tiffany's. Su corazón partió al galope. Esa caja, estaba segura, contenía el anillo de pedida. Pensó que habría sido más lógico que lo hubiera comprado en la joyería Francia, de Caracas, la de toda la vida, y no en una joyería «gringa», pero lo importante era que ahí estaba el objeto que daba sentido a su historia de amor. «¡Me dije: qué chévere!». Pero pasó la primera noche, y Leopoldo no le entregó el anillo. A la mañana siguiente, tampoco. Por la tarde, tampoco. Acabaron en una playa maravillosa, a la altura de Big Sur, contemplando el atardecer sobre el océano Pacífico. «Seguro que ahora sí», se dijo Lilian. De pronto, Leopoldo se levantó:

—Ay, ¡se me olvidó!

Lilian vio a Leopoldo palparse los bolsillos.

—¿Qué olvidaste, amor? —le preguntó ella, sobrecogida.

—Los lentes de sol, en la moto, allá arriba.

Qué chasco. Subieron de nuevo a la moto y prosiguieron camino. Lilian estaba tan decepcionada que lloraba y las lágrimas, pegadas a la cara, corrían hacia atrás por efecto del viento. Llegaron a los alrededores de San Francisco, a casa de Adriana, la hermana de Leopoldo que vivía con su marido norteamericano y acababa de dar a luz. Era una mujer efusiva, enérgica y alegre, emprendedora y aficionada a bailar flamenco. Le preguntó a Lilian si su hermano por fin le había pedido matrimonio, y Lilian enseñó sus dedos desnudos.

—No, nada, y eso que vi el anillo.

—¿Lo viste?

—En su bolso hay una cajita.

—¿Una cajita cómo?

—De Tiffany's.

Adriana estalló en una carcajada.

—¡Esa cajita es para la bebé! ¡Es para mí!

Lilian reía y lloraba al mismo tiempo. Eran unos pendientes, un regalo de los abuelos a la nueva nieta.

Cuando Leopoldo le propuso continuar viaje, la encontró triste: «Estaba sensible, como tontorrona —recordaría Leopoldo—, y le pregunté: "¿Qué te pasa?". Fue hacerle esa pregunta y caerme encima un auténtico culebrón venezolano..., un torrente de palabras para, al final, preguntarme: "¿Por qué me haces esto?", decía ella. Yo intentaba calmarla: "Pero, bella, ¿cómo dices que no me importas nada? Estamos haciendo un viaje de ensueño, acabamos de alquilar una Harley, hemos hecho un recorrido maravilloso por la costa, que es lo máximo... ¿Cuál es el problema?". "¡Que no me pediste la mano!", me respondió con cara de querer pegarme».

Para Lilian, no era el primer chasco. Leopoldo le había sacado muchas cajitas. Un día le regaló una de madera y era un mono que movía la cabeza. Otro día fue una piedra verde, un trozo del muro de Berlín que trajo de una gira por Europa. A punto estuvo ella de tirárselo a la cara. Otra vez la cajita contenía una tortuga de madera, recuerdo de Barquisimeto. Siempre le traía regalitos de sus giras. Pero ella quería «el Regalo», la prueba de su compromiso. Lo deseaba no solo por ella misma, sino también por sus padres, para darles tranquilidad. Estaba harta de vivir con una mochila a cuestas. Cuando estuvieron solos en la intimidad, insistió:

—De verdad, Leo, si vas a tener hijos conmigo, nos vamos a casar ya, porque yo quiero tener hijos joven. Y si no, terminamos y ya está.

Leopoldo la miró como diciendo: «¡Oh, no..., otra vez lo mismo!».

32

Él tenía que convencerse de que Lilian era la mujer idónea capaz de aguantarle el ritmo, el sacrificio, la profesión y la carrera. Pensaba que ella debía asumir su compromiso con el país, si no, aquella relación se vería abocada al fracaso. Ya había sido víctima de varios intentos de homicidio, era muy consciente de que la vida junto a él no sería un camino fácil. El enrarecido ambiente político de Venezuela no auguraba una singladura pacífica o libre de problemas. ¿Era Lilian consciente de ello? Ella, al principio, solo le veía a él, su sonrisa, su personalidad, su ironía, sus frases, sus modales, su magnetismo, pero no el bagaje que portaba. Luego se fue involucrando en la vida política, asistía a marchas y manifestaciones, pero siempre volcada en su carrera, era una estrella de la RCTV. En 2006, mientras Leopoldo iba de gira por todo el país para pedir la liberación del político Henrique Capriles, Lilian se escapaba del canal cuando no tenía grabación, se montaba en un avión e iba a su encuentro allá donde estuviese. Disfrutaba corriendo en las marchas, pegando carteles como una activista más, verle triunfar en mangas de coleo. Empezaron a llamarles jocosamente Barbie y Ken debido a su perfecta apariencia física. Un día él le propuso hacerse un tatuaje. «Los anillos los podemos perder, nos los podemos quitar, pero el tatuaje queda para siempre». Fueron al local que les recomendó un amigo y él se tatuó un mapa de Venezuela en la pantorrilla derecha. Ella la palabra Venezuela en su muñeca. «Esto lo hacemos para que nunca se nos olvide que tenemos un compromiso con nuestro país». Pero de pronto Lilian se dio cuenta de que ella nunca sería lo más importante en ese trío. «Fue muy duro admitir que mi papel sería siempre el de la amante —diría, antes de añadir—: Porque la esposa era Venezuela».

Entonces pensó en acabar con la relación, o por lo menos en tomar distancia.

Pero estaba enamorada, ese era el problema. Como tenía tres trabajos al mismo tiempo, tomó la decisión de salir de la casa familiar y alquilar un apartamento en la zona de Chulavista. Era una forma de disminuir la tensión con sus padres y también de vivir sola e independiente, pero sobre todo de comprobar si Leopoldo sería capaz de hacer algún sacrificio por ella. «Así veré si la relación fluye», se dijo.

Entonces él pasó a ser el de la mochila. Dos o tres noches por semana iba a dormir al nuevo apartamento de Lilian. Ella, por su parte, se concentró más en sus trabajos en televisión y radio y dejó de participar en tantas manifestaciones. Quería depender menos de los planes de él. Fueron invitados a una competición de natación en el río Orinoco, pero, al final, Leopoldo tuvo que cancelarlo y Lilian acudió sola. «Nos veíamos menos porque yo me convertí en una mujer más independiente. Le decía: si tú no sacas tiempo para estar conmigo, yo no saco tiempo para estar contigo».

Leopoldo, que sufría una acentuada presión de Chávez y de su Gobierno que le veían como una amenaza electoral, no pudo lidiar con este nuevo frente que le abría su novia. Ella, cansada y a regañadientes, optó por romper.

«Yo me moría porque fuera el padre de mis hijos, era un hombre completo, muy preparado y apasionado, muy aventurero y deportista, pero, además, tenía un proyecto vital, y a mí me parece que los hombres son más completos cuando tienen un sueño». Lilian intentaba quitárselo de la cabeza, y del corazón, pero resultaba harto difícil. Habían compartido demasiados momentos únicos que se habían convertido en recuerdos entrañables. ¿Cómo olvidar las risas, los días de kite, las excursiones por el Ávila, las noches en las hamacas mecidos por la brisa en isla Margarita, la emoción en las manifestaciones?

Lilian cambió de vida y se replegó. Salió con sus amigas, recuperó relaciones con antiguos conocidos y exnovios, algunos de la adolescencia. Tuvo oportunidad de conocer a otros hombres, pero ninguno resistía la comparación con Leopoldo.

Al cabo de un mes, recibió una llamada de Adriana, la hermana de Leopoldo, que estaba de paso en Caracas.

—Dale tiempo a Leo —le dijo.

—Ya le di demasiado, Adriana. Si él no me busca, yo voy a meterme en otra relación.

«A quien se le acababa el tiempo era a mí, quería casarme y tener hijos, siempre fui muy clara. No estaba con ganas de perder el tiempo flirteando con "el alcalde de Chacao"».

A Leo le había ocurrido lo mismo, había ido muy lejos en la relación con ella como para no echarla de menos. Había sentido el calor de una compañera que de verdad le quería. Estaba convencido de que nunca encontraría otra igual ni a la que admirase tanto: lo mismo se la encontraba entrenando para una maratón como abriendo una escuela de yoga. A pesar de tener un mundo propio, Lilian había conseguido hacerse un hueco en el suyo y acercarse mucho a su gente. Guisaba unas lentejas en año nuevo y las llevaba a la oficina, mandaba invitaciones a los eventos, organizaba fiestas para el equipo... Era la parte sensible y suave de aquel tándem donde ella abrazaba y tocaba a la gente mientras él daba la mano como un boxeador. Y eran igual de intensos, capaces de pasar la noche en blanco para poner en marcha un proyecto o ejecutar una idea.

Así que la buscó, le mandó flores, la llamó varias veces al día como en los primeros tiempos. La invitó a España, a la boda de un buen amigo suyo. Sería un viaje de reconciliación y, quién sabía, quizás de compromiso. Pero Lilian estaba escamada, no quería más cajitas con monos bailando.

—Yo no voy a ir contigo a ningún lado, porque si yo le digo a mi papá que me voy contigo a Europa de viaje, ahí sí que me quita el saludo.

—¿Qué tengo que hacer para que me acompañes? —le preguntó, a pesar de conocer perfectamente cuál sería la respuesta.

Lilian no le contestó de inmediato.

—Leo, es que tú quieres vivir libre, solo, tener la alcaldía, tu trabajo, tus cosas, no quieres el compromiso de una mujer. Tú no quieres estar conmigo de verdad.

—No digas eso, no es cierto.

—Hay que ser solidario el uno con el otro. Hay que buscar un equilibrio, tienes que aprender a dar. No te pido mucho, pero algo.

—Pero si lo doy todo.

—Sí, a la causa... Pero no a mí.

Se volvieron a ver unos días después, en el diminuto ático que Leopoldo tenía alquilado en la Castellana y que gozaba de una vista panorámica sobre Caracas. Acostados juntos en una hamaca, contemplaban el atardecer detrás de las montañas. De la calle subía el ruido del tráfico. Leo insistía en la idea del viaje a Madrid. Ella se reía.

—Si no hay compromiso, no hay Madrid.

—Pero, Lilian...

—Tú lo que tienes que hacer es pedirme la mano para que yo pueda hablar con mis padres y decirles que me voy contigo a un viaje.

Entonces Leopoldo se levantó de la hamaca, abrió un armario y sacó una cajita envuelta en gamuza azul. Lilian temía otro chasco.

—Te voy a hacer dos preguntas —le dijo él, con una sonrisa pícara—. La primera es si te quieres casar con Venezuela.

Lilian miró hacia el cielo, como diciendo: «¡Otra vez!».

—Y luego te haré otra pregunta, si te quieres casar conmigo. —Ella hizo como si no hubiera oído nada—. Porque, Lilian —siguió diciéndole Leopoldo—, esto va a ser difícil, no quiero llevarte a engaño. Estoy metido en una lucha muy complicada y cada vez más peligrosa. Me toca estar en primera línea para movilizar el país, hay que generar esperanza.

—Sí, lo entiendo.

—Tengo veintiséis denuncias criminales contra mí que se remontan al año noventa y ocho. Todas infundadas, van desde acusaciones de financiamiento ilegal de las campañas electorales hasta infracciones de urbanismo, el caso es atacarme. Es muy posible que un día acabe en la cárcel, porque estos manipulan la justicia a su antojo. Por cierto, si eso ocurre, quiero que me lleves esos libros, los de esa estantería, ¿te acordarás?

Allí estaban la biografía de Mandela, la de Van Thuan, la de Gandhi, la de san Ignacio de Loyola, la del primer emperador de Brasil... Todos eran libros de historia de líderes que habían luchado por la libertad y habían conocido la cárcel.

Era una manera un tanto curiosa de pedirle la mano. Lilian accedió con la cabeza. Luego dijo:

—Te voy a dar la respuesta a tus dos preguntas: sí y sí.

Entonces vio su sueño hacerse realidad: Leopoldo quitó la gamuza azul y abrió una cajita de la que extrajo un anillo de oro con siete brillantes pequeños como las siete estrellas de la bandera de Venezuela.

Lilian temblaba de emoción, pero permaneció con los pies en la tierra. Miró la etiqueta: lo había comprado en la joyería Río, más barata que Francia, que era más clásica y le encantaba. Pero daba igual: le pareció el anillo más bonito del mundo.

Un mes después, Lilian iba conduciendo su coche desde el estudio de televisión a casa de sus padres cuando de pronto escuchó por la radio que Leopoldo acababa de sufrir un atentado. Casi se estrelló contra un árbol del frenazo que pegó. Pasó unos momentos de angustiosa incertidumbre mientras la emisora desgranaba la noticia. Afortunadamente, Leopoldo estaba ileso. Los asesinos habían volado la cabeza de uno de sus guardaespaldas, a bocajarro, mientras esperaba dentro del vehículo a que el alcalde terminase de comer en un restaurante de Chacao. Lilian conocía a ese escolta: se llamaba Carlos Mendoza, era clavado a Leo, y por eso lo confundieron. Fue un atentado en represalia por las marchas convocadas en días anteriores, que reunieron a multitudes nunca vistas en la historia de Venezuela y en las que Leopoldo llamó a la huelga general.

Lilian canceló la comida que tenía prevista con sus padres en la que iban a fijar una fecha para la boda, y corrió a reunirse con su novio. Ahora vivía en carne propia el verdadero alcance de lo que significaba «casarse con Venezuela».

Lo encontró llorando, destrozado: «Es peor que si me hubiesen dado el tiro a mí», le dijo. Quería a aquel guardaespaldas como a un hermano pequeño. Compartían la afición por el vallenato y por la salsa y se intercambiaban CD y discos. Como todos los escoltas, comían muchas veces juntos en casa y se reían los chistes mutuos. A veces, ellos eran los únicos con quien podía compartir la intimidad cuando las cosas se ponían duras o se venía abajo.

—¡Ese tiro iba para mí! —le decía a Lilian entre sollozos—. ¿Cómo no me voy a sentir culpable? Ese chamo ha dado su vida por mí.

Nunca le había visto en ese estado de desesperación. Se le había quebrado el alma, todas sus convicciones parecían haberse desmoronado. La política dejó de ser algo trivial. Una cosa era ver llegar el monstruo, y otra sentir su zarpazo. Una cosa era sufrir atentados, otra era ver la muerte de cerca, de manera tan injusta y arbitraria. El sentimiento de culpa por ese escolta que se le parecía demasiado le perseguiría toda la vida. Ese día él también entendió —grabado en sangre— lo que significaba el matrimonio con Venezuela.

33

«Ayúdame con esos libros, Manuela, papi me va a decir los que necesita para que tú se los lleves...». Estaban bajando los libros de la estantería para llevárselos a su padre a la cárcel. La niña de casi cuatro años los colocaba cuidadosamente en una pila. Lilian llevaba más de un mes, desde que Leopoldo ingresó en Ramo Verde, preparando esa primera visita con los niños. Le preocupaba que sufrieran algún tipo de trauma, que la nueva situación les dejase alguna secuela. ¿Cómo contarles la cárcel a los niños? El tema le había provocado noches en vela. Al final, se le había ocurrido decirle a su hija una mentira piadosa: papá se estaba preparando para una carrera que quería ganar y por eso ya no dormía en casa.

—Si lo apoyamos, va a ganar esa carrera.

—Sí, sí, ojalá gane —decía la pequeña.

—Tenemos suerte porque hay mucha gente que se va a estudiar o a trabajar lejos, muchos papás que no vuelven en años. Lo bueno es que papi está aquí cerca. ¿Y sabes qué?

—¿Qué?

—Que vamos a poder ir a visitarlo.

—¿Dónde?

—Está encerrado en lo alto de una montaña, preparándose. Te voy a llevar a que lo veas.

El tema de los niños, Lilian lo había comentado con Leopoldo en sus primeras visitas. Decidieron hablarle claro a la niña (Leosan solo tenía un año), pero con emoción y felicidad, no con amargura y tristeza. Para ello, había que retorcer la realidad:

—Le estoy diciendo que este es un buen lugar para estudiar, y la voy convenciendo de que es una decisión tuya la de estar aquí.

—Bueno, no del todo.

—A ver, Leo, pudiste huir, pero no lo hiciste.

—Visto así, sí.

A Leo no se le escapó el leve tono de reproche, pero le pareció una buena idea que la niña pensase que su padre estaba encerrado por voluntad propia. Luego, Lilian le contó que la pediatra le había aconsejado dejar prendida una luz en la biblioteca siempre, una manera de señalar que papá no se había ido, que estaba presente, aunque no estuviera en casa.

—Si te parece bien, los traigo el próximo fin de semana que toque.

—Sí, claro.

Leopoldo miraba la ventana preguntándose cómo explicaría a Manuela la escasa luz de la celda. El esfuerzo que debía hacer para leer le afectaba a la vista. Todos los días reclamaba su derecho a tener luz natural, pero no recibía respuesta.

Ansiaba esa visita de los niños y al mismo tiempo la temía, le provocaba un nudo en el estómago. Ella le abrazó:

—Los niños son los que no van a dejar que nos hundamos.

Fue hablar de los niños y pensar en cosas prácticas. Había que seguir viviendo, pagar colegios, comprar comida... Leopoldo le pidió que se pusiese en contacto con lo que llamarían «los amigos de Leo», la mayoría empresarios que secundaron con entusiasmo su gestión en Chacao y que se fueron convirtiendo en incondicionales. Ante la deriva del régimen, se habían marchado ya del país, imposibilitados de trabajar en el ambiente de coacción económica impuesto por el Gobierno. Uno era un experto en finanzas que vivía en Nueva York, otro había trasladado su fábrica a México, otros se habían instalado en Europa. Luis Daniel permanecía en Caracas. «Cuando me necesites, aquí estaré», le habían dicho. No eran palabras huecas; lo había podido comprobar cuando fue inhabilitado, allí estuvieron. Ahora los necesitaba de nuevo. «Contacta con ellos, explícales la estrategia y todo lo que estamos haciendo». Lilian tomaba notas, muy disciplinada, hasta que la celda se quedó a oscuras.

Su abogado Juan Carlos protestó vehementemente por tener a Leopoldo sin luz. No solo le habían conculcado su derecho fundamental a la libertad de opinión y de reunión, a manifestarse de forma pacífica, a ser juzgado por un tribunal imparcial; no solo le habían negado la presunción de inocencia, sino que las condiciones de aislamiento y oscuridad podían definirse como maltrato y contravenían la Convención contra la Tortura de la que Venezuela era un país signatario. Ante la amenaza de elevar la denuncia a organismos internacionales, el director de la cárcel dio orden de retirar las planchas metálicas que tapaban la ventana.

Una mañana, Leopoldo escuchó voces afuera. Oía a unos operarios dar martillazos y el ruido de un soplete. Miró hacia arriba.

—¿Qué? ¿Me vienen a liberar?

—Ojalá, mano. Venimos a soldar aquí unos barrotes para asegurar que no vas a volar. Órdenes de arriba.

—¿Quiénes son?

—Compañeros. Quien te habla es Pedro Ponce, policía metropolitano, preso desde 2002. Somos un grupo de cinco, llevamos once años y estamos condenados a treinta por lo mismo que tú, nos cascaron unos muertos que mataron ellos... Trabajamos de soldadores y nos hacen montar rejas y barrotes en todo el edificio. Toma, Leopoldo...

Y le lanzaron un periódico, un regalo de incalculable valor.

—Dime, ¿quién más está aquí?

—El más famoso es Baduel, lo tienen en la otra torre. Te conseguiremos más prensa. Adiós.

La historia del general Raúl Baduel era una metáfora de los males del régimen. Se había hecho íntimo amigo de Chávez en la academia militar y habían conspirado juntos en el fracasado golpe de 1992. Años más tarde, sus comandos rescataron a Chávez de la isla donde lo habían encerrado y lo devolvieron triunfante al palacio. Entonces Baduel era considerado un héroe de la revolución. La amistad era tan estrecha que Chávez le pidió ser el padrino de su hija recién nacida. La ruptura llegó cuando el general se negó a que las fuerzas armadas, la institución más venerable de Venezuela, abrazara el socialismo. ¿No prohibía la Constitución a los militares la actividad política? Manifestó su oposición a la influencia de Cuba, criticó las nacionalizaciones y, en febrero de 2007, se enfrentó a Chávez cuando este ordenó un desfile para conmemorar su sublevación de 1992. Pensaba que no era apropiado honrar un golpe de Estado. El resultado fue que el presidente reunió a sus seguidores y denunció a Baduel como traidor, un monigote de la extrema derecha. Su suerte estaba echada. Unos meses después fue arrestado, sentenciado a ocho años por corrupción y encarcelado en Ramo Verde.

La ventana de Leopoldo carecía de cristal, lo que significaba que entraría más frío, pero lo prefería a la oscuridad. Quedaban unos gruesos barrotes que no impedían ver el cielo. Comunicar con presos, sentir su solidaridad era como abrir un poco el portón de la celda. Fue un primer e importante logro, que se dispuso a celebrar enfrascándose en la lectura del diario.

Los días siguientes, volvió a tener contacto con ellos, porque trabajaban aceleradamente acondicionando otras celdas. En esas conversaciones robadas, pudo darse cuenta de la discriminación a la que estaba siendo sometido. Excepto unos cuantos, toda la población del penal tenía libertad dentro de la cárcel entre las once de la mañana y las seis de la tarde, cuando se pasaba lista. Tenían acceso a las áreas comunes, a la cancha y a la biblioteca. Lo mejor era que no tenían ningún impedimento para moverse entre pisos, visitar las celdas de otros presos, hablar y compartir con el resto de los reos. Se dio cuenta de que, en su torre, desde el principio y sin razón alguna, estaba sometido a un aislamiento únicamente reservado a castigos disciplinarios.

—¿Por qué no puedo ir a misa con los demás internos? —le preguntó al padre José Antonio, que era el párroco del pueblo cercano de Carrizales y que acudía a su celda una vez a la semana.

—Voy a enterarme. Tú insiste por tu lado.

Leopoldo sabía que pasar semanas y meses con uno mismo nada más era un desafío a la estabilidad mental. No solo querían encerrarle y sacarlo del mundo de la política; si encima conseguían quebrarlo, la jugada les saldría perfecta. Por eso, su prioridad era mantenerse fuerte. Le ayudaba el hecho de haberse familiarizado con la soledad cuando practicaba deportes extremos; mantener la rutina a rajatabla y conversar consigo mismo; y, sobre todo, saber que Lilian, fuera, hacía lo imposible por llamar la atención sobre la situación.

34

El primer acto público de Lilian ocurrió un mes después del encarcelamiento. A petición de los compañeros del partido que habían montado una tarima cerca de Ramo Verde, hizo su primera intervención ante una multitud de gente que acudió de las poblaciones cercanas. «No controlaba las lágrimas —contaría Lilian—. Intentaba hablar pero lloraba, y lloraba... hasta que, al final, agarré el micrófono, respiré profundo y dije lo que tenía que decir. Pedí apoyo, solidaridad, les conté que Leopoldo era un hombre bueno, dije lo que sentía, pero lloré mucho, demasiado».

A raíz de ese acto, los militares cerraron todas las entradas que subían a Ramo Verde, de modo que los simpatizantes de los presos políticos no pudiesen reunirse de nuevo.

El viernes siguiente, cuando Lilian se presentó en la prisión con Manuela y el pequeño Leosan a cuestas, temió que no la dejasen entrar en represalia por su discurso. Aparte de los niños, acarreaba una bolsa con pinturas, roturadores, cartulinas y libros. Formaban un extraño contraste entre los familiares de otros presos que esperaban en la cola. La mayoría eran mujeres solas, de aspecto abatido, cargadas de víveres y medicinas, mujeres del pueblo que se habían desplazado desde lugares remotos para pasar un momento con sus seres queridos atrapados en las fauces del sistema penitenciario. Mujeres que habían quemado muchas horas de sus vidas haciendo cola y cuya expresión reflejaba la penuria, la paciencia y el miedo a que al final les denegasen la visita. Otras, más jóvenes, lucían vaqueros ajustados, camisetas apretadas, zapatos de tacón y *piercings* en el vientre. Venían al vis a vis y llevaban escondidos en los pliegues de sus cuerpos teléfonos móviles, marihuana o cocaína.

Lilian era novata en el asunto, y le avisaron de que podían esperar hasta seis y ocho horas en la cola para después prohibirles la entrada: así de arbitrario era el sistema. Le impresionó que hubiera algunas que llevaban acudiendo quince años, puntualmente, a la visita. Toda una vida de espera, de amores en celdas, de paquetes abiertos, de registros, de desplantes de los custodios. La esposa de un preso político, humilde y digna, le dijo algo que se le quedó grabado en la memoria:

—Señora, tener un preso es lo más parecido a tener un muerto.

Debía de ser cierto, pensó Lilian, pero a ella nunca le tocaría semejante calvario, convencida como estaba de que a Leopoldo le soltarían una vez se cumpliese el plazo de los cuarenta días. Era un pensamiento irracional, un clavo ardiendo al que se agarraba porque le servía de consuelo.

Por fin les tocó el turno, y entró con los niños a una sala donde los registraron minuciosamente. Nadie mencionó su participación en el acto de apoyo a Leopoldo. En esos primeros tiempos los custodios se mostraban comprensivos; además, la presencia de los niños les enternecía. Se limitaron a cerciorarse de que los libros no tenían doble fondo y los dejaron pasar, así como la bolsa con las pinturas, unas maracas y un tamborcito. Se quedaron con el móvil.

Pero luego los hicieron de nuevo esperar. Lilian se inquietó y preguntó qué ocurría.

—Es una orden de arriba —le respondió un guardia.

«Ya está —se dijo ella—, ahora nos prohíben la visita». Todo era «una orden de arriba», la frase en la que se cobijaban los custodios, sin darse cuenta de que las «órdenes de arriba» les podían llevar a cometer delitos. Estaba convencida de que les anularían la visita.

Pero no. Al final, recibieron la autorización de entrar cuando llegó un militar cámara en mano. Rodeados de cuatro uniformados, subieron las oscuras escaleras de la prisión. El filmador iba detrás con la cámara. Lilian cargaba al pequeño y la bolsa en brazos, y a la niña de la mano. «Yo me cuidaba mucho de tapar la visión de Manuela con mi cuerpo. Mi preocupación era que no viera la puerta de la celda porque era un portón grueso, metálico y negro con barrotes enormes. Yo no quería que la niña abriera esa puerta y viera que su papá estaba adentro, como en una jaula». En voz baja le habló al jefe de los guardianes:

—Por favor, cuando estemos en la celda, abra usted primero la puerta para que los niños no la vean cerrada.

El hombre la oyó y atendió la petición. Hasta entre los carceleros había gente de corazón, por lo menos al principio de su estancia en la cárcel. Cuando llegaron arriba, el custodio se había adelantado y la celda estaba abierta. Manuela se lanzó en brazos de su padre, que luego le mostró su nueva morada con detenimiento.

—Mira, yo estudio aquí. —Y le enseñó la mesa destartalada—. Vamos a colocar los libros que me has traído en esta repisa. Y en esta pared, quiero que pintes un mural.

Lilian sacó unos recortables que utilizó para decorar la celda y colgó una hamaca color naranja que los compañeros de Voluntad Popular le habían tejido en el pueblo de Tintorero, un grato recuerdo de una de sus giras por el país. Leosan gateaba y jugaba con las maracas. En unos instantes aquella celda se convirtió en un hogar. «Gracias a Dios, teníamos ese espacio con Leo. Manuela podía tocar la cama en la que dormía su padre». Lilian se fijó en las grietas en las paredes y en la cerámica del suelo, que era de los años setenta. «Esas losetas eran las mismas que había en la casita de Carúpano de la playa. Me recordaron esa época y no sé por qué, me dije: yo voy a poder con esto». Manuela había empezado a dibujar a su familia en el mural, pero al cabo de un rato se cansó. Se acercó a su padre y le preguntó:

—Papi, ¿por qué hay tantas rejas?

Leopoldo, que se había preparado para la pregunta, la sentó en sus piernas.

—Mira, hay rejas por todos los lados —le dijo—. ¿Sabes por qué? —La niña negó con la cabeza—. Es porque hay animales.

Hay unos tigres en la montaña que son muy peligrosos y pueden atacar. —La niña le miraba, boquiabierta—. Estamos aquí estudiando, yo aquí trabajo, pero hay otros presos que están también aquí por otras razones, la mía es porque quiero arreglar el país, ya sabes. Pero todos aquí nos tenemos que proteger de los animales porque esa es una montaña llena de fieras. —Entonces la subió a hombros para que su vista abarcara la cima de la colina—. Dime si ves alguno.

—¡Sí, papi! ¡Hay animales!

Eran unas cabras que trepaban a los árboles, viejas conocidas de los presos de Ramo Verde.

—¿Ves, Manuela? Por eso hay tantas rejas.

Inevitablemente, la visita familiar filmada por aquel custodio fue difundida en los medios de comunicación del Gobierno: alegaban que la celda de Leopoldo López era amplia y comportaba varias estancias, que estaba «bañada» de luz natural, que el reo disfrutaba de alegres visitas familiares, que hasta podía tumbarse en una hamaca... En definitiva, que se le respetaban los derechos, quedando patentes la generosidad y magnanimidad del régimen. Por eso les habían dejado pasar. El régimen era más sofisticado —en su perversidad— de lo que pensaba Lilian.

35

Lo que no contaban aquellos reportajes filmados en la cárcel era que solo había agua corriente en la celda una hora diaria, y no siempre. Que el frío de noche era lacerante. Que pasaba veintitrés horas del día en la soledad más absoluta. Estaba claro que la propaganda era el precio que tenían que pagar por las visitas. Tuvieron que acostumbrarse a que los custodios irrumpiesen a su antojo en la celda y paseasen la cámara delante de sus narices, para luego soportar la humillación de ver las imágenes en televisión adornadas de comentarios despectivos e insultantes.

El Gobierno seguía bajo presión porque el descontento popular no remitía y la gente continuaba echándose a la calle en manifestaciones multitudinarias. A mediados de marzo, los miembros de Voluntad Popular, que buscaban dar testimonio de que proseguían en la lucha, organizaron un encuentro en el centro comercial San Ignacio en la Castellana. Pensaron que la presencia de Lilian era indispensable, convencidos como estaban de que debía convertirse en la portavoz de su marido. Pero Lilian vacilaba. En el único acto en el que hasta entonces había participado, no había conseguido controlar el llanto. Además, su suegra le había advertido de que no lo hiciera. «No es prudente que te expongas de esa manera», le dijo. Lara fue a verla:

—Ya tienes que ser la voz de él —insistió.

—No estoy segura.

—Solo tienes que decir la verdad en el menor tiempo posible: cuenta lo de Diosdado, lo del avión que les prometieron, lo del helicóptero.

—Pero corro un riesgo grande: si me detienen, los niños, que ya no tienen papá, se quedarán sin mamá. ¿Te imaginas?

—Eso no va a pasar, los de seguridad del partido van a estar superpendientes. Además, va a ser una intervención muy corta. Nadie hablará más de cinco o siete minutos. Pero es muy importante que tú lo hagas. Eres la esposa, la gente te conoce. Quieren saber de Leopoldo por ti.

Lilian se mordía el labio.

—¿Sabré hacerlo?

—Sí, seguro. —Al verla tan dubitativa, Lara le dijo—: Me pondré de pie en un sitio para que tú me veas bien, y tú mírame y habla como si estuvieras diciéndomelo a mí.

Al final, aceptó. Pensó que hablar en ese encuentro sería una manera de mantener viva la presencia de Leo entre su propia gente.

A su vez, Carlos Vecchio, que seguía en la clandestinidad, también decidió participar, a pesar del riesgo de una redada policial. Vivía en estado de alerta constante, aprendiéndose las vías de escape de los lugares donde recalaba. Dormía poco y estaba desgarrado entre la necesidad de irse del país y la dificultad de hacerlo por la situación de su mujer embarazada. La agitación popular que seguía dándose en las calles le empujaba a quedarse. Su voluntad también; no quería salir de Venezuela. La simple idea de abandonar a Leopoldo y ponerse a salvo en el extranjero le generaba una tensión moral interna que le era difícil de soportar.

Tomó todas las precauciones posibles. Nadie supo que iba a participar, excepto Pegaso, que le ayudó a llegar hasta el lugar de la reunión. Se desplazó en moto y usó el ardid del casco que tan bien le había funcionado a Leopoldo.

Estuvieron a punto de anular el encuentro por la presión de la policía. Los dirigentes del partido sufrían un acoso permanente. Nada más salir en coche de su casa, o de la oficina, Lara Ortiz veía por el retrovisor una camioneta del SEBIN. «El error más grande fue pensar que después de llevarse a Leopoldo nosotros tendríamos una vida normal en la oficina, luchando por él. Pero no fue así».

Dos días antes del acto, cuando salía de su casa, dos individuos con pasamontañas la secuestraron a punta de pistola y la empujaron al interior de un automóvil negro con cristales tintados. Le entró una fúnebre sensación de pasar por una experiencia ya vivida. ¿Tirarían su cuerpo a la cuneta?, se preguntaba mientras daban vueltas a la ciudad. Los esbirros querían saber quién estaba detrás de la convocatoria en el centro comercial San Ignacio y quién les financiaba. Si el día que la secuestraron para obligarla a confesar el paradero de Leopoldo fue capaz de resistir y callarse, ahora también adoptó la misma táctica: repetir hasta la saciedad «No sé, no sé, no sé...». Al final, la soltaron, con el susto en el cuerpo, pero ilesa. Ese no fue el caso de una estrecha colaboradora de Leopoldo en cuyo domicilio irrumpieron unos individuos armados. Con ella no tuvieron contemplaciones: la vejaron delante de su marido y de sus hijos.

Estas agresiones no consiguieron que se cancelase el encuentro. El día 22 de marzo de 2014, a la hora convenida, apareció Carlos Vecchio en moto. El centro comercial estaba atestado de gente y solo lo reconocieron los simpatizantes del partido cuando se quitó el casco. Pegaso se quedó detrás de él para «cantarle la zona», es decir, dispuesto a avisarle si veía que entraba la policía. El alcalde Antonio Ledezma terminó su efusivo discurso, que había durado siete minutos, dando la bienvenida a Vecchio en un tono inflamado: «¡Aquí está con nosotros desde la clandestinidad... Carlos Vecchio!». Apenas habló cinco minutos, por la premura y la tensión, e hizo un discurso emotivo sobre la patria y la libertad que años después los asistentes recordarían: «Seguiremos luchando para rescatar ese sueño eterno de querer vivir y morir en libertad en la tierra de Bolívar». Pegaso lo sacó rápidamente, lo montó en su moto y corrieron de nuevo a esconderse. Cuando le tocó el turno a Lilian, temblaba al subir a la tarima, pero se controló, se atuvo al guion, clavó su mirada hacia Lara que estaba entre la multitud, y dijo: «Les traigo el saludo y el afecto de Leopoldo

López...». Fue mentar el nombre de su marido y la sala irrumpió en una clamorosa ovación. Luego se lanzó con firmeza y sin autocompasión a contar los últimos días antes de la entrega. Los asistentes descubrieron a una mujer que se expresaba con convicción y aplomo, y que fue capaz de transmitirles la emoción que ella misma sentía.

Los padres de Leo pensaban que, por su edad y su prestigio, estaban más capacitados para ser los portavoces y representantes de su hijo. Irritados porque Lilian se hubiera arriesgado a ser detenida por participar en el encuentro, tuvieron una tensa reunión con Leopoldo alrededor de una mesa en la sala de visitas de Ramo Verde.

—Que Lilian vaya a vivir sola a su casa lo podemos entender, aunque es el momento de estar unidos como una piña —dijo Antonieta.

La esperanza que albergaba la familia de que lo liberasen bajo fianza —los famosos cuarenta días— se había esfumado cuando el 28 de marzo, cuatro días después del encuentro, el juez del Tribunal de Apelación rechazó la petición, «por no estar substanciada». Y ahora, la fiscal general Luisa Ortega Díaz acababa de anunciar oficialmente los cargos contra Leopoldo, con un añadido que asustó a la familia: podían acarrearle un máximo de catorce años de cárcel.

—En estas circunstancias —añadió el padre—, hay que decirle a Lilian que no puede actuar por su cuenta, no puede ir por libre, tiene que coordinarse con nosotros.

Le contaron que Lilian había desoído sus consejos y había asistido al encuentro, corriendo un riesgo innecesario. También se habían enterado de que Carlos Vecchio había recibido amenazas de muerte como consecuencia de su intervención, que le llegaron mensajes desde acólitos del régimen de que existía una orden de dispararle a matar. Sus padres y su esposa estaban siendo vigilados.

—Lo sé, fueron al edificio donde vivía, golpearon a los vigilantes, les quitaron los teléfonos y los interrogaron. Carlos se tiene que ir del país.

—Solo falta que agarren a Lilian y entonces la familia... cuac. —El padre hizo un gesto como el de ser degollados.

Se sentían incómodos porque se veían enfrentados a una situación que les sobrepasaba. Buscaban controlar la información porque todos los días y a todas horas la televisión y las redes del Gobierno escupían mentiras soeces sobre todos y cada uno de ellos, y era preciso limitar los estragos. Enfrentarse a la nueva vida exigía un orden y un control.

—Tienes que poner las cosas en su sitio, Leo. Lo tienes que hacer tú.

—Lilian es el enlace con los compañeros del partido y lo hace bien, ellos la apoyan.

—Pero tú sabes que yo tengo experiencia en comunicación, de muchos años.

Cómo no lo iba a saber, si su madre había llevado la comunicación de la mayor empresa del país. Antonieta se quedó mirando a ese niño que ahora lucía barba de varios días, pero que no hacía tanto tiempo se lanzaba con los brazos abiertos hacia ella cuando lo iba a recoger a la salida del colegio. Y lanzó un órdago:

—Leo, dinos francamente quiénes quieres que sean tus portavoces. Nosotros entenderemos y respetaremos tu decisión, pero tenemos que saberlo para organizarnos en consecuencia.

Él pensó en el partido, en la vida política de la organización, en la osadía de su mujer a la hora de introducir un teléfono en prisión o en inventarse trucos para sacar información y transmitirla a los compañeros. Así que contestó:

—Tiene que ser Lilian.

Cuando el custodio llegó para llevarse a Leo de vuelta a la celda, su padre esgrimió una mueca de sufrimiento. No se acostumbraba a ver a su hijo esposado como un criminal. Antonieta aguantó las ganas de llorar y le dijo:

—Te vamos a sacar de aquí, Leo, te sacaremos.

36

Era normal que la familia estuviera desorientada; coordinar una estrategia donde cada uno tuviera una función precisa llevaba su tiempo. Además, ni Lilian sabía cómo vivir sin el padre de sus hijos ni Antonieta sabía vivir sin su hijo, ahora ausente de la toma de decisiones cotidiana. Los desacuerdos eran inevitables. A veces, por cuestiones importantes que tenían que ver con su defensa. Antonieta quería un abogado internacional para sacarle de la cárcel, pero Leopoldo se oponía, solo quería a Carlos Ayala, el letrado que le defendió ante la Corte Interamericana de Desarrollo cuando el Gobierno de Chávez le inhabilitó para presentarse a las elecciones a la alcaldía de Caracas en 2009. Ayala ganó el pleito ante la Organización de los Estados Americanos, pero no sirvió de nada, el Gobierno no le levantó el veto y hundió sus esperanzas de presentarse a las elecciones generales.

—Necesitas otro tipo de abogado, que sea experto en presos políticos, me lo dijo tu primo, que sabe de esto.

Thor Halvorssen, el hijo de su hermana, había fundado en Estados Unidos una organización de defensa de los derechos humanos.

—No, mamá. No quiero a un extranjero, no creo que sea beneficioso ni para mí ni para la lucha.

—Pero ¿por qué?

—Mamá, no entiendo que me lo preguntes. Solo falta que mi familia contrate a un abogado gringo para que el Gobierno lo use como arma arrojadiza contra mí y contra todos nosotros. Es una mala decisión política, por eso no la quiero.

—Pero es la manera de sacarte de aquí.

Antonieta miraba al cielo, desesperada de que su hijo fuese tan obcecado.

Otras veces, las rencillas en la familia se debían a detalles tan nimios como la manera de vestir. Tanto a Lara como a Lilian les parecía que Antonieta acudía a la cárcel demasiado arreglada y no sabían cómo decírselo. Iba a la prisión como si fuese a un consejo de administración, pensaban.

—Le harás un favor si se lo dices.

—Uf —suspiró Lilian.

«Cuando uno se casa, dicen que se casa con la persona y con la familia —contaría Lilian—. Me di cuenta de la verdad de esa frase cuando a Leo lo metieron en la cárcel. De ahora en adelante, todas las acciones y decisiones pasaban a ser analizadas y discutidas con los padres de Leo. Allí comenzó mi relación matrimonial con ellos».

Cuando Leo tuvo una disentería, saltaron las alarmas. ¿Y si le intentan envenenar?, se preguntaron. Lilian había oído por boca de Gilber Caro que a un preso en Ramo Verde le habían metido vidrio molido en la comida y acabó en el hospital.

—Que se proteja —le había insistido Gilber—. Si le dañan físicamente, dañan su salud, y entonces ya no hay nada que hacer.

Se lo contó a sus suegros y decidieron que Leo debía dejar de comer el rancho de la cárcel. Antonieta pidió permiso para introducir un microondas y un infiernillo, y se lo concedieron. El día de la visita, cuando se disponían a llevarle la comida para varios días, Lilian, sentada en un silloncito a la entrada de La Atrevida, se armó de valor y le dijo a su suegra: «Mira, Antonieta, tú me has ayudado mucho todos estos años, pero hoy yo te quiero ayudar a ti. Te va a sonar muy raro que te diga esto, pero creo que no deberías ir a la cárcel con traje de chaqueta y esas gafas de sol. Vayamos vestidas iguales, es mejor».

Fue delicado decirle aquello a una mujer, icono del mundo empresarial, que se había distinguido toda la vida por ir impecablemente vestida. Antonieta se la quedó mirando como diciendo:

«¿Tú vas a decirme a mí cómo vestirme?». Lilian, como deportista que era, iba desaliñada, con vaqueros azules, camiseta blanca y zapatillas. Daba pena verla. Pero, para su sorpresa, su suegra resultó ser una mujer suficientemente inteligente como para darse cuenta de que las observaciones de su nuera eran pertinentes. Después de unos segundos, dijo:

—Con los kilos que he perdido, no me quedan *blujeans*. ¿Me puedes dejar unos tuyos?

—Claro. Y unas franelas blancas, con el cuello en V, tengo varias.

—Está bien.

Fueron a la cárcel a llevarle comida en *tuppers*. Los custodios abrían las cajas y metían un palito para comprobar que no hubiera nada ilegal entre la salsa, pero las cerraban mal y siempre goteaban. Antonieta, que rara vez había comido con sus manos, se acostumbró a limpiar con el dedo el juguito grasiento que rebosaba del recipiente. Leopoldo se vio obligado a aceptar un infiernillo para calentarse la comida y hacer café, aunque sabía que esos privilegios se utilizarían en su contra.

«Hacía un café malísimo», recordaría Juan Carlos Gutiérrez, que, en calidad de abogado defensor, era autorizado a visitar a su cliente una hora a la semana. Lo cacheaban meticulosamente al llegar, leían sus papeles y notas, a pesar de su vehemente protesta porque suponía atentar contra la confidencialidad de las comunicaciones entre abogado y cliente. A la salida, le registraban de nuevo y le obligaban a encender el *laptop*. Solo les permitían verse en la celda, en cuya puerta permanecía apostado un custodio cuya misión era escuchar la conversación. Si por cualquier razón no le gustaba lo que oía, interrumpía la visita. De modo que Juan Carlos y Leopoldo desarrollaron un lenguaje de signos para comunicarse y se escribían notas durante esos encuentros. Al final, las destruían para que los carceleros no pudiesen leerlas.

Un día, después de haberle denegado la libertad bajo fianza, Leopoldo le preguntó:

—¿Qué va a ocurrir, Juan Carlos? ¿Cuáles son los escenarios?

—El juicio va para largo.

—¿Cuánto?

—Creo que uno o dos años. —Leopoldo resopló—... Pero sigo confiando en que te den una medida cautelar y te liberen, quizás casa por cárcel.

Leopoldo le miró a los ojos y le preguntó:

—Dímelo francamente, Juan Carlos, ¿cuánto me puede caer?

—No puedo decirte.

—Pero tú los conoces.

—Luisa Ortega, la fiscal, dice que te pueden caer catorce. Quizás te condenen a diez años, pero podemos reducir la pena.

—¿Cómo se hace eso?

—En mi experiencia, a todos los presos políticos que he defendido los he sacado en uno o dos años. En veinticuatro meses estás en la calle, con una condena, pero en la calle.

Leopoldo se quedó mirando al vacío y, después de un instante, dijo:

—Bueno, si es así, yo aguanto.

Los primeros meses en Ramo Verde fueron una adaptación silenciosa a la tortura que vendría después. Al principio le permitían visitas familiares los fines de semana, que los niños trajesen juguetes, instrumentos musicales, y su hermana, lápices y libretas, pequeños privilegios que utilizaba el Gobierno para alimentar la idea de que los López y Diosdado habían pactado el encierro de Leopoldo. «Leo no exigía nada —diría Lilian—. Yo en su lugar hubiera pedido suéteres, franelas y mantas porque hacía mucho frío, pero lo único que me pidió en toda su estancia fue un cepillo de dientes».

La realidad era que Leopoldo podía dar la imagen de preso mimado por el sistema, pero cuando no le visitaba la familia o su abogado, pasaba en confinamiento solitario veintitrés horas al día en las que no podía hablar con nadie (más una hora de patio, no todos los días, y también solo). Un día se cruzó con el director de la cárcel y protestó:

—Coronel, ¿por qué me tienen aislado? ¿Qué he hecho para que me castiguen?

—No es por castigo, es por tu seguridad —le contestó.

—No se preocupe por mi seguridad, sé defenderme por mí mismo.

Lo que temían sus carceleros era que Leopoldo revolucionase la prisión. Las visitas eran su único contacto con el mundo y le permitían recibir y pasar mensajes a los miembros del partido —a través de Lilian—, y seguir moviendo los hilos de la organización para evitar su aniquilación total. A pesar de que ella procuraba traerle siempre buenas noticias, tampoco podía maquillarle la realidad. Y la realidad era que, excepto algunos políticos, muy pocos fuera de Voluntad Popular mostraban su apoyo a Leopoldo.

—Capriles no me ha llamado desde que te han apresado —le dijo Lilian—. No me ha preguntado cómo estoy o si necesito algo. ¿No te parece increíble?

Henrique Capriles era uno de los más destacados dirigentes opositores de Venezuela. Leo había colaborado con él en varias ocasiones, la última en 2013, como coordinador de la campaña electoral en la que disputó la presidencia a Nicolás Maduro. El resultado fue muy ajustado, y Leopoldo, que tenía en su posesión las actas y toda la información, sospechaba —no era el único— de que el Gobierno había hecho trampa. Propuso a Capriles forzar el recuento de algunas mesas; estaba seguro de que en ese caso sacarían ventaja.

—Hermano, vamos a convocar una gran manifestación para reclamar el recuento de las mesas que muestran resultados dudosos. Esto se gana o se pierde en la calle.

Pero Capriles era un hombre temeroso y, para sorpresa de sus seguidores y detractores, dio la orden de suspender la manifestación. «Fue un golpe mortal —diría Leopoldo—. Se despreciaba así una oportunidad muy valiosa de sacar el chavismo del poder».

A Lilian, la actitud de Capriles le dolía en lo personal, porque le habían visitado asiduamente cuando estuvo preso en el año 2005, condenado a tres meses en el Helicoide —en unas condiciones benévolas— por haber irrumpido en la embajada de Cuba en Caracas el día siguiente de la derrota de Chávez en las elecciones. Capriles salió de allí diciéndose que nunca más volvería a la cárcel. Por eso, en las elecciones contra Maduro, debió de tener miedo de acabar de nuevo entre rejas y prefirió dejarse llevar por sus asesores, a quienes Leopoldo consideraba políticos de salón, y que le aconsejaban lo contrario: «Vamos a llevar esto con ponderación, este es el momento de los estadistas, no seas como López Obrador». El eterno candidato a la presidencia de México, que montaba manifestaciones multitudinarias cada vez que perdía por escaso margen y nunca se daba por vencido, era puesto de ejemplo de lo que no había que hacer. «Yo tengo todas las diferencias con López Obrador —diría posteriormente Leopoldo—, pero respeto su constancia, acabó de presidente»*.

La frustración fue colectiva, la de una sociedad que se rebelaba contra la manipulación electoral que llevó a Maduro al poder. Seis meses más tarde, Leopoldo supo capitalizar ese descontento y puso en marcha su plan de La Salida para exigir la renuncia de Maduro y la convocación de elecciones libres. Fue como quitarle la válvula a una olla a presión: millones de personas salieron a la calle. El Gobierno se asustó y conspiró para aniquilarle, encerrándole en la celda de Ramo Verde donde se encontraba hoy.

Nadie podía visitarle excepto los familiares de primer grado, pero, de repente, un día de abril, apareció por la puerta de su celda el director Humberto Calles acompañado de... el propio Capriles en persona. Ya era sospechoso que le hubieran dejado entrar, pero Leopoldo lo recibió efusivamente. Era agradable ver a gente nueva. Enseguida notó que aquella no era la visita de un amigo que venía a mostrar solidaridad; había pasado ya demasiado tiempo para eso.

—Hermano, ¿no crees que conviene ahora bajar un poco el nivel de la calle? Si tú puedes colaborar y pasar un mensaje a tu

* Una constancia que se vería recompensada cuando ganó las elecciones de 2018 y se alzó con la presidencia de la república.

gente... Se trata de conseguir un poco de sosiego, el barullo no nos lleva a ningún lado.

Era la visita de un político.

—Conmigo no cuentes —le respondió Leopoldo—. Has tenido la oportunidad de acabar con el régimen y la has dejado pasar.

—No es eso, Leopoldo, he querido evitar una guerra civil.

—Aquí no hay dos bandos, lo único que hay es un Gobierno dictatorial que ha secuestrado a toda una sociedad. No solo no voy a hacer lo que me pides, sino que te invito a ti y a los tuyos a que se sumen a las protestas. No hay que bajar la presión.

Eran visiones diametralmente opuestas de la situación. Pero Leopoldo sintió un profundo desaliento. «Me di cuenta de que la dictadura le utilizaba como mensajero para sus propios fines. Capriles padecía el síndrome de Estocolmo».

Si el mundo exterior aportaba decepciones, su mundo interior le proporcionaba grandes satisfacciones. Entre los libros que le trajo Manuela, releyó con especial interés la historia de Ignacio de Loyola, un santo guerrero, que no había vuelto a leer desde la adolescencia y que siempre le inspiró. Aunque la experiencia espiritual más intensa fue leer el Evangelio: «La historia de Jesucristo era la de alguien que había sido sometido, encarcelado por sus ideas, su convicción y crucificado. Por eso, mi experiencia de leer el Evangelio en la cárcel fue extraordinaria. Me identificaba con los apóstoles, cuando leía los hechos de sus vidas: ahí estaba la historia del preso con el custodio, la historia de cómo Pablo se fugaba y se encontraba en la calle, de cómo huían de quienes los perseguían, de cómo apoyaban a unos y señalaban a otros, de cómo los que estaban siendo aclamados pasaban luego a ser juzgados. Era la historia de una gran persecución. Esa historia reverberaba profundamente en mi conciencia».

37

¿Cómo se saca a un hombre inocente de la cárcel? Nadie en la vida te preparaba para semejante desafío, y Lilian buscaba orientación. Un día de finales de marzo fue a ver a Luis Daniel, uno de los que le dijo a Leopoldo: «Allí estaré cuando me necesites», el amigo de infancia que hace años le había enseñado el suplemento de *El Universal* en el que aparecían «los nuevos rostros de la televisión venezolana». El que les presentó. A su vez, Lilian le introdujo a una de sus mejores amigas, Silvia, lo que culminó en un matrimonio feliz. Ambos bromeaban con sus dotes de casamenteros. Las dos familias pasaban juntas las vacaciones. Eran íntimos y muy deportistas.

Luis Daniel era pura sonrisa, así lo recordaba Lilian. Ejercía de abogado y se desenvolvía con soltura en el mundo de los negocios. Entusiasta y hábil, solía ser realista y daba buenos consejos. Además, les unía la pasión por los maratones. Cuando entrenaban juntos él la espoleaba: puedes correr mejor, Lilian, le decía. Le aconsejaba corregir la pisada, conservar las fuerzas, no acelerar o, al contrario, avivar el ritmo.

Una mañana de finales de marzo salieron a correr al cortafuegos del monte Ávila, una distancia de diez kilómetros, que era su lugar de entrenamiento favorito.

—No sé ni por dónde empezar, Luis Daniel —le dijo Lilian, hablando de Leopoldo.

—Tranquila, esto va a llevar su tiempo.

—Es horrible saber que está encerrado en ese lugar, en la soledad más absoluta.

—Él va a estar bien porque te tiene a ti.

—Sí, pero no sé muy bien cómo ayudarle. No sé nada de política. Nunca me he movido directamente en ese mundo. Por no saber... no sabía ni lo que eran los derechos humanos hasta hace dos semanas.

Luis Daniel se rio.

—Poco a poco te pondrás a la altura, ya verás. Voy a presentarte a unos colegas abogados que te pueden dar algunas clases sobre el Código Civil, derechos de los presos, derechos humanos... Tienes que familiarizarte con esos conceptos.

—Sí, eso lo necesito ya.

—Luego, enfócate, convence a Capriles, amárrate con María Corina, con Ledezma, con lo mejor de la oposición. Ellos deben ayudarte. Y vete a nivel internacional.

—Antonieta se acaba de marchar a Estados Unidos.

Le contó los roces con la familia.

—Hazte a la idea de que estás en otra maratón, Lilian. Habrá momentos mejores y peores, recuerda que las piernas llegan a doler tanto que de repente no se sienten y el sufrimiento se hace mental.

—Sí, dicen que el deporte es como la vida misma. Pero en todos hay una meta. Aquí no se ve el final.

—Pero lo hay. En los momentos más difíciles piensa que tú puedes con ello. Acuérdate de que eres su mujer y que él te eligió a ti porque tú sí puedes con esto. Tienes fuerza y carisma.

Esas palabras la reconfortaron. Lilian resoplaba en lo alto de la cuesta:

—Había olvidado lo dura que es esta subida.

La respuesta de Luis Daniel la recordaría toda la vida:

—La subida no es dura, la dura eres tú.

Leopoldo era producto de una familia que llevaba en su interior el germen de su propia salvación. Quizás sus miembros no eran plenamente conscientes de ello, porque nunca se habían visto enfrentados a semejante desafío. Pero algunos antepasados, y en el caso de Leopoldo por partida doble (materna y paterno), habían conocido la indefensión, la inseguridad absoluta y las arbitrariedades del poder. El abuelo materno, Eduardo Mendoza, nombrado ministro de Agricultura a los veintiocho años por el presidente Rómulo Betancourt, fue considerado uno de los padres de la democracia en Venezuela. Durante su mandato desarrolló innumerables infraestructuras para impulsar la capacidad agrícola del país. Muy consciente de la responsabilidad que suponía su apellido —el antepasado Cristóbal Mendoza fue el primer presidente constitucional de Venezuela y quien puso el nombre de Libertador a Simón Bolívar—, supo instilar en sus nietos el amor a la tierra, a la tradición y al pueblo llano. Todos los fines de semana reunía a su familia en su finca al oriente de Caracas. A las cuatro de la mañana, después de cepillar y ensillar a los caballos, él y sus nietos salían durante largas jornadas en busca de ganado. Aprovechaba esas excursiones para hablarles de la fauna, la flora, la ganadería y las costumbres de los vaqueros. Experto en árboles, les enseñó a reconocer un araguaney, un bucare, un samán o una palma. De camino se detenían a comprarle unos titiaros a Nicanor, un campesino que vivía en una choza con el suelo de barro y techo de hojas. Su mujer, Ramona, una señora gruesa que sudaba bajo el sol de barlovento, abrazaba a los niños con cariño. «Mi abuelo nos metía en las chozas y pasábamos tiempo con los campesinos; él les preguntaba sobre sus vidas, quería saberlo todo. Así fuimos tomando conciencia de la tremenda desigualdad que había en Venezuela y de la necesidad de cerrar esa brecha. La pobreza, la miseria a veces extrema que vi de niño con mi abuelo fue lo que acabó de meterme en política», recordaría Leopoldo.

Aquellos viajes por el campo sirvieron para forjar un sólido vínculo entre el abuelo y sus nietos, que aprendían así a conocer el país profundo. Los más receptivos eran Thor, hijo de Hilda, hermana de Antonieta, y Leopoldo. Ambos primos hermanos crecieron entre caballos, escuchándole contar historias de la independencia, de la larga marcha hacia la democracia y de la noche de la dictadura de Pérez Jiménez. Al hacerlo, desarrollaron una fuerte conciencia social a la par que una pasión por la libertad y por el país que los había visto nacer. «Nos metió Venezuela en vena», evocaría Leopoldo.

Ahora Thor Halvorssen Mendoza era un joven director y productor de documentales que vivía en Nueva York. A los doce años, al divorciarse sus padres, dejó de acudir a la finca familiar. Se fue ir a vivir a Inglaterra con su madre y después a los Estados Unidos. Fiel heredero de los valores que le había transmitido su abuelo, en 2005 fundó The Human Rights Foundation, dedicada a «garantizar que la libertad se preserve y se promueva en el continente americano». La fundación estaba tutelada por un consejo internacional que incluía al tibetano Palden Gyatso, atrozmente torturado por los chinos, a Elie Wiesel, superviviente del holocausto, a los expresos políticos Václav Havel y Vladimir Bukovsky, así como al gran maestro del ajedrez Garri Kaspárov, feroz opositor a Vladímir Putin. Ahora Thor tuvo que añadir a su primo hermano Leopoldo en la lista de víctimas de la infamia de los Gobiernos más corruptos y represores del mundo.

38

Thor organizó una reunión en Nueva York con el parlamentario canadiense Irwin Cotler y su discípulo el norteamericano Jared Genser, abogados especialistas en derechos humanos. Convocó a su tía Antonieta, que viajó acompañada de su hija Diana. «Irwin Cotler tenía sonrisa de buena persona, ojillos suaves y sentido del humor», diría Antonieta. Era un hombre de setenta y cuatro años que se había desempeñado como abogado de exprisioneros de conciencia como Nelson Mandela en Sudáfrica, Jacobo Timerman en Argentina y una larga lista de nombres de activistas asiáticos. Y lo importante era que los había sacado a todos de la cárcel. Su mano derecha, Jared Genser, mucho más joven, había trabajado de asesor legal de Aung San Suu Kyi, Desmond Tutu y Elie Wiesel. Corpulento, entusiasta y locuaz, había seguido la carrera de Leopoldo con especial interés porque ambos eran exalumnos de Harvard, en la que el abogado ingresó el mismo año en que Leopoldo se graduó. Estaba ya muy bien informado del caso.

A pesar de no hablar español, el «abogado gringo», como a él mismo le gustaba llamarse, había trabajado en cuestiones de derechos humanos en Cuba y en Colombia cuando en Venezuela Leopoldo empezaba a desafiar al régimen. Supo así de su coraje, de cómo galvanizó a otros opositores para organizar las mayores protestas en la historia del país. Cuando un día vio por televisión a Chávez declarar que «Cuba y Venezuela caminan juntas hacia un mismo mar de felicidad», supo que el régimen entraba en una deriva peligrosa. Como hombre de leyes, se interesó por el desmantelamiento de las instituciones venezolanas bajo la batuta del comandante, que centralizaba poderes y promulgaba edictos que incrementaban sus atribuciones.

—Los dictadores solo entienden dos cosas: la fuerza y el poder. Y una sola emoción: el miedo. El miedo es lo que imponen a los demás para que hagan su voluntad.

—Eso lo hacen muy bien —dijo Antonieta.

—Sí, y ellos también tienen sus miedos. Para un dictador, el miedo es miedo a perder el poder, a tener que responder ante la justicia, a que impongan sanciones financieras a su familia. Un dictador maneja a sus presos como los grupos terroristas a sus secuestrados, como un bien transaccional. Solo los suelta cuando, bajo presión, se enfrentan a una serie de malas decisiones y la menos mala es liberarlos. —Antonieta y Diana asintieron. Jared prosiguió—: De lo que se trata es de convertir a Leopoldo en el prisionero político más prominente de Latinoamérica y, acto seguido, del mundo. Eso es lo que se necesita para sacarle de la cárcel.

Irwin Cotler insistió en lo más importante:

—Si la familia no se involucra directamente, el preso político acaba siendo olvidado. Siempre es así.

—Este no es el caso —dijo Antonieta—. Estamos dispuestos a todo para sacarle.

—Hay que mantener una presión constante, lo que exige dedicación y mucha moral. Hay que abrir nuevos frentes de ataque en cualquier lugar donde exista esa oportunidad. En cualquier foro, en cualquier país. El camino puede ser largo. Tendrán que recorrer el mundo para asegurarse apoyos y, poco a poco, ir sumándolos. Así se construye un caso sólido.

Jared Genser les explicó la necesidad de preparar un documento, que llamaban el *whitepaper*, que fuese el relato documentado desde el punto de vista personal, político y jurídico de lo que era la historia del preso hasta el momento presente, un relato que luego se actualizaría mes a mes. Era importante contrarrestar los ataques del régimen, que tildaba a Leopoldo de colonialista, de derechista, de violento agitador.

—Toda la gente con la que vamos a encontrarnos, antes de decidirse a comprometerse con la causa de nuestro preso político, nos preguntarán, por ejemplo, si ha apoyado el intento de golpe de Estado contra Chávez, si es un ideólogo de extrema derecha, querrán saber qué hay de cierto en los cargos de corrupción de los que se le lleva acusando desde antes de ser alcalde de Chacao... El *whitepaper* servirá para desmontar meticulosamente todas esas alegaciones en su contra y presentar un retrato claro, preciso y argumentado de Leopoldo. Será una mezcla de biografía, recordatorio y ficha, con datos concretos, y servirá de carta de presentación en todas las reuniones con prensa, activistas, ONG, políticos, parlamentos y todo tipo de gente influyente.

Antonieta entendió que el *whitepaper* exigía un trabajo laborioso que llevaría varios meses.

—¿Tú te encargarías del *whitepaper*?

—Si deciden contratar nuestros servicios, sí.

Jared les explicó que era imprescindible reunir una ingente documentación, así como asegurarse la colaboración de los abogados venezolanos. Una vez terminado, se presentaría ante la prensa internacional en un acto en Washington que marcaría el principio de la campaña mundial.

—¿Podrían empezar ya? Lo digo para ganar tiempo... Por supuesto, sería en cuanto firmemos el contrato.

—Sí, claro, pero antes tengo que conocer a la persona que llevará la comunicación del caso. Una sola persona tiene que hablar en nombre del preso, la más cercana, es una regla no escrita en estos casos, pero que se aplica siempre. Esa persona tiene que comprometerse hasta el final, y tiene que estar dispuesta a enfrentarse a todo tipo de situaciones. Es la que tiene que estar en las vigilias, en las marchas, en las reuniones... Y tiene que ser fuerte porque habrá muchos baches y decepciones en el camino.

—Yo estoy dispuesta.

—Veo que habla usted muy bien inglés, señora López.

—Nadie mejor que mi mamá —dijo Diana.

—No me cabe la menor duda, por su don de gentes y por su historial profesional, usted ha nacido para esto..., pero tengo entendido que Leopoldo está casado, ¿correcto?

—Sí, con una joven que se llama Lilian, es venezolana y vive con los niños en Caracas.

—Pues será ella quien tendrá que llevar la comunicación. ¿Habla inglés?

—Creo que no.

—Tendrá que aprender.

—Se ocupa de los niños, son muy pequeños, no sé si tendrá tiempo de viajar por el mundo.

—Siempre trabajamos con la *espouse*, señora López..., y le voy a explicar por qué. En mi experiencia con presos políticos a lo largo de los años, consigo que los suelten no a causa de mi excelente trabajo... —Guiñó un ojo. Quería asegurarse de que sus interlocutoras entendían la ironía—, sino realmente porque he podido trabajar con el apoyo de una excelente esposa que tiene la capacidad de exponer sus argumentos. Estoy seguro de que usted es brillante —le dijo a Antonieta—, y que sería una abogada formidable en este caso, pero ella es la madre de los hijos, será capaz de contar por lo que están pasando, eso es más convincente. Hay que llegar al corazón de los que nos van a escuchar y eso lo consigue mejor la esposa. Solo cuando no la hay, trabajamos con la madre.

Antonieta, que era una mujer práctica, asumió las palabras del abogado.

—Lo hacemos como usted diga, se supone que usted es el experto..., por algo le llaman el Extractor, ¿no?

Jared estalló en una carcajada. En efecto, se había ganado ese mote en el mundo de los activistas de Washington por sus éxitos a la hora de «extraer» presos políticos de sus mazmorras.

Antonieta y Diana regresaron a Caracas con el ánimo resuelto, convencidas de que la salvación de Leopoldo solo podía pasar por lo que estos abogados les habían propuesto. Por muy negro que pintase el asunto, eran una luz al final del túnel. Si nada se podía esperar de la justicia de Venezuela, únicamente quedaba confiar en estamentos internacionales. No existía otra opción, no veían otra salida.

Ilusionadas y esperanzadas, fueron a Ramo Verde a contárselo a Leopoldo. Antonieta había cambiado de aspecto. Dejó de pintarse las uñas y de llevar gafas de sol, iba en vaqueros, pero lucía igual de elegante.

La reacción de su hijo fue una ducha de agua fría.

—No, no quiero esos abogados. No quiero abogados extranjeros, ya te lo dije.

—Pero, Leo...

—Es contraproducente, es como echar comida a las bestias. Ahora dirán: «Leopoldo López contrata abogados gringos». ¡Lo que faltaba! Mejor me quedo con los de acá.

—Piensas en términos de política nacional, como si este país viviese en la normalidad. Pero ya nada es políticamente rentable aquí en Venezuela, ya no hay política que valga, ni justicia, ni nada... Si no salimos afuera, no vamos a conseguir nada.

—¿Sabes lo que cuestan esos abogados gringos?

—Buscaremos la forma. Déjame eso a mí.

Leopoldo sabía lo insistente que podía ser su madre, pero no estaba dispuesto a transigir.

—No, mamá, no.

«No hubo nada que hacer —contaría Antonieta—, no pudimos convencerle de lo contrario».

39

Mientras Antonieta y Diana estaban en Nueva York, Lilian se quedó en casa estudiando el Código Civil. Le ayudaba Estefanía Parra, experta en relaciones internacionales y dirigente de Voluntad Popular. Se reunieron durante cuatro sesiones con cinco profesores, que eran los abogados amigos de Luis Daniel que se prestaron a explicarles nociones básicas de derecho civil y sobre todo el Código Procesal Penal, porque lo primero era acompañar a Leopoldo en la cárcel. Así se enteraron de que el primero de sus derechos estaba siendo conculcado: Leo estaba encerrado en un centro militar cuando él era un civil. Significaba que le condenaban al aislamiento total, sin posibilidad de participar ni en actividades ni en talleres ni en la vida de la prisión. Eso ya era un principio de maltrato. La dictadura manejaba las cárceles militares a su antojo. Encerrado y aislado, podían manipular su imagen mejor que si estuviera en un centro con otros presos.

Asimismo, se pusieron en contacto con los compañeros de partido de Leopoldo que eran expertos en temas internacionales. «¿Quién es quién en el mundo? —preguntaba Lilian—. ¿Quién está con nosotros? ¿Quiénes son los aliados del Gobierno? ¿Qué se puede esperar de uno o de otro?».

—¿Cómo funciona la ONU? —preguntó un día.

—Es un monstruo de mil cabezas —le contestó uno de los abogados—. Pero tienes que conocer sus mecanismos, sobre todo en el asunto de la defensa de los derechos humanos.

Y se lo explicaban pacientemente. Era una alumna aplicada e inteligente, con afán de superación, consciente de su ignorancia, pero con prisa de dar el salto de personaje televisivo a activista, de profesional del deporte a líder de los presos de conciencia. Por algo había dado ese giro radical a su vida. Se había visto obligada a cortar en seco su carrera, había abandonado la empresa que había creado con sus hermanas, Pura Energía, y que iba viento en popa. Estaban a punto de mudarse a una nueva sede cuando Leopoldo cayó preso.

Estefanía la ayudó a tapizar los muros de la sala con paneles de corcho donde clavaban chinchetas de colores y pegatinas con los nombres de la gente a quien convenía llamar y a los que era mejor evitar. Lilian apuntaba en su cuadernito lo que había que comunicar.

Esa rutina voló por los aires el 5 de abril del 2014 cuando recibió una llamada de su amiga Silvia, que apenas podía articular palabra. Como todos los sábados, su marido Luis Daniel, gran aficionado al ciclismo, había salido a entrenar con su amigo Gustavo por el camino de Matamoros en las estribaciones del cerro Ávila. No habían regresado ni habían dado señales de vida. Sus teléfonos no respondían.

—Estoy angustiada, Lilian, ¿se habrán perdido?

Lilian sabía que eso era imposible. Luis Daniel y Gustavo habían pasado la vida entera recorriendo el Ávila, muchas veces con ella, y conocían bien el terreno.

—Voy para allá.

Cuando llegó a casa de su amiga, los familiares de los desaparecidos estaban confusos y en un estado de preocupación indecible. Emiliana, la mujer de Gustavo e íntima amiga de Lilian también, acababa de recibir una llamada de unos tipos que decían haber secuestrado a los ciclistas. Pedían una cantidad de dinero desorbitada e imposible de reunir en tan poco tiempo. Los familiares deliberaron y propusieron ofrecer los relojes de valor de la familia, así como el efectivo que pudieran reunir.

—Si es necesario, organizamos una colecta rápido —sugirió Lilian.

Al cabo de una hora, el secuestrador volvió a telefonear para indicar la hora exacta de la entrega y dijo que más tarde se pondría de nuevo en contacto para acordar el lugar. Añadió que cualquier sospecha de presencia policial en la zona implicaría el ajusticiamiento de los rehenes.

—Pídele una prueba de vida —le susurró Lilian.

Emiliana lo hizo, pero el secuestrador no contestó.

—Necesitamos una prueba de vida —insistió.

Hubo un silencio.

—No va a poder ser.

Y colgó.

Estuvieron esperando hasta bien entrada la noche a que sonase el teléfono. Lilian fue a su casa a descansar. Al amanecer, amigos y familiares decidieron hacer una batida por la ruta de Matamoros en busca de alguna señal, de alguna prueba que permitiera localizar a los ciclistas.

No pasaron dos horas cuando la vibración del móvil despertó a Lilian. Era Silvia, la voz ahogada en sollozos. Habían encontrado los cuerpos de Luis Daniel y de Gustavo en un sendero del Ávila, con un tiro en la nuca. Ajusticiados. No llevaban las alianzas ni las carteras ni los teléfonos.

Lilian tardó en encajar el golpe, no conseguía creérselo. Luis Daniel, el amigo de cuando eran pequeños, el que llamaba cada dos días para preguntar por Leopoldo, el padre de familia siempre dispuesto a disfrutar de la vida, el compañero fiel con quien había estado corriendo justo una semana antes por el mismo sendero, había encontrado una muerte espantosa en la plenitud de la vida. «Dios mío, ¿qué significaba aquello?».

La invadió un miedo cerval. Se sentía vigilada, tanto que cerró las persianas, a pesar de que despuntaba el día. Temblaba de frío y, sin embargo, el calor apretaba. Lloró tanto que le dieron convulsiones. Cuando se hubo serenado, no podía dejar de sentir que ese doble asesinato era una señal directa a su familia. ¿Qué sentido si no tenía ese crimen? ¿Un simple atraco? En ese caso, ¿por qué matarlos, si la familia estaba dispuesta a pagar? ¿O quisieron sembrar el terror en el entorno de Leopoldo López? Esa lluvia de preguntas le provocó una ansiedad que le dificultaba el respirar.

Lilian acompañó a sus amigas a las honras fúnebres. Dos viudas y cuatro niños era el balance de ese ataque. Dos familias destrozadas. Muchas más aterrorizadas, todos traumatizados. Lilian asistió a las reuniones policiales y escuchó todas las hipótesis, siempre movida por el afán de encontrar una explicación a lo que aparentemente carecía de sentido. Al cabo de unos días les anunciaron la detención de uno de los secuestradores. Se trataba de un viejo conocido de la policía, fichado por atracos a mano armada y robo con violencia.

—Si les iban a robar, ¿por qué los mataron? —preguntó Lilian al comisario.

—El malandro dijo que fue a asaltarlos y que uno de ellos se rebotó.

Pero el pensamiento de que quizás esos malandros hubieran actuado de parte de algún político se infiltraba maliciosamente en su mente.

Cuando le llevó la noticia a Leopoldo, este agarró fuertemente los barrotes de la puerta de la celda. Sentía el dolor de las familias como propio. No podía dejar de pensar en los hijos de sus amigos, ahora huérfanos.

—Los mataron para robarles, les quitaron los anillos y las carteras. Eso es hampa común... Como los hermanos Faddoul, ¿te acuerdas?

El asesinato de aquellos niños en 2006 había sacudido a la opinión pública y Leopoldo había reaccionado con la campaña «acostados por la vida» que fue seguida por cientos de miles de personas. Era al principio de su fulgurante carrera política. También le recordó a Lilian el caso de Mónica Spear, aquella estrella televisiva amiga suya asesinada por un delincuente que tenía vínculos con la policía. Leopoldo había hecho de la lucha contra la inseguridad su campo de batalla. Para él, era un problema político que el Gobierno no tenía interés en solventar. Más bien al contrario, instilar miedo en la sociedad servía para tener un mayor control de la población. Por mucho que quisiese desligar esa matanza de su caso, no lo conseguía y el pensamiento le torturaba. ¿Cómo no sentirse culpable? Era un golpe demasiado cercano como para pensar en una casualidad.

La policía cerró el expediente de manera previsible. La conclusión fue que Luis Daniel y Gustavo habían sido víctimas de uno de tantos atracos que se producían en Caracas cada día, una ciudad donde mataban por unas zapatillas deportivas, un anillo de casado, un teléfono o simplemente por una mirada desafiante.

40

«Está todo destruido», pensaba Lilian, que también recordaba el asesinato a quemarropa de Carlos Mendoza, el escolta de Leopoldo, en un aparcamiento de Chacao. Demasiadas muertes violentas demasiado cerca. ¿Cómo no sentir que el círculo se estrechaba? También ella pensaba que existía un vínculo entre las muertes de Luis Daniel y Gustavo y algún político del régimen interesado en aterrorizarles. «Era todo muy raro, muy loco», recordaría.

Entró en una crisis profunda que le hizo replantearse su vida y hasta sus creencias. ¿Por qué ellos? ¿Por qué Dios permitía esta injusticia?, se preguntaba. Tenía la sensación de que la tragedia se había adueñado de la vida de su familia y de que ya nunca nada volvería a ser como antes. El miedo la hizo dudar sobre si estaba haciendo lo correcto. Sentía la apremiante necesidad de huir, de esconderse con sus hijos en algún lugar, de salvar la vida. Su hermana Valentina, la mayor, con la que había compartido habitación durante la infancia, la llamó angustiada:

—La situación está peligrosísima, Lilian. Les pueden hacer algo a ustedes, mataron a dos personas muy cercanas. —Lilian escuchaba sin saber qué decirle; sabía que Valentina tenía razón—. Leo está preso, pero tú puedes tener una vida con tus niños. Vente para acá y los crías en Miami. Este es un lugar seguro y tranquilo.

Su hermano Alejandro abundó en el mismo sentido:

—Vete para darle protección a tus hijos. Tengo mucho miedo por ustedes, no quiero que les hagan daño, o que te siembren, o que te detengan por lo que sea. Lo más importante es su seguridad.

Esas sugerencias que venían de gente querida calaban en su espíritu. Se veía dejando a los niños en Miami, a salvo, y volviendo a Caracas cada quince días a visitar a Leo. Sería una vida con menos estrés, sin la responsabilidad añadida de la seguridad de los hijos. Haría como algunas esposas de presos —las que se lo podían permitir—, que se iban a vivir al extranjero y volvían para las visitas. Era una manera de conservar la salud emocional y de compensar la dureza de la situación con una vida cotidiana más tranquila.

Los consejos de su madre y de su abuela se limitaban a recordarle lo que pensaban que era su deber: «No puedes abandonar a tu marido». Tampoco lo pensó Lilian en ningún momento. El problema no era ese, el problema era saber cómo ocuparse de Leopoldo y tener algo semejante a una vida. Su abuela doña Valentina, casi centenaria, le recordó que más valía coger el toro por los cuernos y enfrentarse a los problemas, palabras que encontraron un eco en la mente atribulada de su nieta.

Por su parte, Antonieta no estaba dispuesta a que la terquedad de su hijo —así lo veía ella— fuese un obstáculo para que él recuperase la libertad. Estaba convencida, al igual que su marido y sus hijas, de que la hoja de ruta que les había propuesto Jared Genser representaba la única esperanza de salvación. Admiraban los esfuerzos de Juan Carlos Gutiérrez y de su hijo por estructurar una defensa sólida, pero no tenían fe alguna en la justicia chavista, y menos en ese juicio que sabían que estaba amañado. Había vencido el plazo de cuarenta días en los que se solían dictar medidas cautelares, y a pesar de haber desestimado los cargos más graves —terrorismo, conspiración para asesinar—, la jueza ratificó su encarcelamiento sin modificar las condiciones de aislamiento en el penal militar. No era una buena señal.

Antonieta y su marido no iban a dejar pasar la oportunidad que les había llegado por intermediación de Thor. Quizás existía algún tipo de justicia divina en el hecho de que uno de los primos ayudase a liberar al otro. Era como si el abuelo Eduardo, desde el cielo o donde se encontrara, siguiera velando por aquellos nietos a los que tanto quiso. En todo caso, se sentiría muy orgulloso de ambos.

Sin decirle nada a su hijo, Antonieta tomó las riendas del asunto y contrató a Jared Genser sin tener el dinero para hacerlo. Pero tenía prisa y como los abogados norteamericanos no trabajaban *pro bono,* no tuvo más remedio que pedir ayuda a familiares y amigos. El famoso *whitepaper* suponía cuatro meses de trabajo, en los que también pensarían la estrategia a seguir. Ya aprendería ella a organizar recaudaciones y colectar para devolver ese dinero y conseguir pagar los futuros honorarios. Por ahora, lo urgente era galvanizar todo ese mundo de fundaciones, ONG, abogados y activistas internacionales dedicados a liberar a los presos de conciencia del mundo. Era fundamental incluir a Leo en sus agendas.

—Que el mundo no le olvide. Por eso hay que dar la batalla fuera.

Lilian entendió el planteamiento de su suegra cuando esta le contó los pormenores de su viaje a Nueva York. Veía que existía un mundo mucho más grande allá afuera, un mundo sin tantos atracos y asesinatos, sin una justicia totalmente corrupta, sin arbitrariedades, un mundo donde había gente dedicada exclusivamente a denunciar las injusticias y a buscarles remedio. Lo aprendido en las clases de los abogados amigos de Luis Daniel empezaba a rendir sus frutos porque le permitía entender lo que era el Estado de derecho, la fundación de toda sociedad basada en la libertad de los individuos.

—Jared Genser me dijo que tú, como esposa, tendrás que representarle. Es como una norma.

—¿Yo? Pero si hablo poco inglés... Bueno, solo el de la academia Merici, ya sabes, lo básico.

—Pues conviene que tomes algunas clases. Eres la *espouse,* me dijo, y eso te convierte en la voz cantante.

Lilian agradeció en el fondo de su corazón que su suegra le atribuyera semejante responsabilidad cuando unas semanas atrás se había mostrado reacia a la hora de delegar la representación de su hijo. Sentirse valorada la reconfortó, era prueba de que las rencillas no habían empañado la relación, aunque intuía que sus suegros la consideraban de la farándula y no eran conscientes de sus cualidades como comunicadora.

—Entonces..., ¿no le contamos nada a Leo?

—Por ahora, mejor no, se niega en redondo —dijo Antonieta—. Habrá algunas cosas que tendremos que hacer sin decírselo.

—De acuerdo.

Antonieta siempre estaba cuando se la necesitaba. Lilian recordó cómo, al morir su padre, su suegra la animó a seguir con los planes de la boda; cómo la ayudó a escoger los regalos, a poner la casa, a organizar la celebración. Luego, cuando nació Manuela, y Leopoldo estaba de gira por el país, sin que nadie se lo pidiera, pagó una niñera para que Lilian pudiese ocuparse del bebé y seguir trabajando. Y recordó cómo juntas prepararon aquel cuarto con loros pintados en las paredes. Era, ante todo, una mujer pragmática, que se adaptaba y se acomodaba en el lugar que fuera más necesaria. Si no iba a asumir la portavocía del caso, se conformaría con participar en la estrategia general.

Ambas admitían que para conseguir la libertad de Leopoldo tenían que entenderse sin protagonismo ni rivalidades. Ese era el criterio que debía regir sus vidas, lo demás era secundario.

Lilian volvió a su casa. El pequeño se había dormido en el suelo, con la cabeza apoyada sobre la tripa de Capitán, el viejo labrador. Lo cogió en brazos y lo metió en la cama. Manuela estaba abrazada a su peluche. Luego Lilian fue a su cuarto y se dejó caer en el borde de la cama, que se le hacía muy grande de lo vacía que estaba. Estuvo sentada largo rato, cansada hasta para ponerse el pijama. Necesitaba pensar, aclarar las ideas. Si bien ya se desempeñaba como la voz de su marido en Venezuela, en la lucha diaria, hacerlo a nivel mundial era un reto para el que no se sentía preparada. Estaba insegura, confundida, frágil. Por una parte, mudarse con los niños a Estados Unidos tenía sentido: aprendería inglés rápidamente y podría colaborar de manera más eficaz con los abogados de Washington. Además, en Miami contaba con el apoyo de su hermana, que le insistía mucho, y de otros compatriotas que se habían exiliado ya. Era una decisión racional, sensata. Era seguramente lo que debía hacer.

Pero se le interpuso la imagen de Leopoldo en aquella celda, y de pronto le atravesó un fogonazo de rabia. «No le dejaré solo, no —se dijo—. No me voy». Fue un impulso de rebelión que le sacudió las entrañas, se alzó contra el sentido común, contra lo que debía ser el orden natural de las cosas, contra los consejos de su hermana, contra todo lo que la separaba de Leopoldo: «Nos quedamos, que sea lo que Dios quiera».

Fue tomar la decisión y encontrarse mejor. Las dudas se despejaron por arte de magia. Respiró hondo, hizo algunos estiramientos y se metió en el baño. Frente al espejo, con la boca llena de espuma de dentífrico, vio el vaso que todavía contenía el cepillo de su marido. Estaba seco, pero ese cepillo era Leopoldo, su esencia, su espíritu. Luego se le escapó un «Voy a pelearlo» en voz alta y temió haber despertado a los niños, pero no, seguían dormidos.

Se acostó y pensó en su abuela. Lilian, coraje. Sí, iba a coger el toro por los cuernos. Lo primero, quizás, sería mudarse a Los Teques, para estar más cerca de la cárcel, no tener que perder tanto tiempo en el trayecto entre Caracas y Ramo Verde, un recorrido que la separaba de su marido. Porque, desde la entrega, su vida se había reducido a ir de la casa a la cárcel y viceversa.

41

A pesar de la presión tan grande que tanto él como sus familiares soportaban, Carlos Vecchio no acababa de tomar la decisión de escapar del país. Jamás se le pasó por la mente que por razones políticas un día tendría que exiliarse en pleno siglo XXI. Tenía a sus dos padres mayores, a quienes había dado el gran disgusto de permanecer en Venezuela cuando ExxonMobil le tendió la alfombra roja para trasladarse a Catar. Y ahora debía decirles que les abandonaba, que dejaba Venezuela, sin sueldo ni prestaciones ni bonus. Y quizás sin la posibilidad de volver a verlos. Solo de pensarlo le producía un malestar físico.

Luego, la barriga de su mujer, que seguía creciendo, era un reloj que no dejaba de avisar. Dentro de poco ya no podría tomar la decisión de salir porque el niño estaría a punto de nacer. La vida de ella, la del bebé y la suya correrían mayor riesgo. Se daba cuenta de que era necesario coraje tanto para irse como para quedarse. Pegaso, su pariente y amigo y el responsable de su seguridad, se hacía eco de la opinión de los compañeros: «El partido necesita un canciller del conflicto venezolano, y nadie mejor que tú. Cuanto más tardes en decidirte, más peligrosa será la huida». Todas esas cuestiones lo atormentaban. La idea de dejar a Leopoldo en Ramo Verde mientras él escapaba era una tortura moral. «No te preocupes, hermano —le transmitía Leopoldo a través de Lilian—. Estoy detrás de unos barrotes, pero mi mente es libre». Como consuelo se decía que, si se marchaba, siempre estaría en sus manos regresar. Muy distinto a cuando se estaba preso y uno dependía del carcelero. Ese pensamiento le ayudó a tomar la decisión, la más difícil de su vida.

Y la tomó el día en que, estando escondido en el trastero de un apartamento, recibió un wasap de su mujer. Al abrirlo vio una imagen de su hijo en una ecografía tridimensional. Fue como un revulsivo, la señal de que no podía demorarse más. «¡Coño, Sebastián, no nazcas ahorita, dame una chance de arreglar esto!», se dijo.

Fue a pedirle ayuda a Pegaso, quien le consiguió papeles falsos y organizó el escape con el compañero de partido experto en «extracciones».

La operación se dividió en dos partes. Primero, Vecchio y su mujer embarcaron de noche en una nave rumbo a la isla de Bonaire, desde donde volarían a Estados Unidos. Fue una travesía espantosa; cuando el bote neumático empezó a perder aire, Vecchio pensó que no llegarían a tierra, que su mujer, su hijo no nacido y él se hundirían. Nunca vio la muerte tan cerca como durante aquella noche interminable. La suerte quiso que un barco pesquero los rescatara cuando estaban ya sin esperanza de salir vivos. «Jamás pensé que saldría de mi país, como un balsero», diría más tarde.

Dos días después, vestido de traje y corbata, flanqueado por su mujer. Vecchio parecía el típico alto ejecutivo de compañía petrolera. De pronto los funcionarios de la policía cuestionaron la validez de los pasaportes. Vecchio empezó a sudar copiosamente.

Al ver que el avión estaba a punto de despegar y que seguían retenidos, jugó a fondo su papel de vip indignado y lanzó un órdago al reclamar la presencia de autoridades superiores. Así consiguió meter miedo a los funcionarios mientras disimulaba el suyo propio. Por fin llegaron los superiores. Le interrogaron y, ante la duda, dieron por válidos los documentos. El farol funcionó y les dejaron embarcar. Pero Vecchio no se relajó hasta que el avión despegó y vio alejarse la costa.

Respiró aliviado, la camisa empapada de sudor. ¿Estaba libre? Sí, pero no se sentía libre. Era una libertad sin felicidad. ¿Ahora cómo voy a hacer para regresar lo antes posible?, se preguntó de inmediato. Era una cuestión parecida a la que se hacían los presos en la primera noche de encierro: ¿ahora cómo hago para salir de aquí? Vecchio sabía que a partir de entonces sería un exiliado, un desterrado, un preso en la cárcel del mundo.

Los cachivaches del futuro bebé se habían quedado atrás y le preocupaba llegar sin nada. Si el niño nacía antes de tiempo, no iban a tener ni cuna ni ropa. Le invadía una mezcla de sentimientos, por una parte, se sentía un desgraciado, pero a la vez era un privilegiado porque tenía un hermano en Miami. Al revés que muchos exiliados, alguien vino a recogerles y les ofreció un sofá donde dormir los primeros días. Qué raro se le hizo despertarse en esa exigua vivienda y darse cuenta de que tenía que empezar de cero.

Entendió que, en el exilio, el cuerpo se movía físicamente a otro país, pero el corazón permanecía en su tierra. «Es como si te dejaran un vacío en el alma que nunca vuelve a llenarse. Es sentir que te quedas sin patria. Que tus raíces se desvanecen. Que tu familia se aleja. Que tu patria te olvida. Que tus amigos presos sienten que abandonaste la lucha. Que tu aliento se paraliza. Que tu corazón deja de latir».

Fueron días difíciles. Primero buscaron un médico que infundiese suficiente confianza a la futura mamá y luego una vivienda lo más cerca posible del hospital. Esos fueron los primeros puntos de anclaje. Arreglar los papeles migratorios, contratar un seguro médico —carísimo en Estados Unidos— y conseguir apoyo económico para establecerse los primeros meses fueron los siguientes pasos. Llevaba unos ahorros, y empezó a dar clases. Pero tenía la sensación de vivir una vida prestada. Estaba fuera de su país, pero no podía desprenderse de él. Incluso lo sentía más cerca, como pegado a la piel. Leía afanosamente todas las noticias que salían en los portales digitales, buscaba información en las redes sociales, hablaba por teléfono con personas de confianza y líderes del partido en Venezuela. Le dolía cuando le decían: «Qué suerte estar fuera», mientras él lo pasaba tan mal. Pero en el imaginario colectivo pesaba la imagen del exilio dorado, del que está en el extranjero gozando de incontables privilegios cuando en realidad se despertaba de noche, sudando y con ansiedad, amputado de su país. «¡Leopoldo estaba preso físicamente y yo estaba preso del alma!», diría.

La única manera de sobrellevar el exilio era buscar respaldo a favor de la democracia, sentir que podía contribuir a liberar a su país. Sacar tiempo para relacionarse con congresistas de Florida, organizaciones civiles, líderes políticos, hacer una labor de *lobby* y explicar la realidad de lo que pasaba en Venezuela. Todavía entonces existían dudas sobre la deriva autoritaria del régimen. La verdad de las mazmorras, del secuestro de las instituciones y de la degradación de la vida cotidiana no se había divulgado ampliamente.

Recién nacido su hijo, Vecchio consiguió ser recibido en la oficina del Alto Comisariado de Derechos Humanos de la ONU en Nueva York, donde consignó un informe, elaborado en colaboración con Juan Carlos Gutiérrez, de todas las persecuciones y amenazas, la represión, las detenciones arbitrarias, las torturas, con especial mención al caso de Leopoldo. El informe buscaba instar al Alto Comisionado a que prestara particular atención a lo que estaba ocurriendo en Venezuela. Pero lo más importante fue la denuncia que ambos presentaron contra el Gobierno venezolano en la Corte Penal Internacional de La Haya. Fue un primer paso para una eventual y futura rendición de cuentas.

42

Minutos convertidos en horas, horas convertidas en días, días en semanas... El tiempo pasaba con exasperante lentitud en la celda de Ramo Verde, más aún cuando le dejaban sin visitas. El mural de su hija Manuela, que había pintado a la familia, le provocaba nostalgia. Cuidaba con esmero el germinador de siembras de judías, un vínculo con su hija. Observaba su entorno en busca de vida, de compañía. Y la encontraba. De noche, entraban en la celda unos escarabajos enormes, como de cuatro o cinco centímetros de diámetro, los Hércules, típicos del trópico. Le parecieron unos insectos fascinantes —leyó que eran capaces de cargar un peso ochocientas cincuenta veces mayor que el de su propio cuerpo—, o sea que eran las criaturas más fuertes de la Tierra en comparación con su tamaño. Además, desafiaban la ley de la gravedad. Sacaban del caparazón unas palas y despegaban en vertical, como los helicópteros. Podía contemplarlos durante horas. Se familiarizó tanto con ellos que los iba guardando en una caja, como si fuesen sus mascotas. En la próxima visita los sacaría, le asignaría un escarabajo a cada uno de sus hijos y juntos harían carreras y combates.

La rutina, fundamental para mantenerse entero, no bastaba para llenar aquellas jornadas tan largas, inacabables. Cada vez que se dejaba llevar por la ilusión de que el candado iba a abrirse para la llegada de una visita inesperada, o mejor, para dejarle en libertad, acababa frustrado. Se dio cuenta de que soñar despierto era un arma de doble filo. En la lectura de *Cinco panes y dos peces,* el libro del obispo Van Thuan, que estuvo encarcelado en Vietnam, encontró una respuesta a su desazón. En él advertía que la principal frustración del preso era pensar todos los días que saldría en libertad lo antes posible y, al no ocurrir, su esperanza se transformaba en decepción. Y la decepción destrozaba el ánimo y carcomía la voluntad. Mejor no pensar en el tiempo, se dijo Leopoldo.

No era fácil, porque fuera de los ejercicios, la oración, la lectura, la reflexión, quedaban muchas horas por llenar en un régimen de confinamiento absoluto privado de visitas. Se puso a escribir notas con la idea de recopilarlas en un libro que contara su experiencia en la prisión. Su hermana Diana se había comprometido a ayudarle a editarlo*. Rellenaba meticulosamente cuadernos en los que anotaba los pequeños grandes acontecimientos de su vida de recluso. Contaba su momento preferido del día cuando a las cinco de la mañana escuchaba a los pájaros que se despertaban, un canto que evocaba la libertad. Después surgía el ruido de la actividad humana en los pitidos, en algún grito de un oficial, en un camión que petardeaba a lo lejos. Describía la manera en que limpiaba la celda, tomando la precaución de mantener siempre un cubo de agua lleno porque la cortaban casi todos los días, y una vez el corte duró hasta dos semanas. Contaba la felicidad que le produjo la visita de sus hijos el Día de Padre, cuando Lilian y los niños llegaron con un regalo que habían comprado en el mercado municipal a la entrada de Ramo Verde. «Papi, para que no estés solo», le dijeron al entregárselo. Eran dos periquitos, uno amarillo y otro verde. «No los tienes que tener en la jaula, se la abres y ellos caminan y te acompañan». Desde pequeño, desde que iba al campo con su abuelo, le gustaban los pájaros, y llegó a tener en su casa un tucán y dos guacamayas. De tanto observar a los periquitos, descubría rasgos de personalidad de uno y de otro. Y lo escribía todo, con esa caligrafía de pata de mosca, apretada para aprovechar al máximo el papel. Cuando pasaban ban-

---

* El libro se publicó en 2016 con el título *Preso pero libre*, Ed. Península.

dadas inmensas de pericos sobrevolando la prisión, los de la celda les silbaban, y ese diálogo insólito le producía una alegría indefinible. Le recordaba que estaba vivo.

Descansaba de escribir y contemplaba sus libros, apilados en horizontal para leer los títulos en los lomos, y de esa manera recrear sus historias y hacer volar la imaginación. Otros días pasaba horas observando cada detalle de la celda, hacía mapas mentales con las grietas, que eran como ríos que daban a lagos de yeso desconchado. Las paredes estaban llenas de cicatrices extrañas, de mensajes escritos con algún objeto punzante por presos anteriores.

Una madrugada de finales de marzo, le despertó un ruido de pasos. Sonaban también las llaves, las esposas y toda la parafernalia metálica de los custodios. Leopoldo pensó que venían a buscarle. ¿A qué vendrían a esas horas? ¿A liberarle?... Estuvo esperando en vilo, luego los pasos se alejaron y se dio cuenta de que no se dirigían a su celda. Abrían y cerraban candados y puertas hasta que de nuevo se hizo el silencio. Al día siguiente se enteró por uno de los guardianes de que de noche habían llegado nuevos prisioneros. Un policía y dos alcaldes, acusados de desacato al no disolver las protestas del 12 de febrero —acusación que resultó arbitraria porque ninguno tenía competencia para hacerlo—. Uno de ellos, el joven Daniel Ceballos, alcalde de San Cristóbal, era militante de Voluntad Popular y muy amigo de Leopoldo.

—¡Bienvenido al Hilton! —le gritó Leopoldo—. Soy yo... ¿Me oyes? ¡Daniel, estoy acá!

—¡Coño, Leo, hermano! —No se habían visto desde diciembre, desde la reunión del partido en la que organizaron las protestas—. Me capturó el SEBIN, me acusan de apoyar a las guarimbas* y de llamar a la violencia.

—Buen trabajo el suyo, sé que desde hace un mes San Cristóbal está tomada por la gente.

---

* Grupos de resistencia contra el Gobierno.

—Como no les he dicho que se vayan para su casa, Maduro me acusa de terrorista.

—A mí me llama el monstruo de Ramo Verde.

Se rieron.

Leopoldo le conoció cuando Daniel era un líder estudiantil muy activo en el estado de Táchira. En 2009, le propuso incorporarse a Voluntad Popular. «Te invito como socio de un movimiento futuro», le ofreció.

—Coño, Leo, mira cómo terminó la sociedad a la que me invitaste —le dijo, burlón—... ¡Los dos presos!

Se rieron de nuevo. El joven tenía reputación de ser jocoso, pero a medida que preguntaba por la vida en la cárcel y Leopoldo le explicaba lo que era el régimen de aislamiento, dejó de hablar. La idea de pasar veintitrés horas encerrado, y solo una hora de patio, le resultaba terrorífica.

—Tienes que seguir una rutina, si no, esto no se aguanta. Yo te voy a ayudar. Tu mujer tiene que hablar con la mía para que se coordinen.

Daniel era diez años más joven que Leopoldo. Al igual que él, pero a un nivel provincial, era una estrella ascendente que amenazaba la preponderancia del partido del Gobierno en su ciudad, San Cristóbal. En las municipales de 2013 —las elecciones en las que Voluntad Popular consiguió alzarse con un número importante de municipios del país—, Leopoldo le había animado a que se presentase a la alcaldía, y arrasó. La popularidad de Daniel asustó a los chavistas y por eso estaba ahora en Ramo Verde.

Si la presencia de escarabajos —la especie más fuerte de la Tierra— le proporcionaba la rara satisfacción de no sentirse tan solo, la de un amigo era una fuente de alegría inconmensurable, aunque no pudiesen verse porque hablaban a gritos desde pisos distintos. Se intercambiaban noticias de política, de la situación del partido, del fervor constante de la calle, de la lucha que sus respectivas mujeres libraban fuera y hasta hablaban de la historia de Venezuela. En aquellos meses, los custodios les dejaban charlar y hasta participaban en las conversaciones, pegados a las rejas.

Leopoldo conectaba con ellos, la mayoría jóvenes de extracción humilde. Uno de ellos se llamaba Quintero, era de Puerto Ordaz, en la desembocadura del Orinoco, hijo de padre pescador y madre campesina. Un buen chico que vio en la Policía la manera de salir de la pobreza. Tenía intención de dejar el uniforme y estudiar contabilidad —le gustaban los números—, y por eso le pedía consejo a Leopoldo. Otros simplemente simpatizaban con él y pasaban a saludarle. «Me di cuenta de que en el ámbito militar la mayoría estaba de nuestro lado, aunque no pudieran manifestarlo abiertamente». La misma vocación de cambio que existía en la calle la había entre los custodios. Los presos se veían cuando se cruzaban al subir o bajar a los teléfonos públicos a hacer la llamada diaria, si es que estaban autorizados a hacerla.

—Ojo, Daniel, que es una llamada a tres orejas, la DGCIM* lo graba y lo revisa todo.

El nuevo recluso no acabó de creérselo hasta que le prohibieron las visitas quince días por una llamada juzgada de «contenido político». Solo habló de la organización del partido en San Cristóbal, un tema transparente. «Sin vergüenza, con cara de póquer, establecían sanciones por violar la ley y nuestra privacidad —escribiría Leopoldo—. Lo graban todo sin pudor ante las leyes y la Constitución que lo prohíbe».

---

* Dirección General de Contrainteligencia Militar (DGCIM).

43

En Caracas, la persecución contra Voluntad Popular, y Lara Ortiz en particular, no cesaba. Lara se dio cuenta de que podía acabar en un calabozo en cualquier momento. «Sabíamos que perseguirían a Leopoldo y a Vecchio, que eran las cabezas del partido, pero nunca pensé que iban a acosar a todo el que estuviera cercano a él. Fue un error no haber hecho ese cálculo».

Lara aguantó febrero, marzo y abril, pero ya en mayo localizaron sus dos residencias. El día 4, gracias a un informante que el partido tenía en la administración de justicia, supo que una orden de captura para detenerla estaba lista en la Fiscalía. De modo que fue a su apartamento, llenó su maletín de viaje y compró un billete de ida. Su intención era regresar al cabo de una semana. Pensaba que su contacto, o un abogado del partido, podrían rebatir los cargos en su contra y que la presión disminuiría. Consiguió embarcar en un vuelo que salió de Caracas el 5 de mayo a las seis de la mañana, justo antes de que se emitiera la orden. Desde Miami, avisó a su familia y habló con Lilian para que se lo comunicase a Leo.

Allí se alojó en un hotel. Al cabo de unos días, harta de esperar, sin noticias de Caracas, se dijo que la situación se habría calmado y compró un billete de regreso. Pero recibió una llamada de un compañero del partido.

—No se te ocurra meterte en ese vuelo. Quédate en Miami.

—¿Por qué? ¿Qué pasa?

—Tu orden de captura está en el aeropuerto de Caracas, te vas a meter en la boca del lobo.

—¿Has hablado con nuestro contacto en la judicatura?

—Claro que sí, por eso te lo digo. Los cargos son mucho más graves de lo que habíamos pensado en un principio. Te han denunciado por «daño al patrimonio público», «incitación a la guerra civil» y «financiamiento del terrorismo»... ¿Qué te parece?

Lara se puso lívida.

—No tiene sentido.

—No lo tendrá para ti, para ellos tiene mucho sentido. Quieren tu piel, así que quédate, no vuelvas.

Lara montó en el coche que había alquilado y empezó a sollozar: «Estuve dos días llorando», recordaría. Tenía veinticinco años y se veía forzada a abandonar todo por lo que llevaba años luchando. Como únicas pertenencias, tenía lo que cabía en su maletín de cabina. Debía aparcar su vida entera y comenzar otra a la que ella, por ahora, no le veía el sentido. Repitió para sus adentros el lema de Leopoldo, «Fuerza y fe», pero no bastaba para ahogar su desesperación. No sabía qué hacer. Lo único que se le ocurrió fue ir al centro de la ciudad donde conocía a un tatuador cubano que hacía buenos precios. Le pidió que le dibujase la palabra Fe en la mano derecha. Así, grabada en su piel, pensaba que no desfallecería, que aguantaría el tiempo necesario hasta regresar, quizás dentro de un mes o dos. No hay mal que cien años dure, se dijo, aunque aquel cubano, que siendo niño había huido de su isla, todavía no había podido regresar. Mientras la estaban tatuando, llamó a una amiga que tenía en Washington, que la invitó a pasar unos días. Por lo menos, no estaría sola. A la mañana siguiente, voló a la capital de Estados Unidos. Su amiga la invitó a cenar a un restaurante de Georgetown, y hablando le ayudó a ver su situación con perspectiva. Le recordó la suerte que tenía de estar viva, y libre.

—Viva sí —dijo Lara—. Pero ¿libre? Estar exiliada no es estar libre.

—Quizás, pero puedes viajar, moverte, hacer y decir lo que te dé la gana. Y eso en Venezuela no puedes hacerlo. Así que tómate como una bendición que hayas podido salir de Caracas... Porque sabes que no vas a poder volver a Venezuela —le dijo mientras Lara la miraba, escéptica.

«Lo que me decía me parecía completamente irracional», recordaría.

—Pero ¿qué me estás contando?

—Tú no vas a volver para allá. ¿Qué sentido tiene regresar? ¿Quieres acabar de vecina de Leo?

—Mi trabajo está allí... ¿Qué otra cosa voy a hacer yo? ¿Me voy a quedar de brazos cruzados?

—No, métete en la cabeza que no vas a poder retornar a Venezuela en mucho tiempo. Estás vinculada con el enemigo público número uno, allí estás quemada. Todo lo que tengas que hacer, tendrá que ser desde fuera, desde aquí. Así que aterriza, querida.

Lara se había enrocado en la negación, y ese estado le duró varios días. Poco a poco, tuvo que admitir que su vida había cambiado para siempre, y fue a ver a un alto cargo del Departamento de Estado, un contacto que tenía de la embajada en Caracas.

—No puedes estar así —le dijo el hombre—, lo primero es arreglar tu estatus migratorio, tienes que conseguir una visa J1, te dará estabilidad para seguir luchando. —Lara miraba hacia el techo, en un intento de disimular las lágrimas que querían brotar de sus ojos. Él prosiguió—: Ustedes en la oposición son muy tontos y no se dan cuenta de que todo el mundo ve a Maduro como un demócrata.

Esas palabras le hicieron recordar a Leopoldo. La noche anterior a su entrada en Ramo Verde le había dicho que se iba a entregar porque la mayoría de los venezolanos todavía pensaban que Nicolás Maduro respetaba la democracia. Había sido su obsesión desde antes de las elecciones municipales, hacer ver la realidad del Gobierno venezolano, mostrar al mundo cómo el chavismo había destrozado el andamiaje de la democracia. «Entonces, yo me dije que el objetivo no era solo liberar a Leopoldo, sino demostrar, a través de aquel encarcelamiento injusto, que el régimen se había convertido en una dictadura».

No estaba en su tierra, pero seguía en la lucha. Metódica y activa, hizo una lista de toda la gente que Leopoldo conocía que fuese susceptible de ayudar a la causa. «Me dediqué a levantar el dinero, sobre todo para pagar las giras de Lilian. De los primeros diez a quienes llamé y escribí correos electrónicos, tres me respondieron de inmediato. Uno vivía en México, y fui a verle. Cuando llegué a su casa, me recibieron dos perros siberianos gigantescos, y él me dijo: "Yo confío en la gente en la que mis perros confían". ¡Uf! Siempre he tenido terror a los perros. Me senté, muerta de miedo por dentro, y hablé con él, le expliqué que queríamos hacer una especie de "asociación de amigos de Leopoldo" para montar una campaña internacional y denunciar su caso, el de los demás presos políticos y demostrar que Venezuela era, en efecto, una dictadura». Ese hombre se convirtió en el primer donante, luego Lara repitió con más gente. «Me fue bien. Descubrí que servía para eso».

«Hemos pensado que lo primero que hay que hacer es ir al Vaticano», le propuso Antonieta cuando se vieron en Nueva York. Había venido a contratar a Jared Genser, para que hiciese el *whitepaper*. «¿Cómo podemos conseguir una audiencia?», le preguntó a Lara, que removió cielo y tierra y consiguió que una delegación de mujeres argentinas que iban a ser recibidas por el papa aceptase incluir a Lilian y Antonieta en el grupo.

En Caracas, Lilian tuvo que abandonar la idea de mudarse cerca de la cárcel porque implicaba cambiar a los niños de colegio, alejarse de los compañeros del partido y trasladarse a un lugar inseguro. Se dio cuenta de que el suyo había sido un impulso de mujer enamorada, y lo habría seguido de no ser madre. Ahora que tenía que viajar y ausentarse de casa tuvo que pedir ayuda a su amiga Nore, una antigua modelo y compañera de la televisión, que se ofreció generosamente:

—Dime qué días no vas a estar y yo me quedo con los niños.

Lilian vio el cielo abierto.

Su primer destino fue un viaje a Lima en abril de 2014 como parte de una delegación de estudiantes y opositores para entrevistarse con Mario Vargas Llosa, que les dispensó un cálido recibimiento. Lilian le contó la situación de todos los presos políticos, no solo de su marido. Leopoldo había insistido, en las numerosas conversaciones que tuvieron en la celda, que su caso debía servir para que el mundo tomase conciencia de los demás presos; ese era el papel de un líder. «Ese régimen es un peligro para toda la región —dijo el nobel—. Latinoamérica tiene que despertar».

Pero el viaje en el que más esperanzas depositó fue la visita al papa Francisco el 28 de mayo del 2014, unos días antes de que comenzase el juicio formal contra Leopoldo. El cardenal Pietro Parolin había sido nombrado secretario de Estado del Vaticano, el segundo puesto después del papa en importancia. Venía de Venezuela, donde había sido nuncio, y era buen conocedor de la realidad del país. Semanas antes de acabar en Ramo Verde, Leopoldo fue a verle a la nunciatura para decirle que muy probablemente tanto él como otros acabarían encarcelados, y le pidió que la Iglesia fuese muy firme en la defensa de los presos políticos. Al recibir a Lilian, le dio un rosario para que se lo hiciese llegar a Leopoldo. Todo un gesto, pensó ella.

Las señoras que formaban parte de la delegación argentina iban vestidas de negro, como dictaba el protocolo. Pero a Lilian le pareció de mal augurio, con el marido encarcelado, ir como una viuda, así que apareció vestida de blanco. Parolin no dijo nada.

La plaza de San Pedro estaba inundada de sol. Educada como sus hermanos en un colegio católico, animada por la fe que le inculcaron sus padres, a Lilian le embargaba una gran emoción. Apretaba fuertemente el rosario que el cardenal le había entregado. Cuando le llegó el turno, mantuvo la serenidad en el besamanos y le contó a Francisco que la gente estaba sufriendo en Venezuela, que había una crisis humanitaria y presos políticos: «Y mi esposo es uno de ellos —dijo—. Está en una celda y es muy injusto. Dentro de un mes empieza su juicio y le ruego que haga lo que esté en sus manos...». En ese momento se le hizo un nudo en la garganta y no consiguió terminar la frase. Francisco la miró y dijo:

—Voy a rezar mucho por tu marido, por los presos políticos y por los venezolanos. Ten fe.

Lo que tenía Lilian era mucha esperanza. Nunca le había hablado a alguien tan venerable, nada menos que al representante de Dios en la tierra. Convencida de que podría ejercer algún tipo de influencia en Venezuela, tardaría en darse cuenta de que el Vaticano era una maquinaria pesada, más sujeta a las veleidades de la diplomacia internacional que a la labor humanitaria.

Le sorprendió la repercusión en los medios. Hubo algo en la imagen de aquella mujer rubia toda de blanco que llamaba a la libertad de su marido, que tocó la fibra mediática, porque las grandes agencias de prensa publicaron las fotos y un texto de la entrevista, que dio la vuelta al mundo.

La última etapa de aquel viaje contemplaba una escala en Madrid para entregar en persona a Felipe González una carta escrita por Leopoldo en Ramo Verde, donde le pedía que se involucrase en denunciar lo que estaba sucediendo en Venezuela. Se habían conocido en 2012, cuando Felipe acudió a Caracas en compañía del expresidente chileno Ricardo Lagos y del brasileño Henrique Cardoso. En la reunión que mantuvieron toda una mañana, hablaron de la campaña que en ese momento hacía Henrique Capriles, de la situación económica y de sus propias experiencias en sociedades que habían transitado de la dictadura a la democracia. Ya Felipe González mostraba su preocupación por la falta de autonomía de los poderes públicos y barruntó el inminente colapso de la economía venezolana. Tanta clarividencia se le había quedado grabada a Leopoldo.

Una llamada de la esposa del alcalde Ledezma, una mujer resuelta y activa llamada Mitzy, al despacho de Felipe González bastó para concertar una cita. Felipe estaba muy al tanto de la actualidad de Venezuela y había seguido de cerca todo el proceso de La Salida, las manifestaciones y la entrega de Leopoldo. Recordaba a ese joven político porque su arrojo y su discurso, tan coherente, le habían impresionado en aquella visita a Caracas. Esa misma tarde, Lilian fue recibida en el domicilio del exmandatario, en la calle Velázquez de Madrid. González le hizo todo tipo de preguntas sobre la situación carcelaria de Leopoldo, sobre su estado mental, sobre las condiciones de los demás presos, sobre las vistas del juicio, quería saberlo todo. Se comprometió a reclamar, a través del Club de Madrid, su liberación y la de los demás presos políticos. Y esperaba poder visitar de nuevo Venezuela para presionar a las autoridades desde el interior del país. Pero lo que más apreció Lilian fue su voz amiga, que mostraba genuino interés no solo por la situación política, sino también por la situación de sus hijos. Que se mostrase cercano, cálido y cariñoso fue para ella —y para toda la familia— una inyección de moral de inestimable valor.

Cuando regresó a Caracas, fue rauda a ver a sus hijos. Padecía ansiedad, alimentada por un sentimiento de culpabilidad por haberlos dejado solos, a pesar de la confianza que tenía en Nore. Era una sensación perniciosa que la carcomía cada vez que salía de viaje, y que compensaba, a la vuelta, haciéndose la supermadre. Se volcaba en ellos, jugaba durante horas y al final del día encargaba una pizza Domino's finita de *pepperoni*, la preferida de Manuela, y se tumbaban a ver una película juntos. Así, hasta que llegaba el fin de semana y tocaba visitar a papá.

Mientras guardaba cola en la puerta de Ramo Verde, se imaginaba la ilusión de su marido al recibir el rosario de Parolin, bendecido por el Santo Padre, y las noticias sobre el encuentro con Felipe González. Se iba a sentir menos solo al saber que el papa rezaba por él y por los demás presos, y que pedía a Dios por su excarcelación; que Felipe iba a alertar a los demás miembros del Club de Madrid para exigir su liberación. Pero cuando llevaba hora y media en la fila, el director de la cárcel, el coronel Calles, la interpeló:

—Tintori, venga para acá.

Lilian salió de la cola y entró en las oficinas.

—Usted no entra hoy a ver a López.

—¿Y eso por qué?

—Me va a tener que contar a mí lo que le dijo al papa.

—Le hablé de lo que pasa en Venezuela. Le conté la verdad.

—¿Y cuál es esa verdad?

—¿No la ve? No ve que la gente es cada vez más pobre, que nada funciona, que no hay insumos, que el país vive una crisis horrenda.

—¿Y le ha explicado al papa que es por el boicot de Estados Unidos?

Lilian alzó la vista al cielo. «Era como hablarle a la pared», diría. Se enzarzaron en una discusión que fue interrumpida por la llegada de otros funcionarios. Uno de ellos intentó arrebatarle el móvil a Lilian, pero no se dejó.

—A ustedes el chavismo les ha lavado la cabeza.

Enseguida se arrepintió de sus palabras. Aquellos hombres tenían poder sobre ella y sobre Leo, y lo ejercieron. Le suprimieron las visitas durante más de un mes. Fue el principio de una dinámica que no haría más que aumentar en intensidad. Cada viaje de Lilian por el mundo, cada repercusión mediática era inmediatamente castigada por el régimen con supresiones de visitas, redadas en la celda o castigos a Leopoldo. Él se mantuvo siempre sereno porque sabía que, si el régimen reaccionaba enfurecido, es que el golpe asestado había sido certero.

44

Unas cartas a sus militantes sirvieron de pretexto a las autoridades de Ramo Verde para prolongar el castigo y privarle de visitas hasta que empezó el juicio. Para evitar el contacto con la gente agrupada a las puertas del Palacio de Justicia, lo sacaban de la celda en plena noche y lo llevaban en un vehículo, con una escolta desproporcionada de motos y camionetas, directamente al sótano del edificio, en cuyos lúgubres calabozos Leopoldo esperaba horas. Luchaba contra el tedio leyendo los grafitis de presos anteriores y los contestaba con la esperanza de que algún reo posterior continuase ese diálogo desesperado y subterráneo.

Cuando el 23 de julio comenzó el juicio, Lilian llevaba dos meses sin poder verle. Las audiencias se celebraban a puerta cerrada, sin prensa, con la sola presencia de los abogados y los familiares directos, es decir los padres, la hermana y la esposa de Leopoldo. En los alrededores del Palacio de Justicia —que cerraba los días de juicio, no se despachaba nada—, el Ejército, la Guardia Nacional y el SEBIN habían desplegado un operativo de seguridad más propio de un capo mafioso que de un político de la oposición en un país supuestamente democrático. Lilian encontró a su marido pálido, los ojos más grandes por la delgadez, con barba de varios días, vestido con una camiseta blanca y con la cruz de madera en el pecho. Pero la sonrisa que esbozó bastó para que supiesen que era el mismo de siempre, que seguía fuerte, que no lo habían quebrado. Ellas iban vestidas de blanco, la cara lavada, las uñas sin pintar. Cada una por su cuenta había dejado de pintárselas desde que fueron a la celda por primera vez. En aquellas circunstancias, el color les parecía una frivolidad.

También ocupaban la sala tres estudiantes de entre dieciocho y diecinueve años, sentados en el banquillo con aire abatido, acusados de haber prendido fuego a la Fiscalía y de haber provocado actos vandálicos durante la jornada del 12 de febrero. Parecían animales acorralados. Inmediatamente, Antonieta se dio cuenta de que esos jóvenes iban a ser utilizados por la Fiscalía para acusar a su hijo de haberles incitado a la violencia. La trampa estaba servida y la tenían delante de sus ojos, encarnada en la imagen de esos tres pobres chicos.

Casualidades de la vida, la jueza se llamaba Adriana López, como la hermana de Leopoldo. La semana anterior, en la sesión preliminar, había rechazado todas las peticiones de anulación del juicio formuladas por Juan Carlos Gutiérrez, el abogado defensor. Ni las condiciones inhumanas de encarcelamiento de su defendido ni los vicios legales del procedimiento, que eran numerosos, fueron aceptados como argumentos para sobreseer la causa y devolver la libertad, aunque fuera condicional, al reo.

El letrado había organizado la defensa en base al testimonio de testigos presenciales de los hechos como Juan Guaidó o Lilian, de políticos opositores que no eran del partido de Leopoldo y, sobre todo, de periodistas, porque en todo momento en aquella jornada el acusado estuvo rodeado de fotógrafos, y se podía considerar que la prensa internacional era objetiva. Pero para su gran decepción, la jueza denegó sistemáticamente, uno a uno, todos los testimonios, incluidos los de cuarenta y un testigos presenciales ofrecidos por el abogado. Aquello no auguraba nada bueno.

—Juan Carlos, yo quiero hablar —le dijo Leopoldo.

—No te lo recomiendo, creo que lo mejor es que escuchemos todo el juicio y que después veamos.

—Mira, ya sabemos lo que va a pasar aquí, no nos van a permitir presentar pruebas o testigos, y si a mí el derecho procesal me permite hablar, porque eso lo permite, pues voy a hablar. Me preparo cada vista como un examen de oposición, tú ya sabes.

Y Leopoldo habló. Lo hizo con contundencia y claridad. Había tenido muchas horas de celda para prepararse. «Llevo ciento dos días de prisión —empezó diciendo—, sometido a aislamiento, no tengo visitas, no puedo recibir a mi familia, no tengo salida al sol porque mandé unas cartas que los custodios consideraron "políticas". Eran cartas al papa Francisco y a Felipe González en las que les informaba del deterioro de los derechos humanos en Venezuela. ¿Por qué el contenido de las cartas es político? —preguntó—. ¿Qué ley establece que yo no puedo escribir una carta con contenido político? ¿Qué arbitrariedad es esa? Incluso me llegaron a decir en la cárcel de Ramo Verde: hagamos lo siguiente, entrégueme usted las cartas antes de que salgan, yo las reviso y le digo si pueden salir o no. Eso viola el derecho fundamental de la privacidad y de la correspondencia».

No se oía volar una mosca en la sala mientras explicaba las razones por las que había tildado al Gobierno de «corrupto, ineficiente, represor, antidemocrático y con presuntos vínculos con el narcotráfico».

—¿Es acaso falso? No, señores, no lo es —dijo, mirando a los fiscales a los ojos—. Yo crecí pensando que las dictaduras eran algo del pasado, pero es algo del presente, y siempre tejidas de institucionalidad, siempre tejidas de legalidad. Solo en dictadura decir que un Gobierno es ineficiente, que un Gobierno es corrupto, que un Gobierno es antidemocrático, es un crimen. Si algo caracteriza a la democracia, es precisamente la libertad para criticar al gobernante, es que es un sistema que plantea la renovación, la alternabilidad, el cambio.

Luego pasó a defenderse del principal cargo:

—Ustedes me acusan de haber incitado a la violencia con mis palabras. Condenar la palabra no es nuevo en la historia, se vio en los juicios de los romanos, se vio en los juicios del nazismo, se vio en los juicios de la Rusia de Stalin. Rechazo abiertamente haber incitado alguna vez a la violencia. Jamás lo hice. El disparador de esa violencia fueron las muertes ocurridas el 12 de febrero, el homicidio de Bassil Da Costa, cuyo cuerpo cargaban estos muchachos que están acá en el banquillo, que no tienen veinte años de edad y que ya han sido sometidos a tortura. Sí, a tortura.

Los jóvenes le miraban con ojos mansos. El prosiguió:

—Señora jueza, Bassil Da Costa tenía veintitrés años cuando recibió un impacto de bala de quien, ya nadie tiene duda, fue un funcionario público del SEBIN. ¿No habrá sido la reacción de esos jóvenes a la muerte de Bassil Da Costa y Roberto Redman, asesinados ambos por funcionarios públicos, lo que desencadenó actos de vandalismo? Yo creo que sí. Eso no es subliminal, señora jueza, no, esos son hechos concretos. ¿Quién les dio la orden de disparar? ¿Dónde están siendo juzgados esos funcionarios, a pesar de la abrumadora evidencia que existe en los vídeos que la prensa y los demás manifestantes tomaron?

Terminó pidiendo a la jueza que pusiese en libertad a los jóvenes encausados:

—Le ruego desde lo más profundo de mi corazón que, si hay una necesidad de mantener una privativa de libertad, que la mantenga contra mí, pero que deje en libertad a esos jóvenes que no merecen perder su juventud en un calabozo.

Al final, Juan Carlos Gutiérrez pidió la palabra y le preguntó a Leopoldo que aclarase el sentido de la frase que la Fiscalía empleaba en su contra. «Hay que salir a conquistar la democracia».

—Claro que lo dije —contestó Leopoldo—. Incluso preso, trabajo para eso. Día y noche. Pero es de muy mala fe interpretar esas palabras como incitación a la violencia.

Los discursos de Leopoldo eran más que los alegatos de un preso que busca defenderse; a veces tomaban altura y se convertían en discursos de estadista. En ciertos momentos, conseguía conmover hasta a los fiscales. En realidad, todos sabían que decía la verdad, porque ellos mismos, chavistas o no, podían corroborar lo que oían con la realidad cotidiana que les tocaba vivir. Nadie escapaba a la escasez, a la falta de medicinas en las farmacias, al descalabro de la economía y al deterioro de la vida en general. «Esto hay que grabarlo», se dijo Leopoldo padre. Al volver a casa, encargó por Amazon unas gafas que incorporaban un micrófono y una cámara, unas gafas de espía que los custodios no descubrirían.

Esa madrugada, cuando devolvieron a Leopoldo a su celda, vio a sus periquitos en el suelo. Les habían retorcido el cuello. ¿Por qué? Se quedó pensando en cómo debía ser la mente del custodio a quien se le ocurrió semejante acto de crueldad. En ese momento, tuvo la revelación de que el mal existía, el mal puro, simple, sin razón, sin explicación, el mal por el mal. Le pareció curioso no haber sido consciente de ello hasta entonces.

45

En realidad, no fue un acto de crueldad deliberada. Tardaría en descubrir que esos episodios, aparentemente anodinos, formaban parte de un plan para desestabilizarle. Un sofisticado plan de tortura psicológica, concebido en la Unión Soviética y refinado en Cuba por los servicios secretos y que se podía resumir en cuatro palabras: hoy te doy; mañana te quito. Hoy te dejo tener animales, mañana te los quito. Hoy te dejo escribir, mañana te quito los bolígrafos. Hoy te permito visitas, mañana te las prohíbo, etc.

Tres días después, de madrugada, una treintena de hombres encapuchados, vestidos de negro y con armas largas, irrumpieron en su celda, sin identificarse, sin custodios ni fiscales. Leopoldo se despertó sobresaltado: vio a tres de ellos observándole de cerca.

—¿Qué hacen aquí? ¿A qué viene esto?

No contestaron. Junto a otros cinco comenzaron a registrarlo todo. Las requisas eran aleatorias y no pasaban quince días sin que los guardias entrasen y pusieran todo patas arriba. Ese día no eran custodios y se negaron a identificarse. Hurgaron frenéticamente en cada rincón de la celda. Entendió que buscaban un teléfono porque unas declaraciones suyas habían salido publicadas en prensa. No encontraron nada. El sistema que había ideado Leopoldo para poder comunicarse con el exterior, aparte del teléfono que le consiguió Lilian y que le fue requisado, consistía en que los expolicías presos le dejaban un móvil justo el tiempo de hablar e inmediatamente lo devolvía a través de las rejas exteriores. Otras veces, para pasarse un objeto entre celda y celda, entre piso y piso, lo envolvían en una bolsa de plástico y lo ataban con una cuerda que hacía de contrapeso. Lo llamaban el ascensor.

Irritados de no encontrar lo que buscaban, los soldados confiscaron sus cuadernos, sus diarios y unas notas apuntadas en folios.

—Eso no se lo pueden llevar, son notas para mi defensa.

—Nos interesa mucho.

—No tienen ningún derecho a llevarse esos papeles.

Leopoldo trató de impedir que se los arrebataran, se enzarzaron en una pelea y acabaron golpeándolo. Le confiscaron algunos libros al azar, sin criterio, todos sus escritos y le dejaron sangrando por la nariz, derrotado. Las páginas que había empezado con tanta voluntad, ese testimonio que quería plasmar sobre la verdad de lo que estaba viviendo, todo ese esfuerzo que empezó cuando no había ni luz en la celda, acabó como un amasijo de vulgares papeles arrugados en la bolsa de uno de aquellos militares*.

Cuando por fin autorizaron a Lilian el vis a vis de rigor, Leopoldo estaba todavía afectado por la incautación de sus papeles, pero, fiel a sí mismo, le dijo:

—Volveré a empezar el libro. Y esta vez te iré pasando los capítulos... en estos encuentros.

Le entregó unas cuartillas escritas en letra minúscula —notas sobre la estrategia a seguir en las que recomendaba continuar con la presión en la calle—, para que se las entregase a sus colegas de Voluntad Popular. Empezaron por colocar los papeles bien doblados entre la plantilla y el zapato, luego dentro del calcetín. A medida que les iban descubriendo en los cacheos, cambiaban de truco. El último consistía en proteger las notas dobladas con celofán y meterlas en un chicle. A la hora de requisa, Lilian apretaba bien el chicle contra una muela. A Leopoldo le podían amedrentar, le podían pegar, pero no se doblegaba.

---

* Luego supo que eran de la Dirección General de Contrainteligencia Militar. Las notas nunca le fueron devueltas.

—He hablado con el párroco y te van a dejar ir a misa. Se lo dijeron los de arriba.

Era una vieja reivindicación de Leopoldo, no solo por convicción, sino también por razones estratégicas. Buscaba fomentar un motín en la prisión, pero, para hacerlo, necesitaba entrar en contacto con los demás presos. La capilla era el lugar idóneo.

Ese día, Lilian traía buenas noticias. Sesenta y tres diputados del Parlamento chileno habían exigido a la presidenta Michelle Bachelet que actuase por la libertad de Leopoldo. La mejor noticia estaba en un sobre que le tendió, de parte de su abogado Juan Carlos. Leopoldo empezó a leerlo. Era un pronunciamiento del grupo de trabajo de la ONU sobre la detención arbitraria solicitando a Nicolás Maduro su liberación inmediata y una declaración pública de desagravio.

—Esto es un mandato de un organismo internacional, y el Estado está obligado a cumplirlo.

Era la segunda vez que recibía una decisión favorable y de obligado cumplimiento por parte de instancias internacionales. La primera había sido la de la Corte Interamericana de Desarrollo sobre lo ilegal de su inhabilitación cuando quiso presentarse a candidato a las elecciones de 2011. Entonces, el propio Tribunal Supremo de Justicia venezolano declaró que se desvinculaba del ordenamiento jurídico internacional, contraviniendo los tratados firmados. A pesar de todo, esta información que le traía Lilian era una señal de que la campaña empezaba a dar sus frutos.

—Con esta noticia, me ha entrado un fresquito —dijo Leopoldo visiblemente contento.

Estaban en la celda del vis a vis, un lugar cochambroso con una litera metálica y un colchón con lamparones de anteriores visitas conyugales, que daba a un baño destartalado donde no siempre funcionaba el agua. Lilian pasaba un rato limpiándolo todo y prefería fundirse con su marido de pie que hacerlo tumbada en el catre. Al abrazarle podía palparle las costillas; pensó en la posibilidad de un envenenamiento o algún atentado contra la salud, una idea que la aterraba. De momento, lo tenía en sus brazos, vivo y entero, y ya solo contaba él, su presencia, su olor, su voz, sus palabras. El tiempo que duraba el amor lograban olvidar la cárcel, el olor a cañería y a desinfectante. Leopoldo agarró el rostro de Lilian con sus manos y le dijo:

—Hay que resistir, Lilian, no nos van a tumbar. Esto es como cuando hacíamos deportes extremos. —Lilian se rio, alzando la vista al techo. La analogía con el deporte empezaba a ser reiterativa—. Pero es cierto, Lilian. En el deporte te acostumbras a vivir en crisis. El día de la carrera uno está en crisis, muy alerta.

Lilian estaba de acuerdo, siempre habían reaccionado bien en tiempos de crisis. Conseguían centrarse y avanzar.

Se pusieron a recordar los tiempos de surf, playa, sol y libertad. De cuando subían al Ávila. De cuando participaron, poco tiempo después de su boda, en los triatlones de Aix-en-Provence y de Napa Valley y en la maratón de Nueva York. De cuando todo era posible. La felicidad vivida, eso nadie se lo podría arrebatar, ni al uno ni al otro. Recordaron cuando Lilian organizó un reto en kite desde la costa de Venezuela hasta la isla de Aruba. Duró algo más de tres horas. Tres horas sobre una tabla arrastrada por el viento. Los músculos de los brazos se agarrotaban, el cansancio a medio trayecto era ya inmenso, el sol castigaba, pero ese homenaje a su padre, a Franco Tintori, lo tenía que lograr.

—Esto es lo mismo, es un reto.

—Luis Daniel decía que esto es como una maratón..., y yo le puntualicé que sí, pero una maratón donde no se ve el final. Creo que fue lo último que le dije.

—El final es la libertad, no hay más bello final. Ya ocurrió antes, mira a mis abuelos, que pasaron por lo mismo... Volverá a ocurrir, volveremos a ser libres.

—Para mí, el final es que tú salgas de aquí.

Cuando sentía que se deslizaba hacia la melancolía, Lilian hablaba de sus planes inmediatos.

—La semana que viene, tu madre y yo iremos a Ginebra, a unas entrevistas con embajadores y gente de la ONU.

—¿Y cómo lo han conseguido?

—El abogado gringo. —Leopoldo alzó la mirada al cielo—. Sé que la idea no te gusta, pero te pido por favor que no digas nada a tu madre. No está para recibir reproches.

Le sorprendió el tono tan perentorio de su mujer.

—Ok, no le diré nada.

—Prométemelo.

—Bien, lo prometo. Pero no me gusta nada lo del abogado gringo. A veces el remedio es peor que la enfermedad.

—El caso es que nos están ayudando, así que por favor no entorpezcas.

Leopoldo se calló. Luego dijo: «Ok».

—Lo que nos da miedo es lo que te vayan a hacer después.

—¡Ni bola! —reaccionó él—. Yo aguantaré todo lo que sea necesario. El mundo tiene que saber a lo que nos enfrentamos. Esta recomendación de la ONU ya es importante. Si me castigan, es que lo están haciendo bien.

—Se han puesto en contacto conmigo las esposas de algunos presos, pero cuando las convoco a un acto me dicen que tienen miedo a que a sus maridos les amarguen la vida en prisión. Cuesta mucho hacer que participen.

—Lo sé, están agarrotados. El miedo es el arma de los tiranos para tener a la gente sojuzgada.

La situación de las «compañeras» de Lilian que se dejaban la vida en esas colas eternas era dramática. Muchas se veían forzadas a vender o hipotecar sus bienes para sufragar el soborno —la vacuna, lo llamaban— a jueces y fiscales sin escrúpulos que les prometían acelerar los procedimientos. A pesar de que todos conocían el riesgo de pagar sin tener garantías de obtener resultados, lo hacían porque era la única esperanza de liberar a sus familiares.

—Por eso es importante movilizarlas, Lilian. Se tienen que dar cuenta de que el sistema está podrido y que es importante protestar y no callarse. El miedo no sirve.

Un toque en la puerta les interrumpió.

—¡Un minuto más! —escucharon.

—Tranquilo, Quintero.

—No es por mí, andan los jefes por aquí.

Hicieron un repaso rápido de las cosas prácticas. Lilian, con ayuda de Lara, había pedido ayuda a los amigos venezolanos que les había indicado Leopoldo y, en efecto, cumplieron con su palabra: «Si me necesitas, allí estaré». Impresionados por la lucha de Leo, por su sacrificio, se habían organizado para asumir los gastos de la familia —casa, comida y colegio—, así como los ocasionados por los viajes al extranjero. Lilian proponía un encuentro en algún lugar del mundo —ya fuese por indicación de Jared o de cualquier organismo internacional—, Lara lo presupuestaba y ellos lo autorizaban. El pago se efectuaba directamente a través de una agencia de viajes que pertenecía a uno de los amigos. Lilian solo precisaba dinero de bolsillo. «Conocen las estrategias, son solidarios, están muy preocupados porque nuestra familia esté bien». Leopoldo se quedó tranquilo para afrontar el resto de la jornada. La viviría en soledad, pero sin sentirse solo. Era plenamente consciente de su suerte.

A partir de entonces, le llevaron a misa todos los miércoles, y en la capilla se encontraba con los demás presos. Se sentaba detrás, en la última fila, junto a los custodios. Cuando llegaba el momento de darse la paz y se levantaban, Leopoldo, en lugar de dar la mano, los abrazaba a todos, incluido al general Baduel, el preso más notorio del penal, el antiguo ministro y amigo de Chávez, represaliado por su lealtad a la Constitución. Siempre serio y muy erguido. «La intensidad espiritual en esos momentos era grande —recordaría Leopoldo—. La cárcel es una situación límite y entonces desarrollas los instintos para poder sobrevivir. Desarrollas la capacidad de leer a la gente de manera inmediata con una mirada, con un gesto. Enseguida sabes si está contigo o no. Escaneaba a los presos, sabía quiénes de alguna manera simpatizaban, por algún gesto que dejaban traslucir, entonces me arriesgaba y al darles la paz les decía: "Dile a tu esposa que busque a la mía en la cola, se llama Lilian". Era una comunicación lenta porque Lilian podía identificar a una esposa, pero después tenía que salir la esposa del preso con lo que dijo el marido. Pasaban dos o tres semanas para que el ciclo de ese contacto culminara». Ese trabajo de largo aliento, que comenzaba por establecer un contacto, continuaba cuando le asignaba una misión al reo: «"Organiza tu sector de la cárcel, y vamos a prepararnos para tomar el control de Ramo Verde". Ese es mi oficio, mi oficio es organizar gente, eso es lo que sé hacer, entonces estructuré mi red de gente piso por piso, identificando quién estaba en cada celda. Ya solo quedaba esperar al momento adecuado para pasar a la acción».

Y cuando terminaba la misa, otra vez el aislamiento.

46

La ciudad de Mérida debía su prestigio, aparte de a la belleza de su centro histórico y a las montañas de sus alrededores, las más altas del país, a la Universidad de los Andes, la de mayor tradición y segunda en antigüedad de Venezuela. Rosa Amelia Asuaje, oriunda de Caracas, hija de un ingeniero y de una docente, se enamoró de la ciudad nada más llegar, a los dieciocho años. Acababa de perder a su madre víctima de un cáncer, su padre se había vuelto a casar, ella se sentía sola y desamparada en Caracas, y Mérida le pareció un lugar idílico para cambiar de vida. La proximidad de la naturaleza, la facilidad para salir de la ciudad y encontrarse enseguida al borde de un lago entre montañas sublimes, el clima delicioso todo el año y el estímulo de la vida universitaria la convencieron para iniciar la carrera de Filología Clásica y Lingüística en la Universidad de los Andes. Aparte de los animales y la naturaleza, siempre le habían fascinado las palabras.

En la universidad destacó tanto por su excelente expediente académico como por su combatividad como dirigente estudiantil. Peleaba con vehemencia por los derechos de los alumnos. Era una joven idealista, prototipo del universitario de izquierdas que vio en la revolución de Hugo Chávez la posibilidad de poner en práctica sus creencias. Veía factible una sociedad más justa que combatiera la pobreza y la desigualdad, que diese una vida mejor a la gente. En 1998, Chávez llegó al poder con el apoyo de parte del empresariado nacional y la adhesión de muchos académicos e intelectuales. Rosa Amelia se convirtió en una ferviente militante chavista dedicada a la política universitaria. «Era muy polémica, escribía artículos en contra de la oposición venezolana, y eso hizo que me ganara el odio bien merecido de la oposición en Mérida, porque fui muy dura, lo reconozco». Las autoridades de la universidad se veían en un aprieto cuando querían sancionarla por su indisciplina o su actitud combativa, porque Rosa Amelia, al graduarse *summa cum laude*, tenía el segundo mejor promedio de su promoción. Sancionar a una de las mejores alumnas daba mala imagen.

Divorciada de su primer marido, madre de una hija llamada Zoe, su militancia se acentuó cuando se enamoró de un prestigioso profesor de la universidad, Pedro José Rivas, viudo, diecinueve años mayor que ella, que además dirigía una revista de educación. «Sentí que iniciaba la relación más importante de mi vida», diría. Él era un ferviente militante chavista, pero a la vez un gran académico, un hombre estudioso. Les unió el idealismo y la militancia política. En el año 2011 se fueron a vivir juntos a un apartamento cómodo, en un recinto vallado, con vigilancia, por lo que pudiera pasar. Ser la compañera de Pedro José Rivas la situaba en el olimpo del chavismo en la sociedad local y también en la diana de los opositores al régimen, que cada día eran más numerosos.

Un día de marzo de 2014, al abrir su buzón de correo electrónico, a Rosa Amelia le sorprendió recibir un mensaje de la Fiscalía de Caracas. Era requerida para una consulta, aunque no especificaban cuál. Lo que sí pedían es que fuese *ad honorem*, gratuita; así lo exigía la revolución. El mail añadía que le darían explicaciones en persona, cuando llegase a la capital. Le mandaban un billete de avión de ida y vuelta en el mismo día. Esa mañana, cuando fue a la universidad, supo que un colega de su facultad llamado Mariano Ali, experto en redes sociales, también había sido contactado por la Fiscalía.

Ambos se encontraron en el avión rumbo a Caracas sin saber muy bien a lo que iban. Intuían que tenía que ver con el juicio a Leopoldo López, del que todo el país hablaba, pero no sabían cuál sería su papel. Pensaban que les llamaban únicamente para dar una opinión técnica sobre el caso. Rosa Amelia, doctora en Lingüística, era especialista en hacer análisis de texto, voz y gesto.

El coche negro con cristales tintados que les recogió en el aeropuerto de Maiquetía los llevó directamente a la sede de la Fiscalía, un edificio moderno, de hormigón, lleno de despachos con funcionaros trabajando en ordenadores obsoletos, rodeados de teléfonos y de montañas de papelotes. Se respiraba desorden y barullo. Los condujeron al despacho del director de Delitos Comunes, un tal Nelson Mejías. «Era un hombre inteligente, sagaz, que trataba de hacer su trabajo. Se le notaba muy presionado».

—Están aquí como especialistas para analizar los discursos de Leopoldo López y vincularlos con una red delictiva que ha ocasionado los eventos de violencia que se dieron el 12 de febrero. Como saben, con resultado de muerte.

Rosa Amelia recordaba haber seguido las manifestaciones del 12 de febrero por televisión. «Vi la noticia y me dije: "Acá hay algo raro"; sin embargo, no la seguí demasiado. ¡Qué complicado lo tiene Leopoldo López!», pensé. Sabía que desde que asumió la alcaldía de Chacao, Leopoldo era un líder presidenciable, el único que podía desafiar al Gobierno. «Estaba Capriles, pero Leopoldo tenía muy buena relación con el entorno internacional, y eso le daba un plus». El discurso de Diosdado Cabello, ese mismo día, se le había quedado grabado en la memoria, por la manera en que demonizó a López. «Diosdado siempre responsabilizaba a alguien de lo que pasaba en el país, siempre buscaba un chivo expiatorio». Si bien había idolatrado a Chávez en sus años de estudiante, Rosa Amelia ahora recelaba de los planteamientos de Diosdado y de Maduro, en los que veía el inicio de un régimen totalitario.

Quiso curarse en salud.

—Yo puedo hacer un análisis —le dijo a Nelson Mejías—, pero no darte la certeza de que mi análisis demuestre que él es culpable. Puedo demostrar qué hay en su discurso y qué es lo que su discurso transmite, pero no establecer una relación de causa-efecto porque no soy psicóloga social.

Mejías no le dio ninguna importancia a esas palabras, que consideraba exceso de celo de una académica. Gente poco práctica que no estaba sometida a las mismas presiones que él y los de la judicatura.

—¿Qué pruebas tienen? —le preguntó Amelia.

—No tenemos pruebas fuertes, más allá de una vinculación de los discursos de Leopoldo con lo que ha sucedido. Es lo que queremos que analicen.

Rosa Amelia y Mariano cruzaron una mirada. Sabían que demostrar ese vínculo iba a ser artificial y complicado. El caso estaba traído por los pelos.

—Lo primero que necesito —dijo Amelia— es disponer de todo el material. ¿Los discursos están clasificados? ¿Qué son?..., ¿vídeos, tuits, escritos?

Mejías llamó a un técnico y le preguntó por los discursos. Le dijo que no estaban catalogados.

—¿Hay grabaciones que le inculpen? —preguntó la lingüista.

Mejías volvió a dirigirse al técnico:

—¿Qué ha pasado con la intervención del teléfono de Lilian Tintori?

—Nada, no he encontrado nada.

«Ahí empecé a sentir una suerte de desconfianza —recordaría Amelia—. Aquello era un caos. No tenían nada, no habían hecho la minería de datos».

—Busquen de nuevo el material en bruto —le dijo ella—. Nosotros así no podemos hacer nuestro trabajo, hagan una recopilación de discursos televisados, o colgados en YouTube, todo lo que encuentren.

Mariano sugirió dividir el trabajo: él se encargaría de esquilmar las redes sociales en busca de pruebas que pudieran incriminar a Leopoldo, sobre todo en Twitter, y Amelia de los discursos.

Estaban a punto de salir —debían tomar el avión de vuelta— cuando irrumpió la fiscal Narda Sanabria, que trabajaba junto a Franklin Nieves en el juicio a Leopoldo.

—Primero tienen que pasar por tribunales para firmar el compromiso —les dijo—. Yo los acompaño.

«No soy una tonta, no voy a decir que fui coaccionada ni mucho menos —diría Rosa Amelia—, pero con las prisas, entre guardaespaldas, chóferes, escoltas y carros oficiales, no tuve el tino de leer lo que estaba firmando. Mariano tampoco. Pensamos que era parte del procedimiento, sabíamos que íbamos a estar en el caso y que representaríamos al Estado contra Leopoldo López. Pero sabía también, como lingüista y apegada a mi disciplina científica, que debía probar si la incitación a la violencia era cierta o no. Todavía lo ignoraba».

Les hicieron firmar que se comprometían a realizar una labor «de fiel cumplimiento». Es decir, que el Estado les ordenaba llevar a cabo un trabajo de peritaje al que no se podían negar. «Es como cuando te designan ser jurado de un juicio», le explicaron.

Amelia regresó a Mérida preocupada.

—Nos van a forzar a hacer algo que es muy difícil de demostrar —le dijo a Mariano, una vez sentada en el avión—. Estos tipos no tienen argumentos, no tienen cómo probarlo. Están armando un caso sin ninguna prueba.

Mariano asintió. «Empecé a darme cuenta de que nosotros íbamos a ser, junto a Leopoldo, los chivos expiatorios de todo ese proceso», diría la lingüista.

Unos días más tarde, recibieron de nuevo un billete de avión a Caracas, más un bono para una noche de hotel. En la Fiscalía le entregaron por cadena de custodia el material en bruto, que consistía en un vídeo con treinta y dos discursos de Leopoldo para ser desmenuzados. En su habitación del hotel Alex, en el barrio de la Candelaria, conocido por ser el punto de encuentro de la inmigración española, Rosa Amelia se dispuso a visionarlos. «Aquello era una locura. Muchos vídeos los habían editado con voces que ridiculizaban el tono, el timbre de voz de Leopoldo López, era una selección improvisada, hecha desde el desconocimiento de lo que era un trabajo serio. No se puede trabajar con material trucado. Deseché todos los vídeos falsificados». «Estos tipos son imbéciles, o ignorantes, o realmente esto es una farsa —se dijo—. Tal y como está planteado, este trabajo no tiene ninguna seriedad».

Pero estaba atrapada. Nunca había pensado que su lealtad al chavismo pudiese chocar contra su integridad profesional. Nelson Mejías tenía prisa. Le pedía que le enviara por mail los avances que ella hacía para que él los corrigiese, de modo que lo que escribiese Amelia fuese lo más parecido a lo que Mejías quería que transmitiera. Le dieron dieciséis días para completar el informe.

47

Jared Genser terminó el *whitepaper* después de meses de trabajo. Al final, Leopoldo aceptó que se reuniese con Juan Carlos Gutiérrez y su equipo de abogados para esbozar conjuntamente una nueva estrategia de defensa. En Caracas, sus padres se habían encargado de ponerle en contacto con líderes políticos opositores, compañeros de su hijo y abogados de presos.

Conoció a Lilian. Era un inconveniente que hablase poco inglés, pero tenía una buena imagen y experiencia frente a las cámaras, y era voluntariosa, lo que reforzaba la intuición de Jared de que sería una buena ayuda para publicitar el caso. En aquel momento, Lilian seguía en pleno proceso de aprender cómo funcionaba el mundo. «La acuciaba con preguntas difíciles que cualquier persona objetiva o razonable pudiera hacerle para que supiera contestarlas bien», contaría Jared, que quiso visitar a Leopoldo en la cárcel, pero le denegaron la petición. Volvió a Washington con una ingente documentación que probaba la manipulación del caso y la corrupción generalizada del sistema de justicia bolivariano. Cuando terminó el *whitepaper*, se había convertido en un experto en política venezolana. Su documento, de unas doscientas páginas, más que la reivindicación de un preso político, era un condensado de la historia reciente del país caribeño, un análisis de cómo el chavismo había secuestrado la democracia para desmantelar sus instituciones y convertirla en una dictadura.

Para la presentación pública frente a la prensa internacional acreditada en Washington, Jared solicitó la presencia de la familia. Preparó un discurso para que Lilian lo leyese.

—Mejor no te presentes como la típica esposa que reclama la libertad de su marido —le dijo por teléfono desde su despacho en la capital estadounidense.

—No, yo pido la libertad de todos. Así lo quiere Leo, así lo hago siempre.

—Perfecto, de ese modo, lo presentamos como un problema de país.

A Lilian, que apuntaba todo en su libreta, se le agriaba la sangre al pensar que debía pasar esa prueba de fuego.

Leopoldo, que seguía en contra de que un «abogado gringo» llevase su caso en instancias internacionales, tuvo que admitir el rigor y la profesionalidad del *whitepaper*. Antonieta fue a Ramo Verde a decirle que se iban todos a la presentación oficial a Washington, incluidas sus hermanas, y que Lilian era la encargada de leer el discurso.

—¿En inglés?

—Sí, claro, no te imaginas cómo lo está aprendiendo. Jared es su mejor profesor. Está a *full*.

—No me hace gracia lo de «un abogado gringo», ya sabes.

—Hijo, ¿sigues en contra de que este hombre te ayude desde Washington —le preguntó Antonieta—... cuando aquí te han rechazado todas las pruebas, todos los testimonios que puedan exonerarte? Ahora resulta que han llamado a una experta en lingüística para analizar tus discursos. Es la nueva gran baza de la Fiscalía. Hará un informe demoledor, seguro.

—¿Han podido averiguar algo sobre ella?

—Sí, es una reconocida simpatizante del régimen, tiene una columna en *Aporrea**. Vive en Mérida con un alto cargo chavista. Mira, te he traído esto.

Antonieta sacó unos recortes de prensa de su bolso.

—En unas declaraciones suyas confiesa haber votado a Maduro después de la muerte de Chávez, «porque la revolución tiene que seguir», dijo.

---

* Revista progubernamental.

—Es una tipa de extrema izquierda que va a intentar pulverizarme.

—Por eso te digo, hijo. La solución no está aquí, no es un juicio lo que te están haciendo, es una farsa. La solución está en el extranjero.

—Reconozco que ese abogado ha hecho un trabajo muy serio, pero aquí no es una buena imagen, ya te lo he dicho.

—El problema es que tú sigues creyendo que hacer política en Venezuela sirve de algo, pero no, ya no hay instituciones, lo han destrozado todo; este va a acabar siendo un país de... de caníbales, todos comiéndose los unos a los otros, sin protección alguna.

—Pero mi bisabuelo siguió haciendo política desde la cárcel. A mi manera, yo también.

Antonieta no respondió. Eran otros tiempos. Ella recordaba la dictadura de Pérez Jiménez, contra la que se enfrentó su padre, pero no era tan terrible como esta de Maduro que estaba esquilmando los recursos, destrozando el país y que se parecía más a la de Cuba. ¿Cuánto tiempo llevaban los cubanos bajo el yugo castrista? ¿Le pasaría lo mismo a Venezuela? Prefirió dejar de discutir; lo importante era que Leo había cambiado de parecer y aceptaba, sin entusiasmo, al abogado gringo.

Mientras, Rosa Amelia Asuaje trabajaba a destajo en el despacho de su casa. La vista de las verdes montañas era lo único que la distraía del pozo negro en el que se encontraba. Avanzaba despacio porque debía descartar los vídeos manipulados. Luego hizo una labor de lingüística computacional, algo común en *marketing* político, donde se analizan las palabras clave. Aparecían «cambio», «salida», «democracia», «crisis»... y poco más. «¡No hay nada! —exclamaba—. ¡No sale la palabra "atacar", o "a por ellos", o llamamientos a incendiar un edificio!». Nada de nada.

—Me están obligando a mentir. Están manipulando las cosas —protestó ante su pareja.

—Tú no puedes dudar, en una revolución no se duda —le respondió Pedro.

—Una duda razonable se puede tener, ¿no?

—La revolución es una fe. La ideología es una fe, y no puedes dudar. Tienes que condenar a Leopoldo, tienes que condenarle, porque ese tipo es responsable de lo que ocurrió.

—¡No! No es responsable. El clima de malestar existe, no se lo inventa él. Yo también lo vivo y me dan ganas de salir a protestar a mí también. Así que no, no, no estoy de acuerdo.

La relación con Pedro José empezó a resentirse. Él entendía que su compañera debía compartir su misma fe revolucionaria, pero ya no era el caso.

Ella volvió a su informe porque Nelson Mejías la presionaba desde Caracas. Aplicó un análisis semiótico y otro discursivo a las alocuciones. Sí, Leopoldo López se metía con el Gobierno. Sí, denunciaba la degradación de las condiciones de vida de los venezolanos. Sí, arengaba a los suyos, pero ¿dónde estaba el delito? No lo veía por ninguna parte. Nelson Mejías le ponía cada vez más pegas a su informe. Le decía «Esto no puede ir», «Esto lo tienes que cambiar», o «Luisa Ortega, la fiscal general, necesita que se diga esto», y entonces la lingüista, ante ese burdo intento de manipulación, se quedaba bloqueada.

—Tú tienes que ser fiel a la revolución, no puedes dudar —le repetía Pedro.

Las discusiones entre ellos ya nunca acababan bien. La cercanía ideológica que les había unido se disipaba a medida que Rosa Amelia tomaba conciencia de que estaba metida hasta las cejas en un engranaje de poder del cual no podría librarse. Ese engranaje lo sintió de cerca el día que fue a testificar en el juicio. Nada más llegar a la Fiscalía, fue convocada por la fiscal general Luisa Ortega Díaz, la tercera persona con más poder en el organigrama de la república, la responsable de todo lo que ocurría en los juzgados. Nelson Mejías le había dicho que ella estaba presionada por Diosdado Cabello y, en consecuencia, era quien daba las órdenes de lo que se tenía que hacer.

La fiscal general la recibió en su despacho con la bandera de Venezuela enmarcando grandes retratos de Chávez y de Bolívar. Se mostró cercana y amable.

—Rosa Amelia, quiero decirte que estoy muy agradecida, en nombre del Estado venezolano, de tu participación. Confío en que lo vas a hacer apegada a los principios de la revolución. —Rosa Amelia calló. Ortega prosiguió—: Cuando acabe esto, tenemos pensado mandarte a Ecuador, me gustaría que trabajases para el fiscal general de Rafael Correa, para que lo asesores. Disponemos de unas becas muy ventajosas.

Se refería a un programa de la fundación Prometeo para investigadores que iban de Venezuela a Ecuador, con todos los gastos de la estancia pagados. Una suerte que anhelaban muchos científicos. «Me doró la píldora a más no poder», recordaría Rosa Amelia. Por si quedaba alguna duda sobre las intenciones de la fiscal general, al final de la entrevista, esta añadió:

—Confío en que lo que vas a declarar, lo digas como lo tienes que decir.

—No se preocupe, doctora —le contestó la lingüista—, que lo que voy a declarar en este juicio hoy es la verdad. La verdad de los hechos.

Por la tarde, Nelson Mejías irrumpió en la oficina de la Fiscalía:

—Rosa Amelia, malas noticias.

—¿Cómo, malas noticias?

—Tu informe se ha perdido. No puedes testificar hoy.

El desorden era tan grande que nadie lo encontraba ni sabía quién lo había perdido. El caso era que no había llegado al juzgado. Lo que llegó fue un resumen donde se afirmaba que los mensajes de Leopoldo eran subliminales.

—Nunca he escrito eso —alegó, irritada—. Los discursos de Leopoldo son claros y expresos.

En el juzgado, el abogado de la defensa Juan Carlos Gutiérrez había exigido disponer del informe completo antes de escuchar la declaración de la lingüista, de modo que devolvieron a Rosa Amelia a Mérida con instrucciones de que lo mandase de nuevo para que las partes dispusieran de él. Su declaración se retrasaba un mes.

«Me daba cuenta de que había sido una idealista toda mi vida porque la universidad me había dado la posibilidad de vivir en una burbuja cómoda en la que era muy fácil asumir la ideología desde la teoría. En la práctica todo era distinto. La presión que ejercían Mejías y Ortega me daba miedo y sensación de rechazo. Me di cuenta de que a los cuarenta y tres años era una imberbe política».

Regresó a su casa cansada y desilusionada. Su hija Zoe llegó del colegio llorando. Un grupo de niños, hijos de familias de opositores, la había insultado y amenazado. La prensa había publicado que el informe de la experta lingüista daba la razón a la parte acusadora. Estaba claro que la Fiscalía había filtrado esa información, que además era falsa, pero la dejaba en evidencia. Eso, y la misteriosa desaparición del dictamen, le hicieron pensar que era un mero peón en una trama que buscaba retorcer la justicia a cualquier precio.

Lo que siguió fue una fuerte discusión con su pareja, ya no había manera de entenderse. Al día siguiente, Pedro se marchó de casa para no volver. Rosa Amelia se quedaba sola.

48

—Coño, hermano, escuché que van a cambiar al director... Ojalá sea para mejor.

Leopoldo, que conseguía encaramarse a los barrotes de su ventanuco con ayuda de una sábana anudada, hablaba con un preso:

—Para nosotros —le respondió la voz del preso— siempre es a peor.

Leopoldo se quedó pensativo.

—Ya, nosotros somos un escalón para el ascenso de los militares que vienen aquí de directores —reflexionó.

—Su manera de mostrar lealtad al régimen es atacándonos y sometiéndonos a privaciones. Por eso mismo, para nosotros cada nuevo director es un paso a peor.

Fueron palabras premonitorias. El coronel Calles fue reemplazado por el coronel Homero Miranda, que había ascendido sin pasar por la academia. No tardó en mostrar su carácter, que oscilaba entre el despotismo y la desidia. Uno de los últimos presos en llegar, Enzo Scarano, exalcalde del municipio de San Diego y condenado por apoyar las protestas en su ciudad, requería atención médica e incluso una intervención quirúrgica. Después de mucho insistir, el nuevo director lo mandó a un hospital militar donde los médicos le examinaron y elaboraron un informe. El hombre lo guardó en su despacho e hizo oídos sordos a las reclamaciones de Scarano, de su familia y de los abogados. No lo entregaba.

Al final, la mujer de Scarano se encerró en la celda de su marido y declaró que no salía del penal hasta que apareciera el informe. Los familiares avisaron a la prensa y se formó una algarabía en Ramo Verde. Que la esposa de un preso prefiriese quedarse en la cárcel antes que regresar a su casa era ciertamente insólito. Lo nunca visto. ¿Qué pasaba? ¿Estaba detenida la mujer del alcalde Scarano?, preguntaban los periodistas. El escándalo obligó a Diosdado Cabello a desmentirlo: no, dijo, está autosecuestrada. Al cabo de tres horas de tensión y con discusiones de por medio, por fin, apareció el informe.

El incidente se dio por concluido y ella regresó a su casa. Pero el día siguiente los presos fueron sancionados con treinta días de aislamiento y restricción de visitas. El nuevo director no estaba dispuesto a dejarse humillar por sus reos; tenía que dar una lección, sentar precedente, demostrar a sus superiores que estaba a la altura de su cargo.

Entonces fue Leopoldo quien tomó la iniciativa. Agarró un martillo que le había proporcionado uno de los presos comunes que trabajaba de albañil y golpeó los barrotes:

—Nos declaramos en protesta permanente.

Los demás reclusos siguieron su ejemplo y pronto el estruendo invadió la cárcel.

A las ocho en punto surgió la voz ronca de Leopoldo, desde su celda: «Cárcel militar de Ramo Verde, 24 de octubre de 2014. Nos declaramos en protesta permanente por las siguientes razones. Primero: la ONU solicitó nuestra libertad inmediata y seguimos presos. Segundo: los tribunales no dan respuesta y no despachan. Tercero: estamos en situación de aislamiento, nos someten a tratos degradantes al punto de que a nuestro hermano Enzo Scarano le han violado su derecho a la salud y le han puesto en riesgo. Cuarto: no solo protestamos por lo que ocurre en esta cárcel injusta, protestamos también por todos los venezolanos. Quinto: reafirmamos con estas acciones nuestra impepinable lucha por el cambio urgente para salir del desastre al que nos ha sometido la dictadura de Nicolás Maduro. ¡Todos los derechos para todas las personas! Firmamos: Enzo Scarano, Daniel Ceballos y Leopoldo López». Así nació el barrotazo, la rebelión que se hizo célebre.

Pronto fueron apareciendo en la verja de entrada grupos de familiares y manifestantes. Acudían con pancartas, con trompetas y panderetas a exigir la liberación de Leopoldo y de los demás. Los presos se emocionaban al sentir semejante manifestación de apoyo y todas las tardes a la misma hora se encaramaban a las ventanas de sus celdas y golpeaban las rejas durante cuarenta minutos, algunos con cubiertos, otros con cacerolas o con cualquier objeto metálico a su alcance. Cuando dejaban de golpear, Leopoldo, Ceballos y sus compañeros hablaban a todo pulmón a la población penal y culminaban cantando el himno nacional. Las señoras sacaban sus pañuelos para secarse las lágrimas. «¡Continúa, Leopoldo!». Y Leopoldo siguió hasta que la voz empezó a rayarse y la multitud le interrumpió con la consigna que Obama puso de moda: «¡Sí se puede!». El broche final fue obra de una señora que, al irse, se despidió con su vozarrón: «¡¡¡Dios te bendiga, Leopoldoooo!!!». En lo alto del murete perimetral de la prisión, los guardias, vestidos de uniforme verde, vigilaban a la muchedumbre mientras caminaban entre concertinas que parecían telarañas. Unos sacaban sus móviles para tomar fotos, no se sabía si por simpatía o, al contrario, para señalar a los agitadores, quizás para venderlas a algún medio.

A seis mil kilómetros de distancia, Lilian no conseguía conciliar el sueño. Había viajado con toda la familia a Washington para la presentación de la campaña internacional, una responsabilidad que la abrumaba. Estuvo ensayando el discurso que le tocaba dar el día siguiente en el prestigioso Press Club de la ciudad. «Lo leí en voz alta por lo menos cien veces», recordaría. Se grababa a sí misma y mandaba el audio a su amiga Melissa, que estaba en Caracas, para que le corrigiese la pronunciación.

Sabía que era una oportunidad única para hacer de Leopoldo uno de los presos de conciencia más reconocidos del mundo. Cuanto más célebre se convirtiese, más protegido estaría frente a los desmanes del régimen. También sabía lo mucho que Jared

Genser había trabajado en el caso. No quería defraudar. Temía que su inglés la traicionase.

Pensó en Leopoldo, solo, en aquel agujero oscuro. ¿Qué le diría él?

—Lilian, tómatelo como una prueba deportiva más.

Se rio para sus adentros. Sí, era un desafío que tenía que ganar, como fuese, a pesar del hándicap del idioma. De esa prueba no solo dependía la suerte de Leo, también la opinión que sus suegros, el resto de la familia, los compañeros del partido y la gente en general tendrían de ella. O lo hacía bien o no sería la portavoz. Debía estar a la altura. Todo un reto para su espíritu competitivo.

Se había preparado durante el último mes, y sabía que el éxito consistía en llegar al corazón de los que iban a escucharla. Si conseguía emocionarles, ganaba la partida. En Caracas, había pedido ayuda a un antiguo productor de televisión llamado Diony López. Era muy conocido porque había empezado su carrera como payaso, el famoso Popy que había acompañado la infancia de toda una generación de venezolanos. Luego se hizo productor y al envejecer se le agrió el carácter: «Era gritón y exigente, pero yo lo quería mucho». Lilian había ido a verle.

—¿Cómo lo consigo, Diony? —le preguntó—. Casi todos son gringos, no saben nada de Venezuela, no entienden lo que está pasando, no saben quién soy yo... ¿Cómo lo hago?

—Lo más importante es que te crean, y para conseguirlo dilo con amor, dilo con verdad; si hay cámaras, piensa que en el objetivo está tu mamá: ¡háblale a tu mamá! —Así de gracioso era Diony, y de intenso—. Da igual que hables inglés mejor o peor, tienes que comunicar bien. Recuerda: comunicación visual y corporal. Usa tus ojos, míralos a la cara, concéntrate, modula, abre la boca... ¡Que te crean! Y siempre piensa que hablas demasiado rápido. Siempre. Así irás más despacio.

Situado en el centro de la capital de Estados Unidos, a tiro de piedra de la Casa Blanca, el Press Club era desde 1908 el lugar donde se congregaban periodistas, políticos, académicos, artistas, monarcas, estrellas de cine y héroes del deporte interesados en difundir y compartir su visión de la actualidad con los medios y el público en general. Conocida por ser la mayor organización de periodistas del mundo, su misión era «abogar vigorosamente por la libertad de prensa» y ser el lugar donde se fraguaban las noticias. Prácticamente todos los presidentes de Estados Unidos habían hablado desde su tribuna. Ahora le tocaba el turno a Lilian Tintori, de Chuao, Caracas.

Jared Genser le cedió el paso para que subiera los escalones de la tarima. Él se dirigió al atril y ajustó el sonido. La intensidad de los focos dificultaba la visión de la sala, que estaba a rebosar. El abogado dijo unas palabras en su estilo fogoso. Hablaba rápido y alzaba la voz para enfatizar lo más dramático. A Lilian le costaba entenderle.

Cuando le tocó a ella, sintió que le flaqueaban las piernas. Escrutaba al público que tenía delante: periodistas de *The New York Times*, de *The Washington Post*, de la CNN, corresponsales de *The Times*, *Le Monde*, *La Stampa* y *El País* y de tantos otros medios, todos dispuestos a escucharla. Era la rueda de prensa más nutrida a la que había asistido jamás. Cada uno de los presentes tenía en su poder la posibilidad de cambiar la percepción que existía en el mundo de la realidad de Venezuela. Cada uno podía ayudar a liberar a su marido, a su país. En primera fila, vio a sus suegros acompañados de sus cuñadas. Antonieta le lanzó una señal de ánimo levantando el pulgar, y Lilian respondió con una sonrisa.

Vestida con una camiseta blanca, las trenzas de espiga recogidas en la cabeza como una Madonna, Lilian carraspeó y empezó a leer. Grave y comedida, recordó los consejos de Diony, y lo hizo lentamente. Habló de Leopoldo como de uno más de los cientos de prisioneros políticos y dijo que, si su marido no era liberado, tampoco lo sería Venezuela. Y que liberarlo no significaba que Venezuela también lo fuese, pero que sería un paso en la buena dirección. «Y ahora les voy a contar su historia...», prosiguió, muy concentrada. Hacía pausas largas y miraba a los periodistas, fijamente, uno a uno, como si fuesen viejos conocidos. «Modula, abre bien la boca, piensa que le estás hablando a tu mamá y necesitas conmoverla...». En algunos momentos se le quebraba la voz, pero no porque estuviese al borde de las lágrimas, sino por el miedo escénico que la invadía. Tropezaba con la pronunciación de *«prisoners», «dictator»* e *«injustice»*, pero interrumpía el discurso, se disculpaba y repetía las palabras hasta hacerlas entendibles. Se produjo esa magia que se da en momentos únicos en los que se crea un vínculo invisible, pero bien real, entre el orador y quien le escucha. Logró entretener y transmitir emoción. Se los ganó. Cuando terminó, inhaló dos grandes bocanadas de aire y dio las gracias. Entonces la gente irrumpió en aplausos. «Una ovación que me indicaba que todo había salido bien».

Sus suegros estaban conmovidos. Lilian había despertado las conciencias. Ahora sí entendieron que podía y debía hablar por Leopoldo.

Quien estaba especialmente satisfecho era Jared. Su intuición, que la *espouse* era el mejor vector de información, se confirmaba. Lilian era fotogénica y se expresaba con claridad. La solución al problema del inglés era solo cuestión de tiempo. «Queremos que Lilian esté en todas partes», le dijo a su equipo.

49

Al día siguiente de la presentación en Washington, el coronel Almeida, segundo en mando en Ramo Verde, irrumpió en la celda: «Señor López, recoja sus cosas, que va de traslado». A Leopoldo la idea no le pareció mala, ojalá le llevasen a un penal donde pudiera vivir la vida de los demás presos, sin tanta soledad. Pero luego se lo pensó mejor y se atemorizó. ¿Y si le encerraban en un sitio peor, lejos de Caracas? Es posible que quisiesen castigar a su familia por su rebeldía, obligar a sus padres y a Lilian a recorrer grandes distancias para ir a visitarle. Más tarde, un militar de menor graduación pasó por su celda para repetirle lo mismo, que se preparase. Leopoldo se despidió mentalmente del mural de su hija y de los escarabajos. Lo último que haría al dejar la celda sería abrir sus cajitas y liberarlos... Pero ¿y si se negaba al traslado?

De modo que, esperando la partida, Leopoldo se encaramó a sus barrotes y habló con sus compañeros. Sabía que podía exigir una orden judicial para el traslado. Era eso, o que lo llevasen a la fuerza pasando por alto toda apariencia de legalidad, lo que no convenía al régimen con un preso tan relevante. Sus compañeros se solidarizaron con su decisión de no colaborar con el traslado a menos que se cumpliesen tres condiciones: que el tribunal diera respuesta a la solicitud de la ONU, que el traslado fuese una orden judicial y que, ante esa eventualidad, contase con la presencia de sus abogados. Como prueba de que estaba dispuesto a resistir, a las ocho en punto procedió a otra velada de barrotazo: «¡Clong, clong, clong!». Le alegraba que cada vez acudiese más gente. Aquella noche apareció el mismísimo Antonio Ledezma, el alcalde de Caracas y su aliado político. La protesta fue inmensa, ruidosa, larga y salpicada de consignas sobre la justicia y los derechos humanos. En su despacho, Homero Miranda retorcía el gesto y meditaba una represalia adecuada a tanta insolencia. Tuvo tiempo de pensárselo porque la protesta duró hasta las diez.

A medianoche, Leopoldo escuchó pasos en la azotea, donde nunca iba nadie. No se oían ruidos de candados ni gritos de presos. Solo gente que se movía de un lado para otro con sigilo. De pronto, por entre los barrotes, le lanzaron una bolsa que se estrelló contra el suelo. El impacto le asustó; no sabía lo que era. Pero enseguida vio que le habían tirado una bolsa llena de excrementos humanos que se habían esparcido por el suelo y las paredes. El hedor era mareante.

Esa fue la respuesta del director del penal a los barrotazos: mandar a sus subalternos a lanzar mierda a las celdas. Que un coronel reaccionase de tal manera hablaba de la degeneración que carcomía el Ejército; por eso Leopoldo no se cansaba de pedir su traslado a un penal civil. Para ganarse a los militares, Chávez infló sus filas con promociones irregulares, de modo que Venezuela pasó de tener cien generales a dos mil. Lo mismo ocurrió con las graduaciones menores. ¿No habían promocionado a Diosdado Cabello de teniente a capitán? La mayoría no estaban preparados para el cargo, que era una dádiva política a cambio de lealtad al Gobierno. Con su denigrante acto, el coronel Homero Miranda demostraba que hacía su santa voluntad por encima de los derechos de los presos, y que se pasaba por alto las normas y los procedimientos.

Cuando Leopoldo fue a llenar un cubo con agua para limpiar la celda, se dio cuenta de que habían cortado el suministro. Un castigo más. Qué infantil y a la vez escatológica debía de ser la mente de Homero Miranda, pensó. Tenía razón aquel preso cuando le dijo que cada director era peor que el anterior. Este tenía una manera muy peculiar de ganar puntos frente a sus superiores. ¿Le recompensarían por las bolsas de mierda? Todo era posible.

Se enteró de que la presentación del *whitepaper* había salido publicada en algunos medios cuando el custodio Quintero le contó que en televisión había salido Maduro acusando a Lilian Tintori de graves crímenes de traición a la patria «por llamar a un imperio en contra de nuestro país».

—López, esa es tu esposa, ¿no?

—Sí.

—Dile que tenga cuidado.

Al día siguiente, Quintero le lanzó un periódico. En portada aparecía la foto de Lilian acompañada de sus hijos y un texto diciendo que no había sido autorizada a visitar a su marido al ser informada en la puerta de la cárcel de que él «estaba en aislamiento». ¿Era por su culpa que la habían impedido verle o por el viaje de ella a Washington? Como a él poco más podían hacerle ya que lo tenían enterrado en vida, pensaba que ahora buscaban castigar a la familia. Se le encogió el corazón al ver a su hija disfrazada de Elsa, la princesa de la película *Frozen*. ¡Cuántas veces habían coreado sus canciones, cuántas tardes habían pasado hablando de sus poderes mágicos! Elsa era como de la familia. El texto que acompañaba a la imagen aludía a la ilusión que tenía Manuela de dar una sorpresa a su padre con ese disfraz. «Para que juguemos juntos papá y yo», declaraba la niña. Leopoldo se sentía responsable de haberla defraudado.

Cuando días más tarde pudo comunicarse con Lilian por el teléfono prestado de un preso, le preguntó cómo había reaccionado Manuela.

—Dentro de lo malo, bien. Le dije que no podíamos pasar porque estabas en clase, estabas ocupado.

Era un consuelo saber que la inocencia de los niños actuaba de aliada en estas circunstancias, pero, en el fondo, barruntaba que su hija, e incluso Leosan a sus veinte meses, percibían lo que estaba pasando. Temía que descubriesen la verdad, temía ese momento que llegaría más temprano que tarde.

Por ahora, la intervención de Juan Carlos, su abogado, consiguió paralizar el traslado. Como el tribunal seguía sin responder a la solicitud de liberación inmediata hecha por la ONU, Leopoldo colgó un cartel de los barrotes de su celda, hecho con tela de una camiseta pintada, en el que felicitaba a la ONU por defender a los presos políticos en Venezuela. Fue castigado de nuevo a aislamiento total, sin derecho a bajar a la llamada telefónica diaria ni a recibir visitas durante dos semanas. Luego, inalterable al castigo, tensó un poco más la cuerda: tomó la decisión de no presentarse al juicio que tenía pautado para el martes siguiente hasta que la nueva jueza* zanjase la respuesta.

Y a las ocho, como todos los días durante el mes y medio que duró la protesta, siguió con los barrotazos.

* Adriana López había sido remplazada por la jueza Susana Barreiros.

50

Viajar se le hacía cada vez más duro a Lilian. Por mucho apoyo que sintiese de su familia, de la de Leo, de los compañeros del partido, de los amigos que les financiaban, la responsabilidad de sus hijos recaía sobre sus espaldas. ¿Y si atentaban contra ellos a la salida del colegio?, se preguntaba en el coche con cristales ahumados que la llevaba de Caracas al aeropuerto de Maiquetía. ¿Y si allanaban la casa en su ausencia? Tenía miedo de que hiciesen pagar a sus hijos los éxitos que ella cosechaba en el exterior. En realidad, el miedo se había infiltrado en cada miembro de la familia, como un invitado indeseable y correoso. Había que enfrentarlo, mantenerlo a raya, no dejar que ocupase espacio, dominarlo. Solo así podían ser libres. No era tarea fácil. Cada paso por el aeropuerto, cada mirada de los funcionarios de aduana o de los policías detrás de sus ventanillas era motivo de inquietud. Pero siempre conseguía franquear los controles y suspiraba de alivio al sentarse en el avión. Cuando salía de Venezuela, volaba a Miami donde abrazaba a su hermana Valentina y se encontraba con Lara —que lo tenía todo organizado—, y desde allí recorrían el planeta.

Uno de los primeros viajes fue una gira por Europa. En París, conocieron al dueño de una de las mayores agencias de publicidad de Francia. En el almuerzo al que fueron invitadas, el publicista pidió ver una foto de Leopoldo. Lilian sacó el móvil y se las fue mostrando.

—Tengo varias... Con barba, sin barba, en la cárcel, en un mitin.

—Elige una. Tú tienes que defender a UN preso, no a varios, es una foto nada más, y tiene que ser siempre la misma.

Lilian escogió una imagen que mostraba el rostro de Leopoldo, las manos agarradas a las rejas de su celda, con barba de varios días.

—Esta me gusta.

—Te vas a hacer una franela con esta cara y no te la quites hasta que tu marido salga en libertad.

Sabio consejo. Lilian mandó imprimir una treintena de franelas que distribuyó entre su familia y los más allegados en el partido. A partir de ese día, ella solo se vistió con aquella foto de Leo en el pecho. Luego la gente fue imprimiéndolas por su cuenta hasta que la camiseta se convirtió en un símbolo. «Nunca le agradecí lo suficiente aquel consejo», recordaría Lilian.

En Ginebra se dieron cuenta de lo mucho que faltaba por recorrer. En la embajada de Brasil, donde se suponía que iban a ser escuchadas, les recibió la secretaria del tercer secretario. Y no quiso verlas en la sede, las citó en un café cercano. Lilian habló con pasión, mostró fotos, le entregó un dosier que era un resumen del *whitepaper*. Pero su intensidad chocó con la indolencia de la funcionaria, que se negó a darles su tarjeta de visita. Debía de tener instrucciones de esquivarlas, de no oficializar el encuentro. Su Gobierno estaba enfrentado a la trama de corrupción de la constructora Odebrecht, que en 2012 hizo un pago de doce millones de dólares a Henrique Capriles cuando este iba a presentarse a las elecciones*. Entonces gobernaba Chávez; en Brasil lo hacía Dilma Rousseff, reacia a posicionarse en contra de Maduro. A pesar de que Leo llevaba tiempo avisando de que casos como el

* La constructora brasileña Odebrecht estuvo involucrada en sobornos y financiación de políticos en toda Latinoamérica y otras partes del mundo. En Venezuela sus tentáculos no solo alcanzaron a líderes del chavismo, sino también a opositores, entre ellos a Henrique Capriles, a quien se le señala en las investigaciones como receptor de doce millones de dólares para su campaña.

suyo se iban a multiplicar, nadie le prestaba atención, los opositores al chavismo eran todavía los leprosos del continente, los exagerados. Les tildaban de ser parte de «la vieja política».

Ante el chasco de la reunión, Lara reaccionó:

—Tranquila, Lilian, no te desanimes. Te aseguro que en menos de un año vamos a reunirnos con la presidenta de Brasil.

Lilian la miró, escéptica.

—Ok —dijo, poco convencida.

Volvían al hotel extenuadas, después de una jornada de entrevistas con diplomáticos, periodistas y ONG. Daban al botón del ascensor esperando que nadie se montara. Una vez dentro, Lilian le agarraba la mano y preguntaba:

—Lara, ¿tú crees que él está bien?

—Sí, él está muy bien.

—¿Cuándo va a terminar todo esto?

—Ya falta menos. Pronto.

Estaban solo al principio de la campaña internacional, pero la pregunta era siempre la misma, y la contestación también. «Lilian necesitaba escuchar esas respuestas antes de irse a dormir», diría Lara Ortiz.

Le costaba conciliar el sueño sabiendo que su marido era sometido a las vejaciones del nuevo director de Ramo Verde. Era ya mucho tiempo de aislamiento, semana tras semana, con cortes de agua que duraban días, sin poder llevarle comida de casa, sin verle. Dos semanas de aislamiento total por colgar una camiseta a favor de la ONU... ¿Cómo estar tranquila? ¿Y si lo trasladaban de cárcel? ¿Y si lo llevaban a Cuba? Ese rumor, que circuló entre los familiares de los presos, hizo que entrasen en pánico. Juan Carlos, el abogado, le quitaba importancia, más para tranquilizarles que por convicción. Llevaba mucho tiempo sin creer en los mecanismos de la justicia de su país como para impedir semejante atropello, si es que el Gobierno había decidido llevárselo a Cuba.

En Ramo Verde, como no cesaban los barrotazos, los presos fueron notificados de un nuevo castigo de quince días más de aislamiento. Leopoldo ya no sabía si le castigaban por eso o por haberse negado a asistir a las sesiones del juicio.

Una mañana, oyó a la cuadrilla de presos que hacían trabajos de albañilería.

—¿Qué hacen?

—Nos han mandado levantar un muro, hermano.

Era un muro que le separaba de los demás reclusos, de modo que no pudieran oírse los unos a los otros. Se acababan las conversaciones a pleno pulmón con Ceballos, Scarano y los demás. Como no pudieron trasladarle de penal, el coronel Miranda les condenaba a todos al aislamiento. Fue su manera de acabar con los barrotazos. Los presos replicaron dejándose crecer la barba, como Leopoldo en la foto que circulaba en la prensa, esa que Lilian había escogido en París. Miranda reaccionó dando la orden de que todos debían de afeitarse, de lo contrario les prohibirían la salida al sol.

Solo, con menos luz porque habían vuelto a tapar con planchas metálicas la ventana excepto dos rendijas, Leopoldo se refugiaba en su rutina. Ejercicios de boxeo, oración, lectura, pintura y tocar el cuatro... Leía todo lo que se le ponía por delante, y el esfuerzo de hacerlo sin luz le dejaría secuelas. Devoraba los periódicos que le alcanzaban, hasta la sección de anuncios. Se complacía imaginando cómo sería aquel señor que vendía un coche usado, o la señora que buscaba una pieza para reparar su frigorífico, o la joven que se ofrecía para cuidar ancianos. Eran cosas nimias, como la vida misma, esa a la que no tenía derecho.

Sufrir bajones era inevitable, sobre todo cuando llevaba varios días sin noticias de los suyos, bien porque Lilian estaba de viaje o porque sus padres no podían venir. La mente le jugaba malas pasadas. «¿Valía la pena tanta protesta? —se preguntaba entonces—. ¿Tenía sentido enfrentarse al sistema para únicamente conseguir un duro castigo?». Duro y doloroso por lo que significaba no ver a la familia. «¿Valía la pena perderse el contacto continuo con los niños? ¿No estar con la mujer amada? ¿Valía la pena ese sacrificio en un país donde ya no se respetaban las reglas del juego, donde uno estaba expuesto a la tiranía del poder?».

Sabía que su peor enemigo no era la cárcel, no eran los custodios que atropellaban sus derechos, no eran los desalmados que les lanzaron excrementos, tampoco Maduro ni su élite corrupta. Su peor enemigo era la desesperanza que se infiltraba subrepticiamente por las rendijas de su mente. «La lucha se ubica en el terreno de nuestro espíritu, es allí donde estamos obligados a vencer», se repetía. Por mucho que se dijese a sí mismo que estaba preso, pero que era libre, la realidad de su celda se imponía con su asfixiante oscuridad, con su concierto de barrotes y candados, con sus restricciones.

51

Un sábado de noviembre, a eso de las doce del mediodía, oyó unos gritos a las puertas de la cárcel. Se subió a la ventana y vio por la rendija, abajo en la verja, a Lilian con su hijo en brazos.

—¡Leo, aguanta! ¡Resiste! ¡Tengo algo bueno que contarte!

No podía verla bien, pero alcanzó a vislumbrar la manita de su hijo saludándole, y adivinó su permanente sonrisa. ¡Otro sábado que no les dejaban entrar...! Otro día que habían hecho el esfuerzo de venir desde Caracas, Lilian cargada de *tuppers* y de juguetes, los niños con la ilusión de ver a su padre, para, al final, darse de bruces contra «las órdenes de arriba». Ese día Leopoldo se echó a llorar.

La noticia que le traía Lilian era, en efecto, excelente, y él se enteró cuando dejaron entrar a su abogado, el único con derecho a verle. En la última etapa del viaje a Europa, durante la escala de Madrid, Lilian había conseguido ser recibida por Mariano Rajoy, presidente del Gobierno de España y líder del Partido Popular. Había puesto una pica en Flandes.

Después del chasco de la visita a la embajada de Brasil en Ginebra, Lilian se empecinó en conseguir una cita relevante. Lo necesitaba, no solo por hacer avanzar la campaña, sino también para justificar los gastos de los viajes ante los donantes, el grupo de venezolanos generosos que apoyaban la causa. Quería obtener resultados, y con rapidez. Llamó a Madrid, al viejo amigo de la familia Gonzalo Fournier, el exconsejero de la embajada de España en Caracas que ahora, casualidades de la vida, era asesor del presidente del Gobierno para América del Sur. Lilian se alegró de verle, le recordaba los buenos tiempos de Caracas, la vida «normal» de antaño. Sentada frente a él, le dijo: «Mírame a los ojos. Me ha dicho Leo que te pida que me consigas una reunión con Rajoy. Tengo una carta suya para él, aquí está», dijo al entregársela. Abrió el sobre y la leyó. Una cosa era entregar al presidente una carta de parte de Leopoldo y otra muy distinta que recibiera a su mujer.

Al día siguiente Gonzalo la llamó.

—Creo que podemos conseguir que te reciba el presidente del Congreso, Jesús Posada.

—¿Y Rajoy? —insistió Lilian.

—En Presidencia han dicho que no te pueden recibir. Eso no es tan fácil.

Lilian le pasó el teléfono a Lara:

—Gonzalo, estamos a punto de conseguir que nos reciba François Hollande en París, con más nivel que aquí. No puede ser que el PP diga una cosa en la oposición y haga otra en el Gobierno. —Gonzalo pensó que Lara se tiraba un farol, pero daba igual, también le daba la razón. Ella prosiguió—: Lilian empieza a tener un perfil mediático muy positivo, ¿y no va a parecer raro que el presidente no la reciba? Porque eso es lo que vamos a declarar en la prensa, que Rajoy se niega a recibir a la mujer del preso de conciencia más perseguido de Sudamérica.

Gonzalo entendió que lo decía en tono de broma, pero que en el fondo iba en serio.

Por la noche llamó a su superior, Jorge Moragas, jefe de Gabinete de Rajoy:

—Está en Madrid Lilian Tintori, la mujer de Leopoldo López. Está agradecida de que la vaya a recibir el presidente del Congreso, pero dice que en París va a ser Hollande quien lo haga. ¿No crees que el presidente debería recibirla?

—Sí, yo creo que sí. Pero va a costar. —Moragas le recordó que en el Gobierno existía el temor a perjudicar los intereses españoles en Venezuela, que eran muchos. La colonia española contaba con doscientos mil miembros—. Gonzalo, redacta una nota con todos los argumentos a favor. El presidente está en la cumbre de Panamá, se la haré llegar. Vuelve pasado mañana y lo hablaré con él.

Gonzalo pasó parte de la noche redactando la nota. Dijo que, a pesar de la presencia de numerosas empresas españolas en Venezuela, era preciso apoyar a la oposición democrática porque esta un día podría ocupar el poder. Moragas se la transmitió al presidente.

Mariano Rajoy, a punto de regresar de Panamá, estaba reunido en el *hall* del hotel Intercontinental con sus asesores, el ministro de Asuntos Exteriores y demás personal diplomático, cuando el tema salió a colación.

—Ten cuidado, porque si la recibes, se va a montar la de Dios —le dijo un asesor.

—Maduro se te va a echar al cuello de nuevo y vamos a tener problemas.

—... Como siempre —interrumpió otro.

Se oyó la voz del ministro de Asuntos Exteriores:

—Ojo, que tenemos muchas empresas allí.

Hubo consenso en que no se debía recibir a Lilian Tintori. Por prudencia, por simple cálculo diplomático: había mucho que perder y poco que ganar.

Pero Rajoy no estaba de acuerdo.

—A ver..., yo a ese Maduro no lo conozco de nada, nunca le he saludado ni he hablado con él. Es que ni me lo he cruzado por un pasillo, y mira que es difícil. Y resulta que ese cabrón está todo el día insultándome, día sí y otro también. ¿Sabéis que os digo? —prosiguió Rajoy, con su manera deslenguada de hablar—. Que estoy hasta los cojones de ese tipo, hasta los mismísimos huevos, así que voy a recibir a esa señora, solo faltaría, hombre. Con lo que están pasando, es lo mínimo que puedo hacer.

Los asesores, en corro, le miraban horrorizados. Intentaron disuadirle repitiendo los mismos argumentos, pero él no se dejó convencer. Al final, para apaciguarles, convino en recibirla en la sede del partido, en la calle Génova, y no en la sede oficial del Palacio de la Moncloa. Era una manera de quitar relevancia protocolaria a la visita. Ya habría tiempo más adelante de hacerlo de manera oficial, pensó. Para Lilian, encontrarse con el presidente de un país como España, aunque fuese de forma privada, sentaba precedente, era un paso en la buena dirección: si la recibía un presidente de Gobierno..., ¿por qué no iban a hacerlo los demás?

Le dijeron que la entrevista no podía durar más de treinta minutos, pero se alargó dos horas. Habló muy bien: le contó a Rajoy el lado humano de lo que ocurría en Venezuela. Le dijo cómo las esposas y las madres de los presos eran sometidas a humillaciones, colas y retrasos procesales de hasta seis y siete años. Habló del trato que dispensaban a su marido en Ramo Verde, y que llevaba más tres meses sin visitarle. Enumeró los vicios procesales en su juicio. El presidente le hizo multitud de preguntas, descubría una realidad sórdida que ya intuía.

En represalia, Fournier y Moragas fueron fichados por el Gobierno venezolano como enemigos del régimen. Diosdado Cabello, en su famoso programa de televisión *Con el mazo dando* denunció a «Gonzalo Fournier Moragas, el mismo círculo de siempre conspirando contra Venezuela», confundiendo a dos personas diferentes, creyendo que se trataba de una sola, lo que mostraba lo chapuceros que eran sus servicios secretos.

En la sala de Ramo Verde donde los abogados se reunían con los presos, Juan Carlos Gutiérrez se sacó de la boca un papel envuelto en celofán, lo desplegó con mucho cuidado para no ser visto por el custodio y se lo mostró a Leopoldo: era un recorte de periódico roto de tan arrugado como estaba y que mostraba una foto del encuentro. Rajoy y Lilian estaban sentados a cada lado de una mesa baja. Leopoldo llevaba tanto tiempo sin ver a su mujer que le intrigaba saber si había cambiado. Aparecía vestida con pantalones rojos y chaqueta azul, el pelo recogido en una cola de caballo, muy seria. Tan atractiva como siempre. Luego Juan Carlos le dijo que la visita había generado mucho interés en la prensa internacional. Se había aprendido de memoria algunos titulares para poder repetírselos a Leo. «Rajoy expresa su preocupación por el estado del preso venezolano Leopoldo López», y otro que decía «No debe pasar desapercibido el gesto de Mariano Rajoy al reunirse en Génova con Lilian Tintori». A Leopoldo se le iluminó el rostro. A los titulares, que eran buenos, se añadía el placer de haber conseguido enrabietar a Maduro.

No tardó mucho tiempo el dictador de Venezuela en expresar «su más profundo rechazo a la acción injerencista, irresponsable e irrespetuosa» de Mariano Rajoy, anunciando la revisión de «todas las relaciones» de su país con España. «Con mi patria no te metas, Rajoy, Venezuela se respeta, ¿oyó? Bastante paciencia le hemos tenido a gente como usted de ultraderecha que viene ahora a apoyar a grupos responsables de la muerte de más de cuarenta venezolanos, responsables de los ataques terroristas, vino usted a alentar desde España, desde Madrid, el terrorismo». Añadió otra de sus perlas: «Ahí está el presidente Rajoy abusador metiéndose en los asuntos internos de Venezuela, cuando sencillamente no tiene moral para hablar de la Venezuela bolivariana».

Lilian recibió un mensaje de Jared Genser: «Enhorabuena. Sigue con el buen trabajo». El abogado gringo sabía por experiencia que si un presidente había recibido a la esposa de un preso, los demás también acabarían abriéndole las puertas. Era cuestión de constancia; las piezas acabarían por encajar en su sitio.

Con el ánimo recompuesto, Leopoldo buscaba respuesta a la pregunta que se había hecho unos días atrás, si valía la pena tanta protesta. «Sí, vale la pena —escribió en una cuartilla que consiguió abrirse camino fuera de la cárcel—. Y la razón por la que vale la pena es por ser consistentes en nuestra convicción de que, ante cualquier atropello a nuestros derechos, es necesario protestar, alzar nuestra voz, alzar nuestra conciencia. ¿Tiene sentido protestar si nadie nos escucha? La respuesta es sí, sí tiene sentido porque no solo se trata de que otros escuchen, se trata también de convertir un estado de conciencia en acción. Si nosotros pedimos al pueblo que proteste por sus derechos, no podemos nosotros dejar de hacerlo, más bien debemos convertirnos en ejemplo. En vanguardia de la protesta, de la lucha. Protestamos estando presos y eso nos hace libres».

52

En Caracas, a finales de noviembre de 2014, la nueva jueza, Susana Barreiros, se pronunció por fin sobre la declaración del grupo de trabajo de la ONU, que reclamaba el fin de la detención arbitraria de los presos políticos. Basándose en que «Venezuela es un país soberano que no acepta interferencias en asuntos internos» —manido argumento de las dictaduras—, rechazó la petición de libertad. El mismo día, el Comité contra la Tortura de la ONU volvió a exigir al partido del Gobierno la liberación inmediata de Leopoldo López y de todos los presos políticos. La jueza Barreiros se enrocó. Estableció que la siguiente vista del juicio a Leopoldo López sería el 18 de noviembre, estuviese o no el acusado presente.

¿De qué servía acudir a las vistas si ese proceso no garantizaba que se hiciese justicia?, se preguntaba Leopoldo, que había anunciado que no comparecería.

—Racionalmente, tengo pocas esperanzas de salir libre —le confesó a Juan Carlos.

—Sí, pero hay que dejar un espacio, por muy pequeño que sea, para esa posibilidad.

—¿Tú crees?

En el fondo, a Leopoldo le pasaba lo que a todos los presos, que nunca perdían la esperanza de la libertad, por muy pequeña que fuese.

—Las presiones de fuera han conseguido que permitan que asista un delegado político de la Unión Europea a cada audiencia —le dijo Juan Carlos—. Su papel como testigo de todas las tropelías procesales del juicio puede ser importante. Quedará registrado. Solo por eso vale la pena seguir. —Leopoldo estaba pensativo. El abogado concluyó—: Además, dijiste que no participarías en el juicio hasta que la jueza se pronunciase sobre el dictamen de la ONU. Bueno, pues ya se ha pronunciado. No en el sentido que queríamos, pero se ha pronunciado.

—¿De verdad crees que vale la pena seguir? Mi instinto me pide rebelarme contra esta farsa.

—De lo contrario, parece que te rindes. Y eso lo van a aprovechar tus adversarios, lo va a aprovechar Maduro. Vas a decepcionar a tu gente.

—Puede parecer que me rindo, o también que no reconozco a este tribunal, que es la verdad.

Hubo un silencio.

—Leo, sabemos que no va a haber justicia, pero el juicio sigue siendo un buen escenario para hacer valer tu punto de vista —insistió Juan Carlos.

—No dejan entrar a periodistas, excepto a la familia y los parientes de algunos presos..., y ahora el delegado de la Unión Europea, ok. Pero, en el fondo, es mi padre con sus gafas de espía la única posibilidad de que transcienda lo que allí se dice.

—De acuerdo, sí, es una tribuna pequeña, pero a la vez potente. Hay más gente que te escucha de la que tú te crees. Las organizaciones internacionales, los Gobiernos, los partidos políticos, las ONG, todos tienen la antena puesta. No se puede desaprovechar esa oportunidad.

—Mejor estar allí que no estar, ¿quieres decir?

—No vas a ganar nada no yendo a las vistas.

—Y yendo... ¿qué ganaré?

—Que tu discurso se oiga. Que afloren las grotescas maniobras del sistema judicial. Que el tipo de la Unión Europea lo transmita. Que te escuche Janeth, la madre de Bassil Da Costa, que asiste puntualmente a todas las vistas. Que lo escuchen las madres de los cuarenta y tres asesinados durante las protestas, y los familiares de los presos.

Leopoldo recordó el rostro de aquella mujer, madre del joven asesinado el 12 de febrero. No tenía el coraje de defraudarla.

—Ok, pues seguimos con el juicio.

La víspera de la reanudación de las vistas, Maduro habló en los medios de una manera que mostraba hasta qué punto el poder chavista temía el liderazgo de Leopoldo: «Este es el juicio a un líder de extrema derecha, que es responsable de sus crímenes, de la destrucción de vidas humanas que ha planeado... Tiene..., déjenme decirles..., tiene una loca visión mesiánica, envenena a la gente y los vuelve locos. Es responsable de crímenes por los que tiene que responder ante la Justicia. ¡Se hará justicia!».

Esa misma noche, a las dos de la mañana, Leopoldo se despertó por el estrépito de una música a todo volumen, seguida por sirenas que sonaron a intervalos regulares. «La idea era que no durmiera y tenerme jodido», recordaría. De ahora en adelante, en las noches anteriores a las vistas se repetirían aquellos conciertos para evitar que Leopoldo descansase y mermar así su discurso y su posibilidad de defenderse. A sus torturadores, que eran más sofisticados de lo que parecían, les daba igual que los demás presos tampoco durmiesen.

La parafernalia de las vistas era idéntica en todas las ocasiones. Lilian dijo que parecía el juicio a Osama bin Laden por la cantidad de policía y vehículos militares desplegados. A pesar del cansancio, Leopoldo fue capaz de lanzar un poderoso alegato, de esos que dejaban atónitos hasta a los fiscales. Quedó grabado para la posteridad por las gafas de espía de su padre.

—Con la venia, señoría —dijo, dirigiéndose la jueza Susana Barreiros—. Quisiera solicitarle su pronunciamiento sobre la intromisión del Gobierno en este juicio. No pasa una semana sin que Nicolás Maduro me condene en televisión. Ayer mismo, en cadena nacional. Lo que necesitamos saber es: ¿quiénes son los jueces, son ellos o es usted? ¿Dónde está el juicio, en las cámaras de televisión, a las que acuden Maduro, Cabello y quienes los acompañan? Yo quisiera saber quién me está juzgando, quiero saber quién me tiene preso. Si me tiene preso usted, como lo dice la ley, como lo dice la norma, o me tiene preso Maduro.

Susana Barreiros lo escuchaba, impasible. Atractiva, delgada, pero con pechos prominentes, bien vestida, de mirada fría y distante, soltera, treinta y cuatro años, era hija de padre portugués y de madre española, inmigrantes de primera generación que conformaban la clase media del país. Habían vivido de un negocio de construcción y venta de muebles en Los Teques, el municipio donde se situaban las cárceles de mujeres del INOF y la de Ramo Verde, cuyos edificios habían constituido el paisaje de su infancia. A sus padres no se les conocían simpatías especiales por el chavismo, pero ella, buena estudiante y ambiciosa, o quizás para amortiguar la ruina de la empresa familiar que, como el resto de la economía, amenazaba con colapsar, las mostró nada más graduarse en la Universidad Santa María de Caracas. A la temprana edad de veintidós años le ofrecieron ingresar en la nómina del poder judicial y solo siete años después, tras haber demostrado su lealtad al poder político, la Comisión Judicial la designó como sustituta de la jueza María Lourdes Afiuni. El caso de esa jueza, destituida de su cargo por no plegarse a las órdenes de Chávez, dio lugar a una expresión popular: el «efecto Afiuni», que señaló el final de la independencia judicial en Venezuela. Su caída en desgracia se produjo por haberse opuesto al poder, a Chávez en concreto, empeñado en condenar y encarcelar a un empresario y banquero venezolano. La jueza Afiuni optó por liberar al empresario, siguiendo la recomendación del Grupo de Trabajo sobre Detención Arbitraria de la ONU, el mismo que ahora reclamaba la liberación de Leopoldo López y demás presos de conciencia, y que la jueza Barreiros eligió desoír. Afiuni no sospechaba el precio tan alto que tendría que pagar por mantener su integridad. En un juicio amañado, Chávez pidió treinta años de prisión para ella y la convirtió en la presa de mayor perfil político, un título que le arrebataría Leopoldo.

Su descabezamiento sirvió de ejemplo. A partir de entonces, el régimen exigió a jueces y demás miembros de la judicatura una lealtad ciega. Para dar ejemplo de lo que podía ocurrirles si desobedecían y para meterles miedo, Afiuni fue encerrada en la cárcel femenina del INOF, un infierno sobrepoblado donde se encontró con presas que ella misma había mandado encarcelar y que habían jurado venganza. Algunas la agredieron sexualmente. Otras le pegaron para después desvalijarla. La amenazaron con beber su sangre. Vivió en un clima de terror hasta que unos activistas denunciaron su situación ante la Comisión Interamericana de Derechos Humanos, que exigió que se le hiciera un juicio o se la liberase. Entonces la encerraron en una celda apartada de las aspirantes a asesinarla. Afiuni sabía que las condiciones de la cárcel eran difíciles, pero no hasta qué punto estaban degradadas. Las presas se acosaban entre sí por dinero y sexo. Todo, medicinas, alimentos, colchones, sillas, agua potable, tenía que ser comprado o alquilado. «Si pudiera volver a ser jueza, me resultaría difícil enviar a alguien a la cárcel, a menos que el sistema cambiase», dijo entonces. Su escarmiento sirvió para que los demás miembros de la judicatura se lo pensasen dos veces antes de ignorar las órdenes de los jerarcas del régimen. Todos debían bailar al son del poder. La presunción de inocencia y el respeto a los procedimientos habían dejado de importar.

53

Ahora su sustituta, Susana Barreiros, como presidenta del tribunal que juzgaba al mayor opositor al régimen, debía seguir escuchando las palabras de Leopoldo:

—... Creo que es obvio para todos que soy un preso de Maduro. Solicito a usted, por tanto, que haga un pronunciamiento con respecto a este tema, y un pronunciamiento que venga acompañado de una solicitud de respeto, si es que hay algo que se tenga que respetar en este tribunal. —Hubo un silencio. La jueza desvió la mirada, mesó su largo cabello castaño y se puso a garabatear unas notas en su cuaderno. Leopoldo prosiguió—: Al no tener una opinión de su parte sobre este tema, como la autoriza la ley, estará usted aceptando que este es un juicio tutelado por otros. Estará usted aceptando que este es un juicio donde no se decide nada, aquí estamos para tener la fachada de la justicia en un proceso donde la decisión está tomada de antemano y, señora jueza, está tomada por otros.

—Señor López, como presidenta de este tribunal, le ordeno que baje el tono, o me veré obligada a expulsarle de la sala.

Leopoldo se envalentonó:

—No me exija que use en mi defensa un tono y un estilo diferente al que utilizo en el habla. No me pida que hable de una manera distinta a la que estoy acostumbrado a hacerlo en la calle y por la que se me condena. No, aquí no venimos a pedir clemencia, sino algo por lo que estamos dispuestos a morir, que es la justicia; que es de lo que hoy carece el pueblo venezolano. Y es por eso por lo que no voy a cambiar el tono, para que tengamos claro de lo que se me acusa.

La jueza no solo no respondió a su requerimiento, sino que volvió a amenazarle con expulsarle antes de dar paso a los fiscales. A Leopoldo lo acusaban de «llamamientos a la calle» que desembocaron en que la gente actuase con violencia, sin respeto a la autoridad ni a la ley. Según Barreiros, el 12 de febrero, día de las manifestaciones, un grupo de jóvenes, actuando supuestamente en nombre de Leopoldo López, atacó el edificio de la Fiscalía. Los muchachos lanzaron botellas incendiarias contra siete coches patrulla de la policía y destruyeron propiedad pública en el parque de Carabobo. Uno de los fiscales alegó que los cuatro estudiantes presentes en la sala, aquellos pobres diablos que llevaban tanto tiempo detenidos, fueron responsables del incendio de la biblioteca del edificio.

Cuando le llegó el turno al abogado defensor, Juan Carlos Gutiérrez demostró con paciencia y rigor que no hubo tal incendio, que otros estudiantes —no los allí presentes— lanzaron cócteles molotov a las puertas de la Fiscalía, que produjeron algo de fuego, pero nunca hubo un incendio. Prueba de ello era que las telas de los molotov no estaban del todo consumidas y los muebles, que eran de madera, tampoco ardieron.

—Señoría —dijo Juan Carlos—, lo más interesante es que la Fiscalía está dotada de aspersores antiincendios, pero estos nunca se activaron.

Poco a poco fue desmontando la argumentación de los fiscales. ¿Hubo libros quemados? No. ¿Se activaron los aspersores? No. ¿Encontró el perito polvo de extintores? No. Aquí lo que tenemos es una gran mentira de los policías.

Juan Carlos enseñó unas fotografías que demostraban la presencia de policías y guardias nacionales en aquel momento en el edificio de la Fiscalía.

—Estaban allí y no actuaron. Les dejaron lanzar las botellas y luego detuvieron a estos pobres muchachos, los acusaron de asociación criminal y vincularon sus expedientes al de Leopoldo López para hacer ver que este había influido en ellos de cara a incendiar la Fiscalía. Como ya he repetido varias veces, estos jóvenes son solo meras fichas en la jugada de la fiscal general Luisa Ortega Díaz para procurar una condena en contra de Leopoldo López. Esa es la verdad, y ustedes lo saben.

Juan Carlos Gutiérrez consiguió presentar su prueba reina: un vídeo que mostraba a Leopoldo, a las puertas de la Fiscalía, dirigiéndose a los estudiantes con un discurso exageradamente pacifista.

Cuando les tocó declarar a dos de los muchachos, Antonieta y Lilian se irguieron en sus asientos. Don Leopoldo aguantó la respiración. Presentían que los chicos responsabilizarían a Leopoldo de sus actos para congraciarse con el tribunal y conseguir la libertad. Por eso estaban allí, debidamente torturados y aleccionados. Pero no fue así. Al contrario, su testimonio constituyó uno de los momentos más emocionantes del juicio. En efecto, les habían maltratado con saña. Salió a relucir que fueron apresados al azar y trasladados a la sede de la policía, donde estuvieron varios días encerrados en condiciones infames. Una foto obtenida a un policía les mostraba arrodillados, pegados a la pared, las manos agarradas en la nuca.

—Nos dejaron así todo el día —declaró uno de ellos, Demián Martín García, de diecinueve años, hijo de familia humilde, estudiante de Comercio en la Universidad Alejandro de Humboldt—. Si nos movíamos, nos caían a golpes.

Que ese muchacho dijese la verdad, en las condiciones en las que se encontraba, hizo que el silencio se adueñara de la sala. Un silencio hecho de respeto y admiración.

El otro estudiante declaró en el mismo sentido, dijo que fueron torturados para que declararan que Leopoldo les había encargado cometer un acto violento contra la Fiscalía. Cada uno por su lado proclamó que no lo conocían y que no tenían nada que ver con él. Esos jóvenes no tenían miedo, a pesar de lo que habían sufrido. Su honestidad y su coraje representaron, el tiempo que duró sus declaraciones, la conciencia de todo un país. ¿Qué les harían al volver a sus celdas?, se preguntaba la gente en la sala. ¿Qué precio les harían pagar por mantenerse fieles a la verdad? «Las declaraciones de las torturas que habían sufrido los chicos me impactaron —diría Juan Carlos Gutiérrez—, pero lo que más me sorprendió fue la impavidez de la jueza y los fiscales ante esos relatos tan desgarradores. Susana Barreiros ni se inmutó».

Juan Carlos levantó la mano y pidió a la magistrada que abriese un juicio contra los autores de las torturas.

—¡Esos delitos tienen que ser juzgados! —declaró.

Los demás abogados se pusieron de pie y se formó un escándalo en la sala.

—No soy competente para eso —dijo la jueza.

—Señoría, el Código Procesal Penal dice que cuando usted recibe la noticia de un delito, tiene que ordenar una acción en justicia *motu proprio*.

La jueza se escabulló:

—Que la Fiscalía haga lo que considere.

Pero la Fiscalía no hizo nada.

Antonieta tenía miedo de que, entre los que faltaban por declarar, alguno se arrepintiese y, por querer recuperar la libertad, se volviese contra su hijo. Que acabasen cediendo a las presiones: los dos primeros no habían claudicado ante los golpes y las privaciones de la policía, pero quizás el que faltaba sí lo hiciera ante un intento de comprarle. Después de utilizar el palo, el régimen bien podía usar la zanahoria.

De modo que localizó el teléfono de la madre de Marco Aurelio Coello, un chico de dieciocho años, hijo de una familia acomodada, detenido con los demás. Resultó que su madre era una reputada abogada llamada Doris de Coello, casada con un ingeniero y prestigioso académico. Quería hablar con ella, saber hasta qué punto su hijo se mantendría fiel a la verdad, como sus compañeros, sondearla por si estaban negociando su libertad por detrás. Precisamente por ser una familia de lo que podía llamarse la clase media alta venezolana y estar bien conectada socialmente, las posibilidades de canjear a su hijo o de comprar su libertad a cambio de unas declaraciones pactadas eran bien ciertas. Pensaba que las confesiones de los dos jóvenes que acababa de escuchar eran «demasiado bellas para ser verdad».

Doris de Coello escuchaba los mensajes de voz que le dejaba Antonieta, pero no devolvía las llamadas. Cuando por fin pudieron hablar, se mostró antipática, casi agresiva, y se negó a verla. «Qué mal presagio», pensó la madre de Leopoldo.

54

El «abogado gringo» supo aprovechar la visita de Lilian a Mariano Rajoy y movilizó su despacho para conseguir que el Parlamento Europeo emitiese una resolución sobre «la persecución de la oposición democrática en Venezuela» y reclamase su liberación, lo que hizo en diciembre de 2014. En todo el mundo brotaban en cascada peticiones semejantes, que provenían desde la Federación de alcaldes de Latinoamérica a organizaciones de derechos humanos (Amnistía Internacional, Human Rights Watch, etc.) hasta el conjunto de expresidentes del continente.

En Caracas, tanto revuelo les pilló por sorpresa. Incómodo, Maduro volvió a referirse a la campaña internacional de Lilian en tono amenazante, convencido de que la mujer hacía «*lobby*» para que impusiesen sanciones a Venezuela. Pero no era cierto, Lilian pedía por la libertad de todos los presos políticos, no hablaba de economía y menos de sanciones. Un memorándum del embajador de Venezuela en España, Mario Isea, filtrado por un empleado de la embajada en Madrid, reveló la urgencia del Gobierno por neutralizar la campaña internacional encabezada por Lilian Tintori. La estaban colocando en el punto de mira: en caso de ser acusada de alta traición, la podían encerrar treinta años.

Para acallar las críticas de los medios internacionales que cuestionaban sus prácticas represivas, el Gobierno bolivariano dio orden de relajar las medidas carcelarias para recuperar la buena imagen. La Navidad —la primera Navidad en Ramo Verde— era una excelente ocasión para mostrar al mundo la bondad del sistema de prisiones venezolano y lo exagerado de las denuncias de los presos políticos.

De modo que la familia de Leopoldo al completo fue autorizada a pasar el día 24 de diciembre de 2014 en la celda y a asistir a la misa de Navidad en la cárcel. Sabían que era una trampa porque les filmarían y lo utilizarían como propaganda, pero era más fuerte la necesidad de verse y abrazarse. Leopoldo llevaba diez meses encerrado y sus condiciones no habían hecho más que empeorar. La orden de traslado de prisión había quedado en suspenso, pero la amenaza de llevárselo a Cuba flotaba en el aire.

Acudió toda familia, con los niños. Lo encontraron delgado, los ojos inyectados en sangre, pero fibroso y entero. A él le pareció que sus hijos habían crecido desmesuradamente. Bajaron juntos a la capilla de la cárcel, escoltados por soldados armados. Entre los asistentes destacaba la figura del general Raúl Baduel, el antiguo ministro y amigo íntimo de Chávez. Degradado y condenado a ocho años de prisión por un falso caso de apropiación indebida —en realidad, por aplicar la Constitución, que abogaba por que las Fuerzas Armadas se mantuvieran al margen de la política—, el escarmiento a Baduel tenía un paralelismo con el de la jueza Afiuni. Sirvió para que nadie rechistara en las Fuerzas Armadas. Ese era el fin de los escarmientos, amordazar a los funcionarios y convertirlos en dóciles marionetas. Y sembrar el terror en los demás*.

El padre de Leopoldo sabía que el próximo sería el de su hijo, por eso no albergaba ninguna esperanza de que saliera libre o con una condena reducida. Después de la Judicatura, después del Ejército, en la lógica del régimen el caso de Leopoldo López

---

* El régimen lo mantuvo encerrado en condiciones inhumanas hasta su muerte, el 12 de octubre de 2021, en una mazmorra de otra cárcel conocida como la Tumba. Unos dijeron que murió de COVID, otros por falta de cuidados médicos. El caso es que el régimen actuó con una saña especialmente cruel contra el general Baduel, que tampoco contaba con el apoyo de ningún partido político.

iba a servir de aviso a otro sector de la población: la sociedad civil. Una condena ejemplarizante prevendría el surgimiento de nuevos y atrevidos opositores. Y de paso afianzaría aún más la dictadura bolivariana.

En la capilla, los niños correteaban entre los mayores. Iban vestidos de domingo, ellas con lacitos en el pelo y ellos repeinados. Manuela y Leosan jugaban con los hijos de Daniel Ceballos y de otros reclusos. Los compañeros aprovecharon esa misa para bautizar a uno de los hijos de un preso que al salir fue víctima de un atraco y falleció poco tiempo antes de que naciese su bebé. Su mujer había pedido a Leopoldo que fuese su padrino. No habían informado a las autoridades para que no inventaran una excusa y evitaran la ceremonia. Por eso, aquella misa —que sería la última que pasarían juntos en Navidad— fue especial.

Después, cuando terminó la liturgia, volvieron a sus celdas, y ese día la de Leo se convirtió en un lugar feliz. A pesar de que a Lilian le confiscaron los lápices y los bolígrafos Uni-Ball que le traía a su marido —estaba claro que no querían que escribiese—, le dejaron entrar el Pictionary*, las hallacas y el pan de jamón, la típica comida navideña que compartieron en familia. Disfrutaron mucho del encuentro, conscientes del valor de cada segundo juntos. Mientras Leosan gateaba, Leopoldo tocó el cuatro, regalo de su suegra, y Manuela le acompañaba con las maracas. Se emocionaron cantando *El alma llanera.*

Lilian y Antonieta le pusieron al día sobre el mundo de fuera. Los apagones de luz y los cortes de agua eran ahora diarios; las colas en los supermercados, cada vez más largas. Las empresas nacionalizadas por Chávez la década anterior arrojaban cifras de ruina. El bolívar caía en picado. Maduro llegó a pedir a la gente que criasen pollos y sembrasen huertos en sus casas para comer.

Pero la campaña internacional iba bien. Le contaron que la presidenta de Brasil, Dilma Rousseff, que había sido ella misma

---

* Un juego que consiste en adivinar a través de dibujos una palabra.

presa política y torturada, estaba a punto de pronunciarse en contra de los presos de conciencia en Venezuela. Sería un cambio en la posición tradicional de ese país cuyos diplomáticos en Ginebra no quisieron recibir a Lilian. Los Senados colombiano y chileno ya lo habían hecho, lo que podía interpretarse como que la región modificaba su percepción de la realidad de Venezuela. Jared Genser les había anunciado que el 1 de enero, el vicepresidente de los Estados Unidos, Joe Biden, mantendría un breve encuentro con Maduro en Brasilia para instarle a liberar a los presos políticos.

La alegría producida por esta avalancha de noticias fue interrumpida de cuajo por la irrupción de dos guardias, cámara en mano. Lo filmaron todo, el pan de jamón, el cuatro, el mural de Manuela, el niño gateando.

—Ustedes graban todo sin pudor a pesar de la ley y la Constitución que lo prohíben —protestó Leopoldo padre.

No le respondieron y siguieron filmando. Esas imágenes de familia feliz celebrando la Navidad en la celda eran muy valiosas para el Gobierno, que las necesitaba para responder a las exigencias de Comité contra la Tortura de la ONU y para silenciar las críticas sobre la situación de los derechos humanos en Venezuela.

Cuando de nuevo se encontró solo, sin algarabía familiar, Leopoldo se durmió pensando en qué futuro le esperaba a aquel niño que habían bautizado por la mañana, nacido en un país donde se había detenido el progreso. Un país donde cada año más de veinte mil padres enterraban a sus hijos víctimas de la violencia. Un país que ocupaba el último lugar en la clasificación de ética y corrupción del Foro Económico Mundial, donde los indicadores económicos auguraban una caída en picado del nivel de vida. Pobre niño, se dijo. Luego pensó en los suyos: ¿y Manuela? ¿Y el pequeño? ¿Podrían labrarse un futuro en su patria?

55

A finales de enero, el periódico *El Nacional* se hizo eco de una noticia previamente publicada en el diario *ABC* de Madrid, que vertía acusaciones gravísimas contra Diosdado Cabello. La información recogía declaraciones de un hombre de respetada trayectoria e impecable hoja de servicios llamado Leamsy Salazar, miembro de la Casa Militar y actual jefe de seguridad de Cabello —lo había sido de Chávez también—, quien decidió exiliarse en Estados Unidos. En la Fiscalía Federal, en Washington, declaró que el noventa por ciento de la cocaína producida en Colombia pasaba por Venezuela, que el monopolio del tráfico de droga lo detentaba el cártel de los Soles*, llamado así porque estaba formado por un grupo de militares venezolanos, y que Diosdado Cabello era el cabecilla de toda la organización. Salazar dijo haberle visto dar órdenes directas para la partida de lanchas cargadas con toneladas de cocaína hacia Estados Unidos y aportó evidencias sobre lugares donde almacenaban montañas de dólares en efectivo. También involucró al general Hugo Carvajal, conocido como el Pollo Carvajal, exjefe de la Dirección de la Inteligencia Militar, como el gran operador del cártel de los Soles, siempre a las órdenes de Diosdado. Su testimonio ratificó muchos de los datos que ya estaban en poder de la DEA**, obtenidos gracias a la colaboración

---

* Cártel de los Soles, así denominado porque a los oficiales se les imponen medallas en forma de sol cuando ascienden en el escalafón.

** DEA: *Drug Enforcement Administration*, es la agencia antinarcóticos norteamericana.

de otro testigo protegido, el jefe de la sala penal del Tribunal Supremo de Venezuela, que en el 2012 había huido a Estados Unidos. Había más: Salazar mencionó el uso regular de aviones de PDVSA para transportar cocaína en vuelos preparados por el hijo de Chávez, y por quien fue el embajador de Cuba en Caracas con la connivencia de funcionarios cubanos. El embajador fue destituido a raíz de que se descubriera un alijo en uno de esos vuelos, mientras que al hijo de Chávez, Hugo Rafael, lo obligaron a someterse a una cura de rehabilitación contra la drogadicción.

Maduro cerró filas con su segundo, denunciando la existencia de una «campaña bestial por parte de la ultraderecha internacional y factores del imperio estadounidense, de manera amenazante y peligrosa, contra el compañero Diosdado Cabello». Luego mostró las garras: «Sepan ustedes que el que se mete con Venezuela se seca y el que traiciona a la patria se seca para siempre».

Por su parte, Diosdado amenazó con una demanda al diario español, aunque mostró sus dudas sobre la justicia española. Pero lo que tenía en mente era tomarse la venganza contra los medios venezolanos que se habían hecho eco de la información. Esa justicia, la venezolana, sí sabía manipularla.

El 30 de enero Rosa Amelia Asuaje volvió de la universidad a su domicilio y se encontró una nota en la puerta de su casa: «Cuídese, que se la vamos a cobrar por prestarse a un juicio como experta. No dormirá segura ni tranquila más nunca. Los jóvenes universitarios estamos cerca de nuestros líderes y bien lejos de alimañas como usted. Pronto sabremos cuánto le pagaron».

Quien colocó ese aviso —que venía de sectores de la oposición— tuvo que pasar por delante de la garita del guardia y sortear la vigilancia, lo que daba a esa amenaza credibilidad suficiente. Habiendo roto con su pareja, vivía sola con su hija de quince años que cursaba el último año de secundaria. La invadió un miedo cerval. Se sintió vulnerada y vulnerable, de modo que llamó a Nelson Mejías, fiscal de Delitos Comunes, que le pidió una foto escaneada de la nota.

—Te vamos a poner custodia hoy mismo —le dijo por teléfono.

El mismo día por la noche llegaron los escoltas, pero no se quedaron en el pasillo, sino que entraron en el apartamento e impusieron unas normas de seguridad draconianas.

La Fiscalía filtró la noticia y los medios de comunicación empezaron a llamar a todas horas. Indignada, la fiscal general Luisa Ortega Díaz salió en televisión declarando su repudio a la amenaza; en Twitter anunció que nombraba un fiscal para investigar el caso. Rosa Amelia declaró en una entrevista de radio: «Si esta es una estrategia de la defensa o de sectores fanatizados de la oposición venezolana, si esta es una advertencia para que yo no declare en el juicio que se está realizando al ciudadano Leopoldo López, quiero dejar muy claro que no daré marcha atrás, voy a seguir en el proceso, no voy a inhibirme». Juan Carlos Gutiérrez se apresuró a hacer unas declaraciones desmarcándose del caso: «No tenemos nada que ver con las amenazas a la doctora Asuaje». Rosa Amelia replicó: «Entiendo que la oposición considera que mi testimonio es clave para el dictamen que pueda determinar la jueza, pero al respecto quiero decir que yo no soy juez ni fiscal para decidir si el ciudadano Leopoldo López debe ir o no preso».

El revuelo mediático se intensificó tanto que durante días solo atendía llamadas de radio, televisiones y periódicos. «Me generó un estrés terrible porque yo no podía decir cuál era mi estrategia, ni mencionar lo que iba a decir en el juicio. No podía desvelar nada, el sumario era secreto». No tomar partido hizo que los chavistas la rechazasen, de modo que se encontró en tierra de nadie, vilipendiada por unos y por otros. «Me convertí en el demonio de Tasmania». Temía salir de casa por la cantidad de periodistas que había apostados en la entrada.

Su vida privada dejó de ser privada. Los escoltas estaban en el apartamento las veinticuatro horas del día los siete días de la semana. Utilizaban su coche para transportarla de casa a la universidad, luego dejaban a su hija en el colegio, la recogían y la llevaban a las actividades extraescolares. La adolescente no entendía por qué su vida y su libertad se veían alteradas de esa manera. Le hacían *bullying* en el colegio y volvía a casa en un mar de lágrimas. Empezaron los reproches a su madre, a quien se le quitaron las ganas de salir.

Con el tiempo empezó a dudar de que la amenaza fuese obra de sectores opositores. Pensó que pudo ser del propio régimen para justificar la presencia de guardaespaldas que controlasen todos sus movimientos. Nunca le quedó claro. Lo que sí sabía era que el «caso Leopoldo López» estaba arruinando su vida. Le había costado su pareja, la relación con su hija se resentía y ahora debía acostumbrarse a un sinvivir.

Nelson Mejía, el fiscal de Delitos Comunes, vio que era urgente bajar la presión mediática para proteger el testimonio de la lingüista, que era la mejor baza de la Fiscalía. Avisó a sus colegas y les conminó a adelantar el procedimiento: la mujer debía testificar lo antes posible, la situación podía descarrilar. Prueba de ello era que Rosa Amelia se vio obligada a ingresar en una clínica por padecer mareos y vértigos. En realidad, sufrió una crisis nerviosa por agotamiento y durante tres días tuvo que someterse a una cura de sueño.

Al salir de ese pozo de angustia y malestar, Rosa Amelia tenía claro, más que nunca, lo que iba a decir. En vez de amilanarse, toda esa presión psicológica hizo que se aferrase a la verdad. Sentía que era su tabla de salvación. Para ella, asumir su responsabilidad era vital para sobrevivir a las heridas provocadas por el rechazo de sus pares, tanto de los que militaban en el chavismo como de los que lo hacían en la oposición. Se había convertido una persona distinta a la que había sido unos meses antes, estaba desilusionada, había perdido completamente la fe en la revolución, en la sociedad, en su país: «Tanto dolor para la familia de Leopoldo, para mí, para mi hija, eso no podía quedar impune. A pesar del miedo, tenía la necesidad absoluta de decir lo que tenía que decir».

Los abogados de la defensa y la familia estaban seguros de que la jueza Barreiros utilizaría el peritaje de Rosa Amelia Asuaje para argumentar la condena y dar así la puntilla a Leopoldo.

—¿Qué podemos hacer para impedirlo? —preguntó Antonieta.

—Absolutamente nada —dijo Juan Carlos—. Estamos en sus manos, todo el poder judicial está secuestrado.

Llegó el día de la comparecencia. En el vuelo a Caracas, la lingüista recordó un antiguo dicho griego: cuando estás en el fondo del foso, no puedes esperar algo peor. Sentía que estaba más allá del miedo, que no tenía nada más que perder. «Fui como un kamikaze; me dije: "Lo que pase hoy será ganancia para mí"». Le preocupaba mucho que su hija entendiese bien que ella era una persona honesta. Le angustiaba que pensase que no había sido coherente con los valores que le había inculcado. La joven estaba en plena crisis. «Lo menos que podía decirle era: "Hija, esta soy yo, no soy una tramposa, no soy una corrupta"».

Las comparecencias se efectuaron en dos jornadas extenuantes de diez y doce horas. Los familiares de Leopoldo y el equipo de la defensa aguantaron la respiración mientras la jueza Susana Barreiros iniciaba el turno de preguntas:

—Usted escribió en su informe que los mensajes de Leopoldo eran coléricos y rabiosos, que los destinatarios «cargados de ira» sintieron la necesidad de descodificar la realidad en una protesta.

Rosa Amelia se ajustó las gafas de pasta negra que acentuaban su aire de mujer estudiosa e intervino:

—Lo que escribí exactamente, señoría, fue que Leopoldo López manifestó en sus discursos una postura de confrontación abierta con el Gobierno de Nicolás Maduro, que sus palabras revestían descontento, enojo y que hacía un llamado a sus destinatarios para que salieran a las calles a protestar. Sus palabras pueden haber influido en la ira de sus seguidores por el desabastecimiento, la inseguridad y otras razones más que yo, como ciudadana, entiendo que puedan generar disgusto. Ahora... —La mujer giró la cabeza y miró fijamente a Leopoldo—... De allí a enunciar yo que López ha sido responsable de hacer llamados expresos a incendiar la Fiscalía o a cometer actos de violencia, hay una distancia que jamás podré salvar, pues no sería ético que como profesional de la lingüística afirmara algo que nunca estuvo en la muestra de los treinta y dos discursos que analicé.

El comportamiento de la lingüista desconcertó a las dos partes, y de paso a todo el país. Se mostró tan clara que tanto la jueza como los fiscales empezaron a dudar de su lealtad política. Habían olvidado que la experta, al aceptar el encargo, prestó juramento *ad honorem* como profesional. A las ofensas en las redes de parte de los opositores se sumaron ataques vitriólicos de simpatizantes del régimen. Para la oposición, Asuaje era una inquisidora; para el chavismo, una traidora. En poco tiempo, se convirtió en la persona más polémica del país.

56

Jared, Lilian y Antonieta pensaron que era necesario aprovechar el primer aniversario de las manifestaciones del 12F para seguir presionando al Gobierno, al hilo del revuelo que las declaraciones del exjefe de seguridad de Diosdado habían provocado y que señalaban a Venezuela como un narcoestado. Desde Estados Unidos, Jared se puso a organizar una semana de encuentros, en coordinación con la esposa de Leopoldo en Caracas.

Lilian, en previsión de un nuevo viaje, estaba muy ajetreada, yendo de un lado a otro de la ciudad, cuando un día fue abordada en la calle por un individuo con aspecto de policía, o de malandro, no estaba segura porque la estética del pelo cortado en las sienes, las botas negras y los tatuajes eran similares. En una fracción de segundo pensó que la iban a secuestrar en plena calle. El susto fue de muerte.

—Tranquila, soy Johnny Montoya —se presentó el hombre. Era el hermano de Juancho Montoya, el líder «colectivo» asesinado el 12 de febrero del año anterior, el día de las manifestaciones. Lilian se tensó como un animal ante el peligro—. Solo quiero decirte que sé perfectamente que Leopoldo no ha tenido nada que ver con la muerte de mi hermano.

—Ok. ¿Y qué quieres?

—Sé quién le mató.

Lilian suspiró. Ella también lo sabía, todo el país lo sabía, sobre todo los opositores. Pero el hombre quería hablar y ella le dejó. Como a borbotones, empezó a contar todo lo que había averiguado. La orden de asesinar a su hermano vino del cabecilla de los «colectivos», Hermes Barrera, que ansiaba quedarse con el control de las bandas del estado de Sucre, lo que implicaba un jugoso negocio que generaba enormes cantidades de dinero porque se basaba en la extorsión a los comerciantes. Por oponerse a esa deriva mafiosa, su hermano Juancho, el purista, el que creía en la revolución, se había convertido en un obstáculo.

—Por eso lo balearon. Lo mató el *hijoeputa* ese, para acaparar el negocio, y además culpar a los manifestantes por ello. Dos pájaros de un tiro. Encima asistió a su entierro y no se despegaba del ministro que lo protegía. Son todos unos criminales, y yo te digo una cosa, Lilian, quiero justicia para Juancho. Nada de impunidad.

Para Lilian, lo que le contó Montoya no constituía una revelación extraordinaria, ni siquiera una sorpresa. Hacía tiempo que sabían que ese asesinato fue el resultado de una lucha de poder en el seno de los colectivos. La foto que mostraba a Hermes Barrera junto al ministro Miguel Rodríguez Torres en el entierro había circulado ampliamente en círculos afines a la oposición. La novedad era que el propio hermano, exmiembro de la Policía Metropolitana, perteneciente también él a un colectivo, por fin se había dado cuenta del grado de criminalidad y corrupción que existía en el mundo chavista y parecía querer reaccionar.

Pero la cautela era de rigor. Lilian estaba escamada. No podía olvidar que Johnny surgía de ese submundo de policías y colectivos. ¿Y si era un infiltrado?

Lo comentó con Gilber Caro, el expresidiario que los conocía bien, el primero que dijo que a Juancho Montoya lo había matado un miembro de los Tupamaros, el colectivo controlado por Hermes Barrera.

—A ver, es un poli criado en los ranchitos, de familia pobre, pero si te ha contado eso, es porque lo dice de verdad... Le han matado al hermano y tiene arrechera.

También Lilian lo habló con Leopoldo, por teléfono.

—Quiere justicia, Lilian, ahora es uno de los nuestros. Llévale como un caso más, eso es bueno para nosotros, nosotros luchamos por todos. Arrópate con todo tipo de casos.

Lilian volvió a ver a Johnny Montoya en diferentes ocasiones, e indagó con gente de las barriadas, entre los vecinos chabolistas con los que se habían criado y que confirmaron que los Montoya creyeron en la revolución, sí, pero que siempre fueron idealistas. Se convenció de que el hombre estaba motivado por la pena profunda de haber perdido a su hermano.

En eso llegó una noticia formidable desde Washington. Joe Biden, vicepresidente de Estados Unidos, aceptaba recibir a Lilian en su despacho para marcar el aniversario de las manifestaciones del 12 de febrero. Jared Genser y Antonieta lo habían conseguido al acumular en un informe el material de todas las visitas de Lilian con el argumento: ¿puede el Gobierno de Estados Unidos no participar en el llamamiento mundial para liberar a este preso de conciencia? El dosier contenía fotos de Lilian con Mariano Rajoy y multitud de otros líderes políticos. Biden, firme defensor de los derechos humanos, también quería su foto con Lilian.

Siguiendo el consejo de Leopoldo, Lilian fue acompañada. Una víctima podía interpretarse como un caso particular; varias eran ya un caso político. Llevaba meses localizando a las familias de los presos y de los que habían sido asesinados, tejiendo una red de contactos. Se reunían, hacían terapia, hablaban, organizaban rutas de manifestaciones de protesta y se apoyaban mutuamente. En ese trabajo de activista, Lilian conoció a Rosa Orozco, madre de Geraldin Moreno, una joven de veintitrés años que murió acribillada en aquellas manifestaciones, agitando banderas, en Naguanagua, un municipio a tres horas de Caracas. «No salgas», le había dicho su madre. «Tengo que salir por Venezuela», le había respondido ella. Salió y la mataron. Lilian fue a visitar a Rosa y le impresionó entrar en la habitación de Geraldin, la de una deportista —como lo era ella— con las fotos de sus ídolos en las paredes y los escudos de sus equipos preferidos. Le propuso que la acompañase a ver a Joe Biden.

Luego localizó a Johnny Montoya.

—¿Te animas a venir a conmigo a ver al vicepresidente de Estados Unidos?

—¿Quién? ¿Yo?

—Sí, a ti te lo digo.

—¿A mí? No tengo pasaporte, no tengo nada.

—Te lo sacas y nos vamos. Necesito saber si quieres venir. ¿Sí o no?

—Sí, claro, por mi hermano... adonde haga falta. Yo a ese Biden quiero decirle cuatro cosas.

Joe Biden les recibió en el confort mullido de su despacho de Washington. Enseguida Lilian se sintió en confianza: «Tenía sonrisa de buen hombre, parecía sinceramente afectado por lo que le contábamos». Le trasladó el agradecimiento de Leopoldo y respondió a las muchas preguntas que él le hizo sobre Venezuela y las condiciones de detención en Ramo Verde. Luego habló Rosa. Contó como aquel 12 de febrero un destacamento de veinticuatro guardias nacionales a bordo de trece motocicletas irrumpió en su municipio y a su hija la dispararon con cartuchos de perdigones, desfigurándola.

Biden le agarró la mano.

—Yo te puedo ayudar, un miembro de mi familia sufrió un accidente muy grave, y conozco a un médico que puede reconstruir la cara a tu hija, esto tiene solución, te voy a poner en contacto con él.

No había terminado la frase cuando Rosa sacó una foto de su hija donde se veía la cara de Geraldin acribillada de perdigones. Respiró hondo y dijo:

—Me la mataron, señor.

Impresionado, no pudo contener la emoción; se le escapó una lágrima.

—Yo sé lo que es perder a un hijo —dijo.

Rosa contó que uno de los guardias nacionales remató a Geraldin a bocajarro, a diez centímetros del rostro, cuando yacía en el suelo, la mano alzada pidiendo clemencia.

—Sé que moriré preguntándome por qué ese hombre hizo lo que hizo, preguntándome cuál fue su motivación para disparar a una niña desvalida tirada en el suelo, pero de lo que estoy convencida es de que hay que contarlo para que el sacrificio de mi hija no caiga en el olvido. Que su muerte sirva de algo, señor.

Luego le tocó el turno a Johnny, el antiguo «poli» chavista. «Habló muy bien, muy criollo, muy malandro, muy incisivo... —diría Lilian—. Al final, le preguntó a Biden, sin miramiento: "¿Cómo permiten ustedes, los Estados Unidos de América, que esto esté ocurriendo en mi país?"».

Biden encajó la pregunta con su eterna sonrisa, pero no tenía respuesta. ¿Qué podía decirles, que la era de las intervenciones había pasado ya? ¿Que la última fue la de Panamá? ¿Que en Cuba habían fracasado? Cada pueblo debía luchar por su propia libertad. Cada palo debía aguantar su vela. Pero era un hombre cálido que hablaba el lenguaje del corazón. Su interés por la vida de sus visitantes y de sus familiares era genuino.

Para Lilian, aquella entrevista fue la última en una semana que había empezado el lunes encontrándose en Londres con Antonieta para ver a Salil Shetty, secretario general de Amnistía Internacional. Ambas llevaban casi dos años insistiendo para que Leo fuese declarado oficialmente preso de conciencia, pero Amnistía había puesto como condición que se llevase a cabo una investigación exhaustiva para demostrar que no había incurrido en ningún tipo de violencia. El resultado de aquel informe, positivo, acababa de salir a la luz y fueron a darle toda la publicidad posible.

Pero las consecuencias de esa semana activa se hicieron sentir inmediatamente en lo alto de la torre de Ramo Verde.

57

De madrugada, el ruido familiar de los candados que se abrían y cerraban le despertó. «Será el traslado de algún compañero», pensó Leopoldo. Un poco más tarde, golpeaban su puerta. Le habían trasladado a un tigrito, una celda de dos metros por dos, en el piso inferior al de Daniel.

—Señor López, es la Dirección de la Contrainteligencia Militar, venimos a hacerle una requisa.

—Ya voy.

Se tomó su tiempo para salir del catre. Quería confirmar una decisión que varios reclusos habían tomado unos meses antes: si los de la DGCIM volvían a requisar, iban a resistirse. Era lo acordado con Daniel Ceballos y los demás presos. «Claro, una cosa es hablar de lo que haríamos ante una hipotética situación y otra enfrentarla en la realidad. Había llegado el día que sabíamos que iba a llegar y para el cual nos habíamos preparado».

Leopoldo fue hacia el portón de acero, con hileras de barrotes reforzados por planchas en la parte de afuera. Difícil de abrir. Al asomarse por la rendija de la puerta, reconoció al comandante que ya había requisado su celda con funcionarios encapuchados cuando se llevaron los primeros escritos de su libro.

—Señor López, venimos a la requisa. Abra.

—No pienso abrir la puerta. —Leopoldo la había atrancado con una estaca de madera y un candado interior—. Si quieren pasar, será contra mi voluntad —les dijo—. Soy un preso político, estoy secuestrado por el régimen que no atiende las peticiones de las organizaciones de derechos humanos del mundo que han solicitado mi liberación. No me niego a una requisa, pero solicito la presencia de mi abogado, de la Fiscalía y del defensor del pueblo.

—Abra la puerta, señor López.

—Esta solicitud la hago porque he sido víctima del robo de mis pertenencias por parte de la DGCIM durante la última requisa, se llevaron cuadernos, libros, documentos de mi defensa y mi diario personal.

Leopoldo escuchó cómo subían a un piso superior y se alejaban. Por precaución, fue al escondite donde guardaba un teléfono móvil que le había pasado otro preso y lo reventó de un pisotón. No quería que tuvieran ninguna posibilidad de inventar cualquier cosa en caso de que lo encontraran.

El silencio duró hasta que regresaron, unos minutos más tarde.

—Leopoldo López, abra la puerta.

No hizo caso. Los oyó dirigirse hacia la celda de Daniel Ceballos.

—Señor Ceballos, abra su celda.

Daniel se negó, con los mismos argumentos que había utilizado Leopoldo.

Hora y media duró el baile de los encapuchados entre piso y piso, ora con buen tono, ora amenazando con los peores castigos posibles. Iban todos de negro, armados hasta los dientes, y con siniestras capuchas que seguramente usaban para evitar ser reconocidos durante ese acto ilegal. A las seis y media de la mañana apareció el inefable Homero Miranda, el director, rodeado de custodios del penal.

—Señor López, abra.

—No voy a abrir.

Y volvió a explicar sus razones, una a una, de manera pausada. Miranda se enfureció:

—López, abra o le voy a joder. —Leopoldo no respondió, lo que disparó la cólera del director—: ¡Abra ya!

Silencio. Homero Miranda se fue y volvió al poco rato acompañado de Garrido, un expolicía preso que llevaba más de diez años encerrado en Ramo Verde. Era quien manejaba todo lo que tuviera que ver con la herrería, la soldadura y lo relacionado con sopletes, esmeriles y herramientas para trabajar el hierro. Leopoldo lo consideraba un buen amigo; lo admiraba por su entereza. De vez en cuando, Garrido le pasaba un periódico por entre las rejas de la celda porque conocía su afición a la lectura. Leopoldo oyó como se negó a abrirles: «No, yo no voy a meterme en eso —dijo—, menos si es la celda de Leopoldo».

Ante su negativa, le requisaron la radial y el mazo.

—Yo mismo voy a tumbarle la puerta —dijo el director.

Homero Miranda encendió la radial y trató de abrir la puerta rompiendo los barrotes. Fracasado el primer intento, agarró un martillo. Como era torpe, golpeó la radial, el disco se rompió y la operación fracasó. Hacer el ridículo frente a sus subordinados le exasperó:

—¡Te voy a joder! —dijo, rojo de ira—. ¡Voy a regresar y te voy a joder!

Esas palabras, a Leopoldo, lejos de amedrentarle, le envalentonaban.

No volvieron hasta por la noche. Entre medias, Leopoldo había podido enviar un mensaje a Lilian a través de unos presos pidiéndole que llamase al defensor del pueblo para solicitar la presencia de uno de sus representantes.

—Señor López, abra la reja o vamos a entrar.

—¿Ha llegado el representante de la Defensoría?

—No. Usted tuvo la oportunidad de que entráramos por las buenas y ahora lo vamos a hacer como sea. Apártese.

Escuchó el ruido de un soplete. Una llamarada invadió la celda como una lengua de fuego. En la parte interior de la puerta Leopoldo había pegado fotos de los personajes que habían sido su fuente de inspiración.

—Están quemando a Mandela, a Luther King, a Gandhi y hasta a Bolívar... ¡Animales! ¿No les da vergüenza?

Ardían las imágenes y seguían avanzando con el soplete. La celda se llenó de humo y el estruendo de los golpes del mazo retumbaba en la torre. Lejos de amilanarse, Leopoldo agarró un martillo y golpeó la puerta con fuerza para hacer ruido. Los demás presos se unieron a la protesta. Afuera esperaban los funcionarios; se habían quitado la capucha de tanto calor.

—Vamos a entrar, lo vamos a conseguir y usted no podrá hacer nada.

Leopoldo estaba tranquilo, se había preparado mentalmente para ese momento. Se acercó a la reja de la ventana y gritó con todas sus fuerzas:

—¡¡Daniel!!, ¿han entrado en tu celda?

—¡Todavía no! ¡Pero hay diez tipos de negro en la puerta!

Prosiguieron con su labor de herreros hasta que lograron vulnerar el barrote que tenía el candado. «Siempre supe que al final entrarían, pero mi resistencia significaba solo eso: resistir, no ceder, no doblegarme».

Al final irrumpieron en tropel.

—¡Apártese! —le ordenaron, desafiantes.

Querían que reaccionase con violencia, pero no cayó en la tentación de responderles. Sabía que, de hacerlo, manipularían la versión de lo ocurrido y le endilgarían la carga de la violencia.

—Siéntese en esa esquina y no se mueva.

No se sentó. Una decena de funcionarios ocupaban el interior de la celda, algunos con miradas de odio. Dos con cámaras grabadoras. «Sabía que querían intimidarme y llevarme al territorio de la violencia», diría Leopoldo.

—Siéntese y quédese quieto —insistieron de nuevo.

—No me pienso sentar. No me pueden obligar.

Comenzó el más largo de los catorce registros de los que llevaba siendo víctima. Libro a libro, hoja a hoja, revisaron todo, lo removieron todo. Buscaban cartas, escritos, papeles escondidos en libros, alguna grabadora, un teléfono, una cámara..., algo que pudiera explicar que sus diatribas en el juicio se hubieran hecho virales en las redes. Levantaron las baldosas del suelo, abrieron los *tuppers* de comida, desarmaron el infiernillo, reventaron el saco de boxeo y sacaron el relleno, descosieron el colchón, las almohadas, desmontaron los enchufes de electricidad, abrieron huecos en el techo. Estuvieron cuatro horas rompiéndolo todo, hasta las dos de la madrugada. El jefe del grupo, vestido de negro, con chaleco, botas, armas, linternas y mirada de sádico, chupaba una piruleta de fresa mientras repartía órdenes. Leopoldo lo miraba con sorna.

—¿Y siempre que requisa chupa eso? —le preguntó.

—Sí, es mi ritual —respondió el otro.

Cuando la tensión disminuyó, Leopoldo pudo entablar conversación con los hombres. Le preguntaron sobre el coleo y el boxeo, pero enseguida intervino el jefe, el de la piruleta.

—Señor López, cuando usted sea presidente, nosotros estaremos en la guerrilla.

—¿Eso significa que ustedes avalan el secuestro, el homicidio y la violencia como forma de lucha?

Lo preguntó con ironía, porque sabía que parte de esos comandos de las fuerzas especiales estaban involucrados en secuestros, asesinatos y todo tipo de acciones al margen de la ley, siempre amparados por la impunidad que les proporcionaba el uniforme. Pertenecían a grupos creados por un general del Ejército, exjefe de la Dirección de Inteligencia Militar, conocido como el Pollo Carvajal y señalado como parte del cártel de los Soles del que Diosdado Cabello era el cabecilla, como había denunciado Leamsy Salazar. Constituían el meollo de la mafia revolucionaria, los detentadores del poder.

A la una y media de la madrugada, como no habían conseguido nada, Leopoldo les preguntó con ironía:

—Pero ¿por qué no me dicen lo que buscan? Quizás les pueda ayudar.

—El celular —dijo el de la piruleta.

—¡Ah! ¡Habérmelo dicho antes! Se lo voy a dar.

¡El teléfono! ¿No sería que querían encontrar el material que su padre había grabado con las gafas de Amazon? Que sus alegatos se hiciesen públicos irritaba a toda la cadena de mando responsable de su custodia.

Sin prisa, pero sin pausa, se dirigió adonde lo había escondido.

—Está debajo de esa silla que han revisado unas diez veces.

Un hombre fue a buscarlo, dio la vuelta a la silla, pero no lo encontraba. Leopoldo sonreía. «Menudos fantasmas son estos tipos», decía para sus adentros. Al final, tuvo que darles el amasijo de hierros y plástico en que se había convertido al reventarlo. Le lanzaron una mirada de resentimiento. A pesar de que todo había sido revisado y desordenado, dijeron:

—Vamos a seguir.

—¿Pero no querían el teléfono? Ya lo tienen.

Siguieron hasta las dos de la madrugada. Al salir, se llevaron como único trofeo ese montón de chatarra.

Leopoldo se quedó pensando frente a su celda destripada. El teléfono era una excusa; la requisa, un burdo intento de intimidación para responder a la visita de Lilian a Biden y al hecho de que una organización muy respetada en círculos de la izquierda como era Amnistía Internacional le hubiese designado «preso de conciencia». «Fue una requisa a modo de represalia», escribió en su tigrito, donde le aislaron de nuevo, sin comunicación ni visitas —e indefinidamente—.

58

Leopoldo ignoraba que su enfrentamiento con los hombres de negro había fomentado una ola de solidaridad en la prisión. Los internos del edificio anexo sacaron una pancarta que rezaba «Liberen a Leopoldo», y lanzaban consignas para rescatarle. Estaban hartos de que les negasen actividades permitidas, de la falta de comida, de la obligatoriedad de afeitarse, de las restricciones en las visitas y de los atropellos del director.

Leopoldo únicamente salía del tigrito para ir a declarar en su juicio, con una movilización aún mayor que de costumbre, compuesta de más de treinta funcionarios de varios cuerpos de seguridad. Según un custodio, era el mayor despliegue que recordaba, mayor del de cualquier otro preso.

Que le llevasen una vez a la semana al tribunal formaba parte de su rutina. Leopoldo viajaba en medio del asiento de pasajeros, con chaleco antibalas y esposas, aturdido por la música horrenda con la que le habían despertado varias veces a lo largo de la noche. Llegó a contar las cuatrocientas ochenta y tres curvas de la carretera Panamericana. Si la caravana se detenía por el tráfico, bajaban los custodios fusil en mano y desalojaban la vía de motoristas, coches y peatones.

Luego debía esperar en uno de los cuarenta calabozos situados en los sótanos del Palacio de Justicia. Allí mantenía largas conversaciones con sus guardias; hablaban de deporte, de la situación del país, de la inseguridad y, de vez en cuando, siempre con cautela, de política. Cuando llegaba la hora de declarar y le trasladaban del sótano a la sala de audiencia, mientras cruzaba el largo pasillo, oía cómo desde los otros calabozos le jaleaban: «Fuerza, Leopoldo», «Esto se va a acabar» o «Dale duro a Maduro».

En la puerta del Palacio de Justicia, Antonieta tuvo un mal presentimiento: el despliegue de fuerzas de seguridad era mucho mayor que las veces anteriores. «Y los tipos daban mucho más miedo», añadiría.

—Ojo, que te van a agarrar hoy, ten mucho cuidado —le dijo a su marido.

El padre de Leopoldo franqueó la seguridad de la sala sin problema y tomó asiento junto al representante de la Unión Europea. En cada vista cambiaba el funcionario, ese día le tocó a un joven diplomático inglés con cara de despistado. Leopoldo padre, que había grabado con éxito varias sesiones y estaba muy satisfecho del resultado, probó sus gafas de espía, comprobó que funcionaban y se las colocó. Otros colaboradores de su hijo en el partido habían intentado argucias similares, pero el miedo les hizo esconder tan concienzudamente sus micrófonos en la hebilla del cinturón o en un lapicero trucado que el resultado no había podido utilizarse. Sin embargo, lo grabado por el padre de Leopoldo acababa haciéndose viral.

De pronto Antonieta, sentada en la fila de atrás, vio cómo uno de los matones de seguridad se acercó a su marido.

—Venga usted conmigo.

Alzó la vista al techo, estaba aterrada. Su marido le tiró las gafas de espía al diplomático inglés: «*Keep my glasses*», le dijo en un susurro.

Cuando, fuera de la sala, el guardia le pidió que le enseñara sus gafas, Leopoldo padre le entregó las suyas habituales.

—No, señor, estas no.

—No tengo otras —mintió.

El matón entró de nuevo en la sala y volvió acompañado del inglés.

—Entrégueme su pasaporte, por favor.

El padre de Leopoldo pensó que el joven utilizaría su pasaporte diplomático para salvaguardar las gafas y salir del tribunal, pero no, sacó el cuadernillo azul y se lo dio al guardia. Acto seguido, con cara de miedo, le entregó las gafas. «¡Será tonto!», se dijo Leopoldo padre, mordiéndose el labio. ¿Cómo era posible que la embajada británica hubiese enviado a una persona tan poco experimentada a una situación tan compleja como aquella?

Los guardias examinaron las gafas y dijeron que iban a mandarlas a unos informáticos y que mientras tanto no podrían regresar a la sala. El inglés temblaba. Comenzó una larga y tensa espera.

—Déjeme ir al baño y después me voy a mi casa —dijo don Leopoldo.

—Usted no puede salir de aquí —le respondió uno de los esbirros.

—¿Eso significa que estoy detenido?

—Sí.

Al inglés lo retuvieron durante dos horas, y lo soltaron para no generar un conflicto diplomático. Pero al padre de Leopoldo no le dejaron salir hasta las doce de la noche, cuando los policías recibieron el parte de los informáticos. Tuvo que intervenir Juan Carlos Gutiérrez, que preparó un escrito en el que Leopoldo padre admitía haber cometido un acto ilegal al grabar las sesiones que no constituía delito. O firmaba o se lo llevaban detenido a un calabozo. Don Leopoldo estaba enfurecido.

En la sala, la vista prosiguió sin su presencia. Nadie sabía las consecuencias legales o penales que acarrearía el episodio de las gafas, lo que provocó un cierto malestar. Leopoldo, enterado por Juan Carlos de lo que había ocurrido, se llevó la mano a la frente. Aparte de la lógica preocupación por la represalia, el eco de sus discursos ya no llegaría tan lejos.

Juan Carlos Gutiérrez había preparado a conciencia el contrainterrogatorio al que iba a someter a Rosa Amelia Asuaje. Todavía quedaba la duda de que hiciese una declaración demoledora, aunque la comparecencia anterior les había tranquilizado. La Fiscalía concentraba sus acusaciones en los discursos de

Leopoldo del 23 de enero y del 12 de febrero, alegando que contenían elementos de «naturaleza subliminal» que detonaron la violencia.

El fiscal Franklin Nieves intervino:

—En su discurso del 23 de enero, López afirmó: «Es el momento de tomar las calles». También dijo: «Desde las calles, tenemos que salir a conquistar la democracia», «Se puede tener una mejor Venezuela» y «¡Basta ya!». —Giró la mirada hacia la lingüista—. Señora Asuaje, ¿no constituyen estas declaraciones llamamientos a la violencia?

—Sería sumamente irresponsable si yo lo afirmase.

—¿No influyeron esas palabras en las acciones que cometieron los jóvenes detenidos?

—No puedo afirmarlo.

—Porque usted sabe que fueron acciones que acabaron con la muerte de varios jóvenes...

—En ningún momento he dicho o escrito que López sea responsable de las muertes del 12 de febrero, señor letrado —le interrumpió Asuaje.

Juan Carlos estaba boquiabierto: «Aquella señora habló como lo que era: una académica, una profesional impecable». Su análisis, palabra por palabra, fue tan preciso como la respuesta que dio a la pregunta que él le hizo:

—Doctora Asuaje, por favor, contésteme sí o no: ¿hubo llamamiento a la violencia en los discursos de Leopoldo López?

—Nunca. Este señor no llamó a la violencia.

—¡Pero sus discursos incluían mensajes subliminales incitando al vandalismo! —intervino el fiscal.

Entonces la experta zanjó el tema.

—Los mensajes de López no son subliminales, son mensajes claros, diáfanos y expresos.

Que la testigo principal decidiese no jugar el juego de la Fiscalía desbarató la estrategia de la acusación y provocó un terremoto en la sala. Estaban todos desconcertados. La jueza Barreiros la miraba con cara de no entender nada. Los fiscales parecían estar aterrorizados porque no esperaban que la lingüista fuera a desmontarles la estrategia.

Luego declararon los dos jóvenes que faltaban. Antonieta había conseguido hablar con la madre de Marco Aurelio, la abogada Doris de Coello. Un día se encontraron en la puerta del tribunal. La mujer iba con toga, venía a defender a su hijo. Esta vez no se mostró agresiva, pero tampoco amable:

—Mira, si tú lo que crees es que vamos a atacar a tu hijo durante el juicio, quédate tranquila porque eso no va a pasar. —Antonieta se relajó. Esa mujer recia hablaba con aplomo. Luego añadió, como disculpándose por no poder ser más simpática—: Mi hijo y sus compañeros están privados de libertad por todo el problema que montaron los políticos, de los que tu hijo forma parte.

Le salió del alma soltarlo así, de golpe, y aunque a Antonieta le pareció injusto porque la política afectaba a todo el mundo, y todos debían tomar posición para defender sus derechos e intereses, optó por no responder. Sabía en carne propia lo que significaba tener un hijo entre rejas. Cada cual llevaba el sufrimiento a su manera.

Juan Carlos Gutiérrez estaba junto al muchacho, en el banquillo, cuando Doris se les acercó. Alto y guapo, tenía diecinueve años recién cumplidos. «Pero hablabas con él y era un niño». De repente se echó a llorar. Encontrarse con su madre estando esposado, detenido dentro del juzgado y en aquella situación, hizo que se quebrase. Ella reaccionó: «Oye, Marco Aurelio, yo parí un varón, ¡carajo!... ¡No un llorón!». Le pegó cuatro gritos al niño y le dio vagas esperanzas de que lo iban a soltar pronto. «En dos minutos lo enderezó», recordaría Juan Carlos.

Cuando le tocó declarar, Marco Aurelio, ya sereno, narró cómo le torturaron, a él y a sus compañeros que no se conocían y fueron detenidos sin causa aparente. Describió las palizas en los calabozos de la policía porque se negaron a firmar los documentos que les presentaban.

—¿Es cierto que le pusieron un revólver en la sien para que firmara una declaración en contra de Leopoldo López? —preguntó Juan Carlos.

—Sí, señor.

—¿Y usted firmó? —intervino la jueza.

El muchacho miró a su madre, sentada en el banquillo de la defensa, luego a la jueza.

—No, señora —respondió.

Antonieta vio cómo Doris de Coello se llevaba la mano a la cara, quizás para secarse las lágrimas. Esa mujer estaba orgullosa de su hijo, y sufría por él. Nadie la entendía mejor que ella.

Cuando le tocó el turno a Rosa Amelia, los abogados de los muchachos le preguntaron si la acusación de «asociación para delinquir» tenía fundamento. La lingüista, emocionada por el testimonio de los chicos, fue muy directa:

—Les puedo decir que en los discursos de Leopoldo López esos muchachos no están ni siquiera mencionados. Mal puedo juzgar si ellos forman parte de una asociación para delinquir cuando además no he analizado sus declaraciones.

Era otro torpedo en la línea de flotación de la Fiscalía. El silencio de los meses pasados había alimentado el efecto sorpresa de sus respuestas. Lo que no midió Rosa Amelia fueron las consecuencias de lo que su verdad iba a provocar en su vida personal.

En su alegato, Leopoldo declaró:

—Es falso de toda falsedad decir que yo he llamado a la violencia. Jamás lo he hecho. Nosotros siempre hemos planteado que el cambio debe hacerse de manera no violenta, dentro de la Constitución, cuyos mecanismos están previstos para sustituir al Gobierno corrupto, ineficaz, antidemocrático, represor, vinculado al narcotráfico que hoy tenemos en Venezuela.

Nadie se hacía ilusiones, Leopoldo tampoco. Pero era imposible escapar a la oleada de optimismo que la declaración de la lingüista y de los muchachos había provocado entre amigos, familiares y seguidores.

59

A Leopoldo lo devolvieron de madrugada al tigrito. Durmió unas horas, hasta que le despertó una voz que le llamaba desde la azotea de la cárcel. Se encaramó a la mesa y colocó una silla para alcanzar el ventanuco:

—Epa, Leo, aquí estamos tomando el anexo.

Así se enteró de que el penal se había alzado. El detonante fue una inspección a un recién nacido, hijo de un preso. Le abrieron el pañal y lo manosearon, lo que generó un fuerte sentimiento de indignación. Esa fue la chispa. Pero la verdadera causa era que el motín se venía gestando desde hacía meses bajo la batuta de Leopoldo. El día había llegado, como la fruta madura que cae de un árbol.

El amotinamiento prendió en el cuarto piso, donde se encontraban los soldados encarcelados, e inmediatamente se sumaron los otros pisos, incluido el del general Baduel. Los reclusos cerraron las rejas con cadenas, quemaron colchones en la entrada y tomaron la azotea. Exigían el cese del director, Homero Miranda, el respeto a los derechos humanos y que se aplicase el reglamento que permitía las visitas y el acceso a las actividades.

—Leo, estamos montando las pancartas y el documento con nuestras exigencias. ¿Qué nos recomiendas?

—Lo que tienen que hacer ahorita mismo es solicitar la presencia del defensor del pueblo. Y elaborar un documento con la lista de las violaciones, que esté bien explicado, muy claro, y las exigencias.

—Ok, mira, también vamos a poner lo de tu liberación, estamos contigo.

—Bien, hermano, cuando lo tengan léanmelo.

Un rato más tarde, volvieron a ponerse en contacto con él para que corrigiese el documento.

—Leo, pásanos los teléfonos de tu gente para llamarles e informarles. Te bajamos un ascensor.

Le bajaron la cuerda con el paquetito y Leo les pasó los números de Lilian, de Juan Carlos y del defensor.

—Listo, hermano, vamos a llamar a Lilian para informarla.

Al enterarse, Lilian dejó a los niños a cargo de una amiga y salió de casa, el corazón al galope. Sabía que un motín en Ramo Verde podía degenerar en un enfrentamiento con armas de fuego, o en un incendio. Fue al juzgado donde la esperaba Juan Carlos Gutiérrez. Presentaron una denuncia por maltrato continuado y por la «requisa violenta, por parte de funcionarios encapuchados de la inteligencia militar, en las celdas de Leopoldo López y Daniel Ceballos». No es que creyesen en el aparato de justicia, pero oficializar la denuncia permitía trasladarla a la red de apoyo internacional. En el mismo juzgado recibieron el aviso de que el padre de Leopoldo tenía prohibida la entrada a la audiencia hasta la finalización del juicio. No lo habían detenido, pero tenía una causa abierta. Le iban a perseguir, a acosar, estaban seguros. De golpe, la situación de la familia, y por ende de la defensa, se hacía más frágil.

Mientras, en el tigrito, Leo se concentró en sus ejercicios y cuando llevaba cuarenta y cinco minutos saltando a la cuerda, subió uno de los amotinados.

—Leo, el director, ese perro, ha pedido auxilio a la Guardia Nacional y ha llegado un bandón de trescientos antidisturbios en tanquetas.

No esperaba menos de Homero Miranda.

—Te quieren sacar de aquí, no lo vamos a permitir, me acaban de moler a palos y me vine. —El coronel Miranda sospechaba que Leopoldo había sido el instigador de la revuelta, a pesar de no encontrarse en Ramo Verde cuando esta se inició. El amotinado prosiguió—: Les impedimos que entraran, pero si vienen, vamos a tumbar todas las cámaras.

Rápidamente, rompieron las doce cámaras del anexo y subieron al piso donde se encontraba Leopoldo. Un interno encerrado en el tigrito de enfrente, inquieto por querer salir, gritaba exasperado:

—Voy a tumbar la pared.

Leopoldo no pensaba que pudiera hacerlo, pero le pasaron un mazo y consiguió abrir un boquete y deslizarse por él. Los guardias que subían fueron recibidos con una lluvia de piedras y tuvieron que replegarse. Entonces otro preso llamado Lloveras hizo subir la tensión al máximo cuando apareció en lo alto de la escalera con una botella de dos litros de Coca-Cola en la mano llena de gasolina. Cuando iban subiendo los guardias nacionales los roció y sacó un mechero.

—Vénganse, venga, aquí les espero.

Los guardias dieron marcha atrás.

Fue una victoria temporal; los amotinados lo sabían. En efecto, a los cuarenta y cinco minutos regresaron. Ahora disparaban perdigones y lanzaban bombas lacrimógenas.

En su celda, Leopoldo, entre toses, escuchaba los disparos de escopeta. «Era poco lo que podía ver. Lo último que escuché de mis compañeros fue: "Leo, mosca, hermano, vienen por ti. Prepárate"». En ese momento vio por la rendija de la ventana a un guardia apuntándole con una escopeta a la cara.

—Quieto, ¡quédese quieto!

—Están locos, ¡baje la escopeta! ¿O es que me quiere matar?

El hombre se mantuvo apuntándole hasta que llegaron refuerzos. Golpearon la puerta y la reventaron.

—¿Qué pasa? —les gritó Leopoldo, apoyado contra la pared del fondo, frotándose los ojos por el picor del humo.

—Póngaselo, que nos vamos —le respondió un capitán al lanzarle un chaleco antibalas.

—¿Adónde nos vamos?

—Al aeropuerto.

Leopoldo se vio secuestrado y enviado en un avión a Cuba. Disimuló el miedo. El hombre insistió:

—Tenemos orden de sacarlo.

—No salgo de aquí sin mi abogado y sin la presencia de la Defensoría.

—Están abajo.

—Si están abajo, que suban.

Se negaron a traer al defensor e insistieron:

—Véngase con nosotros.

Apoyado contra la pared, se agarró a una tubería:

—Si me van a sacar, va a tener que ser a la fuerza, y si me tocan, podré responder.

—¡Obedezca! Venga con nosotros.

Se encaró con el que le dio la orden:

—Mira, yo no tengo problemas contigo personalmente, a mí me gusta la gente, pregunta a tus hombres y verás. Pero si tú me gritas, yo te grito. Si tú me empujas, yo voy a empujarte, y te voy a partir la cara, aunque lleve todas las de perder. Yo sé que me van a castigar, que me van a pegar, pero al primero que lo haga, yo lo voy a reventar, y todos los días entreno y me preparo para ese momento.

Todos le creyeron. A Leopoldo, que estaba en buena forma física y era campeón de boxeo, le rodeaba un aura de invencibilidad que impresionaba tanto a sus seguidores como a sus detractores.

De modo que el hombre se achantó y desistió.

—Bueno, quédese aquí, pero vamos a cerrar la celda.

—Ya está cerrada, lleva cerrada una semana desde que me metieron en el tigrito.

Finalmente, los guardias tomaron la torre. Los reclusos fueron sometidos, esposados y encerrados cada uno en celdas separadas, condenados a no salir durante días.

«Después del motín, nos castigaron muy fuerte», recordaría Leopoldo.

Más tarde, se enteró de lo que verdaderamente había ocurrido. Un custodio le confesó que los internos del anexo estaban con una pancarta y consignas de «Liberen a Leopoldo».

—Bueno, hermano, es que aparentemente usted es el líder del penal y lo querían sacar del tigrito. El líder del penal y de un bandón de gente allá afuera.

Esa protesta a favor de Leopoldo hizo saltar las alarmas y motivó que los custodios vinieran a sacarle de la celda.

60

La situación en la cárcel no mejoró hasta la llegada de un preso notorio, el alcalde de Caracas Antonio Ledezma. Aquel que costeaba de su bolsillo sus oficinas de la Torre Exa donde Leopoldo dio su última rueda de prensa en libertad, porque los «colectivos», amparados por el Gobierno, habían ocupado la sede de la alcaldía. Aquel que vino a solidarizarse a Ramo Verde con los barrotazos.

Estaba en su despacho cuando unos hombres que pertenecían a un comando del SEBIN derribaron la puerta e irrumpieron para detenerlo.

—¿Dónde está la orden judicial?

—No la necesitamos. Venga con nosotros.

Lo detuvieron haciendo valer circunstancias excepcionales en la legislación venezolana, por las que no se precisaba orden judicial si el detenido presentaba peligro de fuga, circunstancias que debían ser fundamentadas en el expediente. Así, bajo la apariencia de legalidad, cometían un acto ilegal porque lo que no existía era el expediente.

¿Cuál era entonces el motivo de la detención? Lo supieron esa misma noche cuando Nicolás Maduro reveló que Ledezma estaba acusado de participar en una trama para derrocarle*. Lo declaró en la cadena nacional sin presentar prueba alguna. Lue-

* Le acusaron de participar en la «operación Jericó» que pretendía derrocar al Gobierno venezolano, siendo este el duodécimo intento de golpe de Estado que el presidente denunciaba.

go lo mandó a Ramo Verde, a una celda en el piso inferior al de Leopoldo.

Ledezma llevaba años sabiendo que su momento llegaría. Lo había hablado muchas veces con su mujer, Mitzy Capriles, todos esos años en los que allanaron sus oficinas, intervinieron sus teléfonos, fueron hostigados y amenazados con imputaciones que iban desde «traidor a la patria» por haber asistido a un acto con alcaldes de Estados Unidos, o simplemente por haber cometido el delito de haberles ganado en la contienda electoral por la alcaldía de Caracas. Para el chavismo, ese era un delito imperdonable.

Leopoldo no se extrañó demasiado de ver llegar a Ledezma, que representaba un obstáculo a la hegemonía del chavismo. La noticia de su detención salió de manera discreta en los medios venezolanos, pero las televisiones del mundo retransmitieron la verdad, grabada por los teléfonos de los seguidores de Ledezma: mostraban una jauría de más de cien policías vestidos como Robocop, apostados en la calle junto a un despliegue de tanquetas. Una imagen de brutalidad que, a cinco mil kilómetros de distancia, alarmó al expresidente Felipe González que veía el telediario en el salón de su piso de la calle Velázquez de Madrid. Conocía bien a Ledezma, lo había visitado en Caracas, admiraba su valor y le consideraba un amigo. Además, les unían vínculos ideológicos porque Ledezma venía de la socialdemocracia. «Qué casualidad —se dijo Felipe—. Lo detuvieron el mismo día en que los dos grandes partidos españoles, el PP y el PSOE, solicitaron que Leopoldo fuese liberado con motivo de cumplirse un año de su detención arbitraria».

Las trayectorias de los dos presos se habían cruzado varias veces desde que se conocieron en el año 2000, cuando estaban en campaña para las elecciones en las que Leopoldo ganó la alcaldía de Chacao por una abrumadora mayoría. Ledezma era entonces un político prestigioso del partido Acción Democrática. Un hombre correoso, de los que caían y se levantaban aún más decididos, de modo que Leopoldo se identificaba con él. Años más tarde, en

2008, sus caminos se encontraron de nuevo cuando Leopoldo, con un setenta y siete por ciento de intención de voto, se preparaba a conquistar la alcaldía metropolitana de Caracas. Iba a dar el gran salto, pasar de ser el alcalde de un barrio al de la capital del país. Fue entonces cuando Chávez le montó un asunto postizo de corrupción y lo inhabilitó.

Tenía la cabeza llena de grandes proyectos para Caracas. Tenía las ideas, los equipos, sabía cómo conseguir financiación del Banco Mundial y del Banco Interamericano de Desarrollo, estaba obsesionado con su proyecto de cambiar la ciudad. Ante su inhabilitación, Leopoldo decidió apoyar a Ledezma. Pensó que podrían colaborar. «Me convertí en su coordinador nacional de campaña, como después me tocó serlo en la de Henrique Capriles. Pedí el voto para Ledezma. Mi vida política ha sido siempre la de apoyar a quienes podían participar porque a mí no me dejaban presentarme. Era demasiado amenazante para la dictadura». Con el apoyo de Leopoldo y su partido, y a pesar del Gobierno en su contra, Ledezma logró un extraordinario triunfo.

Cuando en 2014 se le ocurrió organizar La Salida, ese llamamiento a que Maduro dejase el poder a base de presionar con manifestaciones masivas, Leopoldo fue a verle a su casa. Le explicó que en Voluntad Popular tenía miles de personas formadas en la no violencia y le pidió su colaboración para desalojar del poder, por medios pacíficos, al Gobierno chavista.

—Siempre has hablado de que hay que estar en la calle; entonces, acompáñame, para que no esté solo yo.

Antonio Ledezma aceptó la invitación y se unió a La Salida.

Ahora volvían a encontrarse en el peor de los escenarios. Si alguna ventaja tenía la prisión, era que igualaba a los seres humanos. Los igualaba por abajo, por el listón de la miseria. «Qué frío hace aquí», fue lo primero que pensó el alcalde al tumbarse en su catre. Estaba bajo el trauma de la detención, del paso por el juzgado, del traslado, de la requisa a la llegada a Ramo Verde, los pasillos desconchados, las escaleras, el ruido de los candados y el portón metálico de su celda. De pronto escuchó una voz.

—Antonio Ledezma, soy Daniel Ceballos. ¿Me oyes?

—Sí.

—Solo decirte que Leopoldo y yo estamos contigo, hermano, fuerza, ¡fuerza y fe!

No sentirse solo en esos momentos fue reconfortante. Hablaron de cosas prácticas, del horario de salida al sol, de lo que llamaban el «casino», de que no faltase a la misa porque era el lugar de encuentro, aunque apenas les dejasen hablar. Ledezma estaba aturdido, pero la breve conversación con Daniel le subió la moral y se puso a redactar un mensaje al país: «No para pedir apoyo para mí, sino para solicitar respaldo a la unidad de los partidos —escribiría—. Espero cohesión, sentido de responsabilidad y grandeza de alma de todos los dirigentes comprometidos con la unidad para conducir a la oposición democrática a una gran victoria en las próximas elecciones del 6 de diciembre». De ganar la oposición esas elecciones, saldrían todos en libertad. Era una luz de esperanza al final del túnel. Le entregaría la carta a su esposa cuando fuese a visitarle.

Al día siguiente, le permitieron bajar al «casino», el lugar donde se podían hacer las llamadas telefónicas según los turnos asignados. Uno de los ocho teléfonos disponibles había sido arrancado de cuajo de la pared y los cables colgaban. Había sido utilizado por Leopoldo, unos días atrás, para dar una entrevista al periodista Fernando del Rincón de la CNN, mientras simulaba que hablaba con su madre, Antonieta, y Daniel Ceballos y otro recluso se encargaban de distraer al custodio encargado de vigilar, frase a frase, sus conversaciones. Cuando el guardia se dio cuenta de la superchería, arrancó el aparato con furia. A Leopoldo lo devolvió al tigrito, mientras protestaba:

—¿Qué más me vas a hacer, si ya me tienes encerrado día y noche, si no paran de pisotear mis derechos?

Sin embargo, fue llegar Ledezma y mejorar las condiciones de detención. Por las mañanas abrían las puertas y les dejaban reunirse en un pequeño pasillo, no en la parte donde las cámaras habían sido destrozadas durante el motín, sino en el lugar donde todavía funcionaba una de ellas. Los vigilaban las veinticuatro horas del día. Si se desplazaban, se les pegaba un funcionario de la DGCIM con su teléfono encendido filmando cada uno de sus pasos. Si bajaban al «casino», se les cacheaba al salir de la celda y luego al volver. Los tres eran conscientes de que estarían encerrados hasta que el régimen decidiera otra cosa, que las diferencias con los custodios fanatizados seguirían y que era preciso controlarlos. La clave era adaptarse sin permitir que les humillasen.

Si les dejaban estar tiempo juntos y hablar, no era por un arrebato de humanidad de las autoridades carcelarias, sino para espiarles y para que bajase el nivel de denuncia de las familias. Una manera de decir que serían mejor tratados cuanto menos ruido hiciesen los familiares fuera. Pero Mitzy Capriles era igual de fiera que Lilian a la hora de organizar actos de denuncia. En tres meses, viajaron a Estados Unidos, Chile, Brasil y otros países. En España, fueron juntas a encontrarse con Felipe González, convertido en mentor del «caso Leopoldo». Desde su primera visita, Lilian hablaba con él a menudo por teléfono. Cada vez que se disponía a entrar en una reunión importante, ya fuese con un diplomático internacional o con un alto cargo del Gobierno chavista, Lilian le llamaba para recabar consejo. «Nos ayudó inmensamente», diría Antonieta. Ahora Felipe —que ya se autoproclamaba «abogado internacional de Leopoldo López»— les dijo que tenía la disposición de vincularse también con la defensa de Antonio Ledezma. Anunció un inminente viaje a Caracas para visitarles en Ramo Verde.

Otra razón explicaba el relajo con los presos políticos y que les dejasen pasar tiempo juntos: los grababan. Los custodios estaban al acecho de cualquier frase que pudiera ser utilizada para demostrar que formaban parte de un complot para derrocar al Gobierno y, en última instancia, incriminarles. Conscientes de ello, extremaban las precauciones mientras disfrutaban de esos momentos de compañía. Si Leopoldo y Daniel le pusieron al tanto del funcionamiento de la cárcel, Ledezma les habló de sus recientes viajes por el interior del país. Acababa de regresar de Mérida y Guárico, donde encontró un panorama desolador, consecuencia del «Plan de la Patria», una campaña que consistía en expropiar grandes empresas, fincas y fábricas. A los dramas personales vividos por los legítimos propietarios se sumaban problemas en cascada, como era la carencia de semillas y de pesticidas, rebaños menguantes por falta de cuidados y de medicamentos veterinarios, y el auge de las bandas que asaltaban las carreteras para exigir un soborno. El chavismo estaba destrozando el tejido productivo del país.

También compartió información de primera mano sobre lo que acontecía en el mundo militar, donde la represión era aún más severa que en otros sectores de la sociedad. Los oficiales que se negaban a jugar el juego del Gobierno eran tratados de manera cruel. Ahí, en la planta segunda, tenían al general Baduel, pero había muchos más que acababan atrapados entre su lealtad a la Constitución y su sometimiento al poder político. Para castigarlos, el antiguo ministro Miguel Rodríguez Torres, el que había dirigido los allanamientos en la casa de Leopoldo, el protector del escolta que había disparado a Bassil Da Costa y que luego fue nombrado jefe del SEBIN, transformó las antiguas oficinas del metro de Caracas, a nueve metros bajo tierra, en una cárcel donde se aplicaba todo tipo de torturas, sobre todo la privación sensorial, conocida como la Tumba. Si el Helicoide era hacinamiento, mal olor, cucarachas y ratas, en la Tumba todo brillaba y el silencio era absoluto. Con sus espejos, cámaras y paredes blancas parecía un manicomio futurista. Se notaba perfectamente la influencia del G2, los servicios secretos cubanos, una prueba más de la creciente infiltración de los funcionarios de la isla en el aparato represivo de Venezuela.

En la Tumba sometían a los detenidos a temperaturas gélidas, les restringían la alimentación o les ponían música a todo volumen y luz cegadora las veinticuatro horas del día. Era tan terrible lo que contaban que llegó un momento en que los tres se sintieron hasta privilegiados de estar en Ramo Verde. «Qué suerte la nuestra», decían jocosamente. «Terminé de conocer a Antonio —diría Leopoldo—, y disfruté especialmente de su gran sentido del humor».

61

La estrategia de relajar las condiciones de detención para reducir el nivel de denuncia de las familias no funcionó. Lilian y Mitzy estaban en una espiral imparable. «Viajar era mi trabajo —diría Lilian—. Cuando dejaba a los niños, que me costaba mucho, pensaba en todas las mujeres que tenían que desplazarse en sus trabajos. Me lo tomé como que yo era una más». Fue a Washington a encontrarse con Luis Almagro, que asumía la presidencia de la Organización de los Estados Americanos (OEA) y se disponía a viajar a Caracas para evaluar la situación del país. Era importante que llegase bien informado para no caer en la propaganda del régimen.

El encuentro se lo había organizado Carlos Vecchio que, después de instalarse y conseguir los papeles migratorios, se volcó en denunciar ante los organismos internacionales la cara oculta del régimen. Se había reunido con Luis Almagro pocos días antes en un restaurante francés de Georgetown, el barrio universitario de Washington. Ese día dudó si llevar corbata o no, hasta que se dijo: «Si Almagro viene de la izquierda...», y acudió a camisa descubierta. Vecchio descubrió a un hombre sensible e inteligente, carente de prejuicios ideológicos, pero no lo suficientemente informado sobre lo que pasaba en Venezuela. «El régimen tenía unas enormes capacidades de manipular la imagen de la oposición —diría Almagro—. De manera que, si hablabas con un opositor venezolano, te daba la impresión de que estabas haciéndolo con un golpista que había intentado tres magnicidios. Esa era la imagen que de Carlos Vecchio, Antonio Ledezma y Leopoldo López proyectaba el Gobierno. Vecchio, que fue muy franco y abierto, me hizo ver la realidad».

El líder de Voluntad Popular en el exilio pensó que sería una buena idea que Lilian se encontrase con Almagro para que ella le ayudase a completar su visión sobre el país. Era de vital importancia ganarse el apoyo del responsable de una organización tan respetada y con tanta influencia como la OEA.

Luis Almagro les invitó a cenar a su bonita casa del barrio de Georgetown donde, recién separado de su mujer sudafricana, se estaba instalando con sus cuatro hijos.

Lilian le mostró los papeles del juicio para que se convenciese de que Leopoldo no había instigado actos de violencia y que era un «preso de conciencia» en el sentido estricto de la palabra. «Cuando leí el acta de acusación, me di cuenta de que estaba basada en la nada. No existía evidencia alguna sobre su culpabilidad. Todo era disparatado... ¿En qué se basaba el fundamento de derecho?». Luego Lilian pasó a contarle los detalles del encarcelamiento. «Fue muy importante porque me hizo ver la dimensión humana de la tragedia de Venezuela, esa que estaba sufriendo en carne propia. Vecchio sufría por vivir en el exilio. Pero Lilian porque su marido estaba preso. Entendí que gente como Leopoldo daba otro valor al país, le daba una dimensión ética, muy lejos de la pública y oficial».

A Almagro le interesaba descubrir la verdad, luego ya vería cómo hacerla valer. Le pidió a Lilian una lista de presos políticos y de las ejecuciones extrajudiciales, y un registro de todas las personas que tenían un familiar muerto para nutrir el informe oficial de la OEA. «Yo no puedo tener margen de error —le dijo a Lilian— si digo que hay tantas ejecuciones extrajudiciales, tengo que tener la capacidad, prácticamente, de nombrar a cada una de esas víctimas. No puedo emitir una opinión desde una organización internacional. Necesito hechos comprobables».

Cuando, unos días más tarde, Luis Almagro fue a Caracas en una misión de la Unión de Naciones Suramericanas (Unasur), Lilian le entregó la lista con el nombre y la filiación de las víctimas, elaborada con ayuda de Rosa Orozco, de otras madres de jóvenes asesinados y de compañeros del partido.

Pudo confirmar *in situ* lo que Lilian y Vecchio le habían contado en Washington: «Escuchamos a la sociedad civil, a los partidos opositores, cosas que verdaderamente provocaban mucha indignación... Y tomé nota de todo». Almagro hizo declaraciones muy duras contra el régimen. Ya no era la «derecha», la «oposición», los «vende patrias» que denunciaba al Gobierno. Ahora llegaban voces críticas desde la propia izquierda, la de un líder político reconocido, y eso le escocía al Gobierno de Caracas. Fue tan explícito en sus denuncias, tan duro con lo que estaba haciendo el régimen que tuvo que enfrentarse a sus compañeros de la izquierda, a quienes les costaba admitir lo que estaba ocurriendo. «Hasta mi presidente, Pepe Mujica, a quien serví como ministro de Asuntos Exteriores y que sabía perfectamente lo que pasaba en Venezuela, seguía defendiendo el chavismo. Decía públicamente algo que no pensaba. Para mí, la izquierda tiene que ser libertaria, no puede ser autoritaria, tiene que tender a que todos sean iguales, si vos pones un aparato represivo sobre la gente, ya no son todos iguales. ¿Por qué tanto Mujica como mis compañeros de la izquierda fueron tan permisibles con las variantes autoritarias? No tengo la menor idea».

Mientras, en Caracas, Juan Carlos Gutiérrez enfilaba a toda velocidad la Cota Mil en dirección a La Atrevida. El padre de Leopoldo, que estaba en zapatillas viendo la televisión, le abrió puerta.

—Vengo a avisarle para que recoja su pasaporte y haga la maleta. Mañana tiene que salir del país.

Leopoldo padre estaba estupefacto. Antonieta apareció, en bata, a punto de acostarse. Juan Carlos les puso al corriente de la situación:

—Está saliendo una orden de captura contra el consejo editorial de *El Nacional*.

Diosdado, en represalia por la noticia de su vinculación con el narcotráfico, había interpuesto una demanda y había conseguido que una jueza impusiese la prohibición de salir del país a los veintidós accionistas del periódico, a sus directores y a sus miembros del consejo editorial, a los que acusaba de supuesta difamación agravada en su contra. También la jueza acordó que los veintidós debían presentarse una vez a la semana ante el tribunal. Don Leopoldo formaba parte de ese consejo y, además, tenía un caso abierto por haber utilizado las gafas de Amazon en el juicio. Juan Carlos le dio a entender que o se iba o le esperaba la cárcel. Ir a prisión sería un regalo para el chavismo, pero un golpe mortal para la familia. De modo que el hombre se organizó. Compró un billete de avión para Estados Unidos, siempre con la idea de volver cuando amainase el temporal. Mientras, Antonieta se ponía en contacto con su hija Adriana que vivía en San Francisco.

—Papá va mañana para allá, él te explicará.

Al día siguiente se despidieron con un beso en la puerta. Don Leopoldo llevaba únicamente un maletín de mano. Antonieta se quedaba sola en esa casa donde habían vivido juntos los últimos cuarenta años. Sola frente al enemigo, sentía una bola en el estómago.

Juan Carlos le llevó al aeropuerto. Leopoldo padre contemplaba las calles de Caracas, el paisaje de su vida. Pensó en su hijo: ¿lo volvería a ver?

—¿Cuándo crees que podré regresar?

—Haremos lo posible para que sea pronto.

62

A los dos meses de ingresar en Ramo Verde, Antonio Ledezma empezó a sentir un dolor en la ingle que no le dejaba moverse. Leopoldo y Daniel le recomendaron una serie de ejercicios que, en lugar de calmar los dolores, desencadenaron el rebrote de una hernia de la que había sido operado el año anterior. Eran buenos amigos, pero malos médicos. Una noche, cuando estaban a punto de cerrar las celdas, Ledezma, Ceballos y Leopoldo se enteraron por la televisión del penal de que el alcalde «sería trasladado en las próximas horas a un centro de salud para ser intervenido de urgencia». Los tres permanecieron unos segundos en silencio, luego se fundieron en abrazos.

—Yo no quiero salir y dejarlos aquí solos.

—Ánimo, Antonio —le dijo Leopoldo—, con un poco de suerte no vuelves a Ramo Verde.

Daniel estaba conmovido. El custodio metió prisa a Leopoldo:

—Vamos, hay que *entigrarte*.

—Por favor, déjenos un rato más —dijo Daniel.

—Déjeles, déjeles —insistió Ledezma—, es un momento especial.

No le escucharon y se llevaron a Leopoldo entre crujidos de llaves, candados y barrotes. Se dio la vuelta para saludar. «Fue la última vez que lo vi en muchos años», recordaría Ledezma.

El alcalde fue operado con éxito de una intervención delicada. Como necesitaba recuperarse bajo supervisión médica, el tribunal resolvió no devolverle a Ramo Verde y trasladarle a su casa. La pena de «casa por cárcel» restringía sus movimientos al interior de su vivienda, y no podía salir ni recibir visitas, excepto con autorización judicial.

En aquellos días llegó a Caracas Felipe González con la intención de visitar a Leopoldo, a Daniel y a Ledezma. A Ramo Verde no le permitieron entrar, como tampoco se lo permitieron a una delegación de expresidentes de Chile, Colombia y Bolivia que lo habían intentado unas semanas antes. Le autorizaron una visita a Ledezma, no sin antes someterle a una larga espera en la entrada del edificio, rodeado de hombres con rostros tapados por pasamontañas. Tanta seguridad para vigilar el domicilio de un hombre como Ledezma le parecía un despropósito. Tuvieron un encuentro efusivo, en el que Felipe le confirmó su voluntad de asistirle en el juicio.

Cuando luego anunció que se incorporaba también a la defensa de Daniel y de Leopoldo, el Gobierno le desautorizó. Le declaró *persona non grata* y le insinuaron que la entrada al país le estaría vetada. Ante esa arbitrariedad, Felipe declaró que durante los años más salvajes de la represión en Chile pudo mediar en la liberación de algunos presos. «Espero que Maduro no me impida hacer lo que Pinochet durante los días más duros de la dictadura me permitió, la visita a los presos políticos». Vana esperanza, Maduro se lo impidió.

Entonces, lo que hizo Felipe, con ayuda de Lilian y los compañeros del partido, fue visitar a las familias, y, al hacerlo, dar cuenta del estado de esos presos. A pesar de las dificultades que le pusieron, consiguió dar visibilidad al problema. Al salir de Venezuela, declaró: «Me he encontrado un país en proceso de destrucción. Creo que solo tiene solución mediante un diálogo, pero no va a suceder porque no hay talante de diálogo en el Gobierno. Nadie puede llevarse a engaño. Venezuela se ha convertido en una dictadura *de facto*».

La oposición seguía organizándose en los cada vez más reducidos espacios de libertad y se presentó unida a unas elecciones primarias para luego participar en las legislativas con un candidato unitario. Durante los cinco minutos de llamada por el teléfono público que les permitían a los presos, Daniel Ceballos transmitió a su mujer un mensaje de fuerza y de apoyo para el equipo de Voluntad Popular que estaba con ella. Les invitó a votar y a trabajar duro para la victoria. Al día siguiente le negaron el uso del teléfono. La razón era que la llamada de la víspera había sido de «contenido político».

—Ya no van a poder llamar —les dijo el coronel Miranda.

—¿Por qué? —inquirió Leopoldo.

—Porque me da la gana y aquí mando yo. Y no me vengan ustedes a hablar de sus derechos ni de la Constitución, porque fueron ustedes los que violaron la Constitución llamando a la salida de Maduro.

—Ah, entonces usted ahora también es juez, usted nos condena, nos encuentra culpables de un juicio que no ha terminado. Usted manda más que la jueza.

—Llévenselos a sus celdas.

Leopoldo y Daniel asistían impotentes a la degradación de sus condiciones de vida. A Leopoldo, que salía de un castigo de un mes de aislamiento, no le dejaban llamar. A Ceballos le redujeron las llamadas a cinco minutos, y bajo escucha de un vigilante. Así, cada día les corroían sus derechos. Después de prohibirles la cancha y el gimnasio, les dejaron sin misa. Pero la gota que colmó el vaso fue enterarse de que sus mujeres, Lilian y Patricia, cuando por fin les permitieron una visita, fueron obligadas a desnudarse en el registro. «Cuando voy a la cárcel, me hacen quitar toda la ropa y saltar con las piernas abiertas —declaró Lilian a la prensa—. Yo lo hago porque, si me resisto, me niegan la visita». En una ocasión, una de las guardias de seguridad la hizo saltar desnuda. «Si quieres, me puedo quedar saltando treinta o cuarenta minutos, soy deportista y aguanto», le dijo Lilian.

«Nos estaban llevando al límite y había que hacer algo —escribió Leopoldo en las notas que utilizaría después para su libro—. Fue ese día cuando hablamos en serio de ponernos en huelga de hambre». Leopoldo había leído mucho sobre ese tema. Sabía que la mayoría fracasaban porque existía demasiada distancia entre las reivindicaciones y las posibilidades de lograrlas. Le contó a Ceballos el caso de los activistas del IRA irlandés, que hicieron huelga de hambre y Thatcher les dejó morir.

—Pues como ese ejemplo, hay muchos otros —dijo Leopoldo—. Para que funcione, hay que definir las razones de la huelga y los objetivos. No podemos dar un paso de esa magnitud solo para protestar porque humillan a nuestras esposas.

—Lo hacemos por todos los presos políticos también.

—Sí, pero eso no basta.

—¿Entonces?

—Se me ocurre que montemos una huelga de hambre, pero con unas reivindicaciones muy concretas. Como el Gobierno no acaba de anunciar fecha para las legislativas, exijamos que el Tribunal Electoral la fije. Es muy probable que acaben haciéndolo, pero con una presión adicional, nos lo aseguramos.

—Y la huelga habrá servido para algo...

—Claro. Además, es una manera de involucrar a otras personas en un objetivo que va mucho más allá de simplemente abogar por el buen trato de los presos.

Lo comentaron con sus abogados que, en principio, se mostraron reticentes. Juan Carlos conocía demasiado bien a Leopoldo como para saber que era capaz de llegar hasta el final, y eso le asustaba.

—En la situación en la que estamos, y con la condena cantada que se nos viene encima, no tenemos nada que perder.

—Es un paso demasiado drástico —insistió el letrado.

—Estamos decididos, Juan Carlos, pero no temas, no nos moriremos de hambre. Esto es una forma de lucha, una manera de continuar con la presión al Gobierno.

Les contaron el objetivo, cómo estaban planificando los tiempos, cuándo iban a comenzar... Los abogados vieron que la estrategia estaba muy pensada y no tuvieron más remedio que aceptar la decisión.

63

Cuando Lilian fue de nuevo autorizada a visitar a Leopoldo, ella saltó:

—No, no, no, no, no, ¡ni hablar, Leo!

—No es lo que tú te crees.

—Si ya estás en los huesos. No vas a sobrevivir a una huelga de hambre.

—Lo tenemos todo muy bien planificado.

—No, Leo, por Dios, no, ¡eso no!

Llevaban un mes sin verse. Un mes que había transcurrido con exasperante lentitud. Lilian le dio noticias de su padre: vivía en San Francisco con su hermana Adriana y se moría por regresar. Añoraba a la familia y el país, y le era difícil desde allí luchar por la libertad de su hijo.

Luego le contó los pormenores de la visita de Felipe González y la reunión tan fructífera con Luis Almagro. Hasta las viejas glorias de la izquierda levantaban su voz contra Maduro. Las cosas en el exterior no podían ir mejor, estaban consiguiendo que el mundo viese la cara fea de la revolución, por eso el Gobierno había aumentado los castigos. ¿Por qué arriesgarse a una huelga de hambre?

—Porque es la única puerta que nos queda abierta —le dijo su marido—, y no nos vamos a quedar de brazos cruzados.

Le explicó cómo esas acciones de no violencia —una huelga de hambre, por ejemplo— buscaban generar las condiciones para obligar al diálogo a quienes se mostraban reticentes. Le dijo que era una medida de presión para alcanzar un nivel en el que pudieran dar solución a las reivindicaciones. «Gracias a Dios, tuve la oportunidad de hablarlo con ella y acordar cómo organizarnos —los de dentro de la cárcel y los de fuera—, así como el mensaje que debíamos transmitir al equipo de Voluntad Popular». Al final, después de evaluar juntos los eventuales desenlaces, Lilian lo entendió:

—Vamos, te acompaño en esto. Leo, cuenta conmigo.

Lilian le hizo llegar un teléfono a través de la esposa de un preso común para que Leopoldo grabase un vídeo. Vestido de camiseta blanca, con la cruz de madera al cuello, sin afeitar, delgado, de espaldas a la puerta de su celda, hizo el llamamiento a la huelga de hambre con unas reivindicaciones muy concretas: que se fijase fecha definitiva para las elecciones parlamentarias y que esas elecciones contaran con la presencia de observadores de la OEA y de la Unión Europea. Terminaba el vídeo convocando a todos los venezolanos a una manifestación pacífica, contundente y masiva para el sábado siguiente. «Salgamos para demostrar que estamos del lado del cambio. Salgamos en paz y en democracia». Aunque eso fue solo un ensayo y pensaba grabarlo de nuevo, le dio al clic de enviar para salvaguardarlo.

En medio de la noche, Leopoldo escuchó un grito de Daniel:

—Hermano, llegaron unos hombres armados y van a tu celda.

Al saltar del catre, Leopoldo se encontró de bruces con cuatro funcionarios de civil.

—Quédese quieto. Siéntese allí.

Le sacaron de su cuchitril a empujones. Llegaron veinte funcionarios más, unos fueron hacia la celda de Daniel y otros se metieron en la suya. De nuevo venían a requisar, siempre de madrugada. Buscaban el teléfono como locos.

—Saquen todo de la celda. Todo menos el colchón, el jabón y el cepillo de dientes.

Esta vez no era una simple requisa, la orden era quitarles todas las pertenencias, libros, efectos personales y comida.

—Saquen los libros, ¡todos!

El jefe del comando estaba obsesionado con los libros.

—Usted es como uno de esos guardias rojos a quienes mandaban quemar millones de libros durante la Revolución Cultural china —le dijo Leopoldo—. Le molestan porque no soporta las ideas de libertad.

—No puede quedarse con ningún libro —le replicó el jefe, tajante.

Después de mucho discutir, Leopoldo consiguió que le dejasen la Biblia. Eso, un colchón y libretas vacías fue lo que permaneció en su tigrito. Arramplaron con todo lo demás, incluidos la ropa y los juguetes que tenía para sus hijos. A las ocho de la noche, lo encerraron.

Hora y media más tarde abrieron su celda:

—Señor López, aquí tiene su cena.

Leopoldo vio que traían una bandeja y una jarra con zumo de frutas. El plato de comida estaba más elaborado que de costumbre; hasta perejil tenía el arroz. Dos custodios cámara en mano filmaban la entrega del plato.

—¿Va a comer? —le preguntó uno de ellos.

Leopoldo no le respondió. Aquello parecía el *room service* de un hotel cinco estrellas, no el rancho habitual de la cárcel. Giró la cabeza para mirarle. Ese funcionario era demasiado solícito, hacía demasiadas preguntas, buscaba indagar sobre sus intenciones. Leopoldo intuyó que «los de arriba» debían de estar nerviosos. Por más que él y Daniel intentaron ser discretos y comunicarse con códigos, en alguna reunión con los abogados debió de filtrarse su intención de iniciar la huelga. Leopoldo sintió un atisbo de satisfacción. Solo y encerrado en el tigrito, desprovisto de todo, seguía teniendo la capacidad de poner en jaque al Gobierno.

—¿Va a comer? —repitió el custodio.

—No.

En ese momento empezó su huelga de hambre. Un paso que daba con muchos temores, ya que nunca había pasado más de dos días sin comer y mucho menos en huelga. Y ese arroz espolvoreado de perejil le tentaba muchísimo. «Tengo claro que los momentos duros vendrán los próximos días», escribió esa noche. El estómago lloraba, tenía hambre.

Pasaron un par de horas y escuchó un grito. Era la voz de Daniel:

—Hermano, ¿cómo estás?

—Bien, hermano. Ya comenzamos, estamos resteados*.

Al alba, le despertó un alboroto de ruido de cadenas y llaves y un grito angustiado de Daniel:

—¡Hermano, contra mi voluntad me trasladan!

—¿Y la orden judicial? ¡Pide que venga tu abogado!

Leopoldo se acercó a la rendija de su puerta y vislumbró cómo Daniel, esposado, era arrastrado por unos hombres encapuchados. Desde el pasillo, a la altura de su celda, le lanzó un breve saludo.

—Me voy en huelga de hambre, sepa que usted es más que mi hermano, lo quiero. Fuerza, hermano, fuerza.

Fueron las últimas palabras que oyó de él. Leopoldo volvía a quedarse solo en su tigrito de dos metros por dos, aislado en su edificio, sin su gran amigo. Juntos habían aprendido a tocar el cuatro, a perfeccionar el ajedrez, a boxear. «Habíamos aprendido a invertir el tiempo en la cárcel, a mejorar en todos los ámbitos y a hacer de la adversidad una oportunidad de crecimiento».

Dejarían de venir de visita los hijos de Daniel, que eran de la misma edad que los de Leopoldo. Jugando juntos se atenuaba el ambiente carcelario. A partir de ese día, ya no tendría con quien hablar ni con quien realizar actividades que hacían más llevaderas las jornadas. Según escribió en su diario, aquel fue uno de los momentos más duros desde su llegada a Ramo Verde. «Ahora estoy más preso, más aislado, más cercado por la dictadura de los cobardes que hoy detentan el poder».

En un intento de romper el núcleo duro de la huelga, «los de arriba» trasladaron a Daniel Ceballos a la penitenciaria de San

---

* Echar el resto, jugarse todo lo que queda.

Juan de los Morros, una cárcel de máxima seguridad diseñada para criminales condenados. Leopoldo, que llevaba veinticuatro horas desde que había comido unas lechugas, su última ingesta, escribió: «Debo prepararme para seguir la huelga en aislamiento y sin apoyo». El día siguiente se encontraba débil, pero recibió la visita de sus hijos. No lo esperaba. Alguna razón tendrían los de arriba para dejar entrar a los niños, pensó. Sea cual fuese, estaba agradecido. Cuando los vio, no pudo contener las lágrimas, se le quebró la voz y los abrazó. Su suegra, que los había traído, le hizo una señal de bendición desde la distancia. A los adultos no les estaba permitido entrar en las celdas de castigo. A los niños los dejaron pasar solos.

—Papi, ¿estás comiendo? —le preguntó Manuela.

—Sí, un poquito.

—Mami me ha pedido que te lo pregunte. Papi, ¿sabes qué?

—¿Qué?

—Que vi tu vídeo.

—¿Cuál, Manuela?

—El que grabaste aquí, contra la puerta. Papi, ¿de verdad estás comiendo?

—Que sí, de verdad.

Cambiaron de tema y se tumbaron en el catre.

—Papi, ¿no voy a volver a ver a los niños de Daniel y Patricia?

—¿Por qué dices eso?

—Porque sé que tío Daniel fue a otro sitio. ¿Por qué se fue?

—No te preocupes, los verás. Mamá te llevará a su casa para que jueguen juntos.

La visita fue una inyección de fuerza para Leopoldo. A mediodía pidió permiso a los custodios para dar de comer a los niños. Abajo, en el casino, les calentó una pasta con queso. Al no servirse, Manuela le preguntó:

—Papi, ¿por qué no comes? Tienes que comer...

Leopoldo dudó entre probar un par de bocados, cuestión de no preocupar a su hija, que a sus cinco años se daba cuenta de todo, o no servirse para que los funcionarios de la custodia no pudieran grabarle y ridiculizarle después en algún programa del Gobierno: «Vean como Leopoldo López come en huelga de hambre». Al final prevaleció la preocupación por su hija y probó la pasta. La pequeña no se merecía la maldad del régimen. Era muy difícil, por no decir imposible, sustraerse a la manipulación del Gobierno.

Ese día fue Antonieta quien vino a recoger a los niños. Al verla del otro lado de la reja, Leopoldo flaqueó. Trató de disimular, pero su madre se dio cuenta, por su mirada, de que su hijo no estaba tan fuerte como otras veces. Adivinó que había empezado su huelga de hambre.

—Salió tu vídeo —alcanzó a decirle—. Salió en todas partes.

Era la confirmación de que ya se había comunicado la decisión de la huelga. «En ese momento entendí la razón del cambio de actitud de la custodia, que insistía en que comiera y en tomarme fotos con los niños. Ya era público».

64

El llamamiento que Leopoldo lanzó en el vídeo recibió una respuesta masiva. Decenas de miles de manifestantes salieron a las calles de las ciudades de Venezuela el sábado 30 de mayo, una cantidad considerable teniendo en cuenta el miedo de la población ante la fuerza letal que desplegaba la policía. Más de cien presos en doce estados del país se unieron a la huelga de hambre. Estos recibieron el apoyo de los huelguistas de fuera, otras cien personas que acampaban frente a los edificios oficiales con pancartas, tiendas de campaña y megafonía, y que atraían a los medios de comunicación. Dirigentes y concejales de Voluntad Popular, como Juan Guaidó, Alberto Losada o Gilber Caro, el expresidiario, también se sumaron al ayuno. Las autoridades se vieron tan desbordadas que mandaron a un representante de la Fiscalía a hablar con Leopoldo.

—Hay un fiscal del Ministerio Público que quiere verte, ¿lo vas a recibir?

—No. Pero quiero decirle personalmente mis razones de por qué no lo recibo.

El fiscal de Derechos Fundamentales se acercó a la reja, y Leopoldo le dijo que no tenía confianza en la Fiscalía que durante más de un año había estado manipulando su condición de preso político mintiendo sobre las condiciones de vida reales en la cárcel.

—Su director ha llegado a confesar en mi juicio que no actuaba de buena fe y siendo él quien busca condenarme a prisión, no puede constituirse ahora en defensor de mis derechos. Dígaselo así, con mis palabras.

Había empezado la huelga pesando setenta y cinco kilos, un mes después pesaba sesenta. La familia vivía días de inquietud. Sin salud, nada era posible. Cada tres o cuatro kilos menos, veía llegar a un nuevo funcionario, ya no de la Fiscalía, sino de la oficina del defensor del pueblo, para pedirle que levantara la huelga.

—Cuando se den las condiciones —respondía invariablemente Leopoldo.

«Para mí la huelga fue un ejercicio mental brutal —recordaría—. Siempre lo asumí como si estuviera escalando una montaña. Nadie puede decirte que la estás pasando bien cuando estás subiendo una de esas montañas de cinco mil, seis mil o siete mil metros de altura. Se pasa terrible. Se pasa hambre, frío, incertidumbre, no se respira bien... Aguantas por el trayecto y por llegar a la cumbre. Pero lo asumí como un desafío espiritual que viví de manera muy intensa. No en vano, todas las religiones plantean el ayuno como una herramienta. No se puede decir que estuviera feliz, pero sí estaba sereno porque lo que hacía tenía sentido, mi propósito era muy claro, estaba muy marcado».

Al cabo de un mes, Leopoldo le pidió a Lilian que le hiciese llegar filetes de pollo. ¿Estaría rompiendo la huelga en la soledad de su tigrito?, se preguntó ella. No le cuadraba con la personalidad de Leo. Mayor sorpresa le causó enterarse de que también a Antonieta le había pedido filetes de pollo. O sea, que Leopoldo estaba en huelga de hambre, pero pedía filetes de pollo. ¿Qué ocurría?

Leopoldo tenía compañía en su celda de castigo: un gavilán que le trajo Quintero, su custodio amigo. Uno de los que sobrevolaban el cerro de Ramo Verde junto a otras rapaces y que, al lanzarse a por su presa, se quedó atrapado en las concertinas que rodeaban el gallinero de la cárcel.

—Como sé que siempre hablas de animales, y de pájaros, aquí te traigo este, a ver qué puedes hacer.

El ave estaba inconsciente. Leopoldo la cogió en sus manos, la acarició y le organizó una especie de nido en un rincón de la celda.

—Gracias, hermano.

Comportamientos como aquel permitían que la vida no fuese un absoluto infierno. Por mucha represión ordenada desde arriba, siempre había guardias que se apiadaban de los presos, sobre todo cuando estos eran como Leopoldo, siempre dispuesto a charlar, a explicar, a orientar, a liderar. Quintero y algunos guardias «aliados» eran fundamentales a la hora de conseguir comida extra o cualquier pequeña gran ventaja.

Leopoldo se volcó con el animal. Lo mantuvo en la celda, le curó las heridas y lo alimentó a base de filetes de pollo. Desarrolló con el ave una intensa relación afectiva. Pasaba horas dibujándolo. «Se convirtió en mi icono», diría.

Mientras eso ocurría en el interior de su tigrito, en el exterior, la huelga de hambre seguía prosperando. Parlamentarios de otros partidos se sumaron al ayuno. Unos concejales de San Cristóbal, la ciudad de Daniel Ceballos, viajaron al Vaticano y allí declararon que se unían a la huelga. En Washington, Carlos Vecchio fue a hablar con Jared Genser y ambos se dirigieron al Departamento de Estado a decir que Leopoldo estaba llegando al extremo, y que temían por su vida. El abogado solicitó al Gobierno de Maduro que permitiese al Comité de la Cruz Roja visitar a los presos políticos. Su petición iba avalada por las cuarenta y tres mil firmas que las hermanas de Leopoldo, Diana y Adriana, consiguieron reunir. El Gobierno denegó una y otra vez el permiso a la Cruz Roja, lo que hizo aumentar las sospechas de malos tratos a los presos. Por su parte, la Iglesia católica inició una ofensiva para acabar con la huelga. El único autorizado a entrar en la cárcel de San Juan de los Morros para ver a Ceballos fue el presidente de la Conferencia Episcopal venezolana, que le pidió cesar la protesta. El arzobispo de Caracas mandó una carta a Leopoldo con el consejo de que preservase su propia vida y suspendiese la huelga. Ni Leopoldo ni Daniel hicieron caso a los prebostes de la

Iglesia. Lilian y Patricia, la mujer de Daniel, partieron de gira por varias ciudades donde encabezaron concentraciones pacíficas que reclamaban la fijación de la fecha de elecciones parlamentarias y el cese de la represión.

El 22 de junio, el Gobierno cedió. A regañadientes. Tibisay Lucena, presidenta del Consejo Nacional Electoral, anunció que las elecciones parlamentarias se celebrarían el 6 de diciembre. Una hora después, un representante de la Fiscalía y otro del defensor del pueblo se presentaron en la celda.

—Señor López, ya convocadas las elecciones, que era su reivindicación principal, venimos a pedirle que levante la huelga.

Entonces Leopoldo accedió. Su posición tan radical había dado sus frutos. El régimen, bajo presión internacional, se había visto obligado a comprometerse. La fecha marcaba la dinámica de todos los esfuerzos que debía hacer la oposición. Desde el punto de vista político, el camino estaba despejado.

Lilian suspiró, aliviada. Pero su marido había perdido catorce kilos, y temía que le hubiera cogido el gusto a no comer. Siempre había admirado a los ascetas, y pensar que con el esfuerzo mental nada más se podían obtener ganancias políticas concretas le parecía de lo más estimulante.

Pero cada ganancia, cada victoria, por muy pequeña que fuese, se la hacían pagar caro. Un miércoles, después de permitirle ir a misa, cuando regresó a su celda faltaba el gavilán. El custodio amigo le dijo que la orden de quitarle el pájaro vino «de arriba» y que se lo llevó envuelto en una sábana para devolverle la libertad. «Los de arriba» lo sabían todo, incluso que había tenido una historia de amor con un gavilán. Diosdado era capaz de haber dado la orden, así de retorcido era, pensó Leopoldo, que aguantó el golpe y respiró hondo. Le habían dejado sin el mural de Manuela, una referencia a la que se había acostumbrado, y luego sin los periquitos, sin sus libros, sin el cuatro. Y ahora sin el gavilán. Dar y quitar, dar y quitar, conocía la cantinela de esa sutil política de tortura. Pero existía un antídoto que enseñaban los místicos, el desapego. La lucha se daba en la mente, ese era el campo de batalla verdadero. No debía olvidarlo. Por lo menos, el gavilán no acabó como los periquitos de Manuela, pensó, que aparecieron con el cuello retorcido. Volaría libre por los cerros. Echó un vistazo hacia afuera por encima de las rendijas de su ventanuco y escudriñó el monte. Unas rapaces volaban en círculo, arriba en lo alto. Pero no reconoció a su pájaro amigo.

65

En la primera audiencia después de la huelga, Juan Carlos Gutiérrez quiso comprobar por sí mismo los estragos causados en su cliente, al que no acertaba a ver porque estaba sentado en el banquillo rodeado de policías. Solo vislumbraba su mano que pedía la palabra. Cuando por fin la jueza le autorizó a hablar y Leopoldo se puso de pie, Juan Carlos se dio cuenta de lo demacrado que estaba: tenía las mejillas hundidas, la tez grisácea, la quijada pronunciada, los brazos angulosos y finos. Leo se dio la vuelta y le preguntó de sopetón:

—Juan..., ¿qué digo?

—Lo que tú quieras, tú has pedido la palabra.

Estaba como aturdido, había perdido el hilo. El abogado se preguntó si el encierro más la pérdida de peso no le habrían provocado secuelas. Según expertos en salud mental, el confinamiento solitario de más de quince días era susceptible de provocar un impacto psicológico permanente en el preso. Leopoldo ya había pasado los primeros tres meses en aislamiento veinticuatro horas al día, excepto por algunas visitas. Luego le concedieron una hora de patio, solo, pero las veintitrés restantes las vivió también en aislamiento. Hasta la fecha, le habían condenado al aislamiento completo en seis ocasiones ya fuese por escribir cartas a periodistas, por quejarse de las condiciones de vida en la cárcel, por fotografiarse con un cartel dando las gracias a las Naciones Unidas al reclamar la liberación de los presos políticos o por los éxitos de Lilian en el extranjero. «Se molestó conmigo —recordaría el letrado— porque no pude ayudarle».

Leopoldo volvió a su asiento, dejando a la familia y a sus seguidores inquietos. Nunca su mente se había quedado en blanco de esa manera.

Pero cuando la jueza volvió a darle la palabra, recuperó el hilo y las dudas sobre su estado se despejaron. Según Juan Carlos, «habló con gran coherencia». Dejó sentado que no podían acusarle de asociación criminal porque quedó demostrado que los jóvenes que la Fiscalía había llevado al banquillo no le conocían y que no fueron instruidos directamente por él.

Hasta ese momento, el juicio no había ido mal para Leopoldo, porque todas las pruebas presentadas por la Fiscalía habían sido refutadas por la defensa. Retirados los cargos por homicidio y por terrorismo, el delito de asociación para delinquir fue desmontado por los abogados gracias a la integridad y a la honestidad de los chavales que declararon. Por su parte, el testimonio de Rosa Amelia Asuaje y el análisis de sus discursos descabalgaron el delito basado en «el arte de la palabra», la influencia de la oratoria, los pretendidos «mensajes subliminales» usados por Leopoldo para incitar a la violencia, como decían los fiscales.

El 25 de agosto de 2015 la jueza Susana Barreiros dio por finalizada la etapa de presentación de pruebas. En las conclusiones intervino el fiscal Franklin Nieves, que volvió a afirmar sin ambages que los acusados eran culpables. Lilian regresó esos días de un viaje a Estados Unidos, donde había visitado a uno de los donantes «amigos de Leo» para agradecerle su continuo apoyo financiero. No solo la gente pudiente le ofrecía ayuda. En el aeropuerto de Nueva York se le acercó un señor de mediana edad:

—Te sigo en televisión —le dijo—, y quiero felicitarte por todo lo que haces. A Leopoldo también. Gracias por luchar por nuestra libertad. No tengo mucha capacidad económica, pero toma...

Le puso en las manos un billete de cien dólares y desapareció entre la multitud.

Lilian estaba tan emocionada que contó la anécdota en una entrevista para una revista de Costa Rica, y el régimen aprovechó para atacarla: «Lilian Tintori mendiga plata en los aeropuertos», salió diciendo Diosdado en su programa. Empezó a recibir mensajes en las redes burlándose de ella y preguntando adónde había que mandarle los cien dólares. Fue una campaña feroz en su contra que, unida a la inminente sentencia del juicio, le provocaban un nudo en el estómago de forma permanente. «¡Dios mío! ¿Qué va a pasar?», se preguntaba. La espada de Damocles del juicio pendía sobre su vida, una sentencia que no solo condenaría a Leopoldo, sino a ella y a toda la familia, a los amigos, al partido, a sus seguidores a una existencia incierta. Pagarían justos por pecadores. «Es ansiedad», le decían, y le ofrecían una pastilla. Pero no le gustaba tomarlas, ni siquiera para dormir. No existía medicamento en el mundo capaz de aliviar la sensación de injusticia de que su marido pudiese ser condenado por crímenes que no había cometido. ¿Qué ansiolítico curaba eso?

Su vuelo de regreso aterrizó en Caracas por la mañana, y, al llegar a su casa, recibió una llamada del colegio. El corazón le dio un vuelco: ¿se habría puesto enfermo uno de los niños? Como la mente es libre y alocada, pensó que quizás había ocurrido algo peor. La tutora la tranquilizó. Nada grave, le dijo, solo que Manuela lloraba y reclamaba la presencia de su madre.

Llegó al colegio y fue directamente al patio. Al verla, Manuela corrió hacia ella, se echó en sus brazos, sollozando. Lilian se agachó para ponerse a su nivel, la calmó, la sentó y la miró a los ojos:

—¿Qué ha pasado? —le preguntó.

—Papi está... preso —le dijo la niña.

—Está estudiando.

—No, está preso y... y... —La niña se ahogaba en su llanto—... Y va a estar preso treinta años más.

—¡Nooo, Manuela!

—Sí, lo dijo ayer la televisión.

—¿Y a ti quién te lo dijo?

—Esa niña.

Apuntó con el dedo a una de sus compañeras que jugaba al fondo del patio. En efecto, la víspera había salido Diosdado Cabello en la cadena nacional, y en uno de sus arrebatos dijo que esperaba que la sentencia condenase a Leopoldo López a treinta años de prisión. La niña había repetido en el recreo lo que había escuchado en su casa. Manuela había saltado:

—Mi papá no está preso, está estudiando para ganarle la carrera a Maduro —se defendió ante el corro de sus compañeras.

Algunas, las mayores, se rieron de ella con la crueldad propia de los niños.

Manuela miró a su madre.

—Papi está preso, ¿verdad?

Lilian tragó saliva. Se dio cuenta de que las historias que le había contado hasta ahora ya no funcionarían.

—Sí, está preso en esa torre donde le visitamos.

La niña volvió a sollozar.

—¿Qué hizo papi?

—No ha hecho nada malo, Manuela. Ha luchado para que el país esté bien.

Pero la niña estaba desconsolada y las explicaciones de Lilian no conseguían serenarla. Le contó que acababan de soltar a uno de los jóvenes que estaban siendo juzgados junto a su padre. Si sueltan a uno, soltarán a los demás.

—Vamos a hacer todo lo posible para sacarlo de allí, ya verás como pronto estará de nuevo en casa.

En efecto, unos días antes, la abogada Doris de Coello, madre de Marco Aurelio, uno de los estudiantes juzgados, consiguió excarcelar a su hijo valiéndose de informes psicológicos y médicos que alegaban estrés postraumático. Por alguna razón que nadie entendía, la jueza estimó la petición y ordenó que pasase a detención domiciliaria con la condición de que se presentase cada siete días en el juzgado. Lilian lo había interpretado como una buena señal. «A papi lo van a liberar, le dejarán estar en casa, ya verás». Pero la niña era inconsolable y nada de lo que decía su madre surtía efecto. La crudeza de la realidad recién descubierta había hecho añicos el paraíso de su infancia. Lilian no pudo aguantar las lágrimas y acabaron llorando juntas. Sentía que su hija, que apretaba en sus brazos, se había hecho mayor de golpe. Lilian habló con la directora del colegio y pidió reunirse con las madres de las niñas.

66

La víspera de la sentencia, de noche en su celda, Leopoldo escuchó un ruido arriba en el ventanuco. Se sobresaltó. Colocó el taburete sobre la mesa y subió a investigar. ¿Sería algún preso que quería enviarle un mensaje o hacerle pasar un objeto? La sorpresa se la llevó cuando vio un pájaro posado en el reborde exterior del ventanuco. Era su gavilán, de visita. ¿Cómo no pensar entonces que la libertad estaba un poco más cerca? Rebuscó entre los restos de comida y le colocó un trozo de pan en el alfeizar. Se mantuvieron largo rato en silencio, juntos pero separados por las rejas, disfrutando del simple placer de la compañía.

El día siguiente, 10 de septiembre, el pueblo entero, desde las selvas del Alto Orinoco hasta las montañas de Mérida, pasando por la gente de los llanos, de las aldeas y ciudades del interior y de la costa, vivía pendiente de las noticias del tribunal de Caracas. Tras novecientas horas de juicio y setenta y una audiencias a puerta cerrada, la jueza Susana Barreiros iba a dictar sentencia contra el héroe nacional, el hombre que se había convertido en símbolo de la lucha del país por su libertad. Muy pocos creían en la absolución, la mayoría pensaba en una condena a tres o cuatro años, una condena ejemplarizante que sirviese de escarmiento a los agitadores. Ni el padre de Leopoldo, que ese día estaba en México, ni Leo se hacían ilusiones. «No tengo expectativa alguna de que un juicio montado sobre una mentira y conducido de la forma abusiva en que ha sido dirigido por mis jueces y fiscales pueda llevar a una sentencia absolutoria, como en justicia me corresponde —declaró Leopoldo—. Estaremos preparados para ese momento». El momento había llegado. Juan Carlos Gutiérrez pensaba que podría reducir la condena, que estimaba en unos cuatro o cinco años, de los que habría que descontar el tiempo pasado en la cárcel. Lilian y Antonieta oscilaban entre el pesimismo que reinaba en el ambiente y un optimismo infundado, que era más la expresión de su profundo deseo de ver libre a Leo que del resultado de observaciones racionales. La verdad era que el destino de la familia estaba en manos de una jueza que no había mostrado un ápice de emoción en las sesiones más duras, que había entorpecido los procedimientos, que había negado casi todas las pruebas de la defensa y que no había hecho el más mínimo esfuerzo por disimular su vínculo con la parte acusadora.

Por la mañana temprano, cientos de personas empezaron a agolparse frente al Palacio de Justicia para manifestar su apoyo al líder preso. Llevaban banderas de color naranja de Voluntad Popular y pancartas reclamando su liberación; coreaban eslóganes y hacían sonar trompetillas de papel y matasuegras en un ambiente entre festivo y enfurecido. Había tanta gente que las dos camionetas en las que viajaban Lilian, la familia y los abogados tuvieron que estacionar a doscientos metros del palacio. Sus ocupantes atravesaron la plaza a pie. «¡Fuerza y fe! —gritaba Lilian mientras se abría paso entre la multitud—. ¡Liberen a Leopoldo!». El paso de la familia se complicó cuando surgieron simpatizantes del Gobierno, que habían sido convocados a la misma hora en el mismo lugar. El intercambio de gritos pasó a ser de insultos y empezaron a volar objetos. Pronto estalló una batalla campal, sin que la Guardia Nacional interviniese. Subido en un camión, un hombre con un megáfono arengaba a los chavistas: «¡Fuera los fascistas de Venezuela! ¡Hay que acabar con la oligarquía!». Pronto unos «colectivos» agredieron a manifestantes y a miembros de la prensa, reunida a las puertas del edificio. El pánico se adueñó del lugar, las banderas de la Mesa de la Unidad Democrática empezaron a arder y los manifestantes a disolverse. Antonieta corrió hacia el edificio, pero estaba mareada por el efecto del humo de una bomba lacrimógena y se sentó en un bordillo a toser. Sola, rodeada de gente que corría en todas direcciones, tosía y lloraba, y hasta vomitó. Hizo un esfuerzo ímprobo para levantarse y consiguió unirse a Lilian que, junto a un grupo de simpatizantes, se adentró en el edificio, a codazos. Más tarde, los medios locales dieron a conocer que un activista de sesenta y cinco años llamado Horacio Blanco había muerto de un infarto tras ser agredido por los chavistas. Voluntad Popular responsabilizó de esa muerte a Nicolás Maduro y a otros altos cargos. Además, una decena de personas, entre las que se encontraba una diputada embarazada, resultaron heridas.

Para su última sesión, Leopoldo fue vestido de traje y corbata, un atuendo que contrastaba con el de los estudiantes, que iban muy desaliñados. A pesar de ser la sesión en la que se leería la sentencia, el acceso a los periodistas estaba vetado. «¿Dónde está Coello?», preguntaban en la sala. El procedimiento no podía comenzar porque faltaba uno de los acusados. Marco Aurelio Coello, el único en haber conseguido «casa por cárcel», no aparecía. Al filo de la mañana corrió el rumor de que se había fugado a Miami aprovechando la libertad condicional conseguida por su madre. Una hora más tarde, el rumor se confirmó: el pájaro había volado. Antonieta pensó en Doris de Coello, en lo bien que esa madre había jugado sus cartas para salvar a su hijo. La felicitó en silencio, para sus adentros.

Leopoldo aprovechó las tres horas de que disponía para cuestionar los argumentos del Ministerio Público, que mantuvo hasta el final la acusación de asociación para delinquir y determinación en daño e incendio. El momento más emotivo de su intervención fue al final cuando le dijo a la jueza lo que haría tras conocer la sentencia. «Si me deja libre, iré al cumpleaños de mi hija Manuela, me casaré de nuevo con mi esposa y saldré a recorrer Venezuela; si me condena, saldré con la cabeza bien alta. Va a tener usted más miedo de escribir esa sentencia que yo de recibirla».

Después de un juicio tan largo, el veredicto de Susana Barreiros también tardó en llegar. Eran las tres de la madrugada cuando lo dio a conocer, al más puro estilo chavista. Un silencio espeso envolvía la sala. Primero habló de los jóvenes procesados, a los que condenó a penas de diez y cuatro años de prisión, lo que levantó un murmullo de indignación, que remitió cuando la jueza dijo que les permitía seguir en libertad provisional con la obligación de presentarse cada quince días en el juzgado, y prohibición de salida del país. Lilian y Antonieta de pronto tuvieron la esperanza de que a Leopoldo también le dejasen volver a casa. La jueza carraspeó, luego volvió el silencio. Llegaba la hora de la verdad: la familia y los abogados aguantaron la respiración. Barreiros, impasible en su expresión, prosiguió en tono mecánico: «Este tribunal condena a Leopoldo López Mendoza a una pena de trece años, nueve meses, siete días y doce horas de prisión por los delitos de instigación pública, asociación para delinquir, daños a la propiedad e incendio intencional. Condena que debe cumplir de forma íntegra en la cárcel militar de Ramo Verde».

Un grito desgarrador rompió el silencio de la sala. Era Antonieta, que no pudo contener su indignación ni su pena. Lilian rompió en sollozos; sintió que el suelo bajo sus pies se derrumbaba. Leopoldo evitó mirarlas; se mantuvo firme, derecho y sereno. Lo que acababa de escuchar era la confirmación de que su vida y la de su familia se truncaba para siempre, de que no vería crecer a sus hijos. La sentencia condenaba a Lilian a seguir siendo la esposa de un preso, una «viuda», una activista, que nunca tendría una existencia normal. A Antonieta, a ser la madre de un presidiario. Ambas se maldijeron por haber sido tan ingenuas de creer que lo liberarían o que le darían casa por cárcel. El enemigo no tenía piedad, no contemplaba la redención. Hacía trampas y se imponía por la fuerza. Susana Barreiros había dictado la condena más dura que se podía esperar. Lilian se acordó de Manuela, de lo que le habían dicho en el colegio sobre una pena de treinta años a su papá... Las dijo el mismo personaje, Diosdado Cabello, que los días previos a la entrega le aseguraba que en cuarenta días quedaría libre. No, no se podía esperar nada de esos delincuentes que habían usurpado el poder. Solo quedaba luchar, hacerles la vida lo más difícil posible, denunciar sus atropellos e intentar sobrevivir.

El padre de Leopoldo recibió la noticia en México, donde asistía a un congreso sobre derechos humanos. Fue como un mazazo que le dejó sin habla. Esperaba una condena importante, pero no una que le robase la juventud a su hijo.

Por mucho que Leopoldo esperase una sentencia de culpabilidad, escuchar que estaba condenado a catorce años y luego oír los gritos de su madre y los de Lilian le hicieron pasar uno de los momentos más dolorosos de su vida. Conocía bien al enemigo contra el que llevaba años luchando, pero siempre quedaban resquicios de esperanza a los que la mente tendía a aferrarse. Era difícil controlar ese impulso, la esperanza crecía libre y ocupaba lugares olvidados o ninguneados por el raciocinio. Resurgía como algo indestructible, nacía del instinto, se encendía sola como una luz que nadie había prendido y que nadie quería ver apagarse de nuevo.

Preguntado por su opinión sobre la sentencia, Juan Carlos Gutiérrez la calificó de «cadena de violación sistemática a los derechos humanos» y de fallo «basado en mentiras». El abogado que de manera tan brillante había desbaratado las acusaciones de la Fiscalía estaba devastado. Leopoldo hizo un esfuerzo para abstraerse del barullo; le pareció que estaba viviendo una película, ¿o es que todas las escenas de sentencias a condenados inocentes se parecían? Escuchaba de fondo a su abogado decir que ponía en marcha la apelación, que tenían diez días para hacerlo. Si no prosperaba, decía, existía la posibilidad de presentar un recurso ante la Sala de Casación del Tribunal Supremo. De nuevo la esperanza, se dijo Leopoldo, la peligrosa esperanza. Sí, apelarían a todos los tribunales de la Terra, pero eso no impediría que, mientras, su vida se diluyese tras los barrotes de la cárcel.

En un alarde de liderazgo, Leopoldo se dio la vuelta hacia los guardias y les dijo: «¡Pónganme las esposas! —Les tendió sus brazos cruzados a la altura de las muñecas—. ¡Pónganme con orgullo las esposas, que estas no me las quitará la jueza o la Guardia Nacional, me las quitará el pueblo de Venezuela!». Al salir del edificio, fue aclamado por la multitud: «Mantengan la calma, la dignidad, y no pierdan ni un minuto el ánimo, la fuerza, la fe».

Uno de los abogados defensores mostró a Juan Carlos un mensaje recién recibido en su BlackBerry: «Dile a Lilian que le pido perdón, en mi nombre y en el de mi familia». Se lo había enviado una periodista conocida como la Gocha, de nombre María Eugenia Zambrano. Lo insólito era que se trataba de la pareja del fiscal Franklin Nieves, quien había llevado toda la acusación. ¿Qué significaba aquello? Tardarían solo unos días en saberlo.

67

El ánimo y la fuerza, él sí los perdió en esa madrugada aciaga. Era casi de día cuando le devolvieron a Ramo Verde. No estaban los custodios de siempre, estos eran nuevos. Le pidieron que les entregase los documentos del juicio que llevaba en un maletín. Luego le encerraron en otra celda, un agujero oscuro cuyos muros chorreaban agua en la madrugada.

—¿Dónde están mis cosas?

—No puedes disponer de nada —le dijeron.

—¿Mis cuadernos?

—Se te acabó la fiesta.

Quien habló fue el nuevo director de la cárcel, José Salvador Viloria, un militar que buscaba hacer méritos frente a Diosdado. Un tipo que no había destacado en su carrera, pero que ahora tenía la oportunidad de hacerlo a costa de la miseria que podía infligirle. Alto, de rasgos severos, vestía uniforme y gorra verdes. Era conocido por ser testigo de Jehovah; en su cuenta de Twitter se autodefinía como soldado de Cristo. Quiso añadir su grano de arena a la condena encerrándole en una celda de aislamiento.

—Ya no puedes tener acceso ni a libros ni a libretas ni a hojas de papel.

—Usted, que se define como un hombre de fe..., ¿me deja sin libros? ¿Me va a negar la palabra de Dios?

—El juicio ha terminado —le respondió.

Leopoldo se tumbó en el catre, invadido por un agotamiento tan intenso como no recordaba haber sentido nunca. Era duro proyectarse catorce años en ese lugar. Cambiarle de celda formaba parte de la tortura porque le dejaba sin referencias, le alteraba el esquema. Parecía que la sentencia marcaba un punto de inflexión, como si la dictadura ya no tuviera que molestarse más en disimular las formas. El tiempo que duró el juicio había tenido la mente ocupada preparando sus intervenciones, organizando la defensa, viendo a su abogado, viviendo el camino hacia el clímax del veredicto, siempre animado por una pequeña esperanza que al defraudarse dejaba el vacío en el que se encontraba ahora. ¿Qué quedaba, si le habían arrebatado el futuro? Solo un gigantesco agujero negro en el que pasaría las horas, los días, las semanas, los meses y los años, siempre sometido a los caprichos de Diosdado, su máximo carcelero. Pensar que su vida de nuevo se vería reducida a pelear por conseguir un bolígrafo, un libro, por una visita o ver el sol treinta minutos, le provocaba desazón y desánimo. Ese día se sintió más muerto que vivo.

Por su parte, Lilian y Antonieta estuvieron arengando a los seguidores de Leopoldo que se reunieron en la plaza Bolívar de Chacao, el municipio del que había sido alcalde. No fue fácil trasladar el mensaje de calma y serenidad a unos simpatizantes indignados y enfurecidos. Lilian no le daba ningún valor a la sentencia, porque todo había sido una farsa. Haría el esfuerzo de no darle mayor importancia, de borrarla de su mente. En el fondo, nada había cambiado desde la víspera: la lucha para salvar a Leo continuaba. Esa misma semana tenían previsto otro viaje a Europa, a ver al papa, y quizás a Madrid.

Por su parte, Antonieta volvió a La Atrevida casi tan desmoralizada y desesperada como lo estaba su marido, en México, a quien llamó por teléfono:

—Tú lo sabías —le dijo ella—. Yo tenía esperanza.

—Cómo me hubiera gustado equivocarme.

Ella se pasó un pañuelo por el rostro.

—¡Tonta de mí...! —añadió—. Ahora va a ser mucho más difícil sacarle.

Después de pasar la noche en vela, cuando Lilian llevaba una hora dormida sonó el teléfono: la directora del colegio la convocaba para la reunión que había solicitado con las madres. Se vistió a toda prisa, dejó a los niños en casa para evitarles las repercusiones de los medios y acudió sola a la cita. La noticia había caído como una bomba. Lilian les pidió comprensión y que trasladaran a sus hijos que no hablaran del tema con Manuela. Aquellas mujeres, que estaban muy concienciadas, entendieron perfectamente el problema. «Tengo que decir que recibí muestras de apoyo y hasta de cariño de todas las mamás, así como del colegio. No volvió a producirse una situación parecida».

El mundo reaccionó a la sentencia con indignación. Felipe González declaró que la condena era la confirmación de que Venezuela se había convertido en una dictadura. Que un peso pesado de la izquierda tomase una posición tan definida colocaba inexorablemente al Gobierno de Maduro en el club de los regímenes parias, lo que el mundo no tardaría en reconocer. En Estados Unidos, el secretario de Estado John Kerry manifestó: «La decisión del tribunal plantea gran preocupación por el uso del sistema judicial venezolano para reprimir y castigar a los críticos del Gobierno».

Los chavistas juntaron filas: «¡Hay justicia, y le salió barato al monstruo de Ramo Verde! ¡Cuarenta y tres víctimas que descansan eternamente por su aventura fascista!», declaró en un tuit María Iris Valera, ministra de Asuntos Penitenciarios.

Mientras en su celda Leopoldo sentía que los esbirros de Maduro querían quebrarle moralmente, a él y a su familia, en Madrid, su amigo el diplomático Gonzalo Fournier, nada más ver la noticia de la sentencia por televisión, agarró el teléfono y llamó a Jorge Moragas:

—Viene Lilian a Europa, a ver al papa, ¿cómo ves que la reciba el presi, pero esta vez de manera oficial, en Moncloa?

—Hombre, lo podemos intentar.

—Es el momento de mandar un mensaje político claro y contundente.

—Sí, pero ya sabes el miedo que existe... Tenemos muchas empresas allí.

—Los chavistas siempre amenazan con lo mismo, que si nacionalizan el BBVA, Mapfre, Telefónica... Las mismas amenazas que han recibido las compañías norteamericanas. Al final, no nacionalizan a ciertas multinacionales porque no pueden, se les paraliza el país.

Esos días, Gonzalo se encontró con el consejero delegado del BBVA, un banco muy implantado en Venezuela. Le preguntó cómo se había tomado que Mariano Rajoy hubiese recibido a Lilian en su despacho de Génova, y su respuesta le sorprendió: «Antes de ser consejero delegado del banco, soy español, por lo que me pareció muy bien». Gonzalo escribió una nota de todo ello para el presidente y se la entregó a Moragas.

Rajoy no necesitaba más argumentos para seguir apoyando a la oposición venezolana. No solo recibió a Lilian en la Moncloa, de manera oficial, sino que le dispensó un trato protocolario reservado a ocasiones especiales. «Me hizo el honor de ofrecerme pasear por los jardines del palacio de la Moncloa —contaría Lilian—. Esto se hace con muy pocos, en general jefes de Estado, y allí estaba yo junto a él, y nos retrataban al pasar los fotógrafos apostados en los árboles, me quedé impresionada». El presidente le preguntó mucho por su marido y le dedicó tiempo, como para dejar sentada la importancia de Venezuela en la política exterior española. Hablaron del reto que suponía la celebración de las próximas elecciones parlamentarias, esas cuya fecha había conseguido forzar Leo con su huelga de hambre. Fue una acogida intensa y fructífera la que le dispensaron en Madrid. Después del presidente, acudió a una rueda de prensa con Felipe González, donde Lilian expresó el temor de su esposo por su integridad física, «ahora que el Gobierno de Venezuela se ha quitado la careta». Pedro Sánchez, entonces dirigente del Partido Socialista, exigió la liberación de todos los presos políticos y reclamó que los venezolanos pudiesen votar en libertad en las elecciones del 6 de diciembre. Esa primera recepción oficial de un presidente del Gobierno tuvo una gran repercusión mediática en el mundo.

Antonieta volvió a ver a su marido en Roma después de meses. Lo encontró triste, no se hacía a la vida en Estados Unidos. Fueron recibidos por el papa, le pidieron una bendición para Leopoldo, y Lilian le entregó un autorretrato que este se había hecho en Ramo Verde, detrás de unos barrotes. Gracias a las instrucciones de su hermana Diana, y a los carboncillos que le traía, Leopoldo había aprendido a dibujar. Esa hermana que cultivaba el perfil bajo le daba un apoyo distinto al de su madre o su mujer, le proporcionaba herramientas para que explorase otras actividades importantes para el espíritu, como la pintura y la poesía.

A Antonieta se le saltaron las lágrimas cuando leyó un artículo escrito por su hijo, publicado en *The New York Times* el 25 de septiembre del 2015: «Ahora me encuentro en aislamiento solitario en una celda de dos por tres metros en la que solo hay una cama individual, un baño y una repisa pequeña para mis pocos cambios de ropa. Tengo prohibido escribir cualquier tipo de material y el único libro que tengo permitido es la Biblia. Ni siquiera tengo una luz o vela para cuando oscurece afuera. Aunque ha sido difícil para mi familia, ellos entienden que las grandes causas requieren grandes sacrificios». Su madre era la imagen misma del dolor personificado: que el hijo estuviera preso significaba que toda la familia lo estaba, por mucho que viajasen por el mundo.

Como represalia por la visita de Lilian a Rajoy, y la repercusión que tuvo, de nuevo cambiaron a Leo de celda. Al principio, no entendió por qué le mudaban de un cuchitril a otro igual de infame, húmedo y estrecho. No tardó en descubrir unos diminutos botones incrustados en el techo y en las paredes. Contó dieciséis cámaras. Lo peor del confinamiento solitario dejó de ser el frío o la soledad, era sentirse espiado. «Imagínate que detrás de esa cámara está tu peor enemigo —contaría Leopoldo—, imagínate que está Diosdado Cabello, por ejemplo. Imagínate lo que significa estar veinticuatro horas al día solo, pero sabes que te está viendo. Sabes que, si te metes el dedo en la nariz o haces cualquier cosa, estás expuesto... Desde el punto de vista de la estabilidad emocional fue tremendo».

68

Rosa Amelia Asuaje, perturbada por la desproporcionada condena, pidió el texto íntegro de la sentencia. Necesitaba entender los fundamentos de derecho en los que se había basado la jueza. Cuando iba por la página 263 se le agrió el semblante. Según Susana Barreiros, «la perito» había afirmado que los hechos de violencia del día 12 de febrero de 2014 los había causado Leopoldo López. No podía creer que hubiera ido tan lejos en la manipulación de sus palabras. «¡Esa perito era yo! —diría la lingüista, indignada. Se sintió utilizada y despreciada, pero lo peor era pensar que, por su culpa, a un inocente le habían caído catorce años—. Me puse muy nerviosa, estaba fuera de quicio, ¿cómo se habían atrevido a mentir de esa manera?».

Rosa Amelia pudo haberse callado en ese momento, pudo haberse conformado, pero no iba con su carácter. Toda la vida había denunciado injusticias y chanchullos. Llamó al único contacto que tenía en el mundo de la prensa, una periodista del diario *Panorama*. Le dijo que quería hacer unas declaraciones.

—¿Estás segura de que quieres denunciar eso?

—Segurísima.

—Se te van a echar encima, piensa en tu hija también.

—Lo mejor que puedo hacer por ella es darle un ejemplo de probidad. Además, no podría vivir tranquila si me quedo de brazos cruzados.

Por primera vez, Rosa Amelia hizo unas declaraciones públicas en las que mencionaba que su informe había sido manipulado por la jueza, que sus declaraciones habían sido mutiladas, que habían incluido interpretaciones y sesgos y que omitía mucho de lo que ella había escrito. «La sentencia parafrasea algo que yo no dije».

El poder reaccionó quitándole la escolta. De la asfixia por tanta presencia policial pasaron a sentirse vulnerables. Por un momento, Rosa Amelia y su hija Zoe pensaron que recuperarían la normalidad de sus vidas, pero no fue así. La lingüista sintió el repudio de todas las personas que conocía afectas al Gobierno. Cambiaban de acera si se la cruzaban en la calle. Otros le reprochaban directamente sus declaraciones. Se había convertido en la gran traidora. «Para el chavismo soy una persona peligrosa porque no guardo silencio, y para la oposición soy la responsable de que Leopoldo fuera condenado», declaró a Rocío Galván, la corresponsal de *El Mundo*. En la universidad, sus colegas le hicieron el vacío; sus estudiantes dejaron de hablarle. Una mañana, llegando a clase, le comunicaron su expulsión. Ni podría ejercer como profesora ni como tutora de su posgrado en Comunicación Política. «Fue una cosa brutal», diría. Sufría por su carrera, pero sobre todo por su hija, condenada por sus compañeras al mismo ostracismo. En el lado opositor, no la creían. De nuevo, se encontraba en tierra de nadie, sola y ahora sin recursos.

Juan Carlos Gutiérrez la contactó por Twitter porque estaba preparando la apelación. Necesitaba la confirmación directa de que ella nunca dijo que los discursos de Leopoldo incitaban a la violencia.

—No, jamás, nunca dije eso.

Era la primera vez que hablaban. Solo se conocían por las intervenciones en el juicio, y ambos sentían que existía una especie de comunión entre ellos, incluido Leopoldo. Les unía la verdad y las ganas de justicia. «No iba a ser opositora a esas alturas de mi vida, pero ya tampoco era chavista, yo simplemente era una profesional que decía lo que tenía que decir. Yo defiendo la verdad, no la ideología».

Mientras, se recrudecía el acoso a la familia. Un mes después del final del juicio, Diana López, hermana de Leo, se llevó un gran susto al enterarse de que habían secuestrado al chófer contratado para recoger a su hija del colegio. «¿Y la niña?», preguntó, aterrorizada. En una fracción de segundo se imaginó un secuestro exprés: la negociación, la presión por conseguir el dinero, el golpe que supondría para sus padres... Se acordó de Luis Daniel y de Gustavo, los amigos de su hermano que aparecieron asesinados en un sendero del monte Ávila, y de tantas otras historias de amigas que habían pasado por lo mismo. Así transcurrió la hora más angustiosa de su vida hasta enterarse de que la niña no estaba en el automóvil. Habían secuestrado a su conductor. El hombre confesó que unos agentes encubiertos le presionaron para sonsacarle información sobre la vida de su empleadora. Al negarse, lo retuvieron unas horas: «Me cayeron a golpes», declaró. Pero no habló. Diana corrió a poner la denuncia para que hubiera constancia de la agresión, sin esperanza de que detuvieran a los autores del asalto.

Una noticia explosiva estalló el 24 de octubre cuando el fiscal jefe Franklin Nieves, el inquisidor máximo como lo llamaba Juan Carlos, el hombre que ofreció unos caramelos a Leopoldo en su primera declaración en el autobús cercano a la cárcel, había pedido asilo en Estados Unidos. En un vídeo filmado confesó haber contribuido a defender pruebas falsas durante el juicio. Aseguró que lo hizo por la presión del Ejecutivo Nacional y de sus superiores, y añadió que pronto presentaría evidencias para demostrar que el juicio de López había sido una «farsa». La credibilidad de su testimonio provenía del hecho de que era uno más entre al menos diez funcionarios, todos en ejercicio, que habían huido de Venezuela y, una vez fuera, habían denunciado que jueces y magistrados servían al Gobierno. Esos testimonios, bautizados en cables diplomáticos y en agencias de inteligencia como «los Niños Cantores», habían sido documentados por medios internacionales.

En privado, su pareja periodista, la Gocha, dijo a un abogado del equipo de Juan Carlos Gutiérrez que Franklin nunca estuvo de acuerdo con ese juicio, pero que no tuvo opción de zafarse: se hubiera convertido en otro caso Afiuni, en alusión a la jueza encarcelada injustamente por Chávez. A Juan Carlos aquella excusa no le satisfizo; tenía bien presente la determinación metódica con la que Franklin Nieves había dirigido la acusación. Una reportera llamó por teléfono al padre de Leopoldo a San Francisco y a Antonieta, que estaba en Caracas. Les hizo una misma pregunta: ¿perdonáis a Franklin Nieves? A Leopoldo le hizo llegar la misma pregunta a la cárcel. Sin hablarlo entre ellos, cada uno respondió lo mismo: sí. Para ellos, el fiscal jefe era una víctima más del sistema.

En las semanas siguientes, Nieves fue desgranando las irregularidades y expuso ante el mundo la corrupción del aparato de justicia bolivariano, y sus chapuzas. Contó cómo recibió la orden de la fiscal general Luisa Ortega Díaz de detener a Leopoldo sin prueba alguna; cómo un comisario le pidió que le endilgase el crimen de Bassil Da Costa cuando ya se sabía quién lo había matado por haberse publicado el vídeo del asesinato; cómo Nicolás Maduro dio las instrucciones directas para que se emitiese la orden de captura; cómo unos funcionarios que no estuvieron presentes en los sucesos del 12 de febrero fueron obligados a declarar, y cómo les decían lo que tenían que responder, incluso amenazándoles con abrirles un expediente si se negaban a participar; cómo se supo que Hermes Barrera mató a Juancho Montoya para quedarse con el control de los colectivos —«Lo mata en la Candelaria para achacárselo a los manifestantes, pero quedó grabado»—. Cuando le preguntaron quién manejaba, financiaba y armaba a los colectivos respondió sin dudar: Freddy Bernal. El nombre de este oscuro gobernador del estado Táchira, exjefe de Policía y político corrupto, sucesor de Antonio Ledezma en la alcaldía de Caracas, apareció en la lista negra —la lista Clinton— de personas vinculadas al narcotráfico donde, además, fue acusado de facilitar la venta de armas entre el Gobierno de Venezuela y las FARC*.

---

* En el 2011, la Oficina de Control de Activos Extranjeros de Estados Unidos (OFAC) emitió sanciones contra Freddy Bernal y otro grupo de altos funcionarios venezolanos cercanos al presidente Hugo Chávez vinculados con el tráfico de estupefacientes.

Sus declaraciones cuadraban con las informaciones en poder del FBI y le fue otorgado un visado de refugiado político.

La entrevista que le hizo a Franklin Nieves el periodista José Antonetti* fue muy reveladora de cómo se había llevado a cabo el proceso.

—¿Qué les decía la jueza Susana Barreiros?

—Ella decía: «Conmigo están jodidos, yo no voy a pagar y salir presa como María Dolores Afiuni, esos no son familia mía».

—En las conversaciones que sostuviste con ella, ¿Susana Barreiros mostró arrepentimiento o temor por lo que hizo?

—No, nunca. Se burlaba más bien. «Mira ese mariquito, cómo trae los pantalones», decía refiriéndose a Marco Aurelio Coello. «Y ese mongólico», hablando del otro chamo condenado...

—¿Cómo era la cadena de mando desde el presidente Maduro hasta los fiscales?

—Nicolás Maduro y Diosdado Cabello llamaban a la fiscal general de la República, Luisa Ortega Díaz; ella a Nelson Mejías, el director de Delitos Comunes, y él giraba las instrucciones de todo lo que se debía hacer.

El fiscal insistió en que no pudo hacer nada por detener el juicio porque «conmigo o sin mí, la condena era segura. Si yo renunciaba, me iban a hacer un expediente, una persecución... o me mataban».

A la vista de sus declaraciones, Juan Carlos Gutiérrez presentó un recurso contra el fallo en la Corte de Apelaciones, exigiendo la revocación de la condena y la liberación inmediata de Leopoldo: «La condena de mi cliente es el resultado de un fraude procesal», declaró.

Rosa Amelia Asuaje no era la única en recibir descalificaciones e injurias; ahora las compartía con Franklin Nieves, convertido en otro demonio del chavismo. Diosdado, en un intento de confundir a la opinión pública, le acusó de ser un agente de la oposición y de haber cobrado casi un millón de dólares por defender la

* José Antonetti, *12F Historia de una emboscada*, libro autopublicado.

causa de López y no acusarlo de asesinato. Como era habitual, sin presentar prueba alguna. La fiscal general, Luisa Ortega Díaz, su jefa inmediata en el Ministerio Público, dijo que Nieves mentía al decir que ella estaba al tanto de un presunto plan para encarcelar al dirigente de Voluntad Popular. Pero Franklin Nieves estaba en el extranjero, a salvo de todas esas acusaciones; Rosa Amelia seguía en Venezuela, en el ojo del huracán.

69

Lilian se lanzó en cuerpo y alma a la campaña para las elecciones del 6 de diciembre. Era el momento de hacer política, de recorrer el país de mitin en mitin.

Si había una esperanza de dinamitar el Gobierno, estaba en conseguir esa victoria. Ganar significaba que el país no apoyaba a Maduro.

Sufría por no poder ver a Leopoldo. Todos los fines de semana se presentaba en Ramo Verde cámara en mano para filmar a los policías y custodios cuando le decían que no podía entrar a ver a su marido, grabaciones que mandaba a Jared Genser y a ONG del extranjero y que servían de base para denunciar el atropello. ¿Por qué lo tenían en aislamiento forzoso si no era porque querían quebrarle?

—Órdenes de arriba.

Arriba mandaba el nuevo director de la cárcel, José Salvador Viloria; un canalla, como lo definió Leopoldo. Que le maltratasen a él, lo soportaba. Que maltratasen a su familia, que les hiciesen venir para luego negarles la entrada, que jugasen así con la esperanza de su mujer y de sus hijos, eso le exasperaba.

Aquellos días, después del golpe que supuso la sentencia y enfrentado al aislamiento más completo, Leopoldo encontró en la religión su tabla de salvación contra los que buscaban romperle. Consiguió que un amigo le hiciera llegar un folleto, el pan diario de la palabra, publicado por el Instituto de los Paulinos. «En las circunstancias en las que yo me encontraba, leerlo todos los días fue una experiencia espiritual intensa. Luego empecé con los ejercicios espirituales de San Ignacio, un proceso de introspección, de meditación, muy metódico y poderoso. Lo hice con mucha disciplina, y hubo partes en las que entraba en oración, y no, no estaba teniendo una alucinación, no me estaba volviendo loco, pero sentía que hablaba con Jesús, el perseguido, el crucificado. Descubrí que rezar no era leer una oración, era conversar con Él. De esa manera sentía que no estaba tan solo en la oscuridad de mi celda». En el espacio de tres meses, únicamente le autorizaron una visita de su hermana Diana, que no duró más de una hora. Pero fue el tiempo suficiente para que él le diera instrucciones sobre la estrategia a seguir de cara a las elecciones. Murmuraban, no hablaban, y lo importante se lo decía Leo al oído. Para no olvidar las indicaciones, Diana las escribió en sus muslos, con rotulador. Una vez en casa, las transcribió y se las pasó a los compañeros del partido.

En un acto desesperado, Lilian y Antonieta fueron a reclamar su derecho a las visitas, sin cita previa, a la fiscal general Luisa Ortega Díaz. En su despacho la encontraron rodeada de su gente, la bandera de Venezuela y el retrato de Bolívar bien presentes en las paredes. Se notaba un ambiente revuelto; la onda expansiva de las recientes declaraciones de Franklin Nieves aún no se había disipado.

—A Leopoldo lo están torturando —le dijeron ellas—. Y a nosotros también. Quieren destruirnos como familia.

Lilian la apuntó con el dedo:

—Usted es parte de esto, usted como fiscal general lanzó una orden de captura contra un hombre inocente, está aislado en una torre de cuatro pisos, no nos dejan verlo... Haga algo, ¡se lo suplico!

—Usted sabe de derechos humanos —añadió Antonieta, tímidamente.

Eran dos mujeres desesperadas frente a otra que ostentaba un alto grado de poder. Luisa Ortega Díaz era hábil; supo tranquilizarlas y encauzar la conversación. Les dio a entender que estaba de su lado y —de manera muy críptica— que ella también estaba forzada, como lo había estado su subordinado Franklin Nieves.

Al despedirse, cuando no quedaba gente alrededor, se acercó a Lilian. Le dio la mano y le dijo en voz baja:

—No pares, sigue.

Tanto Lilian como Antonieta estaban desconcertadas. No había una puerta donde llamar, ni un lugar donde buscar refugio, consuelo o ayuda. Sentían vértigo: todo el mundo jugaba a todas las bazas. Eso era la dictadura, ya no existían reglas del juego, no cabía la moralidad. Venezuela se estaba convirtiendo en un «sálvese quien pueda».

La sentencia contra Leopoldo y la presión de las inminentes elecciones parlamentarias aceleraron el curso de los acontecimientos. Lilian temía tanto por la seguridad de sus hijos que ya no bastaba con dejárselos a su amiga Nore. Alberto Losada, el organizador de las campañas de su marido, que vivía cerca, se ofreció para pasar varias veces al día por la casa cuando ella se marchaba de gira.

Lilian se lanzó a una actividad frenética. De activista se transformó en líder política. Ya no balbuceaba al principio de sus intervenciones. En sus discursos mezclaba la libertad de su marido con la de su país. Galvanizaba a las multitudes que se identificaban con esa madre de familia de aire angelical que gritaba su indignación y que se enfrentaba con coraje a policías y militares. Cuando la paraban en la carretera, Lilian sacaba su arma, una cámara y les filmaba mientras les hablaba, un gesto que les descolocaba. Y como la rodeaba un aura de popularidad, se amedrentaban.

Parecía una mujer sin miedo en un país atemorizado. Pero la procesión iba por dentro: sí, pasaba miedo, pero enfrentarse al peligro era para ella una manera de ahuyentarlo.

«¡No te expongas tanto!», le decía su hermano Alejandro. «Cuídate mucho», le repetía su madre, que veía la saña con la que trataban a Leopoldo y sentía que las elecciones exacerbaban los nervios.

Pero ella se envalentonaba. Un día, iba en coche encabezando una marcha motorizada de miles de seguidores cuando se encontraron la autopista a Valencia bloqueada por coches patrulla. Estuvieron más de una hora esperando, hasta que Lilian se acercó a los policías.

—No pueden bloquear a la gente así... Hay niños que tienen que regresar a sus casas, hay gente mayor en los carros, los hay que no han comido.

—Cumplimos órdenes, señora.

—Está bien. Entonces nosotros continuaremos con nuestra marcha, les dejamos nuestros carros.

Dejaron los automóviles bloqueando la calzada. El grueso de los manifestantes, Lilian y los aspirantes a diputados al frente, enarbolando banderas de distintos partidos políticos agrupados en lo que se llamaba la Mesa de Unidad Democrática, caminaron por la autopista en dirección a Valencia. Lilian lo grababa todo, comunicaba en vivo el más mínimo altercado con los guardias que buscaban detener la marcha. Ese día la acompañaba Gilber Caro, el expresidiario que aspiraba a ganar un escaño en la Asamblea Nacional. Lilian disfrutaba de su compañía:

—Estando a tu lado me siento muy protegida, ¿sabes por qué? —Gilber alzaba los hombros—. Porque eres un malandro.

Y estallaba de risa.

Cuatro horas tardaron en llegar a Valencia, donde la jornada culminó en un mitin multitudinario. Aquello olía a victoria.

70

Las encuestas auguraban un mal resultado para el chavismo. La severa crisis económica, las revelaciones de Franklin Nieves y la condena amañada a Leopoldo hicieron mella en las expectativas del partido del Gobierno. En noviembre de 2015, un centenar de encapuchados, vestidos con las camisas rojas del chavista Partido Socialista Unido de Venezuela y fusil en mano, rodearon el coche donde viajaba Lilian. De repente, ella vio trepar a tres individuos al techo del vehículo: gritaban eslóganes, saltaban sobre la carrocería, la apuntaban con sus armas y hacían amago de disparar. Asustada, se tumbó en el suelo del coche en posición fetal para protegerse hasta que por fin sus compañeros consiguieron controlar la situación y despejar el camino. Pero el miedo a que alguien hubiera accionado el gatillo en mitad de toda esa confusión perduraba y se pegaba a la piel como un perfume amargo.

Una semana más tarde, en el estado Guárico, en los llanos venezolanos, los militantes del Gobierno hicieron saber que no querían que Lilian viniese a dar su discurso. Al tocar tierra en el aeropuerto de Valle de la Pascua, el tren de aterrizaje de una de las avionetas de la caravana electoral de Voluntad Popular se quemó y el aparato casi se estrelló. El jefe de prensa de Lilian salió temblando. Ella viajaba en otra aeronave, de la misma marca y modelo, y también estaba muy afectada por lo que habría podido terminar en un trágico accidente. La sospecha de sabotaje se confirmó cuando más tarde supieron que los frenos habían sido manipulados.

La caravana electoral siguió su camino. En el pueblo de Tucupido se toparon con unos militantes que les impidieron la entrada. Hubo escaramuzas y un conato intenso de pelea. Nadie propuso suspender el acto y llegaron a la ciudad de Altagracia de Orituco con dos horas de retraso. «La misma avioneta que ha aterrizado dos veces sin problemas, estaba ahora sin frenos —aseguró Lilian en la rueda de prensa—. No tengo duda de que fue intervenida por el régimen. Me quieren matar».

Luego subió a la tarima a dar su discurso. Gracias a su elocuencia, el mensaje de Leopoldo encontraba un eco enorme; conseguía que su marido, en ausencia, se hiciese más presente que nunca. A las siete y media de la tarde, como para confirmar las palabras con las que había concluido la rueda de prensa, su arenga fue interrumpida por una ráfaga de disparos. Se vio salpicada de sangre. Los de seguridad saltaron sobre el estrado y la arrastraron protegiéndola con sus cuerpos. Era tanto el ruido y la confusión que la gente pensó que había estallado un transformador que estaba junto a la tarima. Pero no, el hombre que se encontraba al lado de Lilian se desplomó, muerto. Se llamaba Luis Manuel Díaz, de cuarenta y cuatro años de edad, era secretario local de Acción Democrática, sindicalista, estaba casado, tenía dos hijos y llevaba casi dos años militando en el partido. Al día siguiente, con la voz entrecortada, Lilian declaró frente a una nube de periodistas: «Me salpicaron las balas de la impunidad, de la maldad que hay en Venezuela. —Dejó un largo silencio y repitió con vehemencia—: Me quieren muerta». Estaba segura de que ella había sido la destinaria final de los disparos.

En Ramo Verde, el director Viloria minimizaba la posibilidad de que la oposición ganase las elecciones para la Asamblea Nacional, a lo que Leopoldo le respondía:

—No es que vamos a ganar, Viloria, es que vamos a arrasar con dos tercios de los votos.

Estaba tan convencido del triunfo que consiguió que el custodio Quintero, siempre tan fiel, le trajese una piña. La idea era picarla y ponerla a fermentar para, el día de la victoria, tener algo con lo que celebrar.

El 5 de diciembre de 2015, víspera de las elecciones, Rosa Amelia Asuaje esperaba a ser atendida por su acupuntora a la puerta de la consulta, en una calle de Mérida. Tuvo un mal presentimiento cuando vio acercarse una motocicleta, de la que bajaron dos hombres. Iban a cara descubierta. Uno de ellos se dirigió hacia ella y sacó un revólver. Ella intentó zafarse, pero el otro la agarró por el cuello. En el forcejeo la tiraron al suelo y le propinaron varias patadas, con saña. Luego uno de ellos la levantó del pelo.

—Nos vas a dar todo lo que tienes, si no...

Le introdujo el cañón del arma en la boca y lentamente accionó el gatillo. «Ya está, me mataron», se dijo Rosa Amelia. Oyó un clic metálico..., pero no hubo detonación. El hombre le arrancó el bolso, la volvió a tirar al suelo y salió huyendo. Aterrada y dolorida, escuchó cómo la moto se alejaba.

Intentó incorporarse, pero no lo consiguió. La acupuntora salió de su consulta para atenderla.

Cuando llegó la policía, comprobaron sus magulladuras y la llevaron a una clínica. Tenía una costilla fracturada y le vendaron el torso. Luego insistió en ir a poner una denuncia. Los policías intentaron disuadirla. Para ellos, estaba claro que el móvil había sido el robo. Robo a mano armada. Ella no lo veía tan claro.

—Quiero hacer un retrato robot de mi agresor —le dijo a la fiscal que le asignaron.

—Le podemos mostrar unas fotos primero.

Le enseñaron numerosas imágenes y no tardó en reconocerlo.

—Es este.

—¿Está usted segura?

—Sí. No se olvida el rostro de quien te pone un arma en la boca. —Los policías intercambiaron unas miradas. Parecían nerviosos. Ella preguntó—: ¿Lo conocen?

No le respondieron. Pero ella insistió tanto que al final se enteró de que era un informante de la policía. Sintió un escalofrío recorrerle el espinazo. Como siempre en Venezuela, no sabía si estaba entre policías o delincuentes, o ambos.

El recuerdo del terror del metal frío del cañón de la pistola en la boca y el dolor por la costilla rota no la dejaron dormir. Aun así, a la mañana siguiente fue a votar. Cuando regresó, el conserje de su edificio le entregó una bolsa de plástico:

—Ha venido un señor a dejarle esto.

Dentro estaba su bolso con las llaves del coche, las de casa, el monedero, el permiso de conducir, la cédula de identidad, una billetera con dinero en efectivo... Estaba todo menos el teléfono.

—¿Y cómo llegó hasta aquí? En ningún lugar está la dirección de mi casa.

—Me dijo que lo había encontrado en la calle.

Era todo muy sospechoso. Estaba convencida de que aquel hombre de la moto simuló ser un ladrón para amedrentarla, y para quitarle el móvil. Temerosa de lo que pudiera pasar, le invadió el instinto de proteger a Zoe. «Yo era consciente de que ellos, el régimen, sabían que lo único que tenía valor en mi vida era mi hija, que tenía entonces diecisiete años, y que cualquier daño que quisieran hacerme lo podían materializar haciéndoselo a ella». En Argentina vivían sus medio hermanos —vástagos del primer matrimonio de su padre—, que seguían su caso de cerca.

—Vénganse para acá —le dijeron.

Cuando llegó su hija, encendieron la televisión. Anunciaban un retraso en la publicación de los resultados oficiales de las elecciones.

—Harán trampas, como siempre —dijo Zoe.

En la pantalla surgió el rostro de Nicolás Maduro, serio, el ceño fruncido. Estaba furioso por un artículo cofirmado por Mariano Rajoy, David Cameron y Felipe González, entre otros, titulado «Venezuela grita libertad», en el que reclamaban unas elecciones libres, transparentes y en paz, y exigían la liberación de Leopoldo López y de todos los opositores encarcelados, y que había sido publicado por grandes cabeceras de la prensa mundial. «Por ahí salió Rajoy otra vez hoy. Una basurita —clamaba Maduro—. Estás de partida Rajoy, estás de partida, chao».

Rosa Amelia apretó el mando a distancia. Se hizo el silencio. Entró en la sala el canto de los pájaros. Luego el ruido de un vehículo la hizo sobresaltarse.

—Zoe, ¡vuelven! —dijo aterrada.

Durante una fracción de segundo pensó que los atracadores regresaban.

—Mamá, tranquila —le dijo su hija.

El vehículo arrancó y prosiguió su ruta. A Rosa Amelia le habían metido el terror en el cuerpo, y era tan pegajoso que resultaba difícil desprenderse de él. Sí, era el momento de irse del país, sus hermanos argentinos tenían razón.

71

Lilian, sus compañeros y los políticos de la coalición opositora vivieron la jornada electoral con el temor a que hubiera más actos violentos. El retraso en la publicación de los resultados oficiales hizo aflorar la sospecha de que se cociera un fraude electoral, como en las elecciones presidenciales que auparon a Maduro al poder en 2013. La víspera, Maduro, barruntando una derrota, había lanzado un llamamiento a ganar «como sea» —una expresión que provocó el pánico en los que conocían los métodos violentos del régimen—, y decidió ampliar dos horas la apertura de los centros de votación durante la jornada electoral.

Sus argucias no sirvieron. Pese a disponer de una gigantesca maquinaria, pese a haberse hecho con el control de la mayoría de los medios de comunicación, el chavismo perdió de manera estrepitosa. Por ser una jornada electoral, ese día no hubo visitas en Ramo Verde, y Leopoldo lo pasó envuelto en el silencio más absoluto. A las ocho de la noche escuchó un bullicio que venía de la barriada y más tarde gritos de «¡Viva la libertad!». Entendió que los cientos de vecinos que venían a agolparse a las puertas del penal estaban celebrando la victoria. Él no podía festejarlo como había pensado porque la semana anterior, durante una requisa, le habían quitado el fermento de piña y lo habían vuelto a aislar para castigarle. Pero estaba feliz: lo que le había dicho a Viloria, que ganarían por dos tercios, se había cumplido. «Fue una victoria contundente que demostraba cómo habían cambiado los tiempos».

La Asamblea Nacional, controlada hasta entonces con mano de hierro por Diosdado Cabello y sus cien diputados, pasó a la oposición, que vencía por primera vez desde que Chávez ganó las elecciones hacía diecisiete años. Con ciento doce diputados, o sea dos tercios de la cámara, se trataba de un triunfo histórico. Leopoldo sabía que defender ese último espacio de democracia sería arduo. Barruntaba que el régimen emplearía toda su maquinaria gubernamental para socavar la actividad de la nueva asamblea. Gilber Caro, el expresidiario, ganó un escaño con ciento treinta y dos mil votos. Estaba eufórico: «Fue Leo quien me convenció para que entrase en política, basándose en el trabajo que hacía con la gente —declaró—. Le estaré eternamente agradecido: mientras que muchos utilizaron mi pasado para hundirme, él lo utilizó para catapultarme». Lilian rebosaba felicidad: en una asamblea mayoritaria sería posible aprobar una ley de amnistía para los presos políticos. Se abría un rayo de esperanza.

—Cuando llegue a casa voy a decir a mis hijos que ha ganado la libertad.

Pero Nicolás Maduro, en su cuartel general y entre cánticos de sus seguidores, insistió en verse como víctima. No mencionó que los venezolanos estaban hartos de padecer una inflación del 217 por ciento —la mayor del mundo, y solo era el principio— y una escasez y un desabastecimiento por encima del 60 por ciento, omitió mencionar que Venezuela exhibía la peor economía de los países petroleros, pese a contar con las mayores reservas de oro negro. Para él, la culpa de la derrota la tenía la «burguesía parasitaria» y el «capitalismo salvaje». Ellos, los chavistas, eran víctimas de la «brutal guerra económica» desatada contra el pueblo. En tono desafiante, dijo que había ganado la contrarrevolución. Mientras los opositores dedicaban la victoria a los presos políticos, como Leopoldo López, algunos jerarcas chavistas recordaban, no sin malicia, que el régimen conservaba la presidencia y mantenía el control sobre los poderes del Estado.

El domingo 17 de enero de 2016 Lilian se presentó en Ramo Verde, bien decidida a ver a Leo, que había pasado su segunda Navidad en la cárcel, en la soledad más absoluta. Era el día de la visita reglamentaria y llevaban más de tres meses sin verse. Se habían comunicado durante la campaña a través de los abogados, que eran sometidos a cacheos tan exhaustivos que memorizaban las instrucciones y los mensajes de Leopoldo para transmitirlos a la familia y a los compañeros del partido. Así fue como el preso número uno de Venezuela pudo influir en las elecciones. Pero no cabían los mensajes personales.

La hicieron esperar más de dos horas y se impacientó.

—Llevo mucho tiempo en la cola, todas pasan por delante, ¿cuándo me toca? —protestó ante un custodio.

Le respondió la voz de un hombre que se le acercó por detrás:

—Como siga protestando lo mismo no le toca hoy.

Era el director de la prisión, el coronel José Salvador Viloria.

—¿Usted se cree que por venir de un barrio de sifrinos* no tiene que esperar su turno?

—Yo defiendo mis derechos —replicó Lilian.

—Usted no tiene más derechos que los demás.

—Están dejando pasar a gente que ha llegado mucho más tarde que yo.

—Su caso es otro. López está en aislamiento.

—Quien no tiene derecho a aislar a mi marido es usted —saltó Lilian—. Eso se llama tortura.

—Su marido es un agitador, condenado por haber incitado al asesinato. Se le mantiene aislado por su seguridad y por la de los demás.

—Descuide, falta poco para que la Asamblea Nacional decrete una amnistía y salga no solo él, sino todos los presos políticos.

Que Lilian le porfiase le sacaba de quicio. El soldado de Dios se fue calentando solo, lanzó improperios contra ella, contra Leo y su familia.

—¿Puede usted hablar más bajo? —le pidió Lilian.

—Si usted me sigue respondiendo —le contestó Viloria—, le dejo seis meses sin ver a López.

---

* Sifrino: pijo.

Y continuó gritando, insultándola delante de los guardias y soldados. Fue un espectáculo bochornoso.

—No me voy de aquí hasta verle. Alertaré a toda la prensa nacional e internacional. Esperaré todo lo que haga falta.

El coronel llamó a dos uniformadas.

—Cachéenla, pero bien —les dijo señalando a Lilian—. Desnúdenla por completo.

—Coronel, que sepa que le voy a denunciar por este trato degradante.

—Denuncie, denuncie —dijo mofándose.

No era la primera vez que la sometían a un registro completo, pero ese día dijo:

—Tengo el periodo.

El coronel no le contestó, se dirigió a las guardias:

—Que se quite la pantaleta y la toalla sanitaria.

La llevaron a un cuartito de registro y efectuaron el cacheo completo.

—Abra las piernas para seguir con la revisión.

Todos en ese escalafón de poder hacían méritos para congraciarse con sus superiores.

—Vuelva a abrir las piernas —le ordenaron—. Más, ábralas más.

Disfrutaban humillándola y agrediéndola verbalmente, aludiendo de manera soez a la vida sexual con su marido. Aquello era lo más sórdido que había vivido en su vida. Le dieron ganas de llorar, pero se contuvo, no quería hacerles ese regalo. Cuando terminaron, pidió que le devolvieran la toalla sanitaria.

—Queda requisada.

—¿Por qué?

—Son órdenes.

—¿Se dan cuenta de que al cumplirlas están cometiendo un delito? —dijo—. A ustedes también las voy a denunciar.

Las sargentos no respondieron, se limitaron a mirarla por encima del hombro. Al final, la llevaron al cuarto inmundo de las visitas conyugales. Lilian se lanzó en brazos de Leo. Le ahorró los detalles más escabrosos de su llegada, no quería añadir leña al fuego de la indignación. Bastante tenía él con su soledad. Quiso darle buenas noticias, le contó cómo juraron en el Parlamento los nuevos diputados, cómo eligieron al presidente de la nueva Asamblea Nacional, un político de larga trayectoria llamado Henry Ramos Allup, y cómo este, antes de la primera sesión ordinaria, ordenó el retiro de pendones que retrataban a Hugo Chávez. El vídeo de esa primera humillación al régimen se había hecho viral y lo habían visto millones de personas en Venezuela. Pero lo que más había alarmado al Gobierno fue el discurso inaugural del presidente de la Asamblea, que declaró que en seis meses se habría de determinar un mecanismo «democrático, constitucional, pacífico y electoral» para conseguir un cambio de Gobierno en el país. Se discutía sobre la conveniencia de hacer un referéndum revocatorio para interrumpir el mandato de Maduro. Leopoldo estaba plenamente de acuerdo e insistió a Lilian para que comunicase su opinión al partido.

—Eso es la guerra —dijo ella.

Hablaban en susurros.

—En guerra ya estamos.

—Nos castigarán más, Leo.

—Será señal de que andamos por el buen camino. Hay que intentarlo todo, Lilian.

—El portavoz del Gobierno dijo que esas declaraciones eran una amenaza de golpe de Estado parlamentario.

—Sí, nos quieren situar en la ilegalidad. Para ganar ese referéndum hay que generar confianza con los demás partidos, trabaja de cerca con Henry, el régimen lo intentará todo para fragmentarnos y acabará jugando sucio.

Fue la visión premonitoria de alguien que los conocía bien.

Luego le contó cómo su nueva celda estaba trufada de cámaras. Volvió a decir que tenía la impresión de que querían eliminarle, quizás matarle. Ya no solo políticamente, sino psicológica y físicamente también. De repente, él le soltó al oído:

—Lilian, quiero que tengamos otro hijo.

A ella le dio un vuelco el corazón. Una vez más, la reacción de su marido la descolocaba. Saltaba de la política a la intimidad con una facilidad pasmosa. Aunque, pensándolo bien, tenía su lógica: ante la posibilidad de morir, tener otro hijo era reafirmarse ante la vida.

—Maduro no nos puede quitar la posibilidad de que nuestra familia siga creciendo, así yo esté preso.

Lilian entendió que ese bebé representaría una proclamación de su libertad, un acto de rebelión ante el encierro y la tortura a las que le sometían.

—Hoy no va a poder ser —le dijo con una sonrisa cómplice, en otro susurro—. Pero intentaré cuadrar las fechas y quedarme.

72

Horas más tarde llegó Antonieta con los niños. Manuela, a sus seis años, estaba aprendiendo a leer y varias veces, desde el carro, había visto carteles que decían «Leopoldo asesino».

—Abuela, ¿has visto?

—Sí, pero eso lo escriben los enemigos de papá. No hay que hacer caso.

Tanto para la abuela como para la madre, hacer llevar a los niños una vida normal en un país anormal era una tarea cada vez más ardua.

Antonieta tuvo que someterse al mismo calvario que Lilian. Fue obligada a desnudarse y a abrir las piernas repetidas veces, delante de sus nietos. Aguantó porque sabía que, si no obedecía, no vería a su hijo. Pero cuando quisieron quitarle el pantalón a Manuela, se opuso tajantemente.

—¡Ah, no! Ustedes a la niña no la tocan —le dijo a la sargento.

Se enzarzaron en una discusión —Antonieta amenazó con alertar a los medios de comunicación y al mismo papa— hasta que un teniente intervino y calmó los ánimos. Les dejó pasar, no sin antes requisar la bolsa de los niños que contenía algunos juguetes, una caja de rotuladores de colores y las maracas.

—¡Pero si es para que se distraigan!

—Órdenes de arriba —le contestaron.

La celda de Leopoldo era tan pequeña que apenas cabían todos. Les señaló las cámaras incrustadas en las paredes y todos saludaron al funcionario que debía de estar espiándoles. Había ambiente festivo, a pesar de lo siniestro del lugar. Él estaba feliz de abrazar a su madre, de tener noticias de su padre, de jugar con sus hijos, de hablar con Lilian. Estaba satisfecho de que la estrategia de la campaña hubiese funcionado; por fin el mundo veía a Venezuela como lo que era en realidad, un narcoestado en manos de unos delincuentes que se hacían pasar por revolucionarios, esto último lo dijo bien alto, frente a una de las cámaras. Feliz porque se anunciaba el debate de la ley de amnistía que podía granjearle la libertad.

Al cabo de un rato largo, los custodios volvieron con la bolsa de los niños. Faltaban los rotuladores.

—Los colores no pasan —dijeron.

—Pero ¿por qué? —preguntó Lilian, que después del vis a vis se quedó en la cárcel. ¿Cómo le puede afectar a Maduro que el niño tenga un marcador de color?

Los guardias no respondieron y se marcharon. Quedaban las maracas: Lilian se las dio a Leosan.

—Vamos a cantar esa canción que tanto te gusta.

El pequeño agitó las maracas y puso cara de sorpresa:

—No *shuena* —dijo.

En efecto, se las habían devuelto vacías.

—¡De lo que son capaces los militares! —comentó Antonieta.

Que se hubieran tomado el tiempo y el esfuerzo de abrirlas, sacar las pepitas y taparlas de nuevo hablaba del grado de paranoia y retorcimiento de quien había dado esa orden. Estaba claro que la dictadura no quería que esas maracas sonaran.

La noticia del impúdico registro sacudió a la opinión pública. Una ola de indignación invadió los medios de comunicación y las redes sociales. El hecho de que las víctimas fueran mujeres, y de que hubiera niños de por medio, añadía morbo al escándalo que repercutió en la comunidad internacional. «Solo los cobardes son valientes contra los indefensos», declaró Laura Chinchilla, expresidenta de Costa Rica. Michelle Bachelet y el presidente de la OEA, Luis Almagro, se unieron en la denuncia del atropello. Viloria se defendió como pudo: «Las requisas las hacen mujeres militares en privado respetando los derechos humanos». En la Asamblea Nacional, la comparecencia del coronel Viloria fue solicitada por el joven parlamentario Juan Guaidó, que dijo: «En las prisiones es sistemático torturar, arrojar excrementos, quitar la energía eléctrica y aislar a los presos». El diputado Diosdado Cabello salió en defensa de Viloria: «Las acusaciones por parte de Tintori son un montaje».

Antonieta y Lilian fueron a la Fiscalía a denunciar lo que, según Juan Carlos Gutiérrez, que las acompañaba, era constitutivo de delito. La fiscal no tuvo más remedio que aplicar la ley para contener la ola de ira, de modo que les otorgó medidas cautelares de protección. Ganaron una batalla, que era también la de las demás mujeres de Venezuela. El director de la prisión tenía prohibido acercarse a ellas o a ningún integrante de la familia, lo que supuso una humillación para Viloria, que reaccionó poniendo a su vez una denuncia en la Defensoría de la república por «agravios contra su honor como militar y ciudadano». Jugaba con ventaja: la nueva defensora era... Susana Barreiros. Su lealtad al Gobierno le había sido recompensada con esa promoción, que consiguió gracias a la mayoría oficialista de la Asamblea saliente. Diosdado, su último presidente, confirmó el nombramiento tras una sencilla votación. Para proteger a Viloria de cualquier acción en justicia, poco después lo ascendieron a general de modo que estuviese amparado por un fuero especial: ya solo podía ser juzgado por la Corte Suprema. A su uniforme le añadió la insignia de un sol bordado en la charretera, el símbolo de los generales venezolanos. La impunidad del soldado de Dios quedaba garantizada.

—Ese sol que llevas en el hombro, ese sol es mío —le dijo un día Leopoldo cuando se lo cruzó en el patio de Ramo Verde. Hablando bien alto, frente a custodios y presos, continuó—: Ese sol no te lo ganaste tú, porque eres un mediocre, Viloria, tienes la carrera de un mediocre. Caíste aquí y viniste a hacerme la vida imposible y miserable para que te promuevan. Así que ese sol que te han dado no es tuyo, es mío. Me lo he ganado yo, y en algún momento lo buscaré y te lo arrancaré.

Viloria se dirigió a un subordinado:

—¡*Entígremelo*!

73

«Antes de ser líder político hay que ser líder social»: ese había sido el mantra de Leopoldo desde su inicio en la vida pública. En 2016 la bajada del precio del petróleo unida a las políticas populistas y las prácticas corruptas sumieron al ochenta y siete por ciento de la población en la pobreza, e hicieron de Venezuela el país con mayor proporción de personas subalimentadas de América Latina. Como respuesta a la crisis humanitaria, Leopoldo insistía en acercarse al pueblo: «Ahora es cuando la gente tiene que sentir nuestra presencia». Vio una oportunidad de suplir las deficiencias del Estado con ayuda humanitaria. Así nació Rescate Venezuela, una ONG creada en primera instancia con el objetivo de paliar la escasez de insumos médicos. La fundó Lilian, aprovechando la red humana de Voluntad Popular y aportaciones de los mismos que les ayudaban con los gastos de sus viajes. Luego consiguió ayuda logística de USAID, la agencia de cooperación norteamericana, pero eso había que mantenerlo en secreto, no fuese a salir Diosdado en la televisión del Gobierno acusándoles de tramar un golpe de Estado financiado por la CIA. Tenía experiencia en ese tipo de trabajo; cuando Leo era alcalde ya había dirigido la fundación Vive Chacao, que entonces se dedicaba a la promoción de la cultura y el deporte... ¡Qué lujo aquello! Ahora la prioridad era repartir pañales de niños y adultos, tensiómetros, vendas, gasas, recolectores de orina, nebulizadores, algodón y jeringuillas para diabéticos. Las donaciones procedían de Bogotá, Panamá, Miami, República Dominicana y hubo una extraordinaria de Chile, de ochenta y seis toneladas.

—Pronto tendremos que empezar con la comida —le dijo Lilian a Leo en una de las visitas—. La gente se muere de hambre.

Le contaba la miseria creciente, la pobreza, el desamparo que veía en los rincones remotos donde repartía material. Muchos venezolanos empezaban a escoger la vía de la emigración para poder sobrevivir. Si en 2014 salieron quinientos mil, en 2016 lo hicieron tres millones... Leo le daba consejos, siempre en un susurro:

—Mejor ir paso a paso para que no prohíban la entrada de material. Se van a poner bravos, le hacemos la competencia al régimen, ponemos en evidencia la inoperancia del Estado, todo lo que ellos son incapaces de hacer.

En efecto, poco después el Gobierno mostró las uñas: «Los esfuerzos humanitarios de Tintori no son más que la fachada de un acto subversivo y violento», declaró el ministro del Interior, González López, en la televisión del Gobierno, a modo advertencia. Había que andar con pies de plomo.

Después del escándalo del registro corporal en la visita a la cárcel, las autoridades relajaron las restricciones. La nueva consigna era dar una imagen de normalidad. Para evitar que le pusiesen pegas, Lilian llevaba siempre una cámara en la mano. Al menor impedimento, le daba al pilotito rojo y los custodios se apartaban; nadie quería protagonizar otro escándalo. «Era fundamental grabarlo todo, constantemente. De lo contrario, no existía el atropello».

Cuando no los reunían en el infame cuarto de la visita conyugal, lo hacían en el de las visitas, donde a los guardias les era más fácil espiarles. Si Lilian tenía algo importante que comunicarle —hablaban de cómo organizar el referéndum revocatorio—, daba golpecitos en la mesa para enmascarar la conversación. O se decían algo al oído, mientras el otro cantaba en voz alta. Era la única manera de asegurarse de que no saldría la conversación por la noche en el programa de Diosdado. Ese día dejó para el final de la visita la mejor noticia:

—¿Ves esto, Leo?

Con el dedo indicó su tripa y le guiñó un ojo. Había conseguido quedarse embarazada dos visitas atrás. A él se le iluminó el rostro.

—No digamos nada, shhhh.

Regresó a su tigrito silbando de alegría. Le asombraba la capacidad del ser humano de ser feliz, aun en las peores condiciones. Seguía a merced del sádico de Viloria, que le había dado una Biblia, pero le dejaba sin luz eléctrica, de modo que a las seis, cuando se hacía de noche, ya no podía leer. La linternita que le había pasado Lilian en un *tupper* con comida le fue requisada en uno de los registros. Apuraba tanto los últimos momentos del día que su visión, ya dañada, iba empeorando. Pero nunca sintió piedad de sí mismo; al contrario. «Más vale encender una vela que maldecir la oscuridad», le gustaba esa frase de Confucio que había leído en un folleto de Amnistía Internacional. A pesar de llevar más de dos años encerrado en una mazmorra, seguía sintiéndose un privilegiado, más ahora que iba a ser padre. Sabía que otros presos inocentes estaban en peor situación, por no ser Leopoldo López, por carecer de una familia o de apoyo social, por vivir paralizados por el miedo a cambio de dádivas que aceptaban agradecidos porque no eran conscientes de que se trataba de sus derechos. Con él, la estrategia de doblegarle y callarle para conseguir pequeños beneficios nunca funcionó. Leo jamás perdía la perspectiva; mantener los pies firmes en el suelo era un ejercicio de lucidez que le ayudaba a soportar la tortura sistemática, como, por ejemplo, cuando le quitaban sin explicaciones el paseo al sol o le anulaban la visita conyugal en el último momento. O cuando a los custodios se les prohibió hablar con los presos, norma que se implementó en 2016 por recomendación del infame G2 cubano, el servicio de inteligencia de la isla, cada día más infiltrado. Leo se comunicaba solo por señas y lenguaje corporal porque sabía que, si entablaba conversación, al guardia lo podían castigar.

74

El 29 de marzo de 2016, después de un largo y acalorado debate, la Asamblea Nacional aprobó la Ley de Amnistía y Reconciliación Nacional con la que la mayoría opositora esperaba que pudiesen salir de la cárcel los presos políticos. Era un primer paso, el siguiente sería aprovechar la mayoría de dos tercios de la Asamblea para modificar la Constitución, esa que Chávez había cambiado en 1999. En la tribuna de espectadores del hemiciclo, Lilian, Antonieta y los parientes de otros afectados gritaban a todo pulmón «libertad», «libertad». Todos veían la luz al final del túnel: el progresivo desmantelamiento del régimen y la recuperación de la normalidad.

Pero Maduro les echó un jarro de agua fría: «Tengan la seguridad de que leyes para amparar terroristas y criminales por aquí no pasan». Y terminó con un siniestro juego de palabras que iba dirigido, sobre todo, a Leopoldo: «En Venezuela no hay presos políticos, sino políticos presos». Sus diputados rechazaron la ley, pero, como eran minoría en esta nueva Asamblea, el régimen —que había colocado gente afín en la judicatura— utilizó el poder que tenía sobre el Tribunal Supremo de Justicia para impugnarla, de modo que la ley fue declarada inconstitucional. El Supremo se convirtió en el vehículo para triturar la victoria de la Asamblea Nacional.

Para Lilian y Antonieta, para todos los que se habían dedicado con tanto ahínco e ilusión a impulsarla, supuso un golpe fuerte porque se confirmaba que Maduro y los suyos no estaban dispuestos a aceptar las reglas del juego. Haber ganado la Asamblea Nacional, el Parlamento, a la postre no significaba gran cosa.

Para subvertir el régimen, Leopoldo veía indispensable mantener la presión de la calle; abogaba por utilizar todas las vías a disposición de los demócratas para exponer la ilegalidad e ilegitimidad del Gobierno. El país entero debía pedir el referéndum de revocación a Maduro. Que el pueblo clamase por su destitución.

De nuevo le tocó a Lilian dar la cara. Ya era más que la voz de su marido, se había convertido en un personaje con entidad propia, cuya actividad oscilaba entre la ayuda humanitaria y la acción política, muy reconocible, con un gran poder de convocatoria. De la misma manera que Leo, con su huelga de hambre, había conseguido forzar la mano del Gobierno y fijar una fecha para las elecciones legislativas, ahora buscaban que las autoridades fijasen una fecha para la consulta revocatoria. El plan consistía en organizar una marcha antigubernamental masiva que llamaron la Toma de Caracas. Lilian se lanzó a una gira para promover la participación de los opositores en la marcha, muchas veces acompañada de Antonieta. En Barinas, de nuevo se topó con la intransigencia de un grupo de militantes chavistas que rodearon su hotel con barricadas de neumáticos a los que prendieron fuego. «Urgente. Grupos autodefinidos como chavistas nos tienen secuestrados desde hace dos horas en el hotel», tuiteó. Pidió la intervención de la Defensoría del Pueblo y del Ministerio Público para que pudieran salir del establecimiento. Acusó a Maduro de haber enviado a ese grupo para «agredir» a su equipo de trabajo. «Ha incitado siempre a la violencia, habla de paz, pero manda a que nos agredan».

Lilian estuvo más de un mes sin poder visitar a Leo. Cuando lo consiguió, tenía mucho que contarle: las manifestaciones multitudinarias en todos los estados y los nervios del Gobierno. Prueba de ello fue la última agresión que sufrió. Le contó cómo, después de una marcha el 30 de mayo en Caracas, al regresar a casa se encontró con una situación inédita y misteriosa. Los niños se quejaban porque no funcionaban sus tabletas. Su teléfono móvil reaccionaba de manera errática. Cuando fue a sentarse frente al ordenador, al encenderlo apareció una frase: «Más nunca volverán». Y las teclas no respondían.

—¡Coño, ese es el eslogan de Chávez! —soltó Leo.

—Nos hackeó el N33, a los niños y a mí..., ¿tú te crees?

El N33 era un conocido grupo de delincuentes informáticos que se dedicaban a amenazar, amedrentar, hackear y acosar a tuiteros de la oposición revelando sus datos personales, fotos de familiares y de sus viviendas. Detrás de esas siglas se escondía el nombre de Juan Manuel Almeida Morgado, conocido como el *hacker* de Maduro, un experto en delitos informáticos que había sido deportado de España por llevar documentación falsa*.

—Recopilé todos los aparatos y fui a la Fiscalía a poner la denuncia.

Leopoldo le puso la mano en la barriga y se acercó al oído de Lilian. Quería tener noticias de lo único que de verdad le importaba en aquel momento.

—¿Cómo va...?

La expresión de su mujer mudó. Negó con la cabeza.

—No —dijo.

—¿No qué?

—Lo perdimos, Leo.

—Nooo... ¿Cuándo?

—Hace tres días.

Entonces Leopoldo López, el líder que desde su celda desafiaba al Gobierno, se echó a llorar como un niño. Ella no sabía cómo consolarle.

—Lo intentaremos otra vez, te lo prometo. Tenemos tiempo.

Estaba desesperado.

—Han sido unos días tan ajetreados, no sé... —le dijo ella, antes de cambiar de tema, cuestión de distraerle—. Pasado mañana voy a Roma, me recibe Parolin.

---

* Juan Manuel Almeida Morgado acabaría devorado por el régimen al que sirvió. En marzo de 2023 fue arrestado y acusado de participar en la trama de corrupción de PDVSA como encargado de los cobros en criptomonedas. Fue torturado y murió en la cárcel. Tenia 43 años.

Lilian no tuvo la fuerza de reprimir su pena y se abrazaron entre lágrimas. Omitió decirle que después de la pérdida acabó ingresada en una clínica donde le hicieron un legrado, que se encontraba extenuada, atiborrada de antibióticos y que había pasado un gran susto.

A la tragedia que para esa pareja curtida en la adversidad supuso aquella pérdida se sumó un ataque inesperado de Diosdado Cabello. En su programa de la televisión salió diciendo que Lilian estaba en la clínica abortando el bebé de otro, no de Leopoldo. Luego mostró fotos trucadas donde se veía a Lilian con un feto en la mano. «Fue algo horrible, el ataque más ruin contra mí y nuestra familia», contaría ella.

No tuvo tiempo para la convalecencia, el trabajo internacional debía continuar. Dos días después, Lilian estaba en Roma, con la esperanza de que el papa la recibiese. El Gobierno de Maduro había solicitado la intermediación del Vaticano en las rondas de diálogo con la oposición para buscar poner fin a las protestas. Lilian quería pedirle que la liberación de todos los presos políticos fuese la primera condición antes de sentarse a hablar con la oposición. Pero el papa no la recibía.

Después de unos días de espera, una mañana llegó un guardia suizo, con capa negra y pinganillo oculto bajo la boina, que la escoltó hacia un coche negro. Atravesaron un laberinto de arcos y galerías exteriores hasta llegar al patio de San Dámaso, donde otro guardia la guio bajo un cielo de frescos hasta la antesala del despacho de Pietro Parolin. Mientras esperaba la llegada del prelado, Lilian miraba a su alrededor la profusión de brocados dorados, de cuadros, las sillas de seda roja, todo ese lujo y opulencia que en visitas anteriores no le habían llamado tanto la atención como ahora. Por fin, llegó Parolin y se reunieron durante hora y media. El prelado se mostró preocupado por el coste que ese diálogo con el Gobierno venezolano pudiera suponer para la imagen de la Iglesia, teniendo en cuenta que, dos días antes, un tribunal de Nueva York había condenado a dos sobrinos de Maduro por corrupción y narcotráfico. Lilian le habló de la represión, de la falta de comida y de insumos médicos, y le instó a que detuviesen el diálogo si el régimen no hacía el gesto de liberar a todos los presos políticos, no solo a su marido. Él le explicó que esa cuestión estaba en la agenda, pero lo dijo con una condescendencia y un punto de distancia que no daba seguridad alguna. Al contrario, Lilian tuvo la sensación de que el prelado le estaba pasando la mano por el hombro. Al despedirse, ella le entregó una lista de los presos políticos: «Llévela siempre bajo el brazo. No los olvide». Buscó su camino de vuelta, sola en medio de la magnificencia vaticana, preguntándose si las críticas de las que había sido objeto el papa por evitar condenar durante tanto tiempo las violaciones a los derechos humanos en Venezuela no estaban bien fundadas. La invadió una sensación de desamparo que hizo que, por primera vez en su vida, sintiese que se resquebrajaba su fe católica. Esa no era la Iglesia que le habían enseñado a amar, la Iglesia de Jesús de la que tanto le hablaba Leopoldo porque le ayudaba a sobrevivir en la cárcel, la Iglesia que clamaba por los perseguidos y los marginados, esa Iglesia era un complejo burocrático-político que se movía por otros preceptos, por ideas distintas de la fe que le había sido inculcada. ¿No era la función del papa poner luz sobre el problema moral que ocurría en Venezuela? Se acordó de su marido, que decía sentirse frustrado por la equidistancia que mostraba Francisco respecto al conflicto venezolano desde que dijo que el Vaticano mantenía una actitud de «neutralidad positiva». Esas palabras, que colocaban a la oposición como igualmente responsable de los males del país, le habían indignado: «No había equidistancia, estaba el mal y estaba el bien, y la función del papa debía ser arrojar luz sobre el problema moral del país», decía Leopoldo. Pero Francisco no lo hacía.

A esta decepción, a Lilian se le sumó el sufrimiento físico de tener que pisar los gruesos adoquines de la ciudad de Roma que la hacían llorar. «Lo recuerdo como un dolor físico muy intenso, que se convirtió en un dolor del alma... El papa nos hacía poco caso y yo estaba destruida porque habíamos perdido esa ilusión y no sabía si íbamos a poder tener la oportunidad de estar juntos de nuevo en Ramo Verde para tener la suerte de salir embarazada».

75

Después de dejar a su hija Zoe en La Plata, al cuidado de sus medio hermanos, y de pasar unos meses con ella, Rosa Amelia Asuaje decidió volver sola a Venezuela. Para desmontar la farsa del Gobierno de Maduro, sentía la necesidad de decir su verdad. El proceso jurídico de Leopoldo seguía su andadura con el recurso a la Corte de Apelaciones, y quizás más tarde, con otro recurso al Tribunal Supremo, y aunque la jueza había tergiversado su testimonio, la lingüista se sentía responsable de todo lo que había pasado y culpable de que hubieran usado su nombre, que había quedado en mal lugar. No había día que no pensase en ello; era como una tortura. Por eso sentía el deber de volver, de enfrentarse a la mentira, principal pilar del régimen que ella había defendido durante tantos años.

«Fue una decisión dolorosísima dejar a mi hija —recordaría más tarde—, pero tenía una espina clavada». Quiso regresar sola, pensando en salir de Venezuela cuando llegase el momento. Aprovecharía para tramitar el papeleo de sus títulos, con las apostillas necesarias para convalidarlos más tarde en Argentina. En realidad, volvía a Caracas con la descabellada idea de enfrentarse al chavismo.

—Estás loca, te van a matar —le decían sus hermanos.

«A diferencia de otras personas que se achantan, yo me envalentoné. No puedo explicar lo horrible que fue regresar a Venezuela para luchar por mi causa, contra la voluntad de mi familia. Y dejar a mi hija diciéndome: "Me abandonaste y te fuiste a pelear por la verdad"».

Lo primero que hizo al llegar fue mandar un wasap a Juan Carlos Gutiérrez: «Estoy aquí, regresé, siento que debo seguir diciendo cosas...». El abogado la recibió con los brazos abiertos; contar con el testimonio de Rosa Amelia en el recurso que estaba preparando podía ser muy útil.

—Solo me interesa denunciar. Estoy sola. Si me matan, me matan, pero yo muero diciendo la verdad.

Juan Carlos la puso en contacto con periodistas y medios. «Ahí empecé mi campaña mediática para desmontarlo todo. Repetía lo mismo día tras día en las radios de Venezuela y en entrevistas de prensa. Gracias a la periodista Rocío Galván, corresponsal de *El Mundo*, publicaron mi testimonio también en España con el titular: "La jueza manipuló mi declaración para inculpar a López"».

El 4 de junio de 2016, Adriana, la hermana menor de Leopoldo, llegó de San Francisco solo para ver a su hermano. Le trajo noticias del exterior, de su primo Thor y su ONG The Human Rights Foundation, y de cómo estaba calando la idea de que Venezuela se había convertido en una dictadura. Llevaban tiempo hablando cuando les interrumpió un custodio:

—López, tienes visita.

Qué raro, pensó. ¿Quién podía irrumpir de esa manera, sin avisar? Apareció en la sala de visitas comunes un señor de aspecto jovial, vestido de traje y camisa abierta, el pelo corto con entradas, los ojos claros y saltones. Lo reconoció enseguida: era José Luis Rodríguez Zapatero, expresidente del Gobierno español. La segunda persona que no era un familiar directo y que había sido autorizado a visitarle en la cárcel era sin duda un mediador de talla. La primera había sido un enviado de ACNUR —Alto Comisionado para los Refugiados— el año anterior. Que lo hubieran enviado confirmaba lo que Adriana le había contado, a saber, que la presión, tanto dentro como fuera del país, funcionaba.

—Vengo a hacer de puente —le dijo Zapatero—. De aquí me voy y me reúno con el Gobierno.

A Leopoldo le sorprendió el giro inesperado de la estrategia chavista. El expresidente le pidió que dejara de agitar la calle, que cancelase el referéndum revocatorio y que entrase en un proceso de diálogo que estaría tutelado por el Vaticano. «Me pidió un gesto, pero yo le dije que, para empezar a hablar, lo primero era obtener del Gobierno un compromiso de liberar a todos los presos políticos. Él lo veía imposible, de modo que me llevaba a una posición de bajar la guardia con respecto a la aspiración por la libertad que yo le mostraba».

Luego Zapatero le habló de su vida, de cómo fusilaron a su abuelo republicano por haber desertado en la Guerra Civil. «Me lo contó como si hubiese sido el hecho que hubiera determinado su andadura política. Cuando después lo vinculó con el caso del padre de Delcy Rodríguez, la vicepresidenta del Gobierno, la que constituía con su hermano, Jorge, el primer anillo de poder de Maduro, me di cuenta de que había un trasfondo ideológico y todo aquello me pareció turbio». El padre de esos dos individuos, considerado un mártir por el chavismo, fue un político, dirigente estudiantil y guerrillero de extrema izquierda que murió en 1979 a consecuencia de las torturas a las que fue sometido en los calabozos de la policía política, un hecho lamentable que conmovió a la opinión pública. Pero no fue el héroe que idolatraban sus hijos y que luego encumbró el chavismo. Había sido jefe del comando que en 1976 secuestró a William Niehous, presidente de la compañía norteamericana Owens-Illinois, a quien tuvieron encerrado tres años y cuatro meses hasta cobrar un rescate de veinte millones de dólares; se trató del secuestro más largo de la historia de Venezuela. «Empecé a dudar: Zapatero no venía como mediador, no era imparcial, no era neutral». La entrevista con el expresidente español, de la que Adriana fue testigo, duró una hora:

—Mire, presidente —le dijo Leopoldo en un tono ligeramente jocoso—, yo estoy dispuesto a hablar las veces que sea, pero el que puede lo menos puede lo más. Le pido que usted abogue por que me den una lamparita de esas que venden en los aeropuertos, que llevan una pila doble, se le mete al libro y solo alumbra lo que uno está leyendo, y un reloj, porque ni tengo luz ni tengo noción del tiempo. Si usted me consigue eso, podemos hablar de cualquier otra cosa.

La visita de Zapatero causó una gran polémica tanto en Venezuela como en España. Para la oposición, el expresidente estaba blanqueando a la dictadura. El portavoz del Gobierno español, presidido por Mariano Rajoy, tuvo que salir a declarar que actuaba por cuenta propia. Hasta su propio partido, el PSOE, parecía avergonzarse de su expresidente —que había dejado el Gobierno sumido en una crisis grande—. Pero Maduro dijo de Zapatero que era «incansable en la busca de acuerdos». En realidad, la derrota de las elecciones a la Asamblea Nacional había sido muy humillante para los chavistas, que estaban a la defensiva y preocupados porque no veían la manera de pacificar la calle, que se les había levantado.

Un año más tarde, Leo recibió un reloj. Pero la lamparita nunca llegó, como una metáfora de la oscuridad a la que estaba condenado.

Unos días después de la visita del expresidente español, un grupo de soldados encapuchados y armados irrumpieron en su celda, de noche, como era habitual. Arramplaron con lo poco que había podido acumular: unos periódicos, un bote de pegamento y un libro de oraciones. Sobre todo, le confiscaron las notas que había preparado para la vista del recurso de apelación que debía celebrarse al día siguiente.

Su padre, que no se acostumbró a vivir en Estados Unidos —en San Francisco a todo el mundo le da igual Venezuela, decía—, se había trasladado a Madrid, donde tramitaba los papeles para conseguir la nacionalidad española y donde dedicaba el cien por cien de su tiempo a reclamar la libertad de Leopoldo. En uno de esos actos conoció al abogado español Javier Cremades, que había seguido los acontecimientos de Venezuela con sumo interés y que de pronto vio la posibilidad de añadir su contribución a la causa de la liberación de ese héroe injustamente condenado. Para dar mayor proyección internacional a la defensa de

Leopoldo, propuso a su amigo Alberto Ruiz-Gallardón* que le acompañase en un viaje a Caracas.

Llegaron el día de la vista y fueron directamente a la audiencia, pero el tribunal les prohibió la entrada a la sala, así como a los medios de comunicación, lo que provocó un conato de desorden. Alberto Losada, el amigo de la familia que entonces era concejal de Chacao por Voluntad Popular, intervino hasta que la policía militar amagó con detenerle. En la entrada del edificio, un guardia nacional puso una zancadilla a Antonieta y la empujó, aunque ella consiguió mantener el equilibrio y no caerse. Cuando protestó, el sargento le dijo: «Cállese la boca, vieja ridícula». Ese era el ambiente en el lugar donde Leopoldo tenía de nuevo una cita con su destino.

Juan Carlos Gutiérrez y su equipo presentaron ante los tres magistrados del Tribunal de Apelaciones un vídeo que resumía los vicios y errores del juicio que definieron como «manipulaciones de la jueza» Susana Barreiros. «A Leopoldo le corresponde la libertad, y esa es la sentencia que estamos esperando», dijeron en su alegato de conclusiones. Luego, en un golpe de efecto, apareció Rosa Amelia. Un murmullo recorrió la sala. Su presencia bien podía cambiar el rumbo del juicio, pensaron en el banquillo de la defensa. La lingüista se reafirmó en que su testimonio había sido manipulado de manera torticera por la jueza. Denunció que su testimonio oral, que revelaba las incongruencias respecto a lo expuesto en la sentencia, fue ocultado. Terminó su alocución pidiendo a la Corte de Apelación que su declaración se hiciese pública para restituir su prestigio profesional y personal. Al salir, Antonieta vio con recelo cómo el sargento que la había insultado al llegar estaba esperándola. Temió una nueva agresión verbal, o quizás física, pero no cambió de rumbo. Cuál no sería su sorpresa cuando, al pasar delante del uniformado, este le pidió disculpas por lo que le había dicho al entrar.

---

* Exalcalde de Madrid y exministro de Justicia.

«En Venezuela hay una guerra, no es una guerra con tanques, es una guerra entre la fuerza y el derecho», declaró Javier Cremades a la prensa española. Al día siguiente de la vista, él y Ruiz-Gallardón acompañaron a Lilian a Ramo Verde con la intención de visitar a Leopoldo. Lilian los llevó caminando por el laberinto de chabolas y casuchas de la parte de atrás de la cárcel para que vieran algo de la Venezuela real: calles de tierra reseca, basura en las esquinas, colas de hombres en edad de trabajar, ancianos doblegados, mujeres cargando bebés a cuestas en las tiendas vacías de productos, grafitis con la cara de Leopoldo y una frase casi ilegible: «¡Libertad ya!». Los guardias de Ramo Verde, dos hombres y una joven con uniformes raídos y armas largas, tampoco les dejaron entrar. Lilian señaló a los abogados la ubicación exacta de la celda y gritó a pleno pulmón:

—¡¡¡Leo, estamos aquí!!!

Hubo que repetir a llamada y, al final, apareció, a lo lejos, la silueta de Leopoldo López detrás de las rejas. Estaba como en la foto que su padre le había enseñado a Cremades: agarrado a los barrotes, con una camiseta blanca, como un pájaro en su jaula.

—Leo, ¡aquí Gallardón y un amigo abogado! —gritó Lilian.

—¡Saludos! ¡Gracias por venir! ¡Viva la libertad!

—¡Ya falta menos! ¡Te sacaremos de aquí! —dijeron a guisa de consuelo.

—¡Libertad! ¡Libertad!

Era difícil, por no decir imposible, mantener una conversación. Se despidieron y entonces Leopoldo gritó:

—¡Lilian!

—¡Dime!

—¡Quiero tener muchos hijos contigo!

Cremades y Ruiz Gallardón estallaron de risa, y así acabó aquel encuentro en la distancia.

76

Los magistrados del Tribunal de Apelaciones hicieron caso omiso a todos los argumentos de la defensa y el 12 de agosto ratificaron la condena a catorce años, convirtiéndola en firme de manera definitiva. Era la segunda vez que Leopoldo veía naufragar un intento para sacarlo de la cárcel, luego de que el Tribunal Supremo anulara la ley de amnistía aprobada por la mayoría parlamentaria. Fue una noche larga y devastadora. Lilian convocó a una manifestación en la plaza Bolívar que fue llenándose de gente, muchos con lágrimas en los ojos. A las tres de la mañana llegó Antonieta, que se resistía a perder la esperanza. Indicó a la prensa que todavía quedaba una instancia, la Sala de Casación en el Tribunal Supremo. Y luego quedaban la ONU, La Haya, etc. Rosa Amelia estaba indignada de que el tribunal la hubiera ignorado de nuevo. Sentía el deber moral de seguir apoyando a Juan Carlos, «aunque sabíamos que ya no sería posible establecer la verdad en el país».

La esperanza de cambio de régimen se concentró en la Toma de Caracas, la marcha histórica convocada por la Mesa de la Unidad, como se autodenominaba la asociación de los partidos de oposición. Iba a ser una concentración multitudinaria de gente que vendría de los cuatro rincones del país para exigir la celebración del revocatorio y sacar a Maduro del poder. Un desafío de toda la nación al Gobierno. «No tengo duda alguna de que el noble pueblo de Venezuela está a las puertas de una gran victoria democrática», declaró Leopoldo en un mensaje desde la cárcel retrasmitido por un preso. Unas palabras que asustaron al Gobierno.

El 1 de septiembre, día de la Toma de Caracas, un millón cien mil personas coparon las tres grandes avenidas del este de la ciudad. Lilian estaba segura de que esa fecha iba a cambiar la historia de Venezuela; Leopoldo, en su celda, también. Pocas veces la oposición se había mostrado tan unida. Ella, representando a su marido, inició la marcha en primera fila de la delegación de Voluntad Popular que salía del barrio de Petare. Caminaron durante más de una hora y tomaron la autopista Francisco Fajardo hasta unirse a otras delegaciones que formaban aquella impresionante marea humana. «¡Esto no lo para nadie!», decía Lilian a María Corina Machado, otra líder política que rezumaba entusiasmo. Sí, iba a ser el día del cambio —afirmaban—, ya nada sería igual. Rozaban la libertad con la punta de los dedos. Era un océano de gente hasta donde alcanzaba la vista.

Y, de pronto, la marcha se detuvo. Entendieron la razón cuando supieron que dos de los líderes de la oposición, Henrique Capriles, del partido Primero Justicia, y Henry Ramos Allup, de Acción Democrática, habían decidido detenerse.

—¡No vamos a avanzar más!

Lilian fue hacia ellos:

—Henry, ¿qué pasa? Hoy es el día. Tenemos todo listo, vamos a llegar a Miraflores, tenemos a todo el mundo en la calle, la comunidad internacional espera que hagamos esto...

—Déjame hablar con Capriles.

Fue hasta donde estaba el otro líder opositor y estuvieron deliberando un rato. Luego regresó:

—Llegamos hasta aquí, no seguimos.

—Si dijimos a la gente que íbamos a llegar a Miraflores, ¿cómo les vamos a decir que ahora no?

—No vamos a seguir. Si tú quieres hacerlo, sigue sola, pero nosotros nos paramos aquí. Vamos a anunciar un cacerolazo para esta noche y celebrar el éxito de la marcha.

—No podemos detenernos ahora. Nunca volveremos a tener tanta gente, somos millones, vayamos a Miraflores a decirle a Maduro que se vaya, es el momento, es la oportunidad, agarrémosla.

Los argumentos de Lilian no surtieron efecto. Para los líderes ya la marcha había sido un éxito y, por miedo a enfrentarse a la policía o por un mal cálculo, optaron por subir a la tarima y comunicar a sus seguidores su decisión de disolver la concentración.

Lilian quiso subir a arengar a los suyos, pero unos militantes de los partidos de Capriles y Ramos le impidieron alcanzar la tarima y dar su discurso. Ese juego sucio la desesperó, y fue corriendo hacia donde estaba otra mujer, la veterana líder María Corina Machado, que compartía su indignación. Ambas mujeres querían seguir; los hombres se echaron atrás, despreciando de ese modo una oportunidad histórica que quizás jamás volvería a darse. «Desde ese momento les perdí el respeto para siempre», diría Lilian.

En su celda, Leopoldo se llevó las manos a la cabeza cuando se enteró. Conociendo a Capriles, no le sorprendió que no quisiese ir hasta el final. Pero de Henry Ramos Allup no se esperaba esa cobardía, disfrazada de palabrería, como para hacer creer a sus seguidores que tenían una estrategia muy meditada. Le invadió una desesperante sensación de soledad y una profunda decepción que no era más que el reflejo de la que padecía todo el país.

En realidad, Capriles y Ramos Allup habían aceptado la invitación al diálogo con el Gobierno, bajo la mediación del Vaticano. Leopoldo había denunciado que al hacerlo legitimarían el régimen, pero «con tal de sentarse en la mesa, eran capaces de todo». Estaba claro que sentarse a hablar beneficiaba ante todo al chavismo porque le permitía alcanzar su objetivo, que era el de ganar tiempo para descomprimir la tensión social, esa que se había manifestado con amenazante contundencia el día de la Toma de Caracas. Lilian, escaldada por la actitud de esos líderes opositores en la manifestación y por el último viaje que hizo al Vaticano, bullía de indignación: «¿Qué se puede hacer para que la oposición venezolana detenga ese diálogo? —preguntaba a su alrededor—. ¿Cómo puede el Vaticano negociar con Maduro sin pedir que liberen a los presos?». Antonieta y Mitzy Capriles, cuyo esposo, el alcalde Ledezma, seguía en detención domiciliaria, estaban igual de exasperadas: «¿Cuándo van a entender que así no se puede negociar?».

77

El 21 de octubre, el Gobierno decidió de golpe suspender la consulta popular, abusando del control que tenía sobre las instituciones. El plan de tumbar a Maduro con el referéndum revocatorio quedó abortado. Alegando trampas en la recogida de firmas, cinco tribunales de justicia liquidaron cualquier posibilidad de cambio de régimen, y lo hicieron sin ningún asidero legal. El sueño de Leopoldo, de toda la oposición y de la mayoría del pueblo de formar un Gobierno de unidad nacional se estrelló contra una decisión que abría un periodo todavía más peligroso e incierto en la crisis que asolaba el país.

Dos días después, recibió otra visita sorpresa. Llegó a Ramo Verde el segundo dignatario autorizado a verle. Al igual que Zapatero, Martín Torrijos, expresidente de Panamá, le dijo que venía a promover el diálogo entre la oposición y el Gobierno para reducir la tensión en la calle. Para Leopoldo, tanta insistencia en sentarse a negociar era prueba inequívoca de que el Gobierno seguía nervioso. Como en el caso de Zapatero, Leopoldo pidió como condición para sentarse a hablar que liberasen a los presos políticos.

En la táctica de la zanahoria y el palo, las visitas de los dignatarios eran la zanahoria, y como él era considerado un radical por insistir en su reivindicación, luego intentaban amedrentarle con el palo, es decir con la coacción física. Después de la visita de Torrijos, un sargento encargado de su custodia le amenazó de muerte. «Si me dan la orden, yo mismo la ejecutaré con mis manos», dijo el guardia, a lo que Leopoldo respondió:

—¿Por qué me quieres matar?

—Para cumplir órdenes.

Buscaban meterle miedo, aumentar la presión para que cediese, hacerle ver que podían matarle para silenciarle. Lilian no cejaba en sus denuncias a la prensa sobre las condiciones de detención. ¡Ni siquiera le dejaban tranquilo en la misa de los miércoles cuando le permitían asistir! Le llevaban a la capilla flanqueado por dos militares, y cuando el sacerdote invitaba a darse el abrazo de la paz, todos los asistentes a la ceremonia podían hacerlo menos él, pues le habían impedido establecer contacto físico ni hablar con nadie. Para contrarrestar sus denuncias constantes, que repercutían en el extranjero e irritaban cada vez más a la dictadura, Diosdado mostraba en su programa de televisión imágenes de Leopoldo recibiendo a la familia o jugando al baloncesto en la cancha del penal. Su abogado puntualizó: «Eso ocurre esporádicamente, y solo se le permite jugar con militares que tienen prohibido hablarle, so pena de ser castigados. Cualquier otro recluso que haga contacto visual con Leopoldo en las pocas oportunidades en que lo sacan de su celda es castigado con suspensión de visitas familiares». Prohibieron mentar el nombre de Leopoldo a toda la población penal, entonces los presos le pusieron nombres: Leo era alternativamente el Águila, el Bulldog o el Gavilán. Y él, siempre que se cruzaba con alguno, lo saludaba con una sonrisa: «¿Qué hubo, mano?». Juan Carlos Gutiérrez reveló algunos trucos que usaban para despistar la vigilancia extrema de sus comunicaciones: «Si yo le escribo algo, él se come el papel; si él me escribe algo, me lo como yo».

El 14 de noviembre Leopoldo cumplía mil días preso, quinientos cuarenta y ocho de los cuales en aislamiento absoluto. Luis Almagro, secretario general de la OEA, hizo un comunicado para la ocasión: «Los mil días en prisión de Leopoldo López han herido a un continente entero. Significan que el hemisferio no está libre de arbitrariedades ni de persecuciones políticas, que las batallas de nuestros héroes y libertadores no han terminado... Ha llegado la hora de liberar a Leopoldo».

Lilian propuso a Antonieta y a Mitzy Capriles ir al Vaticano y encadenarse: era una acción susceptible de repercutir en los medios para detener ese diálogo. Las tres mujeres deliberaron y tomaron la decisión de viajar a Roma, sin pedir cita previa. «Era algo extremo —diría Antonieta—, pero es que no sabíamos qué otra cosa podíamos hacer». Los tres maridos estuvieron de acuerdo, aunque Leopoldo puso una pega: «El problema con esas acciones es cómo terminarlas». Tardarían solo unos días en entender lo que quiso decirles.

Nada más llegar a Roma, Lilian habló con el cardenal Pietro Parolin y le avisó de lo que iban a hacer. Albergaba la secreta esperanza de que el prelado le respondiese que no era necesario, que no seguirían negociando si la otra parte no aceptaba soltar a los presos. Pero no fue así. A Parolin lo de encadenarse le pareció una excentricidad de Lilian y no la tomó en serio. Le dijo que podían protestar, pero siempre fuera de las columnatas de la plaza San Pedro.

Fueron a una *ferramenta* a comprar cadenas y candados. Al intentar ajustárselas, a Antonieta se le resbalaban por todas partes, se hacía un lío. «Póntela bien», le decía Lilian.

—En la vida me he encadenado, tengo que practicar.

A las once de la noche del 4 de diciembre, vestidas con chaquetones negros y la bandera de Venezuela en la solapa, como si fuesen viudas, cruzaron las cadenas a la altura del pecho, se amarraron con los candados y se sentaron al borde de las columnas sobre el pavimento brillante de lluvia. Muy serias y dignas, exhibían un cartel: «Suelten a los presos políticos». El frío mordía. La gente se detenía a saludarlas, algunos a abrazarlas, a darles fuerza, otros se ponían a rezar allí mismo. Eran romanos, muchos extranjeros también, los había de todas las nacionalidades. Llegaron periodistas: «Es impresionante, nunca imaginamos tanta solidaridad», declaró Lilian a una emisora de radio. Se pusieron a escribir una carta que esperaban entregar al papa Francisco en la que le recordaban que numerosos organismos y asociaciones internacionales habían pedido la liberación de los presos políticos y que esto debía ser un punto esencial en la mesa de diálogo. «Hemos enviado muchas cartas a su santidad en estos dos años y nueve meses. Saben que estamos aquí con toda la fe, con todo el respeto, pero exigiendo», explicó Lilian a la agencia EFE, que la entrevistó en la acera.

De madrugada, rodeadas de mendigos y de sin techo, llegó la policía. Les dijeron que carecían de permiso para esa protesta nocturna, que podía ser peligroso para su seguridad, que levantasen el campo. Ellas se mantuvieron firmes: «No vamos a abrir los candados todavía», contestaron. Contrariado, uno de ellos fue a buscar refuerzos y volvió con otros agentes en un furgón de la policía con ventanillas enrejadas. A Antonieta no le gustó la idea de verse allí dentro, menudo regalo para Diosdado, se dijo.

—O dejan la protesta o las metemos en ese camión.

Estaban de acuerdo en que no les convenía salir retratadas en un furgón de policía.

—Ok —dijo Antonieta—, dígale al comisario que nos vamos a desencadenar, pero en la comisaría, que nos lleve en un coche normal, no en ese furgón.

Ante la obstinación de las mujeres, el hombre accedió. Llegaron al puesto de policía a las dos y media de la madrugada, hablaron por teléfono con Caracas, ahora entendían lo de «acabar la protesta»: necesitaban un pretexto para no parecer vencidas y que Diosdado las utilizase en su propaganda. «Me sentaron delante del comisario, que estaba haciendo un informe —contaría Antonieta—. Escribió que veníamos a pedir la dimisión de Nicolás Maduro. Le dije que no, que veníamos a pedir la liberación de los presos políticos. Le conté nuestro caso, el hombre resultó comprensivo y cambió el informe. Luego nos acompañó al hotel. Le dijimos que al día siguiente volveríamos a encadenarnos, pero de día, que teníamos la esperanza de ser recibidas por el pontífice para entregarle la carta en mano».

El segundo día estuvieron sentadas cuatro horas para no despertar la suspicacia de los agentes, que por orden del comisario hicieron la vista gorda. Ante la falta de reacción de la curia, Lilian fue endureciendo el tono: «En el Vaticano tienen que recibir también a las víctimas, queremos que den audiencia a los familiares de los presos y de los torturados y que se escuche nuestra verdad y nuestra razón».

En vano. Al cuarto día de protesta, de convivir con turistas, peregrinos y mendigos, y después de atender a multitud de periodistas y con los huesos congelados, recibieron una llamada de Caracas: la negociación entre oposición y Gobierno mediada por el Vaticano se había roto. Era el pretexto que necesitaban para acabar con dignidad.

Fue una carta del Vaticano, firmada por Parolin, en la que se pedía al Gobierno la «implementación urgente de medidas destinadas a aliviar la grave crisis de abastecimiento de comida y medicinas», así como «la liberación de los opositores detenidos» y la necesidad de un «camino electoral» lo que enfureció a la cúpula chavista. Diosdado Cabello indicó que el Vaticano no iba a «tutelar a Venezuela» en el diálogo y consideró una «falta de respeto» que Parolin hubiese enviado esa misiva. Maduro fue más lejos: acusó a la Santa Sede de ser un «facilitador» dedicado a «sabotear» el diálogo. La realidad era que la curia pedía acciones concretas y claras de parte del Gobierno, de cuya buena fe dudaban. Estaban hartos de lo que Francisco describía como: «Mucho sí, sí, pero luego era no, no».

La foto de las tres mujeres encadenadas dio la vuelta al mundo. A su regreso de Roma, Lilian fue acusada de formar parte de una trama para dar un golpe de Estado. Según Diosdado, el encargado de la escolta de la familia, Wilmer Méndez, y Gilber Caro, el expresidiario también diputado, fueron acusados de organizar «una estructura de choque integrada por células paramilitares» con el apoyo financiero de otros diputados de Voluntad Popular. Diosdado llegó a decir que Gilber Caro había reclutado a personas para ejecutar un plan que «podría inducir un estallido social», pero que «principalmente persigue rescatar a Leopoldo López». La prueba era que este había sido detenido en posesión de dos armas de fuego. De acuerdo con el Gobierno, se buscaba generar violencia en el palacio presidencial de Miraflores para rescatar a López.

Lilian tuvo que volver a la Fiscalía a defenderse de esas burdas acusaciones: «Mi familia y yo tenemos medidas de protección y seguridad por el Ministerio Público», dijo. «Wilmer Méndez cumple con la seguridad de mi casa, de mí y de mis hijos. No está involucrado en actos de terrorismo ni en el caso que quieren montar en contra del diputado Gilber Caro, que tampoco está involucrado con armas ni bombas, esas acusaciones del ministro y de Diosdado Cabello son falsas». Lilian solicitó a la Fiscalía la apertura de una investigación y reiteró que Caro era inocente, que habían violado su inmunidad parlamentaria. Las armas que le encontraron —un fusil 7,62 y explosivo plástico C4— eran las que usaban las fuerzas de seguridad, y no le pertenecían. Le habían «sembrado» para poder quitársele de en medio y encerrarle. Un diputado menos, un aviso a navegantes.

78

En medio de todo ese embrollo, consiguió visitar a Leo. Lo encontró lívido y con mal aspecto. Padecía un violento dolor de muelas y no le daban medicación ni le llevaban a un dentista, lo que, a la larga, suponía torturarle físicamente también. Ella le contó el episodio de Roma. Leopoldo se había enterado de la repercusión en los medios por los funcionarios policiales que entraron en la celda para registrarla. Como siempre, buscaban un teléfono o la manera en que ellos creían que se comunicaba con el exterior. Leo encontró a Lilian fatigada y sin la vitalidad habitual. Lo achacó al agotamiento del viaje, pero ella le confesó:

—Sabes, Leo, hay momentos en que creo que no creo..., no sé, como que he perdido la fe.

—No, no —dijo él—. No digas eso, la fe no se puede perder, es un regalo.

—Pero es verdad —le interrumpió—. Estaba en Roma, afuera en el Vaticano con tu mamá, no nos hacían caso... y de pronto, como que me preguntaba dónde estaba Dios en todo ese montaje. ¿Qué tiene que ver toda esa pompa del Vaticano con Dios? Y no es la primera vez que me pasa.

Era ciertamente una sorpresa escuchar eso en la boca de una descendiente de italianos que había sido educada en la más estricta fe católica. No había dormido una sola noche en su infancia sin antes rezar con su madre. No fallaba a la misa dominical. Provenía de una familia que observaba todos los ritos católicos con puntualidad, incluida la eucaristía diaria en el caso de su progenitora. Y, de pronto, ¿vacilaba esa llama encendida en su interior? ¿O se había apagado? Lilian no encontraba una explicación satisfactoria de por qué Dios dejaba que ocurriesen tantas cosas terribles a su alrededor, y en el mundo. «No te abandones —le dijo Leopoldo—. Entiendo que todo está siendo duro, muy duro». Lilian tenía los ojos humedecidos. Él se sentía culpable del sufrimiento que la decisión de entregarse le había causado a ella, a toda la familia. No se sacrificaba la felicidad de los seres queridos en nombre de un ideal más alto sin que la cuestión, a la que le daba vueltas durante tantas horas de soledad, no le mortificase. Comprendía que eran decisiones difíciles de entender por los demás, porque los resultados no se verían hasta dentro de mucho tiempo. «Hay victorias cuya gloria reside en el hecho de que solo son conocidas por los que las ganan», había escrito Mandela. En la cárcel el consuelo estaba en ser fiel a sí mismo, a sus propios ideales, aunque nadie se enterase.

—No dejes de creer —le suplicó—, sería hacerle el juego a todos los que nos lo hacen pasar tan mal.

Lilian hizo un esfuerzo por sonreír:

—Fuerza y fe..., ¿no? —dijo con sorna, al referirse al eslogan que utilizaban.

—Acuérdate de las bienaventuranzas...

—Se supone que soy yo quien te tiene que animar, no tú a mí. Esto es el mundo al revés.

—«Bienaventurados los que tienen hambre y sed de justicia, porque ellos serán saciados» —le susurró al oído.

Ella no le escuchaba, estaba pensando en otra cosa.

—Tengo miedo, Leo —le dijo de sopetón.

—¿Tú... miedo?

—Sí. Están dispuestos a todo. No quieren hablar, no quieren negociar. Mienten, quieren nuestra piel. Y cuanto más protestamos fuera, más daño te hacen aquí dentro.

—Tenemos que seguir adelante.

Le miró a los ojos y le dijo:

—Tengo una noticia que darte. —Luego hubo un silencio, como si ella estuviera dudando. Leo estaba expectante—. Me va a recibir el presidente de Estados Unidos.

A Leopoldo se le iluminó el rostro.

—¿Trump?

—Sí, pero me da miedo ir. Me dan miedo las represalias que luego tomen contra ti.

—Noooo...

—Después de ver a Biden, te metieron en un tigrito cinco semanas.

—No temas por mí, yo aguanto lo que haga falta. ¡Tienes que ir, no lo dudes!

—Sí, pero... —No terminó la frase. Prefirió no trasladarle sus inquietudes, pero le aterraba dejar de nuevo a los niños—. Por una parte, me da miedo; por otra, siento algo dentro de mí que me dice que sí, que debo ir.

Leopoldo estaba sereno, decidido.

—Yo desde aquí voy a seguir llamando a la calle. Hay que seguir presionando, Lilian, hay que seguir desafiándoles, tienen que continuar haciendo ruido, cuanto más, mejor. Eso, o acabarán con Venezuela y con nosotros. Prefieren arrasarlo todo a perder el poder.

La víspera del viaje, Lilian se reunió con su hermana Patricia y su amiga Nore, el «escudo de tías», como lo llamaba, las encargadas de velar por los niños. También estaba Alberto Losada, cuya misión era poner en marcha, si algo ocurría, el protocolo de activación de abogados, de activistas y de miembros del partido. Alberto siempre rondaba la casa, vigilándola, y estaba pendiente de Antonieta, de que los niños volviesen del colegio, de las salidas y llegadas de Lilian. Ese día la notó muy nerviosa, le costaba disimular la angustia, ocultar su desgarro. Por una parte, ser recibida por el presidente del país más poderoso del mundo era la culminación de todo un proceso al que habían dedicado mucho tiempo y esfuerzo; por otra, era un mazazo al monstruo que, no lo dudaba, se tomaría su revancha.

El 16 de febrero se despidió de los niños con un nudo en la garganta. Pasó sin problema los controles del aeropuerto. Llegó a Washington, donde la esperaba Lara. La reunión de hoy venía al pelo, le dijo: la semana anterior, un grupo de treinta y cuatro legisladores de ambos partidos había instado a Trump a sancionar al Gobierno de Maduro. Solo faltaba informar más al presidente.

Jared Genser les había preparado una ronda por los despachos de senadores y representantes de la Cámara para que Lilian les diese su visión sobre la situación: «Si el Gobierno de Estados Unidos es democrático, tiene que pedir que se cumplan la ley y los derechos humanos en Venezuela, y tiene que presionar para la liberación de los presos políticos. De no hacerlo, se convierten en cómplices de ello», repitió machaconamente.

Lilian entró en la Casa Blanca acompañada del senador Marco Rubio que actuaba de cicerone. Fueron hasta la puerta del despacho oval, el lugar que había sido testigo de los encuentros que habían moldeado la historia de Estados Unidos y del mundo. Marco Rubio le dijo:

—Tú háblale al presidente en español y yo te traduzco.

Lilian estaba nerviosa e impresionada.

—No, en inglés, yo puedo con esto.

Dentro les esperaba el hombre más poderoso de la Tierra, reconocible por su flequillo amarillo y su piel anaranjada, junto a su mujer, Melania, y el vicepresidente, Mike Pence. «Dentro de dos días mi marido cumplirá tres años en la cárcel», empezó diciendo Lilian. En la reunión, que duró cuarenta minutos, consiguió cautivar a la pareja presidencial. Les habló con pasión de la crisis humanitaria, del centenar de presos políticos, de las condiciones en las que estaba recluido Leo. Melania se mostró conmovida. Tanto que soltó una frase frívola que más tarde tuvo que desmentir. Dijo que simpatizaba con las condiciones de Leopoldo en la cárcel porque la Casa Blanca provocaba una sensación de confinamiento similar a la de una prisión, a lo que Trump asintió.

El resultado de aquella reunión fue más allá de lo esperado. Lo que consiguió Lilian fue aumentar el interés del presidente por la crisis de Venezuela, que hasta ese momento estaba más centrado en Corea del Norte e Irán. Al finalizar el encuentro, Trump insistió en hacer una foto de grupo. Después de un par de

Cuando Lilian Tintori, una mujer popular por sus apariciones en televisión, anunció a su familia que estaba comprometida con Leopoldo López, el líder que desafiaba el poder del mismísimo Hugo Chávez, su padre no mostró entusiasmo alguno. Le dijo que casarse con un político en un país tan convulso como Venezuela era una locura, un pasaporte hacia la infelicidad. «Piénsatelo, vas a sufrir mucho», le dijo. Ella estaba tan enamorada que no le hizo caso. Se casaron el 21 de abril de 2007, en la iglesia de Chacao llena a rebosar. En años sucesivos, ¡cuántas veces se acordaría de las palabras de su padre!

El autor con Luis Almagro, secretario general de la OEA, uno de los primeros en desmarcarse. «En las misiones de Unasur, yo ya fui muy duro con lo que hacía el régimen chavista, tanto que terminé muy mal con ellos».

Carlos Vecchio recibió al autor en la embajada de Venezuela en Washington, DC. «Soy hijo de la educación pública de mi país», dice con orgullo. Excelente abogado y gran amigo de Leopoldo, nunca pensó que tendría que huir de sus país «como un balsero».

Gilber Caro es uno de los héroes de esta historia. Es la lealtad encarnada. Nacido en un barrio pobre de Caracas, expresidiario, conocedor del hampa y del mundo de las cárceles, su encuentro con Leopoldo López le cambió la vida.

En cuanto pudo viajar después del covid, Leopoldo quiso conocer a Jared Genser, el abogado de DD.HH. que se encargó de su caso, para darle las gracias. Genser se ha ganado el apodo de «el extractor» por la cantidad de presos políticos que ha conseguido sacar de las cárceles.

Hugo Chávez nombró sucesor suyo a Nicolás Maduro, experto, como el resto de la cúpula chavista, en retorcer la ley y amañar elecciones. A su lado, Diosdado Cabello.

Los hermanos Rodríguez representan la cara más ideológica del régimen. Jorge es psiquiatra y escritor, pero sobre todo político con fama de maquiavélico; se ha hecho imprescindible en el equipo de Maduro. Los dos representan una corriente más pactista en contraste con Diosdado Cabello, más duro y recalcitrante. Hay enfrentamientos directos entre ambas facciones.

El general Iván Hernández Dala, jefe de la temible DGCIM (Dirección General de Contrainteligencia Militar) y de la Guardia Presidencial de Maduro. Fue él quien se presentó en casa de los padres de Leopoldo con una orden de allanamiento y quien acompañó a Leopoldo hasta su celda.

En 2014, Leopoldo López lideró las manifestaciones masivas que hicieron tambalearse el gobierno en Venezuela. Acusado sin pruebas de haber alentado la violencia y perseguido por la policía del régimen, se enfrentó a una difícil decisión: abandonar su patria y seguir la lucha desde el extranjero, o entregarse a la «justicia injusta». No lo dudó, a sabiendas de que podía caerle una durísima condena en un juicio amañado. Su sacrificio lo convirtió en referente moral, en la conciencia de su país.

El mismísimo Diosdado Cabello ofreció un avión a la familia para que marchasen todos al exilio. Pero Leopoldo rechazó el ofrecimiento y el 18 de febrero de 2014 se entregó en un acto que concentró a ochocientas mil personas en Caracas: «Si mi encarcelamiento sirve para el despertar de un pueblo, habrá valido la pena», dijo ante una multitud en delirio. Lilian Tintori, su mujer, se despidió con un abrazo, el último que se darían en mucho tiempo.

En 2015 hubo un conato de esperanza cuando los partidos democráticos ganaron las elecciones a la Asamblea Nacional. Se redactó una Ley de Amnistía para liberar a todos los presos políticos. Lilian y el abogado Juan Carlos Gutiérrez se la entregaron a Luis Almagro.

Fría y distante, soltera, treinta y cuatro años cuando el juicio a Leopoldo, la jueza Susana Barreiros es hija de padre portugués y madre española, inmigrantes de primera generación. Por haber condenado a Leopoldo López a una pena desproporcionada, la jueza fue recompensada con una promoción a defensora de la República.

La mayor parte del tiempo Leopoldo lo pasó en aislamiento, sin derecho a participar en ninguna actividad de la cárcel. Sobrevivió gracias a una estricta disciplina que consistía en hacer ejercicios para mantenerse en forma física, a la oración y a la lectura. A pesar de todo, no dejó ni un momento de mandar instrucciones al partido. Dentro de la prisión seguía siendo un líder capaz de desafiar al Gobierno.

Un custodio amigo le trajo un día un gavilán, uno de los que sobrevolaban el cerro junto a otras rapaces y que, al lanzarse a por su presa, se quedó atrapado en las concertinas que rodeaban el gallinero de la cárcel. Estaba inconsciente. Leopoldo se volcó con el animal. Le curó las heridas y desarrolló con el ave una intensa relación afectiva. Pasaba horas dibujándolo. «Se convirtió en mi icono», diría.

Su hermana Diana le daba un apoyo distinto al de su madre o Lilian, le proporcionaba herramientas para que explorase otras actividades importantes para el espíritu, como la pintura y la poesía.

Esta foto forma parte del vídeo que Leopoldo hizo para convocar una huelga de hambre con los reclusos de Ramo Verde, a la que se unieron militantes de su partido y presos de otras cárceles. «Lo asumí como un desafío espiritual que viví de manera muy intensa. No en vano todas las religiones plantean el ayuno como una herramienta. No se puede decir que estuviera feliz, pero sí estaba sereno porque lo que hacía tenía sentido, mi propósito era muy claro, estaba muy marcado».

Dibujo de Leopoldo de la ventana de la prisión con alambres.

El barrotazo fue otra de las protestas que organizó Leopoldo en la cárcel para reclamar el derecho a las visitas y denunciar el aislamiento forzoso. Un día agarró un martillo que le había proporcionado uno de los presos comunes que trabajaba de albañil y golpeó los barrotes: «Nos declaramos en protesta permanente», dijo. Los demás reclusos siguieron su ejemplo y pronto el estruendo invadió la cárcel. La venganza del director del penal no tardó en llegar.

Infatigables, Antonieta Mendoza, la madre de Leopoldo López, y Lilian, su mujer, se lanzaron a una campaña internacional para que el mundo no se olvidase del hijo injustamente condenado. Recorrieron el mundo y consiguieron presionar al gobierno chavista.

Haciendo caso omiso de sus asesores, Mariano Rajoy recibió a Lilian Tintori, primero en la sede de su partido y después en el palacio de la Moncloa. Fue el primer dignatario en recibirla, lo que abrió la puerta a que otros hiciesen lo mismo. Lilian consiguió entrevistarse con Hollande, con Biden y Trump, entre otros muchos.

En 2015, Lilian y Lara fueron a denunciar el caso de Leopoldo a la ONU, en Ginebra. Desde que comenzó la campaña para liberar a su marido, Lilian efectuó 174 viajes al extranjero.

Felipe González fue de los primeros mandatarios en denunciar la deriva de Venezuela: «Me he encontrado un país en proceso de destrucción —afirmó—. Nadie puede llevarse a engaño. Venezuela se ha convertido en una dictadura *de facto*». Unas palabras que pesaban porque las pronunciaba un líder que venía de la izquierda. Pero además, en el plano personal, se mostró cercano, cálido y cariñoso con la familia. «Fue una inyección de moral de inestimable valor», diría Antonieta.

Lilian tenía mucha esperanza en el Papa. Convencida de que podría ejercer algún tipo de influencia en Venezuela, tardaría en darse cuenta de que el Vaticano era una maquinaria pesada, más sujeta a las veleidades de la diplomacia internacional que a la labor humanitaria.

Al principio le permitían visitas familiares los fines de semana, que los niños llevasen juguetes e instrumentos musicales, y su hermana lápices y libretas, pequeños privilegios que utilizaba el Gobierno para alimentar la idea de que los López y Diosdado habían pactado el encierro de Leopoldo. La realidad era que Leopoldo podía dar la imagen de preso mimado por el sistema, pero cuando no le visitaba la familia o su abogado, pasaba en confinamiento solitario veintitrés horas al día en las que no podía hablar con nadie (más una hora de patio, no todos los días, y también solo).

Ni Lilian ni la familia ni el partido cesaron en su reivindicación de pedir la libertad para Leopoldo. Todos los lunes Lilian iba a ver al defensor del pueblo, el siniestro Tarek William Saab, al frente de una docena de familiares de presos para reclamar un trato decente. «Aquel hombre era un friki, muy vengativo, que me vino a decir: "Ustedes nos hicieron daño en el pasado, ahora nos toca a nosotros". No se entendía que un resentido como Saab pudiera ser el defensor oficial del pueblo».

Lilian Tintori y María Corina Machado lucharon codo con codo, tanto en Venezuela como en el ámbito internacional, para denunciar la situación que estaban sufriendo su país y todos los presos políticos.

Tras novecientas horas de juicio y setenta y una audiencias a puerta cerrada, la jueza Susana Barreiros dictó sentencia contra el héroe nacional, el hombre que se había convertido en símbolo de la lucha del país por su libertad. Muy pocos creían en la absolución, la mayoría pensaba en una condena a tres o cuatro años, una condena ejemplarizante que sirviese de escarmiento a los agitadores. Pero ni el padre de Leopoldo ni Leo se hacían ilusiones. En la primera foto, de izqda. a dcha.: Gilber Caro, Estefanía Parra, Lilian, Antonieta y Alberto Losada, responsable de las juventudes del Partido.

Rosa Amelia Asuaje fue un personaje fundamental, cuyo testimonio sirvió para desbaratar la estrategia de los fiscales. A pesar de su pasado de militante chavista, habló como lo que era: una académica, «una profesional impecable». Su análisis, palabra por palabra, fue tan preciso como la respuesta que dio a la pregunta que Juan Carlos Gutierrez, el abogado de Leopoldo, le hizo: «Doctora Asuaje, por favor, contésteme sí o no: ¿hubo llamamiento a la violencia en los discursos de Leopoldo López?». «Nunca. Este señor no llamó a la violencia».

Joe Biden, entonces vicepresidente de Estados Unidos, aceptó recibir a Lilian en su despacho para marcar el aniversario de las manifestaciones del 12 de febrero.

Tanto Felipe como Mario Vargas Llosa participaron de manera muy activa en la campaña para liberar a Leopoldo. «Ese régimen es un peligro para toda la región —dijo en una ocasión el nobel—. Latinoamérica tiene que despertar». En la imagen, con el matrimonio López-Tintori en junio de 2023.

Lilian propuso a Antonieta y a Mitzy Capriles (la esposa del líder Antonio Ledezma) una acción susceptible de repercutir en los medios para detener el diálogo del Vaticano con el gobierno de Maduro: encadenarse en la plaza de San Pedro.

Leopoldo López Gil, padre de Leopoldo, conversa con el ministro Josep Borrell, quien todos los días hablaba con el embajador en Caracas, Jesús Silva. Cuando le nombraron Alto representante de la Unión Europea para AA.EE., dejó el campo libre a una corriente dentro del Gobierno español favorable a pactar con Maduro.

Casa por cárcel, Leopoldo López con dos grilletes, uno en cada pierna, y el periódico en mano, posando para la foto que le obligaban a hacerse hasta cuatro veces al día.

«Mira, Juan, te va a cambiar la vida en cuatro días —le dijo Leopoldo cuando Guaidó se iba a juramentar como presidente de la Asamblea Nacional—. Lo que te pido es que no cambies, hermano, hay que ser el mismo cuando estés arriba o cuando estés abajo; si te mantienes, vas a poder transitar por lo que te toca». Unas palabras que Juan Guaidó nunca olvidó.

Durante el período de casa por cárcel, el domicilio de la familia estuvo continuamente sometido a vigilancia por militares armados.

El embajador de España, Jesús Silva, y su mujer Sara, en la cena de bienvenida a la residencia, donde Leopoldo y Lilian pidieron asilo. «Jesús se la jugó al ofrecerme la hospitalidad. Lo que hizo por mi familia y por mí no lo hace nadie».

El 1 de junio fue la fecha escogida para la huida de Lilian, que era una operación arriesgada. Cuando el marinero mandó un destello con su linterna, la señal para el embarque, Lilian se santiguó y se dispuso a meterse en el agua con una mochila a las espaldas y su hija Federica agarrada al cuello. Parecía que toda su vida de deportista no había sido más que un entrenamiento para enfrentarse a ese momento crucial.

Leopoldo en su huida. Era tiempo de covid y la mascarilla le servía para protegerse y pasar desapercibido.

Reencuentro familiar en el piso de Madrid. Con la pequeña Federica, nacida de un irreprimible deseo de libertad.

Leopoldo López y el autor ratoneando con las motos por la ciudad.

Leopoldo padre y Leopoldo hijo por fin juntos en Madrid.

Nada más llegar a Madrid, el presidente Pedro Sanchez le recibió en la sede del PSOE, en la calle Ferraz. Después de intercambiar impresiones, al final, Sánchez le preguntó: «¿Por qué Maduro está en el poder?». «Es la pregunta que me hace todo el mundo, presidente..., y hay muchas maneras de responder pero, desde mi punto de vista, en última instancia, Maduro sigue en el poder por el apoyo que recibe de Rusia, de China, de Irán; de Cuba y de Turquía. En realidad, presidente, Maduro es parte de un engranaje mundial mucho más grande que el propio Maduro».

intentos —a él no le gustó la primera toma porque salía sonriendo—, quedó por fin satisfecho con la versión final que le mostraba serio y con los pulgares hacia arriba. Inmediatamente la posteó en Twitter: «Venezuela debería permitir que Leopoldo López, un preso político y esposo de @liliantintori salga de prisión inmediatamente». Ese pronunciamiento de Trump sobre la situación de Leopoldo era el segundo golpe que propinaba al Gobierno de Maduro, después de que dos días antes sancionase al vicepresidente venezolano, Tareck El Aissami, por su presunto papel «significativo» en el tráfico internacional de narcóticos.

Cuando Lilian salió de la Casa Blanca estaba en el séptimo cielo, según Jared Genser. Parecía que Trump y su Gobierno tenían prisa por acabar con Maduro. «Nunca pensó que el presidente le iba a prestar tanta atención —diría Genser—. De la nada, Lilian se había convertido en el rostro de la oposición venezolana». Lo primero que hizo fue dar las gracias a Trump y a Pence en un tuit. No era la única en sentir una honda satisfacción. Abogados de derechos humanos dijeron sentirse desconcertados de que un presidente que no se había distinguido por denunciar abusos en el resto del mundo —se negó a condenar los crímenes de guerra rusos en Siria— hubiera adoptado un tono más duro y exigente en el caso de Venezuela que el propio Barack Obama. Jared Genser había intentado durante más de un año que este recibiese a Lilian, pero no lo había conseguido porque sus asesores presidenciales temían antagonizar con Maduro y hacer descarrilar las negociaciones diplomáticas iniciadas por el Departamento de Estado para congraciarse con el régimen cubano. Genser había acertado al pensar que seguramente Trump haría algo a lo que Obama se hubiera negado.

«Lilian no era solo valiente, sino también intrépida —diría Jared—. Me preocupaban mucho su seguridad y su salud cada vez que volvía a Venezuela, y me preguntaba por qué la dejaban salir del país. Creo que Maduro también le tenía miedo, y temía que la agrediesen por el escándalo que se podía formar».

79

Mientras Lilian estaba con Trump, Leopoldo consiguió grabar un audio: «Hermana, hermano, te queremos convocar a una manifestación contundente, masiva, en las calles de Venezuela este próximo sábado». Justamente ese día cumplía tres años tras las rejas. ¡Qué rápidos pasaban los años y qué lentos los días! Al conocerse el encuentro de Lilian con el presidente de Estados Unidos, Maduro manifestó: «Si nos agreden, callados no nos vamos a quedar; Venezuela va a roncar y va a roncar duro». En Ramo Verde, Leopoldo sintió muy de cerca el ronquido. En mitad de la noche, irrumpieron en la celda unos encapuchados. Furibundos porque no sabían cómo había grabado el mensaje que llamaba a la manifestación, le hicieron una requisa salvaje. Luego volvieron, así hasta diez veces esa misma noche. De esa manera se enteró de que Lilian se había reunido con Trump.

No encontraron un teléfono ni grabadora escondida en un bolígrafo o en algún otro objeto. El audio lo había grabado Leopoldo en un santiamén gracias a Quintero, el custodio cómplice, que le pasó su teléfono por entre las rejas y que enseguida él devolvió.

Furiosos, le prohibieron todas las visitas, incluyendo las de Lilian y la de su abogado Juan Carlos Gutiérrez. Una pena, porque ella había hecho cuentas y la fecha del próximo vis a vis cuadraba con su momento fértil. De nuevo su mayor ilusión quedaba frustrada.

Acabaron encerrándole en compañía de unos presos que en realidad eran espías, policías disfrazados. «Imagínate lo que es pasar todo el día con alguien que busca sonsacarte información». La convivencia acabó en bronca cuando, visto el pobre resultado que consiguieron los «espías», volvieron a condenarle al aislamiento. Se enfrentó a los guardias, les dijo que ese castigo era injustificado, que era una represalia política. No les temía, y como estaba musculoso de tanta gimnasia, les imponía. En la nota disciplinaria, Leopoldo dejó constancia de su puño y letra de que el castigo atentaba contra sus derechos básicos de preso. No podía permitir que le pisoteasen la dignidad, sería el primer paso hacia la desesperanza. Sin embargo, la versión oficial aseguraba que el reo «se dirigió de manera irrespetuosa y violenta al personal de custodios, amenazando e instándolos a pelear, y a su vez ofendiendo (...) al director llamándolo cobarde».

De nuevo se vio encerrado en una celda de castigo, sin visitas, sin libros, sin salida al sol ni misa semanal. Le confiscaron hasta las mancuernas para que dejase de intimidar a los guardias con su musculatura. Había perdido la cuenta de todos los tigritos que había ocupado en los últimos tres años. Eran todos iguales y aun así diferentes. Unos más grandes, otros más fríos, o más húmedos, en unos se oían las voces de los presos, en otros reinaba el silencio; los había con ventanuco, en otros apenas llegaba la luz. En ese había hormigas, y le pareció fascinante observar sus desplazamientos, la manera en que reaccionaban a los obstáculos que les ponía en su camino. Si veía una cucaracha, examinaba sus movimientos meticulosamente. Un día descubrió unos caramelos roídos y sospechó de la existencia de una rata. De noche le puso un trozo de comida y, en efecto, a la mañana siguiente no quedaba nada. Tardó cuatro días en verla, acurrucada en una esquina. Cuando la alumbró, se quedó paralizada. Era grande, con ojos muy negros y una cola enorme. Por las noches se quedaba despierto hasta verla de nuevo. Esa simple presencia de un animal, considerado por muchos como repugnante, era una compañía. Y eso, en el tigrito, tenía valor. ¿No dijo Nietzsche que la grandeza de un hombre se medía por su capacidad para aguantar la soledad? La suya fue puesta a prueba al límite en esos meses de 2017. Solo le ayudaba el convencimiento íntimo de que estaba en el camino correcto y la esperanza, infundada, de que algún día saldría en libertad. El periodo inicial de quince días de aislamiento se prolongó hasta los treinta y cinco sin comunicación con la familia y noventa sin abogado. Lo que intentaban las autoridades carcelarias era vincular las acciones de Lilian con las condiciones de encerramiento, de modo que Leopoldo la presionase para que redujese su activismo, exactamente lo que él no estaba dispuesto a hacer. Esa idea de que el silencio de los familiares y la docilidad del reo redundaban en su beneficio calaba en la mayoría de los presos, no en él. Al cabo de un mes sin verle, Lilian y Antonieta se plantaron un día entero en las puertas de Ramo Verde. Estuvieron hasta las nueve de la noche, cuando perdieron la esperanza de que alguna autoridad saliese a dar explicaciones. Se recogieron, no sin antes grabar un vídeo para denunciar la situación.

Para añadir más tensión, en esos días la Sala de Casación Penal del Tribunal Supremo se reunió para evaluar el último recurso presentado por la defensa de Leopoldo. Maikel Moreno*, presidente del Tribunal Supremo, un individuo turbio que pasó de ser escolta en su juventud a abogado comisionista, magistrado y una de las figuras más influyentes del poder judicial venezolano, y a quien le gustaba presumir de haberse casado con la *exmiss* Venezuela Debora Menicucci, ratificó el testimonio de Rosa Amelia Asuaje, lo que hizo pensar que en esta instancia el recurso podría prosperar. Pero no fue así: los demás miembros del tribunal lo desestimaron y ratificaron la sentencia a trece años y nueve me-

---

* Es uno de los funcionarios públicos con mayor número de sanciones de Gobiernos extranjeros, y tiene antecedentes penales. La Fiscalía Federal del sur de Florida le acusó de conspirar para blanquear capitales y recibir sobornos a cambio de «usar su posición para resolver casos civiles y criminales», según denunció el Departamento de Justicia estadounidense.

ses. Con esta última decisión, el caso de Leopoldo López quedaba definitivamente cerrado en Venezuela. A modo de consuelo, el abogado Gutiérrez dijo a la salida que ya cabía la posibilidad de intentar acciones en tribunales internacionales.

Rosa Amelia utilizó la que consideraba que era su última bala. Publicó una carta abierta dirigida al magistrado Maikel Moreno, una carta larguísima en la que denunciaba las contradicciones de forma y de fondo que había en la ratificación de la sentencia. Añadió que «cualquiera puede ser detenido extrajudicialmente sin razón aparente. Asumo que, si eso llega a suceder conmigo, hay toda una trayectoria y testimonios escritos por mí que me resguardarán». Envió una copia de la carta a los medios de comunicación. En un país como Venezuela, en aquel momento, que una mujer académica que se había distinguido por su lealtad al chavismo denunciase el sistema judicial, era el colmo de la osadía. «Las cosas empezaron a complicarse —contaría la lingüista—. Cada día me sentía más perseguida y más repudiada por mi entorno. Pero no me quería ir de Venezuela, sentía que debía seguir luchando».

Dispuesta a ayudar en todo lo necesario, se puso a trabajar con Juan Carlos para presentar el caso en foros internacionales. Ahora que estaba comprometida con la estrategia internacional, el abogado pensó que debía conocer a Antonieta.

La llamó:

—¿Estás en casa?

—Sí.

—Te llevo a Rosa Amelia Asuaje.

—¿Ahora? ¿Así...?

—Creo que es bueno que la conozcas.

—No sé..., déjame tiempo. Entiendo todo lo que ha hecho por Leo, pero no sé si estoy preparada... A mí esa gente me ha hecho mucho daño, Juan Carlos —dijo, refiriéndose a los chavistas en general.

El abogado no le dejó terminar la frase.

—En diez minutos estamos en tu casa.

Y colgó. La madre de Leopoldo estaba perpleja; además, no se encontraba bien físicamente. Había sufrido demasiado desde el advenimiento de Chávez al poder como para que esa visita no la incomodase.

Llegó Rosa Amelia, con su aire de ratón de biblioteca y sus gafas de pasta negra, y Antonieta, que estaba más nerviosa que ella, la miró de arriba abajo. La lingüista no se sintió intimidada; entendía la persona a la que se enfrentaba y, en lugar de hablar de Leo a fondo, llevó la conversación por otros derroteros. Así, poco a poco, consiguieron conectar. «Fue un encuentro muy emotivo —diría Rosa Amelia, que, como buena especialista en Grecia antigua, se acordó del canto 24 de la *Ilíada*, donde dos oponentes se encuentran y lloran por las desdichas de sus hijos—. Eso fue lo que pasó. Antonieta y yo nos abrazamos y lloramos por el destino que nos había tocado, por lo que había pasado con Leo. Lloramos como madres porque ella tenía a su hijo preso y yo a mi única hija en la Argentina que no sabía cuándo volvería a ver». Antonieta le agradeció de corazón su participación, lo que había hecho por ellos, su coraje al querer restituir la verdad.

—No me esperaba que hicieras algo así —le dijo—. Nadie lo esperaba.

Fue un momento de extraña comunión entre mujeres de edades, formación y orígenes muy diferentes unidas por un destino doloroso. «¿Cuánto sufrimiento puede un corazón aguantar?», se preguntaba la lingüista al abandonar La Atrevida. A partir de ese encuentro mantuvieron el contacto. Se escribieron y desarrollaron una amistad transparente que se ha mantenido a lo largo de estos años.

Aunque el padre de Leopoldo no se hacía ilusiones, la noticia del desistimiento del último recurso fue recibida como otro mazazo. Que estuviera lejos de todo aumentaba su angustia. Afincado en Madrid, recorría el país para contar la realidad de Venezuela y pedir la libertad de su hijo. Lo hacía en mítines de los partidos políticos, en los medios de comunicación y en cualquier reunión donde le dejaban un micrófono. Así consiguió un día reunirse con Felipe González y José María Aznar a la vez, que mostraron públicamente su solidaridad con Leo. En una emotiva intervención, agradeció a sus «dos grandes amigos» todo lo que estaban haciendo por su país.

80

Un país, Venezuela, que se desangraba. La inflación alcanzaba ya el 1660 por ciento, a la que se sumaba una severa escasez de alimentos. La mitad de los niños dejaron de comer tres veces al día y un millón de estudiantes abandonaron las aulas a causa del hambre. La tasa de mortalidad infantil al nacer se disparó. Los hospitales ya no podían curar enfermedades tratables por falta de insumos. Tres cuartas partes de los venezolanos perdieron una media de nueve kilos de peso. En 2017 regresó la malaria y la difteria. Y comenzó un éxodo masivo que en pocos años iba a vaciar el país de más de un tercio de su población. Venezuela, con las mayores reservas de petróleo del mundo, retrocedía en todos los marcadores. Según las encuestas, la gestión de los chavistas era rechazada por ocho de cada diez personas.

Para intentar paliar la catástrofe, el Gobierno declaró el estado de emergencia económica y empezó a gobernar a base de decretos, erosionando aún más la separación de poderes. Con ayuda de tecnología china inventaron el carné electrónico de la patria, indispensable para recibir las bolsas de ayuda alimentaria, pero, en el fondo, era una formidable herramienta de control social. Lo grave ocurrió el 29 de marzo de 2017, cuando Nicolás Maduro arrebató las competencias a la Asamblea Nacional recién elegida. Con ese autogolpe de Estado, eliminaba el último resquicio de institución democrática. La fiscal general, Luisa Ortega Díaz, esa que había orquestado la condena de Leopoldo, no pudo sostener más su defensa a ultranza del régimen y denunció la ruptura del orden constitucional. Al tomar esa postura sorprendió al país: no solo le iba a costar el cargo, quizás la vida también. Cuando fue acusada de traición a la patria se vio obligada a tomar el camino del exilio y se refugió en Colombia. «Las ratas abandonan el barco», dijeron algunos.

Sin posibilidad de solucionar los problemas por medio de la política, la población se lanzó a las calles con más ímpetu y desesperación que nunca. La oposición convocó una nueva ola de protestas en todas las ciudades para pedir adelantar las elecciones presidenciales, o simplemente para exigir que Maduro abandonase el poder. A pesar de que la Constitución de Chávez prohibía que las fuerzas del orden portasen armas de fuego, las televisiones retransmitían imágenes donde se veía a policías matar a manifestantes a tiro limpio. En cuatro meses, de abril a agosto de 2017, hubo seis mil doscientas setenta y nueve manifestaciones en todo el país, una media de cincuenta y seis protestas diarias que dejaron un rastro de ciento cincuenta y siete muertos y más de quince mil heridos. Niños pobres de los barrios y familias de clase media salían a las calles en una insólita alianza que asustó al Gobierno. Antonieta admiraba la manera en que Lilian se enfrentaba a los antidisturbios, sobre todo cuando se agachaba a recoger una bomba lacrimógena y la lanzaba de vuelta con todas sus fuerzas hacia la barrera de policías. De pronto, rebotó en el suelo una de esas bombas y Antonieta tuvo el mismo reflejo que su nuera, se agachó y la cogió en sus manos. Pero en lugar de lanzarla inmediatamente de vuelta, la manipuló mal, respiró una bocanada de gas y cayó desmayada en la calzada. Un escolta llamado Josué la vio, corrió hacia ella y la llevó en brazos al punto de asistencia médica. «Quise hacer lo mismo que tú», le dijo a Lilian cuando hubo recuperado la conciencia.

En ese ambiente de revolución y desorden llegó a Caracas el nuevo embajador de España, Jesús Silva. El Gobierno español necesitaba a alguien que tuviera capacidad de relacionarse con la élite madurista y, al mismo tiempo, fuese firme; alguien que supiera nadar y guardar la ropa. Silva, un hombre corpulento y extrovertido, había hecho sus pruebas como embajador en Panamá y luego como presidente de Ineco, una empresa pública de ingeniería. Como sabía el caos en el que se había convertido la vida en Venezuela, dudó mucho antes de aceptar el puesto, pero al final pensó que era un desafío profesional importante y accedió. Llegó a la residencia de la embajada, en el lujoso barrio del Country Club, y en lugar de hacer su ronda habitual de visitas de presentación tuvo que permanecer recluido. Había manifestaciones por doquier y la violencia estallaba sin avisar; la gente utilizaba sus coches para bloquear las calles. La figura de Lilian aparecía como un mascarón de proa en casi todas las marchas que se daban en Caracas. «La oposición estaba muy crecida y existía la sensación de que el chavismo estaba condenado a perder cualquier elección a la que se presentara de manera humillante. La gente pensaba que el fin de Maduro era una cuestión de tiempo».

Como necesitaba entender rápidamente la situación, Silva se puso manos a la obra. Uno de los primeros en aceptar la invitación a cenar a su residencia fue Miguel Rodríguez Torres, exdirector del SEBIN y antiguo ministro del Interior, responsable de encabezar la represión de las protestas antigubernamentales de 2014 y cuyo escolta disparó contra Bassil Da Costa y Juancho Montoya. El que fue a vigilar La Atrevida mientras Diosdado hablaba con los padres de Leopoldo. El creador de la Tumba, cuya sola mención hacía temblar de miedo a cualquier venezolano. Le contó cómo Chávez, al saberse enfermo, creó el «alto mando de la revolución» para tomar las grandes decisiones de forma colectiva. Compuesto de ministros y militares como él, fue quien designó a Maduro sucesor de Chávez. No porque fuera el más brillante, sino porque era el más dócil, el más obediente, el que tenía menos criterio. Según le dio a entender, en el alto mando ahora había dos facciones: la dura, representada por Diosdado Cabello, reacio a cualquier cesión a la oposición, y otra, más pragmática, encabezada por los hermanos Delcy y Jorge Rodríguez, que adquirían cada vez más poder. Para Jesús Silva era una información muy valiosa de cara a sugerir al Gobierno de Rajoy que diera apoyo a las primeras negociaciones secretas entre Gobierno y oposición, con mediación de Zapatero.

El embajador aprovechó una visita del expresidente para convocar la primera reunión entre oposición y Gobierno que debía durar hora y media, pero que se prolongó ocho. Asistió la vicepresidenta, Delcy Rodríguez, una mujer pequeña, impasible en su expresión, con fama de colérica y muy sectaria. Poderosa y próxima a Maduro. Zapatero la había conocido en 2015 cuando fue invitado como observador a las elecciones de la Asamblea legislativa y ella era ministra de Asuntos Exteriores. Habían trabado amistad, unidos por una misma visión del pasado forjada por los parientes que habían sido asesinados de manera cruenta, el padre de Delcy en los años setenta por la policía de la Cuarta República de Carlos Andrés Pérez y el abuelo de Zapatero, en la Guerra Civil. En el ambiente distendido de la residencia de la embajada, chavistas y opositores discutieron de todo, pero de manera especial de la liberación de los presos y la de Leopoldo López. «Si ustedes se reúnen con Maduro —les dijo Delcy—, ese mismo día soltamos a Leopoldo». Los chavistas estaban obsesionados con que los líderes de la oposición se hicieran una foto con Maduro. Sabían que sería una fórmula para aplacar la furia del pueblo. Pero quien se opuso con vehemencia fue Freddy Guevara, el joven y vigoroso líder de Voluntad Popular, que le dijo en privado a Zapatero: «Si yo no puedo hablar por teléfono con mi líder y él me dice que sí, yo no voy a aceptar eso». Guevara bloqueó esa iniciativa, pero no puso obstáculos a que siguieran hablando desde la mañana hasta casi el anochecer.

—Usted atiéndales —decía Silva al mayordomo de la embajada—, llévelos jamón, tortilla, pinchos, vino de Rioja y que se queden todo el tiempo que quieran.

De vez en cuando salía alguno al baño, y Silva le preguntaba cómo iban las cosas. Lo que le contaban enseguida lo escribía en el chat colectivo que compartía en WhatsApp con funcionarios de Asuntos Exteriores, incluido el ministro Alfonso Dastis, que pasaba la información al presidente Rajoy. En tiempo récord, consiguió que España tuviese una antena privilegiada en el corazón escondido de la vida política del país. Quien estaba muy angustiada era Lilian. No participaba en las negociaciones, no tenía ningún papel político, pero sabía por Freddy de lo que se hablaba. Ella, ante todo, deseaba que llegasen a un acuerdo para ver a Leopoldo fuera de la cárcel. Aunque la entendía, la firmeza de Freddy le escocía.

Cuando Delcy Rodríguez anunció que se marchaba a casa, Silva la acompañó hasta su automóvil.

—Muchas gracias, embajador, hemos comido muy rico.

—Solo faltaría que la madre patria no les diese bien de comer.

—Con todo el genocidio que hicieron ustedes, es mucho jamón lo que nos falta todavía..., es mucho lo que nos deben.

El comentario le pilló desprevenido, pero salió airoso del envite:

—Eso del genocidio será culpa de su abuelo, el señor Rodríguez, porque el mío se quedó en España.

Su hermano, Jorge, que oyó la conversación, estalló de risa; le parecía todo muy ingenioso. Silva se mordió los labios.

81

Al calor de la candente actualidad venezolana, llegaban a Caracas periodistas del mundo entero. A finales de abril, Antonieta recibió a Stephen Sackur, un conocido reportero de la BBC, que la entrevistó en su casa. Al final de la charla se le ocurrió preguntarle:

—¿Te gustaría que fuésemos a ver a Leo?

El periodista, sorprendido, accedió. ¡Menudo *scoop*!

—Dame veinticuatro horas. Mañana te llevo.

Sackur estaba intrigado. Antonieta se las arregló para mandar a través de Quintero un mensaje a su hijo avisándole de que iría al día siguiente con un periodista importante y que estuviera listo a la hora acordada. Añadió que tuviera cuidado de que no le cambiasen de celda. La suya en ese momento daba al exterior y por eso podrían comunicar.

El día siguiente, Antonieta, el periodista y su camarógrafo llegaron en coche a trescientos metros de distancia de la cárcel desde donde se veía, arriba a lo lejos, la torre en la que estaba encerrado Leopoldo. Caminaron hasta el borde la alambrada. Con su vozarrón de madre sufriente, le llamó a gritos:

—¡¿Leo, estás ahí?! He venido a visitarte... ¡¡Leo!!

La respuesta tardó en llegar.

—¡Aquíííí...!

—¿Tienes algún mensaje para mis acompañantes? —vociferó.

Se oyó a lo lejos un hilo de voz, que también hablaba a gritos. Era Leo.

—¡Que viva Venezuela, que decida la gente, que llamen a elecciones! ¡Queremos democracia!

Antonieta le traducía. El periodista estaba atónito y repetía:

—*We want democracy*.

Seguían escuchando a Leo, que se desgañitaba desde su celda:

—¡Queremos elecciones, queremos votar, queremos que la gente decida!

En ese momento, se oyeron unos pitidos. Eran los guardias que intentaban ahogar la voz del preso.

—¿Oyes esos pitidos?

—Sí, sí —respondió Antonieta—. Ya se va a acabar.

Ese diálogo, corto y a la fuerza limitado, le proporcionaba una información importante. Por el tono adivinaba su estado anímico.

Volvió a oírse a Leo:

—¡El Gobierno no quiere elecciones porque sabe que las pierde!

Antonieta intuía que había llegado el momento de la despedida.

—¡Cuídate mucho y Dios te bendiga! —le vociferó.

Ya no se oía la voz de Leo, que los guardias habían silenciado. Su madre y el periodista permanecieron unos instantes mirando a la torre. Sackur se mostraba estupefacto ante lo surrealista y trágico de la situación. Cuando ya quedó claro que Leopoldo no contestaría más, se giró hacia Antonieta y le preguntó:

—¿De dónde saca usted su fuerza?

—De él —contestó ella sin vacilar—. La saco de él.

—¿Hay días en los que tiene que convencerse a sí misma para seguir adelante?

—Son muy pocos.

Miró hacia arriba, hacia donde estaba su hijo encerrado. Por la voz sabía que estaba fuerte, pero qué tristeza, Dios mío, se dijo. Con el dedo meñique se limpió una lágrima que pugnaba por salir, y lo hizo con cuidado de no correr el rímel.

El 3 de mayo, Antonieta se despertó sobresaltada por el sonido insistente de su teléfono. Era Lilian. A esa hora temprana, una llamada de su nuera era inquietante. Lo más probable era que se hubiera puesto enfermo uno de los niños.

—¿Qué pasa?

—No es seguro, pero parece que han trasladado a Leo al hospital.

Antonieta saltó de la cama, como catapultada por un resorte. Lilian le explicó que un conocido periodista de televisión acababa de publicar en un tuit que Leopoldo había sido trasladado a un hospital militar por envenenamiento. A Antonieta se le encogió el estómago. Para no asustarla más, Lilian se abstuvo de decirle que el senador Marco Rubio, en Estados Unidos, había comentado que había ingresado «sin signos vitales».

—Vamos para el hospital, te recojo en diez minutos.

Llegaron sin aliento. La posibilidad de un atentado contra la salud nunca se les había quitado de la cabeza. Después de una espera eterna, la funcionaria de información les dijo que estaban mal informadas, que Leopoldo no estaba ingresado en el hospital militar.

Decidieron desplazarse a Ramo Verde, adonde acudían compañeros del partido, seguidores y simpatizantes alarmados por el mismo rumor. La multitud congregada a las puertas del penal portaba pancartas reclamando la presencia de su líder, otros llevaban banderas.

Lilian y Antonieta preguntaron a los guardias por el paradero de Leopoldo: «Era desesperante —recordaría Lilian—, era como hablarle a una pared, ni siquiera te miraban a los ojos». A los periodistas que iban acudiendo les repetían lo preocupadas que estaban al no recibir respuesta de nadie en Ramo Verde.

Estuvieron todo el día esperando a que compareciese alguna autoridad que les diese información. Nadie salió. Al atardecer, cuando llegó el frío y la neblina cubrió la colina con su manto blanco, decidieron quedarse a dormir, cada una en un coche que les prestaron unos del partido. «Una de las cosas más duras de aquella experiencia fue que nunca recibimos información del director del penal —diría Antonieta, consumida por la ansiedad—.

No nos dijo si Leopoldo estaba bien o no, si lo habían trasladado. Su responsabilidad era informarnos de cómo se encontraba, sobre todo en una situación como aquella».

A las cinco cuarenta y cinco, cuando despuntaban los primeros rayos de sol, salieron de sus respectivos vehículos, se desperezaron y bebieron un café caliente del termo de un compañero que había acampado allí mismo. Luego se presentaron ante un retén de militares. «Les impresionó mucho vernos, no se lo esperaban, les dijimos que no nos moveríamos hasta saber de Leo».

Sus móviles empezaron a vibrar sin parar. La desaparición del preso más famoso de América Latina era la noticia del día y todas las radios matutinas del país buscaban su testimonio: «Llevamos veinticuatro horas esperando a que nos digan dónde está», repetían. Por otra parte, la red de ayuda internacional se movilizó. Luis Almagro, presidente de la OEA, solicitó una visita urgente a Leopoldo. Peticiones similares llegaban de Human Rights Watch, de políticos latinoamericanos, de senadores de Estados Unidos. Desde España, el padre de Leopoldo solicitó enviar un comité de la Cruz Roja Internacional a Ramo Verde.

Bajo tanta presión, el coronel Viloria, director de la prisión, apareció por fin en el quicio del portalón de entrada y se dirigió a Antonieta.

—Leopoldo está en su celda, y está bien —le dijo.

Lilian se acercó:

—Queremos verlo.

—No, no pueden. Pero les aseguro que está aquí.

Antonieta se tranquilizó un poco. Lilian era más escéptica. ¿Y si el hombre mentía? Pidió en los medios de comunicación que el Gobierno diese una fe de vida. La respuesta la dio Diosdado por la noche en su programa *Con el mazo dando* de la televisión estatal: «Están inventando no sé qué cosa que le hicieron al monstruo de Ramo Verde para montar un *show* lindo y bello; no, al monstruo de Ramo Verde no se le hizo nada —dijo—. Está allá en su cueva, metido, como debe ser por los próximos trece años, por asesino». Lilian fue rápida en su respuesta: «No creo en Diosdado Cabello.

Es una cortina de humo para tapar lo que pasó hoy en Venezuela», agregó en referencia a una manifestación que ese día concluyó con la muerte de un menor de diecisiete años, un hombre herido que se encendió el cuerpo al lanzar un cóctel molotov y una tanqueta que pasó sobre un grupo de manifestantes.

Lo que hizo Lilian, que no podía aguantar más tanta incertidumbre, fue bajar sola la colina de Ramo Verde, atravesar a pie la barriada y luego subir por la parte de atrás del promontorio donde, en la cima, se alzaba el edificio de la cárcel. Pegada a la alambrada, colocó sus manos alrededor de la boca y gritó con todas sus fuerzas el nombre de Leopoldo. Esperó unos instantes. Volvió a gritar. Por fin, al cabo de unos segundos, llegó la respuesta, a lo lejos:

—¡Aquíííí...!

Era cierto, Leo estaba en Ramo Verde. Vivo.

Dos días más tarde apareció en un vídeo diciendo la fecha y la hora en el que se le grabó. Aseguraba estar bien y enviaba saludos a su familia, al tiempo que dijo no entender «por qué se quiere dar una fe de vida en este momento». Su enfermedad había sido un bulo lanzado por las autoridades con suficientes visos de credibilidad como para que el senador Marco Rubio cayese en el engaño. La razón, muy probablemente, respondía a la necesidad del Gobierno de desviar la atención de la represión en las manifestaciones que estaban causando muertos y miles de heridos.

82

En la tradición de sus predecesores, para ganar méritos, el director de la cárcel intentó una burda maniobra para romper el tándem Tintori-López. Si lo conseguía, se apuntaría un tanto entre los jerarcas del Gobierno. El plan era sencillo y, pensaba él, no podía fallar.

Estaba Leopoldo en su celda cuando llegó un custodio:

—López, tienes visita.

—¿El miércoles visita?

—Una tal Concha López.

—Te has debido confundir. No conozco a nadie con ese nombre.

El guardia esgrimió una sonrisa pícara.

—Lo que tienes abajo es toda una yegua. A ver quién será, aquí tienes la foto. —Sacó su móvil—. Mira esa yegua, vaya mujerón. Coño, López, hablé con el director y me dijo que le echemos bola, que pase, pero eso sí, entre nosotros, el director, tú y yo, te la paso un rato, ¡échale pichón!

—Qué mujerón.

—Pues está esperándote abajo, ¿le digo que suba?

La tentación era fuerte, el hombre insistía y era inusualmente amigable.

—Naaaa... —contestó Leopoldo, que se había olido la trampa.

—Aprovéchate, el director te deja, una así no vas a tener otra oportunidad en tu vida... Mira, mira qué tetas, qué culo, ¡qué vaina, pana!

Estuvieron vacilando un buen rato a cuenta de la tal Concha López, hasta que el custodio dejó de insistir, no sin antes llamarle marico, *coñoe'tu* madre, *mamaguevo*, ladilla, gafo..., siempre en tono amigable, eso sí. A Leopoldo le sorprendió que el director pensase que él, siendo quien era, pudiese caer en semejante maquinación. Qué falta de respeto, pensó para sus adentros.

Lilian decidió verle el fin de semana siguiente al del rumor del envenenamiento. Lo tenía que ver a toda costa. No porque fuese el día de la madre, no, aunque lo era. Tampoco para darle ningún mensaje de otros políticos, ni para recibir instrucciones. Necesitaba verle ese fin de semana preciso porque así se lo había indicado Arturo, su ginecólogo. Ya habían pasado más de tres meses desde que tuvo el aborto, que era el tiempo de espera que les había indicado antes de volver a intentarlo. Lilian era ducha en calcular las fechas de los tiempos de fertilidad y el 7 de mayo era un día clave. Tenía que entrar a Ramo Verde fuese como fuese. «Cuando estás buscando, planificas hasta el día», diría. Pero era tan difícil hacer coincidir la biología con los candados.

Aunque la visita conyugal estaba prevista para el domingo, Lilian se presentó el sábado 6 de mayo pronto por la mañana. Después de tres horas de espera, escribió un tuit: «Son las 10:15 am. Hoy se cumplen treinta y cinco días sin poder ver a Leopoldo, sin poder hablar con él. Me tienen que dejar pasar, es un derecho de la familia». Llegaron periodistas con cámaras de televisión y empezó a dar entrevistas y a llamar a las embajadas. Estas representaban una especie de garantía de su vida, además podían ejercer su influencia ante el Gobierno. Afirmó que los treinta y cinco días sin visitas fueron una decisión de Nicolás Maduro para impedir que su marido se enterara de la ola de protestas que sacudía Venezuela. Indicó que Leo era grabado «todo el tiempo» dentro del penal y que lo castigaban injustificadamente. «Mi marido no está preso, sino secuestrado por el Gobierno», afirmó. Tenía un grupo de gente joven que manejaba muy bien las redes y en treinta segundos daba a conocer lo que fuese. Eran muy ágiles en la gestión de la comunicación, lo que exasperaba al régimen. Para acallarla, la dejaron entrar. Probablemente «los de arriba» no aguantaron más sus declaraciones y protestas ante los medios; o, sencillamente, aquello formaba parte del «hoy te doy, mañana te quito». Minutos después, el primer vicepresidente del Parlamento venezolano, Freddy Guevara, confirmó mediante la misma red social que Lilian había logrado ingresar al recinto penal.

Se vieron en la celda de castigo, no tocaba vis a vis. De tanto ejercicio, Leo había desarrollado unos pectorales impresionantes; parecía un culturista. Las muelas le seguían haciendo sufrir. Le contó a Lilian que el flemón llegó a crecer tanto que un día vino Quintero y otro custodio a llevarle a la silla de odontología que estaba en el último piso donde un dentista militar le arrancó las muelas con unos alicates. Ahora no le dolían las muelas, sino el hueco que le habían dejado. «Yo le narré todo lo que vivimos —contaría Lilian—. Leo no sabía nada porque estaba aislado. Le dije que la cosa estaba calentísima. Todo lo que le conté, las marchas multitudinarias, la furia del pueblo, todo le impresionó mucho». No se detuvieron a comentar las miserias por las que pasaban. No hablaron de la campaña en el extranjero ni de los repartos de ayuda humanitaria de Rescate Venezuela ni de las próximas visitas de gente importante por si había algún micrófono o cámara camuflados en la celda. Lo que hicieron fue planificar en detalle y en voz baja el vis a vis del día siguiente. Les preocupaba que las autoridades quisiesen arrebatarles ese derecho; por ahora les reducían paulatinamente el tiempo de cada encuentro: «Debieron darse cuenta de que Leo siempre terminaba con mucha fuerza y con buen ánimo y decidieron reducir las horas».

Era cierto. El día siguiente, domingo 7 de mayo, Día de la Madre, fue una jornada de mucho ajetreo en el penal. Lilian llegó acompañada de Antonieta y de los niños cargados de flores y bolsas de comida y juguetes. Después de dos horas de espera, por fin les dejaron entrar en la celda de la visita conyugal situada en la planta baja. Una celda totalmente vacía, les habían quitado hasta el catre. Se sentaron en el suelo, la espalda apoyada contra la pared surcada de grafitis. Un guardia al que llamaban el Gordo por su descomunal tamaño se acercó a Lilian:

—Tintori, hoy solo tienes una hora.

—Pero las visitas conyugales duran todo el día, ¿no?

—Órdenes de arriba. Una hora máximo. Luego al tigrito.

—¿Y el catre?

El Gordo alzó los hombros; no sabía por qué no estaba en su sitio. Les reducían el tiempo, les quitaban la cama, estaba claro que la revolución bolivariana no quería que su preso más famoso disfrutase de la intimidad con su mujer. Ellos, empujados al límite, tenían prisa por llevarles la contraria. Ese niño que buscaban sería la afirmación de su rebeldía.

—Siempre he querido tener una hija y llamarla Federica —le había dicho Leo.

Era más fácil decirlo que ponerse a ello, en esas circunstancias. Había prisa, tensión y esa sensación tan familiar de impotencia ante la arbitrariedad. A ver cómo Lilian organizaba lo que tenía que organizar con la familia de por medio. Los niños estaban abrazados a su padre, llevaban tanto tiempo sin verse. Antonieta pudo por fin tocarle, mirarle a los ojos, darle ánimos hablándole del abogado americano, de las gestiones que estaban en marcha, de los resultados que estaba dando la estrategia internacional... A ella no le importaba ser grabada por alguna cámara escondida, «¡Que se enteren!», decía. Le dio noticias de su padre, de los apoyos que estaba consiguiendo en Europa, de cómo Leopoldo López, símbolo mundial de las violaciones a los derechos humanos, se estaba convirtiendo en un problema para el Gobierno, a la vez que Nicolás Maduro se iba transformando en el dictador más vilipendiado. Lo decía atropelladamente, aprovechando el tiempo al máximo, consciente del valor de cada segundo en esas visitas que quizás no se repetirían más. Y era impermeable a las indirectas que le lanzaba Lilian.

—Antonieta, ¿tú crees que puedes ir un momentito al patio con los niños?

—Ese patio está lleno de tierra, a los niños no les gusta.

Lilian alzaba los ojos al cielo. Al cabo de un rato, insistía de nuevo:

—Hay unas ovejas detrás de ese patio..., ¿crees que puedes llevar a los niñitos a ver las ovejas? Eso les gusta.

Harta de que su suegra no captase su intención, le clavó la mirada en los ojos y le dijo en voz baja con los dientes apretados:

—Es que tengo que hablar de algo con Leo.

Antonieta por fin se cayó del guindo.

—Aaaahhh... —dijo con una sonrisa pícara—. Vamos a ver esas ovejitas, niños.

Y los sacó del cuarto. No entendían por qué no podían quedarse con papá y mamá, les apetecía mucho más que ir a ver esos animales escuchimizados.

La celda en la que permanecieron Lilian y Leopoldo era el lugar más desangelado que uno pudiera imaginar. Nada llamaba al disfrute. Iba a ser necesario abstraerse mucho para poder abandonarse. Pero disponían de un arma poderosa: se querían.

—¿Nos tumbamos en el suelo?

—Shhh... —murmuró Leo—. Aquí no.

Leopoldo sabía que habían cableado la celda hacía poco tiempo. Lilian se llevó las manos a la cara.

—Dios mío, ¿tú crees que hay cámaras filmándonos?

—Sí, probablemente. O pueden entrar de golpe y grabarnos, no sé lo que es peor. No me confío. Vamos al baño, allí les será más difícil entrar.

Era un espacio más privado, muy pequeño. Lilian miró a su alrededor: había chorretones en las paredes, el agua estaba cortada, el inodoro mugriento... Olía a cañería y a zotal. Todo resultaba difícil, extraño, se le hacía tan cuesta arriba que pensó fugazmente en renunciar. Luego se dijo que por nada en el mundo le aguaría la fiesta a su marido. De modo que se desnudó poniendo cara de asco, mirando con desconfianza cada rincón del techo por si hubiera alguna cámara escondida entre las grietas y los desconchones. Lo que vio la hizo sobresaltarse: era una cucaracha que trepaba por el conducto de agua.

No hablaban, parecían una pareja de mimos haciendo contorsiones, o de sordomudos. Pero qué sabrosos los mordiscos, las caricias, los besos, se dijo Lilian. Qué vivo estaba. En el amor se daba cuenta de lo poco que la cárcel había hecho mella en su personalidad profunda. Era el Leo de siempre, desafiante, resistente, el padre de sus hijos, el hombre por quien estaba dispuesta a dar la vida. Pero había que darse prisa, en cualquier momento podía aparecer el Gordo por aquella puerta. Metidos en harina, a ella se le olvidó todo. «Al carajo las cámaras; si quieren vernos, que miren», se dijo. Por lo menos no podrán alegar que el hijo será de Marco Rubio o de Carlos Vecchio, como dijeron en el programa de Diosdado al referirse al bebé que perdió. ¡Qué de maledicencias había soportado! No, este iba a ser el hijo de Leo y Lilian, concebido en una celda mugrienta a pesar de sus captores, como un ejercicio de pura libertad individual. El grito de placer de Leo era su respuesta a los malos tratos, a la incomunicación, al aislamiento, a la injusticia de su condena. Se reafirmaba ante la vida, esa vida que le intentaban cercenar y arrebatar.

—Se acabó el tiempo.

Era la voz del Gordo. Su manojo de llaves tintineaba en la mano. La visita conyugal había concluido.

83

Un día de finales de mayo, y de manera inesperada, Leopoldo recibió un paquete en su celda. Lo abrió: era un reloj Swatch. ¿Sería el que había pedido a Zapatero? Hubiera preferido recibir la lamparita, pero no despreció el reloj, que también necesitaba. Más tarde le llegó una mesa, nuevecita, de plástico blanca. ¿Qué estaba pasando?

La respuesta la obtuvo tres semanas más tarde, cuando apareció de nuevo Zapatero, al anochecer.

—¿Y la lamparita? —le preguntó Leo.

—Te la envié, probablemente te la requisaron.

Para gran sorpresa de Leo, no venía solo, sino acompañado de Delcy Rodríguez, la vicepresidenta del Gobierno. Leopoldo conocía a poca gente tan resentida como ella, por eso le recordó:

—¿Tú estudiaste en París, no, Delcy?

—Sí, tres años.

—Que sepas que la beca que te permitió estudiar allí te la firmó mi papá. —Y luego añadió, con sorna—: No todo era malo en la democracia.

Poner las cosas en su sitio era una buena manera de comenzar la charla. En efecto, el padre de Leopoldo había sido director de la Fundación Mariscal Ayacucho, financiada por los fondos petroleros, y que repartía miles de becas a los jóvenes venezolanos de las que se beneficiaron estudiantes como Delcy Rodríguez.

Permanecieron un largo rato en la celda. Después de trivialidades al uso, la conversación se fue centrando en la actualidad.

Insistían en el horror de las manifestaciones que asolaban el país y se lamentaron de tanta violencia.

—Podemos hablar toda la noche de quién es violento y quién no —soltó Leopoldo—. Para mí, las protestas las promueven ustedes y de la misma manera las pueden parar ustedes.

—Las puedes parar tú, que eres quien las avivas —dijo Delcy.

—Son ustedes los que han llevado a este país a un colapso general.

—Aquí no se trata de tirarnos los trastos a la cabeza —intervino Zapatero en su tono conciliador—, sino de pacificar la sociedad, y por eso estamos aquí, Leopoldo, venimos a pedir tu colaboración.

«¡¡Me tienen sin luz en una celda y vienen a pedirme que les ayude!!». Hizo esfuerzos para disimular su malestar, pero Delcy consiguió ponerle aún más nervioso.

—Las fuerzas policiales actúan no para reprimir, sino para evitar que se expanda la violencia.

—¿Ah, sí? ¿Disparando con fuego real? ¿Lanzando bombas lacrimógenas? Ustedes están matando a una persona cada día... Lo dicen las estadísticas.

—¿Nosotros? ¿Quién llama a la calle?

—Protestar es legítimo, como lo es resistir y rebelarse contra un Gobierno déspota que no da respuesta a sus ciudadanos. A ver, dígame, canciller, ¿quién mató a David Vallenilla?

Mencionó a David José Vallenilla, un estudiante muerto unos días antes, el 22 de junio, por el disparo a bocajarro de un militar desde el otro lado de la verja de la base aérea de La Carlota: había sido grabado en un vídeo. El caso había dado que hablar porque la víctima, de veintidós años, era hijo de quien fue jefe de Nicolás Maduro cuando este era un empleado del metro de Caracas. Y ahora ese hombre acusaba en las redes sociales y en los medios a Maduro de asesino y juraba venganza: «Yo era tu jefe, ¿recuerdas? Cargabas a mi hijo en brazos cuando venía con su madre a la oficina. Ahora lo has matado». Todo el país había temblado de emoción al verle en televisión.

—Aunque has sacado a Venezuela de la OEA —prosiguió Leopoldo—, sabes que un panel de expertos independientes contratados por esa organización ha considerado que el de Vallenilla es un crimen de lesa humanidad, y no es el único.

Enumeró los nombres de otras víctimas, todas acribilladas por efectivos policiales o militares. Hasta la fecha sumaban ciento sesenta y tres muertos, quince mil heridos y tres mil detenidos. Solo en el año 2017. Delcy contraatacó con los nombres de los manifestantes de su partido que habían caído muertos o heridos.

—Hablas de colectivos, de gente armada y amparada por ustedes.

Zapatero tuvo que desplegar todas sus dotes conciliadoras para que la conversación no se enrocara y fluyera por los cauces de la civilidad. Al final le pidieron claramente que llamase a la gente a no protestar, que la desmovilizase.

—No, no voy a hacerlo —zanjó Leopoldo.

Esa misma noche, el teléfono sonó en la residencia del embajador de España. Era Lilian.

—Jesús, a mí no me dejan, pero me han dicho que Zapatero le ha visto. ¿Cómo es eso?

—Ven a casa y lo hablamos.

A las doce de la noche, Lilian llegó, acompañada de Antonieta.

—Lo que os voy a contar no se lo podéis decir a nadie porque vais a perjudicar a Leopoldo —les anunció el embajador Jesús Silva—, pero hay una operación en marcha para sacarle de la cárcel y ponerle en arresto domiciliario. No lo puede saber nadie. Si ahora no os dejan entrar a verle, es porque no quieren que se sepa. De vuestro silencio depende que salga.

Jesús se había enterado de que Jorge Rodríguez, el hermano de Delcy, que ostentaba el cargo de alcalde de Caracas y que pronto sería nombrado ministro del Poder Popular para la Información, había convencido a Maduro para dar casa por cárcel a Leopoldo y desactivar así la agitación callejera y, de paso, acabar con el mito del preso encarcelado que se estaba volviendo contra el régimen.

«A Lilian le entró un apuro terrible», contaría el embajador.

—No me puedo callar algo así —le dijo. Tenía detrás una organización muy estructurada donde era una cuestión de supervivencia que la información circulase con rapidez—. ¿Y qué hago yo entonces? No puedo ocultar algo tan importante a la gente que está dando la cara por nosotros.

—Mi consejo es que desaparezcas del mapa unos días.

Lilian, que nunca estaba enferma, se inventó una gripe y decidió encerrarse en casa para no hablar con nadie.

84

Tres días más tarde, Zapatero apareció de nuevo en la celda, esta vez con Delcy y su hermano, Jorge Rodríguez, que era psiquiatra y escritor, pero sobre todo político, con fama de maquiavélico. Hugo Chávez lo había nombrado vicepresidente de su Gobierno en 2007, pero lo acabó echando porque le gustaba alternar con la alta sociedad y despreciaba a los chavistas de base, a los que consideraba gente vulgar. Era un hombre inteligente y ahora se había hecho imprescindible en el equipo de Maduro. La pareja de hermanos representaba a una corriente más pactista, más negociadora, en contraste con Diosdado, que era más duro y recalcitrante. Se hablaba de que había enfrentamientos directos entre ambas facciones. Diosdado quería que Leopoldo se pudriese en la cárcel. Los Rodríguez sabían que, desde que entró en Ramo Verde se había colocado como favorito en las encuestas con un índice de aprobación de más del cincuenta por ciento, se daban cuenta de que habían contribuido a crear un mito. Lo que necesitaba el régimen era destruirlo, en eso eran más sofisticados que el bruto de Diosdado.

Llegaron a medianoche, los tres, al modo chavista, al amparo de la oscuridad, como para no dejar huella. En realidad, era una costumbre de cuando gobernaba Hugo Chávez, que padecía insomnio y convocaba a sus ministros a cualquier hora, sumiéndoles en el terror. Una costumbre que Maduro copió; las reuniones del alto mando empezaban a las doce de la noche. Maduro, que no hablaba idiomas, pasaba noches enteras viendo televisión española. En una ocasión dijo sentirse muy molesto porque Miguel

Bosé le había criticado en el programa *El Hormiguero*. «Si es un programa de entrevistas, ¿por qué tienen que insultarme?», dijo.

Leopoldo dudaba si valía la pena hablar con esos tres mosqueteros, o si no era mucho más eficaz echarles de la celda. El retorno mediático de esa solución drástica sería grandioso, pensó. Pero, en el fondo, no quería desechar la idea de construir un diálogo para lograr un proceso de elecciones libres.

—Para eso, lo primero es dejar de incendiar la calle —le dijeron.

En ese momento, Jorge Rodríguez sacó un móvil del bolsillo —«Recuerdo que tenía una carcasa roja», diría Leopoldo— y mostró un tuit, publicado unas semanas antes, en el que Leopoldo exhortaba a la gente a salir a protestar a la calle con vehemencia, y lo hacía desde la celda.

—¿Quién te pasó un teléfono para grabar esto?

—Los custodios.

—Pero ¿qué custodios?

—Bueno..., averigüen ustedes, tienen cámaras, tienen micrófonos, lo tienen todo.

Era mentira, no habían sido los guardias, fueron los presos comunes del anexo A. Pero la insolencia de Leopoldo irritó sobremanera a Delcy. Ese comportamiento era típico, según ella, de la gente de los barrios buenos, lo que más detestaba en la vida. «Se puso como loca, ni siquiera disimulaba su resentimiento —diría Leopoldo. Su hermano se mostró más sereno—. Jorge era más culebrero; aunque estaba molesto, me sonreía».

Esa noche se fueron de nuevo con sensación de fracaso, pensando que Leopoldo iba muy sobrado, que era un radical y un fanático y que necesitaba ser taimado.

A la mañana siguiente, unos custodios que no había visto nunca irrumpieron en su celda, con muy malos modos.

—Te vas a un nuevo tigrito.

Se lo llevaron esposado y a empujones y lo encerraron en un espacio mínimo, que solo tenía una colchoneta pequeña en el suelo. La comida que le dieron fue una yuca y estaba podrida. El mensaje era claro: o colaboraba o le aumentarían la tortura.

Entonces Leopoldo colocó la colchoneta sobre la pared y empezó a dar puñetazos. Tenía heridas con costra en los nudillos, y sangraron mucho. «Empecé a golpear la colchoneta, pa, pa, pa, pa... y había sangre por todas partes, y con esa sangre escribí en la pared "No más tortura", y grité con todas mis fuerzas».

—Este tipo se volvió loco —dijeron los guardias, alarmados—. Te vamos a quitar la colchoneta.

—¡Pues quítenmela! Lo que necesito es que me den comida que se pueda comer, denme mis libros, denme lo mínimo porque tengo derecho a ello. Tengo derecho, ¿lo saben?

Uno de ellos hizo ademán de quitarle la colchoneta.

—Si me la quitas, voy contra la pared, y me voy a partir la mano y cuando me parta la mano me partiré la cara.

El guardia desistió. «Una de las cosas que aprendí en la cárcel es que para enfrentarse a esos tipos tienen que estar convencidos de que tú puedes ser más loco que ellos». Así consiguió que le trajesen el rancho habitual y que le devolvieran su rosario y algunos libros.

Hubo una tercera visita, también nocturna, en la que Zapatero, Delcy y Jorge Rodríguez vinieron a ofrecerle una solución. Si Leopoldo aceptaba contribuir a pacificar la calle, estaban dispuestos a darle «casa por cárcel». O sea, arresto domiciliario. Era tentador, era como ofrecerle la antesala de la libertad. «Tuve sentimientos encontrados, porque, por un lado, salía de este infierno y podía estar con mis hijos; por otro, era consciente de que me quitaba palanca para la lucha».

—Yo no quiero eso, no —dijo Leopoldo—; yo no estoy pidiendo casa por cárcel. Lo que quiero es la libertad plena. Eso es lo justo, lo que me merezco.

Entonces Zapatero dijo una frase que para Leopoldo fue chocante, porque evidenciaba el alcance de lo que había estado negociando por detrás basado en la idea de que hacer de Leopoldo un mártir iba en contra de los intereses del Gobierno:

—Esa decisión de casa por cárcel no es tuya, esa decisión es de Nicolás Maduro.

Para dejar bien clara su postura, después de esa visita, Leopoldo se las arregló para grabar otro vídeo, que consiguió sacar de Ramo Verde, en el que empezaba agradeciendo el sacrificio que hacían los venezolanos. Pero después les exhortaba a continuar con las movilizaciones hasta conseguir la restitución de la democracia. Los hermanos Rodríguez, que pensaron haberlo suavizado con sus visitas, se enfurecieron. No solo Leopoldo se reafirmaba en su postura, sino que encima aumentaba el grado de provocación. ¿Cómo era posible que lo hubiera grabado si estaba encerrado y aislado? En realidad, era un vídeo pregrabado gracias a un dispositivo que Lilian, meses atrás, había conseguido introducir en la cárcel.

A partir de entonces sintió que los custodios actuaban de manera distinta. Un miércoles llegó Quintero acompañado de tres más. Llevaban tiempo sin verse, Leopoldo pensó que se habían ido de vacaciones a sus pueblos. «Privado cero uno, prepárese que le llevamos a misa».

—¿Cómo «privado cero uno»?

Quintero, al que Leopoldo consideraba un aliado, bajó la mirada.

—Coño, Quintero, ¿por qué me llamas así, estás de broma? ¡Mírame!

Quintero no respondió, y ninguno de los tres restantes le dirigió una mirada, menos aún la palabra. Caminando por los pasillos polvorientos, Leopoldo insistía:

—Quintero, hermano, si tú no eras así... ¿qué pasó? —Se volvió hacia otro que conocía—: Y tú, Villamizar, si nos conocemos, sé que eres de Puerto Cabello, me has hablado de tu padre, de tu hermano... ¿Qué les pasa? ¿Por qué han cambiado?

Aquellos hombres se habían convertido en robots o, por lo menos, actuaban como tales.

Días más tarde, en otro traslado de la celda a la enfermería por el flemón que tenía en la boca, en un momento en que Leopoldo y Quintero se quedaron solos, se despejó el misterio. No habían ido de vacaciones a ver a los suyos. El custodio le confesó que les habían dado un curso en Fuerte Tiuna, el complejo militar donde se concentraba el poder chavista en Caracas.

—Nos entrenó un comando de militares cubanos sobre cómo tratarte —le confesó Quintero—. Ellos fueron los que nos dijeron que ya no podíamos dirigirnos a ti por tu nombre, por eso eres «privado cero uno», que no hay que mirarte a la cara y que debemos tener una relación hostil contigo.

—¿Cómo sabes que eran cubanos?

—No solo por el acento..., porque hablaban de cómo trataban a los presos políticos en Cuba.

Ahora entendía Leopoldo por qué rotaban tanto a los guardias, para que no se generara ninguna relación de simpatía.

85

El 5 de junio, Rosa Amelia, después de estar toda la mañana en su casa de Mérida redactando el borrador de un alegato que iba a presentar junto a Juan Carlos Gutiérrez en un congreso de la oposición, salió a hacer la compra al supermercado. Fue en su coche y se encontró con un enorme trancón, como llaman en Venezuela a los embotellamientos. Los vecinos habían cerrado una calle para manifestarse, algo muy común en aquella época. Entre los ruidos de los cláxones y las consignas de la gente, los ánimos estaban caldeados. Aparcó su coche y fue caminando hacia la tienda entre grupos de gente cuando una mujer se le acercó mirándola fijamente:

—¿Tú eres la perito del caso Leopoldo López?

—Sí.

—¡Es ella! —gritó a sus compañeras.

Un remolino de gente se agolpó de pronto, y una señora la señaló con el dedo:

—Te vamos a quemar viva porque eres una miserable.

Rosa Amelia se quedó paralizada.

—¡Por tu culpa Leopoldo está preso! —dijo otra.

—Mira..., no han leído las noticias. No se dan cuenta de que fui yo quien denuncié a la jueza...

No la escuchaban. Era el delirio. Esos opositores, defensores de Leopoldo, estaban fuera de sí e insistían en quemarla viva. «Yo estaba en el infierno —recordaría la lingüista—. Solo faltaba que alguien prendiese la mecha y acabaría ardiendo. Esa gente estaba completamente enloquecida». Una de las manifestantes, bien vestida y con pendientes de marca en las orejas, llevaba una caja de cerillas en la mano y le decía:

—Arrodíllate, que te voy a quemar viva, pide perdón a Dios.

Rosa Amelia, aterrada, trataba de no perder la calma. «Era como una película de Buñuel», diría.

La suerte quiso que surgiese entre la multitud la voz de una profesora de la facultad que la conocía bien y que era una líder vecinal. Se llamaba Jaris Sandoval, y su intervención le salvó la vida:

—No le hagan nada. Ella fue víctima también.

Y continuó explicando que su testimonio había sido a favor de Leopoldo y que estaba denunciando a la jueza... En breve les convenció de que Rosa Amelia no merecía morir en la pira como Juana de Arco.

La dejaron ir a regañadientes, porque su fama de activista chavista cosechada en sus años de universidad la perseguía.

—Te vamos a perdonar la vida hoy —le dijo una de esas mujeres cuyo discurso chocaba con su aspecto aliñado de señora «bien»—, pero no queremos que salgas de tu casa. Sabemos dónde vives y la marca de tu auto, y si te vemos en la calle, te vamos a matar.

Regresó a su casa temblando de los pies a la cabeza. Inmediatamente llamó a Juan Carlos y le contó lo sucedido. Al rato recibió una llamada de Lara de parte de Lilian que le mandaba decir que fuera a Caracas a marchar con ella para demostrar a los medios y a todo el mundo de qué lado estaba. Lilian pensó que al reivindicarla la protegería.

Pero era un escenario sumamente arriesgado. Si no podía ir de su casa al supermercado, ¿cómo iba a tomar un avión a Caracas?, le dijo a Lara. «No era posible, ya las cosas estaban muy mal. Cada día que pasaba me sentía más perseguida, más repudiada por mi entorno tanto opositor como chavista. Venezuela era invivible para mí. "Se los agradezco muchísimo —le dijo a Lara—, pero no voy a ir a Caracas, no quiero exponerme más"».

Habló de nuevo con Juan Carlos, que entendió el problema. La solución no pasaba por ir a una marcha. Tenía que alejarse del ojo del huracán en el que se encontraba, vapuleada por los unos y por los otros. Solo quedaba una solución: irse.

Cinco días más tarde, Rosa Amelia alquiló un coche con un conductor que la llevó hasta la frontera con Colombia. Una maleta y una mochila eran su único equipaje. En su casa dejó el resto, su ropa, los recuerdos, los libros, los álbumes de fotos..., todo. Cinco días después de haber sido amenazada de muerte, estaba de nuevo en Buenos Aires, a salvo, pero condenada al exilio.

De tanta actividad, Lilian se encontraba especialmente cansada y, sin haberse hecho prueba alguna, lo atribuyó a que se había quedado embarazada. Ese convencimiento íntimo lo confirmó tres semanas más tarde cuando volvió a la consulta de Arturo, su médico. «Positivo. Qué maravilla», le dijo el ginecólogo.

—¡Qué suerte!

Lilian estaba eufórica.

—Pero, ojo, acabas de perder uno, trata de no ocuparte tanto, de moverte menos.

De un día para otro, Lilian redujo su actividad y dejó de participar en tantas marchas. Poco a poco fue viviendo una pequeña revolución interna. Salvar el mundo, luchar por la libertad de Venezuela, denunciar las injusticias eran, sin duda, muy nobles metas, pero palidecían frente a la necesidad de proteger a ese embrión que crecía en su interior. Su mente y su energía estaban enfocadas en su barriga, que reclamaba atención. Progresivamente, y con ayuda de sus compañeros, las prioridades fueron cambiando.

—No estás enferma, pero te vamos a cuidar como si lo estuvieses —le dijo Pedro Paúl, uno de sus asesores y amigos—. Lo más importante es el bebé.

«Para mí fue un alivio: ¡al final, alguien me cuidaba!», recordaría Lilian, que fue a comunicarle la buena noticia a Leo. No le pusieron impedimento alguno en verle, ni siquiera la hicieron esperar. Un detalle que no se les escapó: si las autoridades les facilitaban la vida, aunque fuese momentáneamente, era porque algo estarían tramando... «Esta vez Leo lloraba, pero de felicidad. Estaba emocionadísimo. Cuídate mucho, me dijo. Lo habíamos conseguido, Maduro no iba a romper nuestra felicidad como familia. Ahora había que llegar a término».

Se sintió aliviada de tener que dejar la primera línea de fuego, aunque le angustiaba la idea de no poder atender todas sus obligaciones. Se acabó el ir todos los lunes a ver al defensor del pueblo, el siniestro Tarek William Saab, al frente de una docena de familiares de presos para reclamar un trato decente. «Fui bien intensa con él, le decíamos de todo, le recordábamos que los Gobiernos de Canadá, Colombia, Estados Unidos y Suiza le habían sancionado, pero aquel hombre era un friki, muy vengativo, que me vino a decir: "Ustedes nos hicieron daño en el pasado, ahora nos toca a nosotros". No se entendía que un resentido como Saab pudiera ser el defensor oficial del pueblo». Antonieta, feliz por la noticia de volver a ser abuela, se ofreció a reemplazarla, a llenar ese hueco. Para tranquilidad de sus adversarios, Lilian adoptó un perfil más bajo, reduciendo su exposición a los secuaces del SEBIN y sus movimientos por la ciudad. Lo que no conseguía era moderar sus ataques al Gobierno cuando la entrevistaban. Y su voz era una caja de resonancia mundial.

86

El 5 de julio del 2017, los diputados celebraban en el edificio de la Asamblea Nacional los doscientos seis años de la independencia de Venezuela cuando colectivos armados irrumpieron y comenzaron a golpearles y a robar a los periodistas que cubrían el acto. En la batalla campal que se produjo, seis diputados entre los que se encontraba Juan Guaidó, resultaron heridos, así como nueve empleados, varios periodistas y un seguidor del Gobierno, a quien le estalló en la mano un artefacto que portaba. La agresión se produjo justo cuando los diputados iban a votar un referéndum para preguntar al pueblo si estaba de acuerdo con la Asamblea Nacional Constituyente convocada por Maduro, una forma de desvirtuar el poder legislativo. El asalto conmocionó al país y a la opinión pública mundial. Por supuesto, en su habitual ejercicio de cinismo, los miembros del Gobierno lamentaron públicamente lo ocurrido, a pesar de que todo el país sabía que hechos así solo podían producirse con su aval. Desde el extranjero llegaron las más contundentes condenas que recordaban que atacar al Parlamento era hacerlo al corazón de la democracia. La prensa recordaba la frase que Maduro había pronunciado el mes pasado: «Lo que no consigamos con votos, lo conseguiremos por las armas». Toda una declaración de intenciones que ese día se vio cumplida. Aquel ataque dio la puntilla a la percepción que todavía tenían algunos Gobiernos del mundo sobre la supuesta naturaleza democrática del Gobierno venezolano.

Tres días más tarde, el 8 de julio, fue una fecha que Lilian no olvidaría jamás. Era de noche, estaba en su casa, muy preocupada por la visita del día siguiente a Ramo Verde porque temía que, después del último vídeo de Leo, no la dejasen pasar. Había acostado a los niños pronto y entró en su cuarto para comprobar que estaban dormidos. En ese momento, su teléfono se iluminó: era un número desconocido. Dudó si responder o no. Seguía sin querer hablar con los compañeros del partido y decidió dejarlo sonar. «¿Y si es la madre de algún preso que necesita algo? —pensó justo después—. ¿O alguien de Rescate Venezuela?». Al final pudo más la curiosidad y apretó el círculo verde. Escuchó una voz, extrañamente familiar.

—¿Lilian Tintori?

—Sí.

—Soy Jorge Rodríguez. Voy para su casa. —A Lilian casi se le cayó el teléfono de las manos. El hombre prosiguió—: No avises a nadie, no llames a tus abogados.

Sintió lo mismo que cuando le tocó hablar con Diosdado la primera vez. El roce con el poder asustaba. «Qué miedo. Sola en casa con los niños, y me llama el hombre más macabro de la dictadura». Lo primero que pensó fue que la iban a llevar presa en venganza por el último vídeo de Leo. ¿Vendrían ahora a atacar directamente a la familia? ¿Se la llevarían secuestrada, detenida o desaparecida? Había borrado de su mente la posibilidad de dar casa por cárcel a Leopoldo después de su negativa tan tajante y el castigo al que le tenían sometido.

Su mente saltaba como un mono en una jaula. Tan pronto pensaba que un ministro no se desplazaría personalmente para arrestarla como se despedía mentalmente de su hogar, convencida de que iba a compartir el mismo destino que su marido. La vieja quimera resucitó con su dosis de angustia: «¿Quién se ocupará de los niños si sus dos padres están en la cárcel?». En un súbito ataque de pánico pensó en avisar a Antonieta..., pero prefirió acatar la indicación de Jorge Rodríguez. Luego se dijo que no podía recibirle en pijama y se puso ansiosa: «¿Qué me pongo?». Decidió vestirse de negro, en previsión de que saliese esposada en los medios de comunicación, y para marcar una diferencia con su atuendo habitual que era blanco. Mientras esperaba, le vino a la memoria una frase de su madre: «Así venga el diablo a visitarte, ofrece un vaso de agua», de modo que colocó dos vasos y una jarra en una bandeja. Estaba muy nerviosa, aterrorizada. Se decía a sí misma: Lilian, respira hondo..., e inspiraba y exhalaba una y otra vez hasta conseguir sosegarse. Oyó llegar un vehículo. Luego el timbre. Bajó a abrir la puerta: sorpresa, eran los hermanos Jorge y Delcy Rodríguez, dos por el precio de uno. «Horrible. Nunca los había visto en persona». Venían solos; que no hubiera guardias ni policías la tranquilizó. Tomaron asiento en la sala mientras Lilian fue a por un vaso más.

Jorge abrió la conversación. Hablaba en tono melifluo, buscando congraciarse con Lilian, como si fuesen amigos o colegas de toda la vida, un poco al estilo de Diosdado Cabello cuando hablaba de Leo en La Atrevida. Ella tenía la sensación de estar viviendo una película de terror. Pero estaba entera, y fue capaz de dominar el miedo.

—Leo es una persona clave en la oposición —empezó diciendo Jorge—. Estamos seguros de que es el más fiable, el más trabajador, es el auténtico líder opositor.

—Hemos tenido conversaciones con él en Ramo Verde, y pensamos que él puede articular la oposición desde donde esté.

Era increíble la doblez de aquellos políticos, pensó Lilian. Unos días antes estaban denostando a Leopoldo en la televisión por aquel vídeo donde llamaba a la protesta y ahora lo elogiaban en privado.

—Lo que yo quiero es poder ver a Leo —les cortó Lilian—. Cada vez que voy a Ramo Verde, nunca sé si me dejarán hacerlo. Y la visita es un derecho, necesito verlo porque soy su esposa.

—No tiene que haber ningún problema, Lilian.

Ahora estaba desinhibida.

—Les voy a decir algo: a ustedes se les pasó la mano con Leo y su familia. Y una cosa más: estoy embarazada. —Los hermanos intercambiaron una mirada de sorpresa. Lilian prosiguió—: Les digo esto para que se lo cuenten a Diosdado, porque está haciendo una campaña muy fuerte en televisión. Dice que yo aborté un bebé que no era de Leo, y díganle a Diosdado que sí, que era de Leopoldo, y este también. Nosotros somos una familia, y ustedes han querido dividir esa familia con una cárcel injusta.

—No te preocupes porque mañana vas a poder ver a Leopoldo. Bueno, mañana no, ya. En cualquier momento.

—Leopoldo está en camino —añadió Delcy.

—¿Cómo?

—Hemos venido aquí para informarte de que Leopoldo pasa a «casa por cárcel». De Ramo Verde a acá, a la casa. Te lo queríamos decir en persona.

Lilian disimuló la alegría que la embargaba. Era una excelente noticia, de eso no cabía la menor duda. Volverían a vivir como una familia, dejarían de torturar a Leo, se acabarían las exasperantes visitas a Ramo Verde. Pero, desde el punto de vista político, era una trampa, y Lilian reaccionó exactamente como lo hubiera hecho su marido.

—No tiene que estar en casa por cárcel. Estamos esperando su libertad plena.

—Esto es un primer paso. Y créeme, ha costado mucho llegar a este punto. Que Leopoldo salga de la cárcel ofende a muchos compañeros. Convencerlos no ha sido nada fácil.

—Lo entiendo. Pero Leo es un líder de la oposición, y nunca debió estar preso. Todo lo que hicieron ustedes en Ramo Verde está denunciado, con fechas, horas..., yo me encargué de ello. —Luego, envalentonada, se dirigió a Delcy, la canciller—: Aprovecho para decirte que da pena ver cómo está la imagen de Venezuela en el mundo. Yo, que viajo todo el tiempo para defender a los presos, te digo: qué tristeza, ustedes están haciendo un trabajo muy negativo.

«Yo la miraba a los ojos y era como si le estuviera hablando a la pared, no gesticuló ni respondió».

La extraña reunión duró media hora, al cabo de la cual Jorge se levantó.

—Nos vamos a ir —anunció—. No queremos estar aquí dentro cuando llegue.

Se despidieron. Lilian siempre había imaginado a Leo saliendo de Ramo Verde a pie, rodeado de gente, nunca sospechó que la dictadura lo trasladaría de manera sigilosa:

—Espéralo, que va a llegar —dijo Jorge.

Lilian se quedó sola en un estado de excitación enorme. Lo primero que hizo fue llamar a Antonieta.

—Avísame en cuanto llegue.

Luego la asustó el ruido de un trueno, y el fogonazo de un rayo iluminó el salón. Empezó a llover a cántaros.

Eran las diez de la noche cuando Leopoldo, en su celda que olía a tierra mojada, escuchó unos pasos por encima del fragor de la tormenta tropical. Para su gran sorpresa, era el nuevo jefe del SEBIN, Gustavo González López, acompañado del director de la cárcel y de varios custodios.

—Prepárese, que se va —le dijeron.

De nuevo pensó que iban a trasladarle a Cuba o a alguna otra prisión.

—¿Adónde me llevan?

—A tu casa.

—Yo no pedí casa por cárcel —respondió Leopoldo.

—Es una decisión del presidente. —El jefe del SEBIN se dirigió a uno de los guardias—: El grillete.

El hombre se arrodilló para colocarle en el tobillo un grillete electrónico.

—Coño, no apriete tanto.

Salieron de la cárcel y en el trayecto entre la puerta y la camioneta se empaparon. A Leopoldo lo sentaron junto a González López; un custodio conducía y el otro ocupaba el asiento de al lado. Formaban parte de una caravana larguísima. Entre relámpago y relámpago, Leopoldo veía alejarse la torre blanca donde había pasado los últimos tres años y medio con una mezcla de sentimientos encontrados. Quería abandonar aquel lugar horrendo, pero no quería dejar la lucha. En su fuero interno, sabía que le estaban obligando a hacerlo. «En el trayecto hablé mucho con González López, un tipo inteligente —diría Leopoldo—. Mientras discutíamos sobre la situación del país, sonó su teléfono».

—Es Maduro. Quiere hablar contigo.

Y le pasó el celular.

—Bueno, vas para tu casa... —le dijo el presidente, como apuntándose el tanto de su liberación.

—Sí, sí —dijo Leopoldo—, pero yo no pedí casa por cárcel.

—Bueno, tenemos que hablar, como buenos adversarios.

—¿Como Bolívar habló con Morillo? —le preguntó Leopoldo.

Se refería a un episodio de la guerra de independencia en la que los acérrimos enemigos Simón Bolívar y Pablo Morillo firmaron un tratado de paz que incluyó un canje de prisioneros y un cese al fuego.

—Sí, yo sería Bolívar... —le dijo Maduro.

—Te equivocas, tú serías Morillo y yo, Bolívar. —Morillo había encabezado un régimen de terror en el que tomó violentas represalias contra sus adversarios. Maduro se rio—. Yo no pedí mi libertad —insistió Leopoldo—, pedí la de todos los presos políticos.

—Tú tranquilo, que yo me comprometo a liberar a los otros presos, y muy pronto, tú vas a ver.

De alguna manera, oír esas palabras de Maduro le tranquilizó, ojalá su libertad sirviese para conseguir la de los demás.

En la casa familiar, las luces de las sirenas de los coches patrulla iluminaron el interior. Un despliegue de policías armados tomó la calle mientras Leopoldo bajaba de la camioneta. Había dejado de llover, pero la calzada estaba brillante. González López se despidió de Leopoldo. En ese momento, Lilian abrió la puerta. Vio a Leo, de pie, sonriendo, la camiseta blanca y la cruz de madera alrededor del cuello, esa que le colocó en lo alto de la estatua el día de la entrega. Llevaba una bolsa en la mano y estaba rodeado de guardias. «Después de casi cuatro años, era un milagro», diría. Se lanzó a sus brazos.

—Bienvenido a tu casa —le susurró.

Tercera parte
¡La libertad, hermano!

87

Quien disfrutaba de un momento de gloria era José Luis Rodríguez Zapatero, que orquestó una visita a Leopoldo el 12 de julio en su casa, que fue ampliamente difundida en la prensa. Con la «liberación», se vio reivindicado como político. Se quitaba la espina de su última etapa de mal gobierno en España y volvía a ser alguien. La oposición venezolana le agradecía que sacara a varios presos más de las cárceles y la manera en que se ocupaba de sus familias. Feliz de volver a ser una figura internacional, de pronto atendía llamadas del Departamento de Estado norteamericano o del Vaticano, que recababan su consejo. Y guardaba la esperanza de conseguir un acuerdo secreto entre la oposición y el Gobierno en las reuniones que el embajador Jesús Silva albergaba en su residencia. Sabía que, si lograba un acuerdo, entraría en el Olimpo de los expresidentes.

Estuvo a punto de lograrlo, o eso pensaba. En el último encuentro, esta vez en el hotel Meliá de Caracas, porque el embajador estaba en España, Jorge Rodríguez fue interrumpido por una llamada del palacio de Miraflores que le convocaba a una reunión urgente con el alto mando de la revolución. Allí se topó con la animadversión de parte del Gobierno, especialmente de Diosdado Cabello. Se enzarzaron en una discusión «a muerte», según un testigo presencial, al cabo de la cual Diosdado le desautorizó. Maduro zanjó la disputa. Había convocado unas elecciones para una Asamblea Constituyente que tendría una autoridad superior a la de todos los demás poderes. Como los del Gobierno eran muy conscientes de que, si iban a pecho descubierto, perderían cualquier plebiscito, decidieron que la forma de elegirla sería por gremios, no por voto popular, lo que era una burda manipulación para anular el sufragio universal. La intención era suplantar la Asamblea Nacional legítima y acabar con ese último vestigio de democracia. La fecha de la convocatoria fue fijada para el 30 de julio de 2017.

«Era la primera vez que nos dimos cuenta de que Jorge Rodríguez tenía menos poder del que se jactaba y negociaba de farol», diría Silva. Zapatero se quedó muy frustrado y, decidido a apuntalar lo que se había negociado, emitió un comunicado en el que anunció la existencia de negociaciones secretas, y un acuerdo por el que se limitaba el poder de la Constituyente, se devolvían ciertos poderes a la Asamblea Nacional y se liberaban presos políticos; en definitiva, un acuerdo de convivencia.

Pero a Maduro el comunicado de Zapatero lo enfureció. No le interesaba un acuerdo de convivencia, sino todo el poder. Pensó que el expresidente se otorgaba un papel que no le correspondía y que había ido demasiado lejos al publicar un comunicado sin consultar con el Gobierno. «¡Qué se ha creído este español que va dando lecciones por el mundo y nos dice lo que tenemos que hacer!», sostuvo. Zapatero, con el rabo entre las piernas, volvió a España. En agosto tocaban vacaciones que pasaría en Lanzarote, según su costumbre.

Leo, rodeado de todo lo familiar, estaba conmocionado, no podía creer que estuviese en casa, que le parecía inmensa, aunque fuese la misma de siempre. La felicidad que le embargaba se mezclaba con un sentimiento de sorda inquietud; primero, porque «casa por cárcel» no era la libertad, y, segundo, porque intuía que los hermanos Rodríguez, Delcy y Jorge, al otorgarle ese beneficio, habían asestado un primer martillazo al mito del Mandela sudamericano que él encarnaba. La cúspide chavista era maquiavélica y amoral —sus miembros no dudaban en empobrecer el país con tal de aferrarse al poder—, pero eran hábiles y diabólicamente astutos. Mucho más que la oposición en su conjunto; hasta el propio Leopoldo era consciente de ello, porque lo veía todo desde su privilegiado lugar, desde el vientre del monstruo.

A la mañana siguiente, después de haber dormido los cuatro juntos en la cama, los niños pegados como garrapatas a su padre, sacó de su bolsa sus escasas pertenencias: una foto arrugada de la familia, el libro de los ejercicios de san Ignacio... y el Swatch que le había regalado Zapatero.

—Papá, ¿qué tienes en la pierna?

Era el grillete electrónico. Lilian les explicó a los niños que esa pulsera se la daban a los que más habían estudiado. Papi se lo había ganado por ser el mejor político.

—Papi ganó, salió de la cárcel.

Y los niños aplaudían.

Pero la vivienda estaba rodeada de policías y de camionetas del SEBIN, y papi nunca salía más allá del quicio de la puerta de entrada. La única rutina que le imponían sus custodios era hacerse una foto, dos o tres veces al día, con el periódico afín al régimen *Últimas Noticias* y su fecha bien visible. Su casa era ahora su cárcel.

Los primeros días anduvo desorientado. Acostumbrado al frío de Ramo Verde, ahora siempre tenía calor. Comía con ansiedad, qué gusto zamparse un pabellón criollo o una arepa de queso, y disfrutar de un buen jugo de guanábana. Dormía mal, con frecuentes pesadillas, y de día, por momentos se quedaba como ausente, mirando fijamente un pájaro por la ventana o simplemente el vacío; estaba sin estar en la conversación. Pasar de la soledad más absoluta a la vida familiar, rodeado de niños, mimado por Lilian y por Antonieta, hablando por teléfono con quien se le antojara y a cualquier hora, hizo que relajase la estricta rutina que se había autoimpuesto. Aunque el barullo le abrumaba, el placer de la vida cotidiana era un bálsamo para su alma. Su madre lo había encontrado «más reflexivo, con el mismo carácter, ímpetu y pasión por lo que cree».

La primera llamada del extranjero fue de Carlos Vecchio. Su amigo seguía sintiendo el peso de la responsabilidad de que se hubiera entregado. Estaba preocupado porque el Tribunal Supremo de Venezuela había declarado que lo había soltado «por razones de salud». Por eso, lo primero que le dijo fue:

—Coño, estás vivo, hermano.

—¡...Y coleando!

«Sentí un alivio bárbaro —diría Vecchio—. Si le llega a pasar algo grave en prisión, no habría podido cargar con ello».

—¿Te han soltado sin negociar nada con tus abogados o con tu familia?

—Ha sido decisión de ellos. Lo que quieren es que baje la presión tanto internacional como en la calle aquí..., pero sin darme la libertad plena. Y yo no quiero.

—Te van a llamar de *The New York Times* para una entrevista.

Leopoldo atendió al periodista, que publicó un artículo cuyo titular rezaba: «El señor López está en casa, pero no está libre. Tampoco lo está Venezuela». Como era de esperar, aquello no sentó nada bien a la cúpula chavista. Los más recalcitrantes —Diosdado a la cabeza— atacaron la medida de casa por cárcel y reclamaron que Leopoldo cumpliese la integralidad de su condena en Ramo Verde.

También recibió una llamada de Mike Pence, el vicepresidente de Estados Unidos, para mostrarle su apoyo en la lucha contra la Constituyente. Anunció sanciones contra trece funcionarios venezolanos, y dijo que si Maduro imponía su Asamblea Constituyente en las elecciones del próximo domingo, responderían con más sanciones económicas. Leopoldo le agradeció el apoyo de todo corazón.

Cuarenta cinco minutos después de colgar, llegó González López, el director del SEBIN, el que le había traído desde la cárcel a su casa y le había puesto el grillete electrónico.

—Si vuelves a tener una llamada así, vas de vuelta a Ramo Verde.

Le anunció que vendría un técnico del SEBIN para revisar las comunicaciones.

Al día siguiente llegó el comandante Soto Manzanares con dos maletas llenas de artilugios electrónicos. Al principio se mostró hostil, pero luego, hablando del país, se fue relajando. Hablaron de todo, desde economía hasta la situación de las fuerzas armadas, pasando por la inseguridad rampante. Leopoldo le hizo multitud de preguntas: ¿cómo veía el futuro? ¿Cómo lo veían sus compañeros? ¿Cómo se veía en el SEBIN? ¿En otras instituciones? ¿Cómo se sentían ellos? Las tres horas de conversación tuvieron lugar mientras recorrían la casa, pero, en lugar de terminar con las comunicaciones cortadas o intervenidas, la charla remató con una confesión que dejó a Leopoldo estupefacto:

—Yo estoy con ustedes. —Luego le dijo—: Mi esposa es una seguidora tuya y te pido que nos tomemos un selfi. —Leopoldo accedió. Luego, Soto Manzanares le explicó—: Vamos a intervenir un cuarto de tu casa, el que tú decidas, porque tengo que hacer parte del trabajo.

—Claro, entiendo. Pues aquí mismo —accedió.

El hombre cableó la habitación. Al despedirse, le pidió:

—Mantengamos el contacto.

Leopoldo entendió que las instituciones no eran monolíticas. Había grietas, y la visita de ese militar demostraba que eran cada vez mayores.

88

A pesar de la amenaza de Gustavo González López, director del SEBIN, cuatro días antes de las elecciones, el 26 de julio, Leopoldo grabó un vídeo pidiendo al pueblo venezolano que se sublevase contra el fraude de la Asamblea Constituyente. «A toda Venezuela mi invitación es a que continúen en las calles con firmeza, con determinación. Siempre de manera pacífica, pero permanente. Una lucha que no puede cesar hasta que logremos la victoria». En una declaración a los medios desde el quicio de la puerta de su casa, pidió a la comunidad internacional que no reconociese a la Asamblea Nacional Constituyente.

A finales de julio, Lilian se ausentó de Caracas para llevar a los niños a un campamento de verano. Antonieta se mudó momentáneamente a casa de su hijo. El día 30 estaban solos los dos, siguiendo en televisión las elecciones fraudulentas para la Constituyente. El propio Maduro había obligado a los trabajadores públicos a votar «todos y sin excusa». El director de la empresa proveedora de las máquinas de votación denunció que las cifras habían sido manipuladas. Excepto Cuba, Rusia, Nicaragua, Siria e Irán, ningún otro país reconoció los resultados como válidos. Todo fue ilegal en esos comicios.

—No sé cómo se puede ser más agresivo contra Maduro —comentó Leopoldo.

Por supuesto, no había cumplido su compromiso de liberar a otros presos de conciencia.

—Bueno, Leo, son las doce de la noche, vamos a acostarnos y ya mañana hablamos.

Leo se fue a dormir a su cuarto y Antonieta se instaló en el de Manuela. Abrió un libro, como era su costumbre. Leer la ayudaba a conciliar el sueño.

Nada más meterse en la cama, los escoltas llamaron a la puerta.

—López..., aquí está el SEBIN, que quieren otra foto.

—¿Otra...? Si ya hemos hecho dos hoy.

—Sí, otra.

Abrió y se encontró con ocho policías del SEBIN, encapuchados, que le maniataron y sacaron a la fuerza de la casa, en pantalón corto, descalzo y en camiseta. Una vez fuera, le arrastraron hasta introducirle en una camioneta negra con cristales tintados.

Justo después, uno de los escoltas subió a avisar a su madre.

—Señora Antonieta, se llevaron a Leopoldo.

—¿Cómo? No oí nada.

Se enfundó en una bata, bajó y abrió la puerta de la casa. Esa calle, donde habitualmente había treinta vehículos, guardias, policías con pasamontañas y armas, estaba ahora desierta, desolada.

—Se lo llevaron los del SEBIN —le dijo el hombre.

«Me vestí rápidamente y fui a la oficina que teníamos montada. Agarré el teléfono y empecé a llamar a los asesores, a los del partido y a la prensa. El equipo nuestro pasó la noche denunciando a los cuatro vientos el secuestro de Leopoldo por las fuerzas de seguridad. Luego, pensando que en Madrid era por la mañana, hablé con Felipe González, y ahí empezó la difusión del hecho». Cuando hubo terminado, Antonieta se derrumbó. «Lloré muchísimo», recordaría. Después de tanta movilización y tanto esfuerzo, volver a la casilla de salida era duro.

Leopoldo, esposado entre dos encapuchados en el asiento de atrás de una camioneta que recorría Caracas a toda velocidad seguida de una escolta, preguntaba adónde le llevaban, pero no le respondían. ¿Le llevarían a la prisión de Tocorón?, ¿o al Helicoide, a la Tumba, cuya sola mención provocaba terror? Cuando se dio cuenta de que emprendían la Panamericana, se confirmó su peor pesadilla: iban a Ramo Verde.

Regresaba al infierno. Esta vez le metieron en una celda que no conocía, minúscula y helada, en un edificio administrativo lejos de la torre donde estuvo encerrado durante años. Una caja blanca, fría, sin ventana, con una luz en el techo siempre encendida. Un calabozo despojado de cualquier referencia temporal.

—Bueno, ya tuviste tus vacaciones, ahora te vas a quedar aquí de por vida —le dijo uno de los custodios.

Luego vino esa música tan familiar del cerrojazo con el consiguiente ruido de llaves y candados. Y el silencio —y la nada—.

A medianoche oyó una voz conocida. Era Antonio Ledezma, que los guardias introducían en una celda contigua, de malas maneras. El hombre temblaba de frío y gritaba de dolor por una herida que le habían hecho en el pie durante el traslado y que sangraba profusamente. Leopoldo aporreó la puerta de hierro de su celda reclamando un médico, que al final llegó. También a Ledezma le habían sacado de la cama mientras disfrutaba de la lectura de un libro sobre Václav Havel, el presidente checo que había sido preso político. Una avalancha de funcionarios policiales se lo llevaron de su casa escaleras abajo, en pijama, como a un vulgar delincuente. Ledezma se defendió dando patadas a cada puerta de cada piso y resistiéndose mientras pedía auxilio. Las vecinas salían y gritaban:

—¡Se llevan a Ledezma! ¡Salgan! ¡Abusadores!

Al embutirle en la parte trasera de una camioneta, le hirieron en el pie. Dolorido, esposado al cabezal del asiento, llegó de vuelta a Ramo Verde.

Y de nuevo la soledad absoluta, el tiempo detenido. A ambos políticos les dispensaron un trato cruel, negándoles el agua y dándoles una comida infecta. Cuando Leopoldo llamaba a los custodios porque se moría de sed, no le contestaban: tenían prohibido hacerlo. Solo oía pasos y órdenes como ladridos. Pensó que le iban a matar de hambre y de sed, vio su propia muerte y le invadió una angustia que no le dejaba mantener la cordura. No le permitieron disponer de ningún objeto, ni un libro ni un cuaderno. Echaba de menos los barrotes porque, a pesar de que son el símbolo por excelencia del prisionero, por lo menos permitían una visibilidad de un metro más allá de la celda. Por las noches se tapaba los oídos para no oír los gritos de otros presos cercanos. ¿Cómo los estarían torturando?, se preguntaba. ¿También a ellos les estaban dejando morir de hambre y de sed? ¿O les maltrataban físicamente porque no tenían la «suerte» de ser gente conocida y, en el fondo, respetada? «Fue mucho peor que la primera vez que llegué a la cárcel en febrero de 2014. Entonces sabía con claridad lo que tocaba, monté mi propia rutina, pero ahora, después de haberme sacado de allí, de haberme llevado al calor familiar y de devolverme a ese agujero, me descompensaron, y no sabía ni por dónde empezar. Fue psicológicamente muy duro, tanto que me quebré». Tan hundido estaba que se convenció de que nunca saldría de allí... ¿Valía la pena seguir viviendo en esas condiciones? ¿No alcanzaría mejor su objetivo de libertad quitándose la vida? ¿No sería una manera de cerrarles la boca a los Zapateros de turno, a los Rodríguez y al propio Maduro si moría por suicidio en una celda de castigo del régimen? Entonces sí valdría la pena su sacrificio, pensó. Había llegado al límite, se había metido en la boca del lobo y la única salida digna que veía era la muerte. Tocaba llegar hasta el final, enfrentarse a su destino, el que había elegido, el del héroe. ¿Pero cómo matarse en ese lugar blanco y frío? Se le ocurrió desmontar con las uñas el único enchufe, vestigio de cuando aquel edificio fue un colegio. Consiguió rascar el yeso, sacar la clavija y extraer el cable eléctrico, poco a poco. Había encontrado la manera de ahorcarse. De ser libre.

89

Antonieta vivía una semana frenética porque desconocía el paradero de su hijo. Nadie le dijo dónde se encontraba, de modo que denunció una desaparición forzosa. Alertó a la prensa internacional y habló con sus contactos en los demás países de América latina. Pero se encontraba débil y le costaba concentrarse, algo raro en ella. No en vano en Voluntad Popular le decían «la mujer de hierro». Desde hacía un par de meses notaba que perdía facultades al practicar yoga, que era un poco su tabla de salvación. Lo achacaba al estrés de estar todo el día enfrascada en la campaña internacional. Llevaba un año organizando junto a Jared Genser y Vecchio la próxima gira de Lilian y dos diputados de la oposición por cuatro países, tres de los cuales se habían mostrado reacios a recibir a esa delegación. ¡Y ahora esto! En realidad, empezaba a pagar con su salud el precio de una vida entregada a la causa casi imposible, agotadora, de salvar a su hijo.

Cuando Lilian y Mitzy Capriles, la esposa de Ledezma, supieron que sus maridos estaban en Ramo Verde, se les heló el alma: la perspectiva de reanudar las visitas a aquel siniestro lugar con su cohorte de esperas, humillaciones y miserias les provocaba auténtico pavor. Nada más regresar, Lilian se unió al coro de voces que reclamaban la liberación de los encarcelados. Mitzy Capriles viajó a Alemania a pedir a Angela Merkel que intercediera por su marido. El Gobierno dijo que los había detenido porque habían faltado a su palabra de «llamar a la paz».

La vuelta de tuerca del régimen se sintió en la embajada de España, al recibir Jesús Silva una llamada de Julio Borges, líder de la oposición que asumía la presidencia rotatoria de la Asamblea Nacional. El Gobierno había retirado la inmunidad a los diputados, lo que abría la posibilidad a que estos pudieran ser enjuiciados incluso ante tribunales militares:

—Tememos que vengan a por nosotros también y se lleven presa a toda la directiva de la Asamblea. —El hombre, conocido por su pusilanimidad, tenía miedo—. Van a venir a meterme preso a mí también, en el Gobierno está triunfando el sector de Diosdado.

Silva le dio una idea:

—Invítanos al pleno de la Asamblea como cortesía, intento juntar a varios embajadores y vamos para allá.

Silva avisó al embajador francés, al inglés y a la embajadora mexicana y fueron juntos a la sede de la Asamblea, lo que les valió salir en *The New York Times* a doble página y, de paso, en toda la prensa mundial. La foto les mostraba a los cuatro sentados junto a Julio Borges asistiendo a la sesión plenaria. Una exposición mediática que consiguió su propósito: de momento, no entraron las fuerzas del orden en el recinto.

Irritada y molesta porque los embajadores hacían caso a la oposición, Delcy Rodríguez convocó a Silva para protestar.

—Si quieren ir por las malas —le dijo—, no nos quedará más remedio que tomar represalias contra sus empresas.

Silva estaba harto de oír siempre lo mismo y respondió con firmeza:

—No pueden estar ustedes todo el día amenazando a las empresas españolas. Si tocan a alguna, les puedo asegurar que la inversión extranjera va a huir del país. Y lo saben.

—Lo que debe saber usted, embajador, es que no vamos a tolerar que representantes de otras naciones se injieran en nuestros asuntos internos.

Era una acusación muy manida, muy típica de los regímenes dictatoriales, y no la tomó demasiado en serio. Pero, al día siguiente, dos cócteles molotov volaron por encima del muro de la embajada. Uno de ellos impactó sobre el suelo y se incendió, sin producir daños ni víctimas. El otro... Jesús Silva entendió que era una advertencia y quiso ocultarlo, pero las secretarias de la embajada, asustadas, habían transmitido la noticia a los cuatro vientos, hasta hacerla viral. Tanto que la comunidad diplomática de Venezuela decidió tomar medidas para reforzar la seguridad de sus instalaciones. Más tarde, a través de la red de informantes de la embajada, Silva supo que el ataque había sido obra del colectivo Tupamaros, controlado por Diosdado. En efecto, Borges tenía razón al asegurar que Cabello era, en ese momento, el hombre fuerte del régimen.

En su celda blanca, Leopoldo extrajo con delicadeza todo el cable que pudo, pero cada vez debía tirar con más fuerza hasta que se rompió. Pensó que no había suficiente para colgarse, intentó extraer un poco más, pero no lo consiguió. Derrotado, permaneció sentado en el suelo, los ojos cerrados para huir de la agresiva blancura de aquella luz. Empezó a sosegarse. Su pensamiento se volvió hacia los suyos, hacia todos los que lo esperaban fuera. La imagen de sus hijos, a los que hacía muy poco había estrechado entre sus brazos, le volvió a la mente. ¿Podía hacerles eso a ellos? ¿A Lilian? ¿A sus padres? ¿A sus compañeros? Sí, podía, y lo acabarían entendiendo; no en vano le habían acompañado hasta ese momento crucial. Sus compañeros entenderían que un héroe se fragua con la muerte. Todos entenderían su desesperación y le perdonarían, estaba seguro de ello. Logró sacar un poco más de cable y fue retorciendo las puntas para unirlo a los demás trozos. Era muy laborioso, pero lo estaba consiguiendo. Tener la mente ocupada le tranquilizaba. Cuando tuvo un cable suficientemente largo, empezó a hacer nudos para fortalecerlo; que no se rompiese en el momento clave. Pero al hacerlo fue olvidando su propósito final. Un nudo, otro nudo, luego otro... Y de pronto se dio cuenta de que lo que había fabricado con sus manos no era una soga, sino un rudimentario rosario. Entonces, de esa herramienta que en un principio concibió para quitarse la vida, terminó haciendo otra para aferrarse a ella.

Seis días después, él y Ledezma fueron devueltos a sus domicilios con una nueva medida de arresto domiciliario, esta vez con la prohibición vía sentencia judicial de emitir mensaje alguno por cualquier medio de comunicación convencional o no. «Según Juan Carlos, el mensaje del Gobierno era claro: yo mando sobre tu vida, sobre tu cuerpo, sobre tu familia, estás ahí porque yo quiero que estés. No existía ningún respeto hacia la dignidad humana». Esa era la realidad: podían ser arrestados y encerrados en cualquier momento y por cualquier razón. No eran libres. Se les condenaba a vivir en una prisión de silencio, desde la que estaba tajantemente prohibido hacer declaraciones públicas.

Cuando regresó a su casa, Leopoldo llevaba dos grilletes electrónicos, uno en cada pierna:

—Mira, Manuela, a papá le han puesto otra pulsera en el tobillo, por lo bien que ha estudiado.

Lilian seguía inspirándose en la película *La vida es bella*, su gran ayuda para contarles la realidad adaptada a los niños. A decir verdad, toda la familia estaba limitada en sus movimientos, la casa permanentemente rodeada por fuerzas de seguridad. Casa por cárcel había convertido a toda la familia en prisionera.

Los primeros días, Leopoldo estuvo aturdido, asombrado de haberse visto tan afectado en su último encierro, de haber caído en el pozo de la depresión. Se creía más fuerte, más sólido. En la celda no había conseguido imponerse ninguna rutina, nada a lo que agarrarse, excepto su fe católica, que le salvó. ¿Puede uno de verdad ver su propia muerte a la cara y mantenerse incólume? Los cubanos habían impuesto sus reglas de dolor y muerte: se debía utilizar luz blanca día y noche para anular cualquier referencia temporal, el aislamiento debía ser absoluto y la comida y el agua restringidos para un mayor sometimiento. Una receta infalible para destrozar a los más rebeldes, para quebrarles sin tocarles físicamente, sin dejar huella. Lo que Leopoldo vio esos días con horror fue que se podía estar muerto por dentro, pero vivo por fuera: «Son las estrategias de esos diablos», diría.

«Se te hace pequeña la casa cuando no sales», eso decía Lilian al ver a su marido como un león enjaulado. Acababan de enterarse de que Ledezma había huido de su arresto domiciliario con la ayuda de los militantes de su propio partido. Había atravesado la frontera con Colombia con papeles falsificados después de un viaje donde tuvo que franquear hasta veintinueve controles de la Guardia Nacional. Finalmente había recalado en España, donde declaró nada más llegar: «Mi país está a punto del colapso definitivo». A lo que Maduro respondió con su estilo entre primario y soez, en televisión: «Ahora se va el vampiro a vivir la gran vida a España, sí, compadre, a beber vino a la Gran Vía». Lilian y Leo pensaron que Ledezma había tomado la decisión correcta; tenía a sus hijas en España, era mayor que Leopoldo y podía ser más útil a la causa de Venezuela desde el extranjero que desde un apartamento en Caracas sin poder salir ni dedicarse a hacer política. Había sido valiente.

Pero Leopoldo no se lo planteaba para él; sentía el deber moral de seguir con su lucha donde estaba, en el terreno del enemigo. En agosto, Diosdado Cabello fue elegido presidente de la Asamblea Constituyente, el contrapoder que buscaba desbancar la asamblea legítima para regir los destinos de Venezuela.

90

El 2 de septiembre Lilian debía emprender la gran gira europea, que tanto costó organizar. Jared Genser, desde su despacho de Washington, llevaba un año haciendo encaje de bolillos para que todo cuadrara. Sería la primera vez en la historia que, en cuatro días, cuatro presidentes de Gobierno recibiesen a una activista. Un tanto para la oposición, pero una pesadilla para el régimen que utilizó un ardid para abortarla. Una semana antes, en un control, la policía descubrió que Lilian llevaba en su coche una cantidad importante de dinero en efectivo. La prensa afín al régimen se hizo eco del asunto y lo convirtió en un escándalo. Pero no había nada ilegal en disponer de dinero en efectivo, sobre todo cuando a la familia López le tenían intervenidas las cuentas bancarias. En realidad, era un dinero de Rescate Venezuela para sufragar gastos de insumos, médicos y enfermeras. También había un dinero, de su cuenta personal, para pagar gastos de su abuela, que en ese momento estaba hospitalizada.

El día del viaje, como intuía que le podían poner problemas en el aeropuerto, pidió a Jesús Silva que la acompañase.

—No te preocupes, te vamos a arropar.

Silva organizó que dos colegas suyos, el embajador de Alemania y el de Italia, representantes de dos de los Gobiernos que iban a recibirla, se sumasen para ofrecerle protección en la despedida. Quedaron en la embajada de España para ir juntos hacia el aeropuerto.

Ese día Lilian salió de casa más pronto que de costumbre porque primero tenía que llevar a los niños al colegio. Iba apresurada, tirando de su maleta y con el niño en brazos, abriéndose paso en la puerta entre un enjambre de policías, guardias y soldados con sus armas largas y cortas.

—Mamá, ¿por qué hay tanta gente? —preguntaron.

—Están aquí para vigilar a papá, para que no le pase nada malo... —dijo Lilian, mirando al cielo, suplicando que Manuela se creyese esa última mentira.

Ese día los policías estaban tan apelmazados en el portón que el cañón de una ametralladora rozó el rostro del pequeño. Lilian estalló:

—¡No puede ser esto! ¡Muévanse! —les gritó a los policías—. ¿Es que no se dan cuenta de que son niños? ¡Aparten las armas!

Pensó que le iban a venir bien unos días en Europa, aunque solo fuese para recordar lo que era vivir con normalidad, sin acoso, sin amenazas, sin la sombra constante de la violencia.

Dejó a sus hijos en el colegio y fue a reunirse con los embajadores. Juntos en el coche oficial emprendieron la ruta hasta el aeropuerto bajando hacia la costa por la autopista de la Guaira. El trato era no abandonarla hasta asegurarse de que su avión despegaba.

En Maiquetía, Lilian pasó un primer control, sin novedad, pero en el segundo se vio rodeada de ocho policías. La única mujer que había entre ellos se le acercó:

—Señora Tintori, venga con nosotros.

Sintió un escalofrío; temió que la llevasen presa. La condujeron hasta una salita del piso de arriba del aeropuerto.

—Deme su pasaporte.

Lilian se negó. La mujer policía salió del cuarto y la dejó sola con los otros uniformados durante un rato que se hizo eterno. Regresó con un papel: «Acta de retención de documento».

—Fírmelo y deme su pasaporte.

—No quiero firmar eso.

—Si no lo hace, la tendremos que retener.

—Pero ¿por qué?

—Usted tiene prohibida la salida del país. Hay una denuncia del Ministerio Público contra usted por un dinero intervenido en su posesión.

En ese momento habló el otro policía.

—Señora Tintori, o nos entrega su documento o queda usted detenida.

«La idea de ingresar en una cárcel, embarazada, los niños en casa, Leo sin poder salir y Antonieta encontrándose mal me dio muchísimo miedo». Se dio cuenta de que no había nada que hacer, firmó el papel, sacó el pasaporte de su bolso y lo entregó. Adiós, Merkel; adiós, Rajoy; adiós, Europa.

Cuando salió del aeropuerto, estaban los embajadores esperándola. Lo primero que hizo fue llamar a Jared. Para el abogado gringo fue un chasco. «Me rompió el corazón que Lilian no pudiese venir; aquella gira era la culminación de años de trabajo y de un compromiso de alto nivel... ¡Cuatro días, cuatro capitales, cuatro líderes! ¿Cuántos presidentes en el mundo pueden presumir de semejante agenda?».

Jared Genser hizo la gira, pero acompañando a Julio Borges, que era presidente de la Asamblea Nacional, y a Carlos Vecchio, el segundo del partido.

A mediados de septiembre, Zapatero regresó a Caracas con idea de ser recibido por Maduro, a quien se le había pasado el enfado, según Jorge Rodríguez, y de reanudar el diálogo con la oposición. Ya no tomaba un vuelo directo por temor a que los pasajeros, al reconocerle, le increpasen. Volaba a Santo Domingo y desde allí un avión de PDVSA le llevaba a Caracas. Se alojaba en la embajada de España donde Jesús le hacía compañía.

—Maduro me recibirá el miércoles —aseguró el expresidente.

Pero pasó el lunes, el martes, el miércoles, y como Maduro no dio señales de vida, Zapatero decidió volver a España. Silva se despidió de él en la puerta de la embajada y cuál no sería su sorpresa cuando, dos horas más tarde, lo vio regresar.

—¿Qué ha pasado, presidente?

—Que Maduro me llamó mientras iba al aeropuerto y me verá esta noche.

Pero Nicolás Maduro no le recibió esa noche, ni a la siguiente —parecía disfrutar humillando a un expresidente de España—, y el viernes Zapatero regresó por fin a Madrid. Había perdido su principal activo, que era la interlocución con el mandatario chavista. Se dio cuenta de que ya no tenía el monopolio de la negociación cuando la oposición, que desconfiaba de él, puso en marcha una segunda ronda de encuentros, esta vez públicos y tutelados por varios ministros de Asuntos Exteriores de países europeos, en Santo Domingo. «Entonces le entró una especie de síndrome de Estocolmo y empezó a hacer méritos con Maduro para ganarse su confianza», contaría el embajador.

A Lilian, que había realizado ciento setenta y cuatro viajes al extranjero desde que empezó la campaña internacional para liberar a Leo, podían cortarle las alas, pero no se rendía. Le habían quitado el pasaporte, así que se dedicó a viajar por Venezuela, sumida en el principio de una crisis humanitaria que no tendría fin. A pesar de su barriga prominente, se volcó en su trabajo de activista: entre Rescate Venezuela y el acompañamiento a los familiares de presos políticos, su agenda no tardó en llenarse.

Un día Antonieta le pidió que la acompañase al médico. Era la tercera vez que iba, ahora con los resultados de una segunda analítica porque los valores de la primera estaban disparados y el doctor pensó que podía haber un error.

Los nuevos resultados confirmaron que algo no iba bien.

—Tienes la creatinina muy elevada —le dijo el facultativo—. Los riñones no están funcionando bien.

—¿Y cuál puede ser la causa?

—Podría ser una insuficiencia renal...

—¿A qué es debida?

—Hay que averiguarlo... Podría ser leucemia.

Al oír esa palabra, Lilian se sobresaltó. Miró a Antonieta, que guardó la compostura, acostumbrada como estaba a controlar sus emociones. Pero sabía, porque la conocía, que estaba esforzándose en disimular el susto. Aquella palabra daba mucho miedo. De confirmarse, sería un golpe tremendo para la familia. El médico debió de adivinar su estado de ánimo porque le dijo que la leucemia ya no era una sentencia de muerte; en muchos casos, se curaba, en otros, conseguían convertirla en una enfermedad crónica: «Mirad José Carreras, el cantante de ópera», dijo para respaldar su argumento. Lo importante era salir de dudas. Como la situación sanitaria en Venezuela era un desastre y Antonieta tenía previsto viajar a Madrid para celebrar el cumpleaños de su marido, le aconsejó que aprovechase y se hiciese allí un chequeo exhaustivo.

Lilian la despidió en el aeropuerto. De nuevo se quedaba sola en su cárcel de casa.

—Te voy a extrañar mucho.

—La semana que viene estoy de vuelta.

Antonieta conocía a una médica en el Ruber Internacional de Madrid, que la sometió a todo tipo de pruebas: escáner, resonancias, punciones de médula, analíticas... Un proceso lento que la obligó a permanecer, no una semana, sino varios meses en España, con el corazón en vilo. Le pedía a Dios que no se la llevase antes de que su hijo obtuviera la libertad. Ahora que la estrategia internacional estaba dando sus frutos, qué pena sería tener que abandonarlo todo. Porque nada sucedía en el mundo si no lo instigaban ellos, si Jared y Vecchio en Washington, Lilian y ella en Caracas no forzaban los acontecimientos. No, no era tiempo de morirse, aún no.

Parece que sus plegarias fueron escuchadas porque la leucemia fue descartada. Pero el diagnóstico final no daba lugar a muchas alegrías. Antonieta padecía una insuficiencia renal de origen genético, heredada de su linaje materno y que consistía en la alteración de un cromosoma.

—No tiene cura —le dijo la doctora.

—¿Cuál es el pronóstico?

—Por ahora, tomar la medicación. Pero, poco a poco, los riñones dejarán de funcionar y entonces te tocará someterte a diálisis.

—En tiempo..., ¿de cuánto estamos hablando hasta que tenga que empezar con la diálisis?

—No lo podemos saber.

—¿Años, meses?

—Años más bien —le dijo para tranquilizarla—. Lo que está claro es que no tiene vuelta atrás.

A la presión que vivía como activista en pro de la libertad de su hijo se le sumaba ahora el tictac de un reloj con fecha de caducidad. Dios no ahogaba, pero apretaba, y mucho. Por ahora, su máxima ilusión era olvidar hospitales, médicos y su enfermedad y regresar a Caracas para acompañar a Lilian en el inminente nacimiento de su nieta.

91

—Leo, la niña va a nacer por cesárea, podemos elegir la fecha en el intervalo de una semana.

—¿Podemos elegir, de verdad?

—Entre el 20 y el 25 de enero.

—Me gustaría que naciera el 23.

Era la fecha emblemática de la democracia venezolana. Le explicó a Lilian que ese mismo día de 1958, cuando cayó el dictador Pérez Jiménez, se nombró una junta de Gobierno en la cual figuraba su antepasado Eugenio Mendoza, empresario y filántropo. Y esa misma junta, un año más tarde, convocó elecciones libres, dando paso a la época más próspera de la historia del país.

—Este bebé no ha nacido todavía y ya es un puro símbolo —dijo Lilian riéndose.

Habían pasado la primera Navidad juntos en mucho tiempo, en una intimidad que tuvieron que compartir en la casa con los custodios. Leopoldo disfrutaba tratándoles bien. Por muy entrenados que estuvieran y por mucha rotación que hubiera, los que pasaban tiempo con él sucumbían ante sus atenciones, ante su aura. Cierto era que Leopoldo hacía todo lo posible por ayudarles con la comida, que en aquel entonces escaseaba. Con unos amigos de cuando fue alcalde de Chacao, dueños de restaurantes, les procuraba un almuerzo casi diario. Para la cena de Nochebuena, les preparó una mesa con mantel y les ofreció vino, pernil, hallacas y ensalada de gallina. Y como regalo, una botellita de ron a cada uno. Hacerles felices mejoraba la convivencia y la atmósfera general.

El 22 de enero, el día anterior a la prevista cesárea, Lilian fue a ver al médico, acompañada de Antonieta, ilusionada de asistir al nacimiento de su nieta, ya que Leopoldo no podía salir de casa. Estaban tranquilamente leyendo una revista del corazón en la sala de espera de la consulta cuando Lilian rompió aguas. Y tuvo que ser intervenida inmediatamente, la niña vino al mundo un día antes de lo previsto.

La llamaron Federica.

Su nacimiento llegó acompañado de una de las campañas más agresivas y ruines que el partido en el Gobierno podía haber orquestado contra una familia. *Bots* y *trolls* en las redes, así como noticias en televisión y radio, atribuían la paternidad de la pequeña a cualquiera menos a Leopoldo. Por mucho que Lilian hubiese pedido respeto a Delcy y Jorge Rodríguez, la realidad fue bien distinta. Para el país dominado por las redes chavistas, Lilian no era una mamá que acababa de aumentar la familia, era retratada como una puta que acababa de parir una hija de padre desconocido.

Lilian percibía esa manipulación que apuntaba a su propia integridad como persona, que buscaba desacreditarla, mancillar su imagen, bajarla del pedestal donde ella misma había conseguido alzarse, y tuvo miedo. No dejaba que las enfermeras se la llevasen para las revisiones. No se fiaba, porque, a pesar de encontrarse en una clínica privada, los pasillos estaban trufados de militares. ¿Y si me la roban? ¿Y si desaparece de noche?, se preguntaba, sola en la habitación, con el ruido de fondo de las sirenas de las ambulancias, atenazada por la angustia de que les hiciesen daño, a ella y al bebé.

Permaneció tres días hospitalizada. En contraste con las crisis de pánico, cuando salió de la clínica con Federica en brazos y recibió la caricia del sol, la invadió un sentimiento muy hondo de felicidad, de victoria personal. De pronto se sentía inmune a los cotilleos, a la gente que le ponía varios padres a su hija, a las intimidaciones de los uniformados. Frente a las maledicencias, ella ahora sonreía por dentro. «Sonreír es un acto de rebeldía —decía—. Lo importante es saber quién eres y cuál es tu propósito».

Antonieta fue testigo de la emoción del momento cuando salieron de la clínica y regresaron a casa. Leopoldo estaba esperando, de pie en el quicio del portón que no tenía derecho a traspasar, rodeado de policías y soldados armados hasta los dientes, como si en lugar de la llegada de un bebé esperasen el ataque sorpresa de algún enemigo innombrable. Lilian se bajó del coche y esgrimió una mueca de dolor: «¡Cómo tiraba la cicatriz!». Luego se acercó a él y le entregó la niña en sus brazos, consagrando en ese escenario disparatado, violento, el triunfo del amor sobre la adversidad, de la resistencia frente a las cadenas.

La venganza del régimen fue ignorar a Federica, negarle el registro civil, como si no existiera. Le aplicó la misma regla perversa que a los opositores, que era dejarlos sin papeles. Gracias a algunos funcionarios del ayuntamiento de Chacao fieles a su exalcalde consiguieron inscribirla en el registro, pero le negaron el pasaporte. «¿Por qué?», le preguntó Lilian a una funcionaria del partido gubernamental.

—Por ser hija de Leopoldo López —contestó la mujer.

92

Dos meses antes, veintiocho países de la Unión Europea, a instancias de España, adoptaron por unanimidad las primeras sanciones contra Venezuela, que consistían en un embargo de armas y de cualquier material de represión interno como castigo diplomático a los abusos de poder del régimen. También incluían sanciones individuales a los cargos políticos y militares considerados responsables del deterioro democrático. Prohibían su entrada en territorio europeo y congelaban activos de Maduro y su grupo de allegados. A Diosdado, que nunca había sido sancionado, le sentó muy mal. Aparte de la prohibición de viajar, los involucrados se lo tomaron como una tremenda humillación personal.

Cabello, al finalizar la reunión ejecutiva del Partido Socialista que él controlaba, salió diciendo que esperaba que el Gobierno estuviese a la altura de las circunstancias y adoptase las medidas oportunas contra los dirigentes europeos que se habían mostrado hostiles al régimen de Venezuela. Jesús Silva, que había ido unos días de vacaciones a España, estaba convencido de que le iban a expulsar. Llamó a Zapatero para recabar información.

—No te preocupes —le dijo el expresidente—. He hablado con Jorge Rodríguez y no te van a echar.

Confiado, Silva regresó a Caracas, a su puesto. Pero nada más llegar, el 25 de enero, recibió la orden de expulsión.

Ahora que tenía terminantemente prohibido hacer declaraciones, Leopoldo tardó un tiempo en reorganizarse y dirigir su actividad. «No podía hablar públicamente y yo era un político de calle, de acción, no era lo que llaman un operador político». A principios de 2018 se rompió la Mesa de la Unidad por una pelea entre Henrique Capriles y Henry Ramos Allup, cada partido tiró por su lado... y la oposición se fracturó. Zapatero publicó en febrero una carta abierta en la que les criticaba por haber roto las negociaciones para acordar la fecha de las elecciones presidenciales de 2018. A partir de entonces la oposición le rechazó como interlocutor. Sus sueños de transformarse en un gran expresidente —al estilo de Jimmy Carter— se estrellaron en el avispero venezolano.

Sin unidad tampoco había esperanza. Aprovechando esa fragmentación, Maduro convocó elecciones presidenciales para el 22 de abril de ese mismo año. Leopoldo dijo que su partido no participaría, que no le haría el juego al Gobierno que había aprendido muy bien a amañar elecciones. «Nada gusta más a un dictador que unos comicios», decía. Los autócratas deseaban darse un barniz de legitimidad, que era precisamente de lo que más carecían. Leopoldo pensó que la oposición no debería prestarse a ello. Al contrario, los esfuerzos debían enfocarse en arrancar a Maduro cualquier atisbo de legitimidad.

Para quebrar aún más la unidad de la oposición, el Gobierno se dedicó a promover y apoyar a otros personajes como Henrique Capriles o Henry Falcón para que se presentasen a las elecciones, dejando en evidencia a Leopoldo, en la propaganda chavista, como un radical. Y como era previsto, Nicolás Maduro ganó los comicios, que finalmente se celebraron el 20 de mayo, frente a una oposición dividida, parte de la cual responsabilizó a Leopoldo del resultado por su postura «intransigente». Como si su negativa a participar hubiera propiciado el triunfo chavista.

En un alarde de calculada magnanimidad, Nicolás Maduro liberó a algunos presos políticos. Lilian y un grupo de activistas fueron a recibirles a la salida de la cárcel. El primero en salir fue Daniel Ceballos, el querido compañero de Leopoldo al que habían sacado de Ramo Verde una noche aciaga durante su huelga de hambre. Luego apareció Gilber Caro con su hato a cuestas, el expresidiario reconvertido a parlamentario. A Lilian le costó reconocerlo, estaba en los huesos, parecía un superviviente de un campo de exterminio nazi. Eso sí, siempre sonriente. Aislado y privado de la luz del sol durante treinta días, alegó que el mal estado de la comida le había producido una enfermedad gastrointestinal que no le atendieron. Leopoldo celebró desde su casa que sus amigos estuvieran en libertad, «aunque nunca hubieran debido pisar la cárcel». Lo que él hizo fue ponerse discretamente en contacto con parlamentarios, activistas y políticos en el extranjero, particularmente en Estados Unidos, para lograr que los países no reconocieran el resultado de las elecciones amañadas por Maduro.

Antonieta viajó a Madrid. Tocaba celebrar de nuevo el cumpleaños de su marido y hacerse una revisión en el hospital. Salió con su maleta de mano y con idea de regresar lo antes posible a Caracas. Se encontraba bien, no pensaba que la enfermedad estuviera avanzando, pero la prueba que se hizo nada más llegar indicó lo contrario.

—Tienes que empezar con la diálisis ya —le dijo su amiga médica—. Los riñones casi no te funcionan.

Antonieta llamó a su doctor a Caracas, que le dijo lo que ya sabía:

—Quédate donde estás. Aquí los recursos de la diálisis escasean, no hay garantía de que te la hagan bien.

Se vio clavada en Madrid, debiendo someterse a diálisis durante cuatro horas tres días a la semana. De la noche a la mañana, sin encontrarse físicamente mal. Como única ropa tenía la que llevaba en su bolsa. Mientras circulaba la sangre en esas sesiones que se le hacían interminables, pensaba en todo lo que había tenido que abandonar: la familia, los nietos, los amigos, la lucha por liberar a Leo, su casa. ¿Cómo estaría La Atrevida? Llamó a Lilian para que la ayudase, en la distancia, a tramitar algunos papeles. A la pregunta de: «¿Cuándo vuelves?», no quería responder. Era suficientemente lúcida para darse cuenta de que estaba atada a esa máquina para siempre. Sabía también que la diálisis provocaría un deterioro en su cuerpo, lenta e inexorablemente. «Y después de la diálisis, ¿hay vida?», preguntó un día a su médica.

—Si conseguimos un riñón, sí. Ya estás en la lista.

Antonieta se lo agradeció. Sabía que el tiempo de espera de un trasplante podía alargarse años. Muchos en su situación se morían por no encontrar un donante a tiempo. Estaba así en equilibrio entre la muerte y la vida, como esos funambulistas que atraviesan un precipicio caminando sobre un cable, con una vara en las manos para no perder la estabilidad.

93

Leopoldo y sus aliados en el extranjero lograron que las elecciones no tuviesen ningún respaldo internacional, excepto de Cuba, Rusia y Corea del Norte. Ahora tenía puesta la mirada en enero del 2019, cuando tocaba renovar la presidencia de la Asamblea Nacional, el último refugio de los opositores, el último resquicio de legalidad democrática. El acuerdo político fraguado en 2015 entre los grandes partidos de la oposición contemplaba una presidencia rotatoria de la Asamblea, de modo que el año entrante le tocaría a Voluntad Popular. Pero Leopoldo temía que ahora no les respetasen ese acuerdo porque sus líderes o estaban presos como él, o en el exilio como Carlos Vecchio, o refugiados en una embajada como Freddy Guevara. El partido estaba descabezado.

Pero su idea iba más lejos y era de una osadía a la altura de su reputación. Consistía en utilizar el mecanismo constitucional para arrebatarle la presidencia a Maduro. Para ello, debía jugar con las fechas establecidas con precisión por la Carta Magna: el 5 de enero tenía que juramentarse el presidente de la Asamblea Nacional y cinco días después, el 10, el presidente electo que, según la Asamblea Nacional, había sido elegido en un proceso fraudulento, o sea, que estaba usurpando el poder. Si no había un presidente legítimo que jurara el cargo, debía hacerse lo que preveía la Constitución en su artículo 233, es decir, juramentarse el presidente de la Asamblea Nacional. En caso de ausencia absoluta del jefe de Estado, correspondía al titular del legislativo ocupar de forma temporal el ejecutivo y convocar elecciones. Era una jugada difícil, una jugada que solo saldría adelante con la alianza de los grandes partidos de la oposición.

Para ponerla en práctica contactó con el encargado de negocios de la embajada de Estados Unidos, un diplomático de cuarenta y siete años que se llamaba James Story, Jimmy, porque de tanto hablar por teléfono acabaron haciéndose amigos. Juntos diseñaron la estrategia para llevar a cabo el plan. A Leopoldo le ayudó conocer bien la mentalidad norteamericana; sabía cómo trabajaban: «Lo suyo es la síntesis: si no lo puedes poner en una hoja, lo que llaman un *one-pager*, es que no lo tienes claro».

Leopoldo mandó a Jimmy una hoja en la que explicaba los objetivos que perseguía. Primero: lograr que la mayor cantidad de países reconociese como presidente legítimo de Venezuela al candidato de la Asamblea Nacional que saliese elegido. Segundo: poner en marcha una política de ayuda humanitaria para paliar el sufrimiento de los venezolanos. Tercero: recuperar los activos, sobre todo los estratégicos. Fue con base en ese *one-pager,* suscrito por María Corina Machado, Julio Borges y Leopoldo, que la administración norteamericana aprobó el plan.

Por la fuerza de las circunstancias, Leopoldo tuvo que transformarse en lo que no era, en un operador político. Adoptó un perfil bajo y se dedicó a hablar por teléfono y por zoom con compañeros desperdigados por todo el país para reconectar con el partido e ir tejiendo acuerdos con otras formaciones. Trabajando de catorce a dieciséis horas al día consiguió ser el eje de toda la oposición, el único capaz de llevar día a día una articulación política responsable. Hacía minutas, despachaba con todos, llevaba los temas de forma ordenada. Se dedicó a fomentar la unión sin mirar hacia atrás, perdonó a los que le habían tildado de asesino, «y que por eso estaba preso». Era siempre muy consciente de la vulnerabilidad de las comunicaciones: hablaba por audífonos y se movía con sigilo por la casa, lo que evitaba que le pudiesen grabar por el sonido ambiente.

De nuevo le tocó montar una operación política de la que no saldría directamente beneficiado, como cuando ayudó a Ledezma a ganar la alcaldía de Caracas, o cuando fue coordinador de la campaña de Capriles en las elecciones del 2013. «Yo estaba fuera de juego, llevaba dieciséis años sin poder presentarme a unas elecciones. Yo ayudaba a otros porque para mí lo importante era salir de la dictadura».

Lo primero y fundamental era elegir un buen candidato para presidir la Asamblea, alguien a quien no le temblase el pulso a la hora de enfrentarse a Maduro y sus secuaces. Alguien suficientemente valiente como para ir de gira por el país sabiendo que en cualquier momento le podían sabotear los frenos de su vehículo. Leopoldo, que siempre tuvo habilidad para descubrir las cualidades de la gente, tenía en mente a un compañero que desde que se fundó Voluntad Popular siempre había mostrado gran coraje y lealtad. Además, era «un tipo muy cercano, un hombre comprometido» que se había sumado sin dudarlo a la huelga de hambre organizada desde Ramo Verde. Juan Guaidó, nacido en La Guaira, tenía madera de héroe; era valiente, sereno y equilibrado. Sus hermanos sentían auténtica devoción por él desde que el padre de familia, un taxista descendiente de españoles de Tenerife, había regresado a España. A partir de entonces, fue la cabeza de su casa; tuvo que hacer de padre, cuidar de sus hermanos y luego de su madre, que enfermó de un cáncer lento y complicado que necesitó más de quince operaciones. A pesar de las dificultades, consiguió pagarse los estudios y graduarse en Ingeniería Industrial. Era un hombre alegre y divertido, pero con la cabeza fría y los pies en la tierra. El problema era su oratoria: hablaba muy rápido y por momentos no se le entendía, pero Leopoldo pensó que eso se podía solucionar.

Juan aceptó el desafío, como habría aceptado cualquier cosa que le hubiera pedido el partido, él siempre estaba dispuesto. Tenía total confianza en Leopoldo, que le pidió, como responsable de organización, que se dedicase única y exclusivamente a reforzar alianzas con otros diputados.

—Tu trabajo, Juan, consiste en que confíen en ti. Te voy a decir más, cuando estés con alguno de ellos, habla mal de mí para ganar su confianza. Diles lo que quieren oír, que soy irreverente, un radical, un fanático, lo que se te ocurra.

Leopoldo era consciente de que su negativa a colaborar en los planes del Gobierno le había granjeado la antipatía de muchos opositores deseosos de llegar a un compromiso con el poder.

Como era un perfecto desconocido, Leo sintió la necesidad de presentarle a sus aliados. Con la complicidad de Vecchio, le organizó un viaje a Washington. «Era importante que lo conocieran, porque Guaidó es un tipo que cae bien, que trasmite transparencia y compromiso». A su regreso de Estados Unidos, pasó por Bogotá para encontrarse con Luis Almagro, que reunió a los embajadores de los países miembros de la OEA y les dijo: «Miren, este puede ser el próximo presidente de Venezuela».

Cuando volvió a Caracas, Guaidó y Leopoldo tenían que verse; había mucho de qué hablar y organizar. Y no era fácil. El primer día del año 2019, Leopoldo habló con los custodios con quienes tenía más confianza:

—Miren, hermanos, nosotros tenemos una tradición en la familia, comemos lentejas el 1 de enero, ya saben, Lilian es italiana y eso es lo que hacen allá... Les pido que por favor dejen pasar a tres primos suyos.

—Uf..., no queremos problemas, López, a ver si luego...

—Oye, nada de agarrarse un peo, es solo para compartir unas lentejas, un vinito, una vaina normalita.

Los hombres se intercambiaron unas miradas. No debían acceder a ello, pero, en el fondo, estaban agradecidos por el buen trato, no le podían negar ese favor.

—Tranquilo, los primos podrán pasar —dijo uno de los guardias.

Los «primos» en realidad eran compañeros de Voluntad Popular. Guaidó apareció tocado de una gorra de los Tiburones de La Guaira, su equipo de béisbol. Leopoldo le previno sobre lo que le esperaba:

—Mira, Juan, te va a cambiar la vida en cuatro días. Te va a empezar a sonar el teléfono, aparecerán los primos que no conocías, surgirán compañeros del colegio que ya no recuerdas, estarás en los noticieros, tendrás apoyo popular, pero esa es la parte fácil... Va a ser como caminar en una pasarela repartiendo besitos. —Guaidó se reía, entre nervioso y ansioso—. Pero, después, coño... Te pido que no se te olvide: te vas a caer, se te va a ir la popularidad, el teléfono dejará de sonar, desaparecerán los primos y quienes te apoyaban te van a dar la espalda, y eso va a pasar. Lo que te pido es que, desde el primer día, cada vez que tú veas la euforia en la calle, sepas que llegarán momentos difíciles. Que no cambies, hermano, hay que ser el mismo cuando se está arriba o se está abajo; si te mantienes, vas a poder transitar por lo que te toca; si no, te quebrarás a las primeras de cambio y te volverás loco.

Fueron unas palabras que Juan Guaidó jamás olvidó. Al acercarse la fecha de la toma de posesión del cargo, Leopoldo habló con otro compañero, Roland Carreño, un periodista que era coordinador del partido y encargado de velar por la investidura*.

—Arregla unas banderas en la Asamblea, un estandarte, un escudo, que la cosa se vea presidencial, que alce la mano y se juramente. Es el presidente legítimo.

La jugada consistía en que Leopoldo, una vez juramentado Guaidó, diese luz verde al embajador James Story para que la administración norteamericana lo reconociese como presidente legítimo de Venezuela, de manera que cinco días después, el 10 de enero, cuando Maduro se autoproclamase presidente, lo hiciese en desacato del poder legislativo legítimo. Y es lo que ocurrió. Nicolás Maduro tuvo que jurar el cargo ante el presidente del Tribunal Supremo de Justicia en lugar de hacerlo —como exigía la propia Constitución— ante la Asamblea Nacional, lo que puso de relieve la ilegalidad del acto. Minutos después, Luis Almagro, en nombre de la OEA, aprobó desde Washington una resolución que declaraba ilegítima esa presidencia y pedía que se celebrasen

---

* Carreño es otro preso político del régimen. Lleva detenido en el Helicoide desde el 27 de octubre de 2020, imputado por delitos que no ha cometido —terrorismo, blanqueo de dinero, tráfico ilícito de armas de guerra, etc.— y su juicio ha sido pospuesto varias veces. *Reporteros sin fronteras* ha pedido su liberación.

nuevas elecciones. El camino quedaba despejado para que el 23 de enero de 2019, Juan Guaidó, un personaje desconocido de treinta y cinco años, jurase sobre la Constitución su fidelidad a la Constitución en la calle, en lo que llamaron «cabildo abierto», una manera de reunir a los diputados de la Asamblea Nacional con el pueblo. Los líderes de los demás partidos parecían sorprendidos por la irrupción de este líder accidental. Desde la calle llegaba el sordo murmullo de cientos de miles de venezolanos que se manifestaban. Un murmullo que se transformó en gritos de júbilo cuando, menos de cuarenta y cinco minutos después del juramento, el Gobierno de Estados Unidos lo reconocía como presidente legítimo de Venezuela. Otros países siguieron en cascada hasta sumar más de cincuenta. La pirueta había funcionado. Leopoldo y sus compañeros más próximos estaban eufóricos.

El Gobierno de Venezuela acusó a Estados Unidos de intento de golpe de Estado. Pero no lo había sido. Más bien había sido el resultado del ejercicio democrático de la Asamblea Nacional amparada en el artículo 233 de la Constitución venezolana que establecía que: «Ante la ausencia del cargo de la presidencia, el poder lo asume el presidente de la Asamblea Nacional».

En represalia, Maduro anunció la ruptura de las relaciones diplomáticas con Washington y comunicó, como si se tratara de un exorcismo, que todos los diplomáticos estadounidenses debían abandonar el país: «Váyanse», dijo. Jimmy Story hubiera preferido quedarse, pero mientras cenaba en la residencia del embajador Jesús Silva, recibió instrucciones directas del secretario de Estado Mike Pompeo de desalojar la sede diplomática estadounidense. El precedente del ataque al consulado de Bengasi en Libia en septiembre del 2012, que provocó la muerte de cuatro estadounidenses, entre ellos el embajador, hizo que la administración norteamericana redoblase sus precauciones. James Story se mudó a Colombia, donde acabaría promovido a embajador de Venezuela con mando en Bogotá.

«Sorprendimos al mundo entero —diría Leopoldo—. Pusimos a Venezuela en el centro del escenario y, sobre todo, le arrancamos la legitimidad a Maduro. Por eso me odia como me odia».

94

Pero hacía tiempo que a la dictadura habían dejado de importarle las presiones externas y las formas. Los chavistas estaban dispuestos a todo para no ceder el poder, incluso a convertir el país en el más pobre de América. En el 2019, la hambruna sobrepasaba los estándares de países en guerra o de los que sufrieron catástrofes naturales, la gente huía en cantidades inéditas provocando problemas en las naciones vecinas. La inflación alcanzó el cien mil por ciento. Para Leopoldo, lo más grave era el miedo que se había infiltrado en la gente porque el poder jugaba con la conducta inducida desde la sospecha. La población había entrado en estado de sumisión por la presunción de que cualquiera de ellos podía ser espiado, escuchado, grabado y detenido. Como siempre, el miedo era el arma más eficaz de la dictadura para sojuzgar al pueblo.

Además de revocar los visados de setecientos dieciocho individuos próximos a Maduro, Estados Unidos impuso sanciones comerciales a ciento cincuenta empresas, según el mapa que la oposición, especialmente Voluntad Popular, había hecho de los actores que daban sustento a la dictadura. El régimen aprovechó para achacar la desastrosa situación económica a las sanciones, pero Human Rights Watch y *The Washington Post* replicaron que las carencias en Venezuela precedían desde hacía mucho tiempo a las sanciones impuestas por las naciones democráticas.

Por su parte, el presidente Guaidó solicitó a Reino Unido que prohibiese a Maduro retirar el oro de Venezuela que permanecía en el Banco Central de Inglaterra. El régimen chavista lo tildó de traidor. En una reunión de funcionarios para evaluar cómo sabotear la tarea de Guaidó, Maduro se dirigió al nuevo director del SEBIN, el general Christopher Figuera:

—Si hay que meter presa a la mamá, la meten presa, de eso te ocupas tú.

—Pero, presidente, esa señora está en tratamiento oncológico, ¿cómo voy a meterla presa?

—Prepárate entonces para meter preso al hermano, ya veremos qué le inventamos*.

Figuera consiguió avisar al hermano de Juan Guaidó y este se las arregló para esconderse y luego salir del país.

Pero a Juan Guaidó lo detuvo un comisario del SEBIN un fin de semana en La Guaira, lo que provocó un escándalo internacional enorme y la reacción airada de Trump, que evocó el fantasma de una intervención militar. En el seno del Gobierno, de nuevo afloraron las tensiones entre la facción de Diosdado Cabello y la de Jorge Rodríguez. Se impuso este último, y le soltaron. Como colmo del cinismo, para salvar la cara, el régimen acusó al comisario del SEBIN de estar a sueldo de la oposición. Fue expulsado y se le culpó a él de la detención de Guaidó, como si hubiera sido un error.

El incidente sirvió para que Maduro y sus militares se diesen cuenta de dónde estaba la línea roja que no debían traspasar, la que marcaban los norteamericanos y que tenía que ver con la seguridad del presidente legítimo.

La vida personal de Leopoldo se vio afectada por el nuevo juego político, de guerra abierta, de confrontación radical entre ellos y el Gobierno. Con la estructura de Rescate Venezuela y el apoyo de otras ONG de ayuda humanitaria y social, organizó un corredor humanitario para hacer llegar ayuda urgente que una

---

* Contado en el libro de Christopher Figuera, *30-A El día en que Nicolás Maduro pudo caer* (autopublicado, 2023).

coalición internacional donaba a los venezolanos. Tenía un gran mapa colgado en su despacho para seguir a los barcos que venían de Puerto Rico, a los representantes de ONG que entraban por Brasil y por el estado Táchira con material de primera necesidad. Desde un centro de acopio en la ciudad colombiana de Cúcuta, Guaidó esperaba atender las necesidades más inmediatas de entre doscientas cincuenta mil y trescientas mil personas que corrían grave riesgo de escasez.

Pero Maduro se opuso a que entrase ayuda humanitaria porque equivalía a admitir que la revolución no podía dar de comer a sus hijos. El primer pulso entre los dos poderes terminó en enfrentamientos, con doscientos ochenta y seis heridos y cinco muertos, y gran parte de la ayuda no consiguió entrar en Venezuela porque Maduro bloqueó el puente por donde debía llegar. El bloqueo dejó mal parado al régimen y su imagen internacional terminó de hundirse. De nuevo el país se incendió, brotaron protestas y manifestaciones en todas las ciudades, y el poder reaccionó como sabía hacerlo, recurriendo a la violencia.

El acoso a Leopoldo y su familia se tornó implacable; funcionarios armados del SEBIN entraban a cualquier hora y permanecían en el interior de la casa. «La custodia debe quedarse fuera», escribió Lilian en su cuenta de Twitter. Al igual que en Ramo Verde, los policías irrumpían en el salón a cualquier hora de la noche o del día, sin avisar, y los grababan en vídeo, interfiriendo constantemente en la privacidad de la familia, haciéndoles la vida imposible. Esos vídeos eran luego difundidos en el programa *Con el mazo dando*, de Diosdado, para mostrar la «gran vida» del líder de la oposición. Otras veces, los agentes del SEBIN le despertaban en mitad de la noche para hacerle un retrato con el periódico. Le pedían hasta seis fotos diarias. El ambiente era tan invivible que los niños dejaron de ir al colegio porque Lilian juzgó que el traslado era demasiado peligroso. Pensó en mandarlos a España, a ver a los abuelos, en las vacaciones de Semana Santa.

Leopoldo denunció la situación en una carta abierta a *The New York Times*, desafiando la prohibición que le habían impuesto de no conceder entrevistas o hacer manifestaciones públicas. Cuando le recordaron que se jugaba otra estancia en Ramo Verde, contestó: «Llevo cuatro años en prisión por decir lo que pienso y, si me censuro, la dictadura me derrota».

En marzo de 2019, Leopoldo recibió un mensaje por Signal de un individuo que no se identificó y que le avisó de que le contactaría alguien vinculado con la Policía Secreta y el Ejército. En efecto, poco después recibió la llamada de otro desconocido:

—¿Quién eres tú?

—No te lo puedo decir. Pero te va a interesar. Recibirás un vídeo por Signal. Estate atento.

Y colgó. A los tres días, Leopoldo recibió por la aplicación Signal un «videíto» con autodestrucción programada. En la imagen reconoció inmediatamente en segundo plano al general Iván Hernández Dala, jefe de la temible DGCIM (Dirección General de Contrainteligencia Militar) y de la Guardia Presidencial de Maduro. El que se había presentado en La Atrevida para detenerle. ¿Cómo no iba a reconocerle si iba sentado delante en el Jeep Grand Cherokee de Diosdado cuando le llevaron a la cárcel de Ramo Verde en la noche del 18 de febrero de 2014? Recordaba su cuello, su pelo pulcramente cortado, su boina roja de general, su aire altivo de hombre imbuido de su poder. Desde entonces, Leopoldo solo había sabido de él por las sanciones que tanto la Unión Europea como Canadá y otros países le iban poniendo. Las últimas le habían caído unos días atrás, el 15 de febrero de 2019, cuando el Departamento del Tesoro de Estados Unidos lo incluyó, junto a otros cuatro funcionarios del Gobierno, en la lista negra «por haber violado sistemáticamente los derechos humanos y haber suprimido la democracia, incluso mediante la tortura y otros usos brutales de la fuerza». ¡Y ahora ese hombre quería comunicar con él! Debía de estar dolido por esas sanciones. «Seguro que tenía toda la plata en Estados Unidos», pensó Leopoldo. A los quince segundos el vídeo se borró.

A las diez de la noche del día siguiente llegó a casa la persona que acompañaba a Hernández Dala en el video, junto a dos hombres que no se presentaron, pero que eran militares de alta graduación. Qué raro se le hizo encontrarse con ese individuo que no había dudado en ejercer su poder contra él. Qué extraño se le hizo conversar cordialmente con ellos sobre la manera de articular un movimiento para derrocar a Maduro con ayuda de policías y militares.

—Si ustedes son quienes me dicen que son, coño, ustedes son los que tienen la llave de todo esto.

Dos días después volvieron, siempre a la misma hora, esta vez acompañados del oficial que había ido a cablear su casa, Soto Manzanares, y de un compañero de curso, el teniente coronel Illich Ramírez, responsable de la guardia de las instituciones públicas del área metropolitana. Durante tres semanas siguieron desfilando personajes relevantes del mundo militar y policial, incluso el director de la Policía Nacional. «A pesar de lo que le había ocurrido al general Baduel, condenado por haber desoído una orden de Chávez, sabiendo lo que les pasaba a los que traicionaban a la revolución, esa gente corría el riesgo de venir a mi casa. Participaban en la ola de entusiasmo que la investidura de Guaidó había suscitado y todos querían ser parte del cambio. Era surrealista: ¡el poder de lo que era el Gobierno interino estaba en la casa de un preso de la dictadura!».

De pronto los nuevos custodios dejaron de acosar, ya no irrumpían sin avisar, Lilian pudo recuperar un atisbo de vida normal mientras de noche su marido se entregaba a la conspiración. Pero estaba inquieta... ¿Hasta dónde podían llegar sin que el círculo más próximo al Gobierno reaccionase? ¿Y cómo reaccionarían? Era muy consciente de que su marido y su familia constituían el eslabón más débil de esa cadena que pretendía desalojar a Maduro del poder.

El desfile era incesante. Después del director de la Policía llegaron los comandantes de la guarnición militar del área metropolitana. Pero la visita que más le impactó fue la del director del FAES (Fuerza de Acciones Especiales), la policía de exterminio de Maduro, un tipo alto, bien parecido, educado y buen conversador. Había sido compañero de curso de Soto Manzanares e Illich

Ramírez. Tenía la peculiaridad de llamarse Rafael Bastardo y estaba casado con una holandesa. Fue él quien había llevado a cabo la orden de Maduro de impedir la entrada de ayuda humanitaria a Venezuela. Un año antes, había participado en la desarticulación de un grupo rebelde liderado por un policía sublevado, en la que fueron ejecutadas de forma extrajudicial nueve personas entre las que había una mujer embarazada y un niño de diez años. Estados Unidos acababa de revocarle el visado a él y a toda su familia. Lilian asistió a las conversaciones con ese hombre, fascinada por su manera civilizada y pulida de comportarse. «Pero contaba cosas tremendas», recordaría.

—Yo estoy aquí porque no quiero seguir, estamos matando una media de sesenta personas a la semana y me pesan demasiado las muertes, no puedo más. Tú puedes ayudarnos a cambiar esta realidad.

Leopoldo y Lilian le miraban, desconcertados. «Contó que, al montar las FAES, Maduro le dijo: "Ustedes salgan y hagan lo que tengan que hacer, maten a quien tengan que matar, que los muertos vienen por cuenta mía"». Pero Rafael Bastardo se refugiaba detrás de los mismos argumentos que utilizaban los directores de las cárceles y todos los que cometían tropelías:

—Nosotros seguimos instrucciones, somos anónimos, no somos políticos.

—Sí —respondía Leopoldo—, pero ustedes son quienes ejecutan esas órdenes. No vale esconderse tras el velo de protección que da el anonimato.

«Bastardo veía que el barco se hundía y, si vino a verme, creo que fue por la misma razón por la que los demás lo hacían, por la presión familiar, por su mujer —diría Leopoldo—. Todos tenían esposas, madres y hermanas que no querían convertirse en parias por el aluvión de sanciones, y que temían que podía salirles caro formar parte de la violencia que sus maridos practicaban si el régimen se hundía».

Después pasaron por la casa los jefecillos del SEBIN, los mismos que le tenían encarcelado. «Se presentaban tarde y llegaban con cara de perro, todo muy policial, muy autoritario». Leopoldo les saludaba en su estilo campechano.

—¿Cómo está, comisario? Adelante, hermano.

—¿Quiere un café? —les ofrecía Lilian—. ¿Un vaso de agua...? Siéntese por aquí.

Y se ponían a hablar durante horas. Decían que el país estaba destruido y que no creían en la política del Gobierno, y al final le preguntaban: «¿Qué podemos hacer?». Leopoldo pensaba en una sublevación popular, no en un golpe de Estado. Poco a poco fue generando confianza a pesar de recordarles que ellos eran responsables de haberle hecho la vida imposible en Ramo Verde. Respondían lo de siempre, que ellos estaban en desacuerdo con las órdenes que se veían obligados a cumplir.

Un día apareció en la casa un tipo alto, negro, pelo corto, vestido de civil. Era el general Christopher Figuera, el nuevo director del SEBIN. «A pesar de ser mi carcelero jefe, nos llevamos bien desde el principio —contaría Leopoldo—. El general parecía seriamente afectado por el estado de deterioro "en el que estaba sumergida la patria" y pensaba que había llegado el momento de pasar a la acción. Discutimos qué plan podíamos urdir, cómo articular un movimiento. Estábamos de acuerdo en lo que no debíamos hacer: nada de confrontación, no pretendíamos ir al palacio de Miraflores y tomarlo por asalto, esa nunca fue la idea». Llegaron a la conclusión de que debían llamar a la protesta —en eso Leopoldo era un experto— para que una multitud, acompañada de un grupo inicial de policías y militares, iniciase una marcha que culminase en una escalada de pronunciamientos a los que se sumarían destacamentos en todo el país. Debía ser una sublevación pacífica de todos los sectores de la sociedad para restituir el hilo constitucional, de manera que Maduro no tuviera más remedio que soltar las riendas. Leopoldo consultó con Guaidó, que estuvo de acuerdo. Puso de ejemplo la transición «a la Pinochet» de 1989 o lo que terminó ocurriendo en Bolivia, cuando luego de semanas de protestas civiles en las calles, el punto de inflexión que forzó la salida de Evo Morales (que había amañado las elecciones) se dio cuando, a la protesta civil, se le sumaron los policías y los militares. El general Christopher Figuera, comprometido a fondo, coordinó varias reuniones con Padrino López, el ministro de Defensa, y el 22 de abril fue a reunirse con Maikel Moreno, jefe del Tribunal Supremo, en su lujosa mansión del Alto Hatillo, reunión a la que debía asistir un conocido empresario que no se presentó. «Sus demandas —contaría Figuera— era ser el jefe del proceso de transición, que se le permitiera nombrar al Fiscal General y al Ministro de Relaciones Interiores y ser reconocido por los Estados Unidos. "¿Y qué más? ¿Quiere que le dé un beso también?"». Añadió Moreno que necesitaría unos cien millones de dólares para conseguir que los demás miembros del Tribunal Supremo votasen una sentencia que recuperaría la autoridad de la Asamblea Nacional controlada por la oposición. Esa parte la asumiría el empresario amigo del régimen Raúl Gorrín. El general Padrino, ministro de Defensa, desconocería a Maduro, Figuera soltaría a los presos políticos y Hernández Dala llevaría a Maduro a Cuba. Ese era el plan.

95

El cambio en la conducta de los militares y jefes policiales que visitaban a Leopoldo se debió al efecto de las sanciones de la Unión Europea y de Estados Unidos. Sus esposas les presionaban porque ya no podían viajar libremente ni disponer de los fondos en el extranjero. Debora Menicucci, la mujer de Maikel Moreno, presidente del Tribunal Supremo, una *exmiss* acostumbrada a usar la mansión de su marido en la Toscana*, más la de Miami y la de República Dominicana, se sintió injustamente castigada. Lo mismo ocurrió con la esposa de su amigo y socio Raúl Gorrín, que ya no podía disfrutar de su palacete ni de su yate en Star Island, la isla de los famosos en Miami. Ellos seguían fumando gruesos habanos y bebiendo whisky añejo, y se desplazaban a Los Roques o a otros lugares paradisíacos en sus aviones privados y en sus yates, pero no podían salir del país. Tampoco tenían acceso a sus cuentas bancarias en el extranjero, no podían hacer transacciones ni encargarse de sus negocios internacionales. A toda esa casta de «boliburgueses» que se habían enriquecido con el chavismo, se les cerraba el mundo.

Raúl Gorrín había comprado Globovisión, la cadena opositora de televisión que rápidamente puso al servicio del régimen. Aho-

---

* En marzo de 2022, el Gobierno italiano requisó la villa de Maikel Moreno —valorada en seis millones de euros— por no haber podido justificar su adquisición y por evasión fiscal.

ra, sancionado por Estados Unidos por una operación de blanqueo de dinero de mil doscientos millones de dólares, y buscado por la agencia antidrogas norteamericana, sus aspiraciones de convertirse en empresario global se veían frustradas. Había llegado la hora de mover ficha y, si era preciso, jugar a todas las bandas; estaba dispuesto a ello.

Gorrín contaba con la ayuda de su amigo Julio Borges, político de la oposición, fundador del partido Primero Justicia y eterno rival de Leopoldo. Sería su comodín. Tantearon con los norteamericanos un plan basado en la idea de que el Tribunal Supremo cambiara de bando y emitiera un decreto que respaldase la legitimidad de Juan Guaidó a cambio, eso sí, de que les levantaran las sanciones.

Cuando los norteamericanos dieron su aval al plan, Gorrín pidió, como muestra de su buena fe, que primero les levantasen las sanciones a él y a sus socios. Los americanos se negaron, por lo menos de momento. Entonces hizo una contrapropuesta: que retiraran las sanciones a su esposa y a las de sus socios. A eso accedieron los norteamericanos para demostrar que iban en serio. Nadie entendió en Venezuela cómo la mujer de Gorrín recuperó su vida habitual, pero lo cierto es que volvió a aparecer en las revistas del corazón posando en sus mansiones y en sus yates.

Maikel Moreno se ofreció a elaborar una sentencia judicial que anularía el resultado de las elecciones de 2018, así como la elección de la Asamblea Constituyente, dando preponderancia a la Constitución bajo cuyo paraguas podían refugiarse los militares implicados. La sentencia se discutió en detalle en Bogotá entre Julio Borges y un enviado de Maikel Moreno, y en contacto con los americanos. Elaboraron un documento de quince puntos que se inspiró en los Pactos de la Moncloa que habían facilitado la llegada de la democracia a España. Planteaba una transición pacífica con garantías para los militares que se uniesen a la sublevación, una salida digna para Maduro y el mantenimiento de Guaidó como presidente interino. También sostenían en sus puestos al presidente del Tribunal Supremo y a los altos mandos militares, y se convocaban elecciones en un plazo de doce meses. Se trataba de conseguir una transición pacífica del poder a través de una sentencia que permitiría a los militares volver a poner al país en la senda de la democracia.

La fecha para la «restitución del hilo democrático» —también llamada «operación libertad»— se fijó para la madrugada del 30 de abril. Juan Guaidó, frente a un nutrido grupo de manifestantes acompañados de policías y militares, debía hacer un llamamiento a la sublevación, con la idea de que se fuese sumando más y más gente. A las diez de la mañana saldría la sentencia, es decir, la base legal que permitiría eximir de responsabilidad a los militares por sus pronunciamientos. La idea era que los militares obligasen a Maduro a dejar el poder sin disparar ni un tiro. Julio Borges era el encargado de que saliese la sentencia; Leopoldo, de galvanizar a los policías y militares.

Lilian, asustada, puso a sus hijos a salvo aprovechando que su hermana Patricia viajaba a Madrid y podía acompañarlos. La embargaba una ansiedad indefinible, un miedo sordo al porvenir cuando los estrechó entre sus brazos. No podía imaginar entonces, al despedirles en el aeropuerto de Maiquetía, que ya nunca volverían a Venezuela.

Christopher Figuera hablaba asiduamente con Leopoldo, y hasta fue a verle en una ocasión, para intercambiar información sobre las distintas fases de la trama. Leopoldo no se fiaba de Maikel Moreno. Siempre pensó que era un mercenario. Porque no solo había ofrecido la sentencia, sino también su aprobación y como el Tribunal Supremo era un órgano colegiado, necesitaba los votos de los demás miembros. Moreno contaba con el dinero de Gorrín para comprar a esos magistrados, uno a uno.

Cinco días antes de la fecha acordada para la sublevación, Christopher Figuera llamó a Leopoldo.

—Maduro sospecha que algo se trama —le dijo—. Tenemos que meter preso a alguien, porque, si no, me van a reventar. Necesito un chivo expiatorio para poder justificar las visitas aquí, necesito a alguien que pueda decir que está montando un golpe contra Maduro... ¿Tú tienes a alguien que pueda ir preso? Solo unos días porque luego lo rescatamos.

—Sí, creo que sí.

A Gilber Caro, el expresidiario diputado, le estaba costando remontar el vuelo después de pasar diecisiete meses en la cárcel. Recuperó la salud, pero perdió el apartamento que había empezado a comprarse antes de ser detenido por no poder pagar las cuotas de la hipoteca. Consiguió una nueva novia y que su hija le visitase con asiduidad, pero esa normalidad recién estrenada se esfumó cuando lo llamó Leopoldo.

—Te va a dar vértigo, Gilber.

—¿Vértigo?

Se acordó de cuando voló en avioneta con Leopoldo. Esa era su idea del vértigo. Jamás había pasado tanto miedo, él, que había conocido la cárcel y el hampa desde pequeño.

—Vas a ir preso tres o cuatro días.

—¿Cómo?

Le explicó que tenía una misión para él, que iban a ir a por Maduro, que iban a provocar una sublevación.

—Vas a ir preso cuatro días y luego te vamos a rescatar. Tienes que agarrar un teléfono y mandar mensajes de texto como que vas a participar en un levantamiento. Esos mensajes se los mandas a Carlos Vecchio y a Guaidó diciendo: «Ya tengo listas todas las cárceles». Lo siento, hermano, te necesitamos como señuelo.

—Coño, líder..., ¿no hay otro? Llevo solo unos meses fuera. He estado preso tantos años, ¿y me vas a meter a mí?

—No, Gilber, es que no hay otro tan capacitado como tú, no hay otro que aguante tanta vaina... El plan es que vas a ir a una arepera que está en Las Mercedes. Irá el SEBIN a buscarte. Ahí mismo montas un escándalo, gritas que eres diputado. Cuando te vayan a meter preso, uno de ellos te dará una clave y será el que está con nosotros. Te pedirá que grabes un mensaje en un vídeo,

¿ok? A los demás no les cuentes nada. Y nosotros iremos a rescatarte en cuatro días.

—Está bien, líder.

Así le llamaba Gilber Caro, que era la lealtad encarnada.

Al principio, el plan salió como estaba previsto. A la hora indicada estaba en la arepera cuando oyó unas voces:

—¡Quieto, Gilber Caro!

Eran policías del SEBIN, que le apuntaron y le agarraron violentamente.

—¡Vas preso!

—Oye, mano, ¡que soy diputado!

Le llevaron al Helicoide, aquel antiguo centro comercial convertido en mazmorras del SEBIN, y lo metieron en un despacho. Colocaron su teléfono sobre una mesa.

—Dame la contraseña, o te escoñeto.

—No te voy a dar la contraseña.

—Dámela.

—No. Mátame si quieres, pero después de matarme no tendrás esa contraseña porque estaré muerto. Además, tú sabes que soy diputado y, si me pegas, vas a ver el peo que te va a caer.

El policía salía y entraba, repitiendo lo mismo: «Dame la contraseña». Gilber estaba nervioso porque no aparecía el que se suponía que tenía que llegar con una clave. Ese individuo llegó a las tres de la madrugada.

—Vengo de Leopoldo López.

—Cuál es la clave.

Se la dio, era él.

—Estamos preparando una sublevación. Te vendremos a buscar dentro de cuatro días. Por ahora estate quieto. Vamos a grabar tu vídeo, tenemos que mandarlo a Maduro porque quieren botar a Christopher hoy y con ese vídeo lo van a dejar en paz.

Gilber estaba nervioso.

—Tranquilo.

—Yo voy a nombrar a los que están fuera, a Vecchio, pero no a Guaidó ni a Leo, yo no soy sapo.

En el vídeo, Gilber exhortó a unirse a la sublevación a todos los reclusos del país «porque el pueblo está pasando hambre y sufriendo».

—Listo, ya lo tenemos. ¿Quieres hablar con Leopoldo?

—No, no necesito.

96

Los acontecimientos se precipitaron. El 29 de abril, cumpleaños de Leopoldo, a las once y media de la noche, sonó el teléfono. Leopoldo vio en la pantalla de su móvil a Christopher Figuera, que lo tenía registrado, y a dos comandantes de la Guardia Nacional. Figuera les informó que la sublevación se adelantaba un día porque corría el rumor de que lo iban a destituir y, si eso ocurría, se detendría todo y devolverían a Leopoldo a Ramo Verde como un conspirador. Convenía actuar antes.

El 30 de abril, a las dos de la madrugada, el comandante Illich Ramírez de la Guardia Nacional Bolivariana reunió a su tropa y les dijo que iban a liberar Venezuela. La reacción de sus soldados le dejó estupefacto: muchos se echaron a llorar. Luego repartió a algunos por la ciudad para que protegiesen edificios institucionales y, al frente de un reducido destacamento, se dirigió a casa de Leopoldo López.

Lilian tenía a su hija pequeña en brazos y un nudo en la tripa. No había conseguido pegar ojo en toda la noche mientras Leo soñó con algo parecido a la libertad. Juan Carlos Gutiérrez, preocupado por la legalidad, se había asegurado de que Leopoldo saldría indultado con todas las de la ley, es decir a través de un mandato del presidente Guaidó, que incluía a los demás presos políticos del país. La ejecución de esa orden corría a cargo del SEBIN.

El comandante Illich Ramírez llegó al mismo tiempo que Soto Manzanares, aquel que había venido a cablearle la casa, y tres policías del SEBIN, con la orden presidencial de indulto en la mano.

Leopoldo abrió el portón de su casa y abrazó a los dos oficiales. No necesitaba leer el papel que le tendían; ya lo conocía. Al ver ese tropel de uniformados en la calle, la mayoría con brazaletes azules, el distintivo de la sublevación, le entró una alegría inconmensurable, una sensación de plenitud que rara vez había experimentado. Respiró hondo y se llenó los pulmones del aire fresco y cristalino de la mañana. El preso más famoso del continente quedaba libre, por orden de un presidente constitucional. Era prodigioso. Se giró hacia Lilian y le dio un beso, también a Federica, que seguía dormida. «Estábamos felices en familia, habíamos recuperado nuestro matrimonio, los niños estaban bien... —contaría Lilian—. Y, de pronto, me dije: "Dios mío, ¿yo tengo que entregarle a esos tipos? ¿Y si lo secuestran y lo desaparecen?". Pero luego me di cuenta de que era un pensamiento fruto del miedo y me lo quité de la cabeza, como quien aparta una mosca. Lo cierto era que Leopoldo no podía estar todo el día encerrado en casa, no era una vida para él. Así que le di un beso y le dije: "Vuela, dale"».

Vestido con una chaqueta gris, Leopoldo salió de su casa fuertemente escoltado. Le llevaron hasta el lugar de la concentración, a las afueras de La Carlota, cerca de donde cinco años antes se había entregado en un gesto que había conmocionado al país y al mundo. Ahí se quitó los grilletes el mismo, con una herramienta que le dio el comandante Illich Ramírez, que le confesó que era la primera vez desde que se graduó que se había puesto el uniforme con orgullo. En eso llegó Juan Guaidó y ambos se fundieron en un abrazo. «Viva la libertad, hermano».

«Fue muy emocionante para mí llegar a ese lugar. Varios militares me dijeron lo mismo que me había dicho el comandante, que estaban orgullosos de la misión que se les había confiado, que esa mañana se habían puesto el uniforme con esmero». Su gran sorpresa fue encontrarse en el puente del distribuidor de Altamira a un capitán que había sido su custodio y al alférez Quintero, ambos con el brazalete azul. A esos hombres que habían cumplido «órdenes de arriba» Leopoldo los abrazó con emoción:

—¡Dale, Quintero!

—Aquí estamos, hermano, ¡por la patria!

Todos querían saludarse, abrazarse y compartir la alegría de la libertad recuperada. «El cese definitivo de la usurpación empezó hoy —declaró Guaidó frente a unas cámaras de televisión—. Contamos con el pueblo de Venezuela. Como presidente encargado, convoco a todos los soldados, a toda la familia militar, a acompañarnos en esta gesta». Luego, Leopoldo exhortó a la población a salir a la calle. En algunas zonas de Caracas comenzaron a escucharse cornetazos, vuvuzelas, gritos de júbilo y cacerolazos. Los entusiasmados simpatizantes de la oposición salían a cuentagotas de sus hogares, con sus camisetas blancas y sus banderas. «¡A la calle!», gritaban algunos. «¡Llegó el día!», gritaban otros. Las clases y la actividad laboral fueron suspendidas. A las nueve de la mañana, el metro de Caracas dejó de operar.

En un calabozo del Helicoide, Gilber Caro se despertó por el ruido de un televisor que tenía a algunos reclusos pegados a la pantalla. Cuando vio a Leopoldo junto a Guaidó se frotó los ojos, estaba atónito. Fue tal su alegría que pegó un brinco y luego un grito de júbilo que despertó a los presos más rezagados. «¡¡Vamos *pa* la calle!!», gritó. No estaba previsto organizar un motín, pero le salió del alma. Mientras se colocaba una cinta azul alrededor del brazo, comenzó a cantar el himno nacional y los demás le siguieron. Parecía que era el edificio entero el que cantaba y más de un guardia les coreaba. Un preso se le acercó: «¿Sabes? Yo sé abrir las rejas», le dijo. Era un chico muy delgado que pudo deslizar una parte del cuerpo entre unos barrotes mientras Gilber y otro reo le sujetaban las piernas. «Por la esquinita, empújenme, un poco más, más, más...», así hasta que del otro lado consiguió reventar la cerradura y salieron todos en tromba. «En la celda de enfrente, un preso intentó romper un candado con una maza y se aplastó el dedo. "Coño —le dije—, agarra dos palitos y échale café, te lo aprietas duro que el café sella la sangre"».

En las calles de Caracas algunos kioscos, supermercados, panaderías y otros comercios abrieron sus puertas a pocos metros de los sitios donde se desarrollaban las manifestaciones. No se veían militares, salvo los que acompañaban a Guaidó y a Leopoldo. Cuando llegaron al intercambiador de Altamira, al frente de una multitud de seguidores, se encontraron con unos trescientos policías con sus tanquetas y coches patrulla, todos con el brazalete azul. Había camaradería, había esperanza.

Pero la alegría y el entusiasmo se fueron enfriando a medida que transcurría la mañana y no salía la sentencia, que debía ser el disparador de los sucesivos pronunciamientos. Leopoldo y Guaidó estaban preocupados porque el General Figuera, que se había comprometido a dar la cara y a mandar a los militares y a los policías, tampoco aparecía. Mandaba mensajes erráticos pidiendo a los militares que se dirigieron a Miraflores, lo que generó confusión y sensación de desamparo. Luego corrió la noticia que Christopher Figuera no estaba en Caracas y que estaba huyendo del país.

Cuando Maikel Moreno, el presidente del Tribunal Supremo, salió en los medios declarándose en contra de la sublevación, Leopoldo y Guaidó entendieron que el plan había fracasado. Era inútil esperar a Julio Borges; nunca emitiría la sentencia, ese documento imprescindible que las fuerzas armadas habrían estado obligadas a acatar para quitarle el poder a Maduro. Por precaución, Leopoldo llamó a Lilian para pedirle que no permaneciese en casa, que le mandaba a uno de los escoltas para que la llevase a la embajada de Chile con la niña. Allí se encontraría con Freddy Guevara y otros compañeros asilados. Esa embajada tenía fama de abrir sus puertas a los perseguidos por causas políticas, herencia de los tiempos de otro dictador, Pinochet. Desde entonces, para los chilenos el asilo político era sacrosanto.

Hacia las once de la mañana, un grupo de «colectivos» y militares afines al régimen salió pegando tiros del edificio del Ministerio de Transporte y la marcha se detuvo. Una mujer cayó herida en la calzada mientras fuerzas policiales leales a Guaidó repelieron el ataque. El tiroteo hizo que la multitud se dispersase en busca de refugio. Fueron llegando más colectivos que disparaban contra los militares y policías sublevados. «Estamos enfrentando y desactivando a un reducido grupo de efectivos militares traidores que se posicionaron en el distribuidor de Altamira para promover un golpe de Estado», tuiteó Jorge Rodríguez. Diosdado Cabello habló por teléfono con la televisión pública para desestimar lo que estaba sucediendo, y llamó a sus propios seguidores a congregarse en Miraflores, el palacio de Gobierno, para resguardarlo. Maduro tardaba en manifestarse. Según fuentes norteamericanas, tenía un avión esperándole en La Carlota para llevarlo a Cuba y los rusos le estaban convenciendo para quedarse, una versión que luego el propio Maduro y el Ministerio de Asuntos Exteriores ruso refutaron.

97

«Sabiendo que el plan no se iba a dar como lo habíamos planificado, mi gran preocupación era la suerte de los militares que nos habían sido leales. Esa responsabilidad era mía, no podía abandonarles». En medio de miles de personas que huían en estampida, Leopoldo y el comandante Illich Ramírez, acompañados de una treintena de hombres, fueron a buscar una embajada donde refugiarse. De camino, los militares se desprendieron de los brazaletes y de sus uniformes para intentar pasar lo más desapercibidos posible.

En la oficina de la representación española, el embajador Jesús Silva hablaba con el nuevo ministro de Asuntos Exteriores, Josep Borrell: «Lo de Guaidó tiene mala pinta. Es posible que él o Leopoldo aparezcan por aquí pidiendo asilo. ¿Qué hacemos en ese caso? ¿Puedo ayudarles?». «Sin duda», respondió Borrell.

Quienes llegaron a la oficina fueron una treintena de soldados que pedían desesperadamente entrar, acompañados del colaborador de Leopoldo. «Los geos* se pusieron como motos —recordaría Silva—, pero yo no podía aceptar a militares, eso significaba que el Gobierno español estaba apoyando un golpe de Estado». Entonces decidieron probar suerte en la embajada de Chile.

---

* GEO: el Grupo Especial de Operaciones —cuyos integrantes son conocidos popularmente como geos— es la unidad de élite del Cuerpo Nacional de Policía de España, compuesta por un centenar de miembros y especializada en operaciones de alto riesgo. En la embajada en Caracas había un destacamento de ocho miembros que rotaban cada cuarenta y cinco días.

Pero esa embajada era el caos, estaba atestada de gente refugiada. Leopoldo ya había llegado y se había reunido con Lilian y la niña. El embajador no estaba y el encargado de negocios avisó de que había sitio para los López, pero no para sus militares. Lo que hizo Leopoldo fue utilizar su teléfono para pedir ayuda a todos los presidentes que le habían mostrado su apoyo en el pasado. El de Panamá, Juan Carlos Varela, respondió enseguida: «Cuenta conmigo. Sé que, si no les damos cobijo, los van a matar». Leopoldo suspiró. Allí pudo enviar a unos veinte. Luego consiguió que la embajada de Brasil diese asilo a los que faltaban; a los otros, les organizó un transporte a Táchira para que pudiesen cruzar a Colombia.

Lilian, que luchaba por mantenerse serena en medio de ese absoluto desorden, mandó un mensaje a Sara, la mujer del embajador de España, para pedirle asilo. Le dijo que la embajada donde estaban le parecía vulnerable. Sara lo consultó con su marido:

—Adelante, España os acoge.

Para Jesús Silva era una decisión delicada, pero ya tenía la autorización de Borrell. Sabía que recibir al mayor opositor al régimen traería consecuencias, pero, por otra parte, pensó que la protección que podía darles era más potente que la de países más pequeños. «Voy a buscaros», le dijo.

En la embajada de Chile se conocieron personalmente, entre el gentío. «Jesús se la jugó del todo —diría Leo—. Corrió el riesgo de venir a buscarnos, de llevarnos a su residencia y después de soportar las presiones al conocerse el hecho cumplido». Lo que no sabía Silva era que Leopoldo no podía abandonar a su jefe de seguridad, ni a sus escoltas ni a sus empleadas. Al final eran unas ocho personas. Más los geos que vivían en el recinto. Aquello parecía un campamento.

En el Helicoide, las temibles FAES, las fuerzas de exterminio, sofocaron el motín que había prendido Gilber Caro. A él lo esposaron y lo encerraron en un tigrito. No le dieron de comer ni de beber en todo el día.

—Coño, pana, quítame las esposas, solo para dormir, me tienes con un candado, con rejas, en un cuartico, no me voy a escapar.

—Que no te las puedo quitar, que eres de alta peligrosidad.

Encogido, dolorido, Gilber se hundió en la desesperación. Lo que había empezado casi como un juego bien podía acabar en tragedia: «Me dije que de ahí no iba a salir nunca, que esa vaina la iba a pagar diez años».

Al ministro de Exteriores chileno se le ocurrió decir públicamente que Leo y Lilian se habían refugiado en la embajada de España porque tenían familia en el país. El bombazo informativo produjo un primer momento de tensión. El nuevo canciller de Venezuela, Jorge Arreaza, un hombre de corta estatura, con el pelo al uno y casado con la hija casquivana de Chávez, convocó a Silva para protestar:

—Embajador, esto es intolerable...

—Efectivamente, es intolerable, se están comiendo todo el jamón que tengo en casa. —El hombre se quedó cortado, y luego se echó a reír. El embajador, que había conseguido desactivar su enfado, prosiguió—: Le he recibido como corresponde a las normas internacionales.

—Lo último que podía imaginar es que Leopoldo López acabaría refugiado en una embajada. Tenga mucho ojo, que es un terrorista radical y peligroso.

Esa vez quien se rio fue el embajador.

—No hay que creer la propaganda del Gobierno —se atrevió a añadir.

—Creíamos que iba a acabar muerto.

Quizás era ese su deseo para no tener que lidiar con ese opositor correoso, el enemigo público número uno del régimen. Pero no, ahí seguía López, ahora enquistado en la embajada de un país importante para Venezuela y Latinoamérica, dispuesto a seguir elevando la presión contra la dictadura.

—Debe entregárnoslo —le dijo Arreaza—. España no puede dar cobijo a un golpista.

Silva adoptó un tono serio y le dijo, mirándole a los ojos:

—Mire, ministro. En primer lugar, tenga usted claro que nosotros no lo vamos a entregar, en ningún caso. El precio político que tendría que pagar el nuevo Gobierno socialista de Pedro Sánchez sería inasumible. Así que no nos pida que lo entreguemos porque no lo vamos a hacer. Segundo: nosotros somos una embajada, y una embajada no se mete en política interior. Le aseguro que la embajada de España, aunque esté Leopoldo dentro, no va a ser un centro de activismo político de la oposición. Vamos a mantener la neutralidad.

—Le tendrán que prohibir comunicarse con el exterior.

—El señor López es un huésped y como tal, no le vamos a limitar ese derecho. ¡No se le hace eso a un huésped! Para su tranquilidad, le diré que no permitiremos que la embajada se utilice para ruedas de prensa ni para reuniones políticas de la oposición.

—Tienen que prohibir que comunique con el exterior... —insistió el ministro.

—No me pida a mí lo que ustedes no fueron capaces de aplicar —lo interrumpió Silva—, porque cuando él estaba en casa por cárcel se comunicaba con todo el mundo por teléfono y ustedes no le pusieron ninguna traba. —Silva ignoraba que Soto Manzanares, el hombre que el SEBIN había enviado para cercenar y controlar las comunicaciones de Leopoldo, había desoído las órdenes de su jefe—. No me pida que hagamos nosotros lo que ustedes no fueron capaces de lograr. Dentro de la embajada, él tiene libertad para comunicarse.

Arreaza siguió protestando, pero le faltaban argumentos. Silva insistió en lo esencial:

—Ministro, intentemos convivir ustedes y nosotros.

Al final, llegaron a un entendimiento pragmático que fue todo un logro. «Es de lo que más orgulloso estoy», diría el embajador.

98

«Esto es una guerra en la que tienes batallas que ganas y otras que pierdes. Pero lo peor es cuando tus aliados se convierten en tus adversarios», diría Leopoldo. Al día siguiente a la sublevación, mientras seguía ocupado en buscar resguardo para los militares metiéndolos en embajadas, mandándolos a la frontera o escondiéndolos, Julio Borges, el amigo de Raúl Gorrín, lanzó una campaña de desinformación acusándole del fracaso de la jornada. Para zafarse de su responsabilidad, declaró que él no sabía nada de todo ese proceso, que era mentira que hubiera estado involucrado. «Fue muy cobarde y miserable por su parte», diría Leopoldo.

Borges difundió una versión de los hechos en la que reprochaba a Leopoldo que se hubiera mostrado junto a Guaidó frente a los medios, porque, según él, eso no ayudaba a construir una imagen pública positiva de la sublevación, y que, al asustar a posibles tránsfugas, los planes se habían alterado. Era una explicación torticera. Al principio, Leopoldo subestimó esos ataques porque estaba aturdido después de todo lo que había pasado. Pero cuando vio que medios como *El País*, Bloomberg o Reuters reproducían esa versión de los hechos, sintió el dolor de la puñalada que le habían clavado. Un dolor tanto más agudo porque venía de gente que se suponía que eran aliados. Entonces se acordó de la frase de Napoleón: «La victoria tiene cien padres, pero la derrota es huérfana».

Leopoldo, que todavía creía que el espíritu de rebelión acabaría prendiendo, que al día siguiente las enfermeras, los médicos, los maestros y demás gremios saldrían a la calle con el brazalete azul, necesitaba hacer unas declaraciones públicas para replicar a Borges. Llevaba cinco años sin dar una rueda de prensa. «Tenemos que ofrecer una explicación a la gente sobre lo que ha pasado», le dijo Lilian a Jesús, que lo entendió, pero que temía que le causase un problema. Todavía resonaban en sus oídos las advertencias del canciller Arreaza.

El embajador llamó a Borrell: «Ministro, me dicen que tiene que hablar con la prensa». «Déjame que lo consulte con Pedro Sánchez». A los pocos minutos, Borrell le llamó de vuelta: «Me dice que no, el presidente no quiere ruedas de prensa».

A Silva, que estaba entre la espada y la pared y quería contentar a todos, se le ocurrió una solución de compromiso y volvió a llamar a Borrell:

—Podemos aplicar una fórmula intermedia de manera que nosotros no estemos involucrados y respetemos nuestro acuerdo de que no se va a usar la embajada para fines políticos.

—¿Qué se te ha ocurrido?

—Que Leopoldo salga a la calle y que atienda, no una conferencia de prensa, sino simplemente a un delegado de EFE, y que la agencia reparta la señal a todo el mundo.

—Me parece una buena solución —le contestó Borrell—. Déjame que lo consulte con Sánchez.

A los cinco minutos llamó de nuevo: «De acuerdo», dijo.

Silva comunicó las instrucciones a Leopoldo para que a las cuatro y media de la tarde saliese a hacer sus declaraciones a la agencia EFE. Pero cuál no sería su sorpresa cuando, a las cuatro y veinticinco, vio que más de doscientos periodistas se agolpaban en el portón de la embajada. Silva palideció y se llevó las manos a la cabeza.

—Lilian, esto no se hace —le dijo.

Lilian estaba compungida; la convocatoria se le había ido de las manos. Leopoldo era el centro de atención del país y los medios de comunicación querían sus declaraciones a toda costa.

Borrell, que estaba de viaje en Beirut, recibió en plena noche una llamada de su colega Jorge Arreaza:

—Tengo puesta la CNN y estoy viendo que Leopoldo López está dando una rueda de prensa en las puertas de la embajada. Ustedes no respetan sus acuerdos.

¡Vaya despertar!, se dijo Borrell frotándose los ojos, como para sacudirse el torpor del *jetlag*. ¡Y vaya marrón!, debió de pensar. Reaccionó como pudo, y lo hizo contorsionando la verdad.

—Sí, Jorge —le dijo en un tono parecido al que utilizaría para hablar con su mejor amigo—, lo hemos respetado porque las declaraciones no las ha hecho en la embajada, sino fuera, en la puerta.

Pero Borrell sabía que lo habían metido en un lío, que además salpicaría al presidente del Gobierno, el jefe de un Ejecutivo muy quisquilloso con los asuntos de Venezuela. Molesto con Lilian y con Leopoldo, se vio en la obligación de declarar a los medios: «No vamos a tolerar que la embajada se convierta en un centro de activismo político».

El ministro de Asuntos Exteriores entendió que a su embajador en Caracas se la habían jugado también, y la relación no se vio empañada, al contrario. Prácticamente todas las noches, Jesús Silva le enviaba un wasap para mantenerle al corriente de la situación. Al principio, la embajada fue asediada por más de doscientos funcionarios entre policías y colectivos. Cortaban la luz, el servicio de recogida de basura dejó de funcionar y unos drones como moscardones sobrevolaban la residencia a cualquier hora del día. Luego la situación se calmó. Con Leopoldo dentro, la embajada se convirtió en un centro importantísimo de información sobre lo que acontecía en el país, tanto en la oposición como en el Gobierno. A Borrell le gustaba que le llamasen de otras cancillerías para saber lo que ocurría, y eso se lo debía a Silva. Tanto era así que los norteamericanos, que habían roto relaciones y habían cerrado su embajada en Caracas, recurrían a la representación española para recabar datos e información.

A pesar del hacinamiento, la vida cotidiana transcurría con normalidad. Sara instaló a Lilian y Leopoldo en el llamado «cuarto de Zapatero», donde se alojaba el expresidente en sus viajes. El recinto era una isla de seguridad y tranquilidad en medio de la ciudad sitiada. Los aromas del jardín, a flores y a tierra húmeda, y la visión de las estribaciones del Ávila les recordaban la vida antes de la revolución. Los primeros tiempos Leopoldo se encargó de que todos los militares que había metido en la embajada de Panamá y en la de Brasil saliesen clandestinamente del país. Lo consiguió gracias a la ayuda de los compañeros que formaban la red nacional de Voluntad Popular. Por mucho que descabezasen a sus líderes, el partido seguía activo, como si fuese un organismo con vida propia.

Un día, Lilian salió de la embajada, a pesar de que le dijeron que no lo hiciera. ¿Y si la detenían? ¿Se daba cuenta de lo que significaba? Sería la mejor manera de hacer caer a Leo. No lo pensó demasiado y le pudieron más las ganas de recoger cosas en su casa. Necesitaba traer una cuna para la niña y una televisión. Pero, al llegar, encontró el portón reventado: unos policías habían allanado la vivienda. «Hombres del SEBIN», le dijeron los vecinos. Enseguida llamó a los corresponsales de Televisión Española y Antena 3 y les pidió que vinieran a filmar. Para dejar testimonio y poner la denuncia necesitaba testigos. Los cámaras acudieron con prontitud y la siguieron por toda la casa mientras ella recogía objetos tirados en el suelo y recorría los cuartos, uno a uno, y comprobar así los estragos de su intimidad de nuevo violada. Recogió unos cuantos objetos para resguardarlos en la embajada y partió de allí azorada. De pronto se dio cuenta del alcance de lo que le habían dicho. Reconoció que había hecho una locura al dejar la embajada, que, si la arrestaban, obligarían a Leo a entregarse para liberarla a ella. Solo de pensarlo le daban escalofríos. De lo que también se dio cuenta, y con una claridad meridiana, fue de que no podría salir más del recinto de la embajada.

A pesar del confort de las instalaciones y del cálido recibimiento de Jesús y Sara, era una cárcel dorada. Durante el tiempo que Leo pasó en arresto domiciliario, por lo menos ella podía salir de la casa, pero ahora ese lujo le estaba vetado. Atada de pies y manos, no podía participar en actos de protesta, ni ir a trabajar, ni visitar a su madre o a una amiga, ni podía ocuparse de Rescate Venezuela. El tiempo se le hacía eterno, lo que, unido a la angustia de la separación de sus hijos, la hundía en la exasperación. «Me sentí presa y me rebelaba: quería estar con mis niños. Los extrañaba muchísimo».

99

En el Helicoide, once días después de haber aplastado el motín, por fin el guardia le quitó las esposas a Gilber Caro. Llevaba todo ese tiempo engrilletado a los barrotes, once días encorvado y torturado. «Lo pasé tan mal que cuando me quitaron las esposas, casi se lo agradecí. Es lo que hace la cárcel, que te mata la dignidad». Al principio no podía ponerse de pie ni estirar el cuerpo; tan entumecido estaba que cualquier movimiento le provocaba un dolor agudo. Al cabo de un par de días, un preso le entregó un trozo de papel —era un mensaje de Leo, que le daba ánimos— y un teléfono móvil. «Te lo manda Leopoldo», le dijo. «Prendí el celular, estaba nuevecito, y tenía el número del líder. Le llamé, estaba en la embajada. Y me puse a llorar. "Yo te saco", me dijo».

Del tigrito lo trasladaron a una celda compartida con cinco presos acusados de delitos fiscales, entre los que se encontraba un conocido banquero, todos en un estado de postración terrible, mucho peor de lo que estaba Gilber, que celebraba que le hubieran mejorado de celda. No guardaban ningún orden personal, no lavaban su ropa, el baño estaba mugriento e infectado de hongos. «Esos tipos estaban muy deprimidos, muy desmotivados para todo... Así que les dije: panas, he estado casi doce años preso y en las cárceles hay que vivir al día, si no, estamos jodidos porque nunca sabes lo que trae el mañana. Yo no me voy a duchar en un sitio lleno de hongos, y ustedes no deberían tampoco. Lo primero que un preso debe tener es aseo personal». Gilber lavó el baño, cambió la cortina ennegrecida de la ducha, instauró una disciplina y unos horarios y transformó la vida en esa celda. «Hoy esos tipos me quieren porque les ayudé a vivir el día a día».

A Juan Guaidó no le detuvieron por la amenaza de Estados Unidos: si le tocaban, sería cruzar una línea roja. El 1 de mayo, cuando Caracas hervía con la sublevación, Mike Pompeo, secretario de Estado, avisó que una intervención norteamericana era posible: «Si las condiciones lo requieren, se efectuará». Maduro, aconsejado por los cubanos, reaccionó con astucia y cautela. En lugar de echar a los que claramente estaban conspirando en su contra —Gorrín, Hernández Dala, Moreno, etc.— los mantuvo en sus puestos, e hizo como si nada hubiera pasado. Fue una jugada muy hábil, porque, al no denunciarlos, evitó una fractura en el Gobierno. «Optó por un perdón costoso a una demostración de debilidad», diría Leopoldo. El perdón los amarraba más que el castigo.

El embajador Silva luchaba por mantenerse en un precario equilibrio diplomático. Sentía el deber de amparar a sus invitados, pero no debía parecer que les ayudaba en su labor política. Por eso, cuando Guaidó le pidió entrevistarse con Leopoldo, lo aceptó, aunque intuyó que podía traerle problemas. En efecto, mientras conversaban en el «cuarto de Zapatero», Silva recibió una llamada de Madrid: «Dicen que Guaidó está ahora mismo en la embajada de España en Caracas». «Los policías se habían chivado —contaría Silva—. El canciller Arreaza volvió a elevar una protesta oficial contra el hecho de que Guaidó y López "complotasen" desde la embajada de España. Con el ministro Borrell, acordé que la explicación oficial fuera que Guaidó había venido a ver al embajador».

A partir de ese momento, las fuerzas de seguridad venezolanas reforzaron el control perimetral del recinto. Colocaron tanquetas y patrullas alrededor. Los agentes controlaban a quien entraba y salía, y les hacían fotos. Al sentirse aún más encerrada, Lilian se angustió; pensó que ya no podría reunirse con sus hijos. No quería dejar Venezuela ni abandonar a Leo, pero, por otra parte, notaba que languidecía con esa vida de refugiada, a la vez aislada y promiscua. Al final no pudo más: «Quiero escaparme», le dijo a Leo.

—Es demasiado arriesgado.

—Me preocupan los niños.

—Están bien, hablamos casi todos los días con ellos.

—Quien no está bien es tu madre y es quien se ocupa de ellos. No nos quiere decir nada para no provocarnos más intranquilidad, pero las sesiones de diálisis la han debilitado mucho.

—¿Cómo lo sabes?

—Me lo dijo tu hermana. A Antonieta la han puesto en la lista para un trasplante, el problema es que tiene un grupo sanguíneo poco común y no hay donante para ella. De verdad, Leo, creo que me tengo que ir, prefiero correr el riesgo a quedarme aquí. Quédate tú y déjame ocuparme de la familia, nos necesitan.

—¿Cómo vas a escapar con la niña en brazos?

—Ayúdame a organizar un escape inteligente, lo podemos conseguir.

Leopoldo apreciaba que su mujer fuese una lanzada, pero temía esa fuga y se negó.

Hasta que, una mañana, mientras Lilian se estaba acicalando, irrumpió en su cuarto un comando de geos. Unos tomaron posiciones en las ventanas, otros bloquearon la puerta, todos iban armados y camuflados. ¡Qué susto! Era simplemente un entrenamiento, un simulacro en caso de tener que repeler un ataque. Se disculparon, pero Lilian se quedó petrificada, con el corazón a cien. Antes eran los del SEBIN los que alteraban su privacidad, ahora eran los geos. Para ella, fue la gota que colmó el vaso.

—Leo, no me quedo aquí, me voy.

Esta vez Leopoldo tuvo que claudicar.

El 1 de junio fue la fecha escogida para la huida: ese día se jugaba la final de la Champions que se retransmitía desde el estadio Wanda Metropolitano de Madrid; los geos y el personal de la embajada estarían distraídos viendo el partido. Los compañeros de Voluntad Popular, bajo la batuta de Alberto Losada, organizaron la logística. Decidieron trasladar a Lilian y a Federica en coche hasta la costa, donde un barco les estaría esperando para llevarlas a la isla de Bonaire, un pequeño territorio a noventa kilómetros de la costa venezolana perteneciente a los Países Bajos, y de allí volarían a Madrid. Jesús Silva pidió la colaboración del embajador holandés para que las autoridades les dejasen entrar en la isla y les prestasen la ayuda necesaria.

Después de un mes de estancia en la embajada de España, Lilian y Federica se escabulleron escondidas en el maletero de un coche con matrícula diplomática, el único vehículo que los policías del SEBIN no podían registrar porque contaba con inmunidad, cortesía de Jesús Silva. Era de noche y, tal y como estaba previsto, el personal, ocupado en ver la final, no se enteró. Leo estaba nervioso por el peligro de esa operación de escape y triste por dejarlas marchar, pero también porque era consciente de que poco a poco la dictadura estaba diezmando a su familia. Primero habían sido sus padres, luego sus hijos mayores los que habían tenido que abrazar el exilio. Ahora les tocaba a Lilian y a la pequeña. Muy en el fondo de su alma, intuía que un día también él se vería obligado a dejar Venezuela, una idea que le repugnaba.

Al llegar al límite de la urbanización del Country Club, Lilian y la pequeña cambiaron de vehículo y el coche diplomático regresó a la embajada. Madre e hija efectuaron el recorrido hasta La Guaira en la parte de atrás de una camioneta que lucía el logo de una compañía de publicidad. Su gran temor era que alguien en la embajada las hubiera oído o interceptado algún mensaje, que hubiera habido una filtración. El vehículo evitó las carreteras convencionales para sortear los numerosos controles. La niña durmió durante todo el viaje. Era noche cerrada cuando llegaron a una playa, donde debían esperar la llegada de un bote neumático que las trasladaría a una embarcación más grande. La temperatura era suave bajo aquella noche estrellada del trópico. La luz de la luna recortaba la silueta de las palmeras, cuyas hojas se balanceaban por la brisa. Lilian pensó en Carúpano, en la casita que había comprado su padre en una playa parecida a esta, en la felicidad de las vacaciones de su infancia. Dentro de nada, iba a dejar atrás ese paisaje que había constituido el decorado de los mejores años de su vida. Sintió un pellizco de nostalgia, y luego la certeza íntima de que algún día volvería, cuando Venezuela fuese de nuevo un país libre.

Al amanecer, el petardeo de un ciclomotor la alarmó. Pensó que era un policía y se escondió entre la maleza. Pero era un campesino que iba a su huerto con la azada a la espalda. Cuando despuntó el sol, escuchó un lejano ruido de motor y vio llegar un bote hinchable que entraba en la bahía. El marinero mandó un destello con su linterna, la señal para el embarque. Lilian rezó, se santiguó rápidamente y se dispuso a meterse en el agua con una mochila a las espaldas y Federica agarrada al cuello. Entró despacio en el agua cálida, descalza, e hizo acopio de todas sus habilidades para recorrer la distancia que la separaba del bote. Parecía que toda su vida de deportista no había sido más que un entrenamiento para enfrentarse a ese momento crucial en el que se jugaba la vida y la de su hija. Tenía miedo, pero no a no aguantar, era terror a recibir un tiro de algún esbirro del SEBIN o de las FAES que las hubiera seguido y que estuviera apostado en las rocas de la cala. Un terror aún más intenso porque no estaba sola. Para evitar que Federica llorase le susurraba al oído mientras se hundían en el agua. Le contaba que estaban de viaje, que iban a ver a los hermanos y a los abuelos, le contaba lo que se le ocurría, sabía que su voz calmaba a la niña y eso significaba la supervivencia de ambas. Luego fue perdiendo pie, sintió como dejaba de tocar el suelo, ya se iba de Venezuela, pero no cabía la nostalgia, ahora tocaba mantenerse a flote, hablarle a la pequeña y nadar.

Cuando llegó al bote, estaba exhausta. El marinero las ayudó a subir y arrancó el motorcito. Navegaron mar adentro hasta llegar a una lancha grande, que abordaron y que partió rumbo a las Antillas Holandesas. Mojada, con frío y envuelta en una toalla, agarrada al pasamanos, vio la cima del Ávila que desaparecía y volvía a surgir al ritmo del oleaje, y se le ocurrió que la montaña se estaba despidiendo de ella. Entonces sintió un desgarro, casi físico, y le dolió hasta el aliento. Después se apoderó de ella una tristeza enorme, invencible. Sí, se iba. Debajo de esa montaña que asomaba en el horizonte dejaba su vida, su gente, su familia, sus recuerdos, todo. Estalló en un llanto tan intenso que le provocó convulsiones. Una página de su vida se cerraba para siempre.

100

Después del susto que vivieron con la sublevación, y siempre con la connivencia de los cubanos, Maduro y su Gobierno se dispusieron a aniquilar a la oposición. Esta vez no lo harían luchando frontalmente, sino comprando a los diputados. Para ello, Maduro contaba con Gorrín. El dinero que no había conseguido comprar a los magistrados del Tribunal Supremo lo iba a destinar ahora a sobornar a diputados opositores. Bien se lo debía Gorrín. «Me la has jugado una vez, no puede haber otra», le había dicho sin disimular un tono de amenaza. Maduro reactivó los contactos que se habían utilizado en el pasado para negociar con la oposición y tener así acceso a los cuadros medios de los partidos de cara a «infiltrarlos». Leopoldo, en nombre de Voluntad Popular, puso como condición para participar en esas conversaciones la misma de siempre, la libertad de los presos políticos. Quería sacar a Gilber como fuese.

Había pasado un mes desde su «arresto» en la arepera y a Gilber Caro no le habían llevado a los tribunales ni le decían nada sobre su suerte. Un día recibió la visita del gobernador de Trujillo, un hombre que había conocido en su breve etapa de parlamentario, y que tenía acceso directo a Maduro.

—El presidente se pregunta por qué estás preso..., y no lo sabe.

—Yo tampoco lo sé. Me agarraron de madrugada, me trajeron acá... yo no sé por qué.

El hombre sabía que mentía, pero Gilber no iba a decir que estaba preso por haberle hecho un favor a su amigo Leo.

—Nosotros creemos que ha sido Leopoldo quien te mandó meter preso.

—Bueno, si ustedes creen eso, vamos a hacer algo: suéltenme, me llevan para la embajada de España, yo le pregunto a Leopoldo y le reclamo.

Él mismo se rio de su ocurrencia. El gobernador prosiguió:

—Creemos que tú estás preso injustamente y el presidente no quiere que ningún diputado esté preso. Porque tú no eres de Leopoldo. Tú vienes del barrio, ellos son sifrinos.

—No, hermano, yo soy de mi mamá y de Dios. Y Leopoldo es mi amigo, no lo niego a él delante de nadie. Le voy a decir lo que pasó, gobernador: la cigüeña que traía a Leopoldo se equivocó, se le jodió el GPS y tiró para el este, para los barrios buenos porque originalmente iba para el malo. Y la mía, que me llevaba para el barrio bueno, me tiró para el malo. ¿Entiende?

Volvió a carcajearse de su chiste y contagió al gobernador.

—Sabemos que eres patriota porque una vez en el Parlamento declaraste a una periodista que el pueblo venezolano debería liberarse a sí mismo, nada de que los gringos lleguen echando plomo. Esa vaina al presidente le gustó. Y por eso te vamos a liberar.

—No me digas, pana... ¿Cuándo?

Pasó un mes antes de que Maduro diese la orden de liberar a Gilber Caro. Juan Guaidó y Alberto Losada fueron a recibirle a la salida del Helicoide; lloraban de emoción: «Coño, hermano, perdón...». Los cuatro días se habían convertido en dos meses. «Yo estaba feliz —diría Caro—. Me acompañaron a mi apartamento y ahí me dejaron. Lo primero que hice fue mandar buscar a mi novia, llevaba mucho tiempo sin visitas conyugales..., y después llamé a Leo. Me pidió perdón y se fundió en disculpas, pero yo ya quería saber para dónde tirar. Me dijo: "Tú, a lo tuyo", que era la Asamblea y me recomendó que me pusiese a trabajar con Guaidó».

«Leopoldo se convirtió en una especie de primer ministro en la sombra, todo el día reunido y hablando con gente por zoom», recordaría Silva, que, viendo que la situación de Leo amenazaba con alargarse, mandó hacer obras para acotar distintos espacios y facilitar la convivencia entre los geos, el personal de la embajada y Leopoldo, volcado en su labor de oposición y en el funcionamiento del Gobierno paralelo. Por precaución, Silva le encargó una ventana blindada; no olvidaba los cócteles molotov que un día volaron por encima de la verja. El trajín de obreros y albañiles dio pie a toda una serie de chismorreos que se inventaban los oficiales del SEBIN: que si estaban construyendo un túnel para que Leopoldo pudiera escapar, que los geos estaban allí para liberarle en helicóptero... El líder seguía siendo el centro de la atención del país. Para acallar tantos bulos, Silva, después de consultarlo con Borrell, llamó al canciller Arreaza.

—Al SEBIN no le vamos a dejar entrar, pero le reitero que, si usted o cualquier político chavista quiere venir a la embajada a hablar con Leopoldo, las puertas están abiertas de par en par.

Nunca fue ninguno. «Les dimos todas las facilidades, pero no se atrevieron a hacerlo, porque les venía muy bien pintar a Leopoldo como un terrorista extremista».

En octubre, Gilber Caro recibió una llamada de Leopoldo:

—Tengo una misión para ti, hermano. ¿Has oído hablar de la operación Alacrán?

Era el nombre dado a la trama de corrupción para comprar la voluntad de diputados de la oposición. La finalidad era evitar que Juan Guaidó saliese reelegido el 5 de enero de 2020 como presidente de la Asamblea Nacional, o sea, romper la mayoría cualificada que la oposición tenía en la Asamblea.

—Aparte de lo que pone Gorrín, ahorita están aterrizando en el país avionetas repletas de dólares producto del narcotráfico —le dijo Leo—. Tienen cincuenta millones para comprar treinta votos. Ellos eran cincuenta y cinco, nosotros ciento doce, o sea que necesitan treinta diputados más para arrebatarnos la mayoría. Gilber, agarra a los diputados de Voluntad Popular, habla con cada uno de ellos y pregúntales qué necesitan, porque los están comprando según sus necesidades.

Gilber no tardó en ponerse en contacto con sus correligionarios y enseguida descubrió lo imposible de las instrucciones del líder. Le llamó de vuelta:

—Leo, ¡los están comprando por un millón de dólares!... Y tú me dijiste que podías ofrecer quinientos dólares a cada uno según sus necesidades. Un millón contra quinientos, no podemos hacer mucho. Muy fieles tienen que ser esos tipos...

Durante los meses siguientes, Gilber intentó evitar la sangría de diputados. Un día, Leopoldo le mandó visitar a José Gregorio «Goyo» Noriega, un diputado de Voluntad Popular que decía necesitar ochenta mil euros para tratarse de Parkinson. Le insistió en la importancia de no perderle. Gilber agarró su moto y atravesó la ciudad.

—¿Cómo estás, hermano?

—Enfermo, jodido.

—Sí, ya sé... Vengo a decirte que Leo te ha conseguido un médico y las medicinas.

El hombre no mostró satisfacción alguna.

—Sí, pero... Mira, Gilber, en esa mesa donde estás tú, vino Parra, que es de Primero Justicia, y me ha ofrecido cincuenta mil dólares más una camioneta.

—¿Y qué vas a hacer? ¿Te vas a vender por eso?

—A ver... Yo quiero votar por Guaidó, pero me da arrechera, estoy enfermo.

—Ya sé, pero nosotros no te podemos pagar esa cantidad, hermano, lo que podemos hacer es ocuparnos de tu tratamiento. Leo te consigue todas las medicinas y te va a sacar para Houston para que te vean los mejores médicos... Escucha su mensaje.

Encendió su teléfono y al oír la voz de Leopoldo, a Goyo se le iluminó el rostro. Al final de la entrevista, le aseguró a Gilber que votaría por Guaidó y que él prefería «limpiar pocetas»* a venderse.

A Gilber todos le decían que eran incorruptibles. El problema lo tuvo con el diputado Leandro Domínguez, «un tipo culebrero». «Le dije que no se vendiera, pero ese mismo día agarró su millón de dólares. Luego se transformó. Como era muy marico,

---

* Poceta: retrete.

se inyectó la boca y las nalgas, y acabó comprándose una flota de camionetas». Un gobernador que le conocía de la Asamblea le avisó del peligro en el que estaba incurriendo al querer garantizar la fidelidad de los diputados:

—Caro, te van a meter preso como sigas enredando. Leandro Domínguez anda diciendo que le has amenazado si no votaba a Voluntad Popular.

—Nunca le amenacé... Pero dejen ustedes de estar ofreciendo un millón de dólares para comprar la conciencia de esos tipos.

En la siguiente sesión de la Asamblea, Gilber se acercó a Leandro Domínguez.

—Vas diciendo por ahí que yo te he amenazado, ¡tremendo sapo! A ti nadie te ha amenazado.

Tendría tiempo de arrepentirse de no controlar sus impulsos. A partir de ese día, se dio cuenta de que le seguían. Leo le avisó:

—Van a por ti, lo sabemos de buena fuente. Escóndete. Vete para la embajada de Chile y habla con Freddy.

La embajada de Chile seguía atestada de gente y Freddy Guevara, que estaba refugiado allí, no consiguió que aceptaran a Gilber. Se puso en contacto con la de Argentina, que tampoco pudo recibirle. Al final, consiguió que la de México accediese a dar asilo al expresidiario.

Pero Gilber no midió bien el peligro. En lugar de ir directamente a la embajada, cometió el error de ir a comer *pizza* con un periodista amigo. A la hora de levantarse a pagar, ocho policías le cayeron encima vociferando. Peleó, consiguió escabullirse y salir de la pizzería, pero su huida fue corta: fuera estaban policías del FAES, que le rodearon, le agarraron del cuello, le colocaron una capucha y lo embutieron en una camioneta.

—¿Qué? ¿Me van a matar?

—Tranquilo, Caro, que no te vamos a hacer nada.

El 20 de diciembre Gilber Caro fue llevado a los tribunales, donde el juez le acusó de siete delitos, que iban de resistencia a la autoridad a magnicidio y terrorismo. Pasó los siguientes nueve meses encarcelado dentro de una comisaría del FAES en Caricuao, debajo de una escalera. «No podía estirarme ni levantarme del todo. Los primeros veinte días estuve allí sin sábanas, sin cepillarme los dientes, sin lavarme, sin luz, sin nada y como veían que yo no decía nada, que no gritaba, empezaron a respetarme. Habiendo estado tantas veces preso, puedo acostumbrar a mi cuerpo a no hacer mis necesidades durante un mes».

Pasaron los primeros treinta días y llegó un comisario:

—Yo no me meto en tu peo político, Caro, te mandaron desaparecer, no podemos decir nada de ti.

—Coño, mano, méteme en una celda normal.

—No puedo.

—¿Y el baño?

—Los chicos te sacarán al baño esposado.

—Si de aquí no me puedo escapar.

—No podemos sacarte suelto, tú corres demasiado.

Siguieron manteniéndole en el mismo lugar y nunca le dejaron solo. Él se impuso una estricta disciplina para sobrevivir. «Tenía diez centímetros por delante, trotaba todos los días cuarenta y cinco minutos sin moverme de mi sitio, y bebía dos litros de agua. Tenía una perola de cinco litros y tenía que orinar sin que el pene tocara el borde para no infectarme. Defecaba por partes: lo envolvía y tiraba el paquete a una bolsa. Lavaba mis corotos alargando el tiempo, porque tiempo tenía mucho».

El diputado Goyo Noriega —el que decía que prefería limpiar retretes a venderse al chavismo— aceptó una ingente cantidad de dinero y dio la espalda a Guaidó. El mismo día de la detención de Gilber fue expulsado de Voluntad Popular. El objetivo de la operación Alacrán era sustituir a Guaidó por un diputado afín, pero solo lograron comprar a 16 de un total de 112. «Pero de Voluntad Popular, solo tres —precisaría Caro—. Los demás agarraron su millón y se lo gastaron…». Ante semejante fracaso, la dictadura montó unas elecciones fraudulentas en diciembre de 2020. La oposición del país, encabezada por Juan Guaidó, decidió no participar por considerar la votación un «fraude». Con una participación del 31 por ciento, el chavismo, como era de esperar, ganó ampliamente. Pero el resultado no fue reconocido ni por la Unión Europea ni por Estados Unidos. Sin embargo, uno de los observadores internacionales, el expresidente José Luis Rodríguez Zapatero, compareció ante los medios en Caracas para manifestar su apoyo al resultado obtenido y pedir el levantamiento de las sanciones.

Con el cambio de Gobierno en España, Zapatero había asegurado a Maduro que se iba a ocupar de que Pedro Sánchez cambiase la política hacia Venezuela. Y a ello se dedicó, con el concurso de funcionarios ideológicamente afines del Ministerio de Asuntos Exteriores. Al enterarse, Felipe González había montado en cólera: «¡Ni se os ocurra!», les había dicho.

En una de las conversaciones diarias, el ministro Borrell le dijo a Silva:

—Embajador, quiero saber tu opinión sobre un tema. Zapatero me dice una cosa y Felipe, la contraria. ¿Tú no crees que hay una forma de llegar a un consenso entre los dos?

—Ministro, ¿quiere saber lo que yo pienso? ¿O quiere saber lo que yo creo que debo decirle?

—Quiero saber lo que tú piensas.

—Hay que seguir apoyando a la oposición.

—Creo que tienes razón, y es lo que vamos a hacer.

101

Entonces el mundo frenó. La primera víctima mortal de COVID en Venezuela ocurrió en marzo de 2020. Las restricciones de la movilidad y la interrupción de los viajes repercutieron en la vida de la embajada, que se hizo más tranquila, marcada por la rutina de sus ocupantes. Tanto el embajador como su huésped se levantaban al alba para hablar con Madrid, uno con el Ministerio de Asuntos Exteriores y el otro con su familia. Lilian le contaba su adaptación a su nueva vida, ya tenía un buen pediatra, había descubierto una tienda de comida venezolana en el mercado, la farmacia enfrente de casa abría veinticuatro horas al día.

En febrero llegó una excelente noticia: el padre de Leopoldo, que había sido incluido en la lista del Partido Popular de España como candidato a eurodiputado, había salido elegido. Iba a poder ser la voz de América Latina, y en concreto de Venezuela, en el corazón de Europa. Un gran privilegio, un golpe de suerte, aparte de una formidable oportunidad de reinventarse.

Pero Lilian estaba inquieta por la salud de su suegra, cada día más deteriorada. Y por la lejanía con su marido. ¿Era realmente necesario que Leo permaneciese en Venezuela?, le preguntaba. ¿El régimen no había destrozado ya todo vestigio de democracia con los últimos comicios? ¿Qué sentido tenía quedarse, en una situación precaria de invitado en una embajada, sin poder salir del recinto, durante tanto tiempo? ¿Qué sentido tenía perderse la vida de sus hijos, de la familia, en esas circunstancias, en un país secuestrado por una tiranía, un país del que salían millones y millones de personas porque ya no podían vivir en él? Un día él le dijo que se podía tener una relación por teléfono, pero «hasta la videollamada se hace fastidiosa», le respondió Lilian, que le rogaba que escapase, que viniese a reunirse con ellos. Pero Leo eludía una respuesta directa, se escabullía diciendo que siempre había algo importantísimo que organizar, alguien a quien salvar, que la lucha era tan desigual. Lilian revivía los tiempos de novia, cuando se sentía la segundona en el trío de amor compuesto por ella, Leo y Venezuela.

—La vida sin ti no es vida —le dijo un día—. Puedes luchar por Venezuela desde aquí.

—No es lo mismo, mi bella.

Qué dolorosa era para él la idea de abandonar su país. ¿Cómo dejar a los presos políticos a su suerte, al pueblo con hambre, a los compañeros del partido sin sentir que les traicionaba? No, lo suyo era continuar en la lucha, coordinar a Guaidó con el resto del país, sacar a Gilber Caro de nuevo de la cárcel, animar la labor de Rescate Venezuela, ahora más necesaria que nunca. Su amigo y compañero Alberto Losada pensaba como Lilian, tener al líder en la embajada no podía alargarse mucho. Iba a ser necesario poner en práctica la estrategia de siempre: un líder se iba al extranjero mientras otro permanecía. Es lo que habían hecho con Vecchio cuando salió mientras Leopoldo se entregaba. Ahora le tocaba a Guaidó quedarse y Leo debería pensar en irse. Lo importante era el partido, y que pudiera sobrevivir a todo. Pero cada vez que se lo mencionaba, Leopoldo se cerraba en banda: «Nunca me iré de Venezuela».

Vivir encerrado en una jaula de oro como la embajada no parecía ser un inconveniente. Seguía con la misma rutina de la cárcel en cuanto a oraciones y ejercicios. Pero no estaba solo. Aunque disponía de un horno microondas en la habitación, sus comidas las hacía con Jesús y Sara. Un lujo enorme para alguien que había pasado casi cuatro años en Ramo Verde.

Además, se llevaba muy bien con los geos. Cuando dejaba de hablar por teléfono, bajaba de su cuarto y se tomaba una cerveza con ellos. Admiraba su rigor, su sentido de sacrificio y su altísimo nivel de preparación. Sobre todo, admiraba que fuese un cuerpo apolítico. A los geos, que eran auténticos profesionales de la seguridad, no les manipulaba el poder de turno, y eso en Venezuela era inimaginable, de ahí su fascinación. Boxeaban por la mañana y por la tarde hacían *crossfit* u otro deporte de combate. Esa convivencia le acercó a España y le proporcionó un conocimiento del que carecía, solo había ido a Madrid dos veces, y unos días nada más. El geo que era de Valencia cocinaba paella los domingos para luchar contra el tedio del confinamiento; otro era catalán y contaba sus escapadas de senderismo por la sierra de Montserrat. Otro de Andalucía, otro de Madrid, y el gallego contaba unos chistes desternillantes. Apreciaba la camaradería sana y el buen ambiente, y le hacían gracia los modismos que se le fueron pegando —«Joder, macho, gilipollas...»— sin sospechar que pronto los estaría utilizando más de lo que le hubiera gustado. Como ya no podían salir al gimnasio, entrenaban en el jardín de la embajada, todos mezclados, el embajador con su entrenador personal, su mujer y su profesora de yoga, Leopoldo y los geos. Un grupo heteróclito unido por los vaivenes de la vida política de un país, de su historia presente.

En aras de una convivencia lo más civilizada posible, Silva había dado instrucciones a su personal para que todas las mañanas ofreciesen café y sándwiches a los policías del SEBIN, que pasaban horas muertas haciendo guardia del otro lado del muro, y que agradecían la atención porque ellos también pasaban hambre. En el fondo, la tan temida policía bolivariana estaba compuesta de gente humilde. Al ganar su confianza, invariablemente acababan criticando el régimen.

La presencia policial en los aledaños de la embajada era tan nutrida que aquellas calles se convirtieron en las más seguras de la ciudad. Los domingos se llenaban de gente que venía a correr y a montar en bicicleta, de vendedores ambulantes y de familias que querían pasear en un entorno seguro. Por momentos parecía que la revolución había sido un mal sueño y que volvía la vida de antes.

Los roces entre las distintas fuerzas de seguridad eran inevitables. Una noche, a Silva le despertaron porque un policía nacional español destinado a la vigilancia de la embajada tuvo que acudir a hacer su guardia en el consulado, y como no había en ese momento ningún vehículo con matrícula diplomática disponible, se le ocurrió ir en taxi. En el primer control, un retén del SEBIN le detuvo por ir armado. Silva tuvo que vestirse y bajar a parlamentar en la puerta de la embajada para convencer a los policías de que era un arma reglamentaria. Los geos acudieron al rescate del policía novato y se produjo un momento de tensión entre ellos y los del SEBIN. Hasta que, bien entrada la madrugada, Silva no consiguió hablar con la vicepresidenta, Delcy Rodríguez, y ella no dio la orden de que liberaran al policía español y a su taxista, la situación fue explosiva. El embajador tuvo que presentar los papeles que probaban la importación legal del arma.

La mañana del 29 de abril, el conserje de la embajada empezó a recibir una avalancha de tarjetas de felicitación, de paquetes y de tartas metidas en cajas de cartón. Era el cumpleaños del huésped más notorio de la residencia. Tantos pasteles se fueron amontonando en la cocina que Leopoldo tuvo la idea de invitar a todos: a los geos, al personal de la embajada, a los vigilantes privados, a los jardineros y a los albañiles que estaban rematando las obras y con quienes le gustaba sentarse a hablar para que le contasen sus vidas. «Ese día tuve la suerte de ver en acción a un político de raza», diría Silva. Leopoldo decidió ofrecer unas raciones de tarta de cumpleaños a las patrullas del SEBIN que estaban fuera. «De repente me llama Leopoldo —contaría el embajador—: "¡Ven, Jesús, ven!". Estaba en mi despacho y fui a su habitación. Desde la terraza que le habíamos arreglado y que daba a la calle, oí la canción de cumpleaños venezolana, "Ay, qué noche tan preciosa, esta noche de tu día", que, por cierto, es mucho más bonita que el *Happy birthday to you*, y que dos uniformados del SEBIN hacían sonar desde el altavoz del vehículo que tenían aparcado en la calle».

—Gracias, muchachos —les gritó Leopoldo al acabar la pieza.

—¡A la orden!

—Espero que les haya gustado la torta.

—Sí, muchas gracias.

—Bueno, que tengan un buen servicio.

—Buenas noches. Gracias de nuevo.

Silva estaba estupefacto. Se giró hacia Leopoldo.

—Después de haber visto esto —le dijo—, creo que este país tiene solución.

102

Pero las cosas cambiaban. Un acontecimiento ocurrido a miles de kilómetros de distancia, como fue el nombramiento de Josep Borrell como alto representante de la Unión Europa para Asuntos Exteriores y vicepresidente de la Comisión Europea, repercutió en la vida de la embajada. Sin la presencia atenta y casi cotidiana de Borrell, Silva se quedó en el limbo. Además de perder de golpe a su interlocutor privilegiado, el embajador sintió que tampoco disponía ya del apoyo incondicional del ministerio. La salida de Borrell dejaba el campo libre a una corriente dentro del Gobierno favorable a pactar con Maduro en detrimento de la oposición, y cuyo más insigne representante era un joven diplomático llamado José Manuel Albares, que también era asesor del presidente del Gobierno de España, Pedro Sánchez. «Identificó el tema de Venezuela como prioritario y, ya en tiempos de Borrell, empezó a interferir en la política del ministerio generando una campaña contra mí», contaría Silva.

En eso apareció Arancha González Laya, nueva ministra de Asuntos Exteriores, una mujer con escasa experiencia en política internacional como bien demostraría el hecho de que solo durase un año en el puesto. Silva tampoco disponía de un acceso fácil a ella: «En lugar de escuchar a su embajador en Venezuela, escuchaba a unos amigos que tenía en el mundo de Naciones Unidas que le daban una visión distorsionada de lo que ocurría allí. Influenciada por Albares, empezó a cambiar la política española, dando credibilidad a las críticas de su homólogo venezolano, el canciller Arreaza, contra Leopoldo López, y siendo más condescendiente con el régimen. En lugar de apoyar a la oposición en su conjunto, lo hacía a sectores minoritarios, lo que contribuyó a desunirla».

Sin el soporte incondicional de la ministra, la situación de Silva, que estaba expuesto a muchas presiones, se hizo más difícil aún —y precaria—.

A las seis de la mañana de un día de principios de septiembre, Silva mandó a llamar a Leopoldo para que bajase a desayunar. Tenía algo importante que decirle.

—Leopoldo, me acaban de llamar de Exteriores. —Leo calló; adivinó que le iba a dar una mala noticia—. Estoy cesado.

—¿Vuelves a Madrid?

—Sí, a esperar nuevo destino.

Leo esgrimió una mueca de disgusto. Eran amigos, le daba pena perderlo. Lo que Silva había hecho por él y por su familia no lo haría un nuevo embajador, bien lo sabía.

—¿Y sabes quién te reemplaza?

—Viene el embajador que está hoy en Cuba.

Hubo un silencio. Leopoldo suspiró.

—Tienes que pensar en lo que vas a hacer —le dijo Silva.

La hora de tomar una decisión había llegado. Su padre ya le había comentado que no se fiaba del nuevo Gobierno español; el resto de la oposición también había perdido la confianza. Evitaban encontrarse con Zapatero. Leopoldo sabía que, sin Jesús Silva, no tenía sentido permanecer en la embajada. Su resistencia a abandonar Venezuela se estrellaba contra aquellos hechos tozudos.

¿Cuál era la opción? ¿Permanecer en clandestinidad hasta caer preso de nuevo? Aquello sonaba a *déjà vu*. Alzó la cabeza y dijo:

—Ya lo tengo pensado, Jesús, lo que te pido es que me des tiempo para organizarme.

—Todo el que necesites.

Así comenzó Leopoldo a planificar su huida, sin decir nada a nadie, ni siquiera a su amigo Silva, a quien no le comunicó detalles para no involucrarle.

Lo primero que hizo fue llamar a Alberto Losada: «Coño, hermano, lo que habíamos hablado», dijo, y no tuvo que añadir nada más. «Esas cosas siempre las he manejado con un grupo muy pequeño de gente, y Alberto era experto en extracciones, un tipo muy discreto y eficaz que se alegró de que hubiera tomado esa decisión. Estuvimos tres semanas considerando las posibles rutas. Salir por la costa, como Lilian, era lo más fácil, pero estaban cerrados los puertos por el COVID, y además era muy fácil identificar un barco por radar. Durante ochenta millas náuticas estaría en su campo, cualquier cosa podía ocurrir». Alberto y un compañero periodista hicieron un viaje hacia Occidente, hacia Táchira, pero la frontera estaba fuertemente custodiada por el ejército, y les dio miedo. Al final, eligieron la ruta del sur hacia el punto donde el río Meta confluye con el Orinoco, en un pueblo que se llama Puerto Páez del lado venezolano y Puerto Carreño del colombiano. Era una zona con fuerte presencia de la guerrilla, pero más valía lidiar con guerrilleros que con militares, pensaron.

Alberto se puso en contacto con Carlos Vecchio, a quien pidió que fuese a Colombia a hablar con el presidente Iván Duque y solicitar su discreto apoyo. En Bogotá, Vecchio fue recibido por el director de los servicios secretos que le aseguró que montaría un despliegue en el lado colombiano de la frontera, dispuesto a intervenir si fuera necesario.

Mientras, en Caracas, Leopoldo pasó mes y medio observando en detalle la rutina de la policía que rodeaba la embajada. Con unos gemelos, se subía al techo e iba anotando a qué hora era el cambio de guardia, por dónde llegaban y por dónde salían, cuál era el momento de menor presencia policial, a quién le abrían el maletero y a quién no; en definitiva, observando los patrones de comportamiento. Para identificar los puntos ciegos del perímetro de las cámaras de la embajada, tenía que subir al segundo piso, donde estaban las pantallas. En ese cuarto, que controlaban los geos, había un microondas, de modo que Leopoldo echó a perder el suyo, para tener la excusa de subir por la mañana y por la noche a mirar las pantallas e ir tomando nota sin que nadie sospechara.

Sin revelar a Leopoldo los detalles, porque más valía fraccionar la información en caso de que uno cayese, Alberto y su compañero planificaron la salida. Primero hablaron con un amigo de la empresa eléctrica Corpoelec. La camioneta que tenía asignada había sufrido un accidente y estaba abollada. «Yo te la arreglo, te la mando al taller, a cambio déjamela un par de días», le propuso Alberto. Así consiguieron una camioneta con matrícula oficial y papeles. Luego prepararon un segundo vehículo, una *pick-up* blanca con otras dos personas de apoyo, las mismas que habían sacado a otro compañero perseguido, Iván Simonovis, de otra embajada donde estaba refugiado.

La víspera del día del escape, a la hora del desayuno, Silva preguntó a Leopoldo:

—¿Cómo piensas salir?

—He identificado los puntos ciegos, saltaré el muro por la parte sudoeste de la tapia y del otro lado estará Alberto esperándome en la camioneta.

—Eso es demasiado arriesgado, Leopoldo. Los geos te pueden ver.

—A esa hora están desayunando.

—Sí, pero están siempre alerta.

Silva fruncía el ceño; el asunto le preocupaba.

—Déjame pensar. Alguna solución habrá.

El 26 de octubre de 2020, después de un año en la embajada, Leopoldo salió escondido en el maletero de un coche, el utilitario de Sara, la mujer del embajador, conducido por ella misma. Saludó a los guardias con su sonrisa luminosa y la dejaron pasar sin problema. El coche efectuó un corto recorrido hasta llegar a Los Palos Grandes, donde dejó a su peculiar pasajero en la calle junto a otro automóvil.

En el interior le esperaban Alberto y dos compañeros, con la documentación falsa preparada. Leopoldo pasaba a ser Eduardo Galleti, cédula de identidad 13833928, nacido el 19 de agosto de 1982, abogado y casado. Era clave poder responder con la mayor precisión posible; no bastaba con dar el nombre, había que saberse la fecha de nacimiento, el número de cédula, la profesión, el nombre del padre, el de la madre, el número de hermanos, o sea, todo lo que uno debía saber en caso de toparse con un policía inquisitivo. Se quitaron la ropa y se embutieron los monos de Corpoelec. De tanto nerviosismo, Leopoldo cometió el error de guardar en un bolsillo su verdadera cédula de identidad. Llevaba una mochila pequeña con dinero en efectivo que había conseguido al vender una vieja camioneta suya.

Por experiencia, habían determinado que, en todos los controles de carretera, el que iba sentado detrás del conductor era el principal generador de atención, de modo que el primer vistazo que echase el policía sería hacia ese lugar que ocupaba Alberto Losada. Después se fijaría en el conductor, segundo punto de atención. El puesto de al lado lo ocupaba el más irrelevante de la comisión, o sea Leopoldo, el rostro oculto detrás de la mascarilla y el cuerpo enjuto de tanto «toser». Detrás había un compañero que tenía experiencia en encarar a un funcionario y, eventualmente, sobornarle.

103

La camioneta con las siglas de Corpoelec cruzó Venezuela rumbo al sur, de noche, un trayecto de quince horas. Franquearon sin novedad varios controles; era imposible que alguno de esos soldados mal pagados imaginase que en esa camioneta viajaba Leopoldo López. Cuando llegaron al último tramo antes de la frontera, se bajaron del vehículo y se montaron en unas motos que estaban preparadas para proseguir camino hacia el río. Así llegaron al último retén; no había nadie y siguieron. A cincuenta metros surgió la visión del río cuyas aguas plateadas reflejaban el sol naciente. Dejaron las motos y, con el agua por las pantorrillas, embarcaron en una lancha de madera. Las luces del fondo, en el horizonte, señalaban Puerto Carreño, Colombia. «¡La libertad, hermano!», le dijo Alberto en voz baja a Leopoldo.

Justo en el momento de arrancar el motor, vieron llegar a unos guardias que les apuntaban con sus fusiles.

—Bájense, ¡manos arriba! —gritaron.

Venían corriendo, sin resuello.

A los fugitivos se les heló la sangre. Veían Colombia a trescientos metros, tan cerca, tan lejana. «Tenía las bolas aquí», contaría Leopoldo señalando la garganta. Se apearon de la lancha y fueron escoltados hasta la oficina de la patrulla, un contenedor colocado sobre unas vigas. «Siempre he estado expuesto a situaciones complicadas, a secuestros e intentos de homicidio, y siempre en esos momentos me repetía el mantra de mantener la cabeza fría. Ese momento necesitaba la cabeza fría al cuadrado. Hice acopio de todo lo que aprendí en la cárcel en términos de entrenamiento, meditación, ejercicio de autocontrol, incluso había aprendido a controlar mis pulsaciones en momentos críticos, eso ayudaba mucho». Discretamente, Leopoldo le pasó el morral con el dinero al cuarto compañero, al que sabía negociar.

En el *container* los colocaron frente a una mesita.

—Quítense todo lo que llevan en los bolsillos. Cédula, nombre y profesión.

Leopoldo, tapado con la mascarilla, iba encorvado y tosía para que los guardias pensaran que, si se sacaba el tapabocas, les pegaría el COVID. Así logró no ser reconocido. Luego a él, al otro compañero y a Alberto los llevaron afuera y los sentaron contra un murete.

—De aquí no se muevan.

Alberto ofreció unos cigarrillos que los guardias fumaron a orillas del río, mientras les vigilaban por el rabillo del ojo.

A lo lejos veían las barcas de los pescadores. De este lado, casi no había actividad. Leopoldo se acordó de que tenía su verdadera cédula de identidad y la sacó discretamente del bolsillo del mono.

—Alberto —le susurró—, ayúdame.

Estaba plastificada y tuvieron que quitarle el envoltorio, romperla y masticarla. Fueron escupiendo los trozos hasta hacerla desaparecer.

—Quiero que sepas que no me voy a entregar —le dijo Leopoldo—, no voy a permitir que me agarren; si la cosa se pone fea, me tiro al río.

—Coño, ¡no te adelantes!

—Solo quiero que lo sepas.

Leopoldo era un nadador consumado. De niño había destacado tanto que gracias a ello consiguió una beca para estudiar en Estados Unidos. No le tenía miedo al agua. «Sabía que me iban a disparar, de modo que ya estaba viendo por dónde me podía fugar».

—Yo puedo con el río —dijo.

Mientras, en el interior del contenedor, el teniente abrió el morral y descubrió el dinero. Puso los ojos como platos y dijo, nervioso:

—¿Y esto? ¿Ustedes quiénes son? No son nada de Corpoelec, dígame, ¿quiénes son?

—Mira, hermano, te voy a decir la verdad... Tú tienes razón, no somos de Corpoelec, estos compañeros me están ayudando a huir porque tengo una orden de captura en Caracas.

—¿Y eso por qué?

—Un asunto financiero. Unos tipos que me quieren putear y que me metieron una demanda.

El policía agarró su teléfono:

—Estoy llamando al general. Que venga el general encargado de toda esta área y este cuento se lo dices a él.

—No, escucha, deja el teléfono.

—Él decidirá lo que hay que hacer.

Fuera, Leopoldo, Alberto y el otro compañero escuchaban fragmentos de la conversación. La cabeza les daba vueltas mientras evaluaban las maneras de escapar. Pero ¿cómo? Cualquier solución pasaba por arriesgarse a morir acribillados en la huida. Se dieron cuenta de que estaban atrapados, sin solución. Durante los cuarenta y cinco minutos de máxima tensión en los cuales Leopoldo hizo un ímprobo esfuerzo por mantener el autocontrol, revivió la soledad de Ramo Verde, la comida infecta y las grietas en las paredes. Recordó las carreras de insectos, las esposas que le laceraban las muñecas, la luz que no apagaban y la eterna oscuridad. Le volvió a la memoria la imagen de sus dedos ensangrentados cuando intentaba sacar el cable para ahorcarse. No, no volvería allí, no iba a darle ese gusto a Nicolás Maduro, ni a Diosdado Cabello, ni a los infames hermanos Rodríguez... Por nada en el mundo; antes muerto. «Lo que más me preocupaba era que Maduro se cobrase la victoria de agarrarme en el último metro; hubiera sido mandar un mensaje de que son invulnerables. Estaba decidido a irme corriendo y tirarme al río. Solo esperaba el momento crítico».

Del interior del *container* les llegaban ecos de la discusión. El compañero le jugaba el juego al teniente:

—Ok, pues, vamos a esperar al general. —El teniente callaba. Hubo un silencio y el otro soltó la frase clave—: Pero si le esperamos, ese dinero se lo va a llevar el general, y a ti no te va a tocar nada. —El teniente paseaba su miraba del fajo de billetes al rostro del detenido—. Ahora bien... —siguió diciendo el compañero—, si nos dejas ir, todo esto es para ti.

El teniente estuvo pensando unos segundos, hasta que se hizo con el fajo de billetes y se lo metió dentro de la chaqueta:

—¡Váyanse, váyanse!

«Agarramos todo y nos fuimos por los pelos, ¡por los pelos! Arrancamos la lancha, cruzamos el río y llegamos al lado colombiano. Estábamos a salvo. Entonces nos dimos cuenta de que esos botes no eran de pescadores, estaban ocupados por policías colombianos camuflados y armados, dispuestos a intervenir para protegernos. Había un despliegue de un centenar de hombres, todos vestidos de paisano, pero con fusiles, algunos con telescopios. Fue una operación realmente bien montada. Carlos Vecchio, mi amigo del alma, el embajador de la Venezuela constitucional, había hecho un buen trabajo».

Los militares colombianos los llevaron hasta la residencia de un coronel de la Armada. Leopoldo le pidió que le prestase su teléfono para llamar a Madrid.

—Lilian, bella, ya salí.

—¿Cómo que saliste? ¿De dónde?

—¡Salí!

—¿Dónde estás, en el jardín de la embajada?

—No, en Colombia.

—Noooooo...

«Casi me dio un síncope», diría Lilian.

Lo demás sucedió muy rápido. Los trasladaron al aeropuerto de Puerto Carreño donde, a bordo de un flamante King Air, les esperaba el director de los servicios secretos colombianos, el hombre que había montado la operación después de hablar con Vecchio. Aterrizaron de noche en Bogotá; en la pista les esperaba Jimmy Story, el embajador de Estados Unidos con quien Leopoldo se había entendido tan bien, pero al que no conocía personalmente. Se dieron un abrazo.

—Todo está listo para tu traslado a Miami —le dijo.

En el hangar del aeropuerto Leopoldo habló con Guaidó, y luego con el presidente Duque, quien le confesó que estuvo a punto de dar la orden de efectuar una operación de extracción cuando supo que habían caído en manos de la policía. Eran palabras mayores, porque hubiera significado realizar una incursión en terreno venezolano.

Vecchio había pedido a las autoridades de Colombia que registrasen a Leopoldo como pasajero porque no tenía pasaporte ni papeles para entrar en Estados Unidos, solo una carta firmada por Story.

A las tres de la mañana aterrizaron en el aeropuerto de Fort Lauderdale, en Florida. Aquello era un mar de luces. Qué rápido se acostumbraba uno a la vida libre, pensó Leopoldo, que tenía intención de quedarse un par de días en la ciudad. Mostró la carta de Story y la policía de inmigración le dejó pasar.

Fueron en un Uber a pasar el resto de la noche a casa de un amigo donde les esperaban Lara e Iván Simonovis. Qué emoción hablar con sus compañeros, ponerse al día, darse abrazos. Lara acababa de volver de Venezuela; por nada en el mundo se hubiera perdido la boda de su mejor amiga, no iba a dejar que Maduro le estropease ese gusto. Pero había corrido un gran riesgo viajando con papeles falsos. Ya estaba avanzada la noche cuando Silva le llamó para decirle que no se quedara en Miami, que tomase el primer vuelo a Madrid, ahora que todavía pillaba por sorpresa a todo el mundo y que nadie sabía dónde estaba. Le dijo que cuanto más tardara, más complicado podía ser su traslado. Story le llamó para decirle lo mismo. Él y Silva se ocuparían de los trámites, pero mejor embarcar en el vuelo de Iberia que salía en dos horas. Leopoldo se despidió de su gente y fue al aeropuerto de Miami. Allí la policía secreta americana lo estaba esperando y, sin pasar por el control de inmigración, lo llevaron directamente al avión. En la puerta estaba el cónsul adjunto de España, que le entregó un salvoconducto con una foto suya y un nombre que no era el suyo: «Razones de seguridad», le dijo. Jesús Silva lo había tramitado todo. Una vez sentado en el avión, Leopoldo pensó en él y en Sara. Los imaginaba, él en su despacho hablando por teléfono con Madrid y ella organizando la inminente mudanza. Y luego cenarían en el jardín que olía a flores tropicales.

Era domingo por la mañana, y tuvo la sensación de aterrizar en otro planeta. La inmensa terminal T4 del aeropuerto de Madrid estaba vacía a causa de la pandemia, sumida en un silencio inquietante. «Me sentía como un pajarito en grama, desprotegido, desconcertado», recordaría Leo. De la nada surgió un hombre vestido de civil con una placa de policía en la mano.

—Señor López, venga conmigo.

Lo siguió por las entrañas del aeropuerto y lo acompañó hasta un coche que emprendió camino hacia el centro de Madrid, vacío de gente. Veinte minutos después, llamaba al timbre del portal número 165 de la calle Príncipe de Vergara.

—¿Quién?

—Yo. No digas nada a los niños, quiero darles una sorpresa.

Lilian bajó a abrirle, el corazón al galope, la cabeza llena de preguntas: «... Y mariposas en el estómago, estaba muy enamorada y a la vez inquieta por retomar nuestra vida conyugal en un entorno tan distinto». Se echaron en brazos el uno del otro. «Con ese abrazo cerraba una etapa», diría Lilian. El anterior se lo dio cuando le cambiaron a casa por cárcel y apareció en el portón de su domicilio. Para eso servían los abrazos, para cerrar capítulos de la vida, pensaba ella.

Subieron al piso y Manuela abrió la puerta, los ojos henchidos de sueño. Cuando se dio cuenta de a quién tenía enfrente, se le lanzó al cuello. Lloraba y reía al mismo tiempo, y hasta se quejó de esa barba de varios días porque le picaba la piel. El alboroto despertó a los más pequeños, y por el pasillo apareció corriendo Leosan, ese niño que había aprendido a caminar en Ramo Verde. A Federica la habían dejado sola en el cuarto y protestaba a pleno pulmón porque no podía salir de la cuna. Su padre irrumpió en el cuarto, la cogió en brazos y la estrechó contra el pecho hasta que se sosegó. Federica, fruto de un irreprimible deseo de libertad.

Luego se hicieron una foto para el recuerdo.

104

La huida pilló tan de sorpresa a los venezolanos que muchos no se lo creyeron. Luego en Caracas corrió el rumor de que había sido fruto de un pacto entre el Gobierno de Maduro y el de España, con el objeto de liberar a la embajada del compromiso de tener a Leopoldo de huésped eterno. La prueba definitiva la tuvieron los venezolanos cuando Leopoldo habló desde Madrid en una conferencia de prensa: el impacto fue enorme. En respuesta, Maduro convocó a los medios y acusó a Jesús Silva de ser culpable de la salida de Leopoldo; le insultó diciendo que menos mal que se iba pronto del país. Él y su mujer se mostraron indignados de que funcionarios del SEBIN irrumpiesen en la embajada para detener a seis empleados, que fueron sometidos a interrogatorios y al allanamiento de sus viviendas. El portavoz del Ministerio de Asuntos Exteriores español condenó con firmeza esas detenciones y aseguró que la salida de López fue «fruto de una decisión voluntaria y personal». La cocinera y los vigilantes permanecieron varios días arrestados. A la postre, la escapada de Leopoldo fue una humillación para el régimen. Maduro destituyó al ministro del Interior, Néstor Reverol, y el inefable Diosdado Cabello arremetió a su vez contra el embajador Silva acusándole de «facilitar, con notable complicidad, la fuga del terrorista Leopoldo López. Él era un huésped, y los huéspedes no huyen. El embajador tiene que haberlo, aunque sea, acompañado hasta la puerta».

En Madrid, apenas tuvo tiempo Leopoldo de saludar a sus padres y de comprobar, sobrecogido, el degradado estado de salud de su madre, ya que fue convocado, el día siguiente a su llegada, a una cita organizada con la máxima discreción con el presidente Pedro Sánchez. El encuentro no fue oficial —para no añadir más leña al fuego de las relaciones entre los dos países— y se desarrolló en la sede del Partido Socialista en la calle Ferraz. Después de intercambiar impresiones, al final, Sánchez le hizo una pregunta a Leopoldo:

—¿Por qué Maduro está en el poder?

—Es la pregunta que me hace todo el mundo, presidente... —Se llevó la mano a la barbilla y al cabo de unos segundos, prosiguió—: Hay muchas maneras de responder: porque tiene acceso a recursos naturales, porque cuenta con el apoyo de los militares, porque la oposición está dividida... Pero, desde mi punto de vista, en última instancia, Maduro sigue en el poder por el apoyo que recibe de Rusia en el ámbito militar; de China, en el financiero; de Irán, en el energético; de Cuba, en la seguridad y de Turquía, en la minería y en el tráfico del oro. —Luego añadió—: En realidad, presidente, Maduro es parte de un engranaje mundial mucho más grande que el propio Maduro.

Para Antonieta, que Leopoldo hubiera llegado sano y salvo a Madrid era la mejor noticia que habría podido recibir. La invadió una paz como rara vez había sentido, la sensación de haber cumplido con el sacrosanto deber de proteger a los suyos. Ahora estaban todos fuera del infierno, mutilados de su país, pero vivos. Lo ideal hubiera sido un reencuentro familiar en una Venezuela liberada, pero nadie es dueño de su destino. Primero la vida, luego la libertad.

Aunque a ella, lo que la esperaba era la muerte.

El empeoramiento de su salud la había obligado a dejar de trabajar como asesora en una agencia de comunicación. Corría la cuenta atrás del reloj que se había puesto en marcha cuando recibió el diagnóstico.

Leopoldo se asustó tanto de verla tan demacrada, en los huesos y con la tez grisácea que la alegría del reencuentro se le volvió pesadumbre y ansiedad. El nombre de su madre llevaba dos años en la lista de espera para un trasplante de riñón, pero no aparecía ningún donante compatible. Y la diálisis —cuatro horas tres veces por semana— había hecho estragos en su cuerpo.

—Mamá, yo te doy mi riñón.

—Muchas gracias, pero no quiero sus riñones.

Su hermana Diana se le había adelantado. Los análisis habían confirmado que sus grupos sanguíneos eran compatibles. La hermana mayor de Leopoldo, la artista que le había enseñado a dibujar, que le había introducido al placer de leer poesía, que había cuidado un aspecto que nadie salvo ella pudo haber atendido, estaba también en Madrid, decidida a salvar a su madre ofreciéndole uno de sus riñones.

Antonieta era reacia a aceptarlo, aunque fuese la única solución posible. «Aquello me provocó una gran ansiedad —recordaría—. ¿Cómo iba a dejar a mi hija sin un riñón? Por mucho que insistiese, la idea se me hacía imposible. ¡El sentido de mi vida era proteger a mis hijos, no amputarles sus órganos! Yo le hubiera dado mi riñón sin pensar, como a cualquiera de mis hijos, pero aceptar el suyo me sumía en una profunda crisis. Era hacer algo contra natura».

Ante la degradación imparable de su estado físico, Antonieta y Diana fueron convocadas a la consulta del médico. El trasplante era ahora cuestión de vida o muerte. La decisión no podía aplazarse más.

—Se puede vivir con un riñón, en tu vida cotidiana no lo vas a notar —le dijo el médico a Diana.

—Lo sé.

—Suele ocurrir que la persona que recibe el riñón se pone eufórica...

—Francamente, no creo que sea mi caso —le interrumpió Antonieta.

—... Pero la persona que lo da puede entrar en periodos depresivos —prosiguió el médico—. Aparte de los dolores, que se manejan bien con medicación, hay un sentimiento de pérdida.

—Mayor depresión me daría el haber podido salvar a mi madre y no hacerlo —dijo Diana.

«Ella tenía cincuenta y dos años y estaba llena de vida, no se la iba a poner en juego», decía Antonieta. Enfadada por su suerte, clamaba contra la crueldad del destino que la enfrentaba, después de la prueba de su hijo, a esta nueva calamidad. A sus achaques físicos se añadía ahora un estado emocional devastador: debía elegir entre morirse o aceptar la mutilación de su hija. La vida no le daba tregua. Ni siquiera las visitas de Leo, que acudía al pequeño apartamento que compartía con su marido, ni las de su otra hija, Adriana, que voló desde San Francisco en cuanto oyó hablar del trasplante, conseguían hacerle olvidar el conflicto que la torturaba.

«En mi caso, Dios apretó fuerte, pero no me ahogó», diría Antonieta. A las tres de la madrugada del 15 de noviembre de 2020, dos semanas después de la visita al médico, cuando estaban a punto de fijar una fecha para trasplantarle el riñón de Diana, la vibración de su teléfono la despertó. Era el médico:

—Tengo el mejor riñón para ti.

Había aparecido un donante en la lista. Antonieta vio el cielo abierto. Liberarse de aquel peso moral era una especie de recompensa divina, así lo vio ella, un regalo de Dios. Quiso saber de quién era, se lo quería agradecer a los familiares, pero el médico no le dijo nada, estaba prohibido por ley. Después de mucho insistir, solo supo que aquel riñón era de una señora de su misma edad que había fallecido a causa de un ictus. La desgracia de unos hacía la felicidad de otros. Esa misma noche, veinte días después de la llegada de su hijo, se lo trasplantaron en el hospital 12 de Octubre. «Me salvaron la vida, gracias».

105

Leopoldo vivió los primeros tiempos en Madrid desgarrado entre sentimientos encontrados. La alegría de reanudar la vida familiar, de ver a su madre cada día mejor, de disfrutar del lujo de caminar con sus hijos sin miedo por la ciudad eran ciertamente un bálsamo para su alma, pero no podía dejar de pensar en todo lo que había dejado atrás. Su mente seguía en Venezuela. «Al igual que casa por cárcel no es libertad, el exilio tampoco lo es —diría—. Tiene sus inmensos desafíos para alguien entregado a la lucha». En la cárcel, cuando leyó a Sócrates, le intrigó mucho que el filósofo prefiriese morir envenenado antes que ser desterrado. Ahora, en cierta medida, lo entendía. «Me encontré con un mundo cambiado, deprimido, atemorizado por el COVID. De estar encerrado en una cárcel, luego en mi casa en Caracas, después en la embajada, ahora estaba recluido en Madrid». De modo que se adaptó como pudo: vivía según el horario de Venezuela, y se comunicaba hasta el alba por teléfono y por zoom, como lo hacía cuando estaba en la embajada.

Así pudo comunicarse con Gilber Caro cuando este fue liberado, entre un centenar de presos, porque Nicolás Maduro otorgó un indulto para lavar la cara del régimen ante la inminente visita de Michelle Bachelet, alta comisionada para los derechos humanos de la ONU. Solo con verle el rostro enjuto y los brazos huesudos en la pantalla del ordenador, Leopoldo adivinó por lo que había pasado. Ahora quedaba organizar su huida del país, no tenía sentido que permaneciese a expensas de los caprichos del régimen que no respetaba su inmunidad parlamentaria y que volvería a arrestarle. Es lo que llamaban las puertas giratorias de los presos políticos: salían unos y entraban otros. Unos meses más tarde, Caro, después de una huida rocambolesca, llegó a Colombia y luego se refugió en Estados Unidos, donde obtuvo el estatuto de asilado político.

Otro día sus compañeros le informaron que Daniel Ceballos, su hermano en Ramo Verde con quien había organizado el motín y la huelga de hambre, había sido infiltrado por la dictadura. No podía creérselo. Daniel Ceballos, aquel que se había despedido gritando «Lo quiero, hermano» cuando se lo llevaron los custodios.

—Es inconcebible.

—Créetelo, Leo —le decía Alberto Losada—. Lo tenemos que expulsar.

—Espera un poco.

Leopoldo habló con Ceballos por WhatsApp, e hizo todo lo posible para que entrara en razón. Su antiguo compañero se había prestado para adjudicarse la representación legal del partido Voluntad Popular que había sido ilegalizado por la dictadura.

—Deja de forzar la mano al partido.

—Hermano, tenemos que buscar una nueva manera de hacer política.

Ese tipo de frase le hizo sospechar. La pudo haber pronunciado Capriles, que sí había aceptado presentarse por Primero Justicia a esos comicios organizados por la dictadura. No así Voluntad Popular. Su amigo había cambiado: ¿dónde estaba su combatividad, su arrojo? «Ante mis compañeros tuve que asumir la responsabilidad de no haber tomado la decisión de echarle antes por la amistad que nos unía», diría Leopoldo.

La traición dolía, más porque venía de alguien cercano y querido, no de un adversario. Esos eran siempre los peores golpes, los más lacerantes. La dictadura se había cobrado una buena pieza.

Lilian, que conocía muy bien a la esposa de Ceballos y a los niños, que jugaban con los suyos en la celda los días de visita, estaba confundida. «¿Le habrán pagado mucho dinero?», se preguntaba.

—Yo creo que a Ceballos le dieron tranquilidad, y hoy eso se paga muy caro en Venezuela —le dijo Leo.

«Para los que han sido perseguidos como él, los que duermen pensando que de madrugada te pueden llevar preso, a ti o a alguien de tu familia, que le puedas comprar la tranquilidad al régimen tiene mucho valor».

En el 2021 el mundo se desperezó, y en cuanto abrieron las fronteras de Estados Unidos, Leopoldo decidió viajar a Washington. Quería dar las gracias a todos los que le habían apoyado durante estos años, especialmente a Jared Genser, que tan eficazmente había movido los hilos del Departamento de Estado, de la prensa, de los distintos Gobiernos y de las ONG. Jared era como se lo imaginaba: grandote, con una nariz imponente, alegre y rebosante de vitalidad. Además, le gustaba todo lo latino; no en vano estaba casado con una brasileña. Se dieron un fuerte abrazo, recordaron la figura de profesores que ambos habían tenido en la Harvard Kennedy School y se felicitaron mutuamente por lo que habían conseguido.

—Hemos tenido una gran suerte con tu esposa —le dijo Jared—. Sin ella, estarías todavía en Ramo Verde.

—Yo sé, yo sé.

Al enterarse de su liberación, Jared había escrito una nota a Lilian, de su puño y letra: «Eres la más eficaz esposa de un preso político con la que he trabajado desde hace veinte años, en sesenta casos, en veintitrés países. Hacer ese viaje contigo y ver cómo te convertías en una *rock star* fue un tremendo honor para mí. Yo he ayudado, pero sobre todo lo conseguiste tú. Tu coraje, tu gracia, tu dignidad y tu tenacidad. Todavía estoy impresionado».

El corpulento «abogado gringo» seguía ganándose a pulso su fama de «extractor», y estaba ahora afanado en sacar de la cárcel a dos prisioneros de conciencia nicaragüenses.

—No nos enfrentamos solo a Maduro o a Ortega —decía—, también lo hacemos a Putin, a Xi Jinping y a toda esa banda internacional de golfos.

Leopoldo sintonizaba perfectamente con ese planteamiento. La vieja pugna entre tiranía y libertad se libraba en China, Rusia, Irán y tantos otros lugares con cárceles llenas de presos de conciencia.

—Te voy a presentar a unos colegas tuyos —le dijo Jared.

Fueron al conocido restaurante Clyde's de M Street, cerca de su despacho, donde el abogado había reservado una mesa para cuatro. Acudieron dos antiguos «clientes» suyos, Peter Biar Ajak, de Sudán del Sur, y Yang Jianli, de China, ambos perseguidos, encarcelados y torturados en sus respectivos países. Ambos con historias tan desgarradoras como la de Leopoldo. Fue un almuerzo animadísimo, sus relatos eran similares, como si se hubieran conocido de toda la vida. Además, todos eran graduados de Harvard, otro punto en común que, sin duda, facilitaba el entendimiento. Leopoldo provocó una carcajada general cuando dijo:

—¡Este es el único club de Harvard al que nadie quiere pertenecer!

De esa reunión surgió la iniciativa de buscar a otras personas enfrentadas a la misma realidad. «Me di cuenta de que no teníamos contacto entre nosotros, las víctimas de las dictaduras latinoamericanas —diría Leopoldo—. No teníamos contacto ni con los cubanos ni con los nicaragüenses. No teníamos información de lo que allí estaba pasando. Y del resto del mundo, aún menos». De ahí surgió una idea: «¿Y si conseguimos formar una alianza de luchadores por la libertad y de movimientos a favor de la democracia en países autocráticos?».

Leopoldo encontró la manera de darle un nuevo giro al sentido de su vida, sin dejar por ello de dedicarse día tras día a Venezuela. Si el exilio no le permitía seguir luchando contra Maduro frontalmente, lo haría contra todo el engranaje que lo sostenía. Unos días después de aquel primer encuentro, se reunió con Garri Kaspárov, excampeón mundial de ajedrez, convertido en feroz opositor a Putin, y con la activista iraní Masih Alinejad, comprometida en la lucha contra la obligatoriedad de llevar el hiyab, a los que convenció de sumarse a la iniciativa. Para financiarse consiguió primero una beca de investigación del Wilson Center, uno de los *think tanks* más importantes de Washington, y más tarde una subvención del National Endowment for Democracy, una organización para la promoción de la democracia en el mundo. Poco a poco fue ampliando los contactos, fue vinculándose con más y más gente. Contó asimismo con la colaboración de su primo Thor Halvorssen, que empezó por invitarle a un foro sobre la libertad organizado por su fundación, The Human Rights Foundation. A Thor, que había participado en la estrategia para liberarle, *The New York Times* le había definido como «un inconformista que defiende a los desvalidos». Todo un honor. El abuelo Eduardo estaría sin duda orgulloso de esos dos nietos que tan bien habían absorbido los valores que él les había inculcado. A Antonieta le gustaba pensar que su padre seguía vivo en ellos.

En noviembre de 2022, todo ese esfuerzo culminó en Vilna, la capital de Lituania, adonde acudieron ciento ochenta líderes de cuarenta y cuatro países para asistir al nacimiento de una organización singular: el World Liberty Congress, destinado a apoyar a los presos políticos, a formar activistas en la no violencia, a hacer *lobby* en las grandes organizaciones como la ONU y el Parlamento Europeo, y a crear un observatorio de la libertad y la democracia en el mundo.

Epílogo

En los últimos años, Madrid se ha llenado de refugiados venezolanos, tanto que a una parte del barrio de Salamanca la llaman Little Caracas. Es solo un síntoma de una sangría de proporciones gigantescas: un tercio de la población venezolana ha abandonado el país. Es el mayor desplazamiento de población del mundo, sin ser provocado por una guerra.

Cuando me meto en un taxi y el chófer es venezolano, o cuando voy a un bar y la camarera es de Barquisimeto o de San Cristóbal, les pregunto qué piensan de Leopoldo López. Muchos me contestan expresando su admiración, otros me dicen que se está pegando la gran vida en Madrid. Lo mismo que le reprochan a Antonio Ledezma. Replican la eterna coletilla alimentada por el Gobierno: los que se van lo hacen para «pegarse la vida padre». Como si el exilio fuese una elección y no una imposición. Es una manera más de denigrar a los que no tienen más remedio que abandonar su país, su ciudad, su casa. Los hay que le reprochan no haber liberado Venezuela. «Pero lo ha intentado, ¿no? —les digo yo—. ¿No se sacrificó para exponer la verdad del régimen? Si no, estarían ustedes todavía pensando que eso es una democracia...». Entonces se callan, o los más contaminados me sueltan que «Está libre porque su familia pactó con Maduro», y si les dejo hablar, me acaban diciendo que «Esa niña —refiriéndose a Federica— no es hija de Leopoldo, sino del senador gringo ese»...

Las redes sociales, que entre 2014 y 2018 les fueron a Leopoldo y a todos los activistas de gran utilidad —el Gobierno les había vetado hacer declaraciones en la prensa—, se han convertido ahora en un pantano pestilente donde la verdad y la mentira, como las aguas negras y las limpias, se mezclan para confundir a la opinión pública. El Gobierno, que se dio cuenta de su vulnerabilidad entonces, ha montado con ayuda de rusos y cubanos un búnker tecnológico en Fuerte Tiuna, donde reside el núcleo duro de los chavistas, para tomar el control de las redes*. Allí, en oficinas sin apenas ventanas y con el aire acondicionado a máxima potencia, un centenar de policías del teclado —sociólogos formados en círculos de la vieja izquierda, politólogos que viajaron a Cuba y jóvenes profesionales adiestrados en España— detectan mensajes que pueden ser subversivos para el régimen y monitorizan las comunicaciones de los opositores. Basta que la cuenta de Leopoldo López publique un *post* para que inmediatamente salgan cientos de miles de *trolls* y *bots* atacándole e insultándole. Así contribuyen a derribar el mito. Lo triste es que los propios exiliados se hagan eco de esa desinformación, aunque a veces ni siquiera son conscientes de ello. «Nosotros tenemos capacidad de lanzar treinta mil mensajes al año, por ejemplo —dice Leopoldo—. Pero el régimen puede replicar con tres millones de mensajes. Es una lucha, la de las noticias falsas, que no podemos ganar». La desinformación, las *fake news*, son rápidas y eficaces, atrapan la imaginación de quien las recibe. La verdad es lenta.

Afortunadamente, Leopoldo y Lilian tienen también encuentros de otro tipo. Hace poco, Lilian, que caminaba con sus hijos por la calle Velázquez, reconoció a Felipe González que iba rodeado de escoltas. Ella les esquivó, se acercó por detrás y le tiró del abrigo. El veterano político se dio la vuelta y, al reconocerla, abrió los brazos para abrazarla. Luego los invitó a todos a merendar.

Otro día, en Madrid Río, cuando Leopoldo se quitó el casco de la moto, se le acercó un hombre que hablaba con acento venezolano:

—López, yo te conozco.

---

* Contado en el excelente libro del periodista venezolano David Placer, *El dictador y sus demonios* (2019), disponible en Kindle.

—¿Quién eres tú?

—Soy militar. —Leopoldo se puso a la defensiva—. Estuve encerrado en Ramo Verde cinco años. Cuando tú estabas en el anexo B, yo estaba en el A, tercer piso. Participé en el motín que Ceballos y tú montaron. Desde arriba te veíamos jugar solo en el patio, encestando la canasta. Hablábamos siempre de ti, todo el rato. Todavía me acuerdo, el día que te encaraste con Viloria, ese *hijoeputa*. No se hablaba de otra cosa en Ramo Verde.

—Coño, Viloria...

La sola mención de ese nombre le trajo recuerdos de las requisas, y el ruido de los candados retumbó en sus oídos.

—¿Sabes? Lo han nombrado director del puerto de La Guaira. Es multimillonario, todo el día cobrando coima a unos y a otros. Le recompensaron por habernos puteado tanto. Un honor verte, compañero, un gran honor.

Y el hombre le dio un abrazo, largo, sentido.

—Adiós, hermano.

—Fuerza. Fuerza y fe. Viva Venezuela.

Cuando no está viajando por el mundo para el World Liberty Congress, veo a Leopoldo pasar en moto por las calles del centro de Madrid, una vieja Vespa gris, y se pierde culebreando entre los coches. Va a boxear, o al colegio de sus hijos a hablar con los profesores, o al médico para tratarse el problema de los ojos, secuela de las largas noches de Ramo Verde. O a encontrarse con algún compañero que ha llegado a Madrid. Dos meses después de él, aterrizaron Alberto Losada y su familia, y, al final, también tuvo que hacerlo Juan Carlos Gutiérrez, su abogado, su amigo.

Igualmente vienen a Madrid sus verdugos. Nueve años después de la manifestación que le llevó a la cárcel, el Gobierno español dio refugio a Luisa Ortega Díaz, la exfiscal general de la República que le atribuyó la responsabilidad de las muertes de Bassil Da Costa, Roberto Redman y Juancho Montoya, así como los daños ocasionados en la Fiscalía. Ortega Díaz se pronunció en contra de las sentencias judiciales que anularon las competencias de la Asamblea Nacional y denunció «la ruptura del orden constitucional» en Venezuela. El Tribunal Supremo de Justicia afín a Maduro la inhabilitó para ejercer cargos públicos, congeló sus bienes y le prohibió salir del país. Lo que hizo fue huir a Colombia y reivindicó su papel «en favor de la justicia» desde el exilio, recordando que introdujo en 2017 una denuncia ante la Corte Penal Internacional (CPI). Cuando le preguntaron por su papel en el juicio a Leopoldo López, declaró haber sido presionada por Diosdado Cabello para imputarle.

El último en conseguir asilo en España fue el general Miguel Rodríguez Torres, ministro de Interior y Justicia en el 2014, el que allanó su casa y fue luego a La Atrevida mientras Diosdado hablaba con Lilian y los padres de Leopoldo. El ministro cuyo escolta disparó contra esos mismos estudiantes, matándolos; el militar conocido por crear la prisión de alta seguridad de la Tumba; el que aceptó la invitación a almorzar con Jesús Silva en la embajada española. Poco después de aquella comida, fue apresado y encarcelado por ser sospechoso de conspirar contra Maduro. Después de cinco años probando de su propia medicina en las cárceles del régimen, fue liberado gracias a la intermediación de Zapatero. Vestido con el chándal de los militares con los colores de la bandera, nada más salir de la cárcel dio unas primeras declaraciones a la televisión, muy medidas. Leopoldo se fijó en que llevaba los tres soles bordados en la chaqueta. No había sido degradado. Cualquier día se lo encontrará por la calle, y todo gracias a Zapatero, «ese traficante de presos políticos», como lo llaman algunos.

El régimen de Venezuela sigue enrocado en el poder y la oposición, fragmentada, tanto que, en otoño de 2022, una fracción decidió acabar con el Gobierno legítimo de Juan Guaidó. No les ha bastado que Guaidó mostrase un valor sin límite al quedarse en el país y que luchase sin poder real para mantener un resquicio de legitimidad. En un extraño caso de canibalismo político, una parte de la oposición se cargó el único espacio de democracia y transparencia que quedaba en el país. Con aliados así, ¿quién necesita enemigos?, se preguntan Leopoldo y sus compañeros. Ante las amenazas cada vez más contundentes contra su vida y su familia, Juan Guaidó huyó a pie a Colombia el 24 de abril de 2023, pero no permaneció en el país vecino por miedo a que le devolviesen a Maduro. Huyó a Estados Unidos, donde está ahora asilado. Un nuevo líder ocupará su puesto en el interior de Venezuela.

Los sátrapas del régimen siguen ahí, agazapados en Fuerte Tiuna, temerosos de salir, porque a sus cabezas les han puesto precio los norteamericanos —quince millones de dólares por la de Maduro; diez por la de Diosdado—, encerrados en su prisión de codicia y poder. Desbancado Guaidó, para ellos Leopoldo continúa siendo el hombre a abatir. No solo siguen mancillando su nombre en las redes sociales, también le tocó a Antonieta ser víctima de un ataque violento e inesperado del ministro psiquiatra Jorge Rodríguez que, en la televisión del Estado, dijo: «Esa mujer que ha enseñado a robar a su hijo». ¿A qué viene tanto ensañamiento, después de tanto tiempo?

Leopoldo se toma los ataques como medallas de honor. Sabe que si le agreden, es porque les sigue doliendo, porque ha representado la mayor y más directa amenaza a la supervivencia del régimen. Leopoldo es joven y la vida, según se mire, es larga. Lo saben, por eso buscan sin descanso desacreditar al héroe, mancillarle, hundirle, lo quieren muerto políticamente, y si pudieran, físicamente también.

Vídeos

A través de los siguientes códigos QR se puede acceder a vídeos proporcionados por Leopoldo López y Lilian Tintori que ilustran algunos de los momentos más impactantes descritos en las páginas de este libro.

1. Presentación del proyecto La Mejor Venezuela en 2012.

2. Discurso de Leopoldo el 23 de enero de 2014, en acto conmemorativo del derrocamiento de la dictadura de 1958.

3. El 9 de febrero de 2014, en el aeropuerto de Maiquetía-Caracas, se impide a Leopoldo viajar al interior del país.

4. Arenga de Leopoldo para continuar con las manifestaciones no violentas en el país, 12 de febrero de 2014.

5. Desde la clandestinidad, Leopoldo hace un llamamiento a la manifestación del 18 de febrero en Caracas.

6. Lilian y Leopoldo, desde la clandestinidad, graban un vídeo antes del encarcelamiento.

7. Entrega de Leopoldo en la manifestación del 18 de febrero de 2014 en Caracas.

8. Desde su celda en Ramo Verde, Leopoldo llama al resto de los presos a la protesta.

9. Lilian viajó por el mundo pidiendo la libertad de Leopoldo y de todos los presos políticos en Venezuela.

10. En Ramo Verde, Leopoldo utilizó todos los medios a su alcance para mostrar su oposición y denuncia al régimen.

11. Palabras de Leopoldo durante el juicio en su contra.

12. Leopoldo y su inesperado compañero de celda en cautiverio.

13. Primeras palabras públicas de Leopoldo desde casa por cárcel, haciendo un nuevo llamamiento a protestar.

14. Momento en el que Leopoldo es llevado de nuevo a Ramo Verde.

15. Leopoldo quitándose los grilletes el día 30 de abril de 2019.

Breve bibliografía

Ha sido fundamental contar con el libro de Leopoldo López, *Preso pero libre* (Península, Barcelona, 2016), basado en sus diarios de la cárcel. Su padre, Leopoldo López Gil, publicó una recopilación de artículos con el título *Cuando se tiene un hijo* (Ed. Galipán, Caracas, 2019) que también ha aportado datos interesantes. Ciertas descripciones, las he basado en las interesantísimas crónicas que Cayetana Álvarez de Toledo publicó en el diario *El Mundo*, fruto de sus varios viajes a Venezuela.

Además:

Antonetti, José, *12F Historia de una emboscada*, Independent Publishing Platform, 2016.

Carroll, Rory, *Comandante. La Venezuela de Hugo Chávez*, Sexto Piso, Madrid, 2013.

Gallegos, Raúl, *¿Cuándo se jodió Venezuela?*, Deusto, Barcelona, 2016.

Ledezma, Antonio, *¿De dónde venimos y hacia dónde vamos?*, Círculo Rojo, Roquetas de Mar, 2021.

Lombardi, John V., *Venezuela, la búsqueda del orden, el sueño del progreso*, Crítica, Barcelona, 1985.

López, Víctor José, *Infatigables*, Ed. Temple, Madrid, 2018.

Morón, Guillermo, *Breve historia de Venezuela*, Espasa Calpe, Madrid, 1979.

Placer, David, *Los brujos de Chávez*, Editorial Dahbar, Caracas, 2017.

—, *El dictador y sus demonios*, Autoedición, 2019.

Vecchio, Carlos, *Libres. El nacimiento de una nueva Venezuela*, Editorial Dahbar, Caracas, 2018.

AGRADECIMIENTOS

Un día, en plena pandemia, recibí una llamada de mi amigo el director de cine Gerardo Olivares: «Moro, ¿te apetece escribir algo sobre Venezuela?». Así empezó la andadura de este libro, y quiero darle las gracias de corazón el haberme puesto sobre la pista de esta historia.

Sin el entusiasmo y el apoyo decidido de mis editores —Ana Rosa Semprún y David Cebrián— no hubiera podido acabarlo. A ellos va mi sincero agradecimiento, así como a Miryam Galaz y a todo el equipo de Espasa.

En Washington, gracias a Dena Dunnell por su hospitalidad, y a Jared Genser y Luis Almagro por su tiempo. También a Gilber Caro y Carlos Vecchio, en Miami. En Madrid, mi agradecimiento a Isadora Zubillaga, exembajadora del Gobierno interino, y a Rocío Galván, que fue corresponsal de *El Mundo* en Caracas; y en Buenos Aires, mi profundo reconocimiento a Rosa Amelia Asuaje, por contarlo todo y no dejarse nada en el tintero.

Aparte de los que salen en este libro y que me han ofrecido su testimonio, quiero reconocer su ayuda a todos los que no puedo nombrar por razones de seguridad porque siguen en Venezuela. Que sepan que su colaboración ha sido imprescindible para llegar al fondo de este relato. He tenido que cambiar algunos nombres, así como algunas localizaciones, para evitar que el régimen tome represalias.

Empecé la escritura en el marco incomparable de la residencia de escritores de la Villa Marguerite Yourcenar, en el norte de Francia, que me ofreció su hospitalidad. Gracias a todo el equipo por hacer de esos días una experiencia inolvidable.

Para terminar, gracias a mi mujer, Vali Sámano, que también ha jugado un papel imprescindible en la elaboración de este libro.

Otros títulos del autor en Booket: